B.S.

Lilli Palmer

Nachtmusik

Lilli Palmer

Nachtmusik

Ich bedanke mich:

Bei Wilhelm Dietl,
der mir Zugang zu den Kroatenkreisen
in der Bundesrepublik verschaffte.

Bei Alice Neudegg und Jan Niklas
für die Bereicherung meiner Kenntnisse der bayrischen
Mundart.

Und bei Victor Ross
für die Geschichte des Zwergen Stilz,
der sein Großonkel war.

Erstes Buch

Stilz

1.

Am 10. Mai 1978 fand man am frühen Morgen den Nachtportier Draza Rukovina im Hotel Godice in Bled tot in seinem Gehäuse in der Empfangshalle. Er lag friedlich im Liegestuhl, seine Flasche Rotwein leer auf dem Hocker daneben. Dabei war er noch gar nicht so alt, höchstens siebzig; genau wußte es keiner, und Angehörige hatte er nicht. Bestürzung im Hotel. Gerade jetzt, bei Saisonbeginn! Der Alte war unersetzlich, wo würde man in Jugoslawien jemanden finden, der alle slawischen Dialekte, dazu fließend Französisch und Englisch sprach. Deutsch – das war keine Schwierigkeit, das hatten viele während des Krieges gelernt, oder sie hatten das wieder aufgefrischt, was sie noch von den Eltern beibehalten hatten, denn Bled hieß vor dem Ersten Weltkrieg Veldes und gehörte zu Österreich.

Was nun? Man beschloß, vorläufig zwei Studenten einzustellen, die in Ljubljana neue Sprachen studierten, aber auf die Dauer ging das nicht. Die jungen Leute konnten nicht mit Hotelgästen umgehen, sie schliefen einfach nebeneinander auf dem Fußboden des Portiersgehäuses, trotz aller Ermahnungen. Der Alte war immer wach gewesen und zu langen Gesprächen, Ratschlägen, Trostzusprüchen bereit. So was verlangte man von einem Nachtportier, der mußte Manieren haben und eine gewisse Kultur, keine jugoslawische, eine internationale, und vor allem: Verständnis, mehr als der Tagesportier, denn das wahre Anlehnungsbedürfnis der Touristen stellte sich erst so richtig nach Mitternacht ein und erreichte seinen Höhepunkt gegen drei Uhr morgens. Beichtvater, Psychiater und Zuhälter, je nach Bedarf, das alles war der alte Draza gewesen; man hatte es nie richtig zu schätzen gewußt, und

nun lag er da. Der Tod des Alten verwandelte aber nicht nur das Nachtleben des Hotels Godice, er hatte – wenn auch nicht sofort – einen entscheidenden Einfluß auf das Leben eines Mannes namens Kaspar Schulte, der fünfhundert Kilometer entfernt in der Bundesrepublik Deutschland wohnte und von Bled nur wußte, daß es ein schöner Ort sein soll, an einem kleinen See, irgendwo im Norden Jugoslawiens.
Den eigentlichen Sterbetag – 10. Mai 1978 – erfuhr Schulte erst viel später, rein zufällig. Er sah darin den Beweis für eine ganz spezielle Konstellation, die nur ihm galt.

Am gleichen Tag nämlich geschah noch etwas anderes, gar nicht so Unähnliches, das Schultes Dasein erschütterte – und zwar sofort. Man könnte sagen, daß Drazas Tod der erste Stoß gewesen war – auch wenn er noch nichts davon ahnte –, und nun kam noch ein zweiter.
Dieser fand auf einem Parkplatz der Autobahn München–Salzburg statt, kurz vor der Ausfahrt Tegernsee. Ein kleiner VW 1500 bog vorsichtig zuckelnd ein und stellte sich neben einen alten Opel Kapitän, aus dessen halboffenem Fenster Musik erklang. Der Fahrer des VW war ein junger Bursche, der erst am selben Tag seinen Führerschein gemacht und sich zum erstenmal allein auf die Autobahn gewagt hatte. Er hätte gern einen Zeugen gehabt, wie er die Bremse anzog und den Motor abstellte, als hätte er nie etwas anderes getan. Aber der alte Opel war der einzige Wagen auf dem Parkplatz, und die Frau, die über dem Lenkrad lehnte, hörte der Musik zu und kümmerte sich nicht um ihn.
Der junge Mann verschwand in den Büschen, kam kurz darauf zurück und stieg wieder in seinen VW. Aus dem Nachbarwagen erklang jetzt der Walzer aus dem Rosenkavalier. Er lehnte sich zurück und genoß den Augenblick, bevor er den Motor startete. Während er langsam rückwärts fuhr, fiel ihm auf, daß die Frau nebenan noch immer in der gleichen Haltung über ihrem Steuerrad lehnte. Er hielt seinen Wagen an, kurbelte sein Fenster herunter und rief: »Hallo!«
Die Frau rührte sich nicht.

»Hallo! Ist Ihnen nicht gut?«
Stille. Er stellte den Motor ab, stieg aus und näherte sich dem halboffenen Fenster.
»Entschuldigung – kann ich etwas für Sie tun?« Die Haltung der Frau über dem Steuerrad kam ihm jetzt, als er direkt neben ihr stand, seltsam steif vor. Vorsichtig streckte er die Hand durchs Fenster und berührte ihre Schulter.
»Hören Sie...«
Keine Reaktion. Er konnte ihr Gesicht nicht sehen, nur den Hinterkopf mit den kurzen braunen Haaren. Er zögerte noch ein paar Sekunden, dann öffnete er die Wagentür. Gleichzeitig sackte ihm der Körper der Frau entgegen, rollte sich auseinander und fiel ihm zu Füßen.
»Um Gottes willen!« sagte er laut und sprang unwillkürlich zurück. Sah sich um. Auf der Autobahn rasten die Autos vorbei. Da saßen Menschen drin, aber würden sie anhalten? Er kniete neben dem reglosen Bündel verrutschter Kleider auf dem Boden und versuchte, den Oberkörper so zu drehen, daß er seinen Kopf auf ihre Brust legen konnte. Sie war so warm wie er, und er glaubte auch, etwas klopfen zu hören, aber er war sich nicht sicher.
In diesem Augenblick bog ein Wagen in den Parkplatz ein und hielt abrupt an.
»Was ist denn los? Was tun Sie da?« rief der Fahrer und öffnete seine Tür.
Der junge Mann sah verstört auf.
»Die Frau hier... Ich weiß nicht... Ist sie krank oder...«
Der Neuankömmling, ein robuster Vierziger in heftig karierter Jacke, stieg aus, eine kleine runde Frau mit grünem Hut folgte ihm zögernd. Beide betrachteten die Liegende mißtrauisch und etwas angeekelt.
»Kennen Sie sie?«
»Nein... Sie fiel aus ihrem Wagen...«
»Wann?«
»Jetzt eben.«
»Haben Sie schon was unternommen?«
»Ja – was kann man da unternehmen?«

»Menschenskind! Da ruft man die Polizei.«
»Aber wo denn? Wie kann ich...«
»Da! Da drüben, das SOS-Ding! Ach was, bleiben Sie hier, ich mach' das schon.« Und er ging zu der orangefarbenen Säule an der Einfahrt zum Parkplatz. Der grüne Hut lief hinter ihm her. Der Mann schob die Klappe hoch und raunzte: »Was machst du denn hier? Geh doch hin und sieh, ob du was tun kannst. Los!« Aber sie klebte fest an seiner Seite.
Als sie kurz darauf zu den beiden am Boden zurückkehrten, hatte der junge Mann den Kopf der Liegenden in seinen Schoß gebettet und strich ihr von Zeit zu Zeit über die Haare.
»Ist die nur bewußtlos, oder...«
»Ich weiß es nicht«, sagte der junge Mann, ohne aufzusehen.
»Tja. Also – die Polizei ist auf dem Weg, und eine Ambulanz auch. Die werden bald hier sein. Sie bleiben ja da, nicht wahr? Das müssen Sie, wegen der Aussagen für die Polizei. Sie sind Zeuge. Ich hab' mir Ihre Wagennummer notiert, Sie dürfen hier nicht weg.«
»Ich will gar nicht weg«, sagte der junge Mann.
»So. Na, is' gut. Aber die Nummer heb' ich auf, man weiß ja nie. Wir haben's eilig. Tut mir leid.«
»Mir auch«, murmelte es unter dem grünen Hut. Dann gingen sie schnell zu ihrem Wagen zurück.

Zuerst kam ein Polizist auf einem Motorrad. Der junge Mann kniete noch immer auf dem Boden mit dem Kopf der Frau auf dem Schoß.
»Ich glaube, sie ist tot«, sagte er und strich ihr wie zum Trost noch einmal schnell über die Haare.
Der Polizist kniete sich neben sie, horchte fachgemäß an ihrer Brust und zog ihr ein Augenlid hoch. Er nickte, sah auf seine Uhr und holte sein Notizbuch hervor: Wagennummer, Aussagen des jungen Mannes – präzise, als habe der den Hergang in seinem Kopf festgelegt, genau, in allen Einzelheiten. Dann suchte er und fand die Handtasche der Frau neben dem Fahrersitz und ihren Führerschein im Portemonnaie.

»Wie heißt sie?« fragte der junge Mann.
»Was? Ach so.« Der Polizist öffnete das Portemonnaie noch einmal. »Martha Schulte.«
»Ist sie verheiratet?«
»Das steht doch nicht im Führerschein«, sagte der Polizist, während er die Autobahn nicht aus den Augen ließ. Da hinten, endlich, kam die Ambulanz.
»Wie alt ist sie?«
»Warum wollen Sie das wissen?«
»Ich glaube, sie ist noch ganz jung.«
»Unsinn«, sagte der Polizist, aber er holte das Portemonnaie noch einmal aus der Tasche. »Die ist 1935 geboren, also... dreiundvierzig.«
»Das muß ein Irrtum sein«, sagte der junge Mann mit Nachdruck.
Die Sirenen der Ambulanz übertönten die Antwort des Polizisten. Er ging schnell auf den Fahrer zu und informierte ihn.
»Ganz jung«, wiederholte der junge Mann am Boden eigensinnig, obgleich ihn niemand hörte. »Und sehr schön, wirklich, Fräulein Martha – aber wahrscheinlich sind Sie Frau Martha... Natürlich, da ist ja der Ehering. Sie sind meine erste Tote. Ich verspreche Ihnen, ich werde Sie nie vergessen. Aber jetzt müssen Sie weg, denn da kommen die schon mit der Tragbahre. Eine weiche, das freut mich. Auf Wiedersehen, Frau Martha.«
»Was sagen Sie da?« fragte der weißgekleidete Sanitäter, der gerade einen Arm unter ihre Schulter schob, während ein anderer sie bei den Füßen nahm.
»Ich hab' mich nur verabschiedet.«
Der Polizist bestieg sein Motorrad und rief: »Sie! Herr... äh...«
»Wegmann, Harold Wegmann.«
»Fahren Sie hinter mir her, ja? Die brauchen Ihre Aussage im Krankenhaus. Eine Stunde oder so wird's schon dauern.«
»Das macht nichts. Im Gegenteil. Ich meine – ich kann sie doch nicht einfach so verlassen, nicht wahr?«
Der Polizist beobachtete ihn, wie er da etwas mühsam aufstand, die Glieder steif vom langen Knien auf dem Asphalt.

»Also, kommen Sie!« Das Motorrad heulte auf und donnerte um die Kurve des Parkplatzes, aber der junge Mann blieb stehen und sah zu, wie man Martha in die Ambulanz schob wie einen Fladen Brot in den Backofen. Er mochte den Polizisten nicht, er würde der Ambulanz folgen.

In der Gellertstraße 36, im zweiten Stock links, schloß Kaspar Schulte die Wohnungstür auf. Sechs Uhr abends. Der Flur dunkel, Martha war noch nicht zu Hause. Er machte Licht, hängte den Hut an den Haken. Einen Mantel trug er nicht, sah sich gern lang und dünn im Glas der Schaufenster vorbeimarschieren, immer mit Hut. Dabei hatte er noch nichts zu verbergen. Sein Haar war noch immer dicht und dunkelbraun. In jedem Raum, den er betrat, schaute er zunächst einmal in den Spiegel, soweit einer vorhanden war. »Warum tust du das?« hatte Martha gleich zu Anfang gefragt. »Weil ich hoffe, mal einen zu finden, in dem ich anders aussehe. Ich rede mir immer ein, es liegt am Spiegel. Alle Spiegel sind doch verzogen, und deshalb sehe ich so verlängert aus.« – »Das hab' ich gerade gern«, hatte Martha gesagt. »Meine einzige Sorge ist dein Schädel. Der sieht aus, als sei er aus Eierschale.« Dabei hatte sie leicht mit den Knöcheln daran geklopft. »Bist du sicher, daß deine Fontanelle da oben zugewachsen ist?«
Im Wohnzimmer war noch genügend Tageslicht, um die Zeitung zu lesen, die sie immer für ihn auf den Sofatisch legte, anständig zusammengefaltet, wie unberührt. Sie las sie morgens, denn er nahm sie nie ins Institut mit, hatte dort keine Zeit, sich damit zu beschäftigen, weder mittags am Kollegentisch noch während der fünfzehn Minuten Pause zwischen den Vorlesungen. Die verbrachte er im Professorenzimmer in einem tiefen Sessel, die Augen geschlossen und auf seinen Atem lauschend. Zweimal in der Woche, dienstags und freitags, gab er außerdem noch Privatstunden und kam dann erst um sechs Uhr nach Hause, ziemlich erschöpft. Die Serben und Kroaten, manchmal auch ein paar Polen, denen er Deutsch beibrachte, schlauchten ihn. Die meisten waren jung und unbehauen und hatten keine Ahnung von der Struktur einer anderen Sprache, wollten aber alle schnell, schnell in irgend-

einer Fabrik Arbeit finden. Er fragte sich manchmal, woher sie wohl die Mittel hatten, bei einem Professor für slawische Sprachen Privatunterricht zu nehmen, denn er war teuer: fünfzig Mark die Stunde. Wahrscheinlich hatte es sich in ihren Kreisen herumgesprochen, daß er seine Schüler in kurzer Zeit wie Seehunde dressierte, so daß sie die üblichen Fragebogen ausfüllen und auch mündliche Prüfungen bestehen konnten.
Heute war Dienstag. Er ließ sich schwer in das weiche Sofapolster fallen, öffnete die Zeitung und tastete mit einer Hand nach der Flasche Whiskey und dem Glas, das Martha immer neben die Zeitung stellte, nahm den ersten Schluck und versenkte sich in den Leitartikel.
Das Telefon klingelte. Sicher eine von Marthas Freundinnen. Soll später anrufen, wenn Martha da ist. Nach einer Weile verstummte das Telefon.
Zehn Minuten später klingelte es wieder. Verdammt! Er mochte jetzt nicht aufstehen, hatte heute lange genug hinter dem Vorlesungspult gestanden, seine langen, unsportlichen Beine waren müde. Aber als es genau zehn Minuten später ein drittes Mal läutete, sah er von der Zeitung auf. Vielleicht war's was Wichtiges – Wilfred, Stefan. Er quälte sich aus seinem Sitz hoch, nahm die Zeitung mit.
Das Telefon stand nebenan, auf seinem Schreibtisch in der Bibliothek. Er nahm den Hörer ab und murmelte: »Hallo«, während er den angefangenen Satz zu Ende las.
Später mußte er oft an diesen Satz denken. Es handelte sich um eine Sitzung der EG: WIE AUS EINER GUTINFORMIERTEN QUELLE IN BRÜSSEL VERLAUTET... Da hatte er noch auf dem Sofa gesessen, und sein Leben war in Ordnung gewesen. Und das war's auch noch eine halbe Minute später, als er am Schreibtisch lehnte, den Hörer zwischen Schulter und Ohr geklemmt, und eine Stimme fragte: »Professor Schulte?« – »Ja«, hatte er noch gesagt und weitergelesen: ...MUSS DER BUTTERBERG ABGETRAGEN WERDEN. Das war's, das war der Wendepunkt gewesen, gerade als ihm das Wort »Butterberg« einen Hügel voll gelber Röllchen vor die Augen setzte und er das milde komisch fand – aber nur für den Bruchteil einer

Sekunde, denn gleich darauf kam's: »Hier spricht das Kreiskrankenhaus Holzkirchen, Unfallstation...«
Während der Fahrt nach Holzkirchen mußte er immer wieder an die Butterröllchen denken, als wäre alles anders gekommen, wenn ihn das nicht amüsiert hätte.
Langsam steuerte er den Wagen durch den dichten Verkehr. Keine Eile, er würde noch früh genug dort sein. Er hätte gerne gewußt, was er fühlte, bevor er im Krankenhaus ankam, hätte gern einen bestimmten Ausdruck auf dem Gesicht gehabt, für den Arzt – und für die Jungen. Ob die schon dort waren? Vielleicht hatten sie Martha schon gesehen. Das würde ihm über den Anblick, vor dem er Angst hatte, hinweghelfen. Er stellte sich vor, Martha liege in einem stillen Raum, die Luft voll Trauer und Tränen, aber wenn nun die beiden schon hineingegangen waren, dann wäre sozusagen die erste Schmerzbarriere durchbrochen.
Er zwang sich, an Martha zu denken, nur an Martha, das hatte sie wahrhaftig verdient. Jeder Gedanke sollte mit »nie mehr« beginnen. Nie mehr würde sie mit ihm sprechen, nie mehr ihm gegenübersitzen beim Abendbrot, ihn nie mehr ansehen.
Allerdings, in letzter Zeit – eigentlich schon lange, zwei Jahre mindestens –, in diesen zwei Jahren hatte sie ihn nur selten angesehen, hatte den Blick meist auf den Teller oder zum Fenster gerichtet, jedenfalls nicht auf ihn. Und ihm war das recht gewesen, denn sie hatte die unangenehme Angewohnheit, einen durchdringend zu fixieren, ohne zu blinzeln, und dann fühlte er sich unbehaglich. Und schuldbewußt. Nicht sehr, aber etwas doch. Er bog in die Autobahn ein und wünschte, er hätte sich unter ihrem Blick *noch* schuldbewußter gefühlt.
Unsinn. Martha war eine vernünftige Frau, unsentimental, eine fabelhafte Frau, außergewöhnlich. Sie hätte nie von ihm verlangt, daß er ausschließlich mit ihr schlafen solle, hätte es gar nicht erwartet. Nach vierundzwanzig Jahren! Das mit Hede, das hatte sie natürlich gewußt, sicher schon gleich von Anfang an, seit – mein Gott, das waren auch schon fünf Jahre her, daß das angefangen hatte! Aber was konnte Martha anderes erwarten? Sie hatten doch schon ewig nichts mehr miteinander zu tun. Hin und wieder ein-

mal, aber doch nichts Richtiges. Und ihr hat bestimmt nichts gefehlt, vielleicht war's ihr sogar recht.
Geschwafel. Er hatte genau denselben Dreck am Stecken wie andere Männer, die ihre Frauen betrügen. Das Besondere an der Sache war nur, daß Martha nie ein Wort darüber verloren, nie auch nur eine Andeutung gemacht hatte, nicht einmal lächelte, wenn er sagte, er habe eine Konferenz am Abend. Immer nur genickt, durchaus freundlich, und wenn er dann nach Hause kam, schlief sie.
Der Arzt hatte gesagt: Kein Unfall. Herzversagen. Sie habe sicher nicht gelitten. Gott sei Dank! Martha ... Viel zu jung, um zu sterben. Ob er weinen würde? Ob er's noch konnte? Er erinnerte sich an den Tag, an dem der Dackel überfahren worden war, da war er fünfzehn gewesen. Er wußte das, weil er bis heute die Stimme der Mutter hörte: »Fünfzehn! Und heult noch.« Die hatte eben noch die Hitlerjahre in den Knochen. Es wäre gut, wenn er weinen würde, der Jungen wegen, wichtig für ihr ganzes Leben, würde einiges wiedergutmachen, was er wegen Hede eingebüßt hatte. Denn die wußten es natürlich, sagten aber nie etwas. Marthas Kinder, verklemmt, besonders der Kleine. Wilfred weniger. Der hatte kaum sprechen können am Telefon, als er's ihm gesagt hatte. Stefan hatte nach einer längeren Pause gefragt, wo sie sei. Dann hatte er eingehängt, ohne auf Wiedersehen.
An Martha denken. An etwas Schönes mit Martha. Hochzeitsreise, 1954 in Verona. Sie hatten viel zu lachen gehabt, und immer Arm in Arm, wie sich das schickt für eine Hochzeitsreise. Auch nachts recht erfreulich, doch, durchaus. Aber er mußte sich zwingen, daran zu denken. Martha war tot, so was paßte jetzt nicht.
Er hätte gern an etwas ganz Bestimmtes gedacht bei der Ankunft im Krankenhaus, aber an was? An das letzte Mal, daß er sie gesehen hatte? Also heute früh. Aber wo, wo ganz genau, damit er das Bild festnageln konnte. Er verlangsamte das Tempo und spulte seinen morgendlichen Abgang rückwärts ab: Haustür – da war er allein. Hut aufgesetzt – nein, die Diele war leer gewesen. Zurück zum Frühstück – ja, da war sie natürlich, saß ihm gegenüber und trank ihren Kaffee, aß eine Scheibe Toast mit Marmelade. Das war

also das letzte Mal, daß er sie gesehen hatte: auf der Frühstücksbank in der Küche, mit dem Gänseblümchenmuster auf der Tapete hinter ihrem Kopf. Wie hatte sie ausgesehen? Schon zurechtgemacht? Er zwang das Bild zurück, sah sie nicht mehr. Oder doch? Etwas blaß, aber das war sie immer. Die braunen Haare zurückgekämmt – das wußte er mit Sicherheit. Martha kam nie ungekämmt zum Frühstück. Was hatte sie angehabt? Schlafrock oder schon fertig angezogen? Keine Ahnung, sosehr er sich auch anstrengte. Seine »letzten Erinnerungen« waren gar keine, waren nur Eindrücke der vergangenen Jahre.

Er fuhr so langsam, daß ihn ein Lastwagen überholte, aber sein Gehirn gab nichts mehr her. Hatte er sie geküßt, bevor er vom Frühstückstisch aufgestanden war? Natürlich. Sich heruntergebeugt und sie geküßt, so wie immer, flüchtig geküßt. Jetzt fühlte er endlich etwas, es überfiel ihn geradezu: eine wütende, bohrende Reue.

2.

Der Arzt hatte es eilig und sagte das auch unverblümt. Zwei neue Fälle waren inzwischen in der Unfallstation eingeliefert worden, und die lebten noch: ein Kind (überfahren) und zwei junge Männer (Messerstecherei in einer Bar). Marthas Fall war ja bereits erledigt. Die Söhne wußten Bescheid. Wo waren die? Oben, im vierten Stock.

»Bei meiner Frau?«

»Ich nehme an. Also, auf Wiedersehen, Herr Professor. Die Oberschwester wird Ihnen alles weitere mitteilen.«

Der lange Gang im vierten Stock war leer bis auf Wilfred, der neben einer der Türen an der Wand lehnte.

»Wo ist Stefan?«

Der junge Mann machte eine Kopfbewegung zur Tür hin. Aha, Schmerzbarriere halb durchbrochen.

»Warst du schon drinnen?«

»Ich hab' auf dich gewartet.«

Mein Sohn, dachte er. Wir warten aufeinander, wir drängen uns nicht vor.

»Der Doktor sagte, ihr wißt, wie es passiert ist.«

»Unten ist jemand, der wird's dir erzählen. Er war dabei. Er sagt, er geht nicht weg, bis er's dir gesagt hat.«

»Warum?« fragte Kaspar, Mißtrauen und Angst in der Stimme.

»Er sagt, er muß es dir anvertrauen, nur dir.«

Sie sahen stumm aneinander vorbei. Länger ließ es sich nicht aufschieben. Kaspar öffnete die Tür. Das Zimmer lag im Dunkeln, das Fenster war weit offen, so daß das letzte Dämmerlicht noch hereinfiel. Die passende Stimmung, dachte er und sah sich erst nach

Stefan um. Vielleicht würde der ihm wie eine Stimmgabel den passenden Ton verschaffen.
Stefan saß in einer Ecke und sah zum Fenster hinaus, nicht zum Bett, auf dem Martha lag, in einem Krankenhausnachthemd, die Hände nicht gefaltet, nur aneinandergelegt. Hinter ihm brach Wilfred jetzt in hemmungsloses Schluchzen aus. Kaspar und Stefan taten, als hörten sie nichts.
Die Oberschwester klopfte vorsichtig an der Tür, aber anstatt sie hereinzulassen, trat Kaspar zu ihr hinaus auf den Gang.
»Herr Professor, unten wartet ein junger Mann namens Harold Wegmann. Er ist schon seit über zwei Stunden hier.«
»Ich komme.«
Gänge und Treppenhaus lagen schon totenstill, und ihre Schritte hallten auf dem frischpolierten Boden.
Sie öffnete die Tür zum Wartezimmer.
»Aber Herr Wegmann, warum sitzen Sie denn im Dunkeln? Hier ist jetzt Professor Schulte. Am besten lasse ich Sie wohl allein.«
Der junge Mann saß in der hintersten Ecke, stand schnell auf.
»Herr Wegmann, ich bin Ihnen zu Dank verpflichtet. Wie ich erfahre, haben Sie als erster meine Frau entdeckt.«
»Sind Sie ihr Mann?«
»Erstaunt Sie das?«
»Sie sehen so – gelassen aus.«
»Das täuscht.«
Der junge Mann sah ihn an, wahrscheinlich mit dem gleichen Ausdruck wie *er* seine Studenten, wenn er sie prüfte. Er drehte sich um, wanderte langsam zu einem Sessel; der junge Mann fand auch einen in einiger Entfernung.
»Berichten Sie doch bitte. Ich nehme an, daß Sie deshalb so lange gewartet haben, was übrigens sehr liebenswürdig ...«
»Nicht nötig, ich wollte Sie gern sehen, ich war neugierig.«
»Warum auf *mich*?«
»Ich wollte wissen, wie ihr Mann aussieht. Ihre Kinder hatte ich schon gesehen. Die passen. Aber Sie nicht.«
»Ich verstehe nicht ganz ...«
»Ich hab' Sie mir anders vorgestellt, entschuldigen Sie bitte.«

»Wie denn?«
»Nicht so elegant.«
»Mein Anzug ist neun Jahre alt und glänzt an den Knien, wie Sie sehen. Den Schlips bekam ich zu Weihnachten von meinen Studenten. Etwas laut.«
»Das meine ich nicht.«
»Was meinen Sie also?«
Aber der junge Mann schwieg und sah eher verstört aus.
»Ich sage Ihnen ja, mein Äußeres täuscht, stoßen Sie sich nicht daran. Ich mag's übrigens auch nicht. Also, erzählen Sie.«
»Ich habe dem Polizisten und dem Doktor schon alles gesagt; die haben es schriftlich. Es ist sehr wenig, denn sie war ja schon tot, als ich sie fand. Ich wollte Ihnen nur sagen, daß ich die ganze Zeit bei ihr war, sie war also nicht allein, und ich bin ganz sicher, sie wußte das.«
»Was wußte sie?«
»Daß sie mit dem Kopf in meinem Schoß lag, und daß das für mich ein großes Erlebnis war – entschuldigen Sie.« Da Kaspar nichts sagte, fuhr er fort: »Ich bin sicher, sie hat sich gefreut, daß sie nicht allein war. Es sind doch bestimmt die schwersten Minuten, wenn man eben erst gestorben ist, meinen Sie nicht auch?«
Kaspar blieb stumm.
»Sie war ja noch ganz warm, es war also noch etwas da von ihr. Ich bin nicht gläubig, wissen Sie, ich glaube nicht, daß sie jetzt irgendwo da oben ist«, er zeigte aus dem Fenster auf den Abendhimmel. »Aber es gibt sicher einen Übergang, und dabei habe ich ihr geholfen.«
»Wie?«
»Indem ich mich auf sie konzentrierte. Verstehen Sie?«
»Ja«, sagte Kaspar und beneidete den jungen Mann. Nach einer kleinen Pause fügte er hinzu: »Vielleicht – möchten Sie mal zu uns kommen, in unsere Wohnung? Wir würden uns gern bei Ihnen bedanken. Haben Sie unsere Adresse?« Er sagte »uns« und »unsere Wohnung«, obwohl die Jungen schon seit ein paar Jahren nicht mehr dort lebten.
»Steht im Buch, ich hab' sie für den Doktor rausgesucht. Vielleicht

komme ich, wenn ich noch Fragen habe. Aber ich glaube, ich weiß jetzt alles. Auf Wiedersehen.«
Er schüttelte Kaspar die Hand und ging sehr rasch, als habe er es plötzlich eilig.
Kaspar blieb sitzen, bis die Jungen kamen. Wilfred hatte sich ruhiggeweint, Stefan sah verkniffen aus, als habe ihm jemand einen bösen Streich gespielt. Er stand langsam auf, und es entstand eine lähmende Stille, als wolle jeder dem anderen Zeit geben, noch was zu sagen, was mit Martha zu tun hatte. Endlich fragte ihn Wilfred, ob er jetzt nach Hause gehen würde.
»Ich muß noch mit dem Direktor hier sprechen wegen der Formalitäten. Dann fahre ich nach Hause. Ja.«
Und wieder die Pause und die abwartende Spannung. Kaspar betrachtete die beiden, die eng nebeneinander standen und ihn ansahen, beide völlig ausdruckslos, aber er wußte genau, was sie dachten. Er sagte schnell und so, als hätten sie es gesagt: »Nein, nein, danke euch. Ich bin lieber allein heute abend. Mein Ernst.«

Bei ihrer Ankunft vor dem Krankenhaus hatte Wilfred sein Motorrad ordentlich an der Stelle geparkt, die dafür abgegrenzt war: hinter der letzten Autoreihe auf dem Parkplatz. Er war schon zweimal daran vorbei- und im Kreis herumgefahren, bis Stefan hinter ihm brüllte: »Halt an, du Idiot, es ist doch ganz Wurscht, wo! Ich springe ab – stop!« Und als Wilfred immer noch eifrig suchend weiterfuhr, schlug er ihm mit aller Kraft gegen den Hinterkopf.
»Hör auf!« rief Wilfred sanft. »Es handelt sich doch nur um Sekunden, ich muß doch –« Stefan sprang ab, fiel hin, rappelte sich auf und raste quer über den Parkplatz zum Eingang der Unfallstation. Wilfred war ihm langsam gefolgt, extra langsam, hatte den Bruder auch beim Arzt nicht mehr angetroffen. Der war schon oben im Zimmer, wo die Mutter lag.
Wilfred war das recht, er wollte sich konzentrieren und zur Ruhe kommen, bevor er sie sah. Noch hatte er keine Zeit gehabt. Es war bisher zu hektisch zugegangen. Vaters Anruf, Motorrad aus dem Keller geholt, Stefans tonlose, augenweitaufgerissene Ankunft,

und dann plötzlich, als habe das Donnern des Motors ihm das Stichwort gegeben, sein gellendes Gebrüll während der langen Fahrt. Er hatte ihn fest umklammert und schrie so laut, daß er manchmal den Motor übertönte und Wilfred einiges mitbekam: seine Verzweiflung, seine Wut auf den Vater, auf Hede, auf sich selbst.

»Ich hätte was tun sollen!« hatte er immer wieder geschrien. »Was?« hatte Wilfred über die Schulter zurückgerufen. »Ganz egal, was, sie hätte es gebraucht, daß wir's ihr wenigstens zeigen.« – »Was zeigen?« – »Du weißt ganz genau, was. Wir hätten *ihm* die Hölle heiß machen sollen, wir hätten Hede verprügeln sollen.« – »Und darüber hätte sich Mutter gefreut?« – »Ja!« hatte ihm Stefan ins Ohr gekeucht. »Ja, sag' ich dir, sie hätte sich gefreut. Sie hätte gemerkt, daß wir zu ihr stehen...« – »Das hat sie auch so gemerkt«, hatte er gesagt und das Tempo gedrosselt, um das Dröhnen des Motors zu mildern. Aber Stefan konnte es nicht schnell genug gehen. »Fahr doch, Mensch, los! Ich halt's nicht aus, sag' ich dir, los! Schneller!« Von da an hatten sie keinen Kontakt mehr, aber Stefan hatte trotzdem immer weiter getobt hinter ihm. Gut so. Bis sie den Vater trafen, würde er sich das Schlimmste weggeschrien haben. Unwillkürlich hatte Wilfred trotz der rasenden Fahrt aufgepaßt, ob nicht vielleicht einer der Wagen, die er überholte, Vaters schwarzer BMW war.

Und dann, später, im Sprechzimmer des Arztes, da war noch dieser seltsame Junge gewesen, der von Mutter sprach, als habe er sie sein Leben lang gekannt. Ein wildfremder Kerl, der rein zufällig...

Stefan hatte ihm keinerlei Aufmerksamkeit geschenkt, war einfach davongerannt, aber er, Wilfred, hatte den jungen Mann angehört, ihm Auskunft über Mutter gegeben. Er hatte das getan, weil der junge Mann nicht neugierig schien, sondern nur teilnehmend. Doch man erlaubte ihm nicht teilzunehmen, wie er es offenbar so gern wollte, nicht aufdringlich, aber doch wie selbstverständlich. Nun, Vater würde ihn schon loswerden.

Und dann war er endlich allein gewesen, oben auf dem Gang im vierten Stock. Niemand wollte was von ihm, niemand schrie, er durfte ungestört an Mutter denken. Von drinnen kam kein Laut. Wie war das bloß möglich, daß sie so plötzlich – sie war doch nie krank, sie lief doch noch Schlittschuh! Vorgestern hatte er noch mit ihr am Telefon gesprochen, sie hatte gesagt, sie mache gerade ihre Reisepläne für den Sommer, habe lauter Prospekte auf dem Tisch. Er hatte geantwortet: »Warum fahren wir nicht irgendwohin, wir beide zusammen?« Gott sei Dank hatte er das gesagt... Dann war Vater den Gang entlanggekommen. Und gleich darauf war er mit ihm hinein ins Zimmer, hatte geheult und nur immer wieder gedacht: Ich hab' gesagt, warum fahren wir nicht zusammen irgendwohin... Was sie darauf geantwortet hatte, wußte er nicht mehr, etwas wie: »Ja, ja, wir werden mal sehen.« Wichtig war nur, daß sie es gehört hatte, die Worte »wir beide zusammen«, wenigstens von ihrem Sohn.

Sie hatten den Vater zum Wagen begleitet, stumm, alle drei waren dann über den fast leeren Parkplatz zu Wilfreds Motorrad gegangen. Langsam jetzt, auch Stefan war ganz langsam gegangen, keine Eile mehr, nur noch Wut.
»Er fährt natürlich nicht nach Hause, er fährt zu ihr.«
»Glaube ich nicht«, sagte Wilfred.
»Oder er ruft sie an und erzählt's ihr. Vielleicht hat er's schon getan. Und sie sagen beide: ›Entsetzlich!‹ und freuen sich, er genauso wie sie.«
»Glaube ich nicht.«
»Was denn, Mensch? Jetzt haben sie doch freie Bahn, alles in Butter, ein paar Monate Anstandsfrist und dann zum Standesamt. Alles bestens. Ich gehe morgen hin und verprügle sie.«
»Red keinen Quatsch!«
»Ich sag' ihr, daß sie dran schuld ist. *Sie ist schuld an Mutters Tod,* das soll sie ihr Leben lang nicht vergessen. Ich werd' sie dran erinnern, einmal im Monat.«
Wilfred hatte sich auf den Sitz geschwungen, den Motor angestellt, Stefan war hinter ihm aufgestiegen und hatte ihn umklammert. Das Motorrad war aus dem Parkplatz herausgeschwenkt, ohne daß die beiden den jungen Mann sahen, der in seinem VW

saß und durch das offene Fenster hinauf zum vierten Stock des Krankenhauses schaute.
Stefan brüllte wieder, aber anders als vorher, keuchte und schluchzte in Wilfreds Ohr.
»Sie ist aus Kummer gestorben, sag' ich dir, ich weiß es. Sie hat's mir mal erzählt – vor ein paar Monaten. Da hat sie gesagt, ich soll sie nicht so anstarren, sie wisse, man sehe es ihr an. Was, hab' ich gefragt. Na, daß es mir jetzt an die Nieren geht, hat sie gesagt. Die ersten Jahre, da hab' ich's noch ganz gut verkraften können, hat sie gesagt, ich hab' immer gedacht, na, bald wird er sie satt haben, es ist ja nicht das erste Mal, aber jetzt glaube ich, es wird immer so bleiben. Ich werde ihn nie wieder haben. Ach wo, hab' ich gesagt, aber sie hat nur wiederholt...« Schluchzen erstickte die Worte. Er bohrte seinen Kopf in Wilfreds Nacken, und so fuhren sie, ohne zu sprechen.

Ein paar Kilometer vor ihnen saß Kaspar in dem schwarzen BMW. Er fuhr noch langsamer als auf der Hinfahrt, hoffte aber, daß seine Söhne ihn nicht überholen würden. Noch hatte er kein Motorrad gesehen. Vielleicht hatten sie irgendwo angehalten, an einer Raststätte, und was getrunken. Sollte er dasselbe tun? Und dann zurück zum Wagen und irgendwie zur Gellertstraße, und dann die Stufen rauf, den Schlüssel und rein ins Schlafzimmer. Mußte das sein, gab's keine Alternative? Natürlich gab's das. Wozu hatte man Freunde. Einfach anrufen und sagen: »Kinder, ich brauch' euch, heute abend noch, in einer halben Stunde.« Irgendwer würde schon zu Hause sein, irgendwer und seine Frau, und sagen: »Kaspar! Mein Gott, wie schrecklich! Komm sofort her, übernachte bei uns, wir wollten zwar gerade zu Bett gehen, aber – gut, daß du angerufen hast, wo sind denn die Jungen? Ach so, ja klar, junge Leute! Also, komm schnell her, wir machen dir was zu essen – ein gutes Glas Wein...«
Ja. Das konnte er tun. Das würde er tun. Man soll seinen Freunden Gelegenheit geben, sich wie Freunde zu benehmen. Eine gute Rolle für Freunde: Hand halten, mittrinken, die richtigen Worte finden, mitschweigen.

Er fuhr noch einige Kilometer, bis er eine Tankstelle fand, die noch offen war. Die Bannheimers, Alfred und Else. Die waren sicher am besten geeignet, hatten auch ein Fremdenzimmer. Er warf die Münzen ein, zauderte plötzlich – und wählte dann schnell und heftig eine andere Nummer.

Er ließ es lange klingeln, wußte, daß der Hörer schließlich doch abgehoben werden würde. Es war ja schon spät, nach neun Uhr, da schlief er meistens schon, der Kleine.

Und dann eine Frauenstimme, verwundert über den späten Anruf: »Hallo?«

»Ich bin's, Anja, Professor Schulte.«

»Aber der gnädige Herr –« Mit schwerfälligem dänischem Akzent.

»Ich weiß, Anja. Ich muß mit ihm sprechen.«

»Aber...«

»Wecken Sie ihn noch nicht. Ich bin in einer halben Stunde da.«

3.

Der Kleine ging gewöhnlich schon um acht Uhr zu Bett, das heißt, er ging nicht, er lag bereits drin, auch tagsüber, aber um diese Zeit machte er das Licht aus. Im Gegensatz zu den meisten alten Leuten brauchte er im Lauf der Jahre immer mehr Schlaf. Jedes halbe Jahr kam eine halbe Stunde dazu. Jetzt, mit achtundachtzig, schlief er bis zu siebzehn Stunden am Tag. Ob er wirklich schlief, wußte niemand, aber er lag im Bett, unter der Decke, denn er fror das ganze Jahr über. Wenn er essen wollte oder sonst etwas brauchte, klingelte er, und Anja erschien – soweit sie es für notwendig hielt. Vor einigen Jahren hatte er sie einen Krankenpflegekurs machen lassen, aber ob sie dabei etwas gelernt hatte, war ungewiß. Sie verarztete ihn mit Autorität und nach Gutdünken, und im Grunde war ihm das recht.

Als Kaspar an der Wohnungstür klingelte, hatte sie es nicht für nötig gehalten, einen Morgenrock anzuziehen, trug nur eine Küchenschürze über dem geblümten wollenen Nachthemd, falls er etwas essen wollte. Aber er wollte nicht.

»Meine Frau ist tot«, sagte er und gab ihr seinen Hut.

»Wieso?« Sie sah ihn mißtrauisch an. »Wieso tot?«

»Herzversagen.«

Sie gab den Weg zum Schlafzimmer des Kleinen frei. Vor der Tür angekommen, blieb Kaspar einen Moment stehen und blickte zurück. Anja lehnte noch in der Küchentür am anderen Ende der Diele und beobachtete ihn stumm.

Aber was hätte sie schon sagen können, sie hatte ja drei Wochen lang bei ihm zu Hause gearbeitet. Sie wußte Bescheid. Martha hatte eine Annonce aufgegeben für ein Au-pair-Mädchen, aber

niemand hatte geantwortet. Und dann, eines Abends, hatte Martha gesagt: »Ich hab' heute eine Dänin engagiert. Sie ist sehr schön. Lange wird sie nicht bleiben.« – »Warum?« hatte er erstaunt gefragt. »Die Buben sind doch noch zu jung...« – »Mir geht's nicht um die Buben«, hatte Martha lächelnd gesagt. Das war vor Hede gewesen, natürlich.
Am folgenden Morgen war das Mädchen mit dem Frühstückstablett gekommen. »Das ist Anja Södersen«, hatte Martha gesagt und gar nicht erst hingeschaut, was er wohl für ein Gesicht machen würde. »Guten Morgen«, hatte er gemurmelt und Martha recht gegeben. So was sollte nicht lange in der Wohnung bleiben.
Er hatte sich in den nächsten Tagen immer unbehaglich gefühlt, wenn Anja ins Zimmer kam, und auch die Buben hatten jedesmal aufgehört zu reden. Sie selbst sah niemanden an, auch wenn man mit ihr sprach, nickte und brummte nur das Allernötigste in schlecht verständlichem Deutsch. Aber wenn er manchmal an ihrer Zimmertür vorbeiging, hörte er sie in ganz anderem Ton mit ihrer zahmen Amsel sprechen und sogar lachen.
Einmal, während dieser drei Wochen, waren Alfred und Else zum Abendbrot gekommen. Als Anja mit dem Tablett ins Speisezimmer kam, war Alfred, Professor der Pathologie, mitten in einem Wort verstummt, und seine Frau hatte Anja geradezu erschrocken angestarrt. Als sich die Tür hinter ihr geschlossen hatte, sprachen beide zur gleichen Zeit. Der Professor sagte: »Wer, um Himmels willen, ist *das*?« Und seine Frau vorwurfsvoll zu Martha: »Warum, wenn ich fragen darf?«
»Nur vorübergehend, zur Aushilfe«, hatte Martha lächelnd geantwortet – und in diesem Augenblick war ihm die Erleuchtung gekommen.
Der nächste Tag war ein Samstag gewesen: keine Vorlesungen, Martha beim Friseur, die Buben auf dem Fußballplatz. Anja saß am Küchentisch und polierte den silbernen Leuchter mit einem Lederlappen. Er setzte sich ihr gegenüber. Sie warf ihm einen kurzen, argwöhnischen Blick zu, polierte energisch weiter.
»Anja – ich habe über Sie nachgedacht.« Irreführender Auftakt, und eine böse dänische Falte erschien auch sofort zwischen ihren

erstaunlich geschwungenen Augenbrauen, ohne daß sie aufsah. »Sie werden überall Unannehmlichkeiten haben, in welchen Haushalt Sie auch gehen. Überall sind Hausherren, Söhne, Freunde. Un-an-nehmlichkeiten«, wiederholte er nachdrücklich, damit das Mißverständnis und die Falte verschwinden würden.

Nach kurzer Pause antwortete sie mit der dunklen, rauhen Stimme, die sie für den Umgang mit Menschen reserviert hatte: »Ich weiß. Habe schon unehelicher Kind in Dänemark. Einer ist genug.«

»Warum haben Sie keinen Beruf?«

»Haushalt ist auch Beruf. In Kopenhagen habe ich in Warenhaus gearbeitet. Noch mehr Männer, noch mehr unannehmlich.«

»Warum heiraten Sie nicht?«

Ein vernichtender Blick über den Silberleuchter hinweg. »Mein Schwester, sie ist verheiratet. Hat zwei Kinder. Von sein bester Freund.«

»Wie alt sind Sie eigentlich?«

»Achtzehn.«

»Würden Sie zu einem Mann gehen, der ganz allein wohnt, Sie aber niemals belästigen wird?«

»Ist krank?«

»Nein, aber achtzig Jahre alt.«

»Mein Großvater zweiundachtzig. Im Lehnstuhl, und immer noch Hand unter mein Rock.« Sie hob den Lederlappen und knallte dem Großvater eins auf die Finger.

»Bei meinem Onkel haben Sie nichts zu befürchten, er ist nur *so* groß.« Er zeigte mit der Hand eine Höhe von etwa einem Meter zwanzig. »Ein Zwerg.«

Sie ließ den Leuchter sinken und starrte ihn überrascht an.

»In Zirkus?« fragte sie hoffnungsvoll.

»Nein, er lebt hier in München in einer Wohnung, genau wie andere Leute. Das heißt, nein, nicht wie andere Leute, ganz anders.«

»Gut«, meinte sie und nahm ihre Arbeit wieder auf. »Gehe ich zu ihm. Hier ist nicht gut bei Ihnen.«

Recht hat sie, dachte er, aber er wollte es doch wissen.

»Wieso? Ist man nicht nett zu Ihnen?«
»O ja, nett. Zu nett. Sie und kleiner Sohn, zu nett. Ihre Frau weiß, sie sieht gut. Hat nicht gern.«
Gewitzt, dachte Kaspar, denn noch ist ja nichts geschehen. Aber Stefan... schon? Mit kaum dreizehn? Sieh mal an.

Am Geburtstagsmorgen hatte er Anja einen Blumenstrauß in die Hand gedrückt, ihren Koffer nebst dem Vogelbauer zum Auto getragen und sie zum Kaiserplatz gefahren, wo der Zwerg seit Menschengedenken wohnte. Wovon er lebte, war allen, auch Kaspar, ein Rätsel. Sein Lebensstandard war immer der gleiche, nicht luxuriös, aber großzügig genug, sich eine Hausangestellte zu leisten. Er war aber so schwierig, daß es keine lange bei ihm aushielt. Die letzte war vor ein paar Monaten schimpfend ausgezogen, und seither behalf er sich mit Zugehfrauen, die er haßte, und er bedrängte Kaspar immer wieder, ihm doch ein vernünftiges Frauenzimmer zu beschaffen, wenn möglich »ein Mordstrumm«. Er hatte seine Kindheit in Landshut verbracht, ging dann jahrelang »auf Reisen« und hatte sich seinen eigenen Sprachschatz zusammengekratzt, kunterbunt, quer durch die Lande. Er konnte auch einwandfreies Hochdeutsch sprechen, aber sowie er müde war oder wenn ihn etwas erregte, fiel er wieder ins Bayrische zurück.
Kaspar hatte an die Schlafzimmertür geklopft und das Mädchen mit Blumenstrauß vor sich hergeschoben.
»Hier ist dein Geburtstagsgeschenk, Onkel Stilz. Es kommt aus Kopenhagen und heißt Anja.«
Das war vor acht Jahren gewesen. Anja hatte Ruhe, und der Kleine war im Paradies.

Er öffnete die Schlafzimmertür, so daß Licht aus der Diele ins Zimmer fiel, und wartete.
»Was ist denn los?« meckerte es plötzlich aus dem Dunkel. »Licht aus! Hast mi?«
Kaspar tappte vorwärts und schaltete das Nachtlicht an, dann schloß er die Tür. Das rote Dämmerlicht der Lampe erhellte schattenhaft ein majestätisches Himmelbett. Undeutlich konnte er

zwischen den vielen Kissen das kleine, dunkle Gesicht ausmachen. Der Zwerg saß mehr, als er lag, noch winziger als sonst in der weiten, weißen Fläche. Kaspar setzte sich ans Fußende und lehnte sich gegen einen der vier samtüberzogenen Pfosten.

»Ah – du bists. Was machst denn da, Tintenlackl, was gibts?« Und als Kaspar nicht sofort antwortete: »Hast an Krach g'habt mit der Martha? Jetzt net. I will mei Ruh ham.«

»Martha ist tot, Onkel Stilz.«

Langsam wandte sich der kleine Kopf mit den weißen Haaren zurück, die runden Augen blinzelten, und der Mund öffnete sich zu einem schwarzen, uralten Grinsen.

»Hastes um d'Ecken bracht? Kruzitürken. Wie hast dös g'schafft? Wart einen Augenblick.« Er setzte sich auf, tastete auf dem Nachttisch nach seiner Brille, fand dann neben der Lampe das Zahnglas, in dem sein Gebiß übernachtete, bastelte herum, bis es »klick« machte.

»So. Jetzt kann i zuhörn. Erzähl!«

»Herzversagen.«

Der Zwerg seufzte enttäuscht, dann grinste er wieder, den Mund voller weißer Zähne, sonnig und beinah kindlich. »Hast du einen Dusel!« Und als Kaspar schwieg: »Was denn, hast net heimlich davon träumt?« Und als noch immer keine Antwort kam. »I seh di net recht, machs große Licht an!«

»Nein.«

»Na, dann d' Stehlampen.«

Kaspar hockte regungslos wie eine dunkle Statue, an den Bettpfosten gelehnt. Der Alte griff nach der Klingel auf dem Nachttisch.

»Sie wird jetzt nicht kommen, Onkel Stilz.«

»Ich will aber Licht haben!« zeterte der Zwerg und schlug mit den winzigen Fäusten auf die Bettdecke. »Ich bin an alter Mann, ich seh nimmer gut.«

»Du siehst besser als ich, Onkel Stilz. Ich kann jetzt kein Licht vertragen.«

Der Alte faltete die Hände und drehte die Daumen. »Warum bist denn kommen? Was willst? Du weißt, ich hab sie nie mögen, die

Martha. Soll i mi verstellen, weils tot is? Geh doch zu deiner Hede!«
Kaspar schüttelte stumm den Kopf. »Was hast dir vorg'stellt? Willst hier bei mir im Himmibett schlafen? Soll i dir Märchen erzähln?«
Kaspar dachte nach. »Ja«, sagte er dann langsam. »Ja. Genau das wollt' ich.«
Der Kleine verschränkte die Arme und betrachtete ihn aufmerksam.
»Da dämmert mir was«, sagte er dann. »Ich hab schon g'hofft, du würdst mi nimmer damit plagn.«
Kaspar lehnte den Kopf, so weit er konnte, zurück gegen den Bettpfosten und schloß die Augen.
»Wie lange willst du's noch aufschieben? Du hast schon vor zwanzig Jahren gesagt, du würdest es mir mal erzählen. Wann ist ›mal‹? Alle paar Jahre krümelst du mir plötzlich ein paar Brosamen hin, Lorbeerkränze und Skandale, Zuchthaus und Schlittenfahrten in St. Petersburg – ist da was Wahres dran? Ich bin nie klug daraus geworden, und das wolltest du ja auch, nicht wahr? Aber heut möcht' ich's gerne wissen, also entscheide dich: entweder oder.«
Der Alte trommelte wieder mit den winzigen Fäusten auf der Bettdecke. »Saufrech, so was, weckst mich mitten in der Nacht, und zwingst mich auch noch. Warum grad heut? Weil sie tot is? Hauts di um? Da schau her, hätt ich net glaubt. Bist halt doch ein spießiger Hammel – oder ham die Buben dir eing'heizt? Was hams denn g'sagt?«
»Frag nicht so viel, Onkel Stilz! Ich möchte gern an etwas anderes denken heute nacht, hab' gehofft, ich könnte mich ablenken, woanders hinlenken...« Er verstummte.
»Lauter, ich kann di net hörn.«
Kaspar richtete sich auf, setzte beide Füße sorgfältig nebeneinander auf den Fußboden und fuhr sich mit der Hand über die Stirn. Dann stand er mit einem Ruck auf und ging zur Tür.
»Komm her!« zeterte es hinter ihm. »Was hast denn denkt? Daß ich abroll wie a Tonband? Meinst, ich hab alles parat im oberen Schubkastel, gut beinand, brauchs bloß ablesen? Ist doch schon

viel zu lang her, liegt irgendwo verscharrt. Woher weiß i, ob ichs überhaupt noch find...«

»Faule Ausreden«, sagte Kaspar an der Tür, ohne die Stimme zu heben. »Alles Schwindel. Von wegen verscharrt. Was immer es ist, es liegt ganz obenauf, du kannst es auswendig, spielst es dir ja immer wieder vor.«

»Was sagst da? Spielen? Was unterstehst dich!«

»Anja sagt, manchmal, wenn sie hereinkommt, dann schläfst du nicht; du liegst da und gackerst.«

»Ich...«

»Und es kommt auch vor, daß du dasitzt und mit den Armen ruderst, als würdest du dirigieren. Sie hat's mir vorgemacht, es sieht sehr merkwürdig aus. Was tust du, wenn du so in der Luft herumfuchtelst?«

Nach einer unheilvollen Pause: »Hasts ja grad g'sagt. Ich dirigiere.«

»Was dirigierst du. Ein Orchester? Und warum gackerst du?«

»Hats das g'sagt, die Anja? Die werf i naus.«

»Du wirst dich hüten!« Dann, versöhnlicher, aber immer noch an der Tür: »Onkel Stilz, ich bin müde. Erzähl's mir! Oder...«

»Jessas«, knurrte der Alte. Dann krähte er im Falsett: »Man erpreßt mich! Überfall! Hilfe!«

Kaspar legte die Hand auf die Türklinke.

»Kruzitürken. Bring mir mein Napoleon, Tintenlackl. Im Büfett, unten links.« Kaspar tastete nach der bauchigen Flasche.

»Kein Glas! Ich trink aus der Flaschn. Dir geb i nix, Bazi.«

Kaspar kehrte mit einem Sofakissen unter dem Arm zurück, stellte die Flasche ab, schwang die Beine aufs Bett und stopfte sich das Kissen zwischen Rücken und Bettpfosten, dem Kleinen gegenüber, der ihm verkniffen zusah.

»Hast es kommod? Na, das freut mi.« Dann griff er nach der Flasche und bettete sie wie ein Kind in den Arm. »1914, ein guter Jahrgang, für Weine, net für Zwerge.«

»Warum? Was ist dir da passiert?«

Der Kleine strich zärtlich über den Flaschenbauch und sagte mürrisch: »Was weißt eigentlich? Weißt irgendwas von damals?«

»Nichts. So gut wie nichts. Vater hat gesagt, er und der Onkel Bernie hätten seinerzeit geschworen, nie wieder davon zu sprechen. Das hat er immer gesagt, wenn die Rede auf dich kam.«
Der Zwerg nagte mit den unteren falschen Zähnen an der Oberlippe. Das tat er immer, wenn ihm etwas zusetzte; er sah dann aus wie ein Taschengorilla. »Saukerln.«
»Saukerln? Deine Brüder?«
»Ein Zwerg hat keine Brüder. Ein Wunder, daß mich net um d'Ekken bracht ham, dein Vater und der andere, der war auch kein Feiner. Wenn *einer* den alten Schmarrn auspacken darf, dann bin dös *ich* – und niemand anders.«
»Aber warum die Geheimnistuerei? Vater sagte nur, ich soll ja nicht denken, es handle sich um ein Verbrechen.«
»Sieht ihm ähnlich, dem alten Depp, dem verstellerischen. Verbrechen! Was ist das scho? *Ich* sage, es war eins, und nicht nur eins.« Er zerrte ungeduldig am Korken und nahm einen guten Schluck. »Woher weiß ich, ob ich mich noch erinnere? Wie soll ich das alles zamleimen, der Reihe nach, damit du es kapierst, wo soll ich anfangen...«
»Irgendwo. Ich sag' dir doch, ich weiß *nichts*. Alles, was mit dir zu tun hatte, war tabu in der Familie.« Der Alte gab ihm einen langen Blick über den Flaschenhals hinweg. »Fang doch beim Großvater an, von dem weiß ich ja auch nichts; nur von der Großmutter weiß ich was.«
»Was?« Beinahe drohend.
»Ich hab' mal ein altes Foto entdeckt, hab's niemandem erzählt. Im Hintergrund war ein Wanderzirkus und in der Mitte, vorne, ein Panoptikum, und über dem Eingang stand: DIREKTION ANNA SCHULTE. So hieß sie doch, nicht wahr?«
Der Zwerg nagte wieder an der Oberlippe. Dann nahm er einen herzhaften Schluck, blies die Backen auf und schlenkerte den Cognac dazwischen hin und her, als sei es Mundwasser.
Er will Zeit gewinnen, dachte Kaspar und empfand etwas wie Reue, daß er den Alten mit Marthas Tod erpreßte. Noch konnte er ihn erlösen: Laß nur, Onkel Stilz, ich hätte nicht damit anfangen sollen – ich wollte diese Nacht gern loswerden. Ich bin aber

doch zu müde – ehrlich, ich möchte lieber nach Hause gehen... Doch er schwieg und ließ den Alten sich quälen.
»Deine Großmutter –« Er stockte und liebkoste die Flasche in seinem Arm. Neuer Anlauf: »Deine Großmutter – wie soll man die beschreiben? Da muß i erst einmal zu ihren Eltern zurück. Der Großvater – *mein* Großvater, mach mir da kein Kuddelmuddel –, der sang im Kirchenchor, sonst war er Postbeamter. Sechs Kinder hatten sie, lauter Jämmerlinge, starben alle sechs, bevor sie drei Jahre alt waren. Und dann kam meine Mutter, als siebente, und die war von Anfang an ein Trumm. Acht Jahr wars alt, als ihre Mutter nimmer aufstehn konnte. Tuberkulose, glaub ich. Sie übernahm den Haushalt, ging nicht mehr zur Schule, hat nie richtig buchstabieren können. Wenn sie von mir in einem Brief erzählte, schrieb sie immer ›der Zwerk‹.«
Er nagte heftig an der Oberlippe. Kaspar wollte etwas sagen, aber jetzt war's zu spät.
»Halts Maul. Wo war ich? Ja. Die Großmutter lag im Bett und hustete, und meine Mutter kochte und nähte und pflegte sie. Nur für die schwere Arbeit, da stellte sie einen Hausknecht ein, alles noch vor ihrem neunten Geburtstag. Großvater? Der marschierte jeden Sonntag in der Frühe an den sechs kleinen Gräbern vorbei auf seinem Weg zur Sakristei, und dann pries er oben im Chor den lieben Gott aus vollem Hals. Der hatte ihm ja jetzt meine Mutter ins Haus geliefert, als wollt er sagen: ›So, jetzt sind wir quitt. Da hast was Spezielles!‹ Und der Großvater hat das verstanden und ließ sie machen, was sie wollte. Ein Kind von acht Jahren, Kaspar, stell dir vor, ein Kind, das nie spielte! Hatte anderes im Kopf: Rechnungen, Medikamente, Einkäufe, aufpassen, daß der Knecht nicht zuviel abstaubte – stell dir vor! Sie war damals sicher nicht größer als ich.«
Der kleine Kopf mit den weißen, struppigen Haaren sank tief über die Flasche, und Kaspar streckte die Hand aus. Aber der Zwerg schlug nach ihm mit beiden Händchen.
»Sei staad! Du hasts ja wollen. Nachher wirds lustiger. Also, da war das Kind, meine Mutter, Anna hieß sie, und wenn Besuch kam, dann bot sie Wein an und trank auch ein Glas mit, und die

Leute vergaßen, daß das ein Kind war, das sagte: ›Zum Wohl, die Herrschaften.‹ Sie war natürlich stadtbekannt, und anfangs wollten die lieben Nachbarn helfen und Ratschläge geben, aber meine Großmutter rief laut aus ihrem Schlafzimmer: ›Laßts mir mei Anna in Ruh, die weiß's scho.‹ Und das sollen auch ihre letzten Worte gewesen sein, als sie starb. Die Anna war zehn.«
Lange Pause. Noch ein Schluck aus der Schnapsflasche, dann, kaum verständlich:
»Ich weiß net, wies weitergeht, ich war ja noch net da. Hab vergessen, wie sich das zamgläppert hat.«
»Was, Onkel Stilz?«
»Na, jetzt muß doch irgendwann mal mein Vater auftreten. Wo hat sie *den* bloß derwischt?«
»Wie alt war sie?«
»Fünfzehn. Mach kein Gesicht, das war *alt* – für sie.«
»Was war er denn von Beruf?«
»Beruf... Beruf... Er hatte damals noch keinen, soviel ich weiß – nein wart! Er hatte was mit dem Zirkus zu tun – natürlich! Das war ja wichtig für später. Jetzt weiß ichs wieder: Bären! Er hatte eine Bärennummer – oder er mußte auf die Viecher aufpassen oder so was. Ja!« schrie er plötzlich mit schriller Stimme. »So wars!« Er seufzte selig und klopfte sich ein paarmal gegen die Stirn. »Klick – da ist es wieder. Alter Depp! Natürlich, so wars, so kommts zam.«
»Wie, Onkel Stilz, nun sag's schon.«
»Der Bär! Mein Vater hatte einen Lieblingsbären, und mit dem ist er mal auf unser Postamt in Landshut gegangen, weiß nicht, wie das kam, wahrscheinlich gab der Zirkus gerade ein Gastspiel. Der Bär war natürlich angezogen und hatte einen Hut auf, und sie stellten sich in die Reihe vor dem Briefmarkenschalter. Bis es jemand gemerkt hat. Da schrien die Leute im Postamt wie narrisch – und das hat die Anna gehört, denn unser Haus lag neben dem Postamt, nur der Garten war dazwischen, und sie zupfte gerade Unkraut. Das tat sie gern: Unkraut ausrupfen; alles putzt und gradgeruckt...« Er starrte eine Weile angestrengt auf die Bettdecke. »Sie kam ins Postamt gestürzt mit einem Bund Radieserl

in der Hand, und der Bär setzte sich auf den Hintern und bettelte mit seinen dicken Pfoten um die Radieserl...«
Nach einer Weile sagte Kaspar leise: »Ja?«
»Ja, ja«, murmelte der Zwerg versunken. »Ja, ja. Sie heiratete meinen Vater und den Bären. Der folgte ihr auf Schritt und Tritt. Ich hab noch ein Foto von ihm, ein ganz besonders schiaches Viech...«
»Du hast ihn noch gekannt?«
Der Alte schüttelte den Kopf. Dann sagte er rauh: »Ich war der dritte Sohn, ein Spätling, acht Jahre nach deinem Vater. Da war der Bär schon ganz grau und spitz, hatte nur noch ein Auge. Und lahmte immer noch hinter meiner Mutter her. Vielleicht glaubte mein Vater, der Bär sei dran schuld, an mir, an der Mißgeburt. Man sagt doch, schwangere Frauen sollen sich was Schönes ansehen – ich weiß nur, daß mein Vater ihn dann erschossen hat, den Bären.«
Er stellte die Flasche auf dem Nachttisch ab und legte sich in die Kissen zurück, verschränkte die Arme hinter dem Kopf.
»Ja, da war ich nun, dreißig Zentimeter lang. Zu Anfang sagte die Mutter noch: ›Die kleinen Hascherl, die wachsen um so schneller‹, aber ich wuchs nur langsam und wenig. Sonst war ich hübsch, mit blonden Locken. Du weißt ja sicher – stehst doch da oben auf dem Podium und hältst lange Vorträge –, es gibt verschiedene Arten von Zwergen, ich hab das später alles genau studiert. Die Ursache? Unterschiedlich. Manche Zwerge sind ja noch dazu deppert – und die habens am besten, wenn du mich fragst... Und dann gibts eben die feschen, die mit den richtigen Proportionen, so wie mich. Mich könnt man fotografieren und dann vergrößern – ich wär ein klassisches Modell. Ich meine, ich *war* das einmal, früher, und auch mein Kopferl war eigentlich recht sauber zum anschaun...«
Er fischte, ohne hinzusehen, einen Gegenstand hinter der Lampe hervor, einen Handspiegel. »Ich bin auch heut noch ein g'standnes Mannsbild.« Er betrachtete sich sachlich, legte den Spiegel wieder an seinen Platz zurück.
Kaspar griff nach der kleinen Hand, die auf der Bettdecke lag, und drückte sie, bevor der Alte sie ihm entziehen konnte.

»Laß das, Tintenlackl, ich kanns net leidn, wenn man mich anfaßt, das weißt du doch. Also: Bei meiner Mutter funktionierte eine Drüse nicht, hier hinten am Hinterkopf, das war alles. Sie war wie verrückt, als es der Doktor gesagt hat. Wollte und wollte es nicht glauben. Die ersten zwei waren doch ganz in Ordnung gewesen! Die waren eher zu groß, dein Vater war beinah ein Meter neunzig, und der andere, dein Onkel Bernie, der war auch riesig, und beide waren sie derb und rechte Klötze. Ich wurde natürlich Mutters Herzensmanderl, bekam die besten Bröckerl Fleisch – ›der Kleine brauchts!‹ – und die ersten Erdbeeren, immer ich. Die anderen sahen stumm zu, Vater und die beiden Großen, wenn ich auf Mutters Schoß saß und sie mich fütterte und streichelte, und deshalb hats mich zuerst auch gar nicht gestört, daß ich so klein blieb, das kam später. Da hängte ich mich heimlich an Leitern und Türen, bis mir die Finger abstarben. Und dann wußte ich eines Tages auf einmal, von einer Stunde zur anderen, kann dir net sagen, warums Zehnerl plötzlich fiel, aber ich wußte, nein, ganz anders, es fuhr durch mich durch wie eine Watschn, daß ich da ein furchtbares Ding vor mir hatte: mein Leben. Und daß es ewig dauern würde, und die Mutter würde auch nicht immer dasein. Andere Kinder wissen gar nicht, was das bedeutet, ihr Leben. Die vergnügen sich durch den Tag und freuen sich auf später.« Er dachte einen Augenblick lang nach und fing dann an zu kichern. »Es war richtig lustig, denn es kam alles so blitzschnell. Alles an einem Tag. Ich wollt mich auf der Stelle im Mühlbach ersäufen, aber wie ich ins Wasser unter mir starrte, da kam mir der Gedanke: Wart doch! Das kannst immer noch nachholen, der Mühlbach läuft nicht weg – aber wie wärs denn, wenn man aus dieser elenden Not eine Tugend machte – oder so ungefähr. Ich war ja erst zehn Jahre alt und ahnte nur undeutlich, daß es das gab, das mit der Not und der Tugend. Gescheit, was? Nur wußte ich damals noch nicht, *wie* gescheit ich war. Konnte es gar nicht wissen, denn meine ersten großen Pläne waren alle im Arsch. Wie ich mich nämlich da so im Wasser spiegelte, mit meinen blonden Locken gegen den blauen Himmel, dachte ich plötzlich: Solln mich doch andere Leute auch anglotzen – aber *zahlen* sollns dafür! Und ich lief nach Haus und

bestürmte die Mutter noch am selben Tag, mich auszustellen. Im Zirkus! Unter dem Titel ›Wunder der Natur‹. Ganz egal wie, meinetwegen mit einem dreibeinigen Schwein, mir Wurscht. *Zahlen* sollten sie, um mich zu begaffen! Aber da stieß ich zum erstenmal auf Eisen. Lieber wollt sie mich tot sehen, das hat sie gesagt, ganz weiß um die Nase. Erst glaubte ich noch, mit der Zeit würde ich sie schon rumkriegen – sie hatte mir doch noch nie etwas abgeschlagen –, doch sie blieb fest. Ich aber auch. Ich gab keine Ruh, steckte mich hinter den Vater, der war immer flaumweich, was mich anging, und schließlich auch hinter die Brüder, aber alle drei sagten: Warts ab, du bist noch zu jung. Obgleich – die Brüder, die hätten mich sicher gern losgebracht, für die war ich eine lästige Bremse, die herumsurrte und stach, wo sie konnte. Ich war ja immer zu Hause. Mutter ließ mich nicht in die Schule gehen aus Angst, man würde mit mir Schindluder treiben.
Ich war also immer ›da‹, ging nur ganz selten aus der Wohnung, aber ich langweilte mich nicht, brachte mir selbst – Mutter besorgte die Bücher – Lesen, Schreiben und Rechnen bei, mit Leichtigkeit; ich hatte nämlich ein unglaubliches Gedächtnis. Aber abgesehen von den Schulbüchern gabs da noch was anderes in meinem Leben –« Er unterbrach sich, setzte sich auf und zeigte gebieterisch und mit seltsam flackerndem Blick in eine Ecke des Zimmers. »Geh an mein Schreibtisch, oben links, die erste Schublade, den kleinen Karton, bring den mal her!«
Kaspar setzte den viereckigen, verschnürten Kasten vor den Kleinen auf die Bettdecke. Der löste die Knoten, hob den Deckel ab und holte eine hölzerne Schachtel heraus, die er auseinanderklappte: ein Miniaturschachbrett, dazu winzige, scharf modellierte Figuren in einem kleinen Beutel. Der Alte baute sie schweigend auf, indem er die Unterleiber in die Löcher, die in jedes Quadrat gedrillt waren, steckte, bis sich beide Armeen, schwarz und weiß, kerzengerade und zierlich gegenüberstanden.
»Das war das erste«, murmelte er. »Ein Spiel – und der Scheideweg. Man schenkt einem Kind was, vielleicht eine Geige, eine kleine, und daraus wird dann eine Berufung. So was gibts. Mir hat jemand dieses Ding hier zu meinem achten Geburtstag geschenkt,

dazu ein Buch mit Anweisungen. Von da an spielte ich täglich mindestens ein halb Dutzend Partien, allein oder mit den Brüdern. Die Mutter zwang sie dazu, um mir Freude zu machen. Sie spielten nicht schlecht, aber ich konnte sie mit Leichtigkeit schlagen. Ich schlug auch den Vater und den Pfarrer, bevor ich zehn Jahre alt war. Aber am liebsten spielte ich allein, in ›meiner‹ Ecke im Wohnzimmer, hinter Großvaters Sessel, wo mich niemand sehen konnte. *Niemand konnte mich sehen*, Kasperl, so spielte ich am besten, merk dir das – für später! Ich konnte mich so blockieren, daß ich den Gegenzug nicht einberechnete, verstehst? Ich brachte es fertig, mich mit jedem Zug zu überraschen, irrezuführen, zu übertölpeln. Die anderen saßen abends unter der großen Hängelampe mit dem rosa Schirm und lasen und schrieben oder bastelten was, Mutter nähte – und hinter dem großen Sessel, da kicherte ich und brabbelte, denn ich redete natürlich mit meinem ›Gegner‹ und hänselte ihn: ›Haha! Da staunen Sie, was?‹ Oder: ›In der Falle, Sie Esel, Rochade!‹ Das alles auf dem Boden, zu Großvaters Füßen. Sein Geisteszustand war nicht mehr der beste, und er fragte alle paar Tage: ›Aber wo ist er denn, der andere?‹
Die um den Eßzimmertisch herum, die ignorierten mich, nur dein Vater nicht, der Leopold, der Ingenieur werden wollte und gern seine Lehrbücher in Ruhe studiert hätt. Mein Geschnatter und Gehupfe ging ihm auf die Nerven, und er fluchte und nannte mich Rumpelstilzchen. Daraus wurde dann Stilz.
Das war der Anfang, Kasperl, die ersten Fingerübungen in der Phantasie. Die kann man auch trainieren wie einen Muskel. Ich brauchte meinen Gegner nicht leibhaftig vor mir zu haben, der saß sowieso da, mal alt, mal jung, mufflig oder nobel, vernagelt oder ein Meister ... Ja! Es gab auch Meister, und ich verlor oft, aber es gab ja kein ›ich‹! Und bei all meinem fieberhaften Herumgehampel – ich wechselte natürlich bei jedem Zug von einer Seite auf die andere, von Schwarz zu Weiß und wieder zurück – bei all dem Gezappel dachte ich natürlich: Ich spiele. Hatte keine Ahnung, daß ich trainierte.«
Er atmete schwer, als wäre er gelaufen, und die Augen hinter den Brillengläsern glotzten wie die einer Eule.

»Hast mich, wo ich hinauswill, Kasperl?«
»Nein. Und nenn mich nicht Kasperl.«
»Also, du weißt wahrhaftig *nichts*! Daß so was einfach versinken kann, ohne Spur!«
»Ich versteh' dich nicht, Onkel Stilz, du *wolltest* doch, daß es versinkt, die Brüder mußten sogar schwören!«
Lange Pause und heftiges Nagen an der Oberlippe. »Trotzdem. Es geht mir nicht ein, daß es möglich war, daß kein Mensch je darüber berichtet hat, ich meine außerhalb der Familie... Na ja, vielleicht wars besser so. Also – da sitze ich im Wohnzimmer zu Großvaters Füßen und spiele, und es ist Sonntag vormittag, und er singt immer noch seine Choräle, wenn auch jetzt ganz daneben. Mich störte es nicht, ich war unmusikalisch, aber die Familie floh jedesmal. Und plötzlich, mitten in einem Psalm, war er still. Ich spielte ruhig weiter, hatte meinen Gegner beinah schachmatt – da kamen sie alle wieder rein zum Mittagessen und fingen an zu lamentieren, denn er war tot, der Großvater. Ich weinte mit, weil jemand auf mein Schachbrett getreten war.
Aus wars mit dem Großvater. Malheur für mich, hinter seinem Sessel war ich geborgen und unsichtbar gewesen, aber nun rückte man das schwere Ding woanders hin – und die am Eßzimmertisch, die *sahen* plötzlich, wie ich hin und her zappelte und in die leere Luft pöbelte. Ich merkte, wie mich alle anstarrten, konnte aber nicht aufhören, war mitten in der Partie – mein Gegner war ein hochnäsiger ›Meister aus Amerika‹ –, da sagte dein Vater, der Leopold, nicht laut, aber ich konnts doch hören: ›Jessas, spinnen tut er a noch!‹
Die Mutter schlug schnell zurück: Großvaters Zimmer sollte von nun an meins sein – bisher hatte ich in einem Eckerl neben dem Zimmer der Eltern geschlafen –, nein, dein Vater würde es *nicht* bekommen, er würde weiterhin das Zimmer mit dem Bruder teilen. Ja, sie wisse, es stehe eigentlich ihm zu, aber eben nur eigentlich. Basta.
Und so zog ich in mein Zauberreich, warf alle Möbel raus, wollte nur Großvaters Bett und einen Tisch und zwei Stühle. Dein Onkel Bernie, der bei einem Schreiner in der Lehre war, der mußte alle

hölzernen Beine um gute dreißig Zentimeter kürzer machen, dann brauchte ich nicht dauernd hinaufzukraxeln. Und auf dem niedrigen Tisch landete am folgenden Weihnachten ein Erwachsenenschachbrett mit Figuren, so lang wie meine Finger. Jetzt hatten alle Ruhe. Ich erschien nur noch zu den Mahlzeiten, der Mutter zuliebe, ein Futternapf vor meiner Tür hätts mir auch getan. Den Brüdern ebenfalls. Die hätten mich am liebsten in meiner Bude eingemauert und durch ein Loch gefüttert. Ich war ihnen ›genant‹. Übrigens – der Mutter auch, trotz aller Liebe. Nie konnten sie Gäste einladen, auch alte Freunde glotzten immer wieder nach meinem Stühlchen, immer mit demselben Blick: Ja mei, wächst denn das Buberl überhaupt net?
Und gar neue Freunde! Obgleich die natürlich vorbereitet waren und so taten, als sei ich was ganz Alltägliches. Aber ich lauerte auf ihre verstohlenen Blicke und ließ sies merken, wenn ich sie erwischt hatte – kann ichs noch?« Er verdrehte die Augen hinter den dicken Brillengläsern und fletschte das Gebiß.
»Ausgezeichnet.«
»Halts Maul! Ein Wechselbalg wird sich wohl noch wehren dürfen. Soll er etwa nach einer schönen Seele trachten? Bosheit machte mir richtig Freude. Ich glaubte ja damals, das würde die einzige sein, eine andere würd ich diesem Scheißleben nicht abringen können, hatte keine Ahnung, daß da noch etwas, etwas Verrücktes auf mich wartete, nur auf *mich*.«
Er starrte in die Luft, weit weg, und Kaspar wartete geduldig. Dafür war er ja gekommen; es war eigentlich noch besser, als er gehofft hatte. Zeit gewinnen. Zwischenraum. Morgen früh würde er sich dann stellen. Freunde benachrichtigen, Martha beerdigen, entscheiden: Hede oder nicht Hede, in die Wohnung zurück oder woanders hin... Alles morgen. Bis dahin: Gnadenfrist.
Der Alte tastete plötzlich wieder nach dem Handspiegel und vertiefte sich in seinen Anblick.
»Viel ist nicht mehr da«, murmelte er »Schad, daß ich mich immer geweigert hab, mich fotografieren zu lassen. Ich hatte eine Haut wie ein Madl, weiß und rosa, und sehr große Augen, dunkelblau. Wusch mich mehrmals täglich, bettelte meine Mutter um ihr Eau

de Cologne an. Ich glaub, ich war richtig vernarrt in mich, stell dir vor! Anstatt mich zu hassen. Erklär dir das! Aus Trotz, aus Frechheit – schau net so drein, ich weiß, was du denkst, du meinst, in Wahrheit haßte ich mich *doch*. Liebe und Haß! Ich weiß das alles, Tintenlackl. Jetzt! Damals merkte ich nur, daß ich mich jeden Tag aufs neue wunderte. Vergiß nicht, ich war ja zwei: Ich und ich, wir saßen uns gegenüber und bekriegten uns.«

Er legte den Spiegel wieder hinter die Lampe und stärkte sich mit einem Schluck. »Bist ein guter Zuhörer, Kasperl, du jagst mi net, aber ich spür, daß du zappelst, und das hab i gern. Kannst dir vorstellen, daß ich fesch war?«

»Du bist's noch immer.«

»Wo waren wir – ah ja, ich herrschte bereits in meinem Zimmer. Hatte die Wände mit Plakaten von Toulouse-Lautrec beklebt, die wurden damals zum erstenmal gedruckt in Deutschland. Mein Lieblingsmaler. Der war nur ein paar Zentimeter größer als ich. In Paris hat jemand gesagt: ›Wenn man auf den nunterschaut – da wirds einem schwindlig.‹

Und dann – ich weiß nicht mehr genau, wann das war – starb mein Vater. Die Mutter in Schwarz und rot verweint um die Augen. Dann fand die Leichenfeier statt, auf die ich mich freute – beim Großvater hatte ich noch nicht mitfeiern dürfen –, aber man nahm mich *wieder* nicht mit.

An diesem Tag, Kasperl, am Tag der Leichenfeier, da klingelte es an der Haustür. Ich war allein im Haus, alle waren aufm Friedhof. Ich ging nach unten und rief durch die Haustür: ›Wer ist denn da?‹

›Ich möchte zu Frau Schulte.‹ Eine Männerstimme.

›Die ist bei der Leich.‹

›Bei der Leich? Ist...‹

›Mein Vater ist tot.‹ Alles durch die geschlossene Haustür.

›Was? Das tut mir aber leid. Wer bist du denn? Warum bist du nicht auch auf dem Friedhof?‹

›Ich bin der Zwerg‹, sagte ich laut.

Nach kurzer Pause sagte der Mann: ›Ja, natürlich. Man hat mir von dir erzählt. Mach doch mal auf – oder reichst du nicht ran?‹

Ich stellte mich auf die Zehenspitzen und schob den Riegel zurück, öffnete einen Spalt. Ein stämmiger, grauhaariger Herr, sehr vornehm gekleidet, ganz in Hellgrau, mit steifem Hut und Stock und weißen Glacéhandschuhen.
›Ehrenreich‹, sagte er. ›Erinnerst du dich nicht?‹
›Nein.‹
›Willst du mich nicht eintreten lassen? Ich war ein Freund deines Vaters.‹ Und als ich zögerte – ich war immer mißtrauisch: ›Ich bin der Direktor vom Zirkus Sarasate. Dein Vater hat bei mir gearbeitet, als wir beide noch jung waren.‹
Ich öffnete die Tür und führte ihn ins Wohnzimmer. Sarasate. *Den* Namen kannte ich. Die Bären ...
In der Mitte des Wohnzimmers war eine lange Tafel aufgebaut mit unserem feinsten Geschirr und auf der Anrichte ganze Reihen von Weinflaschen. ›Spaß muß sein bei der Leich, sonst geht keiner mit‹, hatte meine Mutter gesagt.
Herr Ehrenreich wollte nichts trinken: danke vielmals. Er setzte sich aufs Sofa, ich kletterte auf einen Stuhl, und so saßen wir uns steif gegenüber. Dann legte er den Hut neben sich, stützte die weißen Glacéhandschuhe auf seinen Stock und betrachtete mich. Ich betrachtete ihn.
›Wir sind gerade hier in der Stadt‹, begann er. Ich nickte, die Brüder hatten davon gesprochen. ›Ich hörte, daß dein Vater krank sei, ich wollte ihn besuchen.‹
Ich sagte nichts.
›Wie alt war er, weißt du das?‹
›Alle alten Leut sind gleich alt für mich.‹
Er lächelte mit langen gelben Zähnen wie ein freundliches Pferd.
›Und du? Wie alt bist du?‹
›Älter, als Sie denken.‹
›Du meinst, weil du ein Zwerg bist? Ich habe drei Zwerge im Programm. Sie sind aber ganz anders als du.‹
›Wie anders?‹
›Komm sie dir ansehen.‹
›Ich hab keine Zeit.‹
›Was tust du?‹

›Ich spiele Schach.‹
›Den ganzen Tag? Mit wem?‹
Ich tippte auf meine Brust.
Er betrachtete mich forschend, wohl um zu sehen, ob ich bei Troste war. ›Und wo spielst du?‹
›In meim Zimmer.‹
›Zeig's mir doch mal, ich möchte sowieso auf deine Mutter warten. Übrigens – ich spiele auch, war mal norddeutscher Schachmeister.‹
Wortlos führte ich ihn nach oben. Das Schachbrett war gerade aufgebaut, mitten in einer schwierigen Partie. Er beugte sich tief darüber – es war natürlich alles viel zu niedrig für ihn – und studierte die Positionen. Dann sah er mich wieder an, wie ich da stand, mit verschränkten Armen und ohne zu verbergen, daß ich hoffte, er würde mich allein lassen und unten auf die Mutter warten.
›Würdest du unterbrechen und eine Partie mit mir spielen? Wir können die Positionen von deinem Spiel aufzeichnen.‹
›Brauchts net. Ich weiß sie auch so.‹
Ich räumte ab, baute neu auf, und er ließ sich mit einiger Mühe auf mein Stühlchen nieder. Ich gab ihm Weiß, natürlich, obgleich er protestierte.
Innerhalb von sieben Minuten war es soweit. ›Matt‹, murmelte ich. Herr Ehrenreich war seit Jahren mein erster Gegner. Ich war erstaunt, wie mühelos ich ihn erledigte. Er auch. Er starrte lange auf das Brett, als könnte ers nicht fassen.
Endlich lehnte er sich zurück und sah mich mit einem ganz seltsamen Ausdruck an. Aber bevor er noch ein Wort sagen konnte, kamen Geräusche von unten, und die Trauergemeinde strömte ins Wohnzimmer.
Herr Ehrenreich und ich, wir sahen vom Treppenabsatz oben, wie die Leute hereindrängten, ein schwarzer Hut nach dem anderen.
›Ich möchte mich unbemerkt hinausschleichen‹, flüsterte er. ›Du verstehst, nicht wahr?‹
Ich führte ihn zur Hintertreppe, er drückte mir die Hand und sah mich bedeutsam an: ›Grüß deine Mutter von mir! Sag ihr, ich komme sie morgen früh besuchen. Wirst du zu Hause sein?‹

›Ich bin immer zu Hause.‹
Er streichelte mir den Kopf, was mir weniger gefiel, und ging. Und kam schon ganz früh am nächsten Morgen, das Frühstücksgeschirr stand noch auf dem Tisch. Er umarmte die Mutter, und sie hatte auch ein paar Tränchen für ihn, den alten Bärenzeiten zuliebe. Dann setzte er sich ganz seltsam auf einen Stuhl – er saß nicht, er ritt darauf, mit dem Bauch gegen die Lehne – und sah uns der Reihe nach an, wie wir da im Halbkreis um ihn herumsaßen, alle in Schwarz und er in der Mitte in Hellgrau mit den weißen Glacéhandschuhen.
Dann sagte er sehr flott, ohne gedämpften Trauerton: ›Frau Schulte, was werden Sie jetzt tun?‹
›I weiß no net‹, sagte meine Mutter. ›D'Leut sagen, das Schuhg'schäft von meim Seligen, das sei verschuldet. Wenns wahr ist, ja – da müss ma halt das Haus hier verkaufen, und die Buben …‹
Sie stockte. Meine Brüder saßen plötzlich ganz steif da, mit gespitzten Ohren, wie zwei Hunde, wenns a Geräusch hörn.
›Ja?‹
Sie schwieg und sah auf ihre Hände. Wir wußten: Die Buben sollten ihre Lehre aufgeben, Geld verdienen: Kellner, Bauarbeiter, Handlanger, so etwas.
›I kann nähn und putzn und zammzähln‹, sagte sie tonlos.
›Ich habe einen anderen Vorschlag‹, sagte Herr Ehrenreich in die Stille. ›Und der betrifft *ihn*. Wie heißt er eigentlich?‹
›Stilz‹, sagten meine Brüder wie aus einem Mund.
›Nimmermehr!‹ schrie meine Mutter. ›Nimmermehr, sag i.‹
Herr Ehrenreich schüttelte sanft den Kopf.
›Keine Sorge, Frau Schulte, ich würde ihn nie als Zwerg im Programm auftreten lassen, das meinen Sie doch, nicht wahr?‹
›Ja, warum denn nicht?‹ fragte dein Vater, der Leopold, und legte den Kopf schief. ›Es ist doch keine Schand, es ist doch interessant für die Leut.‹
›Da bringst was ein‹, sagte dein Onkel Bernie.
›I bring euch um‹, flüsterte die Mutter mit gefalteten Händen.
›Aber denk doch mal: Was fangen wir mit ihm an, wenn du nimmer da bist?‹

Sie sah von einem zum andern und holte tief Atem: ›Ihr würdet rein gar nix für ihn tun?‹
›Ja mei, glaubst denn, wir könnten das? Sags doch!‹ Noch einmal dein Vater.
Danach eine lange Pause.
Der Herr Ehrenreich nahm noch mal das Wort. ›Ich glaube, Sie haben mich nicht verstanden. Ich will ihn nicht als Zwerg zur Schau stellen.‹
›Ja – wie denn dann?‹ Erst die Mutter, verbissen mißtrauisch, und dann die Brüder, die echoten im Chor: ›Wie denn dann?‹
›Als Schachspieler‹, sagte Herr Ehrenreich ruhig. ›Ich glaube nämlich, da ist der kleine Kerl ganz außerordentlich.‹ Und dann sprach er plötzlich sehr dezidiert, so daß man merkte, er war nicht nur aus Honig. ›Fragen Sie mich jetzt nicht, wie ich das machen werde, ich weiß es selbst noch nicht...‹
›I laß net zu, daß d'Leut ihn in der Manegen sehn!‹ schrie die Mutter. So hatte ich sie noch nie erlebt, ganz außer Fassung. ›Ich schwörs Ihnen, beim Andenken an mein Seligen...‹
Aber Herr Ehrenreich ließ sie nicht ausreden und stand schnell auf.
›Sie hören von mir, noch in dieser Woche, bevor wir die Zelte abbrechen.‹ Damit ging er und wartete nicht mal ab, ob ihn jemand zur Tür begleiten würde.
Drei Tage später kam er wieder.
›Ich habs‹, sagte er und setzte sich abermals rittlings auf einen Stuhl, daß man sich im Halbkreis um ihn stellen mußte; so hatte ers gern. Er sah sich einen Augenblick lang in der Runde um, aber von da an sprach er nur noch zu mir.
›Du wirst mit einem Gegner aus dem Publikum Schach spielen. Wir werden die Leute auffordern, aus ihrer Mitte jemanden zu wählen, der es mit dir aufnehmen soll...‹
›Nein!‹ rief die Mutter. ›Ich habs Ihnen doch g'sagt...‹
Er unterbrach sie ganz rüde: ›Er wird in einer Schachtel sitzen, niemand wird ihn sehen.‹
›Eine Schachtel?‹ rief meine Mutter und packte ihn am Arm. ›Was für eine Schachtel?‹

›Eine Streichholzschachtel‹, sagte dein Onkel Bernie, das Aas.
›Würde dir das Spaß machen, Stilz?‹ fragte Herr Ehrenreich.
›Ja‹, sagte ich.
›Dann komm morgen vormittag zum Haupteingang und frag nach mir.‹
›Wir kommen‹, sagte die Mutter mit Nachdruck. Die Sache gefiel ihr ganz und gar nicht. Aber ich fixierte sie mit einem solchen Blick, daß sie still blieb.«
Der Alte schwieg, schloß einen Augenblick die Augen. Kaspar hielt ihm die Flasche hin, aber er schüttelte den Kopf.
»Das bringts mir noch mehr durcheinand. Es läuft so viel *neben*einand, und bei manchem mußt halt deine Phantasie einspannen. Kanns dir net beschreiben, wie das war, meine erste Vorstellung im Zirkus, in der Logen vom Herrn Ehrenreich – aber da kommts mir in den Sinn: Die Hauptsach, das war doch am Tag *vorher*! Jessas mei, das war *der* Tag in meim Leben. Der Herr Ehrenreich, der hatte mich doch hinbestellt, die Mutter ging mit – und die Brüder auch, die waren neugierig, hatten sowieso eine Wochen trauerfrei.
Dem Herrn Ehrenreich sein Zirkus, das war keiner von den großen, aber auch kein kleiner gemütlicher; er lag so in der Mitte, aber das wußte ich natürlich nicht, als wir zum erstenmal vor der Umzäunung standen. Mir kam er mordsmäßig vor. Am Haupteingang, vor der Kasse, da wartete schon einer: Herr Ehrenreich sei in der Werkstatt. Er führte uns am großen Zelt vorbei – das war die Hauptmanege – und dann zu einem ›Gebäude‹, auch aus Segeltuch. Da standen lange Holztische drinnen, denn da wurde alles angefertigt, was ein Zirkus braucht. Käfige, Wohnwagen, Kulissen, weiß der Teufel; es roch gut nach Sägespänen. Herr Ehrenreich – ohne Hut und Glacéhandschuhe – redete auf einen kleinen Mann ein, der hatte Narben im Gesicht und eine abgebissene Nase, war früher Assistent beim Dompteur gewesen, Androsch hieß er, und jetzt war er Vorarbeiter. Der war schon informiert, grapschte mich mit seinen harten Pratzen und stellte mich auf einen Tisch, um Maß zu nehmen für die Schachtel. Ich mußte mich hinsetzen und dann hinknien und sogar hocken. ›Etwa fünfzig

Zentimeter hoch und dreißig breit, wenn er's bequem haben soll‹, sagte der Androsch. ›Bringt mir mal vier Bahnen dünnstes Fichtenholz.‹

›Vergiß nicht das Loch für die Hand‹, sagte Herr Ehrenreich, ›und zwei Schlitze für die Augen, aber so gut wie unsichtbar. Bau mal so ein Ding, wir machen in der Zwischenzeit einen Rundgang und sehen uns die Tiere an.‹ Dann kamen die Glacéhandschuhe wieder dran, mit denen tätschelte er die Viecher. Die Brüder waren ganz narrisch, ich nicht. Tiere waren mir von Anfang an zwider mit ihrem Gebrüll und Gestank. Wir gingen auch in das große Zelt, mordsmäßig, sag ich dir. Da probten ein paar Clowns in der Manege, und die gefielen mir schon gar nicht, hab wegg'schaut, wenn die sich mit ihren Schweinsblasen über die Schädel schlugen. Aber dann kam ein Zauberkünstler, und da war ich plötzlich nicht wegzubringen, wollte durchaus wissen, wie die Kaninchen und die weiße Taube in den Zylinderhut gekommen waren. ›Das ist sein Geheimnis‹, sagte Herr Ehrenreich und bleckte die freundlichen gelben Zähne. ›Dafür wird er bezahlt.‹

Endlich gingen wir wieder zurück in die Werkstatt. Ich konnts gar nicht mehr erwarten. Der Androsch feilte gerade noch an den Augenschlitzen, dann setzte man die Schachtel auf einen Stuhl, hob mich hinein und klappte den Deckel zu. Ich saß da ganz bequem in der Dunkelheit und hörte, wie Herr Ehrenreich rief: ›Das ist ja unglaublich!‹ Und dann: ›Streck doch mal deine Hand durch das Loch, Stilz!‹ Ich tat das und wedelte vergnügt mit den Fingern, aber der Ehrenreich rief sofort: ›Nein. Das macht alles kaputt. Zurück mit der Hand!‹ Meine Leute sagten überhaupt nichts. Dann wurde der Deckel wieder aufgeklappt, und ich krabbelte raus.

›I hab massig Platz g'habt‹, sagte ich zu Herrn Ehrenreich. ›Machens es ruhig noch kleiner, die Schachtel.‹

›Aber wozu denn‹, sagte der und stockte, als sei ihm auf einmal was eingefallen – und nicht nur ihm. Dein Onkel Bernie rief plötzlich: ›Herr Ehrenreich, wärs nicht gscheiter, wenn man den Stilz überhaupt net sieht?‹

›Was?‹ schrie ich. ›Net einmal meine Hand? Damit laßts mi aus. Die solln wissen, daß *i* da drin sitz, die Leut!‹

Da sah mich der Herr Ehrenreich wieder so an wie vor ein paar Tagen, zu Hause, als wir zum erstenmal Schach gespielt hatten, und sagte: ›Dir hat doch der Zauberkünstler gefallen, nicht wahr? Möchtest du nicht auch einer sein?‹
Ich war ganz verdutzt, wußte nicht, worauf er hinauswollte, aber der Androsch und dein Onkel Bernie, bei denen hat es geschnakkelt. Der Androsch rief: ›Eine hölzerne Hand!‹ Und dein Onkel Bernie schrie: ›Na, na! A Eisenzangen!‹ Alle anderen schwiegen und starrten mich an.«
Der Alte machte eine kleine Pause und grinste. »Aber wem glaubst du, ist das Rechte eingfallen? Deim Vater, dem Leopold, der bislang ka Wort geredt hat. Zu Hause war der immer ein Tüftler gewesen, hatte der Mutter einen Einweckapparat gebastelt, und in seinem und Bernies Zimmer, da tandelte er vom Bett aus mit ein paar Drähten herum und drückte auf einen Knopf – und das Fenster ging auf. Jetzt trat er plötzlich vor und sagte: ›Herr Ehrenreich, es darf nix aussikommen, sonst hats kein Spitz. Das Packerl muß so klein sein, daß d'Leut net auf die Idee kommen, da sitzt einer drin. Die Figuren müßten halt irgendwie von innen g'steuert werdn, vielleicht mit an Hebel...‹
›Ja!‹ rief dein Onkel Bernie, ›aber d'Hauptsach is, daß das Schachbrett am Packerl fest ist, es muß ausschaun, als wärs *a* Stück, als wärs...‹
›Eine Maschine‹, sagte Herr Ehrenreich. ›Und so wird's auch im Programm stehen: Die Schachmaschine!‹ Und als er das gesagt hatte, da wars wie nach einer Verkündigung, keiner sprach ein Wort.«
Der Alte lehnte sich so weit wie möglich in die Kissen zurück und schloß die Augen. »Jetzt gib mir noch an Schluck, nun kanns mir kein Gwirr mehr machen, und ich hab was nötig, sonst bin i derschlagn.«
Kaspar hielt ihm die Flasche hin, und der Alte schluckte mit geschlossenen Augen.
»Geht's dem Ende zu?« fragte Kaspar.
»Der Schnaps?«
»Deine Geschichte, Onkel Stilz.«

»Bist müde?«
»Ich nicht. Aber du siehst müde aus.«
»Ja«, sagte der Alte leise. »Ich bin müde.«
»Gibt's noch viel zu erzählen?«
Die Augen hinter den Brillengläsern öffneten sich weit. »Tintenlackl! Jetzt fangts ja grad erst an.«
»Es ist Mitternacht, Onkel Stilz, soll ich dich nun allein lassen?«
»Ja. Kommst halt wieder – wannst es nötig hast. Wirst sehen, du wirst es nötig ham. Ich auch. Jetzt hats ang'fangen, jetzt muß es raus.« Ein letztes müdes Grinsen. »Noch hast kei Ahnung, d'Hauptsach kommt erst, daß des weißt.«

4.

Er durfte sich nicht beklagen, Stunde um Stunde war vergangen, ohne daß die Erinnerung an Martha im Krankenhaushemd ihn auffraß. Sie war da, keine Frage, sie saß irgendwo ganz tief unten und bohrte, drang aber nicht bis zur Oberfläche durch. Da machte sich die Schachmaschine breit und der verrückte Kleine in ihr... Daß er nicht einmal gewußt hatte, der spielte Schach! Und *sein* Vater, »der Leopold«, war anscheinend auch ein guter Spieler gewesen; trotzdem hatte es zu Hause kein Schachbrett gegeben, soviel er wußte. Aber was wußte er schon. Geheimniskrämerei war des Vaters liebster Zeitvertreib gewesen.

Kaspar lag im Bett, war gerade dabei, sein Mogadon zu nehmen, als ihm plötzlich einfiel, daß das Nachhausekommen in die leere Wohnung, vor dem er sich so gefürchtet hatte, längst vorbei war, ohne daß er es gemerkt hatte. Kaum hatte er das festgestellt, da tauchte Martha blitzschnell an die Oberfläche. Hastig suchte er in seinem Nachttisch nach einem Schlafmittel, um das Mogadon zu unterstützen. Fand eins, versuchte, beides ohne Wasser zu schlukken – Martha hatte immer frisches Wasser auf seinen Nachttisch gestellt. Aber jetzt war auch kein Glas da. Kein Glas! Aufstehen wollte er nicht, konnte er nicht, sammelte Speichel im Mund und würgte, würgte... Martha!

Das Telefon weckte ihn.

»Tintenlackl? Hast g'schlafen?«

Kaspar murmelte etwas.

»Du hast geschlafen, schläfst ja immer noch. Gut. Weiter wollt ich nichts wissen.« Klick.

Er taumelte in die Küche und fand die Kaffeemaschine, eine ganz gerissene, blitzschnelle. Doppelte Portion Kaffee in den Papiertrichter, zwanzig Sekunden später schnarchte das Ding einmal schrill auf, und dann tröpfel, tröpfel: der braune Saft. Der bloße Anblick machte ihn munter. Zwei volle Tassen, und jetzt marsch ans Telefon. Wie spät war's eigentlich? Knapp acht Uhr. Erst das Institut, dann Hede. Nein, erst Hede, die ging doch früh ins Labor. Vielleicht war sie schon weg? Galgenfrist! Er wählte und hoffte – aber sie antwortete.

»Hede.«

»Liebling! Wie geht's?«

»Hede...«

»Was ist denn? Bist du heiser?«

»Martha ist tot.«

Stille. Dann ein kaum hörbares »O Gott!«

»Gestern. Auf der Autobahn. Herzversagen.«

»O Gott.«

»Hede – ich kann jetzt nicht – du verstehst...«

»Selbstverständlich. Ruf an, wenn du mich brauchen kannst.«

Und abgehängt. Gott sei Dank. Jetzt das Institut, im Vergleich ein Kinderspiel.

»Aber Herr Professor, das ist ja entsetzlich... Nein, das ist ja furchtbar, Herr Kollege...«

Er hatte kaum etwas sagen müssen außer »Herzversagen«, die Vokabeln kamen von allen Seiten: »tragisch«, »so plötzlich«, »noch so jung« und immer wieder »entsetzlich«.

So, jetzt wußten es ein halb Dutzend Freunde und würden es weitererzählen. Er wählte noch einmal.

»Wilfred? Würdest du mir einen Gefallen tun – komm, und beantworte das Telefon.«

Und dann, zögernd, wählte er ein letztes Mal.

»Hede? Du bist noch da?«

»Ich dachte, ich – würde heute etwas später gehen. Möchtest du, daß ich...«

»Hede, komm nicht zum Begräbnis. Bitte!«

»Natürlich nicht, Kaspar.«

Sie kam aber doch, nur er sah sie nicht, denn sie hielt sich in der hintersten Reihe. Aber Stefan sah sie, schließlich arbeiteten sie in demselben Labor.
»Wo gehst du hin?« flüsterte Wilfred und versuchte den Bruder zu halten, der sich plötzlich wegschleichen wollte, als sich der Trauerzug langsam aus der Kirche hinaus bewegte auf das frisch aufgeworfene Grab zu, um das sich die Kränze häuften.
»Laß mich!« Und weg war er. Tauchte hinten neben Hede auf.
»Was tun Sie hier? Scheren Sie sich fort!«
Sie sah ihn fest an und sagte leise, im Weitergehen: »Ich wollte sehen, wie Ihr Vater aussieht.«
»Sie sind eine – eine freche...«
»Sie irren sich. Ich will nichts. Überhaupt nichts. Ich gehe jetzt. Ich habe ihn ja gesehen.«
Sie drehte sich um und schritt schnell zwischen den Gräbern hindurch dem Ausgang zu.
»Bist du wahnsinnig? Was hast du zu ihr gesagt?« flüsterte Wilfred, als der Bruder wieder neben ihm ging.
»Hättest du sie gern an Mutters Grab stehen sehen?«
Etwas später, Kaspar flankierend, Händeschütteln mit einer endlosen Reihe von Menschen: Kaspars Freunde, Marthas Freunde, gemeinsame Freunde, unglaublich, wie viele Menschen man kannte, alle ernst gefaßt, nicht überstürzt, aber auch nicht gemächlich, und mit einem Hauch scheuer Beklommenheit: Das hätte doch genausogut mir passieren können...
Unter den letzten war ein Gesicht, das Stefan fremd war, während Wilfred sich den Kopf zerbrach: Der junge Mann vom Krankenhaus, wie hieß der noch? Zu seinem Erstaunen sagte der Vater: »Herr Wegmann! Danke, daß Sie gekommen sind.«
Und endlich im gemieteten großen schwarzen Auto mit Chauffeur zur Gellertstraße. Alfred und Else Bannheimer kamen mit. Das half, es wurde geredet, erst stockend und zu leise, aber später beinahe normal.
Oben in der Wohnung zog Stefan den Bruder beiseite. »Wann meinst du, können wir uns drücken?«
»Drück du dich. Ich bleibe hier, so lange, wie er mich will.«

Stefan kniff die Unterlippe ein, zischte: »Du hast Mutter nicht wirklich geliebt, das weiß ich jetzt.«
»Idiot«, sagte Wilfred und ließ ihn stehen.

Abends verabschiedeten sich dann alle. Wilfred hatte er selbst weggeschickt, der arbeitete für sein Examen. Das Leben ging weiter. Gemeinplatz, aber trotzdem – oder gerade deshalb – wahr.
Er stand am Fenster und sah auf die dunkle Straße hinunter. Alles funktionierte: die Straßenbahnen, die vorbeirasenden Autos, die Radfahrer, die Menschen – wie eilig die's alle hatten, kaum einer, der langsam ging, alle hatten ein Ziel. Er wartete, hoffte auf einen, der dahinschlendern würde, vielleicht sogar suchend stehenblieb, unschlüssig... Aber alle liefen, liefen. Nur für ihn stand alles still. Er hörte sich zu jemandem sagen: Nein, nein, Sie irren sich, es steht nicht alles still, weil ich sie so geliebt habe, das habe ich *nicht*, schon längst nicht mehr, vielleicht früher einmal, aber auch da bin ich nicht ganz sicher. Wahrscheinlich hab' ich sie nie geliebt wie's im Buch steht, Tristan-und-Isolde-Format, »leidenschaftlich«, so nicht. Sie hat mir nie Leiden geschafft, und das ist doch der Maßstab, nicht wahr? Könnte einen dieser Mensch bis aufs Letzte quälen – aber was *ist* mein Letztes? Hat das jeder? Wird es bloß manchmal nie gefordert? Ich jedenfalls kenne es nicht, mein Letztes. Deine dunkle Schachtel, Onkel Stilz, die hat mir gefallen. Ich säße auch gern in so einer. Mit Schlitzen.
Vorige Woche wär' ich nie auf solche Ideen gekommen – weil Martha noch da war. Also was, was, was? War sie meine Mutter, mein Felsen von Gibraltar? Nein, Onkel Stilz, sie war *nicht* mein Fußschemel, nichts dergleichen. »Bist so ein Armer, Tintenlackl, kannsts dir net leisten, von dem bissel, was du hast – und da war dei Martha mit drin –, was herzugebn.« Danke, Onkel Stilz, jetzt wissen wir's.
Langsam ging er zum Telefon. Anja meldete sich.
»Schon wieder? Geht nicht, Herr Professor. Er war nach Ihre Besuch ganze Tag so müde, hat nichts gegessen, nicht mein Huhn mit Reis...«

»Gehen Sie ins Schlafzimmer und fragen Sie, ob ich kommen darf, jetzt sofort.«
Sie blieb nur kurze Zeit fort und schrie wütend in den Apparat:
»Er sagt ja, aber *ich* sage nein! Ich bin Krankenschwester.«
»Sie sind keine Krankenschwester, Anja, sondern eine Kuh.«
Etwas später klingelte er am Kaiserplatz an der Wohnungstür, klingelte Sturm, denn niemand kam. Endlich wurde die Tür aufgerissen. Anja versperrte den Weg mit flammendem Gesicht, wildem, langem, weißblondem Zottelhaar, einen Besen in der Hand, ein wutentbrannter Wikinger.
»Weg«, sagte Kaspar und stieß sie unsanft zur Seite, aber er mußte doch lachen – bis der Besen auf ihn niedersauste und ihn an der Schulter traf. Er brauchte seine ganze Kraft, um das Ding festzuhalten, konnte es ihr aber nicht entwinden. Sie standen, schwer atmend, Gesicht an Gesicht, und er küßte sie so heftig auf den offenen Mund, daß ihre Zähne aufeinanderklirrten. Sie ließ den Besen los und sprang einen Schritt zurück, hielt beide Hände vor den Mund.
Kaspar stützte sich auf den Besen und betrachtete sie. »Habe ich Ihnen weh getan? Ja? Gut so.« Er warf ihr den langen Holzstiel in die Arme und ging über die Diele auf das Schlafzimmer des Kleinen zu. Drehte sich wie beim letzten Mal noch einmal um und sah sie noch immer stehen, den Besen in der einen Hand, die andere vor dem Mund, wie ein Schulkind – aha. Memo! Und mit Marthas Tod kann ich nicht fertig werden...
Der Kleine setzte sich auf und lächelte. Die Zähne weiß leuchtend, die Brille auf der Nase, vorbereitet, und die Flasche neben sich auf dem Nachttisch.
»Gib mir heut nix zu trinken, Kasperl, auch wenn ichs haben will. Hatte neulich so ein Schädelweh. Ich wußts, daß du heut kommen wirst. Schlimmer Tag, gell? Nimm *du* den Schnaps. Siehst aus, als ob du ihn nötig hättst.«
Kaspar bettete die Flasche ebenso zärtlich in den Arm wie der Kleine neulich abend. Warum hatte er nicht früher daran gedacht, anstatt die Nase heulend an die Fensterscheibe zu drücken.
»Na, was ist? Was ist mit Hede?«

Kaspar nahm schnell einen Schluck, schüttelte den Kopf. »Fang an, Onkel Stilz!«
»Tu dir net so leid, und mach dir nix vor, Tintenlackl. Hast immer falsch g'wählt und nix g'fühlt. Hast deine Frau verlorn, hast sie nicht geliebt. Fühlst dich schuldig. Nix Neues. Bist ein Dauerschuldiger, wachst jeden Morgen schuldbeladen auf, und jetzt a wengerl mehr. Das geht vorbei, als wär nix gewesen, wirst sehn.«
Kaspar warf ihm einen langen, kargen Blick zu.
»Was weißt du davon, Onkel Stilz. Fang endlich an, oder ich...«
»Droh net schon wieder, i brauch an Anlauf, kann doch net aufs Stichwort in d'Schachtel hupfen. Noch gibts die ja gar net. Hast du eine Ahnung, wie lange das gedauert hat, bis die endlich zustande kam. Und dann ham die immer wieder eine neue gebaut, weil halt immer wieder neue Ideen aufgetaucht sind. Wart! Da kommt mir wieder was Wichtigs in den Schädel: Der Herr Ehrenreich, der hatte schon an dem ersten Morgen in der Werkstatt, wo noch alles schief ging – weißts noch? –, der hatte schon damals a Gefühl, er hätt was aufgspürt, was ganz Spezielles. Und dei Vater, der Leopold, der hatte das richtige Wort gefunden: Nix darf rauskommen! 's Packerl und was drin war mußten ein Geheimnis bleiben. Der Ehrenreich stellte gleich an diesem Morgen die sechs Arbeiter im Halbkreis auf und uns alle dazu, und er saß wieder rittlings aufm Stuhl. Dann mußten wir einen heiligen Eid schwören, niemandem auf der Welt auch nur ein Sterbenswörterl zu verraten. Und dann, Kasperl«, der Alte kicherte und wiegte den struppigen weißen Kopf hin und her, »dann sagte dieser sauschlaue Kerl: ›So. Und ich trau' euch trotzdem nicht. *Du* wirst's deiner Frau erzählen, und *du* deinem Bruder und so fort. Ich setze daher eine Prämie aus: Wenn das Geheimnis gewahrt bleibt – sagen wir bis heute in drei Jahren –, dann bekommt jeder von euch die Summe von hundert Goldmark. Einverstanden?‹ Damit stand er auf und ging von Mann zu Mann, und jeder mußte ihm die Hand geben und in die Augen sehen. ›Das hätten wir‹, sagte er dann. ›Jetzt geht's an die Arbeit. Vorschläge, bitte!‹ Die hagelte es nur so, und der Leidtragende war ich, denn ich mußt mich immer wieder hinknien, hocken, ducken, beugen, bis man endlich

wußte, was alles *nicht* ging, denn es war immerhin möglich, daß ich in einer Stellung auch mal bis zu fünfzehn Minuten verbringen mußte, wenn ich einen erstklassigen Gegner hatte. An und für sich rechnete ich mit fünf bis höchstens sechs Minuten für eine Partie.

An diesem Tag kamen wir nicht sehr weit und auch nicht am nächsten. Es dauerte Wochen und Wochen, Kasperl, bis die erste einigermaßen akzeptable Lösung konstruiert war, nämlich: Das Schachbrett ruhte sozusagen auf meinen unsichtbaren Beinen. Es war so lang wie die vom Hintern bis zu die Füß, ungefähr zweimal so groß wie ein normales, und die Figuren waren dementsprechend hoch. Es hatte also einen doppelten Boden, verstehst du, und in dem Zwischenraum steckten meine Beine, flach wie ein Brettl. Mit dem Oberkörper saß ich aufrecht, eng eingeschlossen in eine rechteckige Schachtel, etwa vierzig Zentimeter hoch und zwanzig tief. Das Schachbrett war an der Vorderwand befestigt, und die war bunt bemalt und hatte ein kleines Loch, aus dem eine Art Zange ragte. Die konnte ich von innen nach allen Seiten manipulieren. Zwischen der bunten Malerei gabs hier und da eine winzige Spalte, damit ich gut rausspechten konnte.

Die Zange hat mich am meisten aufg'halten. Ich übte Stunde für Stunde, bis sie mit einem einzigen Griff eine Figur anpacken und aufsetzen konnte. Glaub ja net, daß des a Gaudi war in meim Kasten, es war Sommer und heiß da drinnen; ich war ja noch nicht fünfzehn und verhätschelt und bockig. Aber ich dacht halt an das Geld. Mein Gehalt sollte saumäßig hoch sein, vom ersten Auftritt an.

Doch das schwierigste Problem war meine Mutter – und die hätt doch das Geld dringend brauchen können. ›Zu was? Zu was? Ich schaffs auch so! Mei Bub wird ja halbert kreuzigt!‹ hats geschrien. Da kaufte der Herr Ehrenreich meine Brüder aus ihrer Lehre frei, gab ihnen ein anständiges Gehalt – ›Schinderleut‹ nannte sie die Mutter –, und jetzt begleiteten *sie* mich täglich, waren auf einmal scheißfreundlich zu mir, nahmen hitzigen Anteil, als obs bereits a Ahnung g'habt hätten, daß sie damit amal Millionen verdienen würden. Schau mi net so erstaunt an, Tintenlackl, Millionen.«

»Wo sind die geblieben? Wir hatten keinen Pfennig, nur Vaters Gehalt in Jugoslawien.«
»Krieg und Inflation – noch nie was davon g'hört? Und so was belehrt junge Leut!«
»Nur slawische Sprachen, Onkel Stilz.«
»Lehrst du eigentlich auch Russisch?« Er schnalzte mit den Fingern in der Luft und rief: »*Podajte sani*! Kutscher, *skorej*!«
»Was heißt das?«
»Der Schlitten soll vorfahren. Schneller, Kutscher!« St. Petersburg, dachte Kaspar, sagte aber nichts. »Der muß noch ein bisserl warten, der Schlitten«, murmelte der Alte. »Hab ja noch nicht amal meine erste Vorstellung gegeben, stimmts? Also, eines Tages sagte der Herr Ehrenreich: ›So, wir sind soweit. Jetzt soll deine Mutter mal zusehen.‹
Es war schon beinah Winter und saukalt in der Werkstatt mit den Zeltwänden, trotz der vielen Öfen. Alles war parat. Ein Sessel für die Mutter und eine Decke. Generalprobe. Herr Ehrenreich selbst saß auf dem Stuhl vor dem Tisch, auf dem die Schachmaschine stand. Die Rückwand ließ sich öffnen, und ich kletterte hinein und schloß von innen zu.
›Juhu, Mutter‹, schrie ich. ›Ich habs warm und gemütlich.‹
›Keine Faxen‹, sagte Herr Ehrenreich streng. ›Stellen wir uns vor: Vorhang auf! Los.‹
Wir spielten. Natürlich nicht im Ernst, sondern eine Partie, die wir schon x-mal zur Probe gespielt hatten. Vier Minuten sollt sie bloß dauern und der Mutter zeigen, daß es wahrhaftig ein Mordsspaß war. Herr Ehrenreich eröffnete mit Weiß, und mein Haken schoß heraus.
›Jesus Maria‹, sagte die Mutter.
Wir spielten weiter, alle schwiegen. Als Herr Ehrenreich matt war, klopfte der Haken dreimal auf den Tisch: *Finis*. Dann kletterte ich freudestrahlend heraus.
›Na?‹
Die Mutter schwieg und dachte angestrengt nach.
›Na?‹ fragte nun auch Herr Ehrenreich etwas ungeduldig.
Die Mutter sagte langsam und stockend, als müsse sie selber erst

mal ihre Eindrücke ordnen und Schlüsse ziehen: ›Herr Ehrenreich – i hab mein Zweifel. Die meisten Leut werdens net kapieren und es fad finden so wie i, nachdem i zuerst ganz perplex war. I bin hier ganz nah an dem G'stell, net wahr? Jetzt überlegens amal: Ihre Manegen! Und die armen Leut, die hinten sitzen! Und wie stellens Ihnen zu dene, die gar nix von Schach verstehen wie i?‹
Tiefe Stille und lähmende Erkenntnis: Wir waren allesamt von der Lösung der technischen Probleme so besessen gewesen, daß wir die Hauptsache aus den Augen verloren hatten, nämlich: Diese Nummer war einfach keine, war ungeeignet.
Herr Ehrenreich stand dräuend über Mutters Sessel gebeugt. Jetzt richtete er sich auf, ging schweigend zu seinem Stuhl zurück und fiel drauf, als hätte er plötzlich keine Beine mehr. Die Mutter aber, die dachte weiter laut – und siehst du, Kasperl, siehst du die Ironie? Sie, die nichts davon wissen wollte, *sie* gab nicht auf wie die anderen, *sie* fand den Schlüssel. Sofort. Weißt, so wie sie damals als Kind den Haushalt übernommen hatte. Hier gabs wieder ein praktisches Problem, das praktisch gelöst werden mußte – und sie vergaß ganz, daß sie doch eigentlich dagegen war.
›Sie, Herr Ehrenreich, Sie ham doch in Ihrem Betrieb a Panoptikum, gell? Das hat doch nur wenig Stuhlreihen, und man sitzt dicht an der Bühne – und vielleicht solltens auch an Sprecher ham, der wo jeden Zug erklärt, und daß ers a spannend sagt, etwa so: ‚Ah, lieber Herr, jetzt hams der Maschin aber was zu knacken geben!' Und dann: ‚Bravo Maschin, prima g'spielt, wie a Genie …' Oder so!‹
›Oder so?‹ rief Herr Ehrenreich und sprang auf. ›Ein Genie sind hier nur *Sie*, Frau Schulte, Sie sind ja eine wahre Fundgrube von Ideen, ein schöpferischer Geist, ein …‹
›Na ja, jetz is g'nug‹, sagte meine Mutter. ›Was redens denn, das ist doch a ganz einfache Logik.‹
Herr Ehrenreich beugte sich tief über ihren Sessel und sagte ganz ehrfürchtig:
›Madame, Ihre einfache Logik, die fehlt uns wie das liebe Brot. Würden Sie mir die Ehre erweisen, die Leitung des Panoptikums zu übernehmen?‹

Die Brüder und ich, wir hielten natürlich den Mund. Denn diesen Schachdialog, den hatte die Mutter doch täglich von *mir* zu hören bekommen, als Großvater noch lebte. Das hatte sich damals einfach in ihr festgesetzt und kam jetzt wieder zum Vorschein.
›Die Leitung übernehmen – wie kommens denn *da* drauf? Das kann i nie und nimmermehr‹, sagte sie beinah ängstlich.
Und *wie* sie es konnte! Ihr Leben wurde von einem Tag zum anderen umgekrempelt. Sie durfte nicht mehr kochen oder putzen – Herr Ehrenreich baute zwei extra Zimmer an unser Haus an, so gut wie über Nacht, wie im Märchen. Zwei dicke Weiber zogen ein, an die man sich erst gewöhnen mußte, denn die Mutter war nur noch im Zirkus. Sie reiste mit, kündigte Nummern, die ihr nicht gefielen, engagierte neue. Lauter Wunder der Natur – und was da alles in ihrem Vorzimmer saß! Aber sie wollte absolut keine grauslichen Monster, es ging bei ihr nur bis zur Dame mit Busen und Vollbart, einer echten, wie die in Toledo, die der El Greco gemalt hat. Eines Tages kam ein Mädchen, das trieb es mit zwei Boas constrictor – ich hab beim ›Vorsprechen‹ heimlich zug'schaut, Kasperl, und das war vielleicht eine Gaudi! Die war halbert nackert, wand sich so am Boden, und die dicken Boas, die wickelten sich um sie rum in einem g'lungenen Rhythmus, sag i dir... Aber so was kam bei meiner Mutter nicht in Frage. ›Mir ham a christliches Panoptikum‹, sagte sie, und Herr Ehrenreich nickte streng und verbiß sich das Lachen.
Ich sollte der Clou werden. Über dem Eingang würde in großen Buchstaben stehen: DIE SCHACHMASCHINE! DAS ACHTE WELTWUNDER! WER NIMMT ES MIT IHR AUF? DER GEWINNER ERHÄLT 10 GOLDMARK!
Wir wußten natürlich nicht, ob sich unter dem Publikum, das sich in den Zirkusanlagen herumtrieb, genug Leute befanden, die Schach spielten, oder ob die Menschen sowieso hineinspazierten ins Panoptikum, um die anderen ›Wunder‹ zu sehen: das Kalb mit den zwei Köpfen oder den Orang-Utan mit drei Ohren oder den Papagei auf dem Seil, mit Sonnenschirm im Schnabel, der ›Heil dir im Siegerkranz‹ pfiff – lauter christliche Nummern.
Mein erstes Auftreten fand in Stuttgart statt, am 15. Dezember

1905. Herr Ehrenreich hatte unser Portal herrichten lassen; Mutter fand es zu ›narrisch wild‹ beleuchtet, aber es zog die Leute an. Feste Anfangszeiten hatten wir nicht, wir begannen, wenns voll war, und es war sehr bald voll, kaum daß die Buchstaben draußen zu flammen angefangen hatten.

Erst kamen die anderen Nummern, und als letzter vor der Pause: ich. Herr Ehrenreich hatte niemand gefunden, der das Spiel spannend ansagen konnte, wollte es erst mal selbst ausprobieren. Er sah pfundig aus, wie er da im Frack vor dem Vorhang stand und den Leuten erzählte, er hätte ›für ein Vermögen‹ diese Maschine erstanden – wo? In Amerika natürlich –, die ein eignes Gehirn besaß. Ja, so was gäb es heutzutage mit Hilfe von Magneten und komplizierten Instrumenten, und diese lösten Impulse aus, und *dann* käme noch etwas Geheimnisvolles dazu, das er natürlich nicht verraten könne. ›Aber bitte, meine Damen und Herren, wenn Sie mir nicht glauben, wenn Sie meinen, es handle sich um einen billigen Trick, überzeugen Sie sich selber! Wählen Sie aus Ihrer Mitte jemanden, der Schach spielt, wenn möglich *gut* spielt, und dieser soll gegen die Maschine antreten. Wenn er sie mattsetzt, erhält er zehn Goldmark. Schwindel? Aber meine Herrschaften, kommen Sie herauf auf die Bühne und sehen Sie selbst. Vorhang auf – und Tusch und Bravo!‹ Er klatschte in die Hände, der Vorhang hob sich, aus dem Orchester kam ein Trommelwirbel – und da standen ein leerer Stuhl und der Tisch mit der Maschine. Die Leute lachten und klatschten mit, gut gelaunt.

›So‹, sagte Herr Ehrenreich, ›die Maschine lädt sich jetzt selber auf – ich verrate Ihnen, sie läuft auf Batterien –, und Sie werden jetzt freundlicherweise einen Kontrahenten wählen. Wer spielt Schach unter Ihnen, wer wagt es, Rittersmann oder Knapp?‹

Ein paar Männer standen gleich auf und dann so nach und nach noch andere. Insgesamt vielleicht zwei Dutzend.

›Wunderbar, meine Herrschaften, die Maschine wird also von vielen Fachleuten beobachtet werden. Sie freut sich, ich seh's ihr an. Bitte wählen Sie einen würdigen Gegner.‹

Das war recht lustig, denn da waren drei, die sich wutig um die Ehre stritten und schließlich knobelten.

›Fertig? Bravo! Einen Tusch für den mutigen Rittersmann. Kommen Sie bitte herauf, und nennen Sie uns Ihren Namen!‹
Ich beobachtete gespannt aus meinem Schlitz, wie ein dicker Mann um die vierzig die Stufen zum Podium hinaufkletterte, schon jetzt rot und schwitzend vor Aufregung. Herr Kunstel, Hermann Kunstel, Uhrmacher von Beruf, leidenschaftlicher Schachspieler. Ehrenreich schüttelte ihm die Hand. ›Gehen Sie bitte um den Tisch herum, und sagen Sie dem Publikum, ob Ihnen irgend etwas Verdächtiges auffällt. Nichts? Gut. Setzen Sie sich bitte, damit sich die Maschine auf Ihren elektrischen Strom einschalten kann – ja, Herr Kunstel, Sie *haben* einen elektrischen Strom, wir alle haben einen! Und nun zählen Sie langsam bis zehn.‹ Zum Publikum, die gelben Zähne entschuldigend fletschend: ›Jetzt arbeitet der Mechanismus bereits. Möchte jemand auf die Bühne kommen und das Spiel von nah ansehen? Nein? Also dann, Herr Kunstel, die Maschine hat Ihnen Weiß gegeben, wie Sie sehen. Fangen Sie bitte an!‹
Kunstel eröffnete mit dem Bauern f2 nach f3, und Herr Ehrenreich flötete: ›Ein Bauer! Noch ist alles offen.‹ Meine Zange schoß heraus und rückte mit einem schwarzen Bauern von e7 nach e5. Nervöses Gekicher und ›Ah! Ah!‹ aus dem Publikum. Herr Ehrenreich aber rief: ›Oh! Oh!‹ und rang die Hände. ›Herr Kunstel, ich fürchte, ich fürchte, Sie haben zu einem Narrenmatt eingeladen! Vorsicht! Vorsicht! Bedenken Sie den nächsten Zug!‹
Mein dicker Gegner atmete schwer und zögerte. Dann griff er nach einem zweiten Bauern, g2, und schob ihn zwei Felder vorwärts nach g4. Ehrenreich schlug sich mit der flachen Hand zweimal vor die Stirn und stöhnte: ›Was hab' ich gesagt! O Gott, o Gott – denken Sie doch an die schwarze Dame!‹
Ich war so perplex über die Verstellkunst vom Herrn Ehrenreich, daß ich beinah meinen Zug verpaßt hätt. Kindisch simpel. Meine Zange schoß raus, griff meine Dame und setzte sie kommod neben Kunstels ersten Bauern, von d8 nach h4 – und damit Schach dem armen Hascherl, dem weißen König. Die Zange klopfte dreimal aufs Brett, und Herr Ehrenreich trat vor und verkündete mit Grabesstimme: ›Schachmatt in zwei Zügen! Meine Damen und Her-

ren, so was gibt's. Ein Versehen, wahrscheinlich der Aufregung zuzuschreiben. Trauern wir mit Herrn Kunstel – und geben wir ihm noch eine Chance, was sagen Sie?‹

Stürmisches Bravogebrüll und Applaus. Oben auf dem Podium war Herr Kunstels Kopf auf das Schachbrett gesunken. Ich hatte meine Zange taktvoll zurückgezogen. Ehrenreich klopfte ihm auf die Schulter und sagte: ›Einverstanden, Herr Kunstel?‹ Der hob den Kopf und nickte mit lilaroten Backen, sprechen konnt er nicht.

Herr Ehrenreich stellte die Figuren schnell wieder auf ihren Platz. Sicher gabs im Publikum auch welche, die keine Ahnung von Schach hatten, aber sie fandens net fad, wie die Mutter befürchtet hatte. Der unheimliche Kasten, das Wettkampfgeknister, Herrn Ehrenreichs dramatisches Getöse und dann Kunstels echter Zusammenbruch langte ihnen. Außerdem gings um Geld, und das ist was für alle.

›*Da capo*‹, psalmodierte Herr Ehrenreich. ›Sind Sie bereit, Herr Kunstel? Die Maschine ist noch auf Ihren Strom eingestellt, sie gibt Ihnen noch mal Weiß, sie ist immer großzügig. Achtung! Fertig! Los!‹

Der eröffnete wieder mit einem Bauern: e2 nach e4. Ich stellte ihm meinen gegenüber: e7 nach e5. Dann zickzackte er mit seinem Springer über seinen Bauern hinweg, g1 nach f3, und Ehrenreich rief aufgeregt: ›Ah! Die italienische Eröffnung! Jetzt wird's interessant!‹ Meine Zange packte meinen Springer b8 nach c6. Großartig, Maschine‹, schrie Ehrenreich und klatschte in die Hände. ›Leichtsinnig – aber großartig.‹

Es war natürlich überhaupt nicht leichtsinnig, simpelste Spielregel. Kunstel reagierte mit *seinem* Läufer...«

»Onkel Stilz, hör auf! Ich versteh' nichts von Schach.«

»Tintenlackl. Machst mir den Spaß hin. Na schön. Wir spielten die italienische Eröffnung – aus dem achtzehnten Jahrhundert, Herr Professor, und ich ließ Kunstel etwa drei Minuten laufen. Ehrenreich warnte ihn ein paarmal mit alten Sprüchen wie: ›Oh! Oh! Springer am Rand ist eine Schand!‹ Oder: ›Nicht so gierig! Die Dame läuft nicht weg.‹ Und dann gings dem Ende zu, als Kunstel in eine ganz einfache Falle stolperte, nämlich das berühmte Damenopfer...«

»Onkel Stilz!«

»Ach so, ja. Ich vergeß halt immer wieder, daß ichs mit einem Deppen zu tun hab. Also gut: Er war nach drei Minuten und zwölf Sekunden matt...«

»Daran kannst du dich doch unmöglich noch erinnern!«

»Tintenlackl! So was vergißt man nie; a junger Dachs ist wie ein Schwamm. Später kann man nichts mehr aufspeichern. Jetzt bin ich nur noch ein Sieb. Unterbrich mich nicht immer – wo war ich?«

»Drei Minuten und zwölf Sekunden.«

»Schachmatt. Ich hatte ihm erlaubt, sich gut zu schlagen. Er bekam Applaus, als er die Stufen wieder runterpolterte – ah, da hab i noch was unterschlagn: Als meine Zange dreimal klopfte und Ehrenreich ›schachmatt‹ rief, versuchte der arme Kunstel, der Zange die Hand zu schütteln. Stell dir vor! Ich zog sie aber schnell zurück. Herr Ehrenreich fragte besorgt: ›Haben Sie einen elektrischen Schlag bekommen?‹

›Ich weiß nicht... ich glaube nicht...‹ sagte der Mann ganz benommen. Das waren sie alle, Kasperl, alle, gegen die ich spielte: Sie waren wie hypnotisiert und leicht bedeppert. Die Maschine verbreitete Beklemmung, die Leut schnappten nach Luft, erklärten hinterher, sie seien wie besäuselt gewesen von dem ›elektrischen Strom‹, hätten deshalb auch nicht so gut wie sonst gespielt.

Ehrenreich ließ den Vorhang nicht sofort fallen, das Publikum sollte die Maschine noch einmal betrachten, wie sie da oben stand, so still und würdig und geheimnisvoll. Die Wirkung war ganz narrisch – auch später, immer dieselbe: zuerst ein, zwei Sekunden andächtiges Schweigen, und dann donnerte der Applaus hinauf zu dem einsamen Kasten – und ich da drinnen! Meine Beine waren eingeschlafen, mein Herz klopfte, Tränen liefen mir übers Gesicht. Ich hörte den Vorhang fallen, ich wurde abgetragen. Schritte, Türenschlagen, und dann klopfte jemand an die Rückwand meines Kastens. Aber ich mußte erst ein paarmal tief atmen,

bevor ich öffnen konnte. Ehrenreich hob mich heraus, küßte mich, dann sah ich die Mutter und die Brüder. Wir weinten alle.«
Er schwieg und nagte heftig an der Oberlippe. Dann sagte er plötzlich: »Wunderts dich nicht, daß dem Ehrenreich so viel an dieser Nummer lag? Schließlich trat ich ja nur in dem kleinen Panoptikum auf. Sein Hauptgeschäft machte er doch mit der Riesenarena. Aber weißt, dieser Mann war ein ganz seltsamer Kauz. Er hatte Jura studiert und war gerade dabeigewesen, sich niederzulassen, als sein Vater starb und ihm den Zirkus hinterließ. Der hat ihn wohl doch auch fasziniert, aber seinen Hang fürs Intellektuelle, den hat er nie ganz begraben; lag abends spät noch in seinem Wohnwagen und las – Klassiker und Lyrik. Und das Schachspiel, das hat die Lücke zugestopft; es ist ja kein Spiel, sondern eine geistige Disziplin – ganz abgesehen von dem Spaß, den er hatte an unserer Eulenspiegelei. ›Schachmaschine, Wunder der Natur‹, sagte er, ›das einzige Wunder ist das Publikum, das sich zu gern bescheißen läßt.‹
Ich hab ihn nicht gern so reden hörn, ich *war* a Wunder. Etwa nicht?«

5.

Es war noch früh, höchstens elf Uhr, als Kaspar nach Hause ging. Mehr als zwei Stunden hintereinander konnte der Kleine nicht erzählen; begann sich zu verheddern und schließlich ganz den Faden zu verlieren. Zum Schluß hatte er nur noch gemurmelt: »Die Schachtel, die war gut, die war mein Freund – da konnte nichts passieren...« Und als Kaspar aufstand, wieder: »Weißt noch *nix*, Tintenlackl, alles nur Vorwort – wart nur, wirst staunen...«

Staunen – nein. Er staunte nicht, er hörte dem Kleinen zu wie früher dem Vater. Nicht die Mutter, der Vater hatte abends an seinem Bett gesessen und gefragt: »Harun al-Raschid? Odysseus? Münchhausen? Wen nehmen wir heute dran?« Jetzt war Onkel Stilz dran, unerkannt wie Harun, listig wie Odysseus, hanebüchen wie Münchhausen. Der einzige Unterschied war, daß Onkel Stilz berichtete, anstatt zu fabulieren, seine Historie war – wahrscheinlich – verläßlich im Gegensatz zu Vaters alten Legenden. Und trotzdem, es fiel ihm immer noch schwer, dem Zwerg Leiblichkeit zu verleihen, auch wenn er ihm gegenüber saß. Der Kleine war seit seiner frühesten Kindheit sagenumwoben gewesen, hätte genausogut ein Frosch sein können mit goldnen Augen. Bislang hatte Kaspar nur zugehört, verzaubert und abgelenkt, aber unfähig, sich wirklich zu beteiligen. Ging das auf Marthas Konto? Er hatte auch sonst das Gefühl, sich unter einer sanften Narkose zu befinden. Man hatte ihm Ferien angeboten im Institut, solange er wollte, aber das wäre das Schlimmste gewesen. Morgen würde er wieder dort erscheinen und die gestotterten Kondolenzen seiner Studenten entgegennehmen. Wie wär's, wenn er unten ans grüne

Brett anschlagen würde: KONDOLENZEN FÜR PROFESSOR SCHULTE NUR IN SLAWISCHEN SPRACHEN.
Er schloß die Wohnungstür auf und wanderte von einem dunklen Zimmer ins andere, ließ auch die Küche nicht aus. Es war eine helle Nacht, beinah Vollmond. In jedem Raum zwang er sich, ein paar Minuten stehenzubleiben und sich nach allen Seiten umzuschauen. Wieder im Wohnzimmer, dachte er: Hier bin ich, ich erwarte niemanden. Niemand wird kommen; mehr ist aus diesem Abend nicht rauszuholen. Tu was, stell 's Fernsehen an! Aber er erschrak über die lauten Stimmen und drückte schnell wieder auf den Knopf. Das bunte Bild zuckte und verlosch. Tröstliche Stille.
Ewig konnte er ja nicht mitten im Wohnzimmer stehen wie eine Salzsäule. Setz dich. Komm, trink was, einen Schluck Whiskey im Mondlicht. Nach all dem Cognac? Also, dann noch einen Cognac, oder den starken Klaren, der riecht auch im Dunkeln nach Kirschen. Ich armer Mensch, Prost. Onkel Stilz, dem »Zwerk«, dem sind tolle Sachen passiert. Sogar Martha ist was passiert, auf der Autobahn. Nur mir – nichts.
Er wanderte ins Schlafzimmer, begann sich auszuziehen, blieb hartnäckig dabei, kein Licht anzumachen, schaffte es, auch das Glas Wasser und das Mogadon. Im Stockdunkeln. Das sollte ihm mal einer nachmachen... Kroch ins Bett, verschränkte die Arme hinter dem Kopf und wartete. Aufs Mogadon konnte man sich verlassen, das war aber auch das einzige. Hede oder nicht Hede, das war hier die Frage. Und die Antwort: Nicht jetzt. Mit Bestimmtheit *nicht jetzt.*

Er wachte ohne Kopfschmerzen auf, aber auch ohne genauere Erinnerung an den gestrigen Abend. Sogar Onkel Stilz' Geschichte wackelte.
Während er frühstückte, läutete das Telefon. Eine Männerstimme mit starkem Akzent. Unbekannter Name. Ob er zum privaten Unterricht kommen könne, aber nicht im Institut. Schon heute. Um fünf Uhr? Särr gutt. So ist es, dachte Kaspar, als er auflegte, särr gutt, ich brauche ein neues Gesicht. Und bis dahin ins Institut.

Vorläufig würde alles beim alten bleiben, die sanfte Narkose blokkierte Entschlüsse. »Das geht vorbei.« Ja, Onkel Stilz.
Der Mann, der um fünf Uhr pünktlich erschien, war kein Student. Gute vierzig Jahre alt, hohe, kahle Stirn, schütteres schwarzes Haar, untersetzt und muskulös. Das Gesicht schien Kaspar geradezu klassisch schön mit der kühn geschnittenen Nase und den tiefliegenden dunklen Augen, mißtrauisch und gleichzeitig schwermütig. Kaspar stellte keine persönlichen Fragen, aber er wußte auch so: Dieser Mann war Kroate. Nicht Jugoslawe, das Wort war verpönt: Kroate. Als er sein Schreibheft und den Bleistift auf den Tisch legte, zeigte sich, daß er Linkshänder war, und das erst seit kurzem, denn die linke Hand führte den Bleistift nur mit Mühe. Die rechte steckte in einem schwarzen Lederhandschuh. Er verstand so gut wie gar kein Deutsch, machte einen intelligenten Eindruck, und nach den ersten verlegenen Minuten sogar einen imponierenden, der Augen wegen und auch wegen der Stimme, sehr tief und trotz des Kindergartendialogs autoritär. Er lernte schon in dieser ersten Stunde mehr als andere innerhalb von Wochen. Als er nach genau sechzig Minuten aufstand, bestand er darauf, sofort und in bar zu bezahlen.
Wilfred rief später an, fragte, ob er kommen solle. Verbesserte sich: kommen dürfe. Dürfe – ja, solle – nein. Abends kam er dann, Befangenheit im schmalen, bräunlichen Gesicht, das Kaspar plötzlich stark an Martha erinnerte. Dieselbe unbestimmte Augenfarbe – Abwaschwasser hatte sie's genannt –, die schmale Nase, der etwas vornübergeneigte Gang.
Frau Hennig, die Halbtagshilfe, hatte Aufschnitt und Käse besorgt und alles unter Plastikfolie auf zwei großen Platten ausgebreitet, wegen der Eßkultur, wie es in »Moderne Frau und Küche« stand: Die Salamischeiben kreisförmig geordnet, in der Mitte ein dickes Stück Leberwurst, dazu Radieschen, blumenförmig aufgeschnitten, und Petersilie – die Kaspar haßte – in dichten Sträußen. Dasselbe mit der Käseplatte: flache Scheiben Edamer und Schweizer in Form einer Sonnenblume. Frau Hennig hatte Sinn fürs Höhere, wie sie selbst bekannte, und ihre eigene Ansicht von der Art, wie man schriftlich miteinander verkehren sollte: in der dritten Per-

son. Hin und wieder lag ein Zettel auf dem Küchentisch, auf dem zum Beispiel stand: »Frau Hennig läßt sagen, sie kann morgen nicht kommen. Hochachtungsvoll, Frau Hennig.« Oder Ansichtskarten aus ihren Sommerferien: »Frau Hennig schweift in der Natur umher und macht es sich im See bequem. Viele Grüße von Frau Hennig.«

In stummer Übereinkunft machten sich Kaspar und Wilfred daran, in der Küche zu essen anstatt im Wohnzimmer. Eben *nicht* wie früher. Improvisiert und ärmlicher, es zeigte an, was für eine Lücke Martha hinterlassen hatte.

Sie sprachen nur über praktische Dinge: Wilfreds bevorstehendes Examen, Kaspars neuer Kroate, dazwischen, unüberhörbar, Schweigen.

Wilfred zog eine Packung Zigaretten aus der Tasche und schob den Teller beiseite. »Ich hab' dich gestern abend ein paarmal angerufen. Neulich auch.«

»Seit wann rauchst du?«

»Du warst nicht zu Hause.«

»Ich war *nicht* bei Hede.«

»Stefan wohnt jetzt bei mir, er schläft auf dem Sofa. Er hat sein Zimmer in der Pension aufgegeben.«

»Warum?«

»Er kann nicht schlafen, raucht die ganze Nacht. Da hab' ich auch angefangen, aber ich werd's wieder aufgeben. Sowie Stefan zur Ruhe kommt.«

»Wegen Mutter?«

»Er sieht Hede in der Kantine im Krankenhaus, obgleich er immer zu anderen Zeiten hingeht, aber manchmal trifft er sie doch.«

»Und das regt ihn auf?«

»Sie sei schuld an Mutters Tod.«

»Da mag er nicht unrecht haben.«

Wilfred öffnete den Mund, begnügte sich dann aber mit heftigem Kopfschütteln.

»Doch, doch. Hede *ist* dran schuld. Und es ließ sich trotzdem nicht vermeiden, verstehst du das?« Wilfred nickte stumm, kam sich wie ein Verräter vor. Wenn er nachts an Stefans Sofa saß, »ver-

stand« er ganz andere Dinge. Da haperte es immer bei ihm, er verstand zuviel und zu Gegensätzliches. »Deine Mutter und ich – wir waren Freunde. Denk ja nicht, daß das wenig ist.«
»Liebst du Hede?«
»Ich glaube nicht.«
»Du weißt es nicht?«
»Nein.«
»Aber Vater...«
»Warum meinst du, ich müßte das wissen?«
»Mein Gott, wenn du sie *nicht* liebst, warum hast du dann...«
»Warum ich deine Mutter mit ihr betrogen habe?«
»So *lange*, Vater! Das ist doch keine kleine Affäre, das geht doch schon jahrelang.«
»Fünfeinhalb. Du findest das lange, nicht wahr? Für dich ist es ein Viertel deines Lebens, mir scheint's nur eine kurze Zeit. Das ist der Unterschied zwischen dir und mir, sonst wüßt' ich keinen. Oder kannst du dir nicht vorstellen, daß *du* einmal deine Frau betrügen wirst?«
Nach kurzem Zögern und ohne den Vater anzusehen: »Doch.«
»Stefan kann sich's gewiß nicht vorstellen, der hat keine Phantasie.«
»Er will es nicht. Ich hab' schon mehrmals versucht, daß er die Dinge sieht – na, wie sie eben sind zwischen zwei Menschen. Aber er kann nur an Mutter denken und wie sie gelitten hat. Er haßt Hede.«
»Kennt er sie überhaupt?«
»Nein. Er hat sich da in etwas verbissen, er wartet darauf, daß du und Hede...«
»Daß wir heiraten?«
»Dann will er ihr was antun. Was, sagt er nicht.«
Kaspar schwieg eine Weile. Merkte plötzlich, daß er genau wie Onkel Stilz heftig mit den Zähnen an der Oberlippe nagte und lachte vor sich hin. Wahrscheinlich sah er jetzt auch wie ein Gorilla aus.
»Ich finde das nicht komisch«, sagte Wilfred steif.
»Ich auch nicht. Kennst du Hede?«

»Du hast mich ihr mal vorgestellt, weißt du nicht mehr? Bei Tobias, nach dem Mittagessen, da hab' ich dich abgeholt.«
»Aber du hast noch nie mit ihr gesprochen?«
»Nein. Trefft ihr euch immer noch dort?«
»Ich hab' sie seit dem Tod deiner Mutter nicht gesehen, das kannst du Stefan berichten.«
»Aber – wo bist du denn abends? Bei den Bannheimers hab' ich angerufen...«
»Sorgt man sich um mich? Beruhige alle, ich bin bei Onkel Stilz.«
Der junge Mann sah ihn verständnislos an. »Was tust du da?«
»Er erzählt, und ich höre zu. Frag mich jetzt nicht, was und warum, Wilfred, ich brauch' ihn jetzt. Mehr als Hede. Außerdem – und ich weiß, wie ungerecht das ist – fühle ich genau wie Stefan: Sie ist schuld daran.«
»Aber...«
»Das heißt deswegen nicht, daß ich sie nicht wiedersehen werde. Alles hat seine Zeit – und geht vorüber, auch *mein* Gefühl der Schuld.« Wieder Onkel Stilz, dachte er, ich habe im Augenblick kein eigenes Gepräge, weder außen noch innen.
»Du fühlst dich schuldig? Du hast doch gesagt...«
»Hede ist schuldig, ich bin schuldig, sogar deine Mutter war schuldig – spring mir nicht ins Gesicht, denk mal nach, wie ich das meine. Deine Mutter war eine außergewöhnliche Frau, ich bin ein ganz gewöhnlicher Mann. Vielleicht hätte sie mich ganz gewöhnlich behandeln sollen. Statt dessen war sie großzügig und tolerant und – passiv. Möglich, daß das falsch war. Ich weiß es nicht. Ich weiß nur eins: Böswillig war niemand, auch Hede nicht.
Wilfred seufzte wie ein müder alter Mann, kam sich auch so vor mit diesem Hasenhakenvater und dem dynamitgeladenen Bruder.
»Darf ich fragen, was nun geschehen wird?«
»Nichts. Vorläufig nichts. Ich gehe morgens ins Institut, ich esse, was die Hennig mir hinstellt, ich habe einen neuen Privatschüler. Geh jetzt nach Hause und sag Stefan, vorläufig soll er in seine Pension zurückkehren und ruhig schlafen. Wenn sich was ändern sollte, kann er wieder bei dir einziehen und Messer wetzen.«

Hede war die ganze Woche über abends in hrer kleinen Wohnung geblieben, aber Kaspar rief nicht an. Natürlich nicht. Natürlich konnte er jetzt nicht wie früher abends von irgendwo anrufen und ihr gute Nacht sagen. Und ganz ausgeschlossen, daß sie sich Bei Tobias zum Essen treffen konnten. Oder gar, daß er plötzlich an der Wohnungstür läuten würde.
Als es eines Abends tatsächlich läutete, war sie so weiß und atemlos, daß ihre Cousine, die auf gut Glück vorbeigekommen war, um sich Hedes Picknickkoffer auszuleihen, ganz aus der Fassung geriet. Nein, nein, sie sei nicht krank, nur etwas überarbeitet.
Und beunruhigt. Seit Tagen hatte sie das Gefühl, daß ihr jemand folgte. Abends, wenn sie die Leopoldstraße entlangging, glaubte sie Schritte zu hören, wollte sich aber nicht ängstlich umsehen. Wenn sie dann in die Martiusstraße einbog, war sie schon zweimal sicher gewesen, daß jemand hinter ihr herging, aber sowie sie zu ihrer Straße, Ecke Werneckstraße, kam und sich dann doch schnell umsah, während sie die Haustür aufschloß, war niemand da.
Am neunten Tag nach Marthas Tod sah sie ihn dann. Sie war in der Leopoldstraße abrupt vor einem Musikladen stehengeblieben, und da war er direkt hinter ihr, sie sah ihn deutlich im Spiegel der Scheibe. Ein junger Mann in Jeans und Segeltuchjacke. Sie drehte sich um. Er stand da mit lose herabhängenden Armen und betrachtete sie aufmerksam und ohne Scheu.
Hede trat einen Schritt vor. Schließlich waren sie nicht allein auf der Leopoldstraße, gerade war eine Frau mit Hund zwischen ihnen durchgegangen.
»Was wollen Sie von mir?« fragte sie mit ruhiger Stimme. »Kann ich etwas für Sie tun?«
»O ja«, sagte der junge Mann. »Würden Sie eine Tasse Kaffee mit mir trinken? Irgendwo wird es doch ein Café geben. Kennen Sie sich hier aus?«
»Da drüben ist eins«, sagte sie, von seiner Unbefangenheit überrumpelt. »Aber warum? Wer sind Sie denn?«
»Ich heiße Harold Wegmann«, sagte der junge Mann. »Ich muß unbedingt mit Ihnen sprechen.«
»Ich habe keine Zeit«, sagte Hede. »Ich arbeite.«

»Ich auch«, sagte der junge Mann. »Aber das hier ist wichtiger.«
»Was ist wichtiger?«
»Ich muß mit Ihnen über Martha sprechen.«
»Martha«, wiederholte sie tonlos.
»Martha Schulte. Eine halbe Stunde werden Sie doch übrig haben.«
Wortlos gingen sie nebeneinander die Leopoldstraße entlang, überquerten dann die Fahrbahn und traten in ein kleines Café, Bei Lotte. Der junge Mann nahm ihr den Mantel ab und führte sie zu einem Ecktisch, als sei er hier seit Jahren bekannt. Setzte sich ihr gegenüber und studierte sie so sachlich wie bei einer Paßkontrolle.
»Also?« sagte sie, schon um der Inspektion ein Ende zu machen.
»Entschuldigen Sie, aber ich muß Sie genau ansehen. Ich muß Sie vergleichen...«
Ein Fräulein in weißer Schürze näherte sich. »Zwei Kaffee, bitte«, sagte er, ohne die Augen von Hede zu lassen.
»Ich verstehe Sie nicht...«
»Ich muß Sie mit Martha vergleichen, warum, brauch' ich Ihnen wohl nicht zu erklären.«
»Doch«, sagte Hede entschlossen, »das müssen Sie. Was wollen Sie von mir? Wer sind Sie überhaupt?«
Bis der Kaffee kam, hatte er's ihr erzählt. Sie hörte atemlos zu, im wahren Sinn des Wortes ohne Atem, wie betäubt.
»Glauben Sie an Zufall?« fragte er plötzlich. »Ich nicht. Ich *mußte* an diesem Dienstag meine Fahrprüfung bestehen und in diesen Parkplatz einbiegen. Seither bin ich jeden Tag in der Mittagspause auf den Friedhof gegangen. Dort steht eine Bank, nicht weit von ihrem Grab, und vor ein paar Tagen kam der jüngere Sohn. Der Vater war noch nie da.« Er schwieg, aber sie sagte nichts. »Da hab' ich mit dem Sohn gesprochen. Stefan heißt er, kennen Sie ihn?«
»Kaum.«
»Er haßt Sie.«
»Ich weiß.«
»Er hat mir alles erzählt. Er war in sehr schlechter Verfassung und weinte. Ich bot ihm eine Zigarette an. Er setzte sich neben mich

auf die Bank und rauchte das ganze Paket. Ich hab' ihm dann gesagt, daß der Kopf seiner Mutter in meinem Schoß gelegen hat. Und deshalb hat er's mir wohl erzählt, das von Ihnen.«
Nach einer Weile sagte Hede: »Und was wollen Sie von mir?«
»Ich habe das Gefühl, ich gehöre jetzt dazu. Ich weiß, es klingt verrückt, aber ich habe schon viel geschafft in dieser Woche. Stefan ist jetzt mein Freund – und nun sitz' ich hier mit Ihnen. Das ist sehr wichtig. Auch für Sie, Sie werden sehen. Glauben Sie, ich dürfte mal bei dem Professor anrufen?«
»Versuchen Sie's«, sagte Hede. »Ich muß jetzt gehen.«
Der junge Mann holte ihren Mantel. Während sie ihn anzog, sagte er plötzlich: »Hier ist meine Karte. Werfen Sie sie nicht weg! Vielleicht können Sie sie gebrauchen. Es ist doch möglich, daß Sie auch mal mit jemandem sprechen wollen, der dazugehört.«
»Danke«, sagte Hede und steckte die Karte in die Tasche. »Danke für den Kaffee. Jetzt werden Sie mir doch nicht mehr nachgehen?«
»Natürlich nicht. Aber ich mußte doch herausfinden, ob Sie passen.«
»Und?« fragte sie und wünschte, es hätte ironisch geklungen statt beinah ängstlich.
»Doch, doch«, sagte der junge Mann, »alles in Ordnung.«

6.

Nachmittags erschien wieder der Kroate, pünktlich um fünf Uhr. Ante Luburic hieß er. Er hatte nicht nur alle Vokabeln vom ersten Mal im Kopf, sondern auch einige Dutzend aus dem Wörterbuch, wenn auch in fehlerhafter Aussprache. »Kampf«, »Freiheit«, »Unabhängigkeit«, »Kochtopf«, »Kommode«, »Löffel«: also Politik und Familie, nicht nur schnell, schnell in die Fabrik. Das wäre ja auch schwierig gewesen, einhändig.

Wie der dasaß! Die breiten Schultern vor Anstrengung so hochgezogen, daß der Kopf darin versank, das Gesicht dicht über dem Schreibheft, daneben auf der einen Seite die leblose rechte Hand in schwarzem Leder, auf der anderen die mächtige Linke, zur Faust geballt. Von Zeit zu Zeit hämmerte er auf den Tisch aus Wut über sein mangelndes Begriffsvermögen.

»Ruhig, ruhig«, sagte Kaspar langsam, Silbe für Silbe. »Sie arbeiten gut, sehr gut. *Prav dobro.*«

Luburic hob den braungebrannten, vor Mühe dampfenden Schädel und lächelte zum erstenmal. Seine Zähne waren so weiß und gleichmäßig wie die von Onkel Stilz, aber echt. Punkt sechs Uhr stand er auf, zahlte und schüttelte Kaspars Hand mit schmerzhaft hartem Griff. Ob der Professor auch einem Freund Unterricht geben würde? Ja? Dann würde der Freund schon morgen mitkommen. Ob sie zu zweit denselben Preis zahlen könnten, der Freund habe kein Geld, dafür aber fünf Kinder. Unverschämt – aber Kaspar nickte. Sollten sie ihn übers Ohr hauen, die milde Narkose hinderte ihn, sich zu empören. Außerdem konnte ihm nichts etwas anhaben, denn abends würde er zu Onkel Stilz gehen. Er war morgens erregt und mit trockener Kehle aufgewacht, vielleicht hatte er von dem Kleinen geträumt, jedenfalls verlangte es ihn dringend nach der Fortsetzung der Schachgeschichte. Er hatte Anja schon Bescheid gesagt, und die war nicht mal fragen gegangen. Der gnädige Herr erwarte ihn.

Sie öffnete ihm die Tür und stand erwartungsvoll da, mit erhobenem Kopf. Er küßte sie hinlänglich, aber nicht ganz konzentriert, denn er saß schon den ganzen Tag über in Gedanken bei dem Kleinen in der Schachtel.

Das Nachtlicht brannte, ein kleiner Tisch war an der Besucherseite neben den Bettpfosten gerückt, darauf eine Flasche Whiskey, Selterswasser und Eis, ein Glas und ein Teller mit einem kleinen Berg Kaviar. Dazu ein Löffel und eine halbe Zitrone.

»Ich weiß noch nicht –« sagte der Zwerg, steif aufrecht sitzend in einem dunklen Samtjackett mit goldnen Knöpfen über der Pyjamajacke. »Möglich, daß wir heute schon nach Rußland reisen, Kasperl. Wart aber noch mit dem Kaviar.«

Das Sofakissen lehnte bereits gegen den Pfosten, er schwang die Beine auf die Bettdecke, goß sich ein Glas Whiskey ein und trank den ersten Schluck.

»Los!« Er lehnte sich zurück und schloß die Augen.

Aber der Kleine zögerte. Er hatte die Händchen vor sich gefaltet und klappte die Finger auf und ab.

Kaspar öffnete die Augen: »Was ist denn, Onkel Stilz? Weißt du nicht mehr, wo wir stehengeblieben waren?«

»Von jetzt an wird es sehr schwierig. Und auch... peinlich.«

»Peinlich? Mir ist nichts peinlich auf der Welt, ich kenne das Gefühl gar nicht.«

»Ich muß von jemandem sprechen, von einer Person, die jetzt dazukommt. Ich kann sie nicht auslassen. Ich würd sie liebend gern auslassen, ich tät sie am liebsten –« Die Fingerchen spreizten und verkrampften sich.

»Erwürgen?«

Die Finger erschlafften, lagen gefaltet und ergeben auf der Bettdecke. So hab' ich ihn noch nie gesehen, dachte Kaspar, richtig elend, mit seiner Samtjacke und den Goldknöpfen.

»Der Ehrenreich, der hatte eine Nichte, das Kind eines jüngeren

Bruders, aber der war schon lange tot, der Bruder. Ehrenreich hatte sie aufgezogen wie eine Tochter. Er hatte selber welche, aber die hab ich nie zu sehen bekommen, die haßten den Zirkus und alles, was damit zusammenhing, und die Mutter, die dazugehörte, seine Frau, die auch. Die waren alle immer irgendwo an der Riviera, und er sprach nie von ihnen. Das hat mir einer von den drei Trigolinis erzählt, die arbeiteten oben auf dem Seil, ohne Netz, und der eine, Giorgio, der war mein Freund. Aber, du verstehst, der hatte natürlich auch keine Ahnung, daß ich die Schachmaschinennummer war. Abends geisterte ich hinter den Kulissen herum, aber das wunderte keinen, denn die Mutter leitete ja das Panoptikum, und die Brüder halfen überall mit. Ich war Herrn Ehrenreichs persönlicher Freund, und da fiel's nicht weiter auf, daß ich immer kurz vor der Schachnummer unauffällig in seinen Privaträumen verschwand, wo die Schachtel in einem großen Tresor stand, extra angefertigt, immer sorgfältig verschlossen. Ich kletterte hinein, Herr Ehrenreich läutete, und einer von ›unseren‹ Arbeitern trug mich dann in dem Ding auf die Bühne – und später wieder ab und zurück zum Tresor. Kein Mensch ahnte was.
Es wußte ja niemand, daß ich Schachspielen konnte. Wenn mal zufällig zwei Leute spielten und Herr Ehrenreich und ich kibitzten, behauptete ich immer, ich verstünde leider nichts davon. Wie die spielten! Ich fühlte dann erst so richtig, was ich für ein Hexenmeister war. Das brauchte ich, denn – da war diese Nichte, Lisa hieß sie, die wurde von Herrn Ehrenreich in unser Geheimnis eingeweiht, in meiner Gegenwart. Das war ungefähr ein Jahr nach unserer ersten Vorstellung, ich war fünfzehn, sechzehn Jahre alt. Wir reisten schon seit Monaten, nicht nur durch Deutschland, auch durch die Schweiz und durch Italien.
Aber weißt, wir wußten längst, die Kommentare vom Herrn Ehrenreich und sein hitziges Getue, das war das A und O von der ganzen Nummer. Einmal war er heiser und konnte nicht auftreten – da sind wir einfach abg'stunken, sag i dir. Den Leuten wars Wurscht, ob die Maschine gewann oder nicht, sie verstandens ja nicht.
Und im Ausland – also der Herr Ehrenreich sprach ganz gut Italie-

nisch, aber mit seinem Französisch, da wars nicht weit her. Und deshalb kam die Nichte angereist, die war in Paris im Internat erzogen worden. Die sollte die Nummer in Frankreich übernehmen.

Ich wurde in sein Büro gerufen, und da stand sie. ›Da ist er, das ist unser geliebter Stilz!‹ rief er oder so ähnlich, ich weiß es nicht mehr, denn ich mußte mir das Mädchen anschauen. Die war schön! So was hatt ich noch nie gesehen. Und richtig lieb, hat mir gleich einen Kuß gegeben. Ich war ganz – ganz narrisch vor Freud.«

Er schwieg, nagte heftig an der Oberlippe, starrte auf die Bettdecke. Nach einer Weile sagte Kaspar: »Onkel Stilz, du erstaunst mich. Warum ist es dir peinlich, mir von deiner Liebe zu einem Mädchen zu erzählen?«

Der Alte fixierte ihn mit hartem Blick, hörte nicht auf zu nagen.

»Willst mi für blöd verkaufen? A Zwerg – und a schöns Madl, das is doch a Blödsinn, a Witz...«

»Warum? Weil sie einen Kopf größer war? Dafür war sie bestimmt zwei Köpfe dümmer. Sie hätt' sich was drauf einbilden sollen! Du warst doch etwas ganz Einmaliges, Onkel Stilz. Hat sie das nicht gewußt?«

»Sie hats gewußt.«

»Und?«

»Sie war auch – einmalig. Jedenfalls kams mir so vor.«

»Inwiefern?«

»Sie war ganz und gar – unmoralisch!« Er verstummte.

»Nimm einen Schluck Whiskey, Onkel Stilz.«

»Du willsts mir leichtmachen, Kasperl, aber mach mir nichts vor, hast dich doch sicher schon gefragt, was ich da so getrieben hab auf diesem Gebiet. Mir fällts schwer, von so was zu sprechen. Hab zwar genug Zeit g'habt, mich dran zu gewöhnen, daß das heut diskutiert wird wies Wetter, jeder gibt da was zum besten, und die Kinder fragen die Eltern, wann sie und wo sie und wie sie. Mir ists noch genant, aber ich wills versuchen, es gehört halt dazu. Ich war doch immer beim Zirkus dabei, nun schon über ein Jahr, und in so einem Jahr beim Zirkus, da lernst du alles kennen, was es gibt, von den Tieren bis zu den Menschen, und da war kein großer Unterschied. Wenn ich zuhörte, wie die Trapezmadeln untereinander redeten oder die Kraftprotzen, die mit den Muskeln – aber am schlimmsten waren die drei Zwerge. Jetzt, im nachhinein, da denk ich manchmal, ich kanns verstehn, daß die nicht grad vor Nächstenliebe platzten. Ich hab auch welche getroffen, private Leut, nicht auf der Bühne, die waren gescheit und anständig, doch die drei vom Zirkus Sarasate, die waren dumm und geil. Vielleicht wars der Zirkus. Da mußten sie sich ihr Leben mit dem verdienen, was es ihnen vergällte.

Am Anfang empfingen sie mich mit offenen Armen, als gehörte ich zu ihnen, und da hatten sie ja auch recht, nur wollt ich das durchaus nicht wahrhaben. Sie ham mich gleich zu einem Bier und zu Würstel eing'laden, und ich wußt net, wie ich da rauskommen sollt und bin mitgegangen in so ein Beisl. Und wies da ein Bier nach dem anderen getrunken ham, da hams erzählt, was sie so alles trieben ham, und wies die kleine Tochter vom indischen Elefanten-Mahout überfallen ham, sechs Jahr wars alt und auch net größer als sie, und was sie da alles angestellt ham mit der – die hats ihrem Vater nicht gsagt, weil sie sich zu sehr gschamt hat. Mir ist speiübel g'wordn, und i bin aufg'standen und wegg'laufen. Seit der Zeit ham wir nie wieder ein Wort miteinander gesprochen, aber manchmal hab ich ihre Augen auf mir gefühlt, so im Vorbeigehn.

Nach ein, zwei Monaten beim Zirkus, da ist nicht viel übriggeblieben von meiner Unschuld, nur in der Praxis, da war ich noch nicht – ich meine... Also: Der Herr Ehrenreich erzählte der Lisa meine ganze Geschichte, und sie klatschte in die Hände und konnts nicht glauben und stand Abend für Abend hinter den Kulissen und sah zu. Wenn ich abgetragen wurde und im Tresorzimmer aus meiner Schachtel kletterte, da wartete sie schon und küßte mich ab, weiß selbst net, warum. Sie sagte später mal, ich hätt sie von Anfang an dazu eingeladen. Ich glaub fast, ich war für sie – wie ein adoptiertes Kind, es kommt doch vor, daß man ein Kind etwas *zu* gern abküßt, nicht wahr, und sie, sie hatte sehr viel Zärtlichkeit übrig. Ihr Vater war schon lange tot, die Mutter hatte wieder geheiratet

und lebte in Amerika. In dem Internat in Paris – na, da sind sicher alle möglichen Sachen vorgekommen.«
»Natürlich.«
»Du findest das natürlich? Na gut, um so besser. Also, ich glaube, ich war so eine Art Ersatz für das, was sie da im Internat mit ihren Freundinnen gehabt hatte, das war doch alles noch harmlos gewesen, das mußte doch harmlos sein, meinst du nicht, Kasperl?«
»Nicht unbedingt, aber was macht das schon.«
»Jedenfalls, was sie da mit mir anstellte, wenn ich aus dem Kasten kletterte, das – ich nehm es an, hab natürlich viel darüber nachgedacht –, das muß so was wie eine Fortsetzung gewesen sein – nur eben, eben aufregender, weil ich halt ein Bub war.«
»Eben.«
Dann fuhr er mit sehr viel leiserer Stimme fort: »Du kannst dir vorstellen, wie *mich* das aufregte. Ich mußte doch aufpassen, während ich auf der Bühne Schach spielte, aber meine Gedanken waren wo ganz anders, konnts nicht erwarten, daß der Idiot, der gegen mich antrat, matt war. Ich kürzte ab, spielte direkt gefährlich – Herr Ehrenreich bekams manchmal mit der Angst –, aber es passierte nie etwas. Applaus und hurra und noch mehr Applaus – dann schnell abgetragen und im Tresorzimmer die Hintertür aufgestoßen – und da war *sie*.«
Er ließ sich zurück in die Kissen fallen und starrte an die Decke. »I kanns net, Kasperl. Mußt halt deiner Phantasie freien Lauf lassen, aber vergiß net, das Tresorzimmer lag ja direkt neben dem Büro vom Herrn Ehrenreich, und der ging da ein und aus, also laß dei Phantasie net zu weit rumspringen, hast mi? Das ging so eine ganze Weile. Wir wollten im Frühjahr nach Frankreich reisen, und der Herr Ehrenreich verlangte, daß die Lisa jetzt Schachspielen lernte, denn sonst hätt sie ja kein Kommentar machen können. Ich sollts ihr beibringen, wer sonst. Herr Ehrenreich hatte keine Zeit, dem waren grad zwei Elefanten eingegangen, die ganze Nummer im Arsch, denn jetzt kamen die anderen mit ihrem Polka ganz durcheinand und erwischten immer die falschen Schwänz. Ich sollt sie in unserem Wohnwagen unterrichten, den ich mit der Mutter teilte, aber Lisa beschwerte sich, wir hätten da nicht genügend

Ruhe, was auch stimmte, immer kam wer rein, immer war was los mit den Wundern der Natur.
Sie schlug ihrem Onkel vor, wir sollten doch in *ihrem* Wohnwagen arbeiten, so ein, zwei Stunden, und Herr Ehrenreich sagte: ›Aber natürlich.‹ Ich weiß noch, wie mich das gewurmt hat, sein ›aber natürlich‹, gewurmt und angestachelt.
Ich klopfte an die Tür von ihrem Wohnwagen, ein Schachbrett unterm Arm – und das wurde erst mal weggelegt, wir hatten ja zwei Stunden Zeit. Ich lehrte sie Schach spielen, und sie lehrte mich was anderes. Ich war bei weitem gelehriger als sie.« Er schwieg. Kaspar blieb ernst, fragte nichts. Nach einer langen Pause sagte der Alte, ohne ihn anzusehen: »Was ich dir da vorhin erzählt hab, das von den Spielen im Internat in Paris, das stimmt net ganz... Da hatte es nämlich einen Gesangslehrer gegeben...«
»Um so besser.«
»Hast recht. Aber damals hatt mi des ganz narrisch aufg'regt, hab mei Schachbrett g'nommen, wollt weg, aus dem Wohnwagen, aus dem Zirkus, mich im Mühlbach ertränken. Sie hat g'lacht. Net bösartig, richtig lieb g'lacht, und hat die Arme geöffnet und g'sagt – ich weiß heut noch, was sie gesagt hat: ›Stilzchen, nimm, was du kriegen kannst. Bist mein Herzenskind. Komm!‹«
»Die gefällt mir, deine Lisa.«
Der Alte sah ihn lange an. »Wenn ich nur mit jemandem hätt reden können. Aber da mußt ich höllisch aufpassen, denn da hörts auf mit der Gemütlichkeit bei die Leut. Jedenfalls damals, da hatte ein Zwerg noch was Mittelalterliches, weißt, Narrenkappe und Schellen und bucklig-deppert. Selbst meim Freund Giorgio hab i nix erzählt. Hab ihn auf die Prob g'stellt, hab mal auf a Trapezmadl zeigt und so gefeixt wie die anderen und gesagt: ›Die tät mir g'falln, was meinst, Giorgio?‹ Der hat mi ang'schaut – halb mitleidig und halb, als ob ich ihm auf die Füß treten wär...
Und mei Mutter – der hätts das Herz brochen, denn Mütter denken nie, was *ist*, die denken doch nur, was wird draus werden! Und was konnt schon draus werden? So viel wußt ich auch, hab versucht, mein Kopf zu behalten, habs versucht.«
Er schloß die Augen. Kaspar wartete, aber es kam nichts mehr.

Nach einer Weile fing er an, den Kaviar zu löffeln. Er nahm sich Zeit, saß noch lange in dem tröstlichen, warmen Halbdunkel, hoffte, daß der Kleine einschlafen würde, aber der lag wach, mit geschlossenen Augen, schnaufte kaum hörbar, aber stoßweise wie jemand, dem jeder Atemzug weh tut.

7.

Mit Ante Luburic zusammen erschien »der Freund«. Ivan Martinac hieß er, war ungefähr zehn Jahre jünger, Mitte Dreißig. Und schon fünf Kinder? Er hielt Kaspar gleich zur Begrüßung ein Foto vors Gesicht mit einer ausgesprochen hübschen jungen Frau und fünf Kindern unter zehn Jahren.

Martinac sprach sehr viel besser deutsch als Luburic, war schon viele Jahre in der Bundesrepublik. Er lachte viel und arbeitete wenig. Während der ganzen Stunde lehnte er sich so weit in seinem Stuhl zurück, daß er auf zwei Stuhlbeinen balancieren konnte, fühlte sich anscheinend nur in der Schwebe wohl, schwatzte munter und unaufhörlich, bis Luburic den Bleistift niederlegte. Aber der lustige junge Mann ließ sich nicht stören. Ob der Professor wisse, wer sie seien. »Gastarbeiter«, sagte Kaspar. »Exilkroaten«, flüsterte Martinac, schaukelte heftig, rollte die Augen und zog die Brauen geheimnisvoll in die Höhe.

Ante Luburic stand auf und knurrte ein paar Worte mit leiser, drohender Stimme. Dann setzte er sich wieder und hielt den Bleistift hoch wie eine Lanze. Martinac, der beträchtlich größer war als sein Freund, balancierte seinen Stuhl zu ihm hinüber und küßte ihn laut schmatzend auf die kahle Stirn. »Immer mit der Ruhe«, lachte er, »das Leben ist schön.«

Kaspar sah von einem zum anderen und meinte, es sei vielleicht doch besser, wenn sie getrennt Unterricht nehmen würden. »Nein, nein«, rief Martinac. »Ich muß bei Ante bleiben, wir sind unzertrennlich. Immer mit der Ruhe.«

Viel kam während dieser Stunde nicht heraus, und Luburic sah grimmig aus, als er seine fünfzig Mark auf den Tisch legte. Er sagte

nichts, aber er runzelte die Stirn und starrte in die Luft, als sein Freund beide Hände auf Kaspars Schultern legte und ihn einlud, bald zum Abendessen zu kommen: jugoslawische Spezialitäten! Er küßte begeistert die Fingerspitzen. Was Ante anbetraf, so solle der Professor keine Notiz von seiner Gewittermiene nehmen, der brauche eine Frau. Ob der Professor da keinen Rat geben könne – in gutem Deutsch.
Luburic riß die Tür auf und lief die Treppe hinunter, Martinac rannte lachend hinterher.

Er beschloß, die Einladung anzunehmen. Fremde Leute waren ihm im Augenblick bekömmlicher als seine alten Freunde, die täglich anriefen und fragten, ob er nicht kommen wolle und warum nicht. Er spürte allgemein ein respektvolles Erstaunen, daß es ihn »*doch* so mitnehme« – Marthas Tod. Man hatte ihn also falsch eingeschätzt.
Keineswegs. Er war zwar an einem Tiefpunkt angelangt, aber nicht, weil er an gebrochenem Herzen litt, sondern eher daran, daß es nicht gebrochen war. Er war immer der festen Überzeugung gewesen, daß er ohne Martha nicht leben könne – oder wolle, was beinah auf dasselbe herauskam. Das hatte er auch Hede mehrfach gesagt, vereinfacht: »Martha ist mein Partner, verstehst du?« Hede verstand. »Partner« hieß: unumstößlich. Bett geht vorüber, Freundschaft kann erkalten, aber echte Partnerschaft war ehrfurchtgebietend. Sie sah eine schwere Eichentür vor sich mit einem Schild: KASPAR UND MARTHA AG. EINTRITT VERBOTEN.
Nun war der Partner tot, die Firma aufgelöst. Jetzt hätte er doch liquidieren sollen oder Bankrott anmelden, statt dessen funktionierte er – unter der sanften Narkose – beinah wie vorher, und das war es, was ihm so zu schaffen machte. Den Freunden konnte er das nicht erklären, Hede schon gar nicht. Onkel Stilz – der hatte es wahrscheinlich längst erraten oder immer gewußt. Deshalb fühlte er sich so wohl, wenn er zu ihm ging. Aber Anja hatte recht, mehr als einmal in der Woche durfte er den Alten nicht strapazieren, der brauchte Tage, bis er sich von seinen nächtlichen Erinnerungsorgien erholte.

Also auf zu den Martinacs. Ante Luburic würde sicher auch da sein, als Wachhund. Während der drei Unterrichtsstunden, die er den beiden bisher gegeben hatte, war's immer das gleiche gewesen: Luburic vor seinem Schreibheft, grimmig einzementiert und wortkarg, Martinac auf zwei Stuhlbeinen, zerstreut und fröhlich. Kaspar konnte sich nicht erklären, was die beiden aneinanderband, und schon gar nicht, warum Luburic den anderen am Unterricht teilnehmen ließ. Beide gehörten wahrscheinlich zu den aktiven Exilkroaten; er bekam langsam einen Blick für diese Leute, hatte schon einige unterrichtet. Etwa fünfzehn Prozent der Kroaten, die in der Bundesrepublik lebten, »arbeiteten« für ihr großes Ziel, ein unabhängiges Kroatien aus dem Vielvölkerstaat Jugoslawien herauszulösen. Sie kämpften im Untergrund, wurden auf Missionen in die Heimat eingeschleust, um dann wieder von Titos Geheimpolizei, der UDBA, gejagt und auch auf deutschem Boden gestellt und getötet zu werden. Schon vor Jahren war plötzlich einer seiner Schüler auf unerklärliche Weise verschwunden, und als er sich bei der Mutter des Jungen nach seinem Verbleiben erkundigen wollte, war auch sie über alle Berge und hatte ihre paar Klamotten zurückgelassen, wie ihre Münchner Mietsleute ihm berichteten. Ein Mann sei gekommen, ein Unbekannter, habe mit ihr gesprochen, und dann sei sie aus dem Haus gelaufen, weinend. Und nicht wiedergekommen.

Die Martinacs wohnten im obersten Stock eines kleinen Wohnblocks in Pasing, der nach dem Krieg gebaut worden war, unmittelbar danach, dem Baumaterial nach zu urteilen. Es hatte nicht mal für einen Balkon gereicht – aber vielleicht war gerade das der Grund, warum sie dort wohnten. Balkons waren ein Risiko für Exilkroaten.

Vor dem Fahrstuhl hing ein Pappschild auf deutsch und jugoslawisch: AUSSER BETRIEB. Jemand hatte – ebenfalls zweisprachig – darunter gekritzelt: SCHEISSE. Kaspar stieg die drei Treppen hinauf, wanderte einen langen Gang entlang. An der letzten Tür eine kleine, handgeschriebene Karte mit Reißnägeln befestigt: MARTINAC.

Wütendes Hundegebell, dann Schritte und eine Frauenstimme,

die auf den Hund einsprach und ihn anscheinend in ein Zimmer einschloß, wo er ungehindert weiterbellte.
Die junge Frau, die er von dem Foto kannte, zog die Tür mit beiden Händen mühsam auf, lächelte verlegen, murmelte: »Guttentack« und drückte sie mit aller Kraft wieder hinter ihm zu. Wahrscheinlich war das Holz mit Metall verkleidet. Martinac erschien freudig lachend, klopfte im Vorbeigehen an die Wand und rief: »Immer mit der Ruhe«, worauf der Hund verstummte. Martinac umarmte Kaspar und küßte ihn auf beide Wangen. Seine Frau Vlada spreche kein Deutsch außer »Guttentack«, aber die Kinder gingen mit ihr einkaufen und übersetzten, eben Kinder, die lernten, ohne zu wissen. Bitte näherzutreten.
Die kleine Diele stand voll mit Kinderwagen und Kinderrädern; Mäntel aller Größen hingen dicht über- und nebeneinander an den Wandhaken; es roch nicht unangenehm nach Sauerkraut. Sarma, dachte Kaspar, Hackfleisch in Sauerkraut eingewickelt, dazu Reis mit Rosinen, das hatte es oft in Belgrad zum Abendbrot gegeben.
Im Wohnzimmer warteten drei der fünf Kinder und Ante Luburic; er stand mit dem Rücken gegen das Fenster, das mit doppelten Gardinen verhängt war. Die Kinder, drei Buben, alle der Mutter ähnlich, in Jeans mit karierten Hemden, standen wie Soldaten nebeneinander und verbeugten sich. Da sie auf seine ausgestreckte Hand nicht reagierten, streichelte Kaspar drei dunkle Köpfe. »Guten Abend, Herr Professor«, wie aus einem Mund, in tadellosem Deutsch. Martinac strahlte. Luburic verharrte noch einen Augenblick am Fenster und betrachtete die Kinder nachdenklich, dann trat er vor und schüttelte Kaspar mit seiner mächtigen Linken die Hand.
»Bitte setzen.«
Er nahm den einzigen Sessel, Martinac drückte sich mit seinen Buben auf das kleine Sofa, Luburic kehrte zum Fenster zurück. Kaspar lächelte, so herzlich er konnte, und blickte sich demonstrativ um: an der Wand über dem Sofa eine kolorierte Bibelszene und ein Fächer aus Elfenbein unter Glas, neben dem Sofa ein Büfett mit dem Hochzeitsfoto, einer Vase mit künstlichen rosa Rosen

und einer Reiseschreibmaschine, in der Mitte des Raumes der gedeckte Tisch und neben seinem Sessel ein großer Fernsehapparat. Alle Anwesenden folgten gespannt jeder Wendung seines Kopfes. Als er mit dem Rundblick fertig war, gab er ein längeres, anerkennendes Geräusch von sich.

Martinac sprang auf und holte eine Flasche Sliwowitz aus dem Büfett, dazu drei kleine, heftig gekräuselte Gläser. »*Nazdravje!*« Prost. »*Nazdravje!*« wiederholten Kaspar und Luburic sowie die Kinder, die jedem Schluck, der durch Kaspars Kehle floß, mit den Augen folgten.

Während des Essens wurde deutsch gesprochen. Das bedeutete, daß nur der Hausherr sprach, pausenlos, und abwechselnd rechts seine Frau und links eins der Kinder küßte. Er sei bei einer Siemens-Filiale angestellt, als was, war nicht ganz klar, er habe einen neuen VW, die Schulzeugnisse der Kinder seien die besten in der Klasse, immer mit der Ruhe. Als die Platte voll süßem Strudel mit Blätterteig und Nüssen noch einmal die Runde machte, war er beim Thema Heimat angelangt. Zagreb. Mit einem Schlag war's mit der Gemütlichkeit vorbei, und die Kinder lachten nicht mehr mit. Vlada hatte bei dem Wort »Zagreb« zum erstenmal von ihrem Teller aufgesehen und hörte nun auf zu essen. Luburic stand auf, scheinbar um sein Glas mit Zupsko-Rotwein nachzufüllen, blieb aber bei Martinac stehen und sagte leise etwas, was Kaspar nicht verstand, wohl aber die Kinder, die wie auf Befehl von ihren Stühlen rutschten, sich vor Kaspar verneigten und aus dem Zimmer liefen.

Ein paar Sekunden lang sprach niemand. Luburic kehrte zu seinem Stuhl zurück.

»Warum soll ich nicht davon sprechen?« sagte Martinac auf kroatisch. »Er hat doch mit Branco gearbeitet, er weiß doch Bescheid.« Luburic spielte mit dem Glas in seiner Linken, sah Kaspar an. »Ivan hat vergessen, daß Sie unsere Sprache verstehen...«

Martinac schlug mit der Faust auf den Tisch, rief laut lachend: »Stimmt! Stimmt! Ich hatte es vergessen« und küßte seine Frau auf die Wange. Sie nahm keine Notiz davon, ließ die großen schwarzen Augen unter den schweren Lidern nicht von Kaspars

Gesicht. Dann stand sie plötzlich auf, nickte ihm zu, sagte kurz: »Guttentack« und ging aus dem Zimmer.
»He!« rief ihr Mann hinter ihr her. »Wie stehts mit dem Abräumen?« Aber sie kam nicht zurück. Martinac stellte die Teller zusammen, wehrte Kaspar ab, der helfen wollte. Luburic sammelte die Löffel und die Gläser ein, dann verschwanden beide in der Küche, kamen aber schnell wieder zurück, sichtlich verärgert.
»Ich sage dir, der Professor weiß Bescheid«, rief Martinac. »Sie wissen es, nicht wahr?«
»Daß Sie Exilkroaten sind?«
»Daß wir kämpfen. Sie wissen es, nicht wahr? Erinnern Sie sich an Branco? Er war mein Freund.«
»War? Ist er tot?«
»Ein kleiner Unfall. In Zagreb.« Kaspar sah von einem zum anderen. »Er hatte dort – zu tun. Etwas Wichtiges. Hinterher gab's dann den Unfall. Die UDBA.«
Kaspar nickte.
»Wir kämpfen gegen die UDBA.«
»Auch hier, auf deutschem Boden?«
»Hier oder in der Heimat. Wo es sein muß.«
Kaspar schwieg und blickte vor sich hin. Ihm gegenüber auf dem weißen Tischtuch lagen zwei Hände übereinander, eine, muskulös und behaart, über der anderen, schwarzen, ledernen.
»Das war auch die UDBA«, rief Martinac auf einmal wieder fröhlich und versuchte, den schwarzen Handschuh unter der schützenden Linken hervorzuziehen. »Im Briefkasten! Aber sie haben nur eine Hand erwischt.«
Mit einem schroffen Ruck des rechten Unterarmes zog Luburic die Prothese zurück und entging mit einer schnellen Drehung Martinacs Versöhnungskuß. Der lief noch einmal zum Büfett und holte aufs neue drei von den krummen Gläschen heraus. »Sie sagen jetzt Ivan zu mir, ja? Wir trinken darauf, gut? *Nazdravje!*« Er beugte sich zu Kaspar hinüber und küßte ihn auf beide Wangen. Der ließ es geschehen, sagte ebenfalls: »*Nazdravje*«, bot ihm aber nicht an, ihn Kaspar zu nennen. Martinac starrte einen Augenblick in Kaspars Gesicht, ohne zu sprechen, wie ein Kind, das ein Rätsel lösen

möchte. Dann sprang er wieder auf und lief noch einmal zum Büfett, kam diesmal mit der Schreibmaschine zurück und setzte sie feierlich vor Kaspar auf den Tisch.

»Jetzt zeig' ich Ihnen was.« Aber er warf doch erst einen kurzen Blick auf den Freund gegenüber; doch der blieb stumm und sein Gesicht undurchdringlich; die Hände lagen wieder übereinander, die helle über der dunklen verkrampft. Martinac schlug den Deckel der Schreibmaschine zurück. »Sehen Sie was, Professor?«

Kaspar unterzog die Maschine einer kurzen Prüfung. Eine alte Olivetti, etwas verstaubt. »Was ist daran zu sehen?«

»Immer mit der Ruhe. Können Sie schreiben? Dann probieren Sie's. Hier!« Er spannte einen Bogen ein. »Schreiben Sie, irgend etwas, ein Gedicht, ein Lied, ganz gleich.«

Kaspar zögerte eine Sekunde lang. Ob die Maschine mit einem explosiven Auslöser gekoppelt war? Aber warum sollten die beiden ihn umbringen wollen? Er begann zu tippen: BE–ECKE –EINEN HIMMEL, ZEUS, MIT WOLKEN–UNST UND ÜBE, –EM KNABEN GLEICH, –ER –ISTELN KÖPFT... »Das ›D‹ schlägt nicht an«, sagte er und blickte auf. Er sah in Martinacs gerötetes Gesicht und daneben in Luburics undurchdringliche dunkle Augen. »Hat das etwas zu bedeuten?«

Martinac atmete einmal tief ein und aus, dann klappte er den Verschlußdeckel hoch und zeigte auf einen schwarzen Hebel.

»Können Sie sehen? Da ist die Kugel.« Kaspar sah es. Der Hebel des Buchstaben »D« war schief nach unten eingeklemmt. Martinac klappte den Deckel wieder zu. »Die war nicht für die Maschine«, sagte er stolz. »Die war für mich. Sie kam durchs Fenster. Erst in die Backe von einem Mädchen. Das saß neben mir, schrieb gerade an ihre Mutter einen Geburtstagsbrief...«

»Ivan!« murmelte Luburic.

»Die reine Wahrheit«, schwor Martinac mit erhobener Hand. »So ist das Leben. Hier hinein«, er zeigte auf seinen rechten Backenknochen und dann auf die linke Kinnlade. »Und hier wieder raus. Und dann, Knall, in meine Schreibmaschine. Immer mit der Ruhe, das Mädchen lebt. Mir ist nichts geschehen – aber ich kann kein ›D‹ schreiben.« Er lachte laut und klopfte Kaspar auf die Schulter.

»Ich kann's auch nicht richten lassen. Wenn ich die Maschine zur Reparatur bringe, dann werden Fragen gestellt.« Er sprach mit tönender Baßstimme: »Herr Martinac, wie kommt diese Kugel in Ihre Schreibmaschine?«
Kaspar lächelte. »Und warum zeigen Sie mir das?«
»Zum Spaß.«
»Ivan!« sagte Luburic.
»Und damit Sie Bescheid wissen: Immer wenn Sie einen Brief bekommen ohne ›D‹ – dann ist er von mir, einverstanden?«
Ein dumpfes Krachen kam von nebenan, als sei jemand umgefallen. Eine Viertelsekunde Stille und dann, ohne Übergang, gellendes Geschrei.
Martinac rannte aus dem Zimmer. Luburic starrte schweigend auf die Wand, hinter der man inmitten des Kinderweinens Vladas dämpfende, trostreiche Stimme hörte und nun auch die von Martinac.
»Mein Patenkind«, sagte Luburic. »Er fällt immer. Er ist wild wie sein Vater.«
Nach einer Weile sagte Kaspar: »Warum bringen Sie Ihren Freund zum Unterricht mit? Er spricht gut Deutsch und stört Sie doch nur.«
»Ich muß. Er paßt auf mich auf.«
»Ihr Bodyguard?« fragte Kaspar erstaunt.
»Er wollte nicht mehr vor Ihrem Haus Wache stehen, zu langweilig.«
»Warum brauchen Sie einen Bodyguard?«
Luburic hob die linke Hand. »Diese muß ich behalten. Ivan öffnet jetzt meine Post, paßt gut auf. Alle Pakete in die Isar.«
»Sie leben hier, bei Martinac?«
Luburic nickte. Mehr wollte Kaspar nicht fragen, und so saßen sie sich schweigend gegenüber und horchten auf die Geräusche nebenan.
Das Weinen verstummte, und Martinac kam zurück, sichtlich mitgenommen. Er füllte schnell alle drei Gläser mit Sliwowitz – »*nazdravje*« – und leerte seins mit einem Schluck.
»Er hat sich beinah ein Auge ausgeschlagen.«

Luburic umklammerte seinen Arm, schüttelte ihn. »Worauf wartest du? Hol den Doktor! Schnell!«
»Vlada sagt nein. Er schläft jetzt.«
»Hol den Doktor!«
»Du verstehst nichts von Kindern, Ante, laß mich los!«
»Hol den Doktor!«
Kaspar stand unauffällig auf und verließ das Zimmer. Martinac lief ihm in die Diele nach und half ihm in den Mantel, öffnete die schwere Tür.
»Entschuldigen Sie bitte, Herr Professor...«
Vlada erschien auf Zehenspitzen und legte den Finger warnend an die Lippen. Kaspar winkte ihr zu, flüsterte: »Danken Sie Ihrer Frau in meinem Namen für das Abendessen. Auf Wiedersehen, Herr Martinac.«
»Ivan! Ich bin Ivan! Nicht vergessen!«
»Auf Wiedersehen, Ivan.«

Zu Hause fand er einen Zettel auf seinem Nachttisch. »Frau Hennig sagt, ein Herr Wegmann hat angerufen. Frau Hennig.«
Wegmann – wer konnte das sein? Ein neuer Schüler? Dann erinnerte er sich: Der junge Mann im Krankenhaus! Den konnte er jetzt nicht brauchen.
Aber auch nicht abweisen. Er kam um sechs Uhr am nächsten Tag, »nur auf eine halbe Stunde«. Hinterher wollte Kaspar zu Onkel Stilz gehen...
Harold Wegmann saß Kaspar gegenüber im Wohnzimmer, ein Glas Tomatensaft in der Hand. Er geht mir auf die Nerven, dachte Kaspar und wippte mit dem Fuß, drängt sich hier ein...
»Sie meinen, ich dränge mich hier ein, nicht wahr?« sagte der junge Mann. »Ich tue so was sonst nicht, glauben Sie mir.«
Er machte eine Pause. Kaspar half ihm nicht, sah schweigend vor sich hin.
»Ich bin dreiundzwanzig Jahre alt, und jetzt, zum erstenmal in meinem Leben, widerfährt mir etwas, das ich nicht selbst in den Händen habe. Was ich damit sagen will, ist, bisher habe ich alles bewußt getan und erlebt, ich ging in die Schule – ich ging *gern*

in die Schule –, aber dann beschloß ich, das Abitur *nicht* zu machen und ging ab. Meine Eltern redeten mir nicht drein, sie ließen mich immer tun, was ich wollte.«

Das glaube ich gern, dachte Kaspar, der sieht so aus, als hätte er immer alles bestens entschieden, mein Kompliment.

»Ich wollte Gärtner werden. Ich dachte, das wird mich mein ganzes Leben lang befriedigen. Kennen Sie das alte chinesische Sprichwort: ›Wünschest du dir ewigen Genuß, so lege dir einen Garten an‹? Ich lernte einige Zeit in einer Gärtnerei, und nun genieße ich schon seit drei Jahren. Täglich. Auch im Winter, da arbeite ich in den Treibhäusern.«

Er machte eine lange Pause, aber auch Kaspars anhaltendes Schweigen brachte ihn nicht aus dem Konzept.

»Ich plane, verstehen Sie? Als Gärtner plant man, man überläßt nichts dem Zufall, man wird zum Schöpfer, und manchmal fühlt man sich auch wie eine Frau, die geboren hat – eine glückliche Kombination, finden Sie nicht? Das meinten die Chinesen wohl, wenn sie vom Genuß sprachen.«

Er schwieg eine ganze Weile, trank einen Schluck Tomatensaft und blickte aus dem Fenster, betrachtete mit Genuß den Abendhimmel. Er sah aus wie jemand, der gerade seine Lieblingsstelle in einem Musikstück hört.

»Sie fragen sich sicher, warum ich Ihnen das erzähle. Sie müssen das alles wissen, um mich nicht falsch zu verstehen. Ich brauche nichts und niemanden. Mein Leben ist ganz ausgefüllt, oder besser, es *war* ganz ausgefüllt – bis zur Begegnung mit Ihrer Frau, auf dem Parkplatz. Das hat mir gezeigt, daß es Dinge gibt, von denen ich nichts ahnte. Ich handle jetzt unter einem gewissen Zwang, der ganz neu für mich ist, und ich kann mir das nur so erklären, daß es noch mit Ihrer Frau zusammenhängt. Warum würde ich mich sonst so schnell mit Ihrem Sohn angefreundet haben?«

»Mit – Stefan?« Wilfred kam da bestimmt nicht in Frage. »Sie haben sich mit Stefan angefreundet?«

»Ja. Und jetzt auch mit Hede.«

Kaspar starrte ihn schweigend an. Es fiel ihm nichts ein, was sein

Erstaunen, seine Verwirrung und seinen Schock hätte verbergen können.

»Bis jetzt ist es mir aber noch nicht gelungen, die beiden zusammenzubringen. Obwohl ich ganz sicher bin, daß sie sich gefallen würden. Ihren anderen Sohn – Wilfred heißt er, nicht wahr? –, den kenne ich noch nicht, aber der ist, glaube ich, nicht wichtig. Das heißt, wichtig schon, aber nicht ausschlaggebend.«

Kaspar stand auf, und der junge Mann erhob sich ebenfalls.

»Herr Wegmann, Sie scheinen sehr viel zu wissen, also werden Sie auch verstehen, daß ich Sie nichts fragen möchte…«

»Gut«, sagte der junge Mann erfreut. »Ich wußte, daß Sie auch so alles begreifen würden.«

»Sie irren sich. Ihr Verhalten ist mir unverständlich – und unsympathisch. Ich habe nicht die geringste Lust, über meine Söhne oder – oder Fräulein Wennerstett mit Ihnen zu diskutieren, und muß Sie bitten, Ihren Besuch so kurz wie möglich zu halten.«

Seine Stimme klang – hoffte er – ruhig, aber er fühlte, wie sein Gesicht vor Erregung glühte.

Harold Wegmann setzte das halbvolle Glas Tomatensaft auf den Tisch und neigte den Kopf.

»Das tut mir leid. Ich hätte Ihnen gern alles erzählt, es sollte nichts hinter Ihrem Rücken geschehen…«

Der Satz blieb in der Luft hängen, aber als keine Antwort kam, machte er eine kleine Verbeugung und ging aus dem Zimmer. Kaspar begleitete ihn nicht, beobachtete durch die offene Tür, wie der junge Mann die Wohnung verließ.

8.

»Anja? Fragen Sie doch, ob ich heute kommen kann.«
»Der gnädige Herr wartet.«
»Also dann – so gegen acht Uhr.«
»Werde ich sagen. Acht Uhr. Aber warum Sie kommen nicht früher? Eine Stunde?«
Es dauerte ein paar Sekunden, bis der Groschen fiel; er war eben ganz außer Übung.
»Auf gleich, Anja.«
Seine Uhr zeigte zwanzig nach sechs. Harold Wegmanns Besuch war kurz gewesen, aber nicht schmerzlos. Schmerz – das war der richtige Ausdruck. Er fühlte tatsächlich einen Schmerz in der Magengegend, gleich nachdem der Junge gegangen war. Ob er einen Whiskey riskieren sollte, er wollte sich schließlich nicht bei Anja blamieren. Sechs Uhr dreißig, höchste Zeit. Er goß sich schnell einen ein und nahm das Glas mit ins Schlafzimmer. Zog sich um: Sportjackett. Warum eigentlich? Ganz verkehrt, mit »dem Wikinger« mußte man in einem alten Pullover und in Jeans ins Schlafzimmer.
Er fand welche, uralt, zog sie an und betrachtete sich im Schrankspiegel. Er hatte abgenommen, die hatten früher eng gesessen, früher, als sie sonntags mit den Buben gepicknickt hatten, am liebsten am Tegernsee oder in den Wäldern drum herum. Martha hatte immer ein weißes Tischtuch ausgebreitet, »damit man die Käfer besser sehen kann«. Stefan schleppte einmal einen schwarzen, runden, der sich totstellte, an – da war er vielleicht vier Jahre alt gewesen – und fragte, ob das auch eine Brombeere sei.
Stefan! Was wollte der mit diesem Kerl, diesem Wegmann, den

ein reiner Zufall zu diesem Parkplatz geführt hatte? Martha war doch schon tot gewesen – oder doch nicht ganz? Verheimlichte der Junge etwas? Hatte sie vielleicht noch gelebt, etwas gesagt, etwas, was mit ihm, Kaspar, zu tun hatte – oder mit den Buben – oder mit Hede?
Er stand noch immer mitten im Zimmer, wachte plötzlich auf und sah auf die Uhr: zehn vor sieben. Wollte er zu Anja – oder nicht? Seltsame Frage. Aber es *war* die Frage, und das war noch seltsamer. Eigentlich – wollte er nicht, wäre am liebsten gleich zu Onkel Stilz in die Schachtel geklettert, aber wie sollte er an Anja vorbei, die würde doch glatt denken, er könne nicht mehr. Und wenn schon! Es handelte sich nicht darum, es *ihr* zu beweisen.

»Sehr spät«, lautete ihre Begrüßung. Die Wohnungstür war nur angelehnt gewesen, er konnte sie selbst öffnen, damit er nicht zu klingeln brauchte, der Zwerg konnte das immer hören. Sie hatte in der Diele gewartet und zeigte stumm auf die Schlafzimmertür, und er ging auf Zehenspitzen daran vorbei und hinter ihr her durch die Küche in ihr Zimmer. Sie hatte die Vorhänge zugezogen, ließ aber die Tür zur Küche ein wenig offen, damit etwas Licht hereinfiel. Sonst war es dunkel, seine Augen mußten sich erst daran gewöhnen. Jemand pfiff wütend, und er konnte die schwach schimmernden Messingstäbe des Vogelkäfigs erkennen. Die Amsel war noch wach, Anja hatte vergessen, das Tuch über den Käfig auszubreiten. Sie war bereits dabei, sich auszuziehen, ohne Hast, legte ihre Sachen einzeln und sorgfältig auf die Kommode. Dann drehte sie sich um und ließ sich ansehen, und sie war etwas zum Ansehen, obwohl ihm »der Wikinger« nicht ganz aus dem Kopf gehen wollte. Er zog sich ebenfalls in aller Ruhe aus, voller Zuversicht. Ihr Anblick hatte genügt, um etwaige Zweifel – falls er die der milden Narkose wegen ernstlich gehabt hatte – loszuwerden. Zur rechten Zeit erinnerte er sich, daß man mit ihr auf Kraftmeierweise umgehen mußte, ein rein technischer Vermerk, der aber zufällig zu seiner Gemütsverfassung paßte. Er stieß sie heftig rückwärts aufs Bett und war sich dabei auch nicht einen Augenblick lang im unklaren, daß es eigentlich zwei Kerle waren, die er

da vergewaltigte: »den Wikinger« und Herrn Wegmann. Anja wehrte sich. Erfreulich, sie spielte also mit, und die Amsel protestierte, so laut sie konnte.
Es war vielleicht etwas zu schnell vorüber, aber das war der einzige Schönheitsfehler, denn Anja verlangte auch hinterher keinerlei Aufmerksamkeiten, zeigte mit dem Finger auf eine Tür hinter dem Vogelkäfig, murmelte: »Dusche« und drehte sich auf die Seite. Als Kaspar angezogen aus dem Bad kam, schnarchte sie leise. Als die Amsel ihn sah, pfiff sie noch einmal streng. Er verstand, deckte den Käfig mit dem danebenliegenden Tuch zu, und sie war still.
Er setzte sich auf einen Stuhl und zündete sich eine Zigarette an. Es saß sich gut hier, in dem dunklen, kleinen Zimmer mit dem schlafenden Mädchen und dem schlafenden Vogel. Er fühlte sich wohler, kein Zweifel, der Schmerz im Magen war verschwunden. Er hatte Harold Wegmann vermöbelt und sich wieder legitimiert, *quod erat demonstrandum,* oder à la Onkel Stilz: Do feit si nix.

Etwas später klopfte er an Onkel Stilz' Tür. Der Zwerg lag flach in den Kissen, die Brille auf der Nase.
»Du bist schon da? Hab di net läutn hörn.«
Kaspar ließ sich auf keine Erklärungen ein, schwang die Beine aufs Bett und lehnte sich an seinen Pfosten.
»Kein Kaviar? Geht's heute noch immer nicht nach Rußland?«
»Weiß no net. Mögli – aber net sicher, und da is er mir zu teuer, der Kaviar, neulich war i voreilig. Aber du darfst dir an Whiskey holn. I weiß net, was d' Anja treibt, i läut und läut, und sie kommt net.« Er drückte mehrmals heftig auf die Klingel. »Sie hat dir doch aufg'macht – oder net? Was machts, das Weibsbild, das dumme – hol sie her!«
»Laß doch, Onkel Stilz, ich mag keinen Whiskey. Ich möchte nur mit dir nach Rußland reisen.« Und als der Alte immer noch wütend klingelte: »Ist die Lisa mitgekommen?« – um ihn abzulenken.
»Nein, der Herr Ehrenreich hats nicht erlaubt, es sei zu abenteuerlich. Sie hats ihm übelgenommen, denn er sagte doch immer,

sie gehöre jetzt dazu. Was aber auch Probleme mit sich brachte, denn meine Mutter mochte sie nicht. Je mehr die Lisa ihr schön tat, um so weniger konnt sie sie leiden.«

»Wußte deine Mutter von eurer Beziehung?«

»I weiß net. I sags dir, i weiß es heut noch net, die Mutter war ja eine Verschlossene, und dazu g'schamig. Sie nannte das ›christlich‹. Ob sie was ahnte – vielleicht, aber g'sagt hats nie a Sterbenswort, und die Lisa übersehn, als obs net da wär.

's ging auch net gut mit der Lisa ihrem Schachspielen. Sie konnts einfach net, sosehr ich mich auch bemüht hab, es ihr beizubringen. In Frankreich waren wir deshalb lang net so erfolgreich. Aber in all den anderen Ländern, da war ich eine Bombe, schon in diesem allerersten Jahr. Darfst halt net vergessen, daß es damals kei Radio und kein Fernsehn gab – kaum a Grammophon – und daß a *Spiel*, a g'scheites, viel wichtiger war als heute. Wenn wir in einer größeren Stadt waren, da haben die feinen Leut den Herrn Ehrenreich bedrängt, doch Vorstellungen bei ihren privaten Gesellschaften zu geben, und *da* ham wir a Geld verdient!

Beim Großherzog von Hessen hats ang'fangen mit dem Adel, als wir in Darmstadt a Gastspiel mit dem Zirkus geben ham. Der war als ›kunstliebend‹ berühmt, der Herzog, weißt, und wir wurden ins Schloß eingeladen. Mein erstes Schloß, Kasperl. Ich klebte an meinen Gucklöchern, fluchte, weil i noch mehr sehn wollt, verstehst, aber was i g'sehn hab, war schon g'nug, um mir ein G'fühl zu gebn – i kanns dir net beschreibn. Auf einer Seitn war i a Zwerg und auf der andern a Riese. Das hat mi bald auseinanderg'rissen. I dacht, die müssen mei Herz klopfn hörn, die in der ersten Reihe. Der Herzog hatte Stühle aufstellen lassen, kleine goldne, für seine Gäste, vielleicht dreißig Leut, alle Damen mit Dekolleté und Diamanten und die Herren mit den Orden und Schleifen an den bunten Uniformen. Das war a Anblick...«

Der Alte saß aufrecht, beide Händchen hoch über dem Kopf gefaltet, und wiegte sich hin und her, mit geschlossenen Augen.

»Mein erster Gegner war ein Graf – weiß den Namen nicht mehr, was ganz Feines mit eim Bindestrich dazwischen. Er war schon alt, weiße Haare und a blitzg'scheites Gsicht. Gut, daß der Herr Ehrenreich den Kommentar machte, denn der Graf, der konnte was, der war ein richtig g'hauter Spieler. Ich entwickelte rasch den Königsflügel, und er ging sofort in die ungarische Verteidigung...«

»Onkel Stilz!«

»Himmisakra! Nimm mir net immer die Freud...«

»Hast du gewonnen?«

Der Zwerg warf ihm einen vernichtenden Blick zu.

»Hast immer noch net begriffn, Tintenlackl. I war a Genie, heutzutag wär i Weltmeister. Und du fragst, ob i g'wonnen hab. Net mal zehn Minuten hats erste Spiel dauert, dann wollt er unbedingt a Revanch ham, und i hab mir den Spaß g'macht und hab mir a Damenopfer geleistet. I glaub, i war der erste Mensch, der das g'spielt hat. G'wonnen mit an Damenopfer, das war a Genuß für jemand, der was versteht von Schachstrategie, aber die G'sellschaft beim Herzog, die hat das net mitbekommen, obgleich er nur Schachspieler eingeladen hatte. Die ham denkt, die Maschin is damisch oder kaputt, und ham ang'fangen zu rufen, aber der Herr Ehrenreich hat laut g'schrien: ›Bravo! Bravo, Maschine! Genial! Ein Meisterstück!‹ Da wurdens alle ganz mäuserlstill – und drei Minuten später war er matt, der Graf. Mit eim Damenopfer! Das hat a Geschrei gebn! Und an Applaus! Der Großherzog hat dem Herrn Ehrenreich an Orden bringen lassen ›für die Maschine‹, den hams dann oben am Kasten ang'macht.«

Der Alte atmete ein paarmal tief, dann ließ er sich in die Kissen zurückfallen und murmelte. »Das nimmt einen mit, so a Erinnerung.«

Kaspar zündete sich eine Zigarette an und stand auf, wollte dem Kleinen eine Pause geben. Der lag da und starrte eine Weile in die Luft, bevor er wieder zu sprechen anfing.

»Die Orden! Die Mutter hats alle aufg'hoben...«

»Ist sie auch beim Großherzog dabeigewesen?«

»Die Mutter war *immer* dabei, wenn i auftreten bin. Der Herr Ehrenreich hat sie als seine Cousine ausgegeben, sie müßt ihm helfen, die Maschin zu putzen und ›den Mechanismus und die Instrumente‹ in Ordnung zu halten – und da hat er ja auch die Wahrheit gesagt, die Mutter hielt mich immer in Ordnung. Immer.

Beim Großherzog saß sie hinten in der letzten Reihe, und die Leut ham natürlich versucht, sie auszufragen, aber sie hat sich gut gehalten, hat gelächelt, ganz ernst, und hat nur g'sagt: ›Das kann i den hohen Herrschaften net erzählen, das is a Geheimnis. I darf nur verraten, es ist sehr kompliziert...‹
›Sind da viele Drähte und Magneten drinnen?‹
›Ja mei, massenhaft.‹
›Und Sie wissen, wie die funktionieren?‹
›Naa‹, hat sie da ganz unschuldig g'sagt. ›I verstehs net, aber i weiß, wo alles hing'hört.‹
›Ja, wie können Sie denn das alles im Kopf haben? Haben Sie Physik studiert?‹
›I hab a Diagramm‹, hats dann g'sagt, und des war schon so ein g'scheites Wort, daß niemand mehr was gefragt hat.
Das war alles leicht zu organisieren, so eine Privatgesellschaft; ich war eben schon in der Schachtel, wenn sie in eine herrschaftliche Kutsche getragen wurde, und gleich nach der Vorstellung gings wieder zurück in die Kutsche, ›weil die Maschine abgeschaltet werden mußte.‹ Schwierig wurde es erst später, als wir mit der Eisenbahn gefahren sind, nach Rußland.
Aber vorläufig dachte ja noch niemand an Rußland. Und seit dem Großherzog wurden wir jetzt überall bei Hofe herumgereicht, hatten kaum Zeit, unsere Panoptikumvorstellungen zu geben, und mir stand jetzt die Nase oben, ich fühlte mich erst vom Grafen aufwärts richtig wohl. Vielleicht auch, weils der Lisa solchen Eindruck gemacht hat. Ich hätt ihr zu gern einen von den schönen Orden geschenkt, die waren mit echten Brillanten besetzt, aber das ging nicht, die Mutter hat sie immer gleich weggeschlossen. Nur während der Vorstellung waren sie an einem Band wie eine Girlande um die Schachtel drapiert, obwohl mir das die Aussicht erschwerte. Aber es lohnte sich. Herr Ehrenreich ›erklärte‹ sie immer, bevor wir anfingen zu spielen. Das Publikum fühlte sich geehrt bei der Aufzählung von so vielen großen Namen, und meine Gegner hatten Angstarsch vor Ehrfurcht.«
Kaspar lachte, und der Alte betrachtete ihn nachdenklich.
»Wußtest du, daß der Zar ein passionierter Schachspieler war:

Nein? Ich dachte, vielleicht jetzt, wo so viele Bücher über ihn geschrieben worden sind, hätts mal irgendwo gestanden. Aber er war es. Und er hatte von mir gehört.«
Er richtete sich auf und befahl: »Richt mir die Kissen, ich möcht mich aufsitzen. Danke. *Er hatte von mir gehört.* Im Januar 1907 kam eine Einladung von der Russischen Botschaft in Berlin: Seine Majestät der Zar aller Reußen würde hiermit gnädigst seine Absicht bekanntgeben, die berühmte Schachmaschine und alle diejenigen, die zu ihrer Begleitung gehörten oder zu ihrem Unterhalt beitrügen, nach St. Petersburg einzuladen, um dortselbst dem Allerdurchlauchtigsten ihre Kunst zu demonstrieren.
Für mich war das ein zweischneidiges Schwert. Auf der einen Seite platzte ich vor Stolz, auf der anderen bedeutete es eine Trennung von Lisa, unsere erste. Ich gab ihr immer noch zwei- bis dreimal in der Woche Unterricht in ihrem Wohnwagen, auch wenn sie wenig Fortschritte machte. Herr Ehrenreich wurde schon etwas ungeduldig, und meine Mutter machte von Zeit zu Zeit tiefsinnige Bemerkungen wie: ›Die mußt aufgebn, die Lisa, die ist eine Nieten.‹ Aber ich wollt sie nicht aufgeben, ich wollt sie heiraten.«

9.

»Ich wollt sie heiraten.« Danach hatte der Alte sich totgestellt, und Kaspar mußte den Rückzug antreten. Langsam wanderte er durch die dunklen Straßen. Fortsetzung nächste Woche. Dann würde es endlich nach Rußland gehen. Irgendwas war dort passiert, keine Frage, etwas, das nicht mit neuen Ehren und Orden zusammenhing. Ob er einfach morgen abend auftauchen sollte – es würde dem Alten doch noch schmeicheln, daß er's nicht aushalten konnte –, aber da würde ihm »der Wikinger« den Weg versperren, mit Besen oder mit offenem Mund. Auch letzteres unerwünscht. Seltsam, dachte er, während er die Wohnungstür aufschloß, so ein schöner Brocken und gut im Bett, aber ich mag sie nicht. Wen mag ich? Martha. Abhanden gekommen. Hede. Also dann...

Hede schlief schon lange, als das Telefon läutete, und sie wußte, noch bevor sie den Hörer abnahm, daß es Kaspar war. Das Gespräch war kurz: Mittagessen, morgen Bei Tobias. Sie legte auf und konnte lange nicht einschlafen, zwang immer wieder seine Stimme zurück ins Ohr, um festzustellen, ob die nur sachlich oder aber sachlich-kühl geklungen hatte.

Ähnlich erging es ihr am nächsten Tag Bei Tobias. Kaspar, ihr gegenüber, sprach wieder sachlich, sogar sachlich-freundlich – oder war es doch nur schlicht sachlich, schwang da gar nichts anderes mit? So hatte sie ihn noch nie gesehen. Er sprach, als säße er irgendwo anders, sah sie hin und wieder an, aber wie zufällig.

Dieses erste Treffen war schwierig, darauf war sie vorbereitet gewesen, es *mußte* schwierig sein, nur so war es anständig. Es gehörte sich, daß beide es vermieden, etwas Persönliches zu sagen oder zu fragen. Aber mußte es so leblos sein?

Als der Kaffee kam, wußte Hede nur, daß Kaspar noch in der Gellertstraße wohnte, daß Frau Hennig für ihn sorgte, daß Wilfred manchmal kam, Stefan nie, und daß er einmal in der Woche abends zu Onkel Stilz ging. Als er davon erzählte, kam plötzlich Leben in seine Augen. Merkwürdig… Aber da fiel ihr plötzlich die schöne Dänin ein, von der er früher manchmal erzählt hatte. Sie sah auf ihre Uhr und sagte mit leiser Stimme, sie müsse zurück ins Labor, habe vergessen… eine Kollegin sei krank… sie habe versprochen… »Entschuldige bitte…«
Kaspar sah sie erstaunt an, merkte etwas, wußte aber nicht, was es sein könnte, daß sie auf einmal davon abhielt, den sonst so geliebten Kaffee zu trinken. Er fand sie plötzlich sehr blaß, sagte das auch, aber sie wehrte ab, verhedderte sich zwischen Aufwiedersehen, Entschuldigungen und Vielendank – und lief aus dem Restaurant. Er blieb verwundert sitzen, sah durchs Fenster, wie sie über die Straße jagte, im Regen, ohne Mantel. Den hatte sie vergessen, da hing er, drüben in der Garderobe.
Er zahlte und ging. Hedes Regenmantel wurde ihm ohne Schwierigkeiten ausgehändigt, man kannte ja den Professor und die junge Dame auch, aber ja.
In seinem Wagen auf dem Parkplatz schrieb er ein paar Worte auf einen Zettel aus seinem Notizbuch und gab Mantel und Zettel am Haupteingang des Krankenhauses für Hede ab: Abteilung Kinderklinik, Labor.
Hedes Chefin, Dr. Vera Lamprecht, suchte Hede vergeblich an ihrem Platz. Sie sei zurückgekommen, hieß es, habe sich aber nicht wohl gefühlt. Frau Dr. Lamprecht ging zur Toilette, hörte heftiges Würgen und leises Stöhnen hinter einer Tür und wartete, bis Hede herauskam und sich das Gesicht wusch.
»Hier«, sagte die Ärztin und gab ihr den Zettel. Sechs Worte: »Ich komme heute abend zu dir.« Keine Unterschrift.
»Wie fühlen Sie sich?«
»Besser, Frau Doktor.«

Wenn auch noch lange nicht gut. Denn daß er mit der schönen Dänin geschlafen hatte, war ihr klar. Und zwar seit Marthas Tod.

Er leugnete es auch nicht. Ja, das hatte er getan, aber... Gab es da ein Aber? Doch, das gab's, das sei nämlich nicht der Grund, weshalb er zu Onkel Stilz gehe. Dies ganz ruhig, nicht einmal nachdrücklich, so daß sie ihm sofort glaubte.
Sie saßen nebeneinander auf dem Sofa in ihrem Zimmer, aber noch hatten sie sich in keiner Weise berührt, auch nicht bei der Begrüßung. Trotzdem war es nicht mehr so mühsam zwischen ihnen. Er sprach von Onkel Stilz, und obwohl er die Schachmaschinengeschichte mit keinem Wort erwähnte, machte es ihm bereits Spaß, den dunklen, roten Raum herbeizuzaubern, das riesige Bett, die Stille, den Kleinen mit der Brille auf der Nase und den winzigen, alterslosen Händchen. Doch, Hede verstand durchaus, warum er da so gern hinging. Die Frage: Warum aber Anja, stand zwar in ihren Augen, doch sie sprach sie nicht aus, kannte die Antwort: Sie war *da* wie der Mount Everest, der auch deswegen bestiegen werden mußte.
Der Assistenzarzt vom dritten Stock kam ihm plötzlich in den Sinn. Der war auch da, schon seit langer Zeit, aber sie hatte nie daran gedacht, mit ihm in der Kantine zu essen, wie er es so gern wollte. Weil *sie* nicht wollte. Und warum, was war schon dabei? Ah, für sie, Hede, war was dabei und würd' es e–e–wi–ig, e–e–wi–ig bleiben. Schubert. Da gab's noch keine Woman's Lib. Aber sonst war sie völlig »befreit«, hatte ihren Beruf, war unabhängig, wenigstens finanziell, nur das Ewige, das klebte noch an ihr. Dabei war Kaspar nicht ihr erster Mann gewesen, sondern der dritte. Aber die erste Liebe.
Sie merkte, daß Kaspar aufgehört hatte zu erzählen, vielleicht hatte er sogar schon von Martha gesprochen...
Noch nicht. Aber jetzt begann er. Zunächst mit dem brenzligen Thema Harold Wegmann. Hede erledigte das kurz, und er nickte beruhigt; man konnte sich auf ihr Wort verlassen. Auf seins auch, beinah immer. Sie solle diesen Jungen meiden, sagte er zum Schluß, der sei nicht ganz im Kopf.
Dann sprach er von Martha, wie sie's erwartet hatte. Er ließ auch ein paar Selbstvorwürfe nicht aus, nein, nein, er wolle sich nicht schonen, es sei immerhin möglich, daß der Kummer über ihn und

Hede – allerdings, sein Freund Bannheimer habe ihm versichert, so was wäre mehr als unwahrscheinlich, es sei ein rein pathologischer, also rein klinischer Befund gewesen, Koronarinsuffizienz. Trotzdem – auch Bannheimer leugnete nicht hundertprozentig, daß es da Tangenten gebe, die man nicht unbedingt wissenschaftlich erklären könne, nicht unbedingt...

Er schwieg und starrte auf den Teppich. Hede, neben ihm, auch. So saßen sie stumm, eine lange Zeit. Endlich stand Kaspar auf und holte seinen Hut. Sie folgte ihm, den Blick immer noch auf dem Boden.

»Wart auf mich«, sagte er. Sie nickte stumm. Er strich ihr einmal über die dichten dunkelblonden Haare, die ihr bis zur Schulter fielen, und ging.

Sie zog sich nicht aus, legte sich, wie sie war, der Länge nach aufs Bett und starrte zur Decke. »Wart auf mich.« Er hatte *nicht* gesagt, wart auf mich, ich komme zu dir. Das wäre eine Anzahlung gewesen, die seine Finanzen zu schwer belastet hätte, und Kaspar war nicht der Mensch, der über seine Verhältnisse lebte.

10.

Wilfred war erstaunt, als ihm der Bruder eröffnete, er werde ausziehen, und zwar sofort. Es war ihm recht, aber es kam ihm seltsam vor. Warum so plötzlich?
»Ich ziehe zu einem Freund.«
»Zu wem?«
»Ist das wichtig?«
Wilfred zuckte die Achseln und holte Stefans kleinen Koffer vom Schrank herunter. Sah zu, wie der Bruder seine paar Sachen packte.
»Meinst du, daß Mutter sich gefreut hätte, wenn wir bereits so kurz nach ihrem Tod auseinanderbrechen?«
»Ich gehe zu einem Freund. Du kennst ihn, er heißt Harold Wegmann, der Junge, der Mutter gefunden hat. Er hat ein kleines Haus draußen in Grünwald. Dort ist ein Zimmer frei, und ich kann die Küche mitbenutzen. Hier ist seine Telefonnummer.«
»Und wie willst du von dort täglich ins Krankenhaus fahren?«
»Er leiht mir sein Moped.«
»Na, dann ist ja alles bestens.«
»Harold ist ein prima Typ, hab' noch nie so jemanden getroffen, der hat einfach in allem freie Bahn.«
»Was tut er eigentlich?«
»Er ist Gärtner, Obergärtner oder wie man das nennt, bei einer großen Gärtnerei da draußen. Riesige Treibhäuser, 'n halben Kilometer lang. Er hat mir alles gezeigt, grandios, sag' ich dir, fünftausend Fuchsien, zwanzigtausend Nelken, Gott weiß wieviel Chrysanthemen...«
»Du weißt, was das ist, eine Chrysantheme?«

»Harold hat mir alles erklärt. Das ist ein prima Beruf, sag' ich dir.«
»Willst du umsatteln?«
Stefan sah den Bruder mißtrauisch an. »Und wenn ich's täte?«
»Vielleicht viel interessanter als deine ewigen Laboranalysen.«
»Du bist nicht dagegen?«
»Und wenn ich's wär', so könnt's dir doch gleichgültig sein.«
Stefan schüttelte stumm den Kopf und klappte den Deckel des Koffers zu. Wilfred holte den Regenmantel aus dem Schrank und wollte damit zur Tür gehen, aber Stefan zögerte, stand noch am Sofa und trommelte mit den Fingern auf den Kofferdeckel.
»Vater hat sie seither nur einmal gesehen... Jedenfalls ißt sie immer in der Kantine – glaub' ich wenigstens. Abends geht er nie aus, nur ein paarmal zu dem Zwerg...«
»Woher weißt du das?«
»Gegenüber in der Gellertstraße, da ist doch die Coca-Cola-Bar, da sitz' ich mit meinen Büchern und arbeite und passe auf, bis er das Licht oben ausmacht. Wenn er ausgeht, fahr' ich mit dem Moped hinterher. Und das eine Mal, da war er bei ihr, abends, aber nur so eine halbe Stunde, da hat's sich nicht gelohnt, raufzugehen und Krach zu schlagen. Vielleicht hat er ihr gesagt, daß es aus ist.«
»Mensch, Stefan, ich bin froh, daß du raus nach Grünwald ziehst. Nur...«
»Nur was?«
»Ich weiß nicht, ich hoffe, dieser Wegmann hetzt dich nicht noch auf gegen Hede und gegen Vater.«
»Der hetzt nicht. Gegen *die* schon gar nicht, er mag sie sogar...«
»Woher...«
»Von Vater ist er weniger begeistert, hab' ich das Gefühl. Sagen würde er so was nie, ich sag' dir ja, der ist prima. Ruf mich an, wenn's was Neues gibt. Ciao, Wilfred.«

11.

Anja rief an, noch bevor die Woche vorbei war. Der gnädige Herr erwarte ihn. Und – ob er nicht wieder eine Stunde früher kommen könne. Nein, leider nicht, er müsse noch spät eine Privatstunde geben.

Aber sie fing ihn doch in der Diele ab, damit er nicht zu klingeln brauchte. Wie er es erwartet hatte. Er war auch auf einen Dialog oder stumme Gesten vorbereitet, nur nicht auf ihren Befehl: »Muß ich mit Ihnen etwas sprechen. Wichtig.« Immerhin sagte sie nicht du zu ihm.

Sie marschierte ihm voraus in die Küche, zeigte auf einen Stuhl und schwang sich auf den Küchentisch. Sie trug Jeans und einen unförmigen alten Pullover, das Haar straff und mit Gummiband verknotet nach hinten gezerrt, wie ein weißgelber Haflingerschweif. Diese mitleidlose Strenge, weit entfernt, ihre Schönheit zu beeinträchtigen, unterstrich eher noch die Perfektion des Gesichts. Sie hielt den Kopf hoch, als müsse sie gegen starken Wind ankämpfen und sah ihn nicht an, während sie sprach.

»Ich habe nachgedacht. Ich glaube, es ist gut, wenn wir heiraten. Mache ich Ihnen eine gute Frau. Wollen Sie?«

Er starrte sie an und dachte, während er sich zugleich den Kopf nach einer Antwort zerbrach, daß in ihrem Gesicht das Nordische, Verwegene, einen klassischen, geradezu griechischen Anstrich hatte. Vielleicht war's gerade das, was es neutralisierte. Man wollte dieses Gesicht und diesen Körper von allen Seiten betrachten wie die Venus von Milo, aber nicht besitzen – und auch nicht Engel schänden.

»Anja...«

Aber die Pause hatte zu lange gedauert. Sie ließ den Kopf langsam sinken und sah ihn an, die herrlichen dunkelblauen Augen voller Tränen.

»Sie brauchen nichts mehr sagen. Habe schon gehört.«

Sie sprang auf den Boden und lief in ihr Zimmer, schloß die Tür.

Er blieb sitzen und zündete sich eine Zigarette an. Dann holte er sein Notizbuch aus der Tasche und schrieb: »Anja, ich wäre ein schlechter Ehemann für ein solches Prachtexemplar wie Sie. Ich glaube, Sie wissen das auch. Ihr K. S.«

Er schob den Zettel unter ihre Tür und verließ die Küche.

Der Zwerg sah ihn mißtrauisch an, als er ins Schlafzimmer trat.

»Wie bist denn reinkommen? Ich hab dich wieder net klingeln hören. Ist da was mit dir und der Anja?«

»Nichts, Onkel Stilz, absolut nichts. Verlaß dich drauf.«

Aber der Alte beäugte ihn immer noch argwöhnisch.

»Ich erzähl dir nix mehr, wenn du mir Gschichten machst. Dann werf i di naus, hast mi?« Und nagte an der Oberlippe.

»Frag Anja. Soll ich sie rufen?«

»Na. I mag a Frauenzimmer net ausfragn, es g'hört si net. Aber irgendwas hats, die Anja. Mit mir schimpfts, daß i z'viel Geld ausgeb für mein Schnaps – und heut schleppts an Wodka an, an echt russischen, sauteuren, für dein Kaviar, Jesses Maria.«

»Willst du, daß ich wieder gehe, Onkel Stilz? Den Wodka nehmen sie auch wieder zurück.«

»Und was mach i mit dem Kaviar? I mags net, das Zeug, hab mi damals überfressen, und die Anja mags auch net. Also setz di schon hin und wart, bis wir in den Zug steigen, dann kannst anfangen, wenigstens mit dem Wodka, jetzt dauerts nimmer lang. I weiß genau, wo wir stehenblieben sind: Wie ich die Lisa hab heiraten wollen, stimmts? Da warn wir in Baden-Baden, und ich hab gerad wieder einen Orden bekommen, das heißt, die Schachmaschine hat den bekommen, aber das brauch ich von jetzt an nimmer sagen, gell? Und diesen Orden, den hat die Mutter nicht kriegt. Ein Schimpanse hatte ihr ein Bein gestellt, sie hatte den Arm in der Schlinge, und so wollte sie nicht bei Hofe erscheinen.

Und grad an diesem Abend spielte ich gegen einen Kammerherrn, einen jungen; der Herzog stand hinter ihm, und sie berieten sich beide vor jedem Zug. Ich stellte ihnen die Arche-Noah-Falle, die heißt so, weils schon so alt ist, und sie fielen drauf rein. Halts Maul, Tintenlackl, i weiß! I beschreib dirs net, aber es war eine Mordsgaudi. Sogar der Herzog hat gelacht, wie er drin hockte in der Fallen. Ein lustiger Herr war das, und der hat der Maschine eigenhändig einen pfundigen Orden neben die anderen an die Schleife gesteckt. Das war ein Ding! Mit blauem Emaille und ein paar echten Diamanten in der Mitte. Den hab ich hinterher schnell abg'staubt, und der Ehrenreich hats gesehn und gesagt, ich hätt ihn wahrhaftig verdient.
Als dann die Lisa und ich abends im Kurpark auf einer Bank saßen und so – da hab ich ihr den Orden ans Kleid gesteckt und sie gefragt, ob *sie* mir an Orden geben und meine Frau werden würde. Ganz ernst. Sie war auch ganz ernst. Dann hats g'sagt: ›Jetzt noch nicht, Stilzchen, bist ja erst siebzehn Jahre alt, aber wenn du mich immer noch lieb hast, wenn du zwanzig bist – dann reden wir wieder davon, ja?‹ Das hats g'sagt und sich ins Gras gelegt und mir erlaubt...« Er schwieg und nagte heftig an der Oberlippe. »Fang jetzt an mit deim Kaviar oder wenigstens mit deim Wodka, denn in derselben Woche begannen wir für Rußland einzukaufen. Bei uns wars Frühling, aber in St. Petersburg lag noch Schnee, sagte der russische Attaché in seinem Brief aus Berlin: Warm anziehen, Pelzmützen und Schuhe, und vor allen Dingen eine wollene Verpackung für die Schachmaschine, damit die ›elektrischen Apparate nicht einfrieren‹. Der Herr Ehrenreich hat ihr sogar aus Fuchsfellen eine herrliche Pelzhülle machen lassen, als wär sie die Anna Karenina.
Dann bestellten wir die Fahrkarten, erster Klasse natürlich, für Herrn Ehrenreich und die Maschine und für die Mutter und mich – und da hats den Ehrenreich plötzlich wie vom Blitz umg'haut: Die Leut in St. Petersburg, die würden sich doch fragen: ›Warum ist denn da ein Zwerg dabei?‹ Ein Zwerg – und die Maschine! Wir saßen bis spät in der Nacht beim Herrn Ehrenreich im Wohnwagen – die Brüder und der Androsch auch, aber diesmal wußte selbst

die Mutter keinen Rat. Oder – vielleicht wußte sie einen, den einzigen, aber sagen wollt sie es nicht, *sie* nicht. Schließlich mußte der Ehrenreich es aussprechen: ›Es geht nur eins: Nicht nur die Schachmaschine, sondern das ganze Panoptikum reist nach St. Petersburg – und da muß der Stilz dann ganz offiziell in der Zwergennummer auftreten, als sei er immer schon dabeigewesen. Nur so wirds keinen Verdacht erregen, und nur so kann er dann heimlich in das Ding hineinkriechen. Das ist der einzige Ausweg, sonst ist das Risiko zu groß. Da sag ich lieber ab.‹

Er brauchte kein Wort mehr zu reden. Alle sahen mich an. Ich dachte, ich müßt auseinanderplatzen vor Wut und Scham. Ich, das Phänomen, das Genie, *ich* sollte zusammen mit den Mißgeburten tanzen und Liedchen singen!

›Du mußt nicht, Stilz‹, sagte der Herr Ehrenreich ganz ruhig. ›Keiner zwingt dich. Wenn du einen Ausweg weißt, dann sag es uns. Morgen schreibe ich an die Russische Botschaft. Wenn du ja sagst, dann werde ich denen klarmachen, daß ich die Schachnummer nicht vom Ensemble trennen kann, da mir sonst die anderen Nummern kündigen würden. Wenn du nein sagst, dann ist alles ganz einfach, und ich sage ab, weil mir das russische Klima doch zu riskant ist für die empfindliche Apparatur, trotz Pelzhülle. Entscheide dich.‹

Die Mutter blieb stumm, sah vor sich hin. Warum schrie sie nicht wieder ›nimmermehr‹! Konnte sie *die* ›Schand‹ eher hinnehmen, weil sie so viele tausend Meilen entfernt und vor lauter irrgläubigen Barbaren stattfinden würde? Und ich? Sollte ichs auch auf diese Weise schlucken?

Herr Ehrenreich gab mir Zeit. Endlich sagte er ganz sanft: ›Nun Stilz?‹ Ich nickte, sprechen konnt ich einfach nicht, die anderen auch nicht. Mutter beugte den Kopf ganz tief. Dann sagte der Ehrenreich, jetzt wieder ganz normal und geschäftlich: ›Du kennst ja die Zwergennummer zur Genüge, Stilz, und wenn du schlecht tanzt oder falsch singst, macht das nichts. Das einzig Wichtige ist, daß du mit den anderen Zwergen zusammen reist, am besten in einem späteren Zug.‹

Das gab mir noch mal einen Stich mitten durchs Herz. Im selben

Zug mit den drei Kerlen! Vielleicht würd ich auch noch mit denen zusammen essen müssen.
Die nächsten paar Tag war ich meistens allein, wollte die Lisa nicht sehen, schämte mich, wollte auch die Mutter nicht sehen. Wir schwiegen uns an, voller Gram und Gift.
Eine Woche später schwenkte Herr Ehrenreich eine Antwort von der Russischen Botschaft, setzte sich rittlings auf den Stuhl und hielt den Brief mit dem feinen, schwarzen Adlersiegel hoch in seinen weißen Glacéhandschuhen.
›Es wird alles sehr viel einfacher werden, Stilzchen. Der Zar hat die Genehmigung fürs Panoptikum gegeben, aber er selber möchte es nicht sehen, er goutiere keine ‚Auswüchse' wie dreiohrige Orang-Utans. Wohl aber habe sein Freund, der alte Fürst Jussupoff, ein ganz besonderes Faible für solche Sachen und stelle seinen Palast an der Moika für die Vorstellung zur Verfügung. Dort gebe es sogar ein richtiges Theater mit Umkleideräumen und eine Galerie, die in einen Privatsalon führe. Dort würden der Zar und die paar wenigen Schachenthusiasten unter seinen Freunden sich das Vergnügen machen, während der ganze Hof, Herren sowohl als Damen, sich ins Theater begeben würde, um dort das Panoptikum zu genießen. Was sagst du nun, Stilzchen? Umkleideräume! Das ist das einzige, was mich wirklich interessiert. Hier, er hat sogar einen Plan vom Moika-Palast mitgeschickt, als kenne er unsere Probleme, das liebe Väterchen aller Reußen. Wir setzen die Zwergennummer als erste an, und dann drückst du dich und schleichst zurück in die Umkleideräume. Von da an ist's ein Kinderspiel.‹
Das war es nicht, wie du sehen wirst, aber es war gut, daß ich ihm glaubte; mir war schon der Gedanke an die Reise nicht geheuer.
Der Herr Ehrenreich und der Androsch fuhren voraus, um alles vorzubereiten, und zwei Tage später standen die Mutter und ich und das Panoptikumpersonal vor den Abteilen zweiter Klasse auf dem Bahnsteig in Berlin. Wunder der Natur reisen nicht erster Klasse. Was wir aber nicht wußten, war, daß es nur getrennte Schlafwagen für männliche und weibliche Fahrgäste gab. Mutter und Sohn in einem Abteil waren nicht erlaubt. Wir sahen voll Staunen, wie sich die Fahrgäste voneinander verabschiedeten, und

während wir dastanden und starrten, kam ein Schaffner und führte mich einfach ab. Führte mich in einen anderen Wagen, trotz meines Geschreis, und als ich ihn gegen das Schienbein trat, hob er mich am Kragen hoch, trug mich den Gang entlang, öffnete ein Abteil und warf mich hinein – ins Coupé der drei Zwerge, die schon auf mich gewartet hatten, aber so taten, als hätte ich sie angegriffen, und sofort anfingen ›zurückzuprügeln‹. Ich konnt mich kaum wehren, erstens warens drei gegen einen, und zweitens, und das war viel wichtiger, Kasperl, mußte ich doch meine Finger intakt haben für die Maschine, durft sie doch nicht an den harten Schädeln wundschlagen. Ich schrie, so laut ich konnte, der Zug stand ja noch. Die Leut im Abteil nebenan, drei polnische Handwerker, die hämmerten an unsere Tür und zwangen den Schaffner aufzumachen. Ich war schon ziemlich blutig im Gesicht, und der Größte, Max hieß er, ein muskulöser, knolliger Kerl, ließ schnell ein Büschel Haare fallen, das er mir ausgerupft hatte. Aber alle drei behaupteten einmütig, ich hätte angefangen, sei wie ein Berserker auf sie losgegangen, und der Schaffner steuerte bei, daß ich ihn gegen das Schienbein getreten habe. Die Polen zuckten die Achseln, kehrten in ihr Abteil zurück – und der Zug setzte sich in Bewegung.

I kanns net, Kasperl, kann dir wirklich net erzählen, was die mir in dieser Nacht angetan ham. Es gab drei Bettgestelle übereinander in unserem Abteil zweiter Klasse, in einem mußten also zwei liegen. Das Vergnügen ham die sich alle drei gemacht, einer nach dem anderen, und niemand hat mich brüllen hörn. Die waren besessen, endlich war ihnen jemand ausgeliefert, und sie tobten sich aus, wollten diese eine Gelegenheit bis zum Letzten auskosten. Am End hattens so gewütet und herumgerast, daß sie selber net mehr konnten und schlafen wollten. Ich lag derweil wimmernd auf dem nackten Boden, obwohls versucht ham, mich in die unterste Stellage zu schleifen, scheißfreundlich plötzlich, ich dürft da allein schlafen, keiner würd mich mehr anrühren.

Wahrscheinlich sind sie zu sich kommen und bekamen Schiß vorm Herrn Ehrenreich; ich hörte, wie sie miteinander flüsterten. Aber der Große, der Max, sagte: ›Ach was, der ist doch nicht mehr sein

Freund, sonst tät er ihn doch net plötzlich in unsere Nummer stekken.‹ Ein andrer sagte was von der Mutter, die würd sie vielleicht alle rausschmeißen, aber der Max meinte: ›Dann schwören wir halt dem Ehrenreich, daß *er* ang'fangen hat, und der Schaffner wirds bezeugen. Da kann der hier viel erzählen...‹

Mir tat alles so weh, ich war wie gelähmt vor Scham und vor schlimmen Schmerzen, konnte die ganze Nacht kein Auge zutun, dachte nur, ich stürz mich aus dem Zug, sowie die Tür aufgeht.

Als sie dann endlich aufging am frühen Morgen und die drei sich in ihren Betten aufsetzten, noch ganz verschlafen, da stand der Schaffner wieder da – aber neben ihm wie der Engel Gabriel die Mutter.

›Jesses Maria‹, hats ganz leise g'sagt, als sie mich da am Boden gesehen hat, nackert und verkrustet mit Blut und grün und blau im Gesicht. Der Schaffner hat sich kein Wort zu sagen getraut, der blieb stumm. Die anderen hat sie keines Blicks gewürdigt, hat sich auf den Boden neben mich kniet.

›Kannst aufstehn, Manderl?‹ hat sie geflüstert, und dann hats versucht, mich anzuziehen, aber nur notdürftig, denn ich hab zu sehr g'stöhnt, dann hats mich g'stützt, der Schaffner hat geholfen, und wir sind den langen Korridor entlanggegangen, er hat mich schließlich tragen müssen, und dann durch eine Tür und noch einen endlosen Gang – i glaub, i bin ohnmächtig g'worden. I weiß nur noch, daß i in eim Bett in der ersten Klasse aufg'wacht bin. Die Mutter hat keine Ruh geben, bis mans ihr überlassen hat und eins für sie direkt daneben. Ich merkte, daß der Zug langsam fuhr, weil wir gerade in Warschau ankamen. Der Schaffner brachte sofort den Bahnhofsarzt, aus eignen Stücken, hat sich wohl gefürchtet vor der Mutter ihrem Gesicht. Der hat mich verbunden und mir ein Schlafmittel geben und was für die Schmerzen. So bin ich eing'schlafen, mit der Mutter an meim Bett, und später wieder aufg'wacht, mit der Mutter an meim Bett.

Das war noch a Glück, daß die Reise so lange gedauert hat, beinah vier Tage nach St. Petersburg. Ich hatte etwas Zeit, mich zu erholen, und die blauen Flecke wurden heller, aber ich hatte überall Pflaster im Gesicht von den tiefen Kratzwunden.

Wir ham net viel g'sprochen, die Mutter und ich. Ob sie wußte, was mit mir geschehen war, das weiß ich net. Ich habs ihr nicht erzählt, aber sie hat ja immer alles erraten, sie wußt sicher genau, daß es nichts ›Christliches‹ war.«
Der Alte schwieg einen Augenblick, schüttelte langsam den Kopf. »So ein Weibsbild – das hats nimmer geben. Sie hat alles g'wußt, glaub i, alles, hat aber nur wenig an sich herankommen lassen, da war sie streng. Hat genau überschaut, wieviel sie unterbringen konnte in sich. In der letzten Nacht vor St. Petersburg, da ist sie zu mir ins Abteil kommen. Ich hab so getan, als ob ich schlafen würd. Sie hat sich hinkniet auf den Boden und hat ganz leise g'weint und gebetet, viel Zeug, der liebe Gott soll ihr verzeihen, die Ruhmsucht und die Geldgier, und es wär eben der Lohn dafür, aber warum ihr Herzensmanderl, der doch sowieso so g'straft ist, warum nicht sie? *Sie* wollt bestraft sein, nur sie, und so hats mich ganz narrisch g'macht mit ihrem Geflüster und den Tränen. Dann bin ich aber doch eing'schlafen, und wie ich aufgewacht bin, war sie fort – und draußen lag auf einmal Schnee auf den Bäumen und den Wiesen. Da hat sich zum erstenmal ein ganz kleins bisserl so was wie Vorfreude in mir gerührt: Rußland!

Der Herr Ehrenreich stand auf dem Bahnsteig in St. Petersburg, als unser Zug einlief, und er war sehr erstaunt, als die Mutter und ich aus einem Abteil erster Klasse kletterten, ich noch etwas mühsam. Aber als er ihr Gesicht sah – und dann meins mit den Pflastern –, da fragte er nichts mehr. Er wurde nur ganz weiß vor Schreck und küßte ihr die Hand. Der Androsch war auch mitgekommen, und mit dem sprach er schnell ein paar Worte. Dann wandte er sich zu mir um und sagte extra ruhig: ›Stilz, du mußt jetzt mit den anderen Nummern in den großen Zirkuswagen einsteigen, den ich mitgebracht habe, er steht vor dem Bahnhof. Der Androsch wird dabeisein und dich keinen Augenblick aus den Augen lassen.‹
Der Androsch nahm mich bei der Hand, und wir gingen den Bahnsteig entlang zur zweiten Klasse. Da kletterten die drei Zwerge gerade heraus.

Sie taten schüchtern, sahen sich nach allen Seiten um, als seien sie auf dem Mond, und der Große, Max, der tat, als sei er lahm. Der Androsch schiens nicht zu merken und fragte auch nicht, ob sie eine gute Reise gehabt hätten. Noch dazu hielt er *mich* fest an der Hand, und ich hatte all die Pflaster im Gesicht...

Sie blickten sich vorsichtig nach Herrn Ehrenreich um. Da war er, direkt vor ihnen auf dem Bahnsteig, aber er begrüßte sie nicht, hatte zuviel zu tun.

Wir waren in einem kleinen Hotel in der Litanaiastraße untergebracht. Man sah auf die Dächer von St. Petersburg und auf Dutzende von bunten Zwiebeltürmen, und wenn man sich weit genug aus dem Fenster lehnte, konnte man das Wasser der Newa schimmern sehen, in rosa Granit eingefaßt, das gab ihm eine ganz eigenartige Farbe. Die Newa floß durch die ganze Stadt in vielen Nebenarmen, und das erste, was uns der Portier stolz erzählte, war, daß wir uns jetzt im ›Venedig des Nordens‹ befänden. Es war Ende April, und die berühmten Eisschollen der Newa waren geschmolzen, aber es lag noch Schnee, und Hunderte von Schlitten glitten durch die Straßen, geräuschlos bis auf den Klang der Glöckchen um die Pferdehälse.

Herr Ehrenreich hatte mit Absicht dieses kleine Hotel ausgesucht, so klein, daß andere Gäste kaum noch Platz hatten; wir sollten unter uns bleiben. Die erste Vorstellung würde drei Tage später stattfinden. Drei Tage zum Ausruhen. Meine Hände zitterten noch, und das linke Auge war zugeschwollen. Diesmal teilte ich das Zimmer mit der Mutter, und keiner widersprach. Der dämmrige Raum mit seinen roten Samtvorhängen und Goldtrotteln, mit Spiegeln und Plüschmöbeln und Lampen mit Seidenschirmen hätte genausogut in Nizza oder in Baden-Baden sein können. Jeder sprach französisch. Man sagte uns, daß es in der feinen russischen Gesellschaft zum guten Ton gehöre, einen französischen Akzent vorzutäuschen, wenn man gezwungen war, die Landessprache anzuwenden. Mutter und ich, wir radebrechten uns durch den Tag – aber wie würde es Herrn Ehrenreich ergehen mit seinem mangelhaften Französisch, wenn das ›große Spiel‹ stattfand? Man hatte ihm versichert, der Zar verstehe deutsch, er hatte ja eine

Prinzessin von Hessen zur Frau, aber Herr Ehrenreich hatte trotzdem große Sorgen: Sollte man dem hohen Herrn ein Memorandum zukommen lassen, in dem er ihn alleruntertänigst mit den deutschen Worten für die Figuren bekannt machte? Springer, Läufer, Turm, Bauer... Und wie sollte er den Zaren vor Dummheiten bewahren, durfte er rufen: ›Kaiserliche Majestät, jetzt wird's brenzlig!‹ Oder durfte man das nicht? Man war hier bei Barbaren, trotz des eleganten Französisch, und der Zar war noch absoluter Herrscher über Leben und Tod. Herr Ehrenreich verbrachte eine schlaflose Nacht – und fand auf seinem Frühstückstablett die Lösung: einen Brief der Deutschen Botschaft. Graf Scherbatoff, Kammerherr des Zaren, würde heute morgen seine Aufwartung machen, sich nach dem allgemeinen Befinden erkundigen und die Weichen für den großen Abend stellen.
Gerettet? Herr Ehrenreich stieß einen tiefen Seufzer aus und bleckte die freundlichen, gelben Zähne, aber er war auf alles gefaßt.

Später erschien dann der Graf, ein unscheinbares Männchen, trotz ordenblitzender Uniform. Er setzte sich mit Ehrenreich in den kleinen Empfangsraum und schlug ein dünnes Bein übers andere. Ob das Ensemble die Reise gut überstanden habe, ob das Hotel zufriedenstellend sei. Gut. Bestens. Er hätte eigentlich auch nichts anderes erwartet, die russische Gastfreundschaft sei ja berühmt, er hoffe, daß sich auch unsere Tiere im St. Petersburger Zoo nicht über ihr Gastquartier zu beklagen hätten, man liebe auch dort interessante Ausländer, ha, ha, ha. Und die Maschine? Herr Ehrenreich versicherte ihm, er habe sie bereits geprüft, sie funktioniere ausgezeichnet. Gut. Bestens. Er, Scherbatoff, habe das Vergnügen gehabt, unserer Vorstellung in Berlin beizuwohnen, und er sei es auch gewesen, der dem Zaren davon berichtet habe. Nun müsse aber Herr Ehrenreich verstehen, daß die Dinge im Moika-Palast etwas anders ablaufen müßten als auf einer Bühne. Herr Ehrenreich brauche keinerlei Kommentar abzugeben, das Spiel müsse in besinnlichem Schweigen vor sich gehen – bis auf das kleine Wörtchen ›matt‹, und das kenne der Zar sehr gut. Seine Majestät würde

der Schachmaschine am Tisch gegenübersitzen, als ob sie gegen einen ihrer Freunde spiele.
Herr Ehrenreich hörte die Engerln singen und hätte sich gern schnell verabschiedet, aber der Graf wechselte die Beinposition und genehmigte sich noch ein Gläschen Portwein. Sehr leutselig und ganz nebenbei versuchte er dann, einiges über die Struktur und den Mechanismus der Maschine herauszubekommen, obgleich es natürlich ganz gleichgültig sei, *wie* sie funktioniere, Hauptsache, *daß* sie funktioniere. Aber – er hätte seinem Herrn zu gern wenigstens ein paar aufklärende Tips gegeben, was die Beschaffenheit des Apparates betraf, dies würde ja nicht ein Tüttelchen von seiner Erstaunlichkeit abzwicken, nur eben...
Nur eben ließ ihn Ehrenreich auf das Liebenswürdigste hängen. Darin war er ein Meister. Er faselte was von elektrischen Kombinationen, von Impulsen und Magneten, die auf Babbage zurückgingen – was, der Graf habe noch nie von Babbage gehört? Der hatte doch schon im Jahre 1850 in London eine Maschine erfunden, die selbständige Entscheidungen treffen konnte, wenn sie auf besondere, allerdings stark begrenzte Themen eingestellt war – nun, auf so was Ähnlichem, will sagen auf demselben ungeheuer komplizierten Prinzip sei auch die Schachmaschine aufgebaut. Übrigens, falls der Graf seinem Herrn von diesem Babbage berichten wolle, so sei es doch vielleicht unterhaltsam einzuflechten, daß dieser jahrelang von Lord Byrons Tochter Ada, Lady Lovelace, finanziert worden sei, einer genialen Mathematikerin, interessant, nicht wahr – nur sei Babbages Maschine ihrer Zeit zu weit voraus gewesen...

›Stilzchen!‹ schrie Herr Ehrenreich, als er bei uns ins Zimmer stürzte, nachdem der Graf endlich seinen Abschied genommen hatte. ›Stilzchen, es wird Totenstille herrschen in dem kleinen Salon, keine Kommentare, ich weiß nicht einmal, ob ich dabeisein darf, ich werd' aber behaupten, ich müsse dasein, der Maschine wegen. Es werden nur etwa ein Dutzend Leute zugegen sein, alle stehend natürlich. Der Zar wird dir gegenüber am Tisch sitzen, hinter sich seinen Favoriten, Prinz Dimitri Pawlowitsch, der auch

Schach spielt. Aber hinter *dem* wird der Ministerpräsident Alexander Stolypin, stehen, und *der* ist ein wirklich erstklassiger Spieler. Vielleicht wird ihm auch eine Partie mit dir erlaubt, und *da* mußt du aufpassen.‹

Dann bin ich wieder eingeschlafen, lag noch den ganzen Tag im Bett. Obwohl – wie ich so allein dalag in dem fremden dunklen Zimmer und Zeit hatte zum Nachdenken und alles noch mal Durcherleben, so fürchterlich es auch war – was da in meinem *Kopf* vorging, das war noch wichtiger, und das heilte auch langsam. Weißt, Kasperl, vielleicht hat mir da mein Zirkusleben geholfen, die Tiere, wie die sich ewig balgten und bissen – und dann ohne Übergang aufeinander drauf, um sich zu vergnügen, ganz wahllos, Männlein oder Weiblein. Ich bin kein Psychiater, kanns dir nur vorschlagen, so als Idee, und vielleicht ist das a Blödsinn. Aber ich mein, was mich damals gerettet hat, war a gewisse Wurschtigkeit solchen Dingen gegenüber, als *Basis*, weißt, und die hab ich den Tieren zu verdanken, mein ich, sonst hätt ichs nicht überlebt.

Die Mutter hat kein Wort gesagt, wenns das Essen wieder abgeholt hat, ohne daß ichs angerührt hab. Hat nix gefragt, ist immer schnell wieder aus dem Zimmer gangen.

Dann, am Morgen des zweiten Tages, kam sie mit dem Frühstück, und ich setzte mich auf und trank an Kaffee. Da hats Mut bekommen und aus ihrer Taschen eine Stange Leichner g'holt, Schminke, hat mir vorsichtig die Pflaster vom Gesicht abg'macht und die blauen Flecken mit Schminke zugedeckt. Das Auge war auch nicht mehr ganz zug'schwollen, ich konnte wieder gut sehen, was wichtig war wegen der schmalen Schlitze in der Maschine.

Den Tag über hab i noch im Bett verbracht, aber abends bin i aufg'standen, denn der Scherbatoff hatte uns in das berühmte Restaurant Der Bär zum Abendessen eingeladen, natürlich nicht vorn, sondern hinten in einem separaten Zimmer, und da saßen wir an langen Tischen: Ehrenreich, die Mutter und ›unsere‹ Mitarbeiter, alle Wärter, die von den Affen und dem Bären und dem Nilpferd und dem Seehund und dem Papagei und noch ein paar

andere. Auch die zwei Damen, die eine mit dem Vollbart und die andere ohne Unterleib, die waren befreundet, ich glaub sogar verheiratet.
Und die Zwerge natürlich; aber so plaziert, daß ich sie nicht sehen konnte, wenn ich mich nicht über den Tisch beugte. Die hatten wenig Appetit, die wußten überhaupt nicht, was nun los war. Hofften vielleicht, ich hätt dem Ehrenreich nichts gesagt wegen der Schand und die Mutter auch nichts – oder aber doch? Der große Max hatte versucht, Herrn Ehrenreich auf der Hoteltreppe abzufangen, er müsse dringend eine Unterredung mit ihm haben, aber der Ehrenreich hat ihn gleich unterbrochen, nicht unfreundlich, aber doch sehr entschieden. Dazu sei jetzt leider keine Zeit. Später, aber dann bestimmt! Wir brauchten die Kerle ja noch für die Vorstellungen. Mir war speiübel, wenn ich nur daran dachte, daß ich mit denen tanzen mußte. Ich sprach mit dem Androsch darüber, ich könne die Dreckschweine nicht berühren, ich würd mich auf offener Bühne übergeben, und er sahs mir an, daß das keine leere Drohung war.

Am nächsten Morgen war Probe. Im Moika-Palast. Aber ich war noch nicht in der Verfassung, um dieses mordsmäßige Ding richtig aufzunehmen, ich sah nur einen Riesensteinkasten, einen halbrunden Innenhof und Kolonnaden, unter denen wir Schutz suchten, denn es schneite plötzlich wieder. Dann wurden wir über eine breite Marmortreppe hinauf in den ersten Stock geführt. Ein alter Mann im weißen Kittel namens Paul geleitete uns, vor dem die vielen anderen Diener – alle in Livree – großen Respekt hatten und hinter dem sie herscharwenzelten wie kleine Hunde. Das sei der berühmte Butler des Fürsten Jussupoff, der allein die Ehre habe, den Zaren zu bedienen, wenn der zu Besuch kam. Er hatte seine Favoriten unter den Jussupoff-Freunden, und wer ihm nicht gefiel, der bekam wenig zu essen und schon gar nichts zu trinken. Unser Ensemble gefiel ihm scheinbar über die Maßen, so was war während seiner fünfzig Jahre im Jussupoff-Palast noch nicht vorgekommen. Er hatte auch noch nie ein Nilpferd gesehen, das auf Befehl das Maul aufsperrte und einen Blumenstrauß fraß. Und dann der Papagei! Der mußte ihm immer wieder ›Heil dir im Siegerkranz‹ vorpfeifen, und zum Schluß krächzten sies beide zusammen im Chor. Mich ignorierte er, Zwerge mochte er nicht, wies uns ein Hinterzimmer für unsere Proben an und brummte, als wir schüchtern um ein Klavier baten.

Der Androsch änderte gleich von Anfang an die Tanzroutine: Die drei Zwerge sollten wie sonst allein tanzen, ich solle hinter ihnen versuchen, ihre Schritte nachzuahmen, als sei ich deppert, sagte der Androsch vorsichtig, um mich nicht zu verletzen, aber mir war alles Wurscht, solange ich die Kerle nicht anfassen mußte. Und auch beim Singen sollt ich allein auf dem Klavier sitzen.

Der Max hatte doch die Unverschämtheit, mich zu fragen, ob es mir besser gehe, scheißfreundlich, beinah ängstlich – ich hob die Fäuste, und ich weiß net, ob ich sie ihm nicht doch in die Goschen geschmettert hätt, aber der Androsch hats gesehen und kam schnell angelaufen.

Hinterher, als wir uns wieder unter den Kolonnaden versammelten, da konnten die andern vor lauter Staunen kaum erzählen. Was sie nicht alles gesehen hatten! Auf dem Weg zum Privattheater, wo sie geprobt hatten, seien sie eine endlose Galerie voller herrlicher Gemälde entlanggewandert, an Ballräumen vorbei mit Palmen und Podium fürs Orchester, und alles vergoldet und Säulen und Marmorstatuen und mindestens einen halben Kilometer lang Glasschränke voll goldenem Porzellan; das hatte Katharina die Große *ihrem* Jussupoff geschenkt – nur den kleinen Salon, der für mich das einzig Wichtige war, den erwähnte keiner, und ich durfte nicht fragen, die Schachmaschinennummer war ja offiziell gestrichen.

Wir menschlichen ›Wunder‹ waren alle im Erdgeschoß untergebracht, in den Gesindestuben, die man in Garderoben mit Schminktischen umgewandelt hatte. Unter uns in den weiten Kellergewölben wurden während der Proben die Tiere einquartiert – und wenn ich dran denke, Kasperl, was da unten in diesen stinkigen Steinmauern ein paar Jahre später passiert ist! Jetzt schnarchte dort unser Nilpferd, und die Affen kreischten, gar nicht zu reden von dem Gestank der anderen ›Wunder‹, aber stell dir vor, der

junge Fürst Jussupoff, der ließ später dieses Kellergelaß in sein persönliches Quartier umbauen. Er hing kostbare Gobelins an die Wände und legte einen Perserteppich an den anderen, um die nackten Pflastersteine zu verbergen. Von der Decke hingen orientalische Öllampen, Tausende von Rubeln solls gekostet haben – und das alles nur für eine einzige grausliche Nacht, für einen einzigen grauslichen Zweck!
Laß mich ein Momenterl verschnaufen, Kasperl, und gib mir an Schluck Wodka. Weißt du überhaupt was von diesem Moika-Palast? Weißt du, was für eine Rolle der später gespielt hat? Wenn ich dran denke, wie da unsere Kutsche so gemütlich nach der Probe aus dem Innenhof rausklippkloppte! Jetzt stell dir vor: Über diesen Innenhof, über dieselben alten Pflastersteine stolperte eines Nachts im Dezember 1916 ein schwarzer Koloß, brüllend wie ein g'stochnes Vieh, drei Kugeln in der Brust und genug Zyankali im Bauch, um ein paar Pferde verrecken zu lassen...«
»Rasputin?«
»Stell dir vor! Den Kerl haben sie unten in den Kellergewölben umgebracht. Der lag mausetot auf dem Boden – dachten sie, aber plötzlich kam er wieder auf die Beine und kroch die Treppe hinauf, die zum Innenhof führte, schleppte sich bis zum Mittelportal – aber wie er da ankam, da hatten sich die Verschwörer wieder in der Hand, rasten über den Innenhof und knallten ihm noch mal zwei Kugeln in den Rücken. Da fiel er endgültig um, direkt am Mittelportal, dort lag er im Schnee. Später ham die ihn noch in die Newa geworfen, um ganz sicherzugehen. Es sind ja viele Bücher darüber geschrieben worden, ich habs natürlich alle gelesen, besonders das vom Fürsten Jussupoff, der hat den ersten Schuß in den Kerl reingefeuert, unten in den Kellerräumen, bevor der die Treppe rauf ins Freie gekrochen ist, ›auf allen vieren‹, sagt der Jussupoff in seinem Buch. Den Jussupoff, Felix hieß er, den hab i g'sehen, der war damals noch ein ganz junger Bursch, so um die achtzehn, der hat sich unsere Panoptikumvorstellung angeschaut. So ein extra fescher Bursch war das, na, es gibt ja auch viele G'schichten, wie ers fertiggebracht hat, den Rasputin in den Moika-Palast zu locken – ob die wahr sind, weiß keiner.

Aber a grausliche Nacht muß das gewesen sein...«
Er ließ sich in die Kissen zurückfallen, nahm die Brille von der Nase und schnaufte leise vor sich hin.
»Kasperl, sei mir net bös, i kann nimmer. I tus net mit Fleiß, es wär schön gewesen, jetzt, wo du gerappelt voll bist mit Kaviar und Wodka – aber i kann nimmer reden, und i mags net verderben. Komm morgen wieder, ja?«

12.

Als der Wecker am nächsten Morgen schrillte und er in die Küche stolperte, blieb er mitten im Stolpern stehen: Heute war ja Samstag! Keine Vorlesungen. Obwohl er sie haßte – Unsinn, er haßte sie nicht –, hatte er das Gefühl, nun ganz verloren zu sein. Keine Eile, endlos viel Zeit. Wie lange noch, bis er zu Onkel Stilz gehen durfte? Elfeinhalb Stunden. Ein Sadist, der Alte, gerade an dieser Stelle aufzuhören; der wußte doch ganz genau, daß er *mit* ihm in der Schachtel steckte, und da hatte er ihn gestern abend hängenlassen, zappelnd, mit halb zugeschnürter Kehle.

Wie sollte er diese elfeinhalb Stunden absitzen? Lange frühstükken, lange Zeitung lesen, lange duschen, Nägel schneiden an Fingern und Zehen, ablenken, ablenken. Musik? Ein Buch? Das lenkte nicht ab, das regte auf, zerrte an der Narkose. Freunde! Wo waren bloß seine Freunde? Warum riefen sie nicht an, sagten: »Heute ist Samstag, da dachten wir...« Niemand dachte. Seine eigene Schuld. Er hatte so oft »nein, danke« gesagt, daß man ihn nun tatsächlich in Ruhe ließ, in einbalsamierter Ruhe. Herrgott, wußte denn kein Mensch, daß man – ja, was? Sollten sie einfach an der Tür klingeln und freudig rufen: »Hallo Kaspar, komm mit, wir fahren gerade... Wir haben gerade genug Billetts für...« Und was hätte er geantwortet? »Nein, danke, sehr lieb von euch.«

Hede. Immer wenn Matthäi am letzten war, erschien ihm Hede. Nicht gerade schmeichelhaft für sie – oder doch? Matthäi am letzten war keine schlechte Rolle. Also schnell jetzt, bevor die Gegenströmung einsetzte, schnell Hede mit dem Lasso einfangen und Mittagessen Bei Tobias. Nachmittags – vielleicht ein Kino, sich ein paar Stunden lang im Kino tiefkühlen lassen, sich abschirmen,

einmummeln, nicht aus der Narkose aufwachen – bis er abends wieder zurück zu Onkel Stilz in die Schachtel durfte.
Das Telefon klingelte. Jemand wollte was von ihm. Das rhythmische Läuten – Engelsmusik! Jemand dachte an ihn. Er hob den Hörer mit feuchten Augen ab...
Martinac. Ob der Professor trotz des Wochenendes... Besser als nichts. Der Vormittag war gerettet. Dann rief er Hede an. Bei Tobias, um ein Uhr. Und, hatte sie zögernd hinzugefügt, sie habe heute ohnedies keinen Dienst – noch besser. Bis drei Uhr nachmittags hatte er ausgesorgt, dann waren's nur noch vier Stunden.
Ein Gedanke tauchte ganz von selbst auf – so was war früher Marthas Revier gewesen –, *er* würde heute den Kaviar kaufen. Und den Wodka. Und den Cognac für den Alten. Er spürte Wärme bei diesem Gedanken und sorgte sich sofort, ob die sanfte Narkose nicht dadurch auftauen könnte...

Die Kroaten kamen auf die Minute pünktlich, wie immer. Luburic mit seinem Schreibheft. Martinac verzichtete zum erstenmal auf jeden Vorwand, Unterricht zu nehmen, schaukelte auf zwei Stuhlbeinen wie auf Krücken durch Kaspars Arbeitszimmer und stieß kleine Freudenschreie aus, als er eine längere Passage zwischen dem Schreibtisch und dem Fensterbrett in einer einzigen wild-wackeligen Pendelbewegung geschafft hatte. Kaspar war dem Balanceakt gespannt gefolgt und klatschte Beifall, während Luburic eigensinnig die Augen nicht vom Heft hob und nur etwas lauter deklamierte: »Das weiße Hemd, des weißen Hemdes...« Martinac schwenkte kühn um und machte sich auf den Rückweg, wurde noch verwegener und schaukelte zu heftig, rutschte aus und riß im Fallen einen Topf mit einem rotblühenden Kaktus zu Boden. Rief: »Immer mit der Ruhe«, und kniete sich nieder, um die Scherben und die Erde mit den Händen in den Papierkorb zu befördern. Kaspar, froh über die Unterbrechung, hockte sich neben ihn und malte sich Frau Hennigs Geschrei aus. Schließlich kam auch Luburic dazu, aber mit seiner einen Hand mühte er sich vergebens.

»Professor«, sagte Martinac reumütig, »warum schimpfen Sie nicht mit mir?«
»Meine Frau hat nie geschimpft«, sagte Kaspar. »Auch nicht mit den Jungen. Es sei zwecklos und mache nur mürrisch.«
Die beiden Kroaten auf den Knien, die Hände voll Erde, sahen ihn stumm an. Das erste persönliche Wort, das der Professor gesprochen hatte! Martinac leerte seine Hände im Papierkorb, hob die Kaktuswurzel aus den Scherben hoch und schüttelte Erdreste ab.
»Ihre Frau – wir wissen, Professor. Es tut uns sehr leid.«
Luburic murmelte dasselbe auf kroatisch. Da war sie endlich, die Kondolenz in slawischer Sprache.
Es war richtig gemütlich, zu dritt auf dem Teppich zu hocken und mit den Fingernägeln Erdreste aus dem Muster des Perserläufers zu kratzen. Keiner hatte es eilig aufzustehen. Martinac ließ sich endgültig nieder und lehnte sich mit dem Rücken gegen den Schreibtisch. Kaspar setzte sich kreuzbeinig daneben und nahm ihm den Kaktus vorsichtig aus der Hand. Vor ein paar Monaten hatte er ihn Martha geschenkt, grau und stachelig, und sie hatte sich gefreut, als er plötzlich zu blühen anfing. Eine Pause entstand, während alle drei auf den entblößten Kaktus in Kaspars Hand schauten.
»Professor«, sagte Martinac, »unten steht einer. Darf er raufkommen?«
»Noch einer?«
Martinac schwang sich in die Höhe, öffnete ein Fenster, pfiff zweimal zwei Töne und kehrte wieder auf den Teppich zurück.
»Dieser will keinen Unterricht, Professor, Sie sollen ihn nur kennenlernen.«
Kaspar sah Luburic an. »Was soll das alles? Was wollen Sie von mir?«
Martinac legte eine Hand sanft auf Kaspars Arm.
»Professor, Sie sind unglücklich. Wir sind unglücklich. Ihnen geht es noch schlechter als uns. Sie haben etwas verloren, was Sie nicht wiederbekommen können. Wir haben auch was verloren, aber wir *werden* es wiederbekommen, immer mit der Ruhe. Der Mann, der

jetzt raufkommt, ist ein Freund. Wir sind alle Freunde, ja? Sie auch?«
»Nein«, sagte Kaspar, stand auf und klopfte seine Hosen sauber. »Ich unterrichte Sie in Deutsch.«
Es klingelte an der Wohnungstür, und Martinac lief aus dem Zimmer. Kaspar wandte sich wieder an Luburic.
»Ich wiederhole, was soll das alles, Herr Luburic?«
»Wir haben keine Wahl«, sagte der Mann und sah Kaspar aus seinen finsteren Augen starr an. »Wir sondieren, wir tasten ab. Wir halten uns an Strohhalme. Manchmal haben wir Glück.«
»Diesmal nicht. Ihre Probleme haben nichts...«
Die Tür öffnete sich, und Martinac schob einen langen, überaus hageren Menschen ins Zimmer. Sein Hals war so lang und so dünn und faltig wie der eines Kranichs, der Hemdkragen hing ihm bis aufs Brustbein.
»Miklos«, sagte Martinac. »Das ist unser Professor, unser guter Freund...«
»Ich bin nur Ihr Professor, Herr Martinac, weiter nichts. Das heißt, ich *war* Ihr Professor. Ich muß Sie bitten, die heutige Unterrichtsstunde, die ich selbstverständlich nicht berechnen werde, als die letzte...«
Er stockte. Martinac hatte einen Arm um die Schulter des Hageren gelegt, als müsse er ihn vor Kaspar schützen. Mit der anderen Hand griff er ohne Hast zwischen die Knöpfe seiner Jacke und zog einen Revolver aus einem Halfter, das an seinem Hosenträger befestigt war.
»Immer mit der Ruhe, Professor«, sagte er lächelnd. »Überlegen Sie's sich gut. Aber vielleicht haben Sie recht, und das war Ihre letzte Unterrichtsstunde. Das Ding hier hat einen Schalldämpfer, und heute ist Samstag, keine Haushälterin, und Ihre Söhne sind nicht in München.«
Kaspar war weniger erschrocken als erstaunt. Er starrte in das schwarze runde Metalloch, das in unheimlicher Ruhe auf seinen Bauch gerichtet war, und dachte, ich bin bereits im Kino. Noch konnte er den Zusammenhang zwischen dem Ding und seiner Person nicht herstellen, die Kombination nicht finden, welche die

vorgeschriebene gräßliche Angst auslösen würde. Aber das kann nur eine Frage der Zeit sein, dachte er, gleich werde ich anfangen zu zittern.
»Nun, Professor, wie steht's mit dem Unterricht?« Er zwang den Blick hoch, sah in Martinacs zärtlich lächelndes Gesicht und dachte, gleich wird er mir einen Kuß geben.
»Ich sagte Ihnen doch, wir haben keine Wahl«, sagte Luburic, der plötzlich neben Martinac auftauchte. Seine linke Hand steckte in der Jackentasche.
Das ist überhaupt das Unheimliche an diesem Auftritt, dachte Kaspar, nicht das schwarze Ding mit dem Hocker drauf, Schalldämpfer oder was es ist, sondern die plötzliche Unbeweglichkeit dieser drei, versteinert wie eine Bronze von Lehmbruck. Er wartete immer noch auf seine Angst, aber die wollte sich nicht einstellen, und auch sein Ärger war verflogen. (Die sanfte Narkose?) Er atmete einmal hörbar ein und aus und verschränkte die Arme über der Brust, hätte gern etwas Prägnantes gesagt, es fiel ihm aber nichts ein.
Martinac verstand auch so und knöpfte den Achtunddreißiger wieder zurück in das Halfter an seinem Hosenträger. Ante Luburics Hand tauchte ebenfalls wieder aus der Jackentasche auf.
»Miklos«, sagte Martinac, »komm, und sag dem Professor guten Tag! Wir sind jetzt wieder Freunde.«
Der Hagere trat einen Schritt vor und schüttelte Kaspars Hand.
»Freut mir«, sagte er. Mir nicht, dachte Kaspar, das ist keine Hand, sondern eine Geierklaue. Er beugte sich vor und wischte den letzten Krümel Erde aus seinen Hosenfalten, drehte sich um, wanderte gemächlich um den Schreibtisch herum und setzte sich auf seinen Sessel.
»Also...?«
Alle drei traten näher, Martinac schwang sich sogar auf die Kante des Schreibtisches, aber Luburic zog ihn knurrend wieder runter.
»Professor – es ist ganz einfach: Wir brauchen dringend neue Freunde. Einige sind – verlorengegangen. Mein Freund Branco – Sie erinnern sich? – hat oft von Ihnen gesprochen. Wir dachten, vielleicht...! Reine Spekulation. Macht viel Kummer. Wenn's da-

neben geht, muß ich meinen Achtunddreißiger gebrauchen. Schade. Ich mag Sie richtig gern, meine Frau auch, aber es ist zu riskant. Sie könnten uns anzeigen.«
»Was hat ein Freund für eine Funktion?«
»Er bekommt Post für uns.«
Kaspar zuckte die Achseln. »Dann müssen Sie auch meine Haushälterin zum Freund machen. Ich bekomme wenig Post; sie würde sich wundern.«
»Das ist nicht gut«, sagte Luburic sofort. »Wundern ist nicht gut.«
»Aber wenn Sie uns hier Unterricht geben, dann können wir sprechen – und im Notfall, nur im Notfall, Ihr Telefon benutzen?«
»Ich gebe nach wie vor Herrn Luburic Deutschunterricht. Worüber Sie sich mit diesem Herrn da während des Unterrichts unterhalten, ist mir gleichgültig. Bei Notfalltelefonaten werde ich dabeisein; vergessen Sie nicht, ich verstehe, was Sie sagen. Weiter kann ich nichts für Sie tun, auch wenn Sie das Ding da wieder aus dem Halfter holen.« Er freute sich über seinen gleichmütigen Ton.
Die drei berieten sich schnell und leise. Dann löste sich Martinac von der Gruppe, ging mit ausgebreiteten Armen um den Schreibtisch herum und setzte sich ihm gegenüber auf die Tischplatte. Kaspar versuchte noch rasch, die Hände in Sicherheit zu bringen – zu spät. Martinac packte beide, streichelte sie und hielt sie in eiserner Umklammerung fest.
»Professor – bitte stillsitzen und gut zuhören. Ich möchte Ihnen von Miklos erzählen.« Er winkte den Hageren heran, aber der weigerte sich. Kaspar solle ihn sich genau ansehen, später würde er ihn nicht wiedererkennen, wenn der sein normales Gewicht zurückhätte. Vlada päppele ihn, er habe schon drei Pfund zugenommen, seit er vorige Woche aus dem Krankenhaus entlassen worden war. »Also gut: nicht entlassen, spazierengegangen. Aber höchste Zeit, denn die bundesdeutsche Polizei wartete auf ihn. Kaum konnte er ein Bein vors andere setzen – weg war er, nachts. Seine Zimmergenossen halfen. Alles Deutsche, alle hatten Miklos gern, gaben ihm Hose und Mantel. Es goß in Strömen, Wolkenbruch,

sehr gut für Freund Miklos. Hintertreppe runter, Kellerfenster eingeschlagen, kein Mensch in Sicht. Dann ist er zu mir gekommen, kannte meine Adresse, sollte mich bei Gelegenheit liquidieren, wenn's gerade mal gepaßt hätte. Bei uns klingelt's, nachts um zwei Uhr. Ante macht auf. Da steht der Miklos, triefend, zitternd, kann kein Wort sprechen. Ante läßt ihn ein, zieht ihn aus, nackt, sieht die Narben, der Miklos weint nur. Er gibt ihm was Heißes zu trinken, zieht ihm trockene Hose und Hemd an. Miklos klappert immer noch mit den Zähnen, sagt: ›Ich bin ein UDBA-Mann.‹ Seine ersten Worte. Noch dazu ein alter UDBA-Mann, hat fünfzehn Jahre lang Exilkroaten gejagt. In Belgrad. Hat wahrhaftig geglaubt, wir sind alle Gesindel, Verbrecher und Verräter. Trotzdem – er sagt, er hat nie liquidiert, das war nicht sein Job, sagt er. Und ich glaube ihm, immer mit der Ruhe. Voriges Jahr wird Miklos in die Bundesrepublik geschickt, streng geheime Mission, man braucht ein neues Gesicht. Die deutsche Kriminalpolizei kennt alle UDBA-Männer, kennt auch alle Exilkroaten. Wir besuchen uns oft, sie uns, wir sie, wir haben keine Geheimnisse voreinander, hahaha. Aber jetzt sollen mal ein paar nagelneue Gesichter auftauchen, darunter Freund Miklos. Er spricht ganz gut Deutsch, hilft bei den Vorbereitungen. Langsam und schwierig – und dann plötzlich alles fix und fertig: Der Mann, den die UDBA gern umarmen möchte, endlich haben sie ihn aufgestöbert. Freund Luburic hier, der hätte ihnen helfen können, Zeit zu sparen, er sieht ihn oft, junger Kerl, aber alter Kampfgenosse. Arbeitet illegal beim Tunnelbau für die neue Untergrundbahn, nicht weit vom Stachus. Miklos soll nur den Wagen fahren, ein anderer, neben ihm, der wird alles Wichtige erledigen, kein Problem. Da steht nun der Wagen, hundert Meter von der Baustelle. Fünf Uhr nachmittags. Getöse von Bohrmaschinen, Bussen, Lastwagen – alles gut, niemand wird was hören. Miklos hält ein Taschentuch vors Gesicht, tut so, als sei ihm was ins Auge geflogen, denn da, wo er steht, darf man nicht parken. Sie warten ein, zwei Minuten. Miklos ist zufrieden, morgen darf er nach Hause, hat nun fünfzehn Jahre Kroaten gejagt, genug ist genug, man hat ihm eine Gaststätte versprochen – die übliche Belohnung. In unserem Land werden die

Touristen in gemütlichen alten Wirtshäusern von gemütlichen alten UDBA-Leuten betreut. Und dazu noch eine nette kleine Rente. Miklos sitzt am Steuer und träumt vom eigenen Sliwowitz im eigenen kleinen Garten, Tische unter Sonnenschirmen, seine Mutter kocht gerade für die Touristen – da sagt der UDBA-Mann neben ihm: ›Achtung!‹ Ein paar Männer kommen von der Baustelle, knöpfen ihre Jacken zu, Schichtwechsel. Miklos startet den Wagen, legt den ersten Gang ein, Fuß auf der Bremse, der UDBA-Mensch kurbelt sein Fenster runter, legt den Revolver an – auf einmal ein Gesicht unterm Motorradhelm neben Miklos. ›Parken verboten, was tun Sie...‹ Der Polizist sieht den Revolver, ruft: ›Halt!‹ und reißt die Wagentür auf. Der UDBA-Mensch stößt Miklos aus der offenen Tür, schwingt sich rüber zum Fahrersitz und rast los. Aber Miklos hängt. Er hängt noch in der Tür, sein Mantel verfängt sich in der Fensterkurbel und schleift ihn mit. Er brüllt: ›Stop! Halt an, Mensch!‹ Aber der rast durch rote Verkehrslichter, der Polizist auf dem Motorrad hinterher. Miklos rutscht immer tiefer, seine Beine prallen an die Räder, das Auto schleudert, er wird gegen andere Wagen gerammt, schreit, schreit – der Kerl hält nicht an. Bis er an einer roten Ampel in einen Lastwagen hineinkracht.
Der Polizist holt Miklos aus seinem Mantel heraus, der weiß nichts mehr, Gott sei Dank. Später fängt man auch den UDBA-Mann. Freund Miklos hat beide Beine gebrochen, schwere innere Verletzungen, Schädelbruch, halbtot. Vier Monate im Krankenhaus. Einmal bekommt er Besuch. Ein Landsmann. Miklos liegt zusammen mit zwei anderen, Deutschen. Alle freuen sich, daß Miklos Besuch bekommt, und so ein netter Mensch, mit Blumenstrauß, aber er spricht leider nur kroatisch. Setzt sich an Miklos' Bett, gibt ihm die Hand. Armer Miklos, wie geht's? Dann, mit der gleichen Stimme, Miklos sei ein Verräter, *seine* Schuld, daß der UDBA-Mann gefaßt wurde, er hätte die Wagentür loslassen sollen. Keine Gaststätte, keine Rente, man wird ihn ganz anders belohnen, abwarten! Auf Wiedersehen, Kamerad. Und er winkt noch von der Tür, der Landsmann.«
Während Martinac sprach, hatte der hagere Mann sich nicht ge-

rührt, er starrte unbeweglich aus dem Fenster. Jetzt wandte er den Kopf zu Kaspar um und sagte langsam: »Guter Mensch, Ivan.« Kaspars Handgelenke befanden sich immer noch in Martinacs eiserner Umklammerung. Vielleicht würde er ihn loslassen, wenn er jetzt etwas sagte.

»Das ist eine schlimme Geschichte, Herr... Miklos. Trotzdem, es tut mir leid, aber es bleibt dabei: Ich gebe Herrn Luburic Unterricht, und Sie beide können ihn begleiten. Aber sonst niemand. Meine Wohnung darf nicht zum Treffpunkt für Exilkroaten werden. Das wäre sowieso unmöglich, die Haushälterin kommt täglich, meine Söhne gehen ein und aus...«

»Gelogen, Professor«, sagte Martinac und lächelte ihn halb traurig, halb zärtlich an. »Ihr Sohn Stefan kommt nie, und Ihr Sohn Wilfred nur ganz selten. Wir beobachten Ihre Wohnung seit Wochen. Wir sind aber nicht die einzigen.« Er riß den sich heftig sträubenden Kaspar an seine Brust und küßte ihn auf beide Wangen. »Armer Professor! Ihr Sohn Stefan saß bis vor kurzem jeden Abend in der Coca-Cola-Bar dort drüben auf der Lauer, er wußte nur nicht, daß wir *ihn* dabei beobachteten...«

Kaspar riß sich los.

»Raus!« schrie er, dunkelrot im Gesicht. »Allesamt. Auf der Stelle. Ich habe nichts mit euch zu tun. Ihr habt euch den Falschen ausgesucht. Euer Achtunddreißiger oder Dreiundachtziger ist mir scheißegal. Treibt gefälligst jemanden auf, dem was dran liegt, und fuchtelt *dem* mit eurer Kanone vor dem Gesicht herum. *Mir liegt nichts dran,* verstanden? Raus!«

Ein paar Sekunden Totenstille, dann sagte Luburic ruhig: »Wir gehen. Hörst du, Ivan, wir gehen.«

Der überlegte noch einen Augenblick, nickte dann zustimmend und lächelte Kaspar an. »Gut, Professor, wir gehen, immer mit der Ruhe.«

Der Hagere trat vor und bot seine Geierklaue an. »Tut mir leid«, murmelte er.

Kaspar akzeptierte die Klaue. Dann verließen alle drei im Gänsemarsch das Zimmer.

Er kam reichlich spät und immer noch erregt Bei Tobias an. Hede merkte es sofort. Irgendwas Unangenehmes war passiert, was konnte das sein, an einem Samstagmorgen? Es quälte sie, wie wenig sie von ihm wußte, und es wurde immer weniger. Sie lag jeden Abend eine Weile wach und grübelte, zählte immer wieder die Tage, die Wochen, die Kaspar schon allein lebte. Jetzt waren es bereits Monate. Vielleicht gefiel es ihm.

Sie stocherte in ihrem Essen herum, würgte an jedem Bissen.

»Du hast abgenommen«, sagte er plötzlich.

»Das geht bei mir immer auf und ab.«

Sie sollte aber nicht mehr abnehmen, dachte er, sie ist bald an der Vogelscheuchengrenze, was ja auch noch nicht das Schlimmste war. Er mochte Vogelscheuchen, sie hatten etwas Salopp-Elegantes an sich, und er blieb immer stehen und sah ihnen zu, wenn sie leicht und lässig zerfleddert im Wind flatterten. Fette Vogelscheuchen gab es nicht. Hede hatte eine verlängerte, schmale Silhouette, die er eigentlich liebte, zum Beispiel die überlangen, zierlichen Arme und Handgelenke. Er hatte immer gern zugesehen, wenn sie sich auszog und dann in seine Arme kroch, zerbrechlich und zärtlich.

»Du hast gesagt, du hättest heute länger Zeit?«

»Samstag. Kein Labor.«

»Dann – könnten wir doch vielleicht zu dir gehen.«

Später machte sie sich Vorwürfe. Sie hatte viel zu hastig ja gesagt, war viel zu offensichtlich glücklich gewesen, als sie endlich wieder in seinen Armen lag, so was war nie gut. Aber diese Vorwürfe hatte sie sich auch schon früher gemacht, jedesmal eigentlich, fünf Jahre lang. Es bewies nur, daß sie gern jemand anderes gewesen wäre.

Sie stützte sich auf die Ellbogen und betrachtete ihn, wie er da neben ihr lag. Er hatte beinah überhaupt nicht gesprochen, aber der gehetzte Ausdruck in seinen Augen war jetzt verschwunden, bildete sie sich ein und beugte sich über ihn.

Es stimmte, er fühlte sich besser. Von allen Möglichkeiten, wie er sein Leben am gescheitesten aufräumen und wieder geraderücken konnte, war Hede weitaus die beste. Onkel Stilz' Geschichte würde

eines Tages zu Ende gehen, was dann? Hede. Es schien ihm, während er ihr Gesicht über dem seinen studierte, als hätte er's schon immer gewußt.
Er griff in ihr dichtes, langes Haar und zog ihren Kopf auf seine Schulter herunter, so daß sie sich nicht in die Augen sehen konnten.
»Laß noch etwas Zeit vergehen, ein paar Monate, der Jungen wegen, und dann – wollen wir heiraten.« Aber bevor sie noch antworten konnte, fügte er schnell hinzu: »Oder bist du dagegen?« Dachte, daß dieser Nachtrag keineswegs eine letzte Hoffnung bedeutete, im Gegenteil, es war nur fair ihr gegenüber.
»Ja«, sagte sie, als hätte sie den Nachtrag nicht gehört.

13.

Onkel Stilz' Wohnungstür war verschlossen, er mußte klingeln. Anja öffnete, sah an ihm vorbei und verschwand in der Küche. Der Zwerg war wieder im Samtjackett mit den Goldknöpfen, das struppige weiße Haar glatt gebürstet und die Hände auf der Bettdecke gefaltet.

»Habs net erwarten können, daß du kommst, Kasperl.«

»Ich auch nicht.«

»Was hast denn da in dem Paket?«

»Wart's ab.«

Kaspar nahm seinen Hut ab und begann, das Paket aufzuschnüren.

»Hab seit fünfzig Jahren kein Sterbenswort darüber verloren, hätt nie gedacht, daß es mich so ins Fieber treiben würd. Da, fang an mit deim Kaviar! Da soll ein Mensch die Weibsbilder verstehen! Gestern bringts an Wodka und an Riesentopf mit dem teuren Zeug, und heut muß i schimpfen und drohen, und da kommts mit dem winzigen Büchserl an, behauptet, es gäb nichts mehr. Lügen tuts, aber du willst mir ja net sagen, warum.«

»Hier, Onkel Stilz: Kaviar, Wodka und ein Napoleon.«

»Kasperl! Den ganz teuren?«

»Zur Feier des Tages, Onkel Stilz – oder ist da wieder was dazwischengekommen? Wenn du heute nicht gegen den Zar antrittst...«

»Der ist schon unterwegs, der Zar, also beinah.«

»Sag ihm, er soll sich beeilen.«

»Der hat einen langen Weg vom Winterpalast zur Moika, Tintenlackl, und die Straßen sind vereist.«

Kaspar wand dem Alten die Cognacflasche aus der liebenden Umarmung und nahm das ganze Paket mit in die Küche, suchte und fand einen Korkenzieher, Büchsenöffner, Teller, Gläser, Eis und Zitronen. Hinter ihm öffnete sich Anjas Tür einen Spalt, und er sah eine Sekunde lang ihr schönes, wildes Gesicht.

»Anja? Guten Abend.«

Die Tür schloß sich wieder. Er hob die Schultern, kehrte beladen ins Schlafzimmer zurück und baute seine Schätze auf der Bettdecke auf.

»Gestern waren wir bei Rasputin, Onkel Stilz.«

»Der ist fertig, Kasperl, tut mir leid, mehr hat der mit meiner G'schicht nicht zu tun, aber wart nur, heut gibts Umtrieb genug.«

Er lehnte das Glas ab, setzte die Cognacflasche an den Mund und nahm einen tiefen Schluck, gluckste selig und wischte sich den Mund mit der Bettdecke ab.

»Wir probten doch schon im Moika-Palast. Der Herr Ehrenreich, der ist inzwischen vom Grafen Scherbatoff durch den Palast geführt worden und hat sich alles ansehen dürfen. Später kam er dann gleich zu mir ins Hotelzimmer, und sein Gesicht war wieder voller Sorgenfalten: Der Scherbatoff, der hatte ihn nämlich ganz stolz in einen pfundigen Raum geführt, das Allerheiligste des Fürsten Jussupoff, seine Privatbibliothek. Die wollte er uns ausnahmsweise als Aufbewahrungsort für unsere Maschine überlassen. Eine Heidenpracht, diese Bibliothek, Tag und Nacht von zwei Heiducken bewacht, aber sehr weit entfernt von unseren Garderoben!

Der Scherbatoff war sehr erstaunt, daß der Herr Ehrenreich aussah, als hätts ihm die Radieserl verdruckt, aber der hatte sich nur wie narrisch den Kopf zerbrochen nach einer guten Ausrede, warum die Maschine nicht in die Bibliothek sollte – bis ihm der rettende Gedanke kam. Auch Blödsinn, aber was weiß so ein Kammerherr vom Zirkusleben. Der Ehrenreich seufzte also tief und sagte, er müsse leider bei Beginn der Vorstellung immer in der Nähe der Truppe bleiben. Die Tiere seien eben anomal und deshalb nervös, sie brauchten seine Gegenwart, andererseits dürfe er auch nicht zu weit von der Maschine sein, um die Temperaturen zu

kontrollieren. Solches Zeug hat er geschwätzt, der Arme. Der Scherbatoff war etwas beleidigt, aber bitte, wenn der Herr Ehrenreich absolut nicht in die kostbare Bibliothek wolle – *tant pis.*
›Stilzchen‹, sagte der Ehrenreich und umarmte mich, ›das wär das Ende gewesen, du hättest es nie geschafft, an den Heiducken vorbeizukommen.‹
Zum Schluß hat er dann zusammen mit dem Scherbatoff einen Raum für den Tresor gefunden, im selben Stockwerk und nicht weit von unseren Garderoben. Trotzdem, Herr Ehrenreich schwitzte und sagte mehrere Male, wir hätten nicht kommen sollen, er sei voll düsterer Ahnungen.
Ich war es eigentlich nicht. Meine Lebensgeister waren wieder aufgewacht. Bis auf einen tiefen Kratzer über dem linken Backenknochen sah man nichts von den Schrunden in meinem Gesicht, denn die Mutter schminkte mich jeden Morgen. Ich hatte ein paar Pfund abgenommen, um so besser, dann würd ichs noch bequemer haben in meiner Schachtel.
Diesmal hatten wir streng genaue Anfangszeiten: Das Panoptikum Punkt acht Uhr. Und Punkt acht Uhr dreißig würde Seine Majestät im kleinen Salon der Schachmaschine gegenübersitzen.
Wir wurden alle schon um sechs Uhr zum Moika-Palast gefahren, damit das Fuhrwerk genug Zeit hatte, unsere Tiere aus dem St. Petersburger Zoo abzuholen. Um sieben Uhr war alles untergebracht, auch das Nilpferd, unten, in einem extra großen Kellergelaß. Die Mutter, im schwarzen Abendkleid, machte ihre letzte Runde, wie immer eine halbe Stunde vor ›Vorhang auf‹. Als sie zu uns Zwergen hineinschaute und den Androsch neben mir sitzen sah, nickte sie zufrieden.
Von ›unseren‹ Arbeitern kamen laufend Berichte: Der Palast sei abgesperrt, Hunderte von Leuten stünden zwischen den Eisengittern des Innenhofs und dem Moika-Kanal auf der Straße und gestikulierten, man wisse eigentlich nicht recht, ob sie Freud hatten an der Festbeleuchtung oder ob sie fluchten. Jedenfalls sei ein kaiserliches Garderegiment aufgestellt, das sie zurückhielt. Der rote Teppich liege auch bereits auf der breiten Marmortreppe und im Innenhof – wir liefen zum Fenster, und da lag er, der Teppich,

wand sich wie eine breite Blutspur durch den Schnee bis hinauf auf die Straße. Vielleicht kommts mir jetzt, im nachhinein, so g'spenstisch vor, weil ich an den Rasputin denken muß – und auch an den Zaren, wies den ermordet ham, ein Jahr nach dem Rasputin...

Neue Meldungen: Die ersten Gäste seien auf der Straße vorgefahren. Wir hörtens am Geschrei der Zuschauer. Nein! So was habe noch nie ein Mensch gesehen an Zobelpelzen und Uniformen und Diamanten und Orden. Über den Kutschentüren seien die Wappenschilder mit Diamanten eingelassen, so groß wie Hühnereier! Die Männer liefen hin und her wie betrunken, steckten uns an mit ihrer Aufregung. Warum eigentlich, wir hatten ja schon einige Prachtschlösser in Deutschland abgeklappert, und die waren auch nicht von Pappe gewesen – nein, nein, riefen sie, das hier sei was anderes, was ganz anderes.

Ich lehnte mich weit aus dem Fenster und sah zu. Sah auch zwischen weiß-goldenen Gardeuniformen eine graue Masse von Menschen, wie hin und her wogendes Gewässer, hörte etwas wies aufg'heizte Brummen von eim riesigen Bienenschwarm. Freudig klang das nicht.

Dann sah ich mir die Kutschen an, die jetzt vorfuhren, eine direkt an der anderen. Es war was anderes, da hatten die Männer schon recht. Jetzt, so viele Jahre später, jetzt weiß es jeder, aber damals, Kasperl, da *sah* ichs. Es war anders als bei uns, weils nicht zusammenpaßte, das Asiatische, Ungeschlachte – und die feine französische Eleganz. Diamanten in Holz gefaßt! Oben in den Privatgemächern hatte uns der Herr Paul eine vierschrötige Kommode aus Eichenholz gezeigt. Die Schubladen hatten nur eine Verzierung, ein roh geschnitztes Karo, und darin, wie mit einem Hammer hineingerammt, ein riesiger Diamant, ungefaßt. Aus den Uralminen, sagte Herr Paul geringschätzig.

Unsere Wärter befürchteten, daß auch die Tiere was witterten von der allgemeinen Aufregung, und so war's auch: Ein kleiner Schimpanse entkam mitten während der Nummer, sprang in den Zuschauerraum, setzte sich der alten Fürstin Dolgoruki auf den Schoß und begann, sie eifrig zu lausen. Das Publikum meinte, das

gehöre zur Nummer, und schrie vor Entzücken – die alte Fürstin auch, aber nicht vor Entzücken.
Das passierte später, ich war nicht dabei, man hats mir nur erzählt. Es war jetzt fünf vor acht, und wir Zwerge wurden auf die Bühne geführt. Der Vorhang war noch zu, aber das Orchester spielte bereits ›An der schönen blauen Donau‹. Es roch gut aus dem Zuschauerraum, Patschuli und ›Französisches Leder‹, und wir hörten gedämpfte Unterhaltung und das Geraschel der Seidengewänder. Herr Ehrenreich blitzte vorbei und rief, das Theater sei bis auf den letzten Platz voll, dann wurde es dunkel. Tusch – und der Vorhang ging auf.
Das war nun das erste Mal, daß ich auf meinen zwei Beinen auf der Bühne stand, splitternackt ohne meine Schachtel, wie in einem Alptraum. Ich muß wohl ganz deppert ausgeschaut haben, denn das Publikum fing an zu lachen, und ich wachte auf und merkte, daß die drei Zwerge bereits unsere Nummer tanzten. Hastig lief ich hinter ihnen her und versuchte, die Schritte nachzuholen, aber es gelang mir nicht, und die Leute lachten noch mehr. Einmal kam ich dem Max zu nahe, und er trat nach mir, mitten in einer Pirouette. Da fiel ich aus der Rolle und trat nach *ihm* – und traf ihn auch, am Knie. Dem Publikum hats gefallen.
Zum Schluß kam noch das Lied mit mir, auf dem Piano sitzend, und ich quiekte und quakte vor Wonne über den Tritt, den ich dem Max gegeben hatte – und die Leut hieltens für ganz große Kunst, *so* falsch zu singen, und bereiteten mir eine Ovation. Dann fiel endlich der Vorhang, und der Androsch sprang an meine Seite, bevor der Max an mich rankam.
So – und nun! Ich sah noch, wie der Androsch die drei in den Gang zu unserer Garderobe drängte und mir mit dem Kopf ein Zeichen gab: Hau ab!
Die zweite Nummer wurde gerade angesagt: der Ameisenbär mit seinem Honigtopf. Ich schlich den Gang entlang – alle Garderobetüren waren geschlossen, Herrn Ehrenreichs strenge Anordnung – und dann an den Toiletten vorbei zum Raum, in dem der Tresor stand. In diesem Augenblick öffnete sich die Tür der Herrentoilette, und ein Mann trat heraus, mittelgroß, mit angegrautem

Haar und dunklem, rundem Gesicht. Er trug einen schlechtsitzenden Frack ohne jeden Orden, aber er machte mir Eindruck, kerzengerade trotz Embonpoint. Er blieb einen Augenblick stehen und betrachtete mich verwundert, lächelte ein klein wenig, trat dann zur Seite. Es blieb mir nichts anderes übrig, als in die Toilette hineinzugehen, zitternd; ich wußte doch, daß Herr Ehrenreich die Minuten zählte, denn unsere Zwergennummer hatte doppelt so lang wie sonst gedauert wegen der vielen Lacher und der Ovation.

Ich zählte bis zehn, dann öffnete ich die Tür – der Mann war verschwunden, der Gang leer. Ein Blick auf meine Uhr: acht Uhr fünfzehn. Ich raste die wenigen Schritte zum Tresorzimmer. Ehrenreich stand neben der Maschine, käsweiß, zwei von ›unseren‹ Arbeitern hinter ihm. ›Gott sei Dank‹, flüsterte er, ›ich dachte, es sei schon der Scherbatoff, um das Ding abzuholen.‹ Ich kletterte in den Kasten und schloß zu. ›Ruhig, nur ruhig‹, flüsterte Ehrenreich durch die Schlitze, aber seine Stimme zitterte so, daß daraus ›ru–hu–hu–ig‹ wurde. Ich mußte laut lachen, und das war gut. Danach atmete ich normal, setzte mich so bequem wie möglich hin, manipulierte meine Zange ein paarmal und wartete.

Nicht lange. Ich hörte, wie die Tür aufgemacht wurde. Das war wohl Graf Scherbatoff, der Herrn Ehrenreich fragte – auch mit aufgeregter Stimme, schließlich war das Ganze *seine* Idee gewesen –, ob alles bereitstehe, der Zar sei eben eingetroffen, er würde gerade vom Fürsten und von der Fürstin Jussupoff begrüßt, die Maschine müsse sofort in den Salon gebracht werden.

Ich wurde hochgehoben und über weiche Teppiche eine Treppe hinaufgetragen, konnte durch meine Schlitze nichts sehen außer dem Flimmern von Hunderten von Gaslampen und Kerzen. Dann ging wieder eine Tür auf. Das mußte der kleine Salon sein, denn einige Männerstimmen machten ›ah‹ und ›oh‹ beim Anblick der Maschine. Ich wurde auf einen Tisch gesetzt und hörte, wie Scherbatoff Herrn Ehrenreich vorstellte. Die Namen klingelten nur so von Prinzen und Fürsten, etwa vierzehn zählte ich. Nur ein einziger bürgerlicher Name war dabei: Alexander Stolypin, der Ministerpräsident. Er trat vor, und ich sah einen Embonpoint ohne Or-

den: der Mann vor der Toilette! Er sprach gut Deutsch mit Herrn Ehrenreich.
Kurz darauf wieder eine Tür – und sofort tiefe Stille. Schritte. Ein Mann, dann noch einer, meine Schlitze ließen mich nicht alles sehen, aber ich wußte: Der erste war der Zar, und hinter ihm wahrscheinlich sein Favorit Dimitri. Wieder wurde Herr Ehrenreich vorgestellt. Der Zar sagte was auf französisch mit leiser, angenehmer Stimme, sprach dann ein paar freundlich verlegene Worte zu den anderen. Endlich trat er an den Tisch und nahm ›mich‹ in Augenschein. Jetzt konnte ich seine Uniform betrachten und seine Orden, nur wenige, aber sehr kostbare. Einen oder den anderen glaubte ich zu kennen, hätt zu gern gerufen: ›Die hab ich auch, Kaiserliche Majestät.‹
Dann setzte er sich hin, und nun durfte ich endlich sein Gesicht sehen. Er war wirklich ein recht hübscher Herr mit seinem braunen Haar und dem Schnurrbart und kleinem Spitzbart; seine Nase war schmal und ganz gerade, und die Augen blickten freundlich, etwas scheu. Er sah aus wie ein wohlerzogener jüngerer Sohn aus gutem Hause, der froh war, daß der ältere das Geld und die Stellung erben würde. Ich geb zu, ich hätt gern ein imposantes Mannsbild gesehen, mit Donner und Blitzen und Mumm in den Knochen. Der da schien mir ganz falsch besetzt für seine Rolle als absoluter Herrscher über Leben und Tod von hundert Millionen Menschen.
Er betrachtete die Maschine interessiert und mit einer gewissen Verlegenheit, die er nun mal an sich hatte, streckte etwas zaghaft eine Hand aus, um sie zu berühren – und Herr Ehrenreich sprang vor und wagte es, auf deutsch zu rufen: ›Vorsicht, Majestät, die Maschine lädt gerade auf.‹
›Oh, *pardon*‹, sagte der Zar und zog schnell seine Hand zurück. Alle sahen ehrfurchtsvoll drein bis auf den Mann mit dem Embonpoint. Der schaute scharf und nachdenklich unter gerunzelten Brauen hervor, aber er sagte nichts.
›Informieren Sie mich, wenn wir beginnen können‹, sagte der Zar über die Schulter in Richtung Scherbatoff, der das an Ehrenreich auf deutsch weitergab.

›Sofort, *tout de suite*, fertig‹, flötete der. ›Die Maschine bietet Seiner Kaiserlichen Majestät Weiß an.‹

Kleines *contretemps*: Seine Majestät nehme diese ritterliche Geste nicht an. Väterchen Zar lasse sich nicht patronisieren. *Er* habe die Angewohnheit, seinen Gegnern Weiß zu geben. Herr Ehrenreich sprach auf Scherbatoff ein: Die Maschine sei aber auf Schwarz eingestellt, weil sie... nun ja, er bitte tausendmal um Pardon, weil sie eben sowieso im Vorteil sei, weil sie eben – tausendmal Pardon – immer gewinne.

Gemurmel. Einige unterdrückte Ausrufe wie: *Parbleu! Quel chien! Vraiment, c'est un peu trop*... Aber der Zar lächelte, diesmal ganz echt, und nickte. *Très bien. Merci. Allons, commençons.*

Ich sah noch schnell zu Stolypin hinüber: Die Falte über der Nase war verschwunden, aber sein Blick war noch genauso forschend und nicht unbedingt amüsiert.«

Kaspar hob die Hand, wollte etwas sagen, und zwar, daß der Alte ihm *diese* Partie ausnahmsweise Zug für Zug berichten dürfe, aber der Kleine mißverstand die erhobene Hand und schrie: »Halts Maul, Tintenlackl, i werd net meine Perlen an so ein Kretin wie dich verschwenden, ich sag dir nur das Nötigste: Er begann sehr dezidiert, hatte es sich scheinbar vorher genau überlegt, mit einem Bauern e2 nach e4. Meine Zange schoß heraus – und er zuckte unwillkürlich zusammen, der arme Kerl, dachte wahrscheinlich ganz automatisch: Attentat! Und ich hörte auch hinter ihm ein paar hektische, dann schnell wieder unterdrückte Ausrufe. Er hatte sich aber sofort im Griff, lächelte und sagte nur: ›*Mon Dieu*‹, während sein Dimitri hinter ihm *sang-froid* zeigen wollte, indem er sich vorbeugte und rief: ›*Mais – c'est épatant!*‹ Ähnliches Gemurmel von den Komparsen im Hintergrund. Stolypins Reaktion konnte ich nicht beobachten, mußte aufpassen, durfte mich nicht ablenken lassen, *so* einfach ist es nun wieder nicht, Tintenlackl.

Ich konterte also seinen ersten Zug mit meinem e7 nach e5. Er rückte sofort mit seinem zweiten Bauern nach, und mir blieb nichts übrig, als seinen ersten zu nehmen. Das regte ihn nicht weiter auf, er schickte seine Dame nach d4 – und da wußte ich, was

er spielen wollte: das sogenannte Mittelspiel, das hat der deutsche Meister Mieses oft bei Turnieren benutzt, und das fängt mit dem Bauernopfer an. Nicht schlecht. Der Mann wußte, was er tat; mir gefiels, und ich ließ ihn laufen, würgte ihn nicht sofort ab.
Während der ersten Hälfte beschränkte sich Herr Ehrenreich auf ein paar ehrfürchtige ›*Merveilleux*‹. In der zweiten, als es langsam bergab ging mit dem Zaren, da gluckerte er mitfühlend ein paar ›*Oh! Quel dommages*‹ in die Luft, wagte aber nicht ein einziges Mal die übliche Lobeshymne auf die Maschine. Ein paarmal beriet sich der Zar leise mit seinem Dimitri, aber viel kam dabei nicht heraus. Als ich wußte, daß ichs in der Tasche hatte und ihn nur noch der guten Manieren wegen ein paar Minuten länger laufen ließ, sah ich mich nach Stolypin um. Der war nicht einen Schritt näher getreten wie die anderen alle, stand immer noch etwas zur Seite, die Hände hinter dem Rücken. Seine Stirn war nicht mehr gerunzelt, er sah interessiert aus – und zufrieden.
Nach einer Viertelstunde wars mir fad, und die Zange klopfte dreimal aufs Brett.
›Matt?‹ sagte der Zar und ließ die Frage in der Luft hängen. Alle traten näher heran, studierten das Schachbrett – und traten stumm wieder zurück.
›Schachmatt‹, antwortete sich der Zar selbst und lächelte auf die netteste Weise. Ich zog die Zange zurück, und das Spiel war aus.
›Großartig‹, sagte er, immer noch auf deutsch, klatschte ein paarmal beifällig und lüftete sich einige Zentimeter, als wolle er der Maschine eine Verbeugung machen. Scherbatoff trat vor und sagte was auf französisch. Der Zar nickte und wandte sich lächelnd an Ehrenreich.
›Ich gratuliere Ihnen, mein Herr‹, sagte er. ›Ihre Maschine ist ein Meister. Und ein Meisterwerk.‹ Dann drehte er sich im Stuhl und rief: ›Stolypin – wollen Sie es einmal versuchen? Würde Ihnen das Spaß machen?‹
Mir hätte das Spaß gemacht, und ich freute mich, als der runde Mann den Platz des Zaren einnahm. Der blieb übrigens am Tisch sitzen – man brachte hastig einen anderen Stuhl –, er wollte unbedingt zusehen.

Keine Angst, Tintenlackl, *die* Partie kann ich dir gar net erzählen, die ist zu kompliziert – gib mir noch einen Schluck Cognac. Eine Variante von der ›spanischen Partie‹, weißt – gib mir noch einen, gleich werd ichs brauchen. Diesmal ging ich hin und wieder ein Risiko ein, hörte Herrn Ehrenreich stöhnen, aber ich war keinen Augenblick in Gefahr, wußte zu jeder Zeit, wo mich meine Züge hinführen würden, und *das,* Kasperl, ist der Schlüssel zu diesem Spiel. Vorausdenken, immer vorausdenken, kannst dich net eine Sekunde auf deinen Lorbeeren ausruhen, stehst ja unter Zugzwang, weißt, was das ist? Was Tragisches. Stell dir vor, du hast grad einen tollen Zug g'macht, und nun stehst du da, unanfechtbar von allen Seiten, aber *du* bist dran, *du mußt ziehen* und deine Position verschlechtern, es geht net anders, verstehst? Schad, daß du net Schach spielst, es tät dir guttun... Na ja, wir bekriegten uns eine gute halbe Stunde, dann hab ichs abkürzen müssen, weil meine Beine eingeschlafen sind. Als die Zange dreimal klopfte, brach der ganze Raum in Bravos aus, und der Zar klatschte ganz begeistert, freute sich sicher, daß er nicht der einzige war, der eine Watschen gekriegt hatte von der Maschin. Stolypin klatschte auch, ein guter Verlierer.
Der Herr Ehrenreich machte ein ehrerbietiges Gezeter, die Maschine müsse jetzt unverzüglich abgetragen werden, un-ver-züg-lich, sie sei überhitzt – und mir wars auch eine große Erleichterung, als ich ›unsere‹ zwei Arbeiter zur Tür hereinkommen und in mein Blickfeld treten sah, ganz krumm vor Ehrfurcht. Tür auf, noch mal Klatschen und Bravos, Tür zu, und den Gang entlang, dann die Treppe hinunter zum Erdgeschoß, Herrn Ehrenreichs Trippelschritte immer an meiner Seite. ›Schnell, schnell‹, flüsterte er den Arbeitern zu, die *rannten* zum Schluß, und dann endlich die letzte Tür auf und zu – und ich öffnete das Hintertürl.
›Sie müssen mich rausheben, Herr Ehrenreich, meine Beine!‹
›Ich dacht's mir, ich dacht's mir!‹
Als er mich vorsichtig auf den Boden stellte, fiel ich sofort um, als hätte ich keine Beine mehr. Er stand hoch über mir und lachte, und ich lag am Boden und lachte – beide ganz hysterisch vor Erleichterung.

Da öffnete sich hinter mir die Tür. Ich sah nur, wie die Farbe aus Herrn Ehrenreichs freudig-roten Backen wich und er eine Sekunde lang die Augen schloß. Er hatte in der Aufregung vergessen, die Tür wieder hinter ›unseren‹ Arbeitern abzuschließen. Wer konnte das sein? Die Mutter? Die benützte doch immer unser Klopfzeichen. Wer kam da einfach so herein? Und dann wußt ichs, brauchte mich gar nicht erst umzusehen.
Der Mann schloß die Tür hinter sich und drehte den Schlüssel um.
›Sie sind leichtsinnig, Monsieur‹, sagte er zu Herrn Ehrenreich, der noch immer auf derselben Stelle stand und aussah, daß ichs mit der Angst bekam. Meine Beine waren inzwischen aufgewacht, und ich konnte aufstehen und zu ihm gehen.
›Lieber Herr Ehrenreich‹, sagte ich und nahm seine Hand. ›Setzen Sie sich.‹
Das tat er auch, er konnte gar nicht anders. Als er sicher saß, drehte ich mich um und sagte: ›Wollen Sie nicht auch Platz nehmen, Exzellenz?‹
Er setzte sich auf einen Stuhl, nicht weit von der Schachtel. Die stand da, mit ihrem offen schwingenden Hinterteil – wie eine billige Attrappe, genau das, was sie war.
›Ich nehme an, daß du dich nicht hinsetzen willst, du hast lang genug gesessen‹, sagte Herr Stolypin, denn ich mußte mich auf meinen Hacken auf und ab schaukeln, die waren immer noch voller Nadelstiche. Dann wandte er sich zu Herrn Ehrenreich. ›Sie sehen schlecht aus, Monsieur, hoffentlich nicht meinetwegen. Sie brauchen sich keine Sorgen zu machen – meinetwegen.‹ Herr Ehrenreich sah sofort besser aus und hatte wieder genug Kraft, sich das Gesicht mit dem Taschentuch abzuwischen. Im Geist war er schon in schweren Ketten mit mir zusammen aus dem Moika-Palast hinaus ins Gefängnis gewandert, Richtung Sibirien.
Kann dir nicht genau erklären, Kasperl, warum dieser Mann *mir* keine Furcht einflößte. Ich hatte gegen ihn gespielt, sozusagen Stirn an Stirn, Geist an Geist, Tücke an Tücke, und glaub mir, man lernt sich gut kennen, wenn man gegeneinander Schach spielt, es heißt nicht umsonst das Spiel der Könige. Der Zar zum Beispiel,

der war ein liebes armes Würstchen gewesen; dieser dagegen hatte Reserven, der konnte aus dem Tiefen schöpfen, weißt, was ich mein? Ein Unerschütterlicher, das spürte man, und vor allem: ein Mann mit Humor. Ich sage dir, das war eine Tragödie für die ganze Welt, was da später in Kiew passiert ist.

Er untersuchte die Maschine, hielt die Hinterwand auf, spähte in die leere Hülle. ›Also, so sieht das aus. Ganz einfach. So ähnlich hab' ich's mir auch vorgestellt. Allerdings, hätt' ich dich nicht vor der Toilette getroffen, wär' ich nicht auf den Gedanken gekommen, hier könnt' einer drin sitzen. Und noch was: Hättest du nicht den Kratzer im Gesicht gehabt, hätt' ich dich vielleicht gar nicht richtig wahrgenommen, aber so hab' ich mich gefragt: Wer hat denn den Buben so geschlagen – oder ist der am Ende ein Zwerg? Und so hast du mir noch im Kopf herumgespukt, als eure Maschine hereingetragen wurde. Den Unsinn von dem Magnetismus und der Elektrizität, von dem uns der Scherbatoff vorschwafelte, den hab' ich keinen Augenblick geschluckt, obwohl ich natürlich Babbages Experiment kenne. Und da unten stecken deine Beine drin? Du armer Bub. Bist ein gewaltiger Schachspieler, und mir ist's egal, ob du in einer Schachtel sitzt oder nicht. Warum tust du das eigentlich?‹

›Exzellenz‹, flüsterte Herr Ehrenreich, noch ganz heiser vor Erregung und Scham, ›das ist eine lange Geschichte.‹

›Ich brauch' sie nicht zu hören‹, sagte der Mann langsam. Er hatte die ganze Zeit über den Blick nicht von mir gelassen. ›Ich kann's mir so ungefähr vorstellen.‹ Er griff nach mir und stellte mich zwischen seine Knie. ›Armes Kind, hast's nicht leicht. Was für ein Leben. Wie heißt du?‹

›Stilz.‹

›Also dann, Stilz: *Ich* hab' sofort gewußt, daß du in der Schachtel sitzt. Der Zar weiß es nicht, und ich meine, wir sollten's ihm nicht erzählen. Aber – noch einmal darfst du ihn nicht täuschen, das kann ich dir nicht erlauben, es würde ja bedeuten, daß *ich* ihn täusche. Ich bin sein erster Diener, er vertraut mir.‹ Er wandte sich an Ehrenreich, der wieder ganz beisammen war und in strammer Haltung zugehört hatte. ›Ich habe eben erfahren, daß Sie morgen

noch einmal eine Einladung erhalten werden, der Zar will eine Revanchepartie, außerdem möchte er gern seiner Frau die Maschine zeigen. Aber nicht hier im Moika-Palast, die Tsarina und die Fürstin Jussupoff sind nicht befreundet. Man wird Sie nach Tsarskoje Selo einladen, ‚nach Hause', und diese Ehre dürfen Sie nicht annehmen, verstehen Sie?‹ Herr Ehrenreich nickte heftig und bleckte freundlich-unglücklich die gelben Zähne. ›Ich brauche wohl nicht erst zu sagen, daß ich Sie mit allen Mitteln daran hindern müßte. Finden Sie eine gute Entschuldigung, sagen Sie ab, und verlassen Sie unser Land so bald als möglich, lieber morgen als übermorgen.‹
Es klopfte dreimal. Die Mutter. Wahrscheinlich war gerade Pause im Panoptikumprogramm. Ich ging schnell zur Tür und öffnete, und sie rief, noch während sie über die Schwelle trat: ›Wie is gangen, Manderl? Wie war's?‹ Blieb wie erstarrt stehen, sah alles mit einem Blick, die offene Maschine, mich und den fremden Mann.
›Meine Mutter‹, sagte ich zu Stolypin. ›Mutter, das ist Seine Exzellenz Ministerpräsident Stolypin.‹
›Sehr erfreut‹, sagte sie tonlos.
›Ich gratuliere Ihnen, Madame‹, sagte Stolypin und verbeugte sich. ›Sie haben einen erstaunlichen Sohn.‹
Sie blickte stumm zu Ehrenreich hinüber, der eine vage Geste machte, die alles mögliche enthielt, darunter auch: Ich erkläre es später.
Stolypin drehte sich wieder zu mir um und sagte: ›Ich hätte ebenfalls gern eine Revanchepartie gegen dich gespielt. Vertagen wir's, ja? Vielleicht kommt später mal eine Gelegenheit.‹
Die kam nie. Er war schon zwei Attentaten mit knapper Not entkommen. Drei Jahre später erwischte es ihn in Kiew während einer Galavorstellung im Theater. Ein einziger Schuß; der Zar war dabei.«
Der Alte nahm die Brille ab und putzte sie umständlich an seinem Samtjackett. »Der war dabei«, wiederholte er und schüttelte den Kopf. »Jussupoff sagt in seinem Buch, er habe gar nicht so sehr getrauert, der Depp.
Wir sollten also am nächsten Tag Rußland verlassen, und das

wollten wir auch. Glaub mir, Kasperl, wir wollten nichts als weg und wieder nach Hause, aber wir konnten nicht.
Und diesmal verloren wir alle die Nerven, alle, auch die Mutter. I brauch wieder an Schluck. Danke. Wir hatten dem Zaren untertänigsten Dank telegrafiert, aber leider bekomme der Maschine das Klima nicht, sie ›huste‹, müsse sofort zur Reparatur nach Deutschland zurück. Wir waren fertig mitm Packen und saßen beim Ehrenreich im Zimmer, der zog sich grad seinen Mantel an – da platzte die Bombe.«
Der Alte schlug sich mit der winzigen Faust an die Brust und flüsterte: »Das hat doch kein Mensch ahnen können. Der Zar! So ein netter kleiner Herr – aber eben doch der Zar. Befehl aus dem Winterpalast: *Russische* Sachverständige würden sie reparieren – besser als deutsche – die besten auf der Welt – alles streng vertraulich – die Maschine sofort aushändigen.
Mich aushändigen! Ich kroch in den Kleiderschrank. Sibirien! Der Ehrenreich schaute ausm Fenster zu, wie eine Kutsche vor unserem Hotel anrollte und zwei Männer mit langen grauen Bärten ausstiegen. Gleich darauf bumperte es an die Tür: Aufmachen! Befehl des Zaren. Wir verbarrikadierten uns, schrien, baten, flehten durch die Tür, man solle doch Verständnis haben, das Geheimnis der Maschine dürfe nicht preisgegeben werden – *nitschewo*. Der Zar sei ein Ehrenmann. Strengste Diskretion.
Die Mutter saß in der äußersten Ecke und betete, ich stopfte mir die Fäuste in den Mund, um nicht laut zu brüllen vor Angst, der Ehrenreich argumentierte durch die Tür. Stunden dauerte das, wegen der Dolmetscher. Noch wollten sie keine Gewalt anwenden, das waren wohl ihre Instruktionen, aber dann wurde es ihnen doch zu dumm: eine Stunde Bedenkzeit, während der die Herren Mittagessen gingen, dann würde man die Tür aufbrechen.
Nichts mehr zu retten. Ich kletterte aus dem Kleiderschrank und sagte so fest ich konnte: ›Gut. Ich geh nach Sibirien. Ich werds überleben, ihr werdet sehen!‹ Die Mutter sagte: ›Ich komm mit. Es geschieht mir recht. Das schickt der liebe Gott.‹
Der Ehrenreich ging zur Maschine und starrte sie lange an. Dann sagte er: ›Ich verbrenne das Ding. Und dann erschieß ich mich.‹

Die Mutter und ich, wir nickten. Es war richtig.
Wir umarmten uns, hielten uns ganz fest. Dann suchten wir nach Streichhölzern, fanden keine, aber Herr Ehrenreich fand seine Pistole im Koffer. Wir sahen zu, wie er sie lud, sie umdrehte und in die Öffnung schaute, ganz ruhig: ›Wenn sie wiederkommen, wirf die Maschine aus dem Fenster, Stilz. Wart, bis gerade niemand unten vorbeigeht, und schmeiß das Ding auf die Straße. Dann mach ihnen auf. Gebt *mir* die Schuld, vielleicht hilft's. Es stimmt ja auch, es war *meine* Idee.‹
Wir umarmten ihn noch einmal. Nichts mehr zu tun, als zu warten. Ich machte das Fenster auf und hievte die Schachtel. Draußen wars warm, der Schnee schmolz auf den Dächern. Unten schlenderten ein paar Leute vorbei. Ich wartete. Jetzt kam auch noch eine Kutsche eilig angetrabt und hielt direkt unter mir. Der Portier stürzte heraus, zwei Hoteldiener öffneten den Schlag und standen stramm. Aha, dacht ich, hier kommt wer, um die Maschine abzuholen. Gleich wird sie ihm entgegenfliegen... Ich hob sie hoch – schwer war sie nicht –, während sich unten drei Paar Hände untertänig dem Mann entgegenstreckten, der etwas schwerfällig ausstieg. Ich wartete, wollts ihm nicht auf den Kopf sausen lassen... Jetzt stand er einen Augenblick aufrecht, und ich sah ganz deutlich – aus der Vogelperspektive, aber ganz deutlich –, daß er einen ziemlichen Vorbau hatte, einen Embonpoint...
›Stolypin!‹ schrie ich.
Ehrenreich stürzte ans Fenster, sah zu, wie der Mann im Hotel verschwand. Die Mutter rief leise: ›Was bedeutet das?‹
›Das Ende‹, sagte Ehrenreich und holte den Revolver aus der Tasche.
Ja. Der wußte Bescheid, würde den Graubärten erklären, die Maschine brauche nicht abtransportiert werden, nur ich.
Der Ehrenreich entsicherte den Revolver, klick – und da stürzte ich mich auf ihn. Kanns dir heut noch nicht sagen, Kasperl, warum ich plötzlich wußte, es war nicht das Ende.
›Wartens doch‹, schrie ich, ›wenigstens, bis die an die Tür bumpern.‹
Der sah mich an! Die Augen waren schon weit weg, aber ich klam-

merte mich an seinem rechten Arm fest, und wir schauten alle zur Tür.
Nur ein paar Minuten, und dann bumperte es – 's war der Androsch, der durch die Tür etwas schrie, ich weiß nicht mehr genau, was, aber der Ehrenreich lief zum Fenster. Da öffnete man gerade den Schlag, und der Mann mit dem Embonpoint stieg wieder ein, hinter ihm die zwei Graubärte. Die Tür wurde zugeschlagen, alle standen stramm, dann rollte die Kutsche davon.
Wir standen am Fenster, umschlungen, konnten nicht sprechen, der Ehrenreich, die Mutter, der Androsch und ich, und sahen ihr nach, bis sie nur noch ein kleiner schwarzer Käfer war.
Später, auf der Fahrt zum Bahnhof, ham wirs dann genau vom Androsch gehört: Der war in die Deutsche Botschaft gerast, die haben den Stolypin am Telefon erreicht, und der Androsch hat mit ihm sprechen dürfen. Er hat nur zugehört und gesagt: ›Ich komme.‹ Und dann noch einen Satz – und der war für mich, eine Botschaft für mich: ›Sagen's dem Buben, er soll aus seiner Schachtel rauskommen und sich stellen.‹ Das hat er mir sagen lassen, der Stolypin.
Im Zug nach Haus hab ich viel Zeit gehabt und darüber nachgedacht. Aber ich habs nicht können, Kasperl, ich brauchte meine Schachtel, weil ich halt ein Zwerg bin...«
»Ich bin auch einer«, murmelte Kaspar.
Der Alte gab keine Antwort. Er lag schon halb auf der Seite, zerrte vergeblich an den Knöpfen der Samtjacke, gab auf und schlief sofort ein.
Kaspar sackte tiefer und tiefer an seinem Bettpfosten, bis er das Sofakissen unterm Kopf fühlte. Das Bett war groß genug, sie störten sich nicht.

14.

Früh am Morgen, quer über dem Fußende des Himmelbettes liegend, hatte er das Gefühl, am Überlaufen zu sein. Jetzt mußte eine Atempause eintreten. Als er sich ungewaschen und unrasiert fortstehlen wollte, krähte ihm der Alte nach: »Da ist noch viel passiert, Tintenlackl, hast kei Ahnung, was da noch alles kommt.«
Um so besser. Aber jetzt mußte er erst mal verdauen, hatte die halbe Nacht hindurch wodka-imprägniert so eng neben dem Kleinen in der Schachtel gesessen, daß auch ihm die Beine eingeschlafen waren.
Wenige Menschen auf der Straße, es war ja noch kaum hell. Er zickzackte mit dem Wagen nach Hause und schaffte die Treppen, hinterließ auf dem Küchentisch einen Zettel, über den Frau Hennig lange rätselte: »Nicht wecken. Bin noch in der Schachtel.«

Er schlief viele Stunden und fühlte sich beim Erwachen richtig wohl. Und hungrig. Präparierte ein Riesenfrühstück, vermied es aber sorgfältig, nach der Uhr zu sehen, wollte unter keinen Umständen wissen, wie spät es war. Er wünschte sich einen Tag ohne Stundenplan und ohne Stunden. Problematisch, als es darum ging, die Eier zu kochen. Er hielt sich mit einer Hand ein Auge zu und zwang das andere, nur auf den Sekundenzeiger der großen Küchenuhr zu blicken. Geschafft. Die Eier waren gekocht, und er wußte immer noch nicht, wieviel Uhr es war.
Der heutige Tag sollte nur dem Kleinen gewidmet sein, heute brauchte er niemanden, er wollte wie damals als Kind in den »Ge-

schichten« leben, noch mal in jede Einzelheit versinken, dabeisein, leidenschaftlich – wenn auch aus zweiter Hand. »Bist ein guter Zuhörer, Kasperl.«

Es war eigentlich wieder genau wie damals vor Kriegsausbruch, als die allabendlichen »Geschichten« sein Lebensfaden wurden. Der Vater hatte sie seiner Frau abtrotzen müssen; die wollte den Jungen nur mit Wotan und den Nibelungen vollgestopft wissen, hielt die undeutschen Märchen und Legenden für Sabotage. Nicht ganz zu Unrecht. Diese Geschichten hatten ihn von den anderen Hitlerpimpfen abgesondert, als hätte er hinter einer Nebelwand gesessen.

Es kam selten vor, daß er Nabelschau hielt – er scheute sich vor unliebsamen Funden –, aber eben hatte er eine interessante Feststellung gemacht: Die Fähigkeit, sich zu narkotisieren, hatte er also schon als Kind besessen, keine rühmliche, aber eine nützliche Gabe. Äußerlich hatte er alles getan, was von ihm verlangt wurde: Er sang, schwor, brüllte mit, in einer Sprache, die er nicht verstand, lauter Silben ohne Zusammenhang. Aber abends, wenn der Vater sich an sein Bett setzte und zu erzählen begann – ob der wußte, was er tat? –, da lebte er auf und lebte *mit*.

Der Vater. Der hatte auf einmal ein neues Profil bekommen, wie ein Picassoporträt, zusätzlich zur Vorderansicht von ehedem. Und dieses neue Profil, »der Leopold«, war ihm fremd, regte ihn auf. Besser bei seinen *Kindern* neue Profile entdecken als bei seinen verstorbenen Eltern, da ging zuviel in Scherben. Man hing doch an den Scherben, gern oder ungern, aber man hing daran. Der Vater, der stille Mann, der eigentlich nur abends sprach, wenn er am Bett seines Sohnes saß – der war mal der unternehmungslustige Bastler gewesen, der seine Tage und Nächte im Zirkus und im Panoptikum verbrachte? »Der Leopold!« Wann hatte der sich in den verschlossenen Herrn Schulte verwandelt, und warum? »Da ist noch viel passiert, Tintenlackl.« Dazu gehörte wohl auch die Metamorphose des Leopold.

Auf die würde er warten müssen, bis der Kleine wieder Fortsetzungen hervorbrachte, aber über die anderen, die Großkopferten, über die hatte er genug Bücher in seiner Bibliothek, Zar Niko-

laus II., Stolypin, Rasputin, Jussupoff – die Vorgeschichte der russischen Revolution.
Den ganzen Tag lang rührte er sich nicht vom Sofa, ein paar dicke Bände neben sich auf dem Boden. Er las, als seien es seine eigenen Erinnerungen, als sei *er* durch den Schnee in St. Petersburg gestapft, als hätte *er* den Zaren beim Schach besiegt und Stolypin die Hand geschüttelt. Es war schon dunkel, als er den Band weglegte, den er sich bis zuletzt aufgehoben hatte: die Ermordung der Zarenfamilie in Jekaterinburg.
Tot. Alle tot. Wahrscheinlich war Onkel Stilz der einzige Überlebende des Festes im Moika-Palast, er und vielleicht der Papagei – die wurden ja auch uralt. Ob der noch immer »Heil dir im Siegerkranz« pfiff? Er verschränkte die Arme hinter dem Kopf und blieb lange so liegen. Eine »grausliche Geschichte« hatte es der Zwerg genannt. So grauslich, daß sie ihm, Kaspar, die letzten Spinnfäden der schützenden Narkose fortgeblasen hatte. Und trotzdem, es war der erste gute Tag nach Marthas Tod gewesen, der erste, an dem er nicht immer wieder extra tief einatmen mußte, um das Gefühl loszuwerden, er habe nicht genug Luft in der Lunge.
Das Telefon hatte mehrmals geklingelt, aber er wollte den Hörer nicht abheben; der Tag war dem Kleinen gewidmet, der sich stur wie ein Panzerwagen querfeldein seinen Weg gebahnt hatte – woher hatte er das? Von der Mutter natürlich, dem »Trumm«. Obgleich – es hätte genausogut ins Gegenteil umschlagen können, in die *Rebellion* gegen das Trumm. Wie bei ihm, Kaspar, und seinem Puddingdasein. Die Reaktion auf die Saft-und-Kraft-Mutter. Was bleibt einem als Sohn schon übrig, als weich abzudrehen, so daß ihre Faustschläge in Pudding versanken.
Schon ihre Größe! Sie ging beinah Schulter an Schulter mit dem Vater, denn der begann zu schrumpfen neben ihr. Warum hatte er sie wohl geheiratet? Fragten sich das viele Menschen? Warum hat nur mein Vater, wie konnte nur meine Mutter … Unmöglich, sich die beiden im Bett vorzustellen. Als er alt genug war, um solche Gedankengänge einzuschlagen, war er überzeugt, daß »so was« zwischen den Eltern nicht existierte. Nicht mehr, das wußte er sicher. Die Mutter war von Adolf Hitler besessen und schnaufte

durch die Nase, wenn der am Radio sprach. Und wenn er brüllte, schloß sie die Augen. Er erinnerte sich an die Übertragung einer Parteitagsrede aus Nürnberg. Während der Führer vor Raserei fast auseinanderborst, beugte sich sein Vater vor, faßte die Mutter am Arm und flüsterte: »Wach auf, Trude!« Wie alt war er damals, kurz vor dem Krieg? Sie waren gerade aus Belgrad eingetroffen, um »dabei« zu sein, wie die Mutter mit glasigen Augen verkündete, also war er acht Jahre alt gewesen. Der Vater bei der Marine, die Mutter Mädchenführerin eines Bannes im BdM und er bei der HJ. Er hatte es schwer in den ersten Monaten, es hagelte Strafpunkte in der Schule und Hiebe zu Hause, wenn er aus Versehen serbische Worte gebrauchte. Damals hatte es angefangen, sein Schneckendasein, gar nicht so weit von der Schachtel entfernt.
Ein Glück, daß der Vater gleich nach Kriegsende heimkam, denn er, Kaspar, war zu jung, gerade vierzehn, um mit der Mutter fertig zu werden. Sie hatte schon wochenlang keinen Menschen sehen wollen und aß so gut wie nichts. Aber sie trank. Bier. Woher sie das hatte, wußte er nicht. Wahrscheinlich hatte sie es gestohlen.
Der Vater brachte den Jungen bei Nachbarn unter und ging mit der Mutter fort; beide mit Rucksack, »in die Berge«. Als sie einen Monat später wiederkamen, hatte die Mutter zehn Pfund zugenommen, und man konnte wieder mit ihr sprechen. Es ging ihnen sogar bald besser als manchen anderen, denn der Vater hatte in München eine gute Anstellung gefunden bei den neugegründeten Perutz-Werken, trotz des schlechten Rufs, in dem seine Frau stand. Sie bekam noch immer von Zeit zu Zeit anonyme Briefe, in denen sie als »Nazisse« beschimpft wurde. Sie las jeden einzelnen mehrmals und legte alle sorgfältig in dieselbe Büchse, in der sie nach dem Krieg ihr goldenes NSDAP-Abzeichen auf einem Stück hellblauer Watte aufbewahrt hatte. Nun warf sie Abzeichen und Watte endgültig fort und legte die giftigen Briefe an ihre Stelle.
Sie verdiente etwas zum Haushalt dazu, indem sie Kochrezepte und »Horoskope der Woche« für kleine Zeitschriften verfaßte, unter einem Pseudonym natürlich. Kaspar besuchte das Gymnasium. Es ging ihnen wirklich gut in München – bis der Vater im

Winter 49 mit einer Lungenentzündung nach Hause kam. Damals gab's noch kein Penicillin für die Zivilbevölkerung. Die Mutter wurde zur beharrlichen und sogar aufopfernden Pflegerin, so daß der Vater sie manchmal ganz erstaunt ansah. Sie ging noch immer, noch vier Jahre nach Kriegsende, etwas schwankend durch den Tag, als hätte sie eine permanente leichte Gehirnverletzung.
Der Vater überstand die Krise, die jede Pneumonie damals noch mit sich brachte, starb aber zwei Tage später in der Nacht, als Kaspar gerade Krankenwache hielt. Trude Schulte ohrfeigte den Sohn. Warum hatte er sie nicht sofort geweckt! Er hatte es gar nicht bemerkt, traute sich aber nicht zuzugeben, daß er wahrscheinlich eingeschlafen war.
Und dann, von einem Tag zum anderen, stand ihnen plötzlich das Wasser bis an den Hals. Gab's denn wirklich niemanden, an den man sich um Hilfe wenden konnte? Wo war Onkel Stilz, der letzte und einzige Verwandte? Von Onkel Bernie wußte Kaspar nur, daß er schon lange tot war. Er hatte ihn nie zu Gesicht bekommen, und der Vater hatte auch über ihn fast nie gesprochen. Das hing irgendwie mit der Onkel-Stilz-Legende zusammen, Onkel Stilz, der ein Zwerg war, nur *so* hoch, hatte der Vater einmal gesagt, als die Mutter in der Küche war; das war alles, was Kaspar von ihm wußte. Vielleicht war er auch längst tot? Die Mutter zuckte die Achseln, weigerte sich, Nachforschungen anstellen zu lassen, lieber würde sie hungern, als *den* um etwas bitten.
Auf Vaters Totenschein stand Landshut als Geburtsort. Eines Sonntags machte Kaspar einen Ausflug, den Rucksack auf dem Rücken, und wartete an Straßenabzweigungen auf freundliche Autofahrer, die ihn nach Landshut mitnahmen. Er suchte und fand das Schulte-Haus, das *frühere* Schulte-Haus. Der Herr Franz Schulte habe es vor einigen Jahren verkauft. Franz, so hieß also der Zwerg. Niemand konnte ihm sagen, wohin er gegangen war.
Sie hatten ihre kleine Wohnung bereits gekündigt und Kaspar am Gymnasium abgemeldet, als doch noch die ersehnte Nachricht eintraf: Frau Schulte würde eine Kriegerwitwenrente erhalten. Der Hausarzt hatte bestätigt, daß Marineleutnant Leopold Schulte im Jahre 1945 nach sechsjährigem Kriegsdienst mit stark geschä-

digten Lungen zurückgekehrt war. Beinah wahr; der Hausarzt mochte Kaspar gern.

Sein Abitur war gerettet, und er las schon seit langem wieder alle serbischen und kroatischen Bücher, die er auftreiben konnte, und auch die Mutter sah es ein, obgleich sie nach wie vor alles verachtete, was Balkan hieß: Dozent für slawische Sprachen an der Universität München wollte er werden, und so schnell wie möglich aus der Hungerleidergasse heraus. Die Mutter imponierte ihm, wie sie da Tag für Tag in den Redaktionen herumlief und abends ihre Kochrezepte und Kolumnen verfaßte, und das hielt ihn auch davon ab, etwas zu unternehmen, um Onkel Stilz aufzustöbern.

Erst nach ihrem Tod im Herbst 1962 beauftragte er ein Detektivbüro, den Aufenthaltsort eines Herrn Franz Schulte ausfindig zu machen, wenn es den noch gebe.

Er erhielt dann innerhalb von wenigen Tagen die Nachricht, jener Herr, falls es der richtige sei, er sei nämlich ein sehr alter Herr, und – wäre es möglich, daß es sich um einen Zwerg handelt? Ja? – nun, eben dieser Herr sei im zweiten Stock Kaiserplatz einunddreißig hier in München aufzufinden.

15.

Hede aß jetzt wieder täglich mit Kaspar Bei Tobias, und ein-, zweimal in der Woche kam er auch abends zu ihr, aber er ging dann wieder nach Hause, hatte noch nie eine ganze Nacht bei ihr verbracht, wie sie es sich so brennend wünschte. Sie sagte nichts, wenn er sich wie selbstverständlich auf der anderen Seite aus dem Bett wälzte und im Badezimmer verschwand, sah ihm stumm zu, wie er am Bettrand saß und sich wieder anzog, bedächtig, konzentriert, nicht im geringsten geniert: Unterhose, Socken, Hose, Schuhe, Hemd und Schlips, ohne Spiegel, immer in derselben Reihenfolge, intensiv mit etwas beschäftigt, wenn auch nicht mit ihr. Ein paarmal war sie mit ihm zur Wohnungstür gegangen, nackt oder im Nachthemd, mit bloßen Füßen auf dem kalten Flur, hatte ihm den Hut gereicht, ihn nochmals geküßt, aber es hatte nichts eingebracht, also blieb sie jetzt im Bett, und er winkte ihr zum Abschied zu.

Als Liebhaber war er sehr bei der Sache und zärtlich, genau wie sie es gern hatte, auch hier beinah wortlos, aber da paßte es. Es war die Wortkargheit *hinterher*, die sie immer wie ausgetrocknet zurückließ, und wenn sie vom Bett aus den Motor seines wegfahrenden Wagens hörte, stand sie manchmal auf und holte ein Glas Milch aus dem Kühlschrank.

Während der Woche merkte sie, daß ihr abermals jemand folgte. Sie blieb wie beim ersten Mal plötzlich mitten auf der Leopoldstraße stehen, und Harold Wegmann rannte sie beinah um.

»Was wollen Sie schon wieder? Sie hatten doch versprochen...«

»Ich weiß, aber nun ist es wieder dringend. Glauben Sie mir: dringend! Können wir wieder...«
Sie landeten Bei Lotte, wie das erste Mal. Er bestellte wieder einen Kaffee für sie und einen Lindenblütentee für sich, das heißt, nur heißes Wasser, die Lindenblüten hatte er mitgebracht, zog sie in einem kleinen Säckchen aus der Tasche. Von seiner eigenen Linde, »gesünder als Kaffee«.
»Nun?« fragte sie. »Was ist es diesmal?«
»Ich muß Sie unbedingt vor einem großen Fehler bewahren – ich muß Sie wenigstens warnen, so eindringlich ich kann.«
»Also?«
»Sie wissen doch sicher, daß Stefan bei mir wohnt. Er wird auch Gärtner, und ich konnte ihm die richtige Lehrstelle vermitteln und werde ihn überwachen. Wir sind sehr befreundet, er sagt, er sei ein neuer Mensch.« Hede hatte nichts dazu zu bemerken, nahm einen Schluck Kaffee. »Gestern war er bei seinem Bruder, und der hat ihm erzählt, daß – ist es wahr?«
»Daß sein Vater und ich heiraten werden? Ja.«
»Hede!« Einige Leute an den Nebentischen drehten sich um. Er merkte es nicht, griff nach ihrer Hand, die neben der Tasse auf dem Tischtuch lag.
»Lassen Sie meine Hand los«, sagte sie leise.
»Erst müssen Sie mir zuhören, ich muß sicher sein, daß Sie nicht weglaufen, deshalb halte ich Ihre Hand.«
»Ich laufe nicht weg.«
Zögernd gab er die Hand frei, beschwor Hede mit den Augen. »Hede – Sie brauchen nichts zu antworten, nur zuzuhören, ja? Wenn Sie Kaspar Schulte heiraten, werden Sie ein unglücklicher Mensch. Das ist keine bloße Annahme meinerseits und auch kein Vorurteil, das ist eine Tatsache. Ich *weiß* es.«
»Warum, Herr Wegmannn?«
»Weil er selber ein unglücklicher Mensch ist, der seine Umgebung unglücklich macht, alle, ohne Ausnahme, und weil Sie ihn nicht davon erlösen können. Das steht nicht in Ihrer Macht.«
Sie sah eine Weile in sein erregtes Gesicht mit dem inständigen, bitterernsten Ausdruck in den Augen.

»Vielleicht haben Sie recht, Herr Wegmann, vielleicht bin ich nicht die Richtige. Aber ich möcht's gern versuchen.«

»Hede! Sie ruinieren Ihr schönes Leben!«

»Meinen Sie? Aber selbst wenn's so wäre – ich möcht's trotzdem versuchen.«

16.

Vom Kleinen kam die Nachricht, er sei heiser, ein paar Tage Geduld – Anja würde anrufen.
Als sie sich nach fünf Tagen noch immer nicht gemeldet hatte, rief Kaspar an. Sie schlurfte davon und kam bald wieder: Ja. Übermorgen um acht Uhr.
Kaspar freute sich. Jetzt kam die P.-R.-Zeit, die Post-Rußland-Zeit, dran. Da hingen noch viele Fäden lose und angeblich auch sonst noch allerhand. Übermorgen...
Als er nachmittags vom Institut nach Hause kam, fand er einen Brief vor mit einem Zettel seiner Haushälterin. »Frau Hennig fand diesen Brief unter der Tür, obwohl sie die ganze Zeit über der Arbeit frönte. Es wundert sich sehr Frau Hennig.« Auf dem Brief kein Absender. Ein abgerissenes Stück Papier, darauf mit der Schreibmaschine auf kroatisch: »Herr Professor, bitte rufen Sie an. Es ist Schlimmes passiert. Anrufen 78424. Dringend! L.« L für Luburic, und in dem kroatischen Text fehlte dreimal das »D«.
Luburics tiefe Stimme antwortete, heiser, kaum, daß Kaspar sie erkannte:
»Professor? Gott sei Dank. Kommen Sie schnell nach Pasing.«
»Jetzt? Was ist los?«
»Ich kann nicht erklären, Sie verstehen – besser nicht. Bitte schnell! Sie sind doch ein Mensch, Professor...«
»Was ist geschehen, Luburic? Wenn Sie's nicht sagen, komme ich nicht.«
Eine lange Pause. Kaspar hoffte, der Mann würde auflegen, aber dann hörte er, kaum verständlich: »Ivan ist tot.« Und eingehängt.

Auf dem Weg nach Pasing fragte er sich, warum Luburic gerade ihn dort haben wollte. Die wollten ihn unter allen Umständen in ihre Bedrängnisse mit hineinziehen, er sollte ein »Freund« werden, dazugehören. Natürlich war es tragisch, daß Martinac nicht mehr lebte – warum übrigens? Unfall? Mord? –, aber was konnte *er* dabei tun? Geld geben. Gut, er würde sofort einen Scheck schikken. Viel besser, als jetzt in der Wohnung aufzukreuzen, und weniger peinlich.
Er hielt an, wartete, bis er den Wagen wenden konnte, um wieder nach Hause zu fahren – hörte plötzlich Luburics Stimme: »Sie sind doch ein Mensch, Professor...«
Seufzend fuhr er weiter nach Pasing.

Vor der Haustür standen eine Menschengruppe und, etwas abseits, ein Polizist. Er mußte sich ausweisen. Martinac sei sein Schüler gewesen. Der Fahrstuhl war wieder zweisprachig AUSSER BETRIEB. SCHEISSE.
Eine weißhaarige Frau in strengem, dunklem Kostüm mühte sich, die schwere Tür zu öffnen und sah ihn fragend an.
»Mein Name ist Schulte, Professor Schulte. Herr Martinac war mein Schüler.«
»Ja?« Noch gab sie den Weg nicht frei.
»Herr Luburic hat mich angerufen.«
»Wer?«
Sie verstellte ihm entschlossen den Weg, und er wollte gerade erleichtert den Rückzug antreten, als eine schwarze Gestalt aus der Küche trat: Vlada, ein Glas Milch in der Hand.
»Oh«, flüsterte sie. »Guttentack.«
Die Weißhaarige trat zur Seite. Vlada zeigte stumm auf die Wohnzimmertür und ging ihm voran. Es fiel ihm auf, wie still alles war.
Er blieb stehen und fragte: »Wo ist denn der Hund?«
»Tot.« Sagte die Weißhaarige hinter ihm.
Im Wohnzimmer standen drei Kinder am Fenster und blickten voll Interesse auf die Polizeiwagen und die Leute hinunter. Bei Vladas Eintritt drehten sie sich schnell um und versuchten, unbeteiligt

auszusehen, verbeugten sich hastig vor Kaspar und liefen aus dem Zimmer.
Vlada war mitten im Raum stehengeblieben, das Glas Milch wie eine dicke, weiße Kerze in der Hand. Sie ließ sich von der Weißhaarigen aufs Sofa ziehen und erlaubte ihr auch, einen Arm um ihre Schulter zu legen. Nur als diese ihr das Glas Milch an die Lippen hielt, wandte sie den Kopf ab.
»Ich heiße Popper. Frau Popper. Ich bin von der Caritas, wollen Sie nicht Platz nehmen. Ich kümmere mich ein bißchen um die Dinge hier. Leider kann ich kein Kroatisch, aber wir erwarten jemand vom Konsulat. Wir warten schon seit neun Uhr morgens. Inzwischen helfe ich bei den Kindern, aber Sie wissen ja, Kinder! Die sind so aufgekratzt – sie freuen sich, daß sie nicht in die Schule gehen müssen. Sie fassen es natürlich nicht.«
»Wissen Sie, wo Luburic ist? Oder Miklos?«
Sie schüttelte den Kopf.
»Wer ist das? Sie müssen verstehen, ich kenne die Familie nicht. Ich wurde hierhergeschickt – so wie das eben ist, nicht wahr. Wer sind diese Leute?«
»Freunde von Martinac. Man hat mich benachrichtigt.«
Frau Popper sah ihn auf einmal forschend an.
»So? Das ist aber seltsam.«
»Ja, das finde ich auch«, sagte Kaspar. Sein Blick fiel auf Vlada. Ihr Kopf war vornüber gesunken, ihr Haar fiel herab und verschmolz mit dem Tintenschwarz des Kleides. Sie war so gut wie unsichtbar, nur ein nachtdunkler Fleck. Unmöglich, einfach aufzustehen und sie so zurückzulassen.
»Was ist eigentlich geschehen? Ist Herr Martinac – umgebracht worden?«
»Ich glaube, ja«, sagte Frau Popper und drückte Vlada noch enger an sich. »Man hat mir auch nichts gesagt. Die Nachbarn haben unsere Organisation angerufen, dazu sind wir ja da, man sagte nur: ›Kroaten, also Vorsicht‹, aber weiter weiß ich eigentlich nichts.«
Aha. Es war auf jeden Fall ratsam, deutsch zu sprechen.
»Könnte man eines der Kinder wieder hereinrufen – den Ältesten?«

»Meinen Sie? So ein Kind...«
»Doch. Ich möchte ihn etwas fragen.«
Frau Popper löste sich sanft von Vlada und lehnte sie gegen den Sofarücken. Sie ließ alles mit sich geschehen, nahm auch das Glas Milch wieder in die Hand. Ihr Gesicht war ohne jede Farbe, fahl und durchsichtig, die Augen waren halb geschlossen, die Lippen im Vergleich zur Haut eher heller als dunkler.
Frau Popper kam zurück, den ältesten Buben an der Hand, der unsicher von einem zum anderen blickte; die Mutter sah nicht mal auf.
»Wie heißt du?« fragte Kaspar und zog ihn zu seinem Sessel, während Frau Popper es wieder vergeblich bei Vlada mit dem Glas Milch versuchte.
»Ivan.«
»Ivan. Weißt du, wo Ante Luburic ist?«
Der Bub schüttelte den Kopf.
»Oder Miklos?«
Auch nicht.
»Frag mal deine Mutter.«
Der Junge drehte den Kopf und murmelte ein paar Worte. Vlada öffnete die Augen und sah Kaspar lange an. Dann antwortete sie ihrem Sohn, ließ aber den Blick nicht von Kaspars Gesicht. Sie sprach eine ganze Weile ohne Unterbrechung, mit rauher, monotoner Stimme, so daß Kaspar die Worte nur schwer verstehen konnte.
Während sie redete, sah der Bub zu Boden. Als sie verstummte, hob er die Augen und deklamierte sehr schnell und in akzentfreiem Deutsch: »Meine Mutter sagt, ich soll Ihnen sagen, Onkel Ante mußte abreisen. Sie sagt, er wird nicht wiederkommen. Papa auch nicht, weil er tot ist. Sie sagt, Onkel Ante und Miklos sind nicht tot, aber sie kommen auch nicht wieder.«
Es war Vlada also gar nicht aufgefallen, daß er den Buben als Dolmetscher benutzte. Hatte sie vergessen, daß er Kroatisch verstand, oder begriff sie, daß er vor Frau Popper so tat, als gehöre er nicht zu ihrem Kreis?
»Weißt du, wie das alles passiert ist?«

Kopfschütteln.
»Frag deine Mutter.«
Frau Popper protestierte. »Aber nicht doch. So ein Kind...«
Kaspar wiederholte jedoch: »Frag sie.«
Vlada schien sogar darauf zu warten. Die dunklen Augen belebten sich, und sie wehrte jetzt Frau Poppers schützenden Arm nachdrücklich ab. Auf diese Weise hörte Kaspar den Hergang gleich zweimal, erst von Vlada, dann von dem Kind, das sorgfältig übersetzte, unbeteiligt, als ginge es um fremde Leute.
Die drei, Martinac, Luburic und Miklos, seien gegen zwei Uhr morgens auf den Parkplatz hinter dem Wohnblock gefahren, Luburic am Steuer, weil – ja also, weil Onkel Ante nie etwas trank und Miklos keinen gültigen deutschen Führerschein hatte.
Kaspar unterbrach: »Der Hund war mit im Wagen?«
Nein, der habe auf dem Parkplatz auf den Vater gewartet, das tat er immer. Die Schüsse...
»Mit Schalldämpfer?«
Nach Konsultation der Mutter: Ja, höchstwahrscheinlich, sonst hättens ja viele Leute gehört. Die Schüsse seien auf den Fond des Wagens abgegeben worden, hätten Luburic gegolten, gewöhnlich saß ja der Vater am Steuer. Onkel Ante habe ja auch keinen Führerschein wegen der Hand. Aber eben, in dieser Nacht – besser nur eine Hand am Steuer als zuviel Sliwowitz. Der Vater habe hinten gesessen, das heißt nicht gesessen, sondern schlafend halb über Miklos gelegen. Das habe dem das Leben gerettet. Dann seien Luburic und Miklos rauf in die Wohnung gestürzt und hätten die Mutter geweckt. Sie durfte aber nicht die Polizei holen und auch nicht runter zum Parkplatz laufen, Onkel Ante hatte es ihr streng verboten.
Kaspar nickte. »Was hätte sie auch tun können?«
Ivan junior sah ihn verwirrt an. War die Frage an ihn gerichtet?
»Erzähl weiter!«
Aber der Bub, aus dem Konzept gebracht, schwieg.
»Onkel Ante wollte nicht, daß deine Mutter deinen Papa – so sah, in dem Auto.«
»Aber Herr Professor!« rief Frau Popper.

Ivan hatte den Faden wiedergefunden, ohne dem Gedanken an die Leiche seines Vaters im Fond des Autos weiter nachzuhängen: Onkel Ante und Miklos hätten schnell ein paar Sachen gepackt und seien abgehauen, bevor die Polizei das Haus abriegelte. Die kamen nämlich erst nach einer guten halben Stunde. Die Schüsse hatten sich wie scharfes Knacken angehört, und nur ein altes Mieterehepaar im Erdgeschoß war aufgewacht. Und bis der Ehemann den Morgenrock angezogen hatte, die Taschenlampe fand und dann im Stockdunkel auf dem Parkplatz herumstolperte, um in alle Wagen hineinzuleuchten, bis er den richtigen fand, in dem...
»Und der Hund?« fragte Kaspar.
»Der lag im Gebüsch. Der kommt auch nicht wieder.«
Kaspar räusperte sich, wollte gerade etwas auf kroatisch sagen, stoppte aber im letzten Moment. Jetzt war's zu spät, was würde die Caritasfrau denken. Er sagte auf deutsch zu dem Jungen: »Ivan, sag deiner Mutter, Onkel Ante hat mich hierher bestellt. Er hat aber nicht gesagt, was ich... wie ich... Frag deine Mutter, wie ich ihr behilflich sein kann.«
Vlada hatte sich steif aufgesetzt, die apathische Starre war verschwunden, und ihre Augen hingen gespannt erst an Kaspar, dann an ihrem Sohn. Sie hatte die Antwort parat: Vielen Dank, Kaspar könne jetzt nicht helfen, aber Luburic würde sich wieder bei ihm melden, und dann – dann hoffe sie, *er* werde helfen.
Frau Popper wollte wissen, ob man das Kind jetzt nicht endlich entbehren könne. Ja. Kaspar hatte keine Fragen mehr, und der Kleine verbeugte sich und lief aus dem Zimmer. Jetzt war jede Verbindung zwischen ihm und Vlada abgeschnitten. Warum hatte sie wohl das Spiel mitgemacht, sie wußte doch, daß er ihre Sprache verstand.
Er stand auf und wollte sich verabschieden, aber Frau Popper bedeutete ihm, er möge sich doch wieder hinsetzen, und bat ihn ohne Umschweife um eine Spende. Die Caritas und auch die kroatischen Verbände würden für das Begräbnis aufkommen, aber was dann? Vlada stehe auch eine Witwenrente und ein Sozialzuschuß für die Kinder zu, aber so was brauche Zeit, und bis dahin...
Kaspar zog sein Scheckbuch aus der Tasche und schrieb einen

Scheck über tausend Mark aus, weit über seine Verhältnisse. Die schwarzen Augen dieser Frau, die mit dem Ausdruck letzter, gedemütigter Leere über ihn hinwegblickten, während er schrieb, dazu die unnatürliche Stille aus dem Zimmer der Kinder nebenan ließen eine kleinere Summe unmöglich erscheinen. Tausend Mark war ein sauberer Anblick auf dem Scheck, weniger erniedrigend als zum Beispiel siebenhundertundfünfzig.
Er übergab ihn Frau Popper. Sie prüfte ihn genau und dankte ihm; damit sei die Familie für zwei Monate gesichert. Er möge Vlada entschuldigen, sie sei im Augenblick nicht fähig, sich erkenntlich zu zeigen.
Kaspar wehrte heftig ab und stand auf, nahm Vladas Hand und drückte sie, verabschiedete sich von Frau Popper und ging. Aber während er sich noch mühte, die Wohnungstür aufzuziehen, kam Vlada durch die Diele auf ihn zugerannt – Frau Popper protestierend hinter ihr her. Vlada stürzte sich auf die Tür, stieß ihn beiseite und zog sie mit wilder Kraft auf, als könne sie dadurch den Druck auf ihr Gemüt und vielleicht auch ihre Dankesschuld entlasten. Dann packte sie seine Hand und hielt sie fest, überschüttete ihn mit einem Schwall schluchzender, unverständlicher Laute, während ihre Augen die seinen nicht losließen.
Hinter ihr hatte sich eine Tür geöffnet, Ivan junior stand auf der Schwelle, die runden Köpfe der Geschwister wie Weintrauben um sich gebündelt, die zwei Kleinen an seinen Knien.
»Mutter sagt, Sie sollen versprechen...«
»Ich weiß«, sagte Kaspar laut auf kroatisch und warf einen kurzen Blick zurück auf Frau Poppers verdutztes Gesicht. »Ich laufe nicht davon. Verlaßt euch drauf.«

17.

»Du meinst wohl, jetzt sind die Rosinen ausm Guglhupf, gell?«
»Ich sehe jedenfalls keinen Kaviar mehr und keinen Wodka.«
»Ja, was denkst denn du? Jetzt sammer auf der Heimreise, und dann wieder in Landshut, da kriegst ein gutes Bier, aber nix anderes. Geh, hol dir eins ausm Eisschrank.«
Kaspar klopfte vorsichtig an die Küchentür. Wenn er Glück hatte, schlief Anja schon. Stockdunkel und tiefe Stille. Er kehrte mit drei Bierflaschen zurück ins Schlafzimmer. Der Alte hatte seine Abwesenheit gar nicht bemerkt und einfach weitergesprochen.
»...zum erstenmal seit Jahren«, sagte er gerade mit Nachdruck und dachte dann noch einen Augenblick angestrengt nach. »Aber weißt, damals waren Ferien noch nicht so üblich, so alle Jahr, mein ich. Wir wollten vorher nie Ferien haben, es war alles zu aufregend, es gab ja immer mal Pausen zwischen den Auftritten, und der Wohnwagen war kommod. Die Brüder hatten allemal ein G'spusi unter den Trapezengerln und so, ich hatte die Lisa, und die Mutter sagte ›Ferien?‹, als wärs was Unanständiges.
Aber nach unserem russischen Abenteuer wollten wir uns alle irgendwo verkriechen, sogar Herr Ehrenreich dachte daran, ob er nicht mal wieder zu seiner Familie an die Riviera reisen sollte, aber dann fuhr er doch lieber mit der Lisa nach Paris. Jetzt, wo ichs dir der Reihe nach erzähl, da gäb ich was drum, wenn er ein besserer Familienvater gewesen wär. Aber wer konnt das damals ahnen.«
Der Alte seufzte und schüttelte den Kopf. »So gehts nun mal. Zufall, blinder Zufall. Ein zufälliger Blick in eine zufällige Richtung – und da stockt einems Aug, es kommt nimmer los, und bevor dus weißt, wird was draus fürs ganze Leben. Und nicht nur für deins,

es hakt ja so vieles ineinander – anderer Leut Schicksal... Wär der Herr Ehrenreich nicht auf dem Bahnsteig in Paris über einen Koffer gefallen, dann hätt die Lisa sich nicht nach jemandem umschauen müssen, der ihm aufhelfen könnt, denn er war in letzter Zeit schon ein bißchen behäbig geworden. Und von den vielen Leut, die grad vorbeigingen, sah sie *den* an.
Ich träum immer, ich könnt mein Leben zurückdrehen wie eine Filmrolle bis zu dem Augenblick, wo der Herr Ehrenreich auf dem Bahnsteig über den Koffer gefallen ist – und dann würd ich das Kopferl von der Lisa nehmen und in die andere Richtung drehen.«
»Onkel Stilz, wär's *der* nicht gewesen, dann wär's...«
»Ich weiß, Tintenlackl, aber *du* weißt nix. So einer wie der, der da grad auf dem Bahnsteig daherkam, hätts nicht sein müssen. Warts ab.«
Er saß eine Weile schweigend da und nagte an der Oberlippe.
»Na ja, das kommt alles noch. Erst mal der Reihe nach. Also: Wir kamen mit dem Zug in Berlin an – kannst dir denken, wie mir war, als wir durch Warschau fuhren! –, und die Lisa wartete im Eden-Hotel auf uns. Aber ich bekam sie nicht zu sehen. Auf einmal wollte die Mutter gleich in den Zug nach München umsteigen, sie hätte das Reisen satt, sie wollts hinter sich bringen, in einem Schub. Sie klappte plötzlich zusammen, wollte nur in ihrem Bett in Landshut schlafen, sie sei zu lange nicht mehr dort gewesen.
Mir hats den Magen umgedreht vor Enttäuschung, daß ich nicht aussteigen konnt und ins Hotel Eden fahren, ich hatte ja die Stunden gezählt, bis ich wieder bei der Lisa war, aber ich durft ja nichts sagen. Vielleicht wußtens alle und wolltens abwürgen. Mir zuliebe. Was meinst?«
»Wahrscheinlich.«
»Hättst mitgemacht, hättst auch versucht, mich von der Lisa zu trennen?«
»Nein. Ich hätte mich nicht eingemischt.«
Der Alte wiegte den weißen Kopf hin und her. »Du hältst dich immer raus, Kasperl, und meinst, so ists am sichersten. Es ist aber

auch am einsamsten, und dann ists auf einmal wie in a Gruft um dich. Davon merkst ja jetzt schon was, net wahr?« Kaspar nickte.
»Bist ja noch jung, kannsts noch aufholen.«
»Jung? Mit siebenundvierzig?«
»Von meiner Sicht aus. Aber mach nicht den Fehler und fang mit de jungen Dachs an. Das macht alt. Willst etwa deine Hede heiraten?«
»Wahrscheinlich.«
Der Alte sah ihn grimmig an. »Ich kenns ja net, des Madl, aber ich sag dir, du wärst a Depp, wenn dus tätst, a dünnes Mannsbild wie du. Wirst noch an mich denken. Gut, daß ichs net erleben werd. Gib mir an Napoleon, viel ist nicht mehr drin. Bringst mir an neuen? Die Anja kauft mir keinen mehr. Der brächt mich ins Grab, sagts, des damische Weibsbild.«
»Von jetzt an besorg ich ihn dir, Onkel Stilz.«
»Aber nicht den teuern, gell, der war nur für den Moika-Palast. Ich streich jetzt die lange Fahrt nach Landshut, die hab ich sowieso ganz verheult, in mein Abteil eingeschlossen. Die Mutter hat nicht versucht, an die Tür zu klopfen, damit ich was eß, wies Mütter sonst tun. Sie ließ mich. Sie wußte, später kommt noch mehr – noch viele Tränen und schlimme Sachen, und da hilft kein Rostbraten und kein Omlett.
In Landshut standen die Brüder aufm Bahnsteig und winkten wie narrisch, wollten schon auf der Fahrt nach Hause hören, wies mit dem Zaren gewesen sei. ›Hat er gewonnen, der Stilz?‹ Die Mutter nickte, aber ohne Stolz, und ich blieb stumm. Da habens gleich was mitgekriegt und nicht mehr g'fragt. Später hat die Mutter ihnen alles erzählt, als ich oben schlief, zum erstenmal wieder in Großvaters Bett.
Einen Monat Ferien sollten wir haben. Der Mutter tats gut und mir auch – wenn ich nicht immer auf den Briefträger gelauert hätt. Die Lisa schrieb so einmal in der Woche aus Paris, ganz liebe Briefe, die hielten mich am Leben, denn was sollt ich sonst den ganzen Tag lang mit mir anfangen. Vorsichtshalber gab ich überall aus, ich hätts Schachspielen aufgegeben. Der Pfarrer und der Doktor waren enttäuscht, aber nur so fühlte ich mich sicher. Kannst

dir denken, daß wir natürlich Landshut immer ausgelassen haben bei unseren Gastspielen. Da hätten sich zuviel Leut an das Buaberl erinnert, das so gut Schach spielte.
Ja. Und jetzt – jetzt kann ichs nimmer aufschieben, jetzt kommts dran. Mein Napoleon!« Er nahm einen tiefen Schluck und murmelte: »Ich weiß, was du denkst, Kasperl, du denkst, der alte Depp grämt sich noch nach fünfzig Jahr. Ich gräm mi net, es nimmt mich nur her, des is a Unterschied.« Er nahm noch einen Schluck. »Da kam halt ein Brief vom Ehrenreich, auch aus Paris, an die Mutter. Sie hörte mitten auf der Seite auf zu lesen und sah mich an.
›Was is?‹ hab ich g'fragt.
›Nix is‹, hats g'sagt und ruhig weitergelesen.
›Was sagt er? Will er was?‹
›Nix‹, sagte sie wieder und faltete den Brief sorgfältig zusammen. ›Am ersten Juni gehts wieder los. In Lübeck. Zwei Tage. Und dann zum Herzog von Schleswig-Holstein-Glücksburg ins Schloß.‹
›Kommt die Lisa mit?‹
›Möglich‹, sagte die Mutter, und das kränkte mich, weil sie nicht ›selbstverständlich‹ gesagt hatte. Die Brüder freuten sich, jetzt gehe das Leben endlich wieder los und tanzten in der Stube herum. Ich kränkte mich noch mehr, wie ich sie so fröhlich hupfen sah und sagte plötzlich ganz laut: ›Zum Herzog von Schleswig-Holstein! Was ist das schon. Bringts mir den Kaiser, sonst spiel i net.‹
Das hättst mal sehen solln, Kasperl, das Gesicht vom Leopold – Jesses, i vergeß das immer –, i mein von deim Vater.«
»*Ich* vergess' es nicht, Onkel Stilz, mir ist das inzwischen klar. ›Der Leopold‹ ist mein Vater.«
Der Alte sah einen Augenblick lang etwas verstört drein und nagte dann heftig an der Oberlippe. »I kanns net ändern. Für mich is er halt der Leopold. Mach mi net konfus an so einer wichtigen Stelle. Nämlich dein Onkel Bernie und der Leopold, die hörten sofort auf zu hupfen und sahen mich an, als wolltens mich umbringen. Dann haben sie geschrien, ob ich denn mein bisserl Verstand ganz verloren hätt, ich sei wohl übergeschnappt, größenwahnsinnig – nur die Mutter tat, als sei der Kaiser was ganz Alltägliches. ›Warum net?‹ hats gsagt. ›Den werma auch noch zammputzen‹ – und packte ihr

Nähzeug weg. Ich sah sie dann durchs Fenster, wie sie im Garten Unkraut zupfte, aber nicht wie sonst, wenn sie sorgsam bei jedem Stengel überlegte, sondern wild um sich rupfend, alles raus, auch Blumen und gelbe Rüben.
Die zwei Frauenzimmer, die der Herr Ehrenreich damals engagiert hatte, um unser Haus zu besorgen – weißt noch, ganz am Anfang –, die hat sie schnell rausgeworfen, alles sei schmutzig unds Geschirr halb zerschlagen. Dann hat sie irgendwo ein Weiberl aufgestöbert, die Ida, von der wirst noch oft hören, die watschelte wie eine Enten auf Füßen wie a Omlett durchs Zimmer, mit vorgestrecktem, langem Hals und einem richtigen Schnabelmaul. Sie hätt natürlich ins Panoptikum g'hört, aber die Mutter hat sich vom ersten Tag an richtig mit ihr angefreundet. So was kam sonst nie vor, die Mutter hatte keine ›Freunde‹. Aber jetzt ging sie oft in die Küche und ratschte mit ihr, und wir hörten die Ida laut schnattern vor Freude.
An dem Tag, an dem der Brief vom Herrn Ehrenreich kam, ist die Mutter nachmittags mit der Ida in die Kirche gangen. Sonst ging sie nur sonntags, aber wie sie nach dem Abendessen plötzlich an meinem Bett erschien, da wußt ich, warum sie vorher unbedingt in die Kirche gehen hat müssen.
In dem Brief vom Herrn Ehrenreich hätt noch mehr gestanden, nämlich, daß die Lisa sich verlobt hätt mit einem Monsieur Grandet, Alphonse Grandet, aus sehr gutem Haus, einem sehr feinen jungen Mann, sehr gebildet, sehr gute Manieren und sehr in Lisa verliebt; die Lisa sei sehr glücklich.
Ich warf mich rücklings zurück in meinem Bett und zog das große Plumeau über meinen Kopf, konnts nicht mehr ertragen, die vielen ›sehr, sehr‹.
›Geh weg!‹ schrie ich.
›Manderl‹, hat sie ganz leise gesagt, ›du darfst mich ruhig schlagen, wanns dir gut tut, aber i sag dir, das is a Glücksnachricht für dich.‹
Da *hab* ich nach ihr geschlagen, richtig zugeschlagen, und sie ist noch nähergerückt, damit ich sie besser treffen konnte.
›Schlag nur zu‹, hats gesagt, als ob sie sich echt freuen würde. ›Es

tut dir gut und mir auch.‹ Ich hab dann aber bald aufgehört und mich wieder unter dem Plumeau versteckt. Als ich dann später Luft schnappen mußte, war sie fort. Den Brief hatte sie auf den Nachttisch gelegt.«

Er ließ sich in die Kissen fallen und lag eine Weile, ohne sich zu rühren. Als er wieder sprach, war die Stimme ganz ruhig.

»Ich denk nach, Kasperl, wie ich die nächsten paar Jahr zammfassen könnt, damit dirs net fad wird, weils ja immer dasselbe war: Reisen und Vorstellungen und Orden und Ehren für die Schachtel. Ich hab nie eine Partie verloren, stell dir vor, nicht ein einziges Mal, und es gab auch niemanden mehr wie Stolypin, der was geahnt hätt.«

»Und der Kaiser?«

Der Alte lächelte. »Den hatt ich vergessen in meinem Kummer um die Lisa, außerdem spielte der nicht Schach.« Er setzte sich wieder auf und rieb sich die Stirn heftig mit beiden Händchen. »Es nützt nix, ich muß dir vom Herrn Ehrenreich erzählen. Was Trauriges. Als wir in Lübeck ankamen, da war er irgendwie anders. Er sah mich nicht richtig an, er fragte mich nichts, umarmte mich auch nicht.

Aber wart amal, Kasperl, ich wollts ja zusammenraffen, net wahr. Am besten erzähl ichs, als säh ichs von oben wie der liebe Gott, auch die Sachen, wo ich nicht dabei war, dies mir später erzählt ham – laß mich an Augenblick nachdenken, wo ich da anfang. I weiß schon: In Paris, wie die Lisa sich verlobt hat, da fang mer an. Kurz nach der Verlobung kam sie zum Herrn Ehrenreich ins Hotelzimmer gestürzt und hat geweint und die Händ gerungen. Sie war mit ihrem Verlobten aufs Land zu seinen Eltern gefahren, an einem prächtigen Schloß vorbei – das hatte der Familie früher gehört, aber jetzt wohntens halt nur im Kutscherhaus. Doch die Lisa habens mit offenen Armen empfangen, so a schöne junge Dame, so a gute Erziehung! Dann habens ihr alle Sehenswürdigkeiten in der Umgebung gezeigt, aber für die Lisa war nur die Dorfkirche interessant, und zwar ganz unheimlich. Dort hatten alle männlichen Mitglieder der Familie seit den Kreuzzügen geheiratet, das hams ihr erzählt – i glaub ka Wort – und oben im Kirchturm, da hams ihr eine Riesenglocken gezeigt und daneben noch zwei kleine Glöckerln, und die hatten eine hundsgemeine Bedeutung, die zwei kleinen. Wenn nämlich so ein Ritter Grandet von den Kreuzzügen nach Hause kam, hams gesagt, und der Keuschheitsgürtel der Frau Gemahlin war noch tadellos und frisch geputzt, dann wurde die große Glocken geläutet, und die Dorfgemeinde kam angelaufen und hat dem Ritter gratuliert. Wenn aber der Gürtel nicht mehr ganz so prima beieinander war, da hat der Küster die zwei kleinen bimmeln lassen, und die hatten einen mickrigen, klagenden Ton – hams der Lisa erzählt, sie selbst hattens natürlich noch *nie* g'hört, Gott bewahre –, und das Eheweib wurde mit Schimpf und Schand davongejagt. Dieser ehrwürdige Brauch, der hätt sich bis in unsere Zeit erhalten, auch ohne Keuschheitsgürtel. Jeder Monsieur Grandet hat am Morgen nach der Hochzeitsnacht die große Glocken läuten lassen, wenn seine Braut am Tag vorher zu Recht in weiße Unschuld gekleidet am Altar gekniet hat.

Viel hats net gelernt ham können, in ihrem Internat, die Lisa, wenns so an alten Schmarrn geschluckt hat. Aber stell dir vor, Kasperl, sie hats tatsächlich geglaubt und a Mordsangst kriegt. Ihr Ehemann sei ›heftig‹, sie hätt ihm alles gebeichtet. Ja, was denn, fragte Herr Ehrenreich ganz perplex. In ihrem Fall, schluchzte die Lisa, müßten halt die zwei kleinen bimmeln oder mindestens kräftig zwischen die große neiplempern – mindestens. Ein Zwerg, ein böser, aus dem Ensemble ihres Onkels, der hätt mit ihr ein Glas Wein getrunken – sie wollts ihm nicht abschlagen, aus Mitleid –, da hätt sie sich plötzlich ganz seltsam gefühlt und auf einmal nichts mehr gewußt, und, o Gott, da wars geschehen.

Der Herr Ehrenreich fragte natürlich, warum sie nicht sofort zu ihm gekommen sei und warum sie auch weiterhin den bösen Zwerg in ihrem Wohnwagen empfangen hätt, aber dafür hatte sie gleich mehrere gute Gründe: Erstens hätt sie sich g'schamt, zweitens mußt sie doch Schachspielen lernen – und drittens warf sie sich in Herrn Ehrenreichs Arme und weinte um Gotterbarmen.

Was nun? Verlobung im Arsch? Lisa schneuzte sich und zeigte auf die Tür: Monsieur Grandet wartete dort schon die ganze Zeit über im Vorzimmer und zwirbelte seinen schönen, schwarzen

Schnurrbart. Im drauffolgenden Gespräch mußte der Herr Ehrenreich viel einstecken: Zirkus, Laster, liederlich! Seine leibliche Nichte, so fein erzogen, in einen solchen Pfuhl! Unverantwortlich, verbrecherisch, strafbar, man sollte Anzeige erstatten, jawohl, er, Alphonse Grandet, *werde* Anzeige erstatten.
Der Herr Ehrenreich meinte ruhig: ›Tun Sie das, verklagen Sie mich. Lisa – kommst du?‹
Da aber die Lisa sich nicht rührte, entstand eine längere Pause, und man konnte fast hören, wie sich das Blatt wendete, sonst nichts. Herr Grandet zwirbelte seinen Schnurrbart noch einmal besonders heftig und erklärte sich bereit, Gnade vor Recht ergehen zu lassen, aus Liebe zu Lisa, einem wahren Engel an Unschuld, der derart unerfahren in dieses abgrundtiefe Verbrechen geglitten sei, daß er, Grandet, ruhig die große Glocke, und *nur* die große, werde läuten lassen, dies nehme er auf sein Gewissen. Allerdings müsse dieser Zwerg bestraft und aus dem Zirkusensemble entfernt werden – und nun solle sich die Lisa zurückziehen, es gebe noch ›Formalitäten‹ zu besprechen.
Die kosteten Herrn Ehrenreich runde hunderttausend Mark, Lisas Mitgift, und er versprach, daß der böse Zwerg nie mehr in seinem Programm zu finden sein werde, und das stimmte ja auch, mein Name war noch nie im Programm erwähnt worden.
Die Hochzeit fand bald statt, aber Herr Ehrenreich blieb fern, er fühlte sich seit einiger Zeit nicht wohl, eigentlich seit Rußland. Nicht die Maschine, *er* hatte unter dem Klima gelitten.
Vergiß nicht, Kasperl, all das von der Lisa und der Glocken und dem bösen Zwerg, das wußte ich noch nicht, als ich in Lübeck an seinen Wohnwagen klopfte. Dann standen wir uns gegenüber – aber warum sah er mich so seltsam an? Nicht einmal ›guten Tag, Stilzchen‹, nichts. Er sah auch schlecht aus, zu dick, und seine Lippen waren bläulichblaß. Endlich sagte er: ›Stilz, verstehst du was von Opium oder irgendeinem anderen Betäubungsmittel?‹
›Nein‹, sagte ich. ›Brauchen Sie so was?‹
Er schüttelte den Kopf und lächelte ein bißchen. ›Entschuldige die dumme Frage‹, sagte er dann, ist endlich einen Schritt näher herangekommen und hat mich ganz fest an sich gedrückt.

›Hast du ein Verhältnis mit der Lisa gehabt?‹
›Ja.‹
›Hast du sie verführt?‹
Ich machte mich von ihm los und sagte: ›Ich weiß nicht, wie Sie das meinen, Herr Ehrenreich.‹
›Hast du sie… gezwungen?‹
›Wie könnt ich das? *Ich* – sie zwingen?‹
›War sie noch unschuldig?‹
Ich antwortete nicht, dachte, bitte sehr, ich habe auch sehr feine Manieren.
›Na ja‹, sagte er und ging schnell zu einem Sessel, und als er gut drin saß, sagte er noch einmal: ›Na ja.‹ Das war alles, aber ich erinnere mich an jedes Wort, weils mir so seltsam vorkam. Ich ahnte was, aber die Wahrheit und die Einzelheiten, die hat er mir nie erzählt. Die hab ich erst viel später zu hören bekommen.
Und so fingen wir wieder an, Kasperl, erst in Lübeck, dann beim Herzog – die alte Routine. Nur daß die Kommentare vom Herrn Ehrenreich nicht mehr so schön aufregend waren, es strengte ihn zu sehr an, aber er wollts durchaus nicht aufgeben. So hinkte das noch ein gutes Jahr dahin, und wir dachten jeden Abend, heut wird er umfallen, heut schafft ers nimmer, er ist ja schon ganz blau im Gesicht – und dann *ist* er umgefallen, nach einer Vorstellung in Mainz, grad als er die paar Stufen zu seinem Wohnwagen raufgehen wollte, eine Hand um das Geländer gekrallt. So hing er, und so fand ihn der Androsch.
Wir saßen den ganzen Tag vor seinem Zimmer im Krankenhaus, das ganze Ensemble kam und saß da, auch die aus dem Panoptikum, obgleich sich das Krankenhauspersonal entsetzte und sie entweder nicht reinlassen oder sofort in den Operationssaal schleppen wollte und ihnen alles abschneiden, womit sie sich ihr Brot verdienten…
So gegen vier Uhr nachmittags wars aus, und wir durften alle hineingehen und ihn ansehen. Die Vorstellung abends fiel aus, der Rest unseres Gastspiels in Mainz wurde abgesagt. Herr Ehrenreichs Rechtsanwalt telegrafierte, er komme nach Mainz, und ein paar Tage später wurden wir alle für den kommenden Tag ins Ho-

tel Krone bestellt, die Mutter, die Brüder und ich – ›Familie Schulte‹ hieß es im Testament – und der Androsch vom Zirkusensemble, sonst niemand. Inzwischen sei auch ›die Familie‹ eingetroffen, und die Verlesung würde pünktlich um zehn Uhr früh in Gegenwart aller Beteiligten stattfinden. Die Brüder saßen in der Ecke herum, flüsterten, gestikulierten, spekulierten.
Wir hatten die Wartetage im Wohnwagen verbracht. Ich heulte immer wieder, konnts mir einfach nicht vorstellen, daß er nimmer da war. Die Zukunft? Schließlich waren ja die Brüder da, die würden sich schon mit der Zeit einspielen. Nein, der Ehrenreich fehlte mir, er *fehlte* mir, wie mir damals mein Vater hätte fehlen sollen, wenn ich nicht so verstockt gewesen wär. Ich merkte auf einmal, daß ich viel dünnhäutiger geworden war, viel leichter verwundbar als früher. Ich glaub nicht dran, Kasperl, daß Unglück und Leid den Leuten den Charakter verschönern, das tut nur das Glück, *das* taut auf, auch so gefrorene Gemüter wie meins. Die Schachtel war der Anfang gewesen. Wie die da draußen angefangen haben, so narrisch bravo zu rufen, da bohrte sich so eine Art Lust zu mir durch, die war mir ganz neu, eben so was wie Glücksgefühl, verstehst? Dann kam noch dazu, daß ich mich abgefunden hatte, und darauf war ich stolz, Kasperl, sie riß mich nicht mehr auseinander, meine Riesen-Zwergen-Existenz. Ich wußte, daß ich vieles nie haben würde, aber dafür, heimlich und wasserdicht, meine innere Genugtuung, kannsts auch Überheblichkeit nennen.
Ich hatte schon viel geheult, als ich die Lisa verloren hatte, und die saß immer noch wie ein Stachel in mir, aber jetzt kam noch Herr Ehrenreich dazu, und da merkt ich den Unterschied, wie das ist, wenn die Liebe für ein schöns Madl in einem rumpelt – und wenn man einen unersetzlichen Vater verliert, der einem das Leben geschenkt hat, denn genau das hatte der Herr Ehrenreich getan, viel mehr als mein eigener Vater, er hatte mir ein Leben *geschenkt.*
Die Mutter weinte nicht, aber sie saß viel am Fenster und sah zu den anderen Wohnwagen hinüber, alle verwaist und still. Mir schien sogar, daß die Viecher was merkten und nicht so laut brüllten und kreischten wie sonst.

Wer würde wohl im Hotel Krone als ›Familie‹ vertreten sein? Ehrenreichs Frau? Nein, die war tot. Seine Töchter? Vielleicht auch – Jesses Maria! – die Lisa? Ich wappnete mich.
Um zehn Uhr sollten wir im Hotel Krone antreten. Morgens, beim Frühstück, sahen wir alle wie Weißkäs aus, hatten alle vier wenig geschlafen, die Mutter aus Aversion gegen alles, was Rechtsanwalt hieß, die Brüder aus Sorge um ihre Existenz und ich wegen Lisa.
Der Androsch kam uns abholen, mit steifem Kragen und Fliege. Er sprach kein Wort, Herr Ehrenreich war nicht nur sein Vater, sondern auch sein Kind gewesen. Sein Gesicht war so farblos, daß die alten Narben von den Löwen- und Tigerpratzen plötzlich wie neu um die verhunzte Nase flammten.
Wir gingen schweigend durch die ausgestorbenen Zirkusanlagen. Hinter den Fenstern der Wohnwagen waren die Gardinen zurückgezogen, alle sahen uns zu, wie wir vorbeimarschierten: Sein oder Nichtsein für den Zirkus Sarasate, seine Leut und Viecher.
Im Hotel Krone fragten wir beim Portier nach Herrn Dr. Pollart, dem Rechtsanwalt. Zweiter Stock links, Zimmer dreizehn, man warte bereits.
›Dreizehn ist schlecht‹, murmelte der Leopold, und dein Onkel Bernie, gleichzeitig: ›Dreizehn bringt Glück.‹
Vor der Nummer dreizehn blieben wir alle fünf stehn und atmeten einmal tief durch. Dann klopfte die Mutter.
›Herein.‹
Erst konnt man kaum was sehen, weil die Portieren so vornehm halb zugezogen waren. Ein nobler Salon, sehr würdig, mit einem großen Schreibtisch in der Mitte. Dahinter ein dunkler Herr mit Brille, wie sich das gehört. ›Dr. Pollart von Pollart und Sperrholz – sehr angenehm.‹ Er verbeugte sich. Dann zeigte er auf ein Sofa an der Wand: ›Familie Schulte und Herr Androsch – Monsieur und Madame Grandet.‹
Wir hatten noch nicht einmal die Tür zugemacht, da sprang der Herr vom Sofa auf. ›*Comment?*‹ schrie er, und sein Schnurrbart wippte wie verrückt auf und ab. ›Ist er das?‹ Dies zu der Dame in Rosa neben ihm. Sie nickte.

Wir starrten ihn verständnislos an, wußten ja nichts von den Kreuzzügen und der verdammten Glocke, und der Dr. Pollart auch nicht.
›*Petit chien puant!*‹ schrie der Monsieur, dunkelrot im Gesicht. Der Leopold schloß hastig die Tür, Dr. Pollart kam hinter seinem Schreibtisch hervor und fing grad an zu sagen: ›Ja, was geht denn hier vor...‹, da schoß der mit dem Schnurrbart auf mich herunter und packte meinen Hals. Ich hatte nicht mal Zeit zu schreien, aber der Monsieur hatte auch nicht die richtige Muße, um mich gut zu würgen, denn er saß plötzlich am Boden, während der Androsch ihm seine Arme hinter dem Rücken verrenkte, so daß er laut ›*Aui-i!*‹ brüllte.
Dr. Pollart hatte sich schnell wieder hinter den Schreibtisch verzogen und rief: ›Meine Herren, ich muß doch sehr bitten!‹ aber so schnell ließ der Androsch nicht los, er hatte wieder etwas Farbe im Gesicht und knurrte beinah vergnügt: ›Na, Stilz, willst dem Herrn hier was sagen?‹ Ich wußt nicht recht, was, und der brüllte auch gerade wieder: ›*Aui-i!*‹
Die Lisa sprang auf und rief: ›Androsch! Lassen Sie sofort meinen Mann los! Was unterstehen Sie sich!‹ Aber der ließ nicht los, der hatte Spaß, er sagte nur so leichthin über die Schulter: ›Sagens Ihrem Mann, Madame Lisa, er soll unseren Stilz nicht noch mal anfassen, sonst brech ich ihm alle Knochen, sagens ihm das, bittschön.‹
Sie sprach schnell was auf französisch – wahrscheinlich erinnerte sie sich an die Geschichte, wie der Androsch einem jungen afrikanischen Löwen zwei Rippen eingedrückt hat –, und der Rechtsanwalt rief auch laut: ›Bitte die Herrschaften, sofort Platz zu nehmen!‹
›Na, was meint er, Madame Lisa?‹ fragte der Androsch. Die setzte sich wieder hin und murmelte: ›Lassen Sie ihn los. Er wird nichts mehr tun.‹ Leider muß ich was berichtigen, Kasperl, sie murmelte das nicht, sie zischte es unter ihrem rosa Schleier hervor, und es kam grad noch rechtzeitig, bevor sich das dritte *Aui-i!* so richtig entfalten konnte.
Dann saßen wir endlich alle – in gebührendem Abstand – um einen

runden Tisch. Die Brüder starrten immer noch fassungslos vom Monsieur zur Lisa und dann zu mir, die Mutter betrachtete ihre gefalteten Hände, der Androsch neben mir hatte sein Gesicht wieder verschlossen. Die Lisa rollte ihren Schleier zurück, aber ich konnt sie nicht einmal in Ruhe ansehen, weil ich mir unauffällig meinen Hals reiben mußte. Der Monsieur massierte seine Ellenbogen so auffällig wie möglich und sah niemanden an, auch nicht seine Frau.

Dr. Pollart stand hinter seinem Schreibtisch auf. Das Testament lag bereits geöffnet vor ihm – wenns das war. So ein kleiner Umschlag?

›Zuerst möchte ich den anwesenden Herrschaften erklären, warum andere Herrschaften abwesend sind‹, begann er immer noch etwas zittrig. ›Wie Sie vielleicht nicht wissen, hatte der Verblichene ein schriftliches Übereinkommen mit seinen Töchtern. Beide sind in Amerika verheiratet und haben auf ihr Erbteil verzichtet.‹ Er holte ein Stück Papier aus dem Kuvert und hielt es hoch. ›Zur gefälligen späteren Einsichtnahme. Danach setzte der Erblasser ein neues Testament auf.‹

Du, Kasperl, wie er ›Erblasser‹ sagte, mußte ich daran denken, wie ich als Bub immer meinte, das hieße ›Er-blasser‹, was ja logisch war, wenn man an die Leiche dachte. Aber ich hielt mich z'ruck, feixte nicht. Wir saßen alle in einer kuriosen Art von Totenstille, und ich möcht wetten, die war Dr. Pollarts Ohrenschmaus bei so einem feierlichen Ringelspiel. Endlich wachte er auf aus seiner Trance und holte noch ein Stück Papier aus dem Kuvert, ein kleines, dünnes, und las so präzis, daß er leicht meckerte: ›Alleiniger Erbe meines Gesamtvermögens und Nutznießer meiner sämtlichen Aktivposten ist der Zirkus Sarasate unter der alleinigen Verwaltung von Herrn Gyula Androsch und der Familie Schulte, wobei der Profit des Zirkusunternehmens an Herrn Androsch und der des Panoptikums an die Familie Schulte geht. An Madame Lisa Grandet wird die Summe von zehntausend Mark ausgezahlt. Mein Wohnwagen geht mit all seinem Mobiliar an Herrn Franz Schulte in der Hoffnung, daß dieser von nun an dort leben und mich nicht vergessen wird. Frankfurt, den 23. September 1909, Joseph Gott-

lieb Ehrenreich. Unterschrift beglaubigt vom Anwaltbüro Pollart und Sperrholz. Das ist alles, meine Herrschaften. Fragen?‹
Wir hatten keine, saßen steif und stumm. Die auf der anderen Seite waren beide aufgehupft und bedrängten den Pollart hinter seinem Schreibtisch, Monsieur auf französisch, die Lisa übersetzte und gab noch was dazu. Aber der schaute sie ganz gelassen über seinen Brillenrand hinweg an; *so was* war er gewöhnt. Als es mal eine Pause gab in dem Geschrei, meinte er milde, es gebe ja ein Appellationsgericht für Erbschaftsangelegenheiten, die Herrschaften sollten sich doch freundlichst an dieses wenden, er bitte um die Unterschriften. Monsieur schlug ihm das Stück Papier aus der Hand, und auch die Lisa sagte, sie nehme kein ›Almosen‹ an.
›Dann bitte Familie Schulte und Herr Androsch.‹
Wir marschierten geschlossen zum Schreibtisch, und ich stand zum erstenmal nach langer Zeit wieder neben der Lisa. Ihr Parfüm machte mir zu schaffen, es war noch immer dasselbe.«

18.

Kaspar bog auf dem Weg nach Hause gegen ein Uhr morgens in die Gellertstraße ein und blieb noch einen Augenblick am Steuer sitzen. Er war müde, hatte drei Flaschen Bier im Magen, zog den Schlüssel ab und öffnete die Wagentür. Ein langer, hagerer Schatten stand plötzlich dicht am Auto und hinderte ihn am Aussteigen.

»Miklos?«

»Darf ich mir neben Ihnen setzen, Professor, nur ein paar Minuten.«

Ohne eine Antwort abzuwarten, glitt der Schatten um den Wagen herum, schlängelte sich neben Kaspar auf den Sitz.

»Professor, Luburic muß mit Sie sprechen. Ganz wichtig.«

»Für wen?«

»Professor, wollen Sie, daß Luburic auch tot?«

»Wie soll *ich* das verhindern?«

»Er möchte Ihnen treffen, nicht bei Sie, bei andere Leute. Freundewohnung. Haben Sie Freunde?«

Im schwachen Licht einer Laterne bestand das Gesicht neben Kaspar nur aus Knochen und tiefen, dunklen Höhlen. Anderer Leute Wohnung? Konnte er seine Freunde in die Kroatenmisere verwikkeln, Alfred und Else Bannheimer etwa – Hedes winzige Bude kam sowieso nicht in Frage, Hede wollte er auf keinen Fall mit hineinziehen – oder seinen alten Freund Dr. Schertz, der hier um die Ecke in einer großen Wohnung ganz allein hauste, inmitten von Tausenden von Büchern über Anthropologie, Archäologie, der hatte weiß Gott genug Platz, lebte nur in Jahrhunderten vor Christus; wie würde der ihn ansehen, wenn er zu ihm sagte: »Erich, darf

ich mich bei dir mit ein paar verfolgten Exilkroaten treffen?« Er hatte einfach nicht die richtige Sorte Freunde, tolerante, leicht vergammelte.
»Ich weiß keinen anderen Ort, Miklos, tut mir leid.«
»*Wir* kennen guten Ort, sicheren Ort, Professor.« Der Totenkopf neben ihm drehte sich automatisch und vorsichtig nach allen Seiten um. Dann sagte er leise: »Kaiserplatz einunddreißig, ihre Onkel.«
»Wie kommen Sie auf *den*? Was wissen Sie von...«
»Martinac hat gesagt, wissen Sie noch? Er wußte über Onkel. Kaiserplatz einunddreißig. Dort könnten wir...«
»Ausgeschlossen. Mein Onkel ist sehr alt, er ist bettlägerig.«
»Bettlägerig ist gut, braucht nicht zu wissen. Köchin auch Ausländer, vielleicht –« Die Geierklaue, eiskalt, legte sich vorsichtig auf sein Knie. »Nur einmal. Luburic sagt, letztes Mal.«
Kaspar war zu schläfrig, um brutal zu sein; ungeschoren würde er sowieso nicht davonkommen.
»Rufen Sie mich morgen abend um sechs Uhr an. Wenn es irgendwie möglich ist...«
Die Geierklaue drückte fest auf sein Knie. »Nur Tag und Zeit sagen, sonst nichts. Danke.«
Miklos schlüpfte lautlos aus der Wagentür und nahm keine Notiz von Kaspars warnendem »Ich habe Ihnen nichts versprochen.«

Früh am nächsten Morgen, bevor er ins Institut ging, rief er an.
»Anja?«
»Der gnädige Herr schläft, verdammt noch mal. Ich wecke nicht.«
»Ich weiß, deshalb rufe ich an.«
»Warum?«
»Anja – ich möchte gern zwei Leute in Ihre Küche bringen.«
»Leute?«
»Sie sind in Gefahr, sie wissen nicht, wohin. Nur das eine Mal, Anja. Mein Onkel braucht nichts zu wissen. Nur eine halbe Stunde...«

Schweigen am anderen Ende.
»Anja? Kann ich die beiden heute abend um neun Uhr bringen, ja oder nein?«
»Aber nicht klingeln.«
Menschen in Gefahr rechnen mit Sekunden, auch wenn es nicht darauf ankommt. Punkt neun Uhr standen die beiden Männer vor Onkel Stilz' Tür und warteten nervös und ungehalten auf Kaspar, der ganze zehn Minuten später ohne Hast die Treppe erklomm. Er nickte Luburic zu und klopfte leise an. Anja öffnete und versperrte den Weg. Niemand sprach. Sie würdigte Kaspar keines Blickes, musterte die beiden anderen, den Hageren und den Stämmigen mit den tiefliegenden, unzugänglichen Augen lange und eingehend. Von dem unvermeidlich staunenden Gesichtsausdruck der Männer nahm sie keine Notiz. Dann ließ sie sie eintreten, zeigte stumm auf die Schlafzimmertür des Kleinen und ging auf Zehenspitzen voran in die Küche.
Dort gab es nur einen Stuhl. Kaspar holte einen zweiten aus Anjas Zimmer, warf einen kurzen Blick auf den stillen, zugedeckten Vogelkäfig. Sie schwang sich auf den Küchentisch, Kaspar lehnte sich gegen das Fenster, und die zwei Kroaten setzten sich auf die Stühle. Sie blickten verwirrt und seitlich an Anja vorbei, die ihre langen Jeansbeine baumeln ließ und die beiden unter zusammengezogenen Brauen immer noch argwöhnisch musterte.
»Die müssen essen«, erklärte sie plötzlich, sprang auf den Boden und holte einen Laib Brot aus dem Kasten, Butter und Wurst aus dem Kühlschrank, Teller und Messer aus der Schublade. Keiner sprach. Die Augen der beiden Kroaten folgten Anjas Bewegungen mit verbissener Aufmerksamkeit, zählten die Scheiben Brot, die sie abschnitt, jede drei Zentimeter dick, und beobachteten atemlos, wie sie die Butter mit einem einzigen Messerschwung fett draufpappte. Die Wurst wurde in große Stücke geschnitten und neben die Brote gelegt.
»Da. Erst mal essen.«
Auch Luburic war erheblich abgemagert, aß aber ohne Hast, während Miklos mit einem Griff alles, was auf dem Teller lag, in den Mund stopfte und verschluckte.

Anja runzelte die Stirn und warf Kaspar einen unfreundlichen Blick zu.
»Warum haben Sie nicht früher gebracht diese beiden?«
Miklos stellte den leeren Teller auf den Küchentisch, starrte das Mädchen mit den langen, wildwuchernden weißblonden Haaren mit offenem Mund an und sank langsam vornüber auf die Knie.
»Jesus, Maria und Joseph«, flüsterte er auf kroatisch.
»Was sagt er?«
Kaspar übersetzte. Sie studierte den Knienden aufmerksam und schüttelte den Kopf. »Wird bald sterben, wenn er nicht *mehr* ißt. Sagen Sie ihm.« Sie strich ihm noch zwei Brote, und auch Luburic bekam eine zweite Portion, die er schweigend aß, ohne den Blick vom Teller zu heben.
»Also«, sagte sie und räumte die Teller aus dem Weg. »Sie wollen sprechen, ich gehe nebenan. Klopfen Sie, wenn zu Ende ist.«
Miklos starrte hinter ihr her, als habe ihn der Heilige Geist besucht und wieder verlassen.
»Wie heißt sie?«
»Anja. Herr Luburic, Sie wollten mich sprechen.«
Der Kroate nickte, lehnte sich sekundenlang auf dem harten Küchenstuhl zurück und schloß die Augen. Er hat sicher kaum geschlafen, dachte Kaspar, wo lebt er nur, aber er fragte nicht.
»Ich gehe fort, Herr Professor, ich gehe zurück, nach Hause, ausruhen. Später werde ich wieder – arbeiten.« Er schwieg erschöpft.
»Wo sind Sie zu Hause? Kann ich Ihnen behilflich sein?«
»Danke, ich habe schon meine Fahrkarte, es ist nicht weit von der Grenze. Bled. Kennen Sie es?«
Kaspar schüttelte den Kopf.
»Sehr schön. Viele Hochzeitspaare«, sagte Miklos.
»Haben Sie dort eine Unterkunft?«
»Ich habe Freunde. Mein Vater war Schwimmlehrer dort vor dem Krieg, in einem Hotel. Ein paar von seinen Schülern sind noch Freunde. Sie verstehen?« Die Augen fielen ihm wieder zu.
»Sie können noch nicht reisen, schlafen Sie sich doch erst einmal aus.«
»Ivan ist tot. Ich wollte Sie um zwei Dinge bitten: Besuchen Sie

Vlada manchmal, sie kennt niemand, nur andere ›Freunde‹, und sie hört nur: ›Rache! Rache für Ivan!‹ Das hilft ihr nicht. Sprechen Sie mit ihr über die Kinder, vielleicht können Sie helfen; ich meine nicht Geld. Und dann hier, Miklos. Die UDBA sucht ihn, die deutsche Polizei sucht ihn, er will sich erschießen, aber vielleicht... Ich kann ihn nicht mitnehmen, er hat keine Papiere. Ich kann nicht schlafen wegen Ivan und wegen Miklos.«

Der Hagere meinte: »Erschießen ist schnell. Hungern ist langsam.« Seine Augen hingen immer noch an Anjas Tür.

Kaspar kam ein kühner Gedanke. Er stand auf und klopfte an die Tür. Sie erschien in ihrem wollenen, langen Nachthemd, das Haar halb in Zöpfen über der Brust, eine Haarbürste in der Hand.

»Fertig?«

»Anja, dieser Mann heißt Miklos. Er will sterben, weil er Hunger hat, und weil er nicht weiß, wo er unterkommen kann.«

Sie sah Kaspar unwirsch an und brummte Unverständliches. Dann ging sie auf Miklos zu, der zusammengesackt auf seinem Stuhl saß, beugte sich zu ihm hinunter und schlug ihm mit der Haarbürste leicht auf die Schulter.

»Warum nicht hierbleiben? Da drüben ist Rumpelkammer. Bügelbrett, Nähmaschine, Zeug. Wir werfen alle raus, und Sie schlafen auf dem Boden heute mit ein Kissen. Morgen besorgen wir Bett.«

Er hob langsam den Kopf und sah sie an. Kaspar war nicht sicher, ob er auch nur ein Wort verstanden hatte, und übersetzte ins Kroatische, aber Miklos sah nur immer das Mädchen an.

Anja richtete sich auf und warf einen Blick in Kaspars Richtung.

»Ich frage jetzt den gnädigen Herrn, *okay*?«

Er nickte. Der Kleine würde sich wundern, warum er hier in der Küche saß, aber sie hatte recht, man mußte ihn erst mal fragen, ob er diesem seltsamen Vogel Asyl gewähren wollte.

Einige Minuten vergingen, ohne daß ein Wort gesprochen wurde. Die beiden saßen mit geschlossenen Augen steif auf den Küchenstühlen, die Arme hingen schlaff herunter. Luburics schwarzer Lederhandschuh baumelte leise hin und her.

»Kann denn Ihre – Ihre Organisation nichts für Sie tun?«

Luburic schüttelte den Kopf, ohne die Augen zu öffnen.
»Sie sind nicht gut auf mich zu sprechen. Sie sagen, es sei meine Schuld, daß ich mit Ivan nachts ausging. Aber Sie kannten ja Ivan, Herr Professor. Er machte, was er wollte. Und allein durfte ich nicht in seiner Wohnung bleiben. Ich mußte meinen Bodyguard begleiten, das ist ein Spaß, nicht wahr?« Er öffnete die Augen und sah Kaspar grimmig an. »Hätte er nicht so viel getrunken an diesem Abend...« Nach einer Pause fügte er hinzu: »Eine harte Strafe für ein paar Gläser Sliwowitz.«
»Aber *Sie* wären heut abend nicht hier.«
»Ivan hatte fünf Kinder. Ich bin nicht verheiratet.«
»Und Miklos? Warum können die nichts für *ihn* tun?«
»Miklos war ein UDBA-Mann. Sie trauen ihm nicht.«
Das Mädchen erschien in der Tür.
»Der gnädige Herr will Sie sehen, alle.«
Kaspar übersetzte und fügte hinzu, sein Onkel sei nicht nur sehr alt, er sei ein Zwerg. Sie nickten.
Anja schob die beiden Kroaten durch die Schlafzimmertür des Kleinen, ließ Kaspar vorausgehen und folgte.
»Guten Abend, Onkel Stilz«, sagte Kaspar, ging schnell durch das Zimmer und lehnte sich an seinen gewohnten Bettpfosten.
Der Alte sah ihn flüchtig an und wandte seine Aufmerksamkeit den beiden Männern zu, die in dem schwachen roten Licht unsicher auf halbem Weg zwischen Tür und Himmelbett stehengeblieben waren.
Anja versuchte, Miklos weiter nach vorn zu schieben. »Dieser hier, gnädiger Herr, der Dünne.«
Sie packte Miklos' Geierklaue und zog ihn näher ans Bett heran, richtete ihn zurecht, damit er gerade stand wie eine Marionette. »Heißt Miklos. Hat schon drei Brote gegessen.«
Der Kleine sah zu dem stummen, hageren Kleiderbündel hinauf, dann zu Luburic, der noch weiter hinten im Halbdunkel stand.
»Und der?«
»Das ist Ante Luburic, Onkel Stilz, er fährt morgen früh zurück nach Jugoslawien. Man ist schon lange hinter ihm her. Er ist Exilkroate, aktiv.«

»Warum kommt er nicht näher?«
Kaspar wandte den Kopf, sagte ein paar Worte auf kroatisch, aber Luburic blieb, wo er war.
»Es ist gut, wenn man mich nicht sieht. Ich warte nur wegen Miklos.«
Kaspar übersetzte.
»Aber er interessiert mich«, rief der Zwerg ungehalten. »Der ist der Wichtige, das seh ich doch. Er soll mal ans Bett kommen.«
Nach einigen eindringlichen Worten Kaspars setzte sich Luburic in Bewegung und stellte sich neben Miklos. Das Nachtlicht fiel auf seinen mächtigen Schädel, die dunklen Augen sahen den Zwerg ohne Neugier an.
»Er sieht aus wie ein römischer Kaiser«, rief der Alte begeistert und beugte sich vor, um ihn noch genauer zu betrachten. »Kasperl, sag ihm, er soll auch hierbleiben, wir finden schon Platz, das wird lustig.«
»Onkel Stilz, die UDBA hat gerade seinen Bodyguard ermordet, er muß sofort verschwinden.«
»Schade.« Er nagte enttäuscht an der Oberlippe.
»Darf der andere vorläufig hierbleiben? Der hat auch einiges hinter sich.«
Der Alte warf einen kurzen Blick auf den dünnen Mann und nickte.
»Wenn's der Anja nicht zuviel wird.«
Die packte Miklos von hinten und wollte ihn aus dem Zimmer ziehen, doch Luburic hielt ihn fest und fragte auf kroatisch: »Er darf hierbleiben? Gut. Ich gehe jetzt, aber ich muß noch ein paar Worte mit ihm sprechen. Allein.«
Er trat vor und bot dem Zwerg seine linke Hand, aber der Alte blickte fasziniert auf den schwarzen Lederhandschuh.
»Kasperl, frag ihn, ob ich den mal genauer ansehen darf. Sag ihm, ich hätt mal eine Eisenzange als Hand benutzt.«
Luburic runzelte die Stirn und blickte den Kleinen argwöhnisch an. Kaspar mußte noch einige Erklärungen dazugeben, bevor er zögernd seinen rechten Arm ausstreckte. Der Zwerg griff ungeniert nach dem Handschuh, befühlte ihn und tastete innen im Jak-

kenärmel herum, um die Stelle zu finden, wo das künstliche Glied angesetzt war.
»Schlechte Arbeit«, brummte er. »Sag ihm, das könnte man heute viel besser machen. Ich bezahls.«
Kaspar übersetzte vorsichtig. Luburic zog seine Hand zurück und schüttelte den Kopf. »Ich muß jetzt gehen.«
Er verbeugte sich vor dem Kleinen und sagte »danke« auf deutsch, gab Kaspar die linke Hand und bedeutete Miklos mit einer Kopfbewegung, ihm zu folgen. In der Tür sagte er noch: »Danke, Frau.«

19.

Kaspar schwang sich aufs Bett und lehnte sich an seinen Pfosten. Der Kleine putzte nachdenklich die Brille.

»Reut's dich, Onkel Stilz? Noch ist Zeit. Sie stehen noch draußen in der Diele.«

»Tintenlackl. Erzähl mir was von dem Knochengerüst.«

Kaspar berichtete, so gut er sich an Martinacs Schilderung erinnerte, und der Kleine hörte aufmerksam zu, nickte ein paarmal vor sich hin.

»Ja«, sagte er dann langsam. »Ja. Hab viele solche Geschichten gehört und mal unter den Leuten gelebt, denen so was ähnliches passiert ist. Hab mich immer gefragt, wie so ein Kerl so was überleben kann und ein paar Monat später wieder da ist. Da sitzt er eines Tages in seiner Zelle und futtert und schläft nachts und denkt wieder an Madln.« Er schwieg einen Augenblick. »Ich nicht. Bei mir hats lange gedauert, bis ichs hinter mir hatte. Jahre.«

Kaspar wartete, fragte nicht. Draußen hörte er das Öffnen und Zuschlagen der Wohnungstür. Luburic war gegangen. Wohin? Es sah so aus, als habe er keinen sicheren Unterschlupf mehr. Vielleicht hielt er sich wach, indem er durch die Straßen wanderte, oder er kroch in ein Gebüsch im Park und schlief, bis es hell wurde und er zum Bahnhof marschieren konnte. Von da an war er sicher. Im Zug konnte ihm die UDBA nichts anhaben.

Er hörte Anjas Stimme, die auf Miklos einsprach. Wahrscheinlich verstand er sie nicht, denn jetzt versuchte sie's mit doppelter Lautstärke. Dann wurde die Küchentür zugemacht, und alles war still.

Der Zwerg starrte unbeweglich auf die Bettdecke, rieb mechanisch die Händchen aneinander, als sei ihm kalt. Kaspar wagte es und gab ihm ein Stichwort: »Habt ihr den Zirkusleuten gleich die gute Nachricht gebracht?«

Der Alte kam von weither. »Die gute Nachricht?«

»Herrn Ehrenreichs Testament! Habt ihr dann doch weitergespielt in Mainz?«

»In Mainz? In Mainz?« wiederholte der Zwerg verloren und hörte nicht auf zu reiben. Plötzlich ließ er die Hände fallen und sah Kaspar voll an. »Weißt, was die Lisa zu mir g'sagt hat? ›Ich überlass' es dir, Stilz, sorg *du* dafür, daß ich meinen gerechten Anteil bekomme. Du weißt, warum.‹ Das hats damals beim Rechtsanwalt in Mainz g'sagt, auf deutsch, wie ich neben ihr beim Unterzeichnen gestanden bin. Ihr Mann hat sie aber sofort zur Seite gerissen – das war ein Bosnickel, sag ich dir. ›Wir klagen‹, schrie er auf französisch. ›Mit solchem Ungeziefer...‹ dabei stieß er mit der Fußspitze nach mir, ›gibt es keinen Dialog.‹ Dann sind sie abgerauscht.

Mir hats den Tag verdorben, kannst dir denken. Später, als wir die große Nachricht heim in den Zirkus brachten, da gings mir besser, weils halt so ein Gejauchze war und ein Getobe und Herumgetanze, wie nachm Schiffbruch, wenn alle im Rettungsboot Platz haben. Der Androsch hats sogar den Viechern erzählt, er ging von Käfig zu Käfig mit einer Flasche Schnaps unterm Arm und sang und bummerte die Gitterstäbe an.

Die Brüder waren nicht mitgekommen, die saßen schon beim Dr. Pollart wegen der Finanzen. Später ist dann die Mutter in die Kirche gegangen und hätt mich gern mit dabeig'habt, aber ich konnt nicht, ich wollt allein im Wohnwagen sitzen und an Herrn Ehrenreich denken. Hin und wieder mischte sich auch die Lisa ein, sie war halt immer noch so schön, weißt, aber sie schien mir auf einmal sehr *groß*, als sei sie seit unserer Zeit noch gewachsen. Ich versuchte, mir vorzustellen, wie sie mit dem Monsieur und seinem Schnurrbart im Bett lag.

Dann ging ich rüber zum Wohnwagen vom Herrn Ehrenreich; die Schlüssel hatte mir der Pollart feierlich übergeben. Hier war ich die Lisa los, hier gabs nur Herrn Ehrenreich. Ich setzte mich in meinen kleinen Stuhl, seinem Sessel gegenüber, wo ich so viele

Male gesessen und mit ihm gelacht hatte. ›Stilzchen, Stilzchen!‹ hat er immer gesagt, in einem *Ton* – so hats nie wieder jemand gesagt.
Die Mutter holte mich dann zum Abendessen in ihren Wohnwagen. Zum letztenmal alle zusammen. Am nächsten Morgen wollte ich ganz zum Herrn Ehrenreich übersiedeln, sie sah das auch gleich ein. Die Brüder suchten den Androsch, fanden ihn endlich, wie er im Elefantenzelt schnarchte, und schleppten ihn zur Mutter.
Wir saßen alle dicht gedrängt um den kleinen Eßtisch, jeder mit einem Glas Sekt in der Hand, und ließen das Andenken vom Herrn Ehrenreich hochleben. Dann holte die Mutter den Rostbraten, aber die Brüder konnten nichts essen vor Aufregung, mußten erst mal *ihre* große Nachricht loswerden: Also, das Vermögen vom Herrn Ehrenreich, das war scheinbar a Mordsding, ich hab die Zahlen vergessen, aber es waren viele Hunderttausend. Wir sahen uns an, wie wir da saßen vor unseren vollen Tellern, der Leopold, der Bernie, der Androsch, die Mutter, der Stilz: fünf reiche Leut um einen Tisch.
Der Androsch fing an zu weinen, weil ihm sein Ehrenreich fehlte. Die Brüder nahmen ihn, jeder unter einem Arm, und schleiften ihn zurück in seinen Wohnwagen.
Reich. Ja, das wurden wir ganz bestimmt. Schon am nächsten Morgen fing das neue Leben an. Die Mutter eröffnete mir ein Konto auf der Bank, und das wuchs und wuchs. Wir reisten weiter, so wies der Herr Ehrenreich für das Jahr geplant hatte, und die Brüder wechselten sich ab mit den Kommentaren für die Schachmaschine, es ging ganz gut, ich gewöhnte mich dran. Nach ein paar Monaten schrieb der Dr. Pollart, daß die Lisa und ihr Mann das Testament für ungültig erklären lassen wollten, aber da würden sie wohl wenig Glück haben.«
Der Alte nagte heftig an der Oberlippe, entdeckte plötzlich, daß seine Pyjamajacke falsch zugeknöpft war, zerrte ungeduldig, riß einen Knopf ab und fächelte sich Luft zu.
»Mir ist so heiß, Kasperl, dabei sind wir ja noch im Jahre 1911, und da geschah nix, was einen aufregen könnt. Wir machten jetzt

immer zwei Monate Ferien, die Mutter und ich fuhren nach Italien und einmal auch nach Ägypten, immer nur erster Klasse. Wenn sies auch nicht wahrhaben wollt, sie war jetzt die reiche Frau Schulte, hatte einen nagelneuen Wohnwagen, schöne Kleider, einen Pelz – alles Geschenke von uns, natürlich, aber sie freute sich nicht richtig, hielts für ›a Sünd‹ und sprach viel von dem Kamel und dem Nadelöhr. Sie machte natürlich immer noch abends ihren Rundgang vor der Vorstellung – ach ja, da fällt mir ein: Die drei Jahre Stillschweigen für ›unsere‹ Arbeiter, die waren längst vorbei, und der Androsch hatte die Prämie ausbezahlt, mit Zinsen, und dann eine neue ausgesetzt für weitere fünf Jahre. Es gab nie Probleme, ging immer gut, wir zogen halt alle an einem Strang.
Bis zum Anfang vom Jahr 1914 – und jetzt hab ichs auf einmal wieder kalt, Kasperl. Gib mir die alte Wolljacken da drüben. Knöpf *du* sie zu, ich hab nicht die Stimmung. Im Januar 1914 – das war ja sowieso ein Jahr, das jeder kennt, aber für mich kam da noch einiges dazu, zu allem anderen. Es war auch ein extra kalter Winter – wir gaben gerade ein Gastspiel in Berlin –, und weils im Wohnwagen nicht warm genug werden konnte, zogen wir ins Hotel Adlon. Die Mutter hatte es auf der Brust und legte sich ins Bett.
Eines Abends nach der Vorstellung schickte der Portier einen Pagen herauf zu uns. Ich saß grad beim Abendessen in Mutters Zimmer, sie im Bett, mit dem Tablett auf den Knien, und ich mit meinem daneben. Eine Dame sei unten und würde mit Herrn Schulte sprechen wollen.
Ich wußte sofort, Kasperl, ich wußt auch, was sie wollte, hatte in den drei Jahren seit dem Wiedersehen in Mainz manchmal heimlich dran gedacht, daß so was schließlich möglich war – aber dann dacht ich wieder, nein, es ist *nicht* möglich, der ist doch aus sehr feiner Familie, da konnte doch *so was* nicht vorkommen!
Ob die Mutter auch manchmal dran gedacht hat? Natürlich hat sies g'wußt! Wenn ich dran denk, wie wir uns ansahen, als der Page die Meldung brachte, und wie sie langsam mit dem Kopf nickte.
›Sagens der Dame, sie möchte heraufkommen.‹

Wir aßen weiter, bis die Lisa ins Zimmer trat.
›Guten Abend‹, sagte sie und blieb vor Mutters Bett stehen.
›Legens doch ab, bittschön‹, sagte die Mutter. ›I kann leider net aufstehen, i hab mi verkühlt.‹
›Ach‹, sagte die Lisa und sah mich an. Ich stand langsam auf und half ihr aus ihrem Pelzmantel. Dachte, der von der Mutter ist schöner.
›Wollens net Platz nehmen‹, sagte die Mutter.
Die Lisa zog die langen Nadeln aus ihrem Wagenradhut mit den Straußenfedern und setzte sich auf einen Sessel, ein Bein übers andere, sehr elegant, sehr schöne Linie. Ich ging wieder zu meinem Tablett zurück.
›Entschuldigen Sie, wenn ich weiteresse‹, sagte ich, ›aber es wird sonst kalt.‹
›Bitte sehr‹, sagte sie.
Die Mutter löffelte ihre Suppe. Lisa sah von einem zum anderen. Eine Weile lang sprach niemand. Dann legte die Mutter den Löffel hin.
›Was verschafft uns das Plaisir, Madame Lisa?‹
›Ich nehme an, Sie könnens sich denken. Wie Sie wissen, hat das Erbschaftsgericht jetzt endgültig unsere Ansprüche abgelehnt. Es bleibt uns also nichts übrig, als uns auf andere Weise unser Recht zu verschaffen.‹
Sie schwieg einen Augenblick, aber wir erkundigten uns nicht nach der ›anderen‹ Weise.
›Wie Sie sich erinnern, war ich ja zeitweise Mitarbeiterin bei der Schachnummer.‹
Die Mutter wiegte den Kopf hin und her. ›Dös weiß i noch genau‹, sagte sie, als spreche sie von was Peinlichem. ›Gar net berühmt, leider. Ka Bühnentalent, leider.‹
Lisa bekam rote Wangen. ›Es handelt sich nicht um mein Bühnentalent, sondern um meine gerechten Ansprüche. Ich bin Herrn Ehrenreichs Nichte und verlange, an den Einnahmen zumindest zu gleichen Teilen wie Sie zu partizipieren. Natürlich rückwirkend über die letzten drei Jahre bis zum Todestag meines Onkels. Andernfalls …‹

›Ja?‹ sagte die Mutter.
Lisa zögerte und sah mich an. Ich sah ihr so neutral wie möglich ins Gesicht, betrachtete ihre Frisur, toupiert, in prallen Rollen um den Kopf, dann, weiter südlich, die Stirn, halb verdeckt unter der Haarwolke, die Augen so schön blaugrau und so zornig, die kleine Nase und den blassen Mund. Der zitterte heftig.
›Könnte ich mit Stilz ein paar Worte allein sprechen?‹
›Warum?‹ sagte ich und griff zum Kompotteller. ›Ich habe keine Geheimnisse vor meiner Mutter.‹
›Stilz, du und ich, wir könnten uns ganz sicher arrangieren, schließlich haben wir uns ja mal gern gehabt, nicht wahr?‹
›Lange her‹, sagte ich und aß Apfelmus.
Sie versuchte es ein letztes Mal. ›Ich möchte dies alles – gütlich abmachen, deswegen bin ich ja gekommen, ich würde nur sehr ungern... äh... andere Geschütze auffahren lassen.‹
Wie fein sie sich ausdrückte! Die Mutter war auch beeindruckt.
›Ei, was wärn denn das für G'schütz?‹ fragte sie voll Wißbegier.
›Ich werde den zuständigen Behörden mitteilen, daß Ihre sogenannte Schachmaschine ein ausgemachter Schwindel ist, ein frecher Betrug des Publikums, Vorspiegelung falscher Tatsachen. Damit sind Sie nicht nur erledigt, sondern werden auch strafrechtlich verfolgt.‹
Die Mutter nickte zustimmend.
›Akkurat‹, sagte sie. ›Da seh ich nur an kleinen Schönheitsfehler, Madame Lisa, denn sonst hams des fein ausg'heckt mit all den gwundnen Worten, das muß i Ihnen lassen. Nur eben der kleine Schönheitsfehler, der verdirbts a bisserl, nämlich daß Sie halt selber an dem frechen Betrug des Publikums mitg'schafft ham, wie Sies ja eben selbst g'sagt ham, a ganze Weil, wenn i mi recht erinner. Da werdn mer halt alle z'sammen strafrechtlich verfolgt, gell? Mir is recht. Dir auch, Stilz?‹
›I freu mi drauf‹, sagte ich.
Die Lisa schwieg, aber ihr Busen wogte heftig auf und ab, und ich war so frei und erinnerte mich... Dann nahm sie ihre Hutnadeln und die Straußenfedern und stand auf.

›Wir werden ja sehen‹, sagte sie so leise, daß die Mutter ›wie bitte?‹ rief. ›Sie werdens bereuen, das versprech ich Ihnen.‹
Ich stand auf und wollte ihr in den Mantel helfen, aber sie ließ mich nicht.
›Mein Mann hat recht‹, sagte sie – nein, Kasperl, es stimmt wieder nicht, sie sagte es nicht, sie fauchte genau wie unsere Raubkatzen, wenns fuchtig wurden: ›Ungeziefer!‹
Sehr wirkungsvoll, ihr Abgang. Wir haben aber auch bravourös g'spielt, die Mutter und ich, so als hätten wirs geprobt, aber ich blieb doch recht flügellahm zurück.
›Des wird an Kampf geben, Manderl‹, sagte die Mutter. ›Da kannst dich drauf verlassen. Willst ihr lieber doch an Anteil geben oder a feste Summe? Es kann bös ausgehen, wenn so a Natter gar nix kriegt.‹
›A feste Summe gibts nicht, Mutter, dann erpreßts uns immer wieder. Und mit an Anteil ists auch nicht viel besser. Wenns mal Blut geleckt hat, wirds nimmer zufrieden sein.‹
Die Mutter nickte und seufzte.
›Also?‹
›Also ins Gefängnis‹, sagte ich, ›wenns sein muß. Aber net an einzigen roten Heller, auch net einen.‹
Die Brüder waren derselben Meinung und der Androsch auch: Keinen roten Heller. Die *konnten* ja gar nicht klagen, reiner Bluff, a Frechheit, so was. Nur die Mutter wiegte den Kopf hin und her und sagte: ›Am bösen Hund gibt ma halt zwei Knochen.‹ Aber sie konnte nichts ausrichten, wir waren wie eine Mauer.
Wir hatten noch vier Tage Vorstellung in Berlin, der Mutter gings besser, aber wir blieben im Adlon, sie und ich, vorsichtshalber. Am letzten Tag, einem Samstag, wollt ich gern ein Stünderl Unter den Linden promenieren und mir die schönen Damen und die eleganten Kutschen und Autos ansehen. Es war ein wunderschöner Tag, ganz blau, kalt natürlich, aber die Sonne schien, als wärs Sommer. Weißt, Kasperl, jetzt war ich schon so lang Zwerg, vierundzwanzig Jahr lang, daß ich das Benehmen der Leut gar net mehr bemerkte, wenns mir auf der Straße entgegengekommen sind. Immer dasselbe: Stielaugen und je nach Erziehung die ganze Skala vom vor-

nehmen Beinah-Ignorieren bis zum Stehenbleiben und Glotzen. Die Kommentare variierten zwischen ›Guckemal!‹ im Südwesten bis ›Ach herrje!‹ im Norden. Ich sah nix und hörte nix, Kasperl, kannst mirs glauben, ich saß in meiner Schachtel, wo ich auch war.

Manchmal, wenn ich an der Straßenecke warten mußte, da quatschte mich auch mal einer an und bekam an Blick von mir, daß er schnell über die Straß lief. An dem schönen Samstag morgen stand ich an der Ecke Wilhelmstraße, und jemand stand auch wieder zu nah neben mir und sagte was. Ich sah einen Rock und drehte den Kopf weg. Da hörte ich aber doch, trotz des Straßenlärms: ›Stilz – bitte!‹ Sie müsse mich sprechen, nur ein paar Minuten. Sie hatte die Augen voller Tränen und sagte noch mal ganz leise: ›Stilz – bitte!‹ Das Gedröhn um uns war so wüst, ich mußt es ihr von den Lippen ablesen.

Wir saßen dann im Café Bauer, Ecke Friedrichstraße. Ich hatte einen Platz ganz hinten in einer Ecke gefunden, wos dunkel war, weil sie so weinen mußte. Ich bestellte heiße Schokolade, und endlich schneuzte sie sich und konnte sprechen. Mich hats hin und her gerissen, das kannst du dir denken. Es hat mich doch so viel Gram gekostet und Verbeißen und Verschlucken, nachts. In der Früh um fünf Uhr, das ist die böse Stunde, da denkt man nur an den Mühlbach. Und jetzt saß *sie* da und weinte. Genugtuung hatt ich keine, dachte immer nur: Faß sie nicht an, streichel ihr nicht die Hand, nix. Bleib still sitzen, und warts ab.

Dann kams, Kasperl, bei der heißen Schokolade, da hats mir die ganze Geschichte erzählt vom Herrn Ehrenreich und den Kreuzzügen und der Glocken – und mir sind lauter Lichter aufgegangen. Plötzlich verstand ich, wie sich die Leut aufg'führt hatten, erst der Ehrenreich und dann der Monsieur mit dem Schnurrbart, aber da hab ich den Mund aufmachen *müssen,* sonst wär ich dran erstickt. Wie sie denn so an Bockmist hat glauben können, hab ich g'fragt. Und da ist was ganz Merkwürdiges rausgekommen, weißt, Kasperl, es is immer a zweischneidiges Schwert, wenn man merkt, daß das Madl, was man liebt, dumm ist. I find ka besseres Wort, strohdumm war sie, die Lisa, die Mutter hatte schon recht g'habt damals: ›A Nieten.‹ Man kommt sich aber selber wie a Blödian vor, daß mans nicht g'merkt hat. Sie hat noch bis zu dem Moment, wos die Schokolade getrunken hat, alles glaubt – Kreuzzüg, Glocken, alles – und hat g'meint, ihr Mann sei sehr großzügig gewesen. Es hat mich beinah gerührt, so viel Naivität, so a Gottesschaf – und der hab ichs Schachspielen beibringen wolln!

Das Thema ham wir dann schnell falleng'lassen, und sie ist endlich zu der Sache gekommen, warum sie mir auf der Straße aufgelauert hat: Sie seien ganz arm, hätten das letzte Geld ihrem Rechtsanwalt zahlen müssen. Sie wüßten nicht, wovon sie leben sollten, ihr Mann sei doch aus einer Familie, da *arbeite* man nicht, er hätte nichts gelernt, und sie auch nicht, und was nun.

Zwei Stunden mindestens sind wir in dem Café g'sessen, und ich kann dir net das ganze Hin und Her erzählen. Zum Schluß, nachdem sie drei heiße Schokoladen getrunken hatte, hab ich ihr versprochen, mit den Brüdern zu reden, damits was kriegt. ›Und deine Mutter?‹ – ›Die ist sowieso dafür.‹ – ›So?‹ hats gesagt und mich ganz seltsam ang'schaut. ›Das wundert mich. Die hat mich nie mögen.‹ Ich konnt ihr da nicht widersprechen und blieb stumm. Nach einer langen Pause fragte sie: ›Wieviel?‹ Mit an ganz anderem Ausdruck in den Augerln als vorher. ›Das weiß ich nicht, aber wenn die Brüder nicht wollen, dann kriegst du was von *meinem* Anteil, Lisa.‹ – ›Wieviel?‹ hats wieder g'fragt, und als ich sie ganz deppert anschaute, wegen des Rollenwechsels von der Naiven zur Salonschlange, hats ganz langsam und deutlich g'sagt: ›Mein Mann weiß, daß *du* in der Schachtel sitzt, Stilz, ich habs ihm gesagt.‹ Ich muß wohl ausgesehen ham wie a Kalb, das eins vor den Schädel bekommen hat, denn sie hat noch mal sorgfältig und langsam g'sagt: ›Vergiß das nicht, Stilz, und sags auch deiner Mutter und deinen Brüdern: Er weiß es.‹ Dann ists aufg'standen und schnell gegangen, ohne auf Wiedersehen.

Ich bin noch eine Weile in dem Café geblieben. Es war inzwischen leer geworden, und ich setzte mich ans Fenster und schaute raus auf die Straße. Die war auch beinah leer. Mittagszeit. Ich saß noch eine gute Stunde und faßte einen Entschluß, während ich zusah, wie die Sonne durch die kahlen Lindenbäume schien und die Äste aufs Trottoir malte. Ich wollt ganz sicher sein, und zum Schluß war ichs.

Nach der Vorstellung, der letzten in Berlin, kamen die Brüder und der Androsch mit rauf in Mutters Zimmer, weil ich ihnen was Wichtiges zu sagen hatte. Und dann erzählte ich ihnen die Sache mit der Lisa und daß ich willig sei, ihr was von meinem Anteil zu geben, und die Brüder unterbrachen mich und riefen: ›Bist verruckt, Stilz?‹ Und ›Warum willst denn so was tun?‹

›Weils die Oberhand hat‹, sagte ich, ›und weils mir eine Watschn austeilen wird mit ihrer Oberhand.‹

›Was kanns schon machen? Klagen kanns net.‹

›Sie wird schon was finden, da bin ich sicher. Und deshalb möcht i nimmer auftreten in der Schachtel.‹

Außer der Mutter hams alle durcheinandergerufen, auch der Androsch, ganz wüste Worte, was er sonst nicht tat vor der Mutter, über die Lisa und ihren Monsieur, aber ich hatte noch mehr zu sagen.

›Es is nicht nur wegen der Lisa, wenn i ganz ehrlich sein will. I habs satt, die Schachtel, sitz da jetzt bald neun Jahr drin, i habs satt, sag i euch.‹

Alle warens plötzlich still. Die Mutter nickte mit dem Kopf und der Androsch auch, nach einer kleinen Weil. Der Leopold sagte: ›Ja mei, was willst denn machen mit deim Leben?‹

›I will raus. Reisen. A paar Jahre verschwinden, vielleicht nach Amerika. Bis die Leuts die Schachmaschin vergessen ham. Dann möcht i öffentlich spielen. Schachturnier. Weltmeister werden.‹

›Und das Panoptikum? Du kannst doch net so von eim Tag zum andern aufhörn‹, sagte dein Onkel Bernie, ganz perplex.

›Das Panoptikum geht auch ohne die Schachmaschin‹, sagte die Mutter.

›Naa!‹ rief der Leopold. ›Wir ham feste Verträg, da is die Maschin aufm Programm.‹

›Wie lange?‹

›Drei Wochen‹, sagte der Androsch. ›Nächste Woche Magdeburg, dann Braunschweig und dann noch mal zurück nach Potsdam, da ham wir schon die Programme gedruckt und verschickt.‹

›Gut‹, sagte ich, ›die drei Wochen spiel ich noch. Dann ists aus.‹ Aber grad diese drei Wochen, Kasperl, die habens g'schafft.«
Er sank zurück in die Kissen, nahm die Brille ab und schloß die Augen. »Ich bin jetzt auch g'schafft, Kasperl, ich bin müde.«
»Onkel Stilz! Das geht aber nicht.«
Der Alte öffnete die Augen und sah ihn erstaunt an.
»Was is, Tintenlackl, verstehst nicht? Ich bin müde.«
»*Jetzt* willst du mich nach Hause schicken? Glaubst du wirklich, ich hör' nur so zu und wisch' es mir aus dem Schädel, wenn ich hier die Treppen wieder runtersteige?«
Der Zwerg lächelte. Er streckte ein winziges Händchen aus und klopfte beruhigend auf die Bettdecke, als sei sie Kaspars Hand. »Das freut mi, daß es dich hernimmt. Mich nimmts auch her, weißt, ich lieg noch lange wach, wenn du fort bist und denk und denk...« Er setzte die Brille wieder auf und stützte sich hoch, bis er wieder bequem in den Kissen lehnte. »Also schön, ich versuchs mal, laß sehn, wie weit ich komm heut nacht. Viel ists ja nicht mehr, aber eben... Hab ich schon erzählt, daß da ein Brief war im Hotel, als ich nach der Vorstellung zurückkam? Ei, das is wichtig, das darf i net unterschlagen: In dem Brief war nur ein Zettel, darauf stand: ›Wieviel und wann? Sofortige Nachricht an unsere Adresse.‹ Keine Anred und keine Unterschrift. Die Handschrift von der Lisa. Ich schrieb auf denselben Zettel: ›Keinen Pfennig – und niemals.‹ Ließ das auch ohne Unterschrift und schickte es so ab.
Mit der Mutter führte ich lange Gespräche, ob sie das Panoptikum weiterführen solle ohne mich. Sie wollte auch nicht mehr, und die Brüder drängten sie nicht; ihr Anteil war dann größer. Nur der Androsch, der besoff sich jetzt regelmäßig und weinte, weil er dann ganz einsam sein würde. Die Mutter wollte zurück nach Landshut, freute sich auf ihren Garten und die Ida. Sie war ja erst achtundvierzig, aber sie sah viel älter aus, das Haar war schon ganz weiß, vielleicht weil sie viel zu früh erwachsen hat sein müssen. In den nächsten drei Wochen nahm sie Abschied von ihren Wunderviechern und Menschen, da gabs viel Tränen in Magdeburg und in Braunschweig. Und dann kam Potsdam. Das möcht ich dir

jetzt ganz ruhig erzählen, und ich werds kurz machen, sonst schaff ichs *doch* nicht. Fünf Tage sollten wir da spielen. So, und jetzt gehts los, Kasperl, und ich merk schon jetzt, da wird net viel los sein mit der Ruhe. Du weißt, i hab ein b'sonders gutes Herz, aber jetzt bumperts. Na ja, es nützt nix, i muß da durch. Also: Am dritten Tag, während ich meine erste Partie spielte, hörte ich was brummeln unten rechts im Parkett und dann a paar Leut, die ›Ruhe‹ sagten. Der Bernie hatte an dem Abend den Kommentar und rief: ›Meine Herrschaften, denkens doch, der Herr Griebler hier, der hat grad seine Rochade verloren – er muß sich sehr dranhalten. Bitte um absolute Ruhe – ich seh, Herr Griebler möchte die Dame eintauschen, sehr geschickt, Herr Griebler, bravo!‹ Ich rochierte künstlich, stellte meinen König sicher, das war ein guter Spieler, der Herr Griebler, einer mit Phantasie, aber weil die da unten rechts im Publikum nicht zur Ruhe kamen, würgte ich ihn schnell ab und klopfte: schachmatt. ›Bravo, Maschin!‹ rief der Bernie, ›großartig g'spielt!‹ Und das Publikum begann zu applaudieren. Herr Griebler verbeugte sich und ging grad die zwei Stufen zum Parkett runter, da rief eine Stimme ganz laut: ›Betrug! Schwindel! Gauner!‹ Und jemand anderes brüllte: ›Dat is keene Maschine, da sitzt eener drin. Geht doch rauf, und seht's euch an!‹

Der Bernie wollte schnell den Vorhang fallen lassen, aber plötzlich kamen lauter Zurufe aus dem Publikum: ›Bühne frei! Vorhang aufziehen!‹ Unsere zwei Arbeiter, die die Maschine schnell abtragen wollten, konnten nicht durch, denn eine Handvoll Leute sprang auf die Bühne und blockierte den Tisch. Eine Stimme von unten, die zweite, die mit dem Berliner Akzent, brüllte: ›Mensch, Kinder! Macht doch die Hinterwand auf!‹ Die Leute unten beobachteten gespannt, ob die das fertigbrachten da oben und was da wohl drinnen war in der Maschine. Aber die war ja von außen nicht aufzumachen, und ich hörte, wie sie sich die Finger wundkratzten, um eine Öffnung zu finden. Immer mehr Menschen sprangen herauf. Ich sah ihre Gesichter durch meine Schlitze und bekams mit der Angst. Der Berliner schrie wieder von unten: ›Nehmt doch ein Messer und brecht dat Ding auf!‹

Jetzt warf sich der Bernie dazwischen, und unsere Arbeiter bahnten sich mit Gewalt einen Weg zum Tisch. Der Bernie schrie: ›Die kostbare Maschin! Zurück! Elektrische Schläge! Ich warne Sie!‹ oder auch: ›Ich verklage jeden, der sie anfaßt‹, aber einer hatte ein Taschenmesser und stieß es einfach durch die Hinterwand. Es erwischte mich in der linken Schulter, drang tief ein. Ich biß mir ganz fest auf die Lippen, um nicht zu schreien vor Schmerz und auch aus Angst vor dem nächsten Messerstich, dachte nur, vielleicht ist noch was zu retten – aber jetzt hieben unsere Arbeiter auf die Leute ein, die sich um den Tisch drängten, und stürzten sich auf den Kerl mit dem Taschenmesser, rissen es raus.
Da rief einer mit lauter Stimme: ›Da ist doch Blut an dem Messer!‹ Und da wurde es plötzlich still. Dann schrie einer ganz hysterisch: ›Da! Da kommt's raus, das Blut! Da unten an der Schachtel!‹ Kein Mensch oben auf der Bühne bewegte sich, auch der Bernie und die Arbeiter standen wie vereist, dann hörte ich laufende Schritte und die Stimme von einem unserer Leute: ›Ein Brecheisen! Schnell!‹
Der unten rief wieder: ›Betrug! Da sitzt einer drin! Ein Zwerg!‹ Im selben Augenblick hörte ich eine ruhige Stimme zum Bernie sagen: ›Da drin ist doch jemand verletzt! Machen Sie sofort auf, ich bin Arzt.‹
Das war das letzte, was ich hörte. Angeblich soll der Bernie immer wieder gerufen haben: ›Mach auf, Stilz, mach sofort auf!‹ Aber ich weiß nix davon, das ist mir später erzählt worden. Der mit dem Brecheisen kam endlich angerannt, schluchzend, glaubte natürlich, ich sei tot, weil ich nicht antwortete, und der Bernie neben mir soll die Nerven verloren und immer nur gewimmert haben: ›Schnell, schnell ...‹
Die Leut oben traten einen Schritt zurück, um Platz zu machen, während der Arzt die Jacke auszog. Immer mehr Menschen wollten auf die Bühne kommen, alle wollten sie sehen, was da nun drin war in der Schachtel. Aber der Arzt hatte eine sehr starke Stimme und bestand drauf, daß keiner zu nahe kam, während unsere Leut die Brechstange dort ansetzten, wo die Hinterwand sich aufklappen ließ. Als es endlich soweit war und die Bretter auseinander-

brachen, saß ich da, bewegungslos, eine weiche Masse in einem starren Gefüge. Der Arzt hob mich vorsichtig heraus, mein Kopf fiel zur Seite, und das Blut lief ihm über die Hände. Jetzt waren alle überzeugt, daß ich tot sei, und standen stumm vor Entsetzen. Nur jemand rief plötzlich: ›Wo ist der Mann mit dem Taschenmesser?‹

Aber der war verschwunden.

Und dann soll auch wieder diese eine Stimme, die erste, von unten gerufen haben: ›Na, was habe ich gesagt? Betrug! Schwindler!‹ Aber kein Mensch wollte sich damit abgeben, alle blieben stehen, wo sie gerade standen, oben auf der Bühne oder unten im Parkett, und flüsterten aufgeregt und ängstlich, als würde man sie später wegen Anstiftung zum Mord zur Verantwortung ziehen.

Der Arzt trug mich ins Zimmer mit dem Tresor. Dort legte er mich auf den Boden und zog mir das Hemd aus. Jemand war nach einem Krankenwagen geschickt worden. Bis der kam, hatte mich der Arzt gut verbunden, mit meinem und mit seinem Hemd, die er beide zerschnitten hatte. Ich weiß nicht, wie sies fertiggebracht ham, die Mutter fernzuhalten. Die war in ihrem Wohnwagen und wollte grad ins Bett gehen, da hörte sie das Signal des Krankenwagens. Ich bin erst im Krankenhaus wieder zu Bewußtsein gekommen, und da saß sie am Bett.

Ja, Kasperl, jetzt gibst mir Urlaub, gell? Mehr kann i heut nicht für dich tun. Willst wieder hier schlafen? Na, dann streck di aus! Warm genug is es, und mich störts net.«

Aber es störte ihn doch, oder, besser, *er* störte Kaspar, als er am Morgen auf die Klingel drückte und Anja erschien, eine Küchenschürze über dem wollenen Nachthemd, das Haar noch in Zöpfen, um die Vorhänge aufzuziehen.

»Was ist denn?« murrte Kaspar ungehalten. Er lag eng zusammengerollt am Fußende des Himmelbettes. Seine Jacke und die Schuhe war er während der Nacht irgendwann losgeworden, hatte wohl auch den Schlips gelockert und den Kragenknopf aufgemacht. Anja lehnte dräuend hoch über ihm, die Arme in die Hüften gestemmt.

»Muß ich ihm auch das Frühstück machen?«
»Ja, Kruzitürken! Müssens da erst a Verhör veranstalten? Fragens den Herrn Professor, was er haben möcht, aber dalli jetzt.«
Der Herr Professor wollte Kaffee, viel Kaffee, sonst nichts. Er setzte sich mühsam auf, machte keine Anstalten, seinen zerknitterten Zustand in Ordnung zu bringen. Der Zwerg betrachtete ihn freundlich grinsend.
»I bin schon lang wach, schon a paar Stunden. Kannst ins Bad gehen. Im Schrank findst a neue Zahnbürste. In Plastik.«
Als Anja das Frühstückstablett brachte, kam Kaspar aus dem Badezimmer.
»Wie spät ist es eigentlich? Hab' meine Uhr gestern abend nicht aufgezogen.«
»Sieben.«
»Frühstückst du immer so früh?«
»I schlaf net gern lang hinternander. Nachher, wenn du weg bist, da schlaf i wieder.«
Kaspar trank den heißen Kaffee, und die Ereignisse des gestrigen Abends tauchten langsam wieder auf: Luburic... Miklos...
»Onkel Stilz, ist dieser Kroate gestern hiergeblieben?«
»Willstn sprechen?«
»Ich kenne ihn kaum, ich muß dir das sagen. Ich kann nicht für ihn garantieren.«
Der Alte klingelte, und das Mädchen erschien wieder, das Haar bereits gebürstet und in weißgelber Pracht um die Schultern hängend.
»Ich ziehe an«, sagte sie ungehalten. »Mich nicht stören jetzt, bitte.«
»Ist das Mannsbild noch da?«
»Miklos? Ißt gerade. Nicht stören jetzt, bitte.«
»Anja, mein Neffe sagt mir, er kennt ihn nicht, also passen Sie auf!«
»Ist ein guter Mann. Keine Sorge. Ich wasche jetzt.« Sie knallte die Tür hinter sich zu.
Der Zwerg zuckte die Achseln. »Mir machts nix. Was könnt er schon tun? Und die Anja tät ihn verdreschen, wenn er mit ihr an-

bandeln wollt.« Kaspar sagte nichts, aber der Alte erriet was. »Und wenns ihn laßt, weils an Mann braucht – mir ists recht.«
»Du ißt nichts, Onkel Stilz?«
Der Zwerg sah nachdenklich auf die Toastscheiben in dem silbernen Behälter, Butter und Honig daneben.
»Hab heut morgen kan Hunger, weiß net, warum. Sonst eß ich des alles, jeden Krümel.«
»Weil du noch im Krankenhaus in Potsdam bist, mit der Wunde in der Schulter. Deshalb.«
Der Alte nickte, lehnte sich in die Kissen zurück und starrte an die Decke.
»Sag mal, Onkel Stilz, hat man die Anstifter im Publikum gefunden? Das waren doch zwei, nicht wahr, der erste – und dann der Berliner. War der erste der Mann von der Lisa?«
»Tintenlackl. Der konnte kein Deutsch! Der hatte die einfach engagiert, der Monsieur, hat sie bezahlt dafür, daß sie den Stunk machten.«
»Und der Mann mit dem Taschenmesser?«
»Der war der dritte, denn das war schon a ganz besonderes Taschenmesser, mit aner Klinge, ganz lang und aus Stahl, so was trägt sonst kein Mensch mit sich herum.«
»Und keiner von den dreien wurde festgenommen?«
Der Zwerg schüttelte den Kopf.
»Aber der Onkel Bernie, der war doch dabei – hat er's der Polizei gemeldet?«
Der Alte blieb stumm und starrte weiter an die Decke.
»Was hat der dir denn gesagt, als er ins Krankenhaus kam?«
»Der ist nicht gekommen.«
»Was heißt das?« Kaspar stellte seine Tasse ab und beugte sich vor, um den Alten besser sehen zu können. »Was heißt, er ist nicht gekommen?«
»Der nicht, und der Leopold auch nicht. Ich hab sie nie wieder g'sehn, die zwei – das heißt, doch, den Leopold hab i noch mal g'sehn, viel später und nur von weitem. Hab nie wieder a Wort mit ihm g'sprochen.«
Nach einer Weile fragte Kaspar: »Und der Androsch?«

»Der kam natürlich, der kam ins Krankenhaus. Er war ja net dabeigewesen, wies passiert ist, er war im großen Zelt bei der Elefantennummer, als ihn unsere Leut gerufen ham. Erst hat er versucht, den Messerkerl zu finden, dann die anderen beiden, und die Leut im Publikum ham g'holfen, die warn alle noch da, keiner wollt nach Hause gehen, und die hams dem Androsch haargenau beschrieben, wie die ausg'sehen ham, aber die hat der Erdboden verschluckt g'habt. Dann ist er zur Mutter gelaufen, der Androsch, aber die war schon weg mit dem Krankenwagen, und dann is er zu die Wohnwägen von den Brüdern, und die warn leer. Der Bernie war schon lang vorher in den Wagen vom Leopold g'stürzt und dann in seinen, daneben. Des ham a paar Leute g'sehen, und kurz darauf sind sie beide fortgegangen, sehr schnell, jeder mit an Koffer in der Hand.«

Kaspar sagte: »Hast du eine Zigarette, Onkel Stilz?«

Der Alte tastete nach der Klingel, aber bevor er sie erreichen konnte, stand Kaspar schnell auf.

»Laß nur! Ich geh' in die Küche und frage.«

Vor der Küchentür blieb er im Dunkel der Diele stehen und schloß die Augen: Der Leopold...

Am Küchentisch dann die zwei in eifriger Unterhaltung. Deutsche Brocken, dänische, kroatische und Zeichensprache. Miklos, kaum wiederzuerkennen, frisch gebadet, mit noch nassem, ordentlich gescheiteltem Haar, in Anjas altem Morgenmantel – sein Hemd tropfte von der Wäscheleine –, bewältigte gerade einen Teller voll Haferflocken; Anja in Jeans und Bluse ihm gegenüber. Sie sah unwillig auf, brachte aber eine Schachtel Zigaretten, gab ihm sogar Feuer. Er rauchte schweigend. Von nebenan kam lautes, fröhliches Amselpfeifen.

»Was ist mit Sie, Professor? Sie sehen nicht gut aus«, sagte Miklos. Kaspar schüttelte den Kopf und stand auf. »Kann ich die Zigaretten mitnehmen?«

Er ging ins Schlafzimmer zurück, schwang sich aufs Bett und lehnte sich gegen seinen Pfosten. Der Zwerg lag noch da, wie er ihn verlassen hatte, starrte immer noch an die Decke. Er drehte den Kopf und sah Kaspar zu, der schweigend rauchte.

»Es tut mir leid, Kasperl, daß das dein Vater war, der Leopold. Die wußten natürlich, die Brüder, was kommen würde: Am nächsten Morgen, gleich nachdem der Arzt sich meine Wunde angesehen hatte, meldete die Krankenschwester einen Herrn von der Polizei. Die Mutter und der Androsch waren bei mir im Zimmer, als der reinkam und mich vernahm. Er hat dann die beiden aufs Polizeirevier mitgenommen, aber Gott sei Dank hams den Androsch gleich wieder gehen lassen, der hatte ja mit dem Panoptikum nichts zu tun. Er kam schnell zurück ins Krankenhaus gelaufen, und das war gut, denn mich hams anbinden müssen, so hab ich getobt. Er hat mir geschworn, die Mutter würde nur verhört und protokolliert werden und dann gegen Kaution freigelassen. Noch am selben Tag. Den Dr. Pollart hatte er schon benachrichtigt, der würde am nächsten Tag kommen.
Ich mach jetzt wieder a paar große Sprüng, Kasperl, mußt ja auch zu deiner Vorlesung.«
»Erst um zehn Uhr, Onkel Stilz.«
»Aber auch weils net sehr interessant ist. Mich hams nach zehn Tagen ausm Krankenhaus entlassen, und ich durft nach Landshut zur Mutter, auch gegen Kaution, natürlich, zehntausend Mark, glaub i. Der Androsch hat ang'fangen, das Panoptikum aufzulösen – alles hat ang'fangen, sich aufzulösen, wie a alte Strickwesten, wennst den richtigen Faden erwischst. Gut, daß wir nicht dabei waren, die Mutter und ich, wie alle die Wunder der Natur überallhin verkauft wurden. G'weint hams alle, die Armen, obgleich der Androsch sich Müh geben hat, für alle an guten Platz zu finden, aber eben net so gut wie bei der Mutter, des is klar.
Dann kam der Prozeß wegen Vorspiegelung falscher Tatsachen und Bereicherung auf Betrugsbasis, genau wie die Lisa gesagt hat. Vielleicht wärens net so streng gewesen, wenn nicht so viele hohe Herrschaften ›betrogen‹ worden wären; Namen habens natürlich nicht genannt während dem Verfahren, nur so angedeutet. Der russische Botschafter hat an Mordskrach g'macht, hinter den Kulissen, versteht sich, und der Vorsitzende vom Gericht, der hat auf meine ›Auslandsreisen‹ ang'spielt und wie ich dem deutschen Ansehen geschadet hätte. Die Zeitungen waren voll davon, von der

Schachmaschine und dem Zwerg. Nur eins hams nie erwähnt, die Deppen, nämlich, wie gut ich Schach gespielt hab, das stand nirgendwo drin. Dann hams die Mutter und mich zu hunderttausend Mark verknackt, weil die Brüder net aufzufinden waren. Die warn schon am ersten Morgen aus Deutschland raus, ham alles stehen- und liegenlassen. Nur ihr Bankkonto, das hams noch abgehoben.
Hunderttausend Mark oder ein Jahr Gefängnis. Ich entschied mich fürs Gefängnis, ich *wollt* da hinein, unbedingt, verstehst das, Kasperl? Eins sag i dir, wenn du mal was tun willst, was dirs Genick brechen kann, wenn du so was mal richtig im Magen spürst, dann tus kopfüber! Merks dir! Denk an mich – und hinein ins kalte Wasser, kopfüber. So hab ichs damals g'macht, und das war der einzige Weg.
Die Mutter wollt dann auch lieber einsitzen im Gefängnis, aber wie sie gemerkt hat, daß sie ja weit weg von mir sein würd, da hat sie lieber gezahlt und ist freigeblieben, damits mir Pakete schicken und mich besuchen konnte. Sie und der Androsch, die kamen zweimal im Monat – und manchmal auch die Ida. Das war Ende Mai, Kasperl, da bin i ins Gefängnis gewandert, und mir ist es als a ganz a welterschütterndes Ereignis vorgekommen, aber drei Monat später, im August 1914, da gabs was, das die Welt tatsächlich erschütterte, und kein Hahn hat mehr nach mir gekräht.«

Zweites Buch

Kaspar

1.

Dieser Sonntag war so blau und so heiß, daß Kaspar und Hede beschlossen, nach Wiessee zu fahren. Er schlug aber nicht den Weg zur Autobahn ein, sondern machte einen Umweg über Grünwald. Hede fragte nicht, warum, ihr war so wohl, sie lehnte sich in ihrem Sitz zurück und sah die Straßen nicht. Erst als der Wagen immer langsamer fuhr und Kaspar rechts und links durch die Anlagen spähte, setzte sie sich auf und fragte, wonach er denn suche. Nach einer Gärtnerei. Sie war sofort hellwach. Gärtnerei Wegmann? Ja. Kaspar hatte von Wilfred erfahren, daß *der* sich selbständig gemacht hatte, in einer Art Partnerschaft mit Stefan.

»Ich wollte nur mal sehen, wie die aussieht, die Gärtnerei.«

Sie fuhren kreuz und quer durch Seitenalleen und fanden sie schließlich weit außerhalb der Villenkolonie am Waldrand: GÄRTNEREI WEGMANN UND SCHULTE. Ein langgestreckter Bungalow, ein halb Dutzend Treibhäuser, dahinter Baum- und Strauchkolonnen in Reih und Glied, von strengen Silbertannen bis zu sanft glühendem Goldregen.

Kaspar fuhr langsam vorbei und hielt den Wagen hundert Meter hinter dem Bungalow an. Niemand war zu sehen. Ein Hund bellte, sonst war alles sonntäglich und hitzestill.

»Was soll man nur davon halten«, murmelte er, kurbelte das Fenster herunter und beugte sich hinaus. Nichts rührte sich, nur der Hund regte sich weiter auf. »Glaubst du, dieser Wegmann ist schwul?«

»Nein. Man weiß ja nie – aber ich würde sagen: nein.«

»Was will er nur von Stefan? Wilfred sagt, der tue das alles, um noch mit etwas, was zu Martha gehört, in Verbindung zu bleiben.

Stefan sei jetzt ein fanatischer Gärtner. Er macht Lehrgänge im Obstbäumeschneiden und Edelartenzüchten und weiß Gott was.«
Er spähte noch immer in die Runde, vielleicht würde doch noch was Lebendiges auftauchen, aber jetzt war sogar der Hund still.
»Wo können sie sein, die beiden, an so einem Sonntagmorgen? Mit der Botanisiertrommel im Walde?«
»Komm, fahren wir doch weiter, später wird's immer voller auf der Autobahn«, sagte Hede.

Sie fanden die richtige Stelle im Wald und lagen nach dem Picknick nebeneinander unter einer mächtigen Buche, Hedes Lieblingsbaum. Trotz der dichten Laubkrone flimmerte die Mittagshitze um sie herum.
Vielleicht schlafe ich ein, dachte Hede, hier riecht's so gut, das wäre das Schönste, hier, neben ihm.
Kaspar lag da, die Arme unter dem Kopf verschränkt, und blickte in das undurchdringliche, vibrierende Blättergeflecht hoch über ihm.
»Ich bin ein schlechter Vater«, sagte er plötzlich. »Oder besser: Ich bin überhaupt kein Vater.«
»Das glaube ich nicht. Außerdem – besser zuwenig als zuviel. Ich hab' Jahre damit verbracht, mich von meinem zu befreien. Er ist auch heute noch überzeugt, ich hätte ihm was gestohlen.«
»Was?«
»Mich. Ich war doch sein Eigentum.«
»War er sonst ein guter Vater?«
»Er meinte, ich müßte ihn lieben und ihm absolut vertrauen. Ich erfand und log, was ich konnte, und er merkte das natürlich. Eine andere Tochter hätte seine Umklammerung vielleicht für Liebe und Fürsorge gehalten. So meinte er es wohl auch. Ich war aber von der falschen Tochtersorte.«
»Und deine Mutter? Du sprichst nie über sie.«
»Ich wüßte auch nicht, was. Sie hatte einen Freund, solange ich denken kann, und für den lebte sie. Zu meinem Vater war sie immer extra manierlich, vielleicht weil sie...« Ein verfrühtes welkes

Blatt schwebte zögernd herab, und sie folgte ihm mit den Augen, bis es auf dem Boden lag wie in der Fremde. Behutsam fuhr sie fort: »Sie ist etwas ordinär, wenn sie nicht aufpaßt, nicht Vaters ›Klasse‹, verstehst du, und sie weiß das, dumm ist sie nicht.«
»Du sprichst von ihr wie von einer flüchtigen Bekanntschaft.«
Sie lächelte ohne Bosheit. »Genau. Bekannt, aber flüchtig. Um mich kümmerte sie sich nur, wenn ich krank war. Ich sehe sie noch an meinem Bett sitzen, als ich Ziegenpeter hatte. Vater auf der anderen Seite, ihr gegenüber. Sie sprachen nicht miteinander, lasen jeder in einem Buch. Ich sah von einem zum anderen, bat nur um etwas, wenn ich's nicht mehr aushielt, weil sie dann immer beide gleichzeitig aufsprangen, um sich wortlos das Glas Wasser streitig zu machen oder den kalten Umschlag oder den Nachttopf. Unser Arzt wunderte sich, daß das Fieber nicht weichen wollte. Als es dann endlich doch herunterging, verschwand meine Mutter wieder, aber er blieb sitzen. Ich wär' ihn auch gern losgeworden, hätte dann endlich unbeobachtet in meinem Bett liegen können, Nägel beißen, mich kratzen, herumwälzen, ohne erklären zu müssen, warum.«
»Siehst du sie noch?«
»Hin und wieder.«
»Weiß sie von mir?«
»Ja.«
»Und dein Vater? Lebt er noch?«
»Und wie. Er hat eine Freundin, nicht viel älter als ich. Sie legt allabendlich Rechenschaft ab, und er gibt ihr Zensuren, lobt oder tadelt. Das genießt sie genauso wie er. Und wie ich! Denn jetzt bin ich endlich frei ohne schlechtes Gewissen.«
»Ich habe dauernd ein schlechtes Gewissen, den Jungen gegenüber.«
Sie drehte sich auf die Seite und wandte ihm ihr Gesicht zu. »Bist du sicher, daß die lieber einen anderen Vater hätten?«
»Zum Beispiel einen, der ihrer Mutter treu gewesen wäre. Hast du's deiner Mutter nicht auch übelgenommen, daß sie einen Freund hatte?«
»Nein. Ich konnt's gut verstehen. Ich sah auch ein – meistens,

nicht immer –, daß ich nicht in ihr Leben paßte und daß das *mein* Pech war, kein böser Wille ihrerseits.«

»Die Jungen meinen, ich hätte ihre Mutter nicht geliebt, wie sie's verdiente.«

»Es geht nicht nach Verdienst. Mein Vater hätte auch eine bessere Tochter verdient.«

Er sah sie nachdenklich an. Sie ist schön, und sie ist weise, dachte er, sie erinnert mich an Martha.

»Willst du mich noch immer heiraten? Du meinst, du kennst mich nach sechs Jahren. Aber ich sage dir, du hast *auch* jemand besseren verdient.«

Sie ließ sich wieder zurückrollen und blickte wie er in die Baumkrone hinauf.

»Ich sag' dir doch, ich glaube nicht an Verdienst – und auch nicht an Belohnung«, sagte sie leise.

Nach einer Weile nahm er einen neuen Anlauf: »Du bist dir darüber klar, daß die Jungen dich hassen, wenigstens Stefan. Wilfred ist weniger primitiv.«

»Ich kann's verstehen. Ich werd' mir alle Mühe geben...«

»Tu das nicht. Tu das ja nicht! Denk an die Nachtwachen deines Vaters an deinem Bett. Verübelte Liebesmüh.« Sie sagte nichts mehr. »Es handelt sich eigentlich nur um einen Umzug. Du packst deine Siebensachen und ziehst zu mir in die Gellertstraße, und wir gehen zum Standesamt und unterschreiben. Übrigens – willst du weiter im Labor arbeiten oder nicht?«

»Ich glaube – ich sollte weiterarbeiten.«

»Gut. Dann kann alles beim alten bleiben. Frau Hennig wird's dir zeigen und weitermachen wie bisher, okay?«

»Okay.«

Er murmelte: »Nicht gerade eine romantische Liebeserklärung.«

»Besser als gar keine.«

»Ich hab' Glück«, sagte er nach einer Weile. »Ich hab' Glück, weil ich mich nicht anzustrengen brauche mit dir. Das ist ein großes Kompliment.«

»Ich weiß.«

Er setzte sich auf und streichelte ihr Gesicht und ihre Haare. »Ich habe keine Ahnung, ob ich's wagen soll, es könnte ganz danebengehen –« Sie sah fragend zu ihm auf. »Ich möchte dich gern zu Onkel Stilz mitnehmen ...«

»Der ist dir wichtiger als die Jungen, nicht wahr?«

»Es wäre mir wichtig, daß du verstehst, warum.« Er holte eine Zigarette aus dem Päckchen in seiner Jackentasche, blies den Rauch nachdenklich vor sich hin. »Ich hab' ihn seit einer Woche nicht gesehen. Anja sagt, er schläft mit offenen Augen und rührt sich nur, wenn sie ihm das Essen bringt. Ich mache mir Sorgen.«

Er kann sich also sorgen, dachte Hede und freute sich.

Kaspar nagte an der Oberlippe, hörte aber schnell auf, als er's merkte. »Wenn wir zum Beispiel nächste Woche heiraten ...« Pause. Dann, mit einem Ruck: »Wir gehen einfach hinterher gleich zu ihm.« Er verstummte, aber nun war's zu spät.

Er liebt ihn, und er hat Angst vor ihm, dachte Hede. Sie war gespannt auf den Zwerg.

Und natürlich auch auf Anja. Die machte ihnen die Tür auf und starrte Hede an, die zurückstarrte. So ein Mädchen hatte sie noch nie gesehen.

»Der gnädige Herr erwartet *Herr Professor*!« sprach der Erzengel, unmißverständlich.

Kaspar nickte freundlich und half Hede aus dem Mantel.

»Wie geht es ihm, Anja?«

»Nicht so gut.« Geknurrt, und die eisigen Augen ließen nicht von Hede ab. »Er kann nur Familie sehen, keine fremde Leute.«

»Natürlich«, sagte Kaspar.

Anja zeigte auf einen Stuhl neben dem Spiegel. »Sie kann hier warten.« Ihr Blick schwenkte langsam und drohend zu ihm. »Am besten – unten im Wagen.«

Er sah sie einen Augenblick lang forschend an, bevor er antwortete. Armer Wikinger, so schwer gepanzert und so verwundbar!

»Das ist Hede, meine Frau. Familie.«

Anja öffnete den Mund, suchte nach einem Wort, an das sie sich klammern könnte. Kaspar fiel nichts ein, was ihr eine Brücke hätte bauen können, und Hede, die alles begriff, wagte nicht vorzutre-

ten, wie sie gern gewollt hätte, um das Mädchen zu umarmen, das wie ein lädiertes Standbild einsam in der Mitte der Diele ragte. Ein Männergesicht, das Kaspar zunächst nicht erkannte, spähte durch die offene Küchentür. Miklos. Um mindestens fünf Kilo aufgepäppelt und strahlend. »Professor!«
»Das ist Hede, meine Frau – und das ist Miklos.«
»Frau? Nein! Gut! Gut! *Lep!*« Kaspar wurde unter lautem Freudengeschrei geküßt, Hede auch. Dann fiel Miklos' Blick auf Anja, und er verstummte.
Kaspar nahm Hedes Hand und führte sie zur Schlafzimmertür. Der Zwerg lag flach auf den Kissen, ohne Brille, drehte den Kopf langsam herum. Kaspar trat ans Bett, Hede fest an der Hand.
»Onkel Stilz – ich hab' dich seit zwölf Tagen nicht mehr gesehen, zwölf lange, dürre Tage. Hier ist deine Brille – schau sie dir mal an, die Hede. Wir haben heute geheiratet.«
Der Alte zog sich mühselig hoch, wehrte Kaspars helfende Hände ungnädig ab, setzte die Brille auf und blickte wortlos auf die junge Frau. Hede war vorbereitet, auf den Anblick wie auf den Kriegsfuß, es war aber schlimmer, als sie erwartet hatte.
Sie versuchte es mit: »Guten Tag – Sie können sich nicht vorstellen, wie sehr ich...«
»Doch«, brummte der Alte. »Kanns mir vorstellen.« Das Brummen hörte sich anders an als sonst, gedämpfter, klangloser. Kaspar wurde es kalt im Magen. Es war soweit. Der Zwerg war drauf und dran, sich aus dem Staube zu machen. Hatte er, Kaspar, das etwa geahnt und deshalb schnell Hede geheiratet? Was für ein Tausch! Tonlos sagte er: »Alles in Ordnung, Onkel Stilz?«
»Bei mir schon«, knurrte der Alte. Dann, mit karger Stimme: »Also doch. Hasts also getan.« Er sprach zu Kaspar, als sei die junge Frau nicht im Zimmer. Hede fühlte, wie ihr die Tränen in die Augen schossen, und sah schnell zu Boden, damit Kaspar es nicht merkte; er hatte sie ja gewarnt.
»Tintenlackl«, murmelte der Alte. »Hast immer noch nicht verstanden.«
Sie hob den Kopf. Die Tränen liefen ihr rechts und links in die Haare. »Ich warte draußen«, sagte sie und wandte sich zum Ge-

hen, aber da fiel ihr ein, draußen in der Diele lauerte dieses Mädchen! Sie blieb stehen, schluckte vor Angst und Wut, und Kaspar holte sie ein und führte sie wieder zurück ans Bett.
Der Zwerg betrachtete sie noch einmal von oben bis unten, sagte dann langsam: »Ich hab nix gegen Sie, Sie haben hübsche rote Backen. Aber der da –«, er zeigte mit dem winzigen Zeigefinger auf Kaspar, »der g'hört net in den Ehestand, wissens das net?« Die Eulenaugen hinter den Gläsern spähten nicht ganz ohne Mitgefühl. »Wissens das net, daß der allein is?«
»Doch, ich weiß, aber – vielleicht kann ich ihm was beibringen«, flüsterte sie so leise, daß der Zwerg nichts verstand. Sie mußte den Satz wiederholen, lauter, und da klang er so, daß Kaspar aus dem Fenster sah.
»Was beibringen?« krächzte der Kleine. »Was denn, wenn i bitten darf? Was Sie meinen, dös kann man niemand beibringen, das wissens auch, gell?«
»Ich möcht's versuchen«, flüsterte Hede und erinnerte sich, daß sie genau dasselbe zu Harold Wegmann gesagt hatte, und wie famos das geklungen hatte.
Niemand sprach. Endlich sagte Kaspar: »Onkel Stilz – kann ich morgen abend zu dir kommen? Nur auf eine halbe Stunde.«
Der Zwerg ließ sich langsam wieder in die Kissen zurückgleiten und schüttelte den Kopf. »Ich sitz jetzt in meiner Zelle, weißt schon, net wahr? Bin grad angekommen. Die sind streng im Königlich-Preußischen, da gibts keine Privilegien im ersten Monat. I darf kein Besuch ham, auch kei Post. I laß dich wissen, wann die mir a Konzession machen, dann kannst kommen. Warum gehst net auf a Hochzeitsreise?«
»War der Doktor bei dir?«
Der Alte nickte. »Den hab i gern, das is a Vernünftiger, faßt mi net an. Spielt Gin-Rummy mit mir. Dann geht er wieder. Wenn er g'wonnen hat, schickt er mir a Rechnung, aber i zahl sie net.«

»Ich hab' mich wie ein Idiot benommen«, sagte Hede, während sie die Treppen hinunterstiegen. »Warum ist er so gegen mich?«
Kaspar blieb auf dem Treppenabsatz stehen. »Er ist nicht gegen

dich, er ist –« Er brach ab. »Wart hier einen Augenblick, ja?« Er lief die Treppe wieder hinauf und klingelte. Anja öffnete und versperrte ihm den Weg.
»Miklos!« rief er über ihre Schulter mit lauter Stimme.
»Professor?« Er erschien in der Küchentür.
»Miklos«, und jetzt schnell auf kroatisch: »Wie heißt der Ort in Jugoslawien, von dem Sie neulich sprachen, der romantische, für Hochzeitsreisende, wo Luburic geboren ist.«
»Ah! Bled. Sehr schön, Professor, gutes Essen...«
»Kennen Sie dort ein Hotel?«
»Hotel?«
»Zum Beispiel das Hotel, in dem Luburics Vater Bademeister war.«
»Ah! Hotel Godice. Am See. Sehr gutes Essen...«
»Was ist?« Anja verstand nichts und fuhr dazwischen wie der Engel mit dem Schwert. »Was wollen Sie von Miklos, was ist?«
Kaspar holte sein Notizbuch heraus. »Keine Angst, Miklos bleibt hier. Also: Hotel Godice...«

Am folgenden Tag ging er vom Institut direkt zum Kaiserplatz. Er hatte sich nicht angesagt, aber Anja begrüßte ihn, als habe sie auf ihn gewartet. »Der Doktor ist bei gnädiger Herr.« Sie sah ihn fragend und ängstlich an.
»Um so besser.«
Er lehnte gegen die Wohnungstür und zündete sich eine Zigarette an. Miklos erschien aus der Küche, wurde aber von Anja wieder zurückgescheucht.
»Ich habe Nerven wegen gnädigem Herrn. Der Doktor sagt mir nicht. Fragen *Sie,* vielleicht sagt er.«
Drinnen lachte der Kleine, und beide horchten aufmerksam. »Das ist gut«, sagte Anja. »Wird nicht sterben, wenn er lacht, nicht wahr?«
»Es *ist* gut, aber er ist sehr alt.«
»Ich schlafe nachts auf Matratze neben ihm. Er schläft nicht oft, seufzt viele Male, aber keine Schmerzen, sagt er. Einmal sagt er: ›Es hat sich gelöst, ich fühle es.‹«

»Was hat sich gelöst?«
»Er hat ein Ding an seine Lunge, ein kleines Beutel, sagt er, ist voll mit Blut. Hängt schon viele Jahre, hängt gut. Aber wenn mal loskommt – dann ist mulmig. Ich bin voll Sorgen. Was machen mit Miklos, wenn das Beutel wandert, und dann plötzlich...«
»Was machen *Sie* dann, Anja?«
»Ach ich. Kann ich viel machen. Aber Miklos! Keine Papiere, kein Freund.« So beredt hatte er sie noch nie gehört.
»Noch sind wir nicht soweit. Ich werde mit dem Doktor sprechen.«
Sie nickte heftig und biß auf ihren Lippen herum wie ein Kind, das nicht weinen will. So standen sie und schwiegen und lauschten, bis sich die Schlafzimmertür auftat. Anja drückte sich hastig am Doktor vorbei ins Zimmer.
»Ah, Herr Professor Schulte, wie geht's?« Ein dicker Glatzkopf mit schwarzer Tasche, die er Kaspar zum Halten in die Hand drückte, um sich schnell den Mantel anzuziehen.
»Herr Doktor, ich brauche fünf Minuten Ihrer Zeit...«
»Aber mein Lieber, das Gin-Rummy dauert ohnedies immer so lange...«
»Ich bin extra hergekommen, um...«
»Hat der dänische Landsturm Sie herbestellt?«
»Ja«, log Kaspar.
»Na schön.« Der Dicke ließ sich schwer auf den Stuhl neben dem Spiegel fallen und rezitierte, so schnell er konnte: Es handle sich um ein Aneurysma, die Ausbuchtung einer Arterie, in diesem Fall an der Aorta. Ohne Röntgenaufnahme ließe sich nicht entscheiden, ob es sich endgültig gelöst habe. Jedenfalls habe Herr Schulte keine Schmerzen, fühle sich nur geschwächt, aber stark genug für Gin-Rummy. Auch *mit* Röntgenbild ließe sich nichts mehr tun. Mit neunundachtzig, was wolle man eigentlich.
»Wie lange hat er noch?«
»Unter Umständen kann's noch Monate so weitergehen, er kann aber auch plötzlich...«
»Ohne Schmerzen?«
Der Dicke entriß Kaspar die schwarze Tasche und entkam, rief aber

noch von der Treppe her: »Möglich, möglich, hoffen wir das Beste.«

Anja stand am Bett, beide Arme um einen Pfosten geschlungen, und betrachtete ängstlich forschend den Zwerg, der hoch auf mehreren Kissen gelagert war.
»Komm rein, hab grad den alten Quacksalber zweimal hintereinander geschlagen. Bist allein? Mag jetzt keine Weibsbilder sehen, hams g'hört, Anja?«
Sie ging widerstrebend, und Kaspar schwang sich auf seinen alten Platz.
»Nix, Tintenlackl, i erzähl dir nix mehr.«
»Ich fahr' nicht gern weg, bevor ich dich im Gefängnis besucht habe, Onkel Stilz. Machen die nicht mal eine Ausnahme? Wie ging denn so ein Besuch damals vor sich? Hinter Gittern? Und wie lange dürfte ich mit dir sprechen?«
Der Alte schüttelte lächelnd den Kopf. »Nix. I fall net mehr auf dich rein.«
»Onkel Stilz – du kannst mich doch nicht so hängenlassen, da gibt's doch noch so viel zu fragen, so viele lose Fäden...«
»Gräm di net, du kriegst noch alles, warts ab. Aber heut bin i zu müd, heut mag i net. Bin ganz fuchtig, daß dus doch getan hast. Hab nix gegen das Madl, die tut mir arg leid, a liabs Ding. Hast dir nur wieder einen großen Brocken in den Weg gelegt. Wirst ihn eines Tages wegschaffen wollen – und dann wirst an mich denken. Bist halt doch ein Sohn vom Leopold, und der hatte auch keine Courage. Recht ist ihm g'schehen, und i vergeb ihm net. A Wunder, daß du noch so geworden bist, wie du bist. I hatt dich schon ganz vergessen, als du plötzlich aufgetaucht bist, damals, zum erstenmal. Aber wie du da so g'sessen bist, hab i dich ang'schaut und dacht: Das is a Enkel von der Mutter! I hab auf einmal so was wie Verwandtschaft g'fühlt. Noch dazu hab i sehr bald g'meint, der sitzt auch im Kasten, der Herr Professor, und hab mich g'fragt, ob du jemals wirst rauskönnen. Dann sind deine Buben endlich davon und die Martha auch –«, er schlug sich mit der winzigen Faust an die Stirn, »und jetzt hast dir freiwillig a neue Schachtel

ang'schafft, du Depp. Das hängt dir halt noch nach von deim Vater und deiner Mutter, auch wenn die a schlechte Ehe geführt ham. Du mußt *auch* eine ham, der Mensch muß a Ehe ham, so a Blödsinn. Na ja, du wirsts ja erleben, i net.« Er sah plötzlich grau und uralt aus, fiel in sich zusammen und schloß die Augen. So lag er eine Weile ganz still. Dann murmelte er so leise, daß Kaspar sich über ihn beugen mußte: »Mir wärs lieb – du würdst alle ausradieren mit Stumpf und Stiel – und tätst dich nur an mich erinnern, als wär ich dei Vater und dei Mutter, versprichsts mir?«

Er mühte sich, die Augen wieder zu öffnen, streckte eine Hand aus. Kaspar nahm sie und hielt sie vorsichtig in beiden Händen. Sie war gewichtlos wie eine Flaumfeder und von der lauen Temperatur sehr alter Leute.

»Ich versprech's dir, Onkel Stilz.« Ob er's ihm sagen sollte, es laut aussprechen – am Tag nach der Hochzeit? »Mir bedeutet niemand etwas auf der Welt außer dir.«

»I weiß, Tintenlackl, aber i hörs gern.« Die Augen fielen wieder zu, er plagte sich sichtlich, gab auf, flüsterte mit geschlossenen Augen, das kleine Gesicht wieder friedlich: »Wenn du ausbrichst – vergiß net, kopfüber is am leichtesten.«

Kaspar legte die winzige Hand vorsichtig zurück auf die Bettdecke, blieb dann noch eine Weile sitzen und betrachtete den Alten.

Am selben Nachmittag stand Harold Wegmann in der Eingangshalle der Kinderklinik und wartete auf Hede. Er hatte sich sogar mit Namen angemeldet und nach »Fräulein Wennerstett oder jetzt Frau Schulte« gefragt. Sie komme sowieso gleich, hieß es.

Kurz darauf trat sie aus dem vollgepackten Fahrstuhl, rief jemandem »Ciao!« zu – und sah ihn. Ihr Gesicht, eben noch lachend, verschloß sich. Heute würde sie der Sache ein Ende machen.

Trotzdem saßen sie später wieder »Bei Lotte«, und sie fragte sich, warum sie ihm immer wieder nachgab.

Er war sehr aufgeregt, versuchte nach ihrer Hand zu greifen, bremste sich aber im letzten Moment selber. Was er sagte, kam auf dasselbe heraus: »Hede, Hede, warum haben Sie das nur getan...«

»Ich hab's Ihnen doch gesagt, Herr Wegmann, ich möcht's versuchen, erinnern Sie sich?« Trotziger und härter, als sie beabsichtigt hatte, weil sie das runzlige Gesicht des Alten auf den weißen Kissen sah, die spöttischen Eulenaugen... Sie hörte den jungen Mann aus der Ferne klagen: »Sie experimentieren mit Ihrem guten Leben«, und zwang sich zu einem Lächeln. »Sie sind doch Gärtner, da müssen Sie doch was von Experimenten verstehen. Sie pfropfen einen Trieb auf einen anderen und hoffen, daß was daraus wird. Vergessen Sie nicht, Kaspar und ich sind seit sechs Jahren miteinander verbunden. Es handelt sich also nicht um jungfräuliche Erde in unserem Blumentopf.«

»Hede! Sie machen einen Scherz daraus.« Er schlug die Hände vors Gesicht, unverkennbare Gärtnerhände, rot geschrubbt, so breit wie lang, die Finger voller Kratzer, die Nägel ganz kurz und geradegeschnitten. Diese Hände rührten Hede mehr als seine flehentliche Stimme und die verzweifelten Augen.

»Ich will Ihnen mal etwas erzählen, Herr Wegmann – obgleich ich wahrhaftig nicht weiß, warum – etwas, was nicht einmal mein Mann weiß: Vor etwa zwei Jahren war ich schwanger. Ich habe das Kind abgetrieben, ohne ihm etwas davon zu sagen, heimlich.«

Er ließ die Hände sinken und starrte sie an, brachte kaum hörbar hervor: »Sie sehen aber nicht so aus.«

»Wie meinen Sie das?«

»Wie jemand, der ein Kind abtreibt.«

»Würde ich besser aussehen, wenn ich Kaspar davon erzählt hätte? Er hätte dann wählen müssen, wer den Schwarzen Peter kriegt, seine Frau oder ich. Ich hab' ihm die Entscheidung abgenommen. Eins steht fest: Schwangerschaft ist ein schlechter Grund zum Heiraten, schlecht für beide. Oder sind Sie anderer Meinung?«

Er schüttelte hilflos den Kopf. »Wie alt sind Sie eigentlich?«

»Vierundzwanzig.«

»So eine Mausefalle hat's in Ihrem Leben noch nie gegeben, nicht wahr? Es ist eine ganz alltägliche Sache, passiert Tausenden.«

Er senkte den Kopf. Nach einer Weile sagte er leise, ohne aufzublicken:

»Ein Jüngling liebte ein Mädchen,
Die hat einen andern erwählt…

Kennen Sie das?«
»Heine.«
»Bis dahin stimmt's. Jetzt kommen ein paar Komplikationen, die stimmen nicht, aber das ist nicht wichtig.« Er rezitierte schnell und ohne Betonung:

»Der andere liebt eine andre,
Und hat sich mit dieser vermählt.
Das Mädchen heiratet aus Ärger
Den ersten besten Mann,
Der ihr in den Weg gelaufen…

Das paßt nicht, aber jetzt kommt's wieder:

…der ihr in den Weg gelaufen;
Der Jüngling ist übel dran.«

Er sah sie an, die Augen voller Tränen, und wiederholte leise: »Der Jüngling ist übel dran. Wissen Sie, wie's weitergeht? Das paßt wieder:

Es ist eine alte Geschichte,
Doch bleibt sie immer neu;
Und wem sie just passieret,
Dem bricht das Herz entzwei.«

Sie legte ihre Hand auf seinen Arm, zwang ihn, sie anzusehen.
»Mir ist damals auch das Herz gebrochen, und ich hab' mir geschworen, ich werd's wieder gutmachen.«
»Sie wollen ein Kind haben?«
Sie nickte, sah ihn fest an. Er senkte den Kopf, so daß seine Stirn auf ihre Hand zu liegen kam, auf diesem Handrücken verzweifelt hin und her wühlte. Sie ließ es geschehen.

2.

Der Portier im Hotel Godice in Bled, ein zappliger alter Mann, gab ihnen den falschen Schlüssel zu ihrem Zimmer, und sie mußten, müde, wie sie waren, wieder mit dem Fahrstuhl in die Halle hinunter. »Der falsche Schlüssel?« Verwirrung, Protest, vergebliches Suchen – endlich erschien der Empfangschef, ein Herr Alexis, und fand den richtigen Schlüssel. Der alte Mann, unglücklich, verteidigte sich, Kaspar griff ein und sprach ihm auf serbokroatisch gut zu, zum Erstaunen des Chefs, der sie nach oben begleitete. Kaspar erzählte von seiner Kindheit in Belgrad. Ach so! Herr Alexis öffnete die Tür und zeigte stolz erst das moderne Bad, dann das ziemlich kleine Zimmer mit den glatten, dunkellackierten Möbeln. Schließlich öffnete er die Balkontür und winkte Kaspar und Hede über die Schwelle. Er selbst blieb bescheiden lächelnd im Zimmer zurück, als hätte *er* die Landschaft sorgfältig ausgesucht und zusammengestellt, und sein Werk dürfe nun für sich selbst sprechen. Es war aber auch eine Meisterleistung. Er hatte nichts ausgelassen: Da war ein kleiner, grünblauer See, ringsum Berge, bewaldet oder romantisch zerklüftet, dahinter der Triglav, das ganze Jahr über schneebedeckt, und dann noch als letzter Pfiff eine kleine Insel in der Mitte des Sees, so dicht belaubt, daß man nur eine Kirchturmspitze herausragen sah. Am Ufer entlang nur wenige Häuser, meist Wälder und Wiesen, und auf dem Wasser die ersten Jollen der Saison mit Schmetterlingssegeln.

»Na?« sagte Herr Alexis und trat zu ihnen hinaus. »Was sagen Sie?«

Hede schüttelte langsam den Kopf. »Man kann gar nichts sagen. Es ist einfach überwältigend.«

»Da drüben ist die Badeanstalt, nicht wahr?« fragte Kaspar.
»Waren Sie schon mal hier?«
»Nein. Ich kenne zufällig jemanden, der dort Schwimmen lernte; vor langer Zeit.«
Herr Alexis zog sich zurück, Kaspar und Hede blieben noch auf dem kleinen Balkon, bis die letzten Sonnenstrahlen verloschen und den See mit einem Schlag in dunkle Tinte tauchten. Sie hatten beide nicht mehr genug Kraft, um auszupacken, streckten sich auf den Betten aus. Um acht Uhr früh waren sie mit dem Wagen abgefahren, hatten sich nicht mal Zeit für ein Picknick genommen; Hede schnitt Sandwiches in kleine Stücke und fütterte Kaspar während der Fahrt. Nur an der jugoslawischen Grenze gab es einen längeren Aufenthalt, obgleich der BMW der einzige Wagen weit und breit war. Ein schwerbewaffneter Zollbeamter trat vor und bedeutete ihnen mittels seiner Maschinenpistole, sich ins Zollhäuschen zu begeben, wo man ihre Pässe finster studierte. Hede reagierte wie gewünscht und stand mit vor Schreck weit aufgerissenen Augen da, bis man ihnen die beiden Pässe wieder heftig zuschob, als hätten sie den sauberen Schreibtisch verunreinigt. Noch durften sie nicht zu ihrem Wagen zurück: erst Geld wechseln. In der Wechselstube, einem winzigen Schuppen, war's gemütlicher. Uniformjacke und oberster Hosenknopf der beiden Beamten klafften weit auseinander, sie spielten Karten, eine Flasche Sliwowitz in Reichweite. Einer lachte, der andere sang. Bitte, Platz zu nehmen. Der Singende sang weiter, der andere fluchte, ohne aufzublicken. Kaspar begann, sich wohl zu fühlen, er kannte die Flüche aus seiner Kindheit. Die Karten knallten auf den Tisch, der Sliwowitzspiegel sank, nur der Gesang büßte an Schmelz ein, denn der Sänger verlor das Spiel. Er feuerte seine letzte Karte auf den schmutzigen Boden, goß sich den Rest der Flasche in die Kehle und verließ grölend den Schuppen. Kaspar tauschte zwei saubere, glatte, harte Hundertmarkscheine gegen einen Haufen grauer, zerknüllter Papierlappen ein, worüber beide Parteien herzlich lachten. Dann durften sie endlich einsteigen. Es war schon früher Abend, als sie im Hotel ankamen und vom Balkon aus den Anblick des Sees und der Insel im letzten Tageslicht erhaschten.

»Ich hatt's mir nicht so schön vorgestellt. Du?«
Kaspar zwang sich, die Augen zu öffnen.
»Ja«, meinte er nur. »Gehen wir zu Abend essen.«

Sie ließen den Zimmerschlüssel beim Portier und stiegen die breite Treppe zum Restaurant hinunter. Der Speisesaal war halb leer, die Saison hatte noch nicht begonnen. Er war modern dekoriert, zweckmäßig, aber nicht ohne Sinn fürs Schöne, zum Beispiel die vielen großen Deckenlampen in der Form von vergoldeten Igeln, in jedem Stachel eine Glühbirne. Die Speisekarte auf französisch, das Essen gut und überreichlich, jugoslawische Landweine. An den schleiflackierten Wänden abstrakte Bilder.
Hede staunte. Das also war ein Hotel in einem kommunistischen Land! Sie hatte es sich ärmer vorgestellt. Die Gäste waren alle »angezogen«, die Männer im guten Dunkelblauen, die Frauen in langen Röcken, das Haar dauergewellt. Jeans oder salopp offene Hemden gab es nicht. Gedämpftes, wohlerzogenes Gemurmel, niemand lachte laut.
Kaspar hatte um die Augen dunkle Ringe vor Erschöpfung. Sie warteten den Kaffee nicht ab, verließen den Saal und holten sich den Zimmerschlüssel beim Portier. Oben angekommen, entdeckten sie, daß er ihnen wieder einen falschen gegeben hatte.
»Laß«, sagte Hede. »Ich hole den richtigen.« Er lehnte sich dankbar an die Wand und schloß die Augen. Hochzeitsreise...
Hede kehrte in Begleitung von Herrn Alexis zurück, der aussah, als halte er nicht nur den Schlüssel zu ihrem Zimmer, sondern zum Prestige des ganzen Landes in der Hand. Kaspar verschwand im Badezimmer, während Hede versuchte, den gebrochenen Mann aufzurichten.
»Was soll ich nur tun«, sagte er und war am Weinen. »Ich muß den Kerl noch heute rauswerfen.«
»Aber er ist doch alt«, sagte Hede.
»Ich muß einen jüngeren finden, oder ich mache zu. Ich schließe das Hotel.« Er verließ das Zimmer, zu tief in Scham versunken, um sich zu verabschieden.
Sie trat auf den Balkon hinaus. Der Mond hatte einen Hof –

schlechtes Wetter morgen. Heute nacht wird er nicht mit mir schlafen wollen, er ist zu müde – wie wenig Lichter es hier gibt, es ist doch erst zehn Uhr; hier gehen wohl alle früh schlafen und sparen Strom. Sie sehen sehr kräftig aus, die Jugoslawen. Dort drüben ist ein ganz helles Licht, das muß von der Insel kommen, von der kleinen Kirche – ob ich ihm klarmachen soll, daß ich heute nichts von ihm erwarte? Ob ich sagen darf: Kaspar, Liebling, du brauchst nicht, ich meine: Du darfst jetzt gar nicht – oder wird er das falsch auffassen, als ob er zu alt wäre für so eine Strapaze wie diese Reise und dann noch im Bett was leisten...
Am besten sage ich: Gute Nacht, mein Liebling, ich bin *so* müde, ich schlafe schon... Ob er das durchschaut? Auf jeden Fall noch: Ich bin sehr glücklich – du auch? Das richtige Schlußwort für den ersten Abend einer Hochzeitsreise – aber vielleicht noch besser ohne »du auch?«.

Bled, 20. Mai

Lieber Wilfred,
es regnet, also wundere Dich nicht, daß ich Dir schreibe. Ich wollte Dir sowieso noch danken, daß Du Trauzeuge warst. Stefan wird's Dir nie verzeihen. Merkwürdig, daß er so gern rachsüchtig ist. Woher hat er nur immer die Gewißheit, daß er recht hat?
Wir gehen auch im Regen spazieren, Hede macht das nichts, sie läuft mit klatschnassem Haar, das Wasser tropft ihr vom Gesicht – und ich daneben mit Hut. Mir fiel heute ein, ob Du wohl eine Freundin hast. Hast Du? Schade, daß ich nicht der Mensch bin, den man gern ins Vertrauen zieht. Warum eigentlich? Strahle ich Abwehr aus? Interesselosigkeit? Sag's mir ehrlich, wenn ich wieder in München bin. Übrigens – ich funktioniere besser, als man annimmt. Frag Onkel Stilz, der findet mich einen guten Zuhörer.

Bled, 22. Mai

Heute ist schönes Wetter, und trotzdem schreibe ich. Wir sitzen auf unserem Balkon, Hede liest was, ich langweile mich. Das soll kein Vorwurf gegen sie sein, sie langweilt sich nie, für sie gibt's

überall tausend Dinge, die sie »glühend« interessieren. Es liegt an mir, natürlich, ich erwarte immer, daß etwas um die Ecke kommt… Außer Onkel Stilz ist noch nie etwas gekommen.
Wie geht es ihm? Du wolltest Anja anrufen, Du hast's versprochen. Ich gehe ungern beim Portier hier vorbei, falls der ein Telegramm für mich hat…
Wir machen alles, was man machen soll, und es ist ein besonders hübscher Platz, Bled. Ich habe sogar versucht, den See zu durchschwimmen, aber ich hab's nicht ganz geschafft, Hede im Ruderboot immer in der Nähe.
Manchmal – eben zum Beispiel –, wenn ich aufschaue, denke ich, Deine Mutter sitzt neben mir. Ist Dir aufgefallen, daß Hede ihr ähnlich sieht? (Ich weiß, ich kann Dich das fragen, ohne daß Du sofort erwägst, ob das nun eine Beleidigung für Deine Mutter ist.) Früher hab' ich's nicht gemerkt, aber jetzt fällt's mir mehr und mehr auf. Sag's ja nicht Stefan, der würde vor Wut einen Blumentopf fressen.
Nächsten Dienstag fahren wir zurück, braungebrannt.

Herzlichen Gruß
Vater

PS: Hede ist schwanger.

3.

Abends gegen neun Uhr fuhren sie in der Gellertstraße vor. Kaspar war während der letzten paar Stunden zu schnell gefahren, was er sonst nie tat. Hede ahnte den Grund und fragte erst gar nicht, als er, Unverständliches murmelnd, sofort verschwand, nachdem er die Koffer oben abgesetzt hatte.
Aber er kam trotzdem zu spät. Viel zu spät, der Zwerg war schon am Tag vorher begraben worden. Anja ließ ihn ein, als habe sie ihn trotz der späten Stunde erwartet. Sie war nur zu ein paar dänischen Brocken fähig, begleitet von kurzen, wilden Gesten.
Kaspar setzte sich an den Küchentisch zu Miklos, der ihm auf kroatisch berichtete. Er hatte Mühe, ihn zu verstehen, weil das Mädchen plötzlich anfing, in der Diele staubzusaugen, als hätte Kaspar einen Schmutzhaufen hereingebracht. »Sie staubsaugt den ganzen Tag«, sagte Miklos entschuldigend. »Der Lärm tut ihr gut.«
Der Alte sei während der letzten Tage bewußtlos gewesen, sei eigentlich seit Kaspars Abreise zunehmend verfallen. Anja und er hätten sich bei der Wache an seinem Bett abgewechselt. Letzten Donnerstag sei er auf einmal aufgewacht und habe Anja mit ganz klaren Augen angesehen und mit ganz klarer Stimme ein paar Worte gesagt, er wisse leider nicht, welche. Dann sei er wieder still geworden – die Augen immer noch weit offen.
Kaspar stand auf, ging in die Diele und schaltete den Staubsauger ab.
»Was hat mein Onkel am Ende gesagt? Welche paar Worte?«
Sie lief ihm voraus in ihr Zimmer. Auf dem Nachttisch lag ein Zettel.

»Ich habe gleich geschrieben, weil ich nicht verstehe die Wörter. Rechtsanwalt auch nicht.«
Kaspar las: »Über Kopf Tinte.«
»Kennen Sie?« fragte sie eindringlich.
»Ist es möglich, daß er gesagt hat: ›Kopfüber, Tintenlackl‹?«
Ja, das war möglich. Ob er wisse, was der gnädige Herr damit gemeint habe. Das sei schwer zu erklären, sagte Kaspar, aber er bitte sie, nicht mehr staubzusaugen.
Dann saßen sie zu dritt am Küchentisch und tranken Kaffee. Miklos versuchte es auf deutsch, damit Anja ihn verstand. »Professor, glauben Sie, nach Testament ich muß raus?«
»Das hängt davon ab, ob die Wohnung aufgegeben werden muß. Er hat sicher eine Verfügung für Anja hinterlassen.«
Miklos beugte sich über die Kaffeetasse, um die Tränen zu verbergen, die ihm übers Gesicht liefen. Trotz des leidvollen Momentes bemerkte Kaspar, daß er nun ein Doppelkinn hatte. Anja strich ihm heftig das dünne Haar aus der Stirn und wischte ihm mit dem Handrücken das Gesicht ab.
»Ich habe gespart, Miklos. Keine Sorge.«

Das Testament verfügte, daß Anja alles erbte bis auf einen kleinen Koffer, der für Kaspar bestimmt war. Der Zwerg hatte die Wohnung vor langer Zeit gekauft und von einer Lebensversicherung in der Schweiz monatlich eine Rente bezogen, die aber mit seinem Tod erlosch.
»Verkaufen Sie die Wohnung, Anja«, sagte Kaspar. »Die ist eine Menge Geld wert.«
»Ich bleibe hier. Mit Miklos.«
Kaspar nahm seinen Hut, zögerte, kehrte um und ging noch einmal ins Schlafzimmer, den Koffer in der Hand. Er hatte ihn vorher schnell geöffnet und den Inhalt überprüft: ein paar Dutzend handgeschriebene Seiten zwischen zwei Pappdeckeln. Auf der ersten stand rechts oben: PREUSSISCHES STAATSGEFÄNGNIS MOABIT, 6. JULI 1914.
Das Bett war noch nicht zugedeckt, nur frisch gemacht, die vielen Kissen in Reih und Glied nebeneinander. Er schwang sich auf sei-

nen alten Platz, lehnte gegen den Bettpfosten und schloß einen Moment die Augen. Genau das hatte er *nicht* tun wollen, er hatte sich vorgenommen, das Schlafzimmer nicht mehr zu betreten...
»Können Sie kommen, wann Sie fühlen«, kam Anjas Stimme von der Türschwelle. »Lesen Sie hier, wann Sie wollen.«
»Woher wissen Sie...«
»Wie Sie waren verreist, hat der gnädige Herr gesagt, gut aufheben, Briefe für meinen Neffen. Lassen Sie Koffer hier, niemand wird lesen.«
Kaspar schüttelte den Kopf. Tot ist tot, dachte er, hier sitzen und sein Tagebuch lesen, als spräche er zu mir...
Er ließ sich auf den Boden herunter, setzte den Hut auf, nahm den Koffer. »Wo ist Miklos?«
»In mein Zimmer, muß noch viel weinen.«
»Auf Wiedersehen, Anja.« Er hielt ihre Hand einen Augenblick lang fest. »Lassen Sie es sich gutgehen.« Ihre Augen mit den überlangen, nassen Wimpern schwenkten von seinem Gesicht noch einmal zu dem leeren Bett.
»Decken Sie es jetzt zu«, sagte Kaspar.

Die »Briefe« des Zwerges auf seinem eigenen Himmelbett zu studieren war zwar ein makabrer Gedanke, aber ein praktischer, denn wo sollte er sie sonst lesen? In der Gellertstraße war das jetzt nicht mehr möglich. Er brauchte Isolation. Jedes noch so verhaltene – unvermeidliche – Geräusch von Stimmen, Klingeln, Schritten würde das Gefängnis in Moabit auslöschen. Frau Hennig war nur zeitweise anwesend, aber Hede war jetzt leider immer da. Sie hatte ihre Arbeit im Labor aufgegeben, der Schwangerschaft wegen, strahlend, von allen beglückwünscht, besonders – und leise lächelnd – von ihrer Chefin Frau Dr. Lamprecht. »Sie können jederzeit wieder zurückkommen, Hede, später, wenn das Kind es Ihnen erlaubt.« – »Tausend Dank!« hatte sie gerufen, Frau Dr. Lamprecht umarmt und dabei gedacht: Niemals! Wozu denn? Kaspar verdient genug für uns beide, für uns *drei* – und außerdem möchte ich gleich hinterher noch ein Kind haben, dann sind wir vier – wie es damals bei Martha war.

Kaspar, der während der Mittagspause über die Prinzregentenbrücke wanderte, kam derselbe Gedanke, und es wurde ihm auf der Stelle kalt, obgleich er in der prallen Sonne ging. Er hatte den Inhalt des kleinen Koffers in seiner Aktentasche untergebracht, wollte die Zeit benutzen, um wenigstens die ersten Seiten zu lesen. Geräusche zufälliger Passanten und der ferne Verkehrslärm drangen nicht zu ihm durch. In den Anlagen zu Füßen des Friedensengels fand er eine leere Bank unter den hohen Bäumen, er holte die Mappe mit den Blättern heraus, las aber immer wieder nur: »Moabit, 6. Juli 1914.«

Er lehnte sich zurück und schloß die Augen. Das Postskript an Wilfred, das war es, was ihn lähmte. Sinnlos, es noch länger vor sich herzuschieben in der vagen Hoffnung, es werde sich irgendwie auflösen. Die Nachricht von ihrer Schwangerschaft, die Hede ihm in Bled scheinbar nebenbei – *ihr* Postskript –, aber voll unverkennbarer Glückseligkeit hingeworfen hatte, war in Wahrheit ein Erdbeben. Im ersten Augenblick noch eins von denen, die man im Fernsehen sieht, irgendwo weit weg, so weit, daß es einen nur erschütterte, solange man hinschaute. Genauso war es in Bled gewesen. Sie hatte gesagt: »Übrigens – ich bin schwanger. Im dritten Monat.« – »Nein!« hatte er gerufen. Das konnte Erstaunen bedeuten oder freudige Ungläubigkeit – oder das, was er meinte, nämlich: *»Nein!«* Auf diese Idee war sie natürlich nicht gekommen, hatte ihm ihr verschämtes und gleichzeitig triumphierendes Gesicht zugekehrt. Warum waren Frauen so stolz bei solchen Anlässen? Martha war es auch gewesen, er erinnerte sich genau. Was hatten sie schon Großartiges geleistet?

Er hatte stumm ihren Arm gedrückt, der in seinen verhakt war, und das hatte ihr genügt. Und er hatte die Sache sofort »abgestellt« wie das Erdbeben im Fernsehen. *Nicht jetzt!* Erst mal nach Hause fahren, Onkel Stilz sehen...

Aber der hatte sich aus dem Staube gemacht, ihn mit seinem Erdbeben sitzenlassen, und jetzt schüttelte es ihn, Richterskala sechs. Warum hatte er nicht damit gerechnet? Hede war doch noch ganz jung – allerdings hatte sie nie etwas von einem Kind erwähnt, hatte doch sicher die Pille genommen während dieser ganzen

Jahre. Und jetzt auf einmal nicht mehr? Sie hätten darüber sprechen sollen, er hätte sie warnen müssen...
Wieder von vorn anfangen, alles noch einmal wie früher, jetzt, zwanzig Jahre später, zwanzig Jahre unerträglicher! Kinderzimmer einrichten, Babywäsche bewundern, Gratulation und Zwinkern seiner Freunde, von denen einige schon Enkelkinder hatten...
Das Kind mußte weg. Aber noch während ihm der Gedanke kam, wußte er, daß Hede das nie tun würde und daß er's ihr nie sagen könnte.
Rat holen. Bei wem? Bei Alfred Bannheimer oder bei Else, sogar bei Wilfred... Und was könnten die anbieten außer Entsetzen über sein Entsetzen?
Onkel Stilz – der hätte was angeboten: Hau ab, laß alles stehen und liegen und hau ab. Hier ist deine Chance. Sei ein Schurke, träum nicht nur davon, *sei* es! Laß Hede sitzen, nenn's ruhig beim Namen: Laß sie sitzen! Gemeinheit? Natürlich. Geh aufs Ganze, sie soll dich verachten und hassen, das hilft. Ihr und dir.
Gut. Ich verschwinde, ich lasse sie alle sitzen: Hede, Wilfred, Stefan, meine Studenten, alle. Aber wohin mit mir? Man muß doch ein Ziel haben, eine Zuflucht, irgendeine Absicht... Tintenlackl, es handelt sich nicht darum, daß du deine Umgebung wechselst, du mußt ein neues Leben beginnen... Ich weiß, ich weiß, Onkel Stilz, aber wo? Ich kann doch nicht in München bleiben, wo, wie, bei wem?... Wie wär's mit dem Kerl, der da nachts zu mir kam, der römische Kaiser... Luburic?... Ja, der. Der ist dir doch Fluchthilfe schuldig, der würde nicht mal staunen, wenn du plötzlich auftauchst, der ist ein ganz anderes Kaliber gewöhnt.
Luburic. Sein Schüler. Ich bin, du bist, er ist, wir sind... Etwas in ihm sträubte sich, der Herr Professor sträubte sich. Guten Tag, Herr Luburic – ich bin in einiger Verlegenheit, könnten Sie vielleicht...
Ist das wirklich die einzige Möglichkeit?
Und wenn ich mich zusammenreiße, die Schwangerschaftsmonate überlebe, die Geburt, das kleine Bündel, selige Hede in den Kissen, zurück in die Gellertstraße – *zu dritt,* täglich brav ins Institut,

abends Babygeschrei ... würde ich nicht die ganze Zeit über zählen, *die Tage zählen,* bis ich das Gefühl habe, jetzt kann ich endlich abhauen?

Tintenlackl, denk nicht hin und her, hau ab!

Wie recht du hattest, Onkel Stilz. Warum habe ich geheiratet? Weil's die Konsequenz war, ich bin ein konsequenter Mensch. Und ein anständiger. Martha betrogen? Das gehört in ein anderes Fach, hat mit Anständigkeit nichts zu tun. Ich habe mich immer anständig benommen, damit mir wohl war in meiner Haut. Daran habe ich mich geklammert, versteh das doch, Onkel Stilz.

Er sah auf die Uhr. Die Mittagspause war längst zu Ende, aber er konnte sich nicht rühren. Wie damals nach Marthas Tod. Reduziert. Aber jetzt noch stärker. Ob andere Leute dieses Gefühl kannten, hatte Alfred Bannheimer je so was erlebt, hilflos wartend, daß jemand endlich das rettende Wort sprechen würde: Kaspar – tu dies und jenes ...

Was tue ich hier? Im Institut wartet ein Dutzend Studenten. Eine Schande, wie nachsichtig man mit mir ist. Die lassen Vorlesungen ausfallen, ohne sich zu beklagen, bieten Krankheitsurlaub an – vielleicht ahnen sie, daß bei mir etwas nicht stimmt seit Marthas Tod. Allerdings – seit der Heirat versuchen sie mich taktvoll wieder in die alte Disziplin zurückzuführen ...

Jemand ging vorbei und sah ihn argwöhnisch an. Ganz richtig, lieber Herr, wöhnen Sie nur arg, ich kann nicht aufstehen – glaube ich. Warum? Da müßte ich Ihnen zuviel erzählen – und wo anfangen? Beim »Leopold«? Bei Martha? Bei der Schachtel? Ich kenne den Anfang nicht, nur das letzte, das Erdbeben.

Ich kann's nicht fassen, daß *mir* das passiert, daß ich hier in der Sonne sitze wie angekettet und mich buchstäblich nicht rühren kann. Katatonisch nennt man das. Weiß ich noch, wer ich bin? Klar: Schulte, Gellertstraße 36, DM achtzigtausend im Jahr, pensionsberechtigt etc. etc. – also bei klarem Verstand.

Aber es *ist* mir passiert, das, wovon man so oft hört oder liest, das Sichabhandenkommen. Habe mich immer darüber lustig gemacht, gesagt: Zeig doch dem dummen jungen Kerl seinen Führerschein, dann *weiß* er, wer er ist! Der würde mir jetzt nicht hel-

fen, mein Führerschein. *So* fühlt sich das also an. Nicht nachts, besoffen oder ausgeflippt in der Gosse oder im Bahnhofsklosett. Keineswegs. Einem anständigen Menschen wie mir passiert so was am hellichten Tag, in der Mittagspause, nüchtern. Ist das nicht seltsam, Onkel Stilz? Du meckerst bloß, hast's ja vorausgesagt.
Mir ist übel, ich muß mich übergeben.
Er drehte sich um, ob da ein passendes Gebüsch in der Nähe war, und die Mappe mit den Blättern glitt zu Boden. Er bückte sich und sammelte die Blätter auf. Gott sei Dank, dachte er erleichtert, mir ist übel, ich muß mich übergeben – *ergo sum.* Ich habe mich gerührt, ich kann aufstehen. Ich gehe jetzt nach Hause und lege mich hin. Dann denke ich mir aus, wie ich mich davonmachen kann.

4.

Er erfand und verwarf ein Dutzend verschiedener Pläne, wie er's am besten anstellen könnte, sah endlich klar, daß es ein »am besten« nicht gab. Wie wär's also mit »am schlechtesten«? Das hatte den Vorteil, daß Hede ihn verachten und hassen würde. (Würde sie?)

Er verabschiedete zunächst alle Privatschüler, gab vor, an Kreislaufstörungen zu leiden, Blutleere im Gehirn, schwer nachzuprüfen und auch bei Hede nicht allzu große Besorgnis auslösend. Entsetzlich, wie verständnisvoll alle waren! Dieser oder jener seiner Freunde ließ sogar klar erkennen, daß er verstehe. Erst das mit Martha, und jetzt, so schnell hinterher, die junge Frau und ein neues Kind... Nicht einfach, lieber Kaspar, natürlich läßt sich so was nicht ohne weiteres verkraften...

Wartet nur, dachte er grimmig, bald werdet ihr nicht mehr »verstehen«, bald wird es heißen: Was? Der Kaspar? So ein Schwein! Das hätte man ihm doch nie zugetraut.

Trotzdem blieb er sich treu und ging methodisch vor: nahm Hede mit zu seiner Bank, damit ihre Unterschrift auch für sein Konto gültig war. Wozu bloß? Sie war erstaunt und gerührt über seine Fürsorge, bisher hatte er sich nie um finanzielle Dinge gekümmert. Auf seinem Konto war kein großes Vermögen, achtundsechzigtausendvierhundert Mark, aber immerhin. Dann schrieb er ohne Hedes Wissen ihren Namen als Nutznießerin auf seine Lebensversicherungspolice, hunderttausend Mark.

Um die Jungen brauchte er sich keine Sorgen zu machen, Martha hatte beiden ihr kleines Vermögen hinterlassen, das würde für die nächsten fünf Jahre ausreichen.

Und nun kam er endlich an die Reihe. Er besuchte Reisebüros und sah sich Prospekte an. Das Meer war überall blau, der Strand blitzsauber, die Menschen wie illuminiert, im Hintergrund edle Pinien oder Palmen. Die Großstädte auf den Fotos knisterten vor Aufwind und Dynamik – alles außerordentlich verführerisch, nur nicht für ihn. Eines Tages, einen Prospekt der Elfenbeinküste in der Hand, fiel ihm auf einmal das Atmen schwer, dazu fühlte er sich trocken, wie ausgemergelt – und in der Ferne, noch weit weg, aber unmißverständlich, winkten die ersten Vorboten der elenden Windstille...

Er ließ den Prospekt zu Boden fallen und floh aus dem afrikanischen Reisebüro. Auf dem Weg nach Hause sprach er laut mit Onkel Stilz und willigte ein: Luburic.

Wo war der? Ein kurzer Besuch bei Anja und Miklos brachte nichts, Luburic hatte keinerlei Nachricht gesandt. Ob Vlada etwas wußte? Er hatte ein schlechtes Gewissen, wenn er an sie dachte.

Er kaufte ein Dutzend Nelken, rief nicht an, fuhr einfach hin. Eine Kinderstimme fragte, wer da sei. Gleich darauf öffnete Vlada die Tür. Ohne Mühe, die Metallverkleidung war jetzt abmontiert. Sie freute sich offensichtlich, ihn wiederzusehen, sprach sofort kroatisch mit ihm, schickte das Kind fort und brachte ihm eine Tasse Tee mit Zitrone. Danke, es gehe ihr und den Kindern ganz gut, sie könne nicht klagen. Sie habe ihre monatliche Witwenrente und Zuschuß für die Kinder, das reiche, wenn man vernünftig lebe. Er stellte seine Tasse weg und betrachtete sie. Immer noch ganz in Schwarz, aber das Gesicht nicht mehr so blaß und wachsam wie damals, als ihr Mann noch lebte, und die Augen voll dunklem Glanz. Sinnlich, fand Kaspar. Ob sie einen Liebhaber hatte?

»Vlada – wissen Sie, wo Luburic ist?«

Sie sah ihn erstaunt an und antwortete langsam und zögernd, als hätte sie sich's gern länger überlegt: »Es ist möglich, daß er in Bled ist. Ich bekam neulich eine Karte von ihm – aus Bled. Aber vielleicht ist er auch schon wieder weg.«

»Wo könnte man ihn dort finden – wenn er noch da ist?«

Sie zuckte die Achseln, blickte dann mit einer schroffen Bewegung des Kopfes zum Fenster hinaus.

»Es ist wichtig, Vlada.«
»Für die Ustascha?«
Er wußte, daß das der Name für die alte Unabhängigkeitsbewegung der Kroaten war. Direkt anlügen wollte er sie nicht.
»Es ist wichtig«, wiederholte er nur.
Langsam wandte sie sich ihm wieder zu, und etwas wie die alte, starre Maske lag über ihrem Gesicht. Leise und widerstrebend sagte sie, es gebe da eine Möglichkeit – vielleicht. Sie stockte, wich mit dem Blick wieder zum Fenster hin aus. In Bled sei eine Frau...
»Ja?« drängte Kaspar.
Diese Frau stelle eine Art Zentrale der Bewegung dar, ihr Mann sei vor Jahren von der UDBA liquidiert worden.
»Und diese Frau weiß, wo Luburic ist?«
»Möglich.«
»Wie heißt sie?«
»Bogdan. Marjana Bogdan. Die Adresse weiß ich nicht.« Den letzten Satz beinah schroff.
»Kennen Sie sie?«
»Nein.«
»Aber Sie mögen sie nicht.« Keine Antwort. »Ist sie mit Luburic befreundet?«
Leise, aber voll Bitterkeit: »Die ist mit allen – befreundet.« Kaspar dachte: Natürlich, an fünf Kinder gekettet, Witwe – und Lebenslust in den Augen. Sein Blick fiel auf die Hände in ihrem Schoß, zu Fäusten geballt und weiß um die Knöchel.
»Auch mit Ivan?«
Sie blieb so lange unbeweglich sitzen, daß Kaspar keine Antwort brauchte und beschloß, seinen Abschied vorzubereiten. Und dann schoß es auf einmal aus ihr heraus, aus zusammengepreßten Lippen, die Augen voll Tränen, die blitzschnell die Wangen hinunterliefen. »Mit Ivan – mit Ante – mit allen. Hure! Aber zwei Kinder. Und verheiratet...«
»Ich denke, ihr Mann...«
»Das war ihr erster Mann. Sie hat wieder geheiratet.« Sie wischte heftig ihre nassen Wangen.

»Und dieser zweite Mann heißt Bogdan?« Das einzige, was ihn wirklich interessierte.
»Mirko Bogdan. Armer Mensch.«
Noch konnte er nicht fort, *so* durfte er sie nicht sitzenlassen, mit den Tränen und den Fäusten.
»Vlada, das ist doch alles nicht wichtig. Ihr Mann hat *Sie* geliebt, das hat er mir selbst gesagt.« Gelogen, aber vielleicht heilsam.
Zu seinem Erstaunen machte sie nur eine kurze, wegwerfende Geste und sagte geringschätzig: »Ich weiß. Ivan hat nur mich geliebt, Marjana war – Dreck.«
Sie stand plötzlich auf und preßte die Fäuste vor den Mund. »Aber Ante! Ante!« Stoßweise und kaum verständlich, denn jetzt stürzten die Tränen unaufhaltsam. Sie lief zum Fenster und schluchzte laut und ohne Scham.
Kaspar betrachtete ihren Rücken, während sie sich schneuzte, und staunte über seine Blindheit.
Nach einer Weile kam sie zurück und setzte sich auf ihren alten Platz, das nasse Taschentuch in der Hand. Die dunklen Pupillen füllten das ganze Auge, als wären sie auseinandergelaufen.
»Haben Sie es gewußt?«
»Nein.«
Sie schwieg. Vielleicht mißfiel ihr seine Antwort, vielleicht hatte sie erwartet – gehofft? Abrechnung mit Ivan? –, daß Luburics Gefühle für sie nicht zu übersehen waren.
»Ich habe es nicht gewußt, Vlada, aber ich kann es gut begreifen.«
Sie nahm keine Notiz von der Andeutung.
»Ich war ganz jung, als ich heiratete. Ich hatte keine Brüder, mein Vater war tot, ich wußte nichts von Männern. Ich war immer schwanger, beinah jedes Jahr, Ivan wollte es so. Ich fing an, ihn zu hassen.« Sie sah ihm in die Augen und fügte ruhig hinzu: »Sie wundern sich, daß ich zusammenklappte bei seinem Tod. Nicht weil er fort war. *Ante* war fort.«
»Wird er wiederkommen?«
»Ja.« Langsam trockneten die Tränen, und die Stimme wurde wieder fest. »Bald. Vielleicht schon in einem Monat.«
»Und bis dahin wird er in Bled bleiben?«

»Ich weiß es nicht, ich hoffe, nicht.«
An der Wohnungstür küßte er sie leicht auf die Wange. »Falls ich ihn finden sollte, Vlada, wollen Sie ihm eine Botschaft senden?«
»Sagen Sie nur, er braucht keine Postkarten zu schreiben. Ich warte.«

Auf nach Bled. Schleunigst.
Wie sollte das vor sich gehen? Noch hatte er keinen festen Plan – wann hast du je einen gehabt, Tintenlackl? –, und er horchte noch immer täglich in sich hinein, ob da inzwischen eine Wende eingetreten war, ob da vielleicht etwas an seinem Entschluß rüttelte, ihn zum Dableiben zu überreden versuchte. Aber soviel er auch forschte und sondierte, es schrie noch immer mit der gleichen Intensität in ihm: Weg!
Hede. Wenn er nicht so fest überzeugt gewesen wäre, daß es letzten Endes auch das Beste für *sie* war, so hätte er es vielleicht doch nicht fertiggebracht. (Wie lange würde das »letzte Ende« auf sich warten lassen, ein, zwei Jahre? Länger? Würde das Baby helfen oder Salz in der Wunde sein?)
Hede. Er schloß die Augen und schüttelte sich. Wie konnte sie nur auf einmal so blind und taub sein, machte das die Schwangerschaft? Sie hatte doch früher eine Antenne gehabt, ein Ohr für alles, was ihm zuwider war. Jetzt ließ sie sich plötzlich gehen, sprang, sang, lachte, hüpfte – unaufhörlich, wie ihm schien. Außerdem war sie von Frau Hennigs Briefsprache so entzückt, daß sie diese im täglichen Sprachgebrauch verwendete. Sie redete ihn jetzt nur in der dritten Person an. »Möchte der geliebteste Mensch eine Gemüsesuppe?«
Er wartete auf den Tag im Monat, an dem sie zum Arzt zur Routineuntersuchung ging und dann immer extra fidel nach Hause kam. Aber nie vor halb eins.
An diesem Morgen ging er nicht ins Institut, sondern er wanderte trotz des strömenden Regens unter seinem Schirm zu der Bank beim Friedensengel und legte sich die »Süddeutsche Zeitung« unter. Also: *heute.* Jetzt hieß es nur, Frau Hennig loswerden.
Kein Mensch weit und breit. Lustig, wie der Regen auf seinen

Schirm pladderte, dabei ließ sich gut nachdenken, es fiel ihm alles mögliche ein.
Als die Feuchtigkeit langsam zu ihm durchkroch, hatte er einen Plan.

Frau Hennig walzte einen Teig auf dem Küchentisch aus. Sie hatte seinen Schlüssel im Schloß nicht gehört, ihr Radio war voll aufgedreht. Sie erschrak und rief: »Jesus Maria«, als er sie ansprach.
»Frau Hennig, ich habe starke Schmerzen hier –«, er zeigte auf sein Brustbein. »Ich komme gerade vom Arzt – nein, nein, nichts Beunruhigendes, aber ich soll mich hinlegen. Und diese Medizin hier, die möchten Sie mir bitte holen. Man bekommt sie leider nur draußen in Pasing in der Gerd-Möller-Apotheke, Gerd-Möller-Straße 25. Würden Sie so freundlich sein...«
Frau Hennig betrachtete den Zettel. »Kein Rezept?«
»Es ist ein homöopathisches Mittel ohne Rezept. Keine Eile. Nehmen Sie ruhig den Bus.«
»Wenn's keine Eile hat, kann ich nicht erst meinen Kuchenteig –«
Statt einer Antwort schloß Kaspar die Augen und lehnte sich ein wenig an die Tür. Auch wenn sie heimlich doch ein Taxi nahm, würde sie nie vor ein Uhr wieder dasein, denn die Gerd-Möller-Apotheke existierte nicht.
Sie lief dann auch gleich, kam aber wieder zurück, weil sie ihren Schirm vergessen hatte – und traf Kaspar in der Diele, einen Koffer in der Hand.
»Herr Professor! Was wollen Sie denn mit dem?«
»Wie bitte?« Zeit gewinnen.
»Na, mit dem Koffer! Wozu brauchen Sie den?«
»Ich dachte – da könnten vielleicht noch ein paar von den Pillen drin sein – noch von unserer Hochzeitsreise...«
Gemeinsam öffneten sie den Koffer und überzeugten sich von der gähnenden Leere.
»Macht nichts«, tröstete sie ihn. »Ich hol' Ihnen neue. Lassen Sie das Ding hier stehen und legen Sie sich endlich hin.«
Sie lief samt Schirm aus der Tür, und Kaspar begann, eilig zu packen. Der Schreck hatte ihn so mitgenommen, daß er sich einre-

dete, er fühle diesen Schmerz allen Ernstes oben in der Brust. Er fühlte sich gedemütigt und zornig. Raus, nur raus.
Er packte nur wenige Sachen ein: Jeans, ein paar Baumwollhemden, Sandalen, einen Pullover, Regenmantel, Pyjama, Unterwäsche, Socken, Taschentücher – richtete sich auf und zwang sich, ruhig nachzudenken. Seinen Wecker – noch von Martha. Sein kleines Radio. Paß. Geld: achttausendvierhundert Mark, die runde Summe von sechzigtausend Mark lag auf der Bank für Hede – der Autoschlüssel auf Hedes Nachttisch.
Er sah auf die Uhr: halb elf. Ob er es riskieren sollte, noch schnell den Brief zu schreiben? Er setzte sich zum letztenmal an seinen Schreibtisch, speziell für ihn angefertigt, nierenförmig, rote Lederplatte.
Umschlag, darauf »Hede« in großen Buchstaben und in der Diele auf die Silberschale gelegt. Hut, Koffer, Schirm. Zur Wohnungstür und noch einmal zurück und die Wohnungsschlüssel schnell neben den Brief in die Silberschale geworfen – das Klirren zerrte an seinen Nerven –, und raus aus der Wohnung. Die Tür sanft geschlossen.
Als er unten die Haustür aufstieß, war er fest überzeugt, Hede in die Arme zu laufen. Oder Frau Hennig. Aber die Gesichter, die im Regen an ihm vorbeihasteten, waren alle fremd.
Er ging die Gellertstraße hinunter bis zur Brunnbachleite und fand die öffentliche Telefonzelle von einem Pärchen besetzt, das vor dem Wetter Schutz suchte. Er scheuchte sie unbarmherzig hinaus und lachte, als sie sich davontrollten und ihn einen »alten Kacker« schimpften. Er hatte sich seit langer Zeit nicht mehr so jung gefühlt.
Er fand die Nummer im Telefonbuch und wählte. Hoffentlich war sie zu Hause. Soviel er wußte, arbeitete sie gerade nicht und schlief lange. Wie spät war's jetzt? Viertel nach elf, höchste Zeit. Sie würde ungehalten sein, daß er sie aufweckte, und noch ungehaltener über das, was er ihr zu sagen hatte. Ob er ihre Stimme erkennen würde? Er hatte sie nur ein einziges Mal gesehen, ganz kurz, am Tag nach der Hochzeit, und dann noch einmal mit ihr gesprochen, neulich, als sie anrief.

Es klingelte nur zweimal. Eine verschlafene, rauchige Stimme sagte ungnädig: »Hallo.«
»Frau Wennerstett – hier spricht Kaspar.«
»Wer?«
»Kaspar, Ihr Schwiegersohn. Hedes Mann.«
»Ah ja. Ist was passiert?«
»Nein, aber ich muß Ihnen etwas sagen.«
»Hat's nicht Zeit bis später?«
»Leider nicht, sonst würde ich Sie nicht anrufen.«
Sie unterbrach ihn: »Hede okay?«
»Ja. Aber ich bitte Sie, mir ein paar Minuten zuzuhören.«
»Ach du lieber Gott, kann mir's schon denken.«
»Nein, das glaube ich nicht.«
»So? Na gut. Warten Sie einen Augenblick, muß mir 'ne Zigarette anzünden. So. Also, schießen Sie los.«
»Bitte, gehen Sie so schnell wie möglich zu Hede. Ich habe sie verlassen. Sie weiß noch nichts davon, sie war heute früh nicht zu Hause. Ich habe ihr einen Brief geschrieben, aber es wäre besser, sie ist nicht allein, wenn sie ihn liest.«
»Was denn, was denn – Sie haben sie verlassen, sagen Sie? Warum? Hatten Sie Krach?«
»Damit würde ich Sie nicht belästigen.«
»Warten Sie mal – Hede ist doch schwanger, nicht wahr, oder hab' ich das geträumt?«
»Sie haben nicht geträumt, und das ist der Anlaß, wenn auch nicht der Grund.«
»Hm.« Sie schwieg einen Augenblick, hustete. Raucherhusten. »Wollen Sie mir den Grund nennen oder lieber nicht?«
»Das würde zu lange dauern. Die Schuld liegt allein bei mir.«
»Na, hör'n Sie mal! Hede hat doch lange genug ein Verhältnis mit Ihnen gehabt, da hätte sie doch merken müssen…«
»Ich habe es auch jetzt erst gemerkt.«
»Was ›es‹? Was haben Sie jetzt erst gemerkt?«
»Frau Wennerstett, bitte, gehen Sie sofort zu Hede. Deshalb rufe ich an, alles andere ist Zeitverschwendung. Auf Wiedersehen.«
»He! Sie, Kaspar, warten Sie doch einen Augenblick! Ich ver-

spreche Ihnen, ich gehe sofort zu ihr, aber ich möchte noch mal mit Ihnen reden.«

»Zeitverschwendung. Ich muß fort.«

»Gehen Sie nur, ich halte Sie nicht zurück, im Gegenteil, ich kann Sie gut begreifen. Sie wissen doch, wie ich zu solchen Sachen stehe.«

»Deshalb wende ich mich ja an Sie.«

»Na also, Mann. Dann wissen Sie auch, daß ich von vornherein auf Ihrer Seite bin.«

»Das möchte ich keinesfalls.«

»Ach, seien Sie doch kein Frosch, alles nicht so wichtig. Ich erwarte Sie heute nachmittag zu einem Drink. Ich verspreche Ihnen, Hede wird nichts davon erfahren, und ich werde nicht versuchen, Sie umzustimmen. Von mir aus können Sie dann abhauen. Aber es interessiert mich. Rein klinisch. Also, um sechs.«

»Da bin ich schon weit weg. Ich bitte Sie noch einmal dringend: Beeilen Sie sich.«

Sie rief noch zweimal: »Warten Sie doch, Kaspar«, obgleich sie gehört hatte, daß er einhängte.

5.

Herr Alexis war erstaunt und erfreut und ratlos, als er Kaspar vor sich sah.

»Herr Professor Schulte! Wie schön, Sie wiederzusehen – hatten Sie reserviert? Ich kann mich nicht erinnern...«

»Sind Sie sehr voll?«

»Bis ins letzte Loch. Hochsaison! Ach, das tut mir aber leid.«

»Mir auch, ich gehe ungern in ein fremdes Hotel. Aber wenn's sein muß – könnten Sie mir eines empfehlen?«

Herr Alexis wußte keines, das nicht ebenfalls ausgebucht gewesen wäre, ob teuer oder billig. Und die kleinen Pensionen könne er wahrhaftig nicht empfehlen, mehr für Hippies, kein fließendes Wasser, die Frau Gemahlin...

»Ich bin allein.« Herr Alexis blieb stumm, ohne »ach?«. »Vielleicht weiß der Portier eine Unterkunft.«

»*Ich* bin der Portier, Herr Professor. Nicht wahr, da staunen Sie. Das ist doch hier die Portiersloge, erinnern Sie sich nicht? Es ging einfach nicht mehr mit dem Alten, und ich habe noch niemanden gefunden, der in Frage gekommen wäre.«

Kaspar überlegte einen Augenblick. »Hat der Portier im Hotel gewohnt?«

»Natürlich. Alle Angestellten wohnen im Hotel, das heißt drüben, vis-à-vis, in der Dependance.«

»Wird sein Zimmer benutzt?«

»Nein, ich halte es frei, falls plötzlich jemand auftaucht.«

»Könnte ich nicht sein Zimmer haben?«

Herr Alexis wunderte sich. Der hatte doch vorher einen ganz normalen Eindruck gemacht.

»Leider nicht, Herr Professor. Gegen die Hausregel. Dort dürfen nur Angestellte wohnen. So was geht hier bei uns nicht, ich meine, ich darf keine Ausnahme machen – Sie verstehen? Entschuldigen Sie einen Moment –« Er wandte sich zwei jungen Mädchen zu, Amerikanerinnen, die wissen wollten, wo sie eine Luftmatratze zum Schwimmen kaufen könnten.
»What please, ladies?« Herrn Alexis' Englisch war nicht weit her. Die Mädchen wiederholten, demonstrierten, gackerten. Herr Alexis wandte sich verstört auf kroatisch an Kaspar. »Was wollen die, Herr Professor? Ein extra Bett aus Gummi?«
Kaspar erklärte und übersetzte, und die Mädchen marschierten zur Badeanstalt. »So was passiert dauernd«, sagte Alexis. Der Mann ist dünner geworden, dachte Kaspar. »Ich rate und rate, was die Leute wollen – ein Wunder, daß das Hotel noch so voll ist.«
Ein Küchenjunge mit schiefer weißer Mütze kam angelaufen und verlangte atemlos, daß der Chef mit ihm in die Küche komme, zwei der großen Herde funktionierten plötzlich nicht, der Hauselektriker sei nicht aufzufinden...
Alexis unterbrach ihn ungeduldig: »Du weißt doch, wo er wohnt, Bruno. Lauf hin und sag ihm, er muß sofort kommen.« Er riß ihm noch schnell die Küchenmütze vom Kopf, bevor der Junge davonschoß. Alexis sah ihm nach, seufzte und wischte sich mit der Mütze das Gesicht.
»Gehen Sie in die Küche und beruhigen Sie Ihr Personal«, sagte Kaspar. »Ich vertrete Sie inzwischen.«
Der Mann öffnete die Klappe am Portierstresen – dann besann er sich.
»Das kann ich nicht annehmen, Herr Professor, Sie sind schließlich...«
Kaspar versicherte ihm, er sei nichts »schließlich«, es würde ihm sogar Spaß machen. Herr Alexis eilte davon.
Kaspar schlug die Klappe auf und betrat die Portiersloge, verstaute seinen Koffer unter dem Tresen und lehnte sich auf die lederbezogene Platte, die Schranke zwischen dem Portier und der Außenwelt. Neben sich das Portierswerkzeug: Meldezettel, Kalender, Straßenplan von Bled, Ansichtskarten, ein Notizblock mit ange-

kettetem Bleistift. Unter der Platte – das war wohl das Geheimfach, hier lagen die Portiersgeheimnisse, die »Adressen«, diskrete Notizen – und Fotos? Ja, auch Fotos. Und ganz unten, beinah am Boden, neben seinem Koffer, ein größerer Knopf, wahrscheinlich eine Fußklingel für den Notfall. Interessant.
Schade, daß gerade jetzt die Halle leer war, er hätte gerne »Auskunft« gegeben. Und schade, daß er nicht in diesem Hotel bleiben konnte, er fühlte sich wohl hier. Er trat einen Schritt zurück und betrachtete die kleine Zelle. Etwa zwei Meter mal drei, kein Fenster, nur eine Luftklappe oben an der Hinterwand. Kein Stuhl, ein niedriger Hocker, darauf eine Bürolampe, und ein zusammengeklappter, an die Wand gelehnter Liegestuhl. An einer Seitenwand ein großer Kalender mit einem Farbfoto vom See im Monat August, an der anderen ein Zettel, mit Reißzwecken befestigt, darauf oben ein dickes schwarzes Totenkreuz, darunter ein Name, Draza Rukovina, und ein Datum: 10. Mai 1978.
Er drehte sich um und lehnte sich wieder auf den Tresen. Plötzlich fuhr ihm etwas durchs Gehirn, was ihn erregte, obwohl er nicht sofort wußte, was es war. Gleich darauf wußte er es: das Datum! Der 10. Mai 1978! Der Tag, an dem Martha starb.
Er kehrte zu dem Zettel zurück. Wer war Draza Rukovina?
Herr Alexis stieß die Klappe auf und hielt sich atemlos an der Platte fest. »War irgendwas, Herr Professor? Ich kann Ihnen nicht genug danken! Gut, daß ich da war, bis unser Elektriker kam. So, jetzt darf ich Sie von Ihrem ›Dienst‹ erlösen.« Er lachte und hielt die Klappe für Kaspar hoch, der den Zettel anstarrte.
»Wer ist Draza Rukovina?«
»Wie bitte? Ach so! Das war unser Nachtportier, der war viele Jahre hier im Hotel. Ich habe mir das dort hingehängt, um das Datum nicht zu vergessen. Er hat Geld für fünf Totenmessen hinterlassen, zwei habe ich schon bezahlt.«
»Und er starb am 10. Mai 1978?«
»Ja, wir fanden ihn, hier, frühmorgens, da, auf dem Liegestuhl, ganz friedlich, Herzschlag. Er war an die siebzig. Wieso...«
»Nur so. Nichts Besonderes«, sagte Kaspar und löste seinen Blick von dem schwarzen Kreuz.

»Herr Professor?« Alexis hielt noch immer die Klappe hoch wie ein Bahnwärter die Schranke. Kaspar zögerte, empfand das dringende Verlangen, *nicht* hinauszugehen, hier drinnen in dem stillen Dunkel zu bleiben, abgeschirmt.
Ein deutsches Ehepaar trat aus dem Fahrstuhl und rief: »Portier, wo ist das Restaurant?«
Herr Alexis verbeugte sich leicht: »Rechts die Treppe hinunter, meine Herrschaften.«
Verblüfft drehte er sich um. Hinter ihm hatte der Professor ebenfalls gerufen: »Rechts die Treppe hinunter.« Lachend sagte Alexis: »Das macht Ihnen also wirklich Spaß, Herr Professor? Na, wie wär's, ich brauche dringend einen Portier.«
Kaspar sagte langsam: »Warum nicht? Dann könnte ich doch in das Zimmer einziehen, nicht wahr?«
Herr Alexis ließ die Klappe sinken und starrte ihn an.
Kaspar mußte lächeln. »Nein, ich bin kein Flüchtling vor der Justiz, auch kein politisch Verfolgter, niemand ist mir auf den Fersen. Aber ich sehe ein, daß ich Ihnen Aufklärung schuldig bin – bis zu einem gewissen Grade –, bevor Sie mich engagieren können.«
Herr Alexis fiel ihm hastig ins Wort: »Eben, eben, Herr Professor. Ein Portier – das ist eine Vertrauensstellung, er hat alle Zimmerschlüssel, die Gäste weihen ihn in alle möglichen Dinge ein – Sie verstehen?«
Kaspar nickte. »Darüber bin ich mir klar.«
Sie sahen sich beide einen Augenblick stumm an. Der Mann präsentierte jetzt ein sorgfältig abgedecktes Gesicht, und trotzdem wußte Kaspar genau, was er dachte, nämlich: Ist der nun ein trüber Hecht oder meine große Chance? Er beschloß, ihm reinen Wein einzuschenken.
»Ich habe meinen Beruf aufgegeben«, sagte er langsam. »Ich habe meine Frau verlassen. Ich möchte ein neues Leben beginnen. Kopfüber.«
Herr Alexis schwieg, blickte so ausdruckslos wie möglich.
Ich kann Gedanken lesen, dachte Kaspar, eine neue Errungenschaft – oder habe ich das immer gekonnt, ohne daß es mich inter-

essiert hätte? Der denkt jetzt nur an mein Gehalt, er fürchtet, ich würde mehr verlangen als die anderen – und nun fällt ihm gerade ein, daß ich ja keine Ahnung habe, was mir von Staats wegen zukommt. Jetzt ist er erleichtert und erwärmt sich mehr und mehr an dem Gedanken, mich hier als Portier sitzen zu haben, aber er runzelt die Stirn, um Zweifel vorzutäuschen. Gleich wird er mir ein paar Hindernisse in den Weg legen...

Ein älteres Ehepaar ging vorbei und hinterließ grußlos den Zimmerschlüssel. »Angenehmen Tag noch, die Herrschaften«, rief ihnen Herr Alexis nach. Das werde *ich* von jetzt an rufen, dachte Kaspar. Angenehmen Tag noch, die Herrschaften – sprachlich unschön, aber was macht das.

»Herr Professor, das ist vielleicht nur eine vorübergehende Laune, wenn ich mir erlauben darf – äh – Ihre Frau Gemahlin wird sicher bald...«

»Meine Frau weiß nicht, wo ich bin. Sie haben aber recht, wenn Sie zögern. Ich zögere auch, vielleicht ist dies nicht ganz der Platz, den ich suche –« Er bückte sich und tauchte unter der Klappe durch in die Außenwelt.

Herr Alexis hielt den Koffer fest, anstatt ihn auszuhändigen.

»Vielleicht aber *doch*, Herr Professor – ich meine, warum versuchen wir's nicht miteinander?« Versuchen... Kaspar hörte Hede in Onkel Stilz' Schlafzimmer flüstern: »Ich möcht's versuchen.« Versuch mißglückt. Er blickte über Alexis' Schulter in die kleine Portierskammer, viereckig und dunkel...

»Ich schlafe schlecht«, sagte er. »Fangen wir mal nachts an. Nachtportier. Und sagen wir – mit gegenseitiger Kündigung nach vierzehn Tagen.«

»Abgemacht«, rief Herr Alexis etwas zu schnell und wartete auf Kaspars Gegenzug, aber der nickte nur.

»Lassen Sie jetzt den Herrn Professor weg. Ich heiße Schulte. Meinetwegen können Sie mich auch Kaspar nennen.«

Alexis nahm sich vor, den respektvollen Ton gleich abzubauen. »Der Portier wird mit dem Nachnamen genannt.« Kaspar nickte wieder und spähte in die Portiersloge. Was gab's da bloß zu sehen? Alexis blätterte in seinem Gedächtnis: War der Mann damals auch so eigentümlich gewesen? Einerlei, er hatte einen Nachtportier, durfte nun endlich wieder abends nach Hause in sein Bett anstatt in den Liegestuhl in diesem dumpfigen Loch hier.

»Wollen Sie sich jetzt Ihr Zimmer ansehen – Schulte?« Noch nicht der richtige zwanglos-autoritäre Ton.

»Nicht nötig. Ich möchte gern ein paar Minuten am See spazierengehen. Wenn Sie wollen, könnte ich meinen Dienst heute abend antreten. Um wieviel Uhr?«

»Von zehn bis sechs Uhr morgens. Hier ist der Arbeitsvertrag, Gehalt und Abgaben, Versicherung, Altersversorgung...«

»Wo unterschreibe ich?«

»Lesen Sie ihn doch erst durch – Schulte.«

Kaspar faltete die Broschüre zusammen und stopfte sie in seine Jackentasche. Der liest die gar nicht, dachte Alexis.

6.

Er bemühte sich, die Hotelhalle im gemächlichen Schritt zu verlassen. Er wußte, daß Alexis ihm nachsehen würde. Der verstaute den Koffer kopfschüttelnd in der Portiersloge. Ob das gutgehen würde, so ein zerstreuter Mann als Nachtportier?
Kaspar war nicht zerstreut, er war in seinem Leben noch nie so wach und konzentriert gewesen, mußte sich Gewalt antun, um die stürmenden Gedanken zu knebeln, bis er allein war und sich darin versenken konnte. Auf dem Weg zum See, an den vielen Gesichtern vorbeihastend, war das unmöglich. Vergeblich auch seine Hoffnung, den kleinen Pfad um den See herum in Ruhe entlangwandern zu können. Kinder, Eltern, Teenager lagen, saßen, rannten kreuz und quer. Er war froh, noch ein Ruderboot zu erwischen, um dem Lärm zu entkommen, ruderte, so schnell er konnte, am Hotel vorbei bis zu der Stelle, wo der Pfad endete und es nur noch Felsen und Bäume, aber keinen Badestrand mehr gab. Er hatte sich nicht einmal Zeit genommen, Hemd und Schuhe auszuziehen, ließ sich endlich erschöpft treiben, riß alles vom Leib bis auf die Unterhose.
Draza Rukovina, Nachtportier, gestorben am 10. Mai 1978. In der kleinen Portiersschachtel. Was sagst du dazu, Onkel Stilz? Was hältst du von Zufällen? Glaubst du an Zusammenhänge? Ich habe mich nie mit so was befaßt, es hat mich nie interessiert, aber auf einmal glaube ich an – wie soll man das nennen – Anschluß? Bindung? Wahrscheinlich *muß* so etwas wie ein Blitzschlag kommen, wenn es passiert. Werde ich heute nacht den Zettel mit dem schwarzen Kreuz in aller Ruhe ansehen und dann an etwas anderes denken können? Klar, Tintenlackl, oder meinst du, du müßtest

davor auf die Knie sinken? Ein alter Mann starb zufällig an Marthas Todestag. Zehntausend andere Leute auch, du kennst sie nur nicht. Ja, aber das ist es doch, Onkel Stilz, *den kenne ich jetzt*, und daß ich seine Stelle antreten werde, in demselben Liegestuhl schlafen, *das, das*...

Tintenlackl, hast es doch selbst bewerkstelligt, hast doch die Stelle angenommen, *weil* du absolut einen Sinn darin sehen willst. Mach dir doch nichts vor!

Er sah sich um. Sein Boot lag beinah still, trieb langsam wieder dem Ufer zu, hoffentlich dort hinüber, in den Schatten der überhängenden Bäume.

Herzschlag, hatte Alexis gesagt. Ganz friedlich, am frühen Morgen. Draza Rukovina. Ob Luburic ihn gekannt hatte?

Von einer Sekunde zur anderen glitt er aus der Sonnenglut in den Schatten, aus wildflackerndem Gleißen, das ihm auf der Stirn brannte, in die dunkle, stille Kühle. Wie spät war es eigentlich? Vier Uhr. Er würde hier eine kleine Weile liegen bleiben, hatte nachts nicht geschlafen, aufrecht gesessen im Abteil zweiter Klasse des Nachtzugs München–Ljubljana. Es hatte ihm nichts ausgemacht, er war sich menschlich wertvoll wie noch nie zuvor vorgekommen. Ich bin nicht gut, hatte er gedacht, aber edel.

Zwei Stunden später wachte er auf und beschloß, noch am gleichen Tag Marjana Bogdan aufzusuchen. Ihre Adresse fand er im Telefonbuch, er rief sie aber nicht an. Er wollte sie überraschen.

Auf der anderen Seite des Sees, dem Hotel gegenüber, drückte sich der kleine Ort Bled bescheiden und so unauffällig wie möglich an den See heran, von den gepflegten riesigen Uferbäumen völlig verdeckt, sozusagen hinter den Kulissen. Kurze Straßen, mittelbreit, mittelländlich, ein Mittelplatz für alles: kleine häßliche Autos, Fahrräder, Mopeds, Karren. Fast alle Häuser waren einstöckig und hellgrau gestrichen, ohne Balkon, ohne Fensterläden, hier und da ein Baum, mittelgroß, mittelgrün. Kleine Hotels, kaum daß man sie als solche erkennen konnte, kleine Läden, ein Marktplatz, leer um diese Zeit, alles mittelgut gepflastert, keine Treppen, alles auf einer Ebene. Nur wenige Leute auf der Straße, jetzt um sechs Uhr, alle wie Städter angezogen, trotz der Hitze, anständige Röcke und Blusen, keine Touristen.

Er wanderte langsam weiter, froh, daß sich das niedrige graue Einerlei allmählich auflöste, Baumgruppen tauchten auf, kleine Gärten, Zäune. Er fragte eine alte, schwarzvermummte Bauersfrau nach der Uliza Pavla, der Paulsstraße, und wurde einen staubigen Landweg entlanggeschickt. Hier schlenderte er auf gut Glück von einem kleinen Bauernhaus zum anderen, riet, welches wohl in Frage komme, und stand endlich vor dem letzten Haus, das an ein abgemähtes Weizenfeld grenzte. Früher war es wahrscheinlich einmal ein großer Pferdestall gewesen, jetzt war es auch hellgrau gestrichen mit kleinen, weißen Stallfenstern, aus denen sicher einmal große braune und schwarze Pferdeköpfe herausgespäht und gewiehert hatten.

Er stand unschlüssig vor einem Drahtzaun mit angelehnter Pforte und sah in den Hof hinunter, zu dem ein Dutzend überwachsene Steintreppen führten. Der Hof war halb gepflastert – dort hatte man vielleicht die Pferde gestriegelt –, die andere Hälfte bestand aus einer Art Garten, voll wildwuchernder, hoher Sonnenblumen, dazwischen Weißkohl, längst fälliger Blumenkohl, zur Blume degradiert, und bresthafte Bohnenstangen.

Am hintersten Ende des Hofes führten ein paar Stufen zur offnen Tür des Gebäudes, und auf diesen kühlen, schattigen Steinen saß eine Frau im Bikini und rupfte eine Gans. Dazu sang sie, nicht schön, aber laut und voll Genuß, und rupfte die Gans im Takt. Die Hälfte der Federn lag bereits um die braungebrannten Schenkel wie Schneeflocken. Sie ist zu dick, um einen Bikini zu tragen, dachte Kaspar. Das dunkle Fleisch quoll aus dem Gummistoff nach allen Seiten. Unappetitlich! Das Fleisch selbst war prall und eigentlich ganz schön, obgleich ihm eine dünne braune Vogelscheuche lieber gewesen wäre.

Er blieb oben am Zaun stehen.

»Entschuldigen Sie die Störung –« Sie sah hoch und sang noch ein paar Takte, bevor er weitersprechen konnte. »Ich suche Frau Bogdan.«

»Ja.«

»Sind Sie Frau Bogdan? Kann ich Sie einen Augenblick sprechen?«
Sie nickte, und er öffnete das Gitter und balancierte vorsichtig die wackligen Stufen zum Hof hinunter. Sie betrachtete ihn ohne Neugierde, rupfte weiter.
»Können Sie mir sagen, wo ich Ante Luburic finde?«
»Hier ist er nicht.«
»Können Sie mir einen Rat geben, wo ich ihn finden kann?«
»Wer schickt Sie?«
Kaspar zögerte einen Augenblick. »Vlada Martinac.«
»Vlada!« Sie hörte auf zu rupfen und grinste zu ihm hinauf. »Vlada? Läßt sie mich herzlich grüßen?«
»Ich kann mich nicht erinnern«, sagte Kaspar und grinste zurück.
Sie deutete auf den verwitterten Rand eines alten Brunnens, und er setzte sich auf den kühlen Stein.
»Tut gut bei der Hitze, nicht wahr?« sagte sie und klatschte ihre Schenkel gegen die Stufe. »Sie sind wohl eben erst angekommen?«
»Ich hatte noch keine Zeit, mich umzuziehen.«
»Hat's Vlada so eilig?«
»Es hat nichts mit Vlada zu tun.«
»Ach?« sagte sie und lächelte ihn aus hellen, leicht geschlitzten Augen an. »Wer sind Sie eigentlich?«
»Entschuldigen Sie«, sagte Kaspar und stand auf, worüber sie sich vor Lachen ausschütten wollte. Er setzte sich wieder. »Schulte. Kaspar Schulte. Aus München.«
»Ustascha?«
»Nein.«
Sie studierte ihn einen Augenblick, zuckte die Achseln und nahm den halbgerupften Gänsehals wieder auf. Augen und Schnabel der Gans standen weit offen, als staunte sie über die flotte Präzision, mit der die braunen Finger rupften.
»Ich glaube Ihnen nicht«, sagte Frau Bogdan, »aber Sie riechen wenigstens nicht nach UDBA. Ante wird morgen oder übermorgen wieder dasein. Wenn Sie wollen, können Sie morgen nach sechs mal vorbeischauen, Vlada wird mir schließlich niemand

schicken, den Ante nicht sehen will – oder soll er *Sie* aufsuchen? Wo sind Sie?«
»Im Hotel Godice.«
»Im Godice?« Sie lachte und schüttelte ungläubig den Kopf. »Kommen Sie lieber morgen hier vorbei.«

Er wanderte langsam zum Hotel zurück. Es dämmerte, und jetzt lag der enge Pfad am See verlassen vor ihm. Jemand hatte einen Kinderklappstuhl im Gras vergessen, er setzte sich darauf und zündete sich eine Zigarette an. Das Wasser glänzte weißlich, spiegelglatt. Ein dünner Glockenton wehte zittrig über den See; jemand war noch auf der kleinen Insel und läutete die Wunschglocke im Turm. Wenn *er* jetzt dort stünde – was würde er sich wünschen? Es fiel ihm nichts ein. Das Glöckchen zitterte weiter, wie eine Greisenstimme; wer immer da am Strang zog, wollte seiner Sache sicher sein. Und er? Es fiel ihm noch immer nichts ein.
Jetzt ist die Gans gerupft, dachte er. Ob sie gleich in den Ofen kommt? Die weißen Federn liegen sicher noch auf den Stufen. Wie die Schokoladensäulen darauf geleuchtet hatten! Und die Knie, *noch* dunkler, und die nackten Füße mit den roten, halb abgebrochenen Zehennägeln. Eine Schlampe, diese Frau Bogdan. Und viel zu dick. Geradezu einschüchternd mit den breiten Schultern und den Brüsten wie Grapefruits. Solche hatte er noch nie gehandhabt, fühlte sich beklommen, wenn er an sie dachte. Luburic und Martinac hatten aber scheinbar keine Hemmungen gehabt.
Er versuchte, sich ihr Gesicht zurückzurufen, die aufgeworfene, etwas zu breite Nase, die scharfen, hellen Augen, tief über die Bakkenknochen gesetzt, und drum herum das dunkle, lange Haar – etwas zottelig. Am besten konnte er sich an die Zähne erinnern: kurz und zackig und weiß wie bei einem jungen Hund. Aber diese Schenkel! Fest oder wabbelig? Wie alt war sie überhaupt, dreißig, vierzig? Es fiel ihm ein, daß sie ihm nicht einmal die Hand gereicht hatte.

Abends um zehn Uhr lag er im Liegestuhl in der Portiersschachtel, Onkel Stilz' Mappe auf den Knien, vor sich die Wand mit Draza

Rukovinas schwarzem Kreuz. Noch konnte er sich nicht lösen, seine Augen buchstabierten wieder und wieder: 10. Mai 1978, knüpften eine Kette zu Martha, eine heilsame, eine gute Kette. Dunkle Stille. Nur ein schüchternes Vogelzirpen außerhalb der Fensterklappe. Was wollte er eigentlich von Luburic? Er hatte doch schon einen Unterschlupf gefunden. Ob er gar nicht erst zu dieser Frau Bogdan zurückgehen sollte? Doch. Da war etwas, was er Luburic fragen wollte.
Und jetzt zu Onkel Stilz. Die Mappe wartete. MOABIT, 6. JULI 1914. Eine mühsame Handschrift, sicher nur selten angewendet, kindlich, und dann auch wieder voller seltsamer Schnörkel, die keine staatliche Schule geduldet hätte.

Endlich haben sie mir was zum Schreiben gegeben. Das ist alles der Pfarrer, wegen dem Schach. Alle Extras kommen vom Pfarrer, Kaffee, Äpfel, Bücher, aber es ist arg fad, dem was beizubringen, ein Gehirn wie ein Sieb. Jeden Abend muß ich ran, und nach dem Spielen fragt er und fragt er. Jetzt lüg ich nur noch, denn wenn ich die Wahrheit erzähl, sagt er ich lüg.
Es hat keinen Sinn, vom Gefängnisleben zu schwatzen, meines ist ganz anders als das von den anderen, wegen dem Pfarrer. So ist es mir mein Lebtag gegangen. Nie wie andere Leut, immer eine Extrawurst. Ich bin *eine Extrawurst. Hab' auch gleich eine Einzelzelle gekriegt. Nur Tütenkleben muß ich halt wie die anderen. Erst haben sie mir Garn zum Netzeknüpfen gegeben. Das hat mir die Finger blutig gerissen, und der Pfarrer hat sie immer vor Augen gehabt beim Schachspielen, und da ist ihm übel geworden, nur vom Hinsehen, so ein Feinfühliger ist das. Kotzen möcht man.*
MOABIT, 5. JULI: *Ich seh' schon, wo mein Kummer liegt. Die wollen mich als Madl benutzen, weil ich so klein bin. Und hübsch. Gestern bin ich nur davongekommen, weil ich dem langen Kerl, dem Badefriedrich, fast ein Auge ausgedrückt hab', wie er mich gegrapscht hat. Der heißt so, weil er seiner Braut in der Badewanne die Füße so lange hochgezogen hat, bis sie nimmer geschnauft hat. Das würd' er auch mit mir machen, hat er mir ver-*

sprochen. Ich hab es dem Pfarrer hinterbracht. Der Badefriedrich hat drei Tage Dunkelhaft gekriegt, aber ganz wohl ist mir net dabei.

Alle wimmern und stöhnen, sie wollen »frei« sein. Das *stört mich nun gar net, daß ich in der Zelle sitzen muß. Vielleicht, weil ich so viel in der Schachtel gesessen bin. Angst vor engen Wänden! Da muß ich lachen. Im Gegenteil, jetzt hab ich Zeit, nachzudenken und mir mein Leben anzusehen, alles noch einmal durcherleben, kann gar net genug davon kriegen, find es einfach pfundig. Zuerst hat der Wachtmeister gedacht, ich heul, und hat die Zelle aufgeschlossen, aber da lag ich quietschfidel auf meiner Pritsche und feixte und gluckste. Der glaubte natürlich, ich spinn. Wenn ich denk, was die Leut hier alle für ein Leben haben – und dann meins!*

MOABIT, 20. JULI: *Heut kommt der Badefriedrich aus der Dunkelhaft. Hab Schiß.*

Der Pfarrer sagt, es ist ein Brief da von der Mutter. Nächste Woche bin ich einen Monat hier und krieg ihn zu lesen. Mir gefällt's hier! *Bis auf den Pfarrer. Ich verlier mein Talent, wenn ich noch lang mit dem herummurksen muß, der lernt's nie. Wie die Lisa. Ich schreib das, und es rührt sich kaum noch etwas in mir. Aber einen pfundigen Busen hat sie gehabt, den laß ich ihr. Ich notier das, weil sie hier von nix anderem schwätzen.*

MOABIT, 2. AUGUST: *Bin wieder da. Krankenhaus. Badefriedrich. Aber ich bin wieder da.*

MOABIT, 8. AUGUST: *Jetzt kann ich wieder richtig schauen und auch was essen, aber ein feines Loch hab ich im Schädel, und rasiert bin ich drum herum wie ein Mönch. Alle haben sie's geahnt, auch die Wärter, und haben den Badefriedrich net aus den Augen gelassen, aber der war schlau, scheißfreundlich zu mir: »Na, Stilz – tut mir leid, vertragen wir uns wieder, ja?« Und einen Handschlag und Aug in Aug. Und drei Tage später, als kein Mensch mehr was dachte, hat er mir auf der Toilette aufgelauert und mir den Kopf unters Wasser gehalten wie in einer Eisenzange. Ich war schon besinnungslos, da kam zufällig jemand rein – abschließen kann man ja dort nix – und da sah er den Badefriedrich und zwei*

Beine, die schlaff runterhingen, wie bei einer Gliederpuppe, hat er mir später erzählt. Geschrien hat er wie am Spieß und versucht, den Badefriedrich wegzudrängen, und da hat der schnell noch meinen Schädel gegen den Wasserhahn gerammt, weil er net ganz sicher war, ob ich auch wirklich tot war. Und dann sind ein paar angerannt gekommen. Zehn Tage war ich im Krankenhaus. Sieben Stiche habe ich in der Birne, es war halt ein tiefes Loch, bis auf den Knochen.
Das Schachspielen mit dem Pfarrer bin ich jetzt eine Weile los. Wenn er mit dem Schachbrett unterm Arm zu Besuch kommt, verdreh ich die Augen, als ob ich sie noch net scharf einstellen könnte. Dann betet er halt, aber das kann ich aushalten, das ist schnell vorbei.
Den Badefriedrich haben sie in eine andere Anstalt gebracht. Dem ist es egal, der hat lebenslänglich.

Es klopfte ungeduldig. Kaspar sprang auf, blinzelte, wo war er, was war er, warum...
Zwei junge Deutsche hämmerten mit ihren Zimmerschlüsseln auf den Portierstresen. Na endlich, Herr Portier, wo kann man in diesem gottverdammten Kaff hingehen? Hingehen? Ach so. Alexis hatte ihm den Stapel mit den »Adressen« gezeigt. Rockmusik? Aufs Geratewohl sagte er auf deutsch, er könne den Jazz-Keller nur bedingt empfehlen. Die beiden lehnten sich über den Tisch und wurden zutraulich. Wie wär's mit – Sie wissen schon, Herr Portier. O ja, da gab's einiges. Er wählte scheinbar mit Sorgfalt unter den Broschüren, genoß die Spannung in der Luft. Diese hier, die Strele-Bar, erste Klasse. Hiesige Talente, aber auch Italienerinnen. (Was ihm alles einfiel!) Teuer? Na ja – schon. Es gebe natürlich auch Billigeres, aber da würde er nicht garantieren, nicht einmal für – er blickte auf den Tisch hinunter – einwandfreie Gesundheit. Ach, du lieber Gott! Die jungen Leute begannen auszupacken, und nun wurde es Kaspar langweilig, und er setzte sein Hörsaalgesicht auf. Trotzdem dauerte es eine Weile, bis sie sich trollten. Lehrreich: freundlich, aber unnahbar bleiben.
Es gelang ihm nicht mehr, zu Onkel Stilz und dem Badefriedrich

zurückzukehren, denn jetzt, zwischen elf und ein Uhr, kamen und gingen die Gäste, deponierten Schlüssel, verlangten Taxis, Nachtapotheke, eine Taschenlampe, Briefpapier, Verhütungsmittel – alle wollten etwas vom Portier, niemand wollte etwas von *ihm.* Als Professor hatte man etwas von sich zur Schau stellen und verkaufen müssen; manche Kollegen prunkten mit sich. Er hatte nur ein Mindestmaß geliefert, und man hatte ihm das manchmal verübelt. Nun aber durfte er sich verbergen wie ein Schauspieler hinter einer falschen Nase.
Als er wieder auf die Uhr sah, war es halb zwei. Von einer Sekunde zur anderen überfiel ihn die Müdigkeit wie ein Kinnhaken, und er fiel wie ein Sack auf den Liegestuhl.

Am folgenden Tag ruderte er wieder, badete, lag in der Sonne, freute sich, wie schnell seine Haut die grünlichweiße Farbe verlor, machte sich gegen sieben Uhr auf den Weg zur Uliza Pavla. Es war immer noch drückend heiß, aber jetzt war er besser ausgerüstet: Jeans, Sandalen, offenes Hemd, die Ärmel hochgekrempelt. Er blieb vor einem Schaufenster stehen – sein Zimmer in der Dependance hatte keinen Spiegel – und erkannte sich kaum wieder. So hatte er nicht einmal ausgesehen, als er jung war, so schlaksig und lässig – und ohne Hut. Er war immer schlank gewesen, manchmal auch dünn und unterernährt, aber immer formell, gut gebügelt, Schuhe geputzt, nie ohne Hut. Er stand lange vor seinem Spiegelbild und konnte nicht entscheiden, ob es ihm gefiel. Es »paßte« nicht. Aber vielleicht war das gut. Frau Bogdan würde heute auch entsprechend angezogen sein, vielleicht bäuerlich – er sah sie sogar leicht verwahrlost als Zigeunerin mit Kopftuch und langem, buntem Rock.
Der Hof war leer, aber ein unsichtbarer Hund bellte, als er die Stufen hinunterkletterte, etwas beunruhigt; unsichtbare Hunde machten ihm Angst. Doch alles blieb still. Auf dem Steintisch neben der Haustür lagen Berge von Zwetschgen, aus dem Inneren des Hauses ertönte ein Radio und dazu schriller Gesang.
»Frau Bogdan!«
Er rief noch zweimal – wollte nicht einfach eintreten –, bis sie er-

schien, einen großen Kessel in den Händen. Sie war wieder im Bikini, die schwarzen Haare klatschnaß.
»Ach ja, Herr Schulte – ich hatte ganz vergessen. Ante ist noch nicht da.«
Sie deutete auf den Brunnenrand, setzte sich hinter den runden, grob behauenen Steintisch und begann, die Pflaumen mit einem kurzen, scharfen Messer zu entkernen. Er sah ihr zu, das Radio im Haus spielte Rockmusik und ersetzte die Unterhaltung. In einer Pause fragte er dann doch: »Sie sind gerade geschwommen?«
»Geduscht. Der See ist zu weit weg.«
Sie schnitt und entkernte präzis wie eine Maschine und sang den Refrain der Nummer mit.
Lautes, schrilles Fahrradklingeln von oben. Sie blickte auf, ohne ihre Tätigkeit zu unterbrechen. Ein junger Mann von etwa zwanzig Jahren lehnte auf seinem Rad gegen den Gartenzaun und klingelte so lange, bis sie aufstand und das Radio im Haus abstellte. Danach kehrte sie zum Steintisch zurück, das Radio unterm Arm.
»Was willst du, Milan?«
»Komm rauf!«
»Komm runter!« Damit stellte sie das Radio wieder an. Der junge Mann sah gelangweilt zum Himmel und drückte auf seine Klingel. Frau Bogdan beschäftigte sich mit den Pflaumen und begann wieder zu singen, lauter als bisher. Das wurde auch dem unsichtbaren Hund zuviel, er heulte, und Kaspar lachte. Sie sah ihn erstaunt an und lachte mit, zeigte mit dem Messer nach oben zum Zaun und tippte sich an die Stirn.
Der junge Mann oben gab auf, kettete sein Rad an den Zaun, fluchte kräftig auf kroatisch und sprang die Stufen zum Hof hinunter. Er nahm keine Notiz von Kaspar, pflanzte sich vor dem Tisch auf.
»Gib mir dreißig Dinar.«
Sie schüttelte den Kopf, entkernte und sang. Der junge Mann schlug mit der Faust auf den Tisch. »Es ist *mein* Geld.«
»Du bist mir über hundert schuldig.«
»Ich zahl' sie nächsten Mittwoch, am Ersten. Da bekomm' ich mein Gehalt.«

»Wart bis Mittwoch.«
Bisher hatte sie nur deutsch mit Kaspar gesprochen. Mit dem jungen Mann sprach sie kroatisch.
»Der Teufel soll dich holen...«
»Pack dich!« Sie stellte das Radio etwas lauter.
Er starrte sie aus hellen, geschlitzten Augen wütend und sprachlos an. Sie hielt seinem Blick, ohne ihre Tätigkeit zu unterbrechen, stand, aber Kaspar glaubte zu sehen, daß sie das kurze Messer langsamer und bedächtiger handhabte.
Der junge Mann überlegte, warf einen kurzen Blick auf Kaspar, auf das Messer und auf den Pflaumenberg. Mit einer schnellen Geste fegte er den dunkelblauen Hügel auf den Boden und lief zu den Stufen zurück. Ein paar Pflaumen trafen ihn am Hinterkopf, wohlgezielt. Er lachte und war im Handumdrehen auf seinem Rad verschwunden.
Sie legte das Messer hin und sah ihm nach. »Mein Sohn Milan.« Dann stand sie auf, um die Pflaumen wieder einzusammeln. Kaspar half ihr. »Er wollte Geld borgen...«
»Bis nächsten Mittwoch«, sagte Kaspar auf kroatisch.
»Woher...«
Er erklärte ihr: Kindheit, Belgrad.
»Und Sie sind nicht in der Ustascha? Auch nicht im Sympathisantenkreis?«
»Vielleicht an der äußersten Peripherie.«
Die Mehrzahl der Pflaumen lag wieder auf dem Tisch. Sie lehnte sich zur Seite, brach zwei große, kratzig-trockene Sonnenblumenblätter ab, gab Kaspar eins und wischte mit dem anderen den Schmutz und den Pflaumensaft von den Fingern. Von einem nahen Kirchtum schlug es die Stunde.
»Acht«, sagte sie. »Ante kommt heute nicht mehr.«
»Ja – dann gehe ich jetzt. Vielleicht versuche ich es morgen noch einmal.«
Sie nahm ihm das Blatt aus der Hand, zerknüllte es und warf es weg, als sei der Hof ein Müllhaufen. »Was wollen Sie eigentlich von Ante?« Direkt, aber ohne Aggression.
»Es handelt sich um etwas Persönliches.«

»Um Vlada?«
»Nein. Um mich.«
Sie stand auf und zupfte ein paar Kerne aus einem großen Sonnenblumengesicht, kaute sie nachdenklich.
»Ich hab' Schischkebab auf dem Rost. Riechen Sie's? Für zwei. Sie können Antes Teil haben.« Sie wartete seine Antwort nicht ab, drehte ihm den Rücken zu, fegte den Rest der Pflaumen in den Korb und trug ihn ins Haus, kehrte mit Gläsern und einer Flasche zurück. Kaspar durfte nicht helfen, obgleich er gern gewußt hätte, wie es drinnen aussah. Sie legte kein Tischtuch auf – »Ich hab' den Stein gern, man kann ihn gut schrubben« –, brachte einen Laib Brot, Ziegenkäse, Tomaten; auf der weißgrauen, höckrigen Oberfläche sah das einladender aus als auf einem Tischtuch; zuletzt vier Spieße Schischkebab.
»Zwei Blätter. Große!«
Kaspar riß gehorsam zwei Sonnenblumenblätter ab, und die Spieße ruhten auf dem Dunkelgrün, als sollten sie gemalt werden. Dazu der Geruch! Kaspar erlebte – erst ungläubig, dann mit Genuß –, daß der alte Spruch recht hat, der behauptet, daß einem das Wasser im Mund zusammenlaufen kann.
Frau Bogdan verschwand ein letztes Mal. Jetzt wird sie sich etwas anziehen und sich die Haare kämmen, dachte Kaspar, aber sie erschien gleich wieder in der Fülle ihres braunen Fleisches und mit den halbtrockenen, langen schwarzen Haarsträhnen, einen dreiarmigen Silberleuchter mit Kerzen in der Hand. Sie zündete sie nicht an, noch war es zu hell. Er setzte sich neben sie auf die Bank und tastete die kunstvolle silberne Verzierung ab.
»Schön? Ein Hochzeitsgeschenk. Zu meiner ersten Hochzeit. *Nazdravje.*« Sie kippte den Sliwowitz mit einem Schluck hinunter, sah ihn zögernd nach dem Schischkebab greifen, von dem das Fett auf den Stein tropfte. »Servietten?« Sie riß noch ein paar Blätter ab, wickelte eines um ein Spießende und biß in die Speck- und Fleischscheiben. »Gut?« Er nickte, obgleich er noch nichts gegessen, nur ihre weißen, gierigen Hundezähne betrachtet hatte.
Sie aßen schweigend, und er lernte schnell, den Sliwowitz wie sie in die Gurgel zu schleudern, ohne daß das Glas die Lippen be-

rührte. Den Geschmack nahm er erst ein, zwei Sekunden nach der Hitze wahr, die ihm im Mund brannte.
Einige Male berührte ihr nackter Arm den seinen, von dem der Ärmel zurückgekrempelt war. Unabsichtlich? Alles, was sie tat, war scheinbar unabsichtlich und gleichzeitig mutwillig.
Ziegenkäse, auf den Tisch krümelnd, dazu Tomaten, deren Saft den Stein rot färbte, noch mehr Sliwowitz. Noch nie, nicht einmal als Junge im verbotenen nachbarlichen Erdbeerbeet, hatte ihm etwas so köstlich geschmeckt.
Kaffeegeruch. Er hatte gar nicht bemerkt, daß sie aufgestanden war, um die Tassen zu holen. Zigaretten? Das einzige, was er beisteuern durfte. Sie lehnten sich zurück gegen die Hauswand, rauchten und tranken den starken, dickflüssigen Kaffee. Jetzt dämmerte es endlich, und sie zündete die Kerzen an. Die Umwelt verschwand mit einem Schlag, nur der runde Stein leuchtete im Kerzenlicht. Die Luft stand still und warm um sie herum, die Sonnenblumen begannen zu duften.
Sie rauchten diese erste Zigarette in demselben Schweigen, in dem sie gegessen und getrunken hatten. Als sie sich vorbeugte, um die zweite an der Kerze anzuzünden, meinte er, daß ihre Brüste gleich aus dem bunten Stoff herausfallen müßten wie zwei braune Gummibälle, aber sie quollen wieder manierlich zurück.
»Also«, sagte sie und krümelte letzte Brosamen auf den Boden. »Was ist mit Ihnen? Erzählen Sie.«
Ohne einen Augenblick zu zögern, erzählte er ohne Hast der Reihe nach, angefangen von Marthas Tod am 10. Mai 1978. Es war so natürlich wie ein Selbstgespräch. Zum Schluß, als er die Portiersloge und das schwarze Kreuz für den toten Nachtportier erwähnte, entfuhr ihr unwillkürlich: »Draza?«
Er sah sie verblüfft an. »Sie kannten ihn?«
Sie zögerte, blickte eine Weile schweigend über die halb herabgebrannten Kerzen in die Dunkelheit.
»Es ist besser, wenn Ante Ihnen von Draza erzählt. Er kennt alle Einzelheiten, er weiß, wie es kam.«
»Wie *was* kam?« Er beugte sich vor und starrte sie an. Sie schüttelte den Kopf und sagte ruhig: »Ante wird's Ihnen erzählen.

Morgen ist er sicher hier.« Sie sah die Enttäuschung in seinen Augen, lächelte und legte die Hand auf seinen Arm. »Es hat doch Zeit bis morgen, nicht wahr?«

Er nickte und betrachtete die braunen Finger auf seinem Arm. »Wo ist eigentlich Ihr Mann? Vlada sagte...«

»Mein Mann ist Lastwagenchauffeur. Fernfahrer. Auch ins Ausland. Auch nach Deutschland. Er ist nur selten hier. Schade. Meine Kinder vertragen sich besser mit ihm als mit mir.« Und auf seinen fragenden Blick: »Politik. Da kommt schnell der Haß. Kennen Sie das nicht in Deutschland? Mein Sohn und meine Tochter wollen nichts mit der Ustascha zu tun haben. Meine Tochter ist Krankenschwester in Ljubljana, und der Junge – na, den haben Sie ja vorhin erlebt. Mein Mann, mein *jetziger* Mann, ist auch gegen die Ustascha. Wir haben uns schon halb totgeprügelt deswegen.«

»Warum haben Sie ihn geheiratet?«

Sie nahm die Hand von seinem Arm, drückte die Zigarette aus und warf sie in weitem Bogen in die Dunkelheit.

»Bett«, sagte sie ausdruckslos. »Außerdem war er nett zu den Kindern. Und verdiente was. Und dann – damals hatte ich Angst. Ljuba war erst ein paar Monate alt, ich glaubte, die würden mich vielleicht auch abholen, schließlich wußte ich ja Bescheid. Im Grunde war mir alles egal. Als Karel verschwand, hörte alles auf für mich. Es dauerte lange, ich starb langsam – ich meine innen, außen ging alles weiter, ich aß, ich nährte das Kind, aber innen starb ich, jeden Tag mehr, jeden Tag, der verging, ohne daß er zurückkam. Niemand wußte, wo er war, ob er noch lebte oder ob alles schon längst vorbei war oder ob man ihn noch täglich –« Sie schwieg einen Augenblick, griff nach einer neuen Zigarette. »Das ist das Schlimmste, das Nichtwissen. Tot ist tot, da kann man nichts mehr machen, man kann versuchen, wieder neu anzufangen. Ich weiß es bis heute nicht, das heißt, ich weiß natürlich, daß er tot ist, aber wann und wie – leben Sie mal mit so was! Damals kam Bogdan, alter Tito-Kampfgenosse, dem tut man nichts, dachte ich, bei dem sind wir sicher.« Sie schwieg einen Augenblick. Murmelte: »Deshalb.«

Die Kerzen brannten langsam herunter, kleine Wachsberge türmten sich unter dem Leuchter auf dem geduldigen Stein; eine war schon ausgegangen. Die anderen standen steil und still, flackerten nicht.

»Soll ich Ihnen helfen, die Sachen hier – in die Küche...«

»Nein. Ich möchte noch nicht ins Haus gehen.«

»Ich auch nicht«, sagte Kaspar, griff in ihre Haare und zog ihren Kopf zu sich heran. Gleich darauf tat er, was er schon den ganzen Abend tun wollte, er löste die Träger ihres Bikinis, befreite die braunen Bälle. Sie quollen ihm dankbar in die Hände und noch darüber hinaus.

»Warte«, sagte Marjana und stand auf. Sie ging ihm voran in den Dschungel der Sonnenblumen. Das letzte schwache Licht der Kerzen flackerte über ihren nackten braunen Rücken, halb verdeckt von den hohen Stauden mit den gelb-schwarzen Blumenscheiben. Der Kerzenschein erlosch, und sie war verschwunden.

»Hier«, hörte er sie von irgendwo aus dem Dunkel. »Hier bin ich.«

Er tastete sich vorwärts, die rauhen großen Blätter kratzten ihn im Gesicht, die dicken Stämme verstellten ihm den Weg.

»Hier.«

Eine Hand griff nach ihm, zog ihn zu Boden. Der Boden war weich. Er tastete und fühlte die Umrisse einer Matratze.

»Wann beginnt dein Dienst im Godice?«

»Um zehn Uhr.«

»Na, dann haben wir noch eine Stunde.«

7.

Hede traf ihre Mutter im Treppenhaus. Sie war zu aufgeregt, um sich zu wundern – Elise hatte noch nie den Wunsch geäußert, die Wohnung in der Gellertstraße zu besichtigen –, denn der Gynäkologe hatte ihr heute einen fünfmonatigen Fötus gezeigt, den man ihm zufällig am selben Morgen zur Untersuchung in die Sprechstunde gebracht hatte.
»Ich durfte ihn ansehen, weil ich genau im gleichen Stadium bin. Jetzt weiß ich's.« Sie streichelte ihren Bauch unter dem weiten, fröhlichen Sommerkleid. »Das da, beim Doktor, das war ein Junge – und ziemlich grün, weil er ja tot war. Aber ich bin sicher, meines ist ein Mädchen. Und jetzt kann ich mir was darunter vorstellen, wenn es mich pufft und knufft, es hat schon richtige Beinchen, weißt du –« Sie fand endlich den Wohnungsschlüssel und öffnete die Tür. »Du möchtest doch sicher einen Kaffee – oder einen Sherry? Frau Hennig!«
Keine Antwort. Hede lief in die Küche. Frau Hennig war nicht da, hatte auch seltsamerweise keinen Frau-Hennig-Zettel hinterlassen, weshalb sie ausgegangen war. Hede setzte den Kaffee auf.
Elise war nicht mit in die Küche gegangen, sie stand noch in der Diele und betrachtete aus einiger Entfernung den Brief, der in der Silberschale lag. Hede rief aus der Küche, die Mutter solle doch den Mantel ablegen, der Kaffee sei fertig, sie wolle jetzt gleich eine Zeichnung dieses fünfmonatigen Ungeborenen anfertigen, das würde Kaspar sicher interessieren...
Sie erschien, ein Tablett in den Händen. »Komm ins Wohnzimmer – ach, du kennst ja die Wohnung noch gar nicht! Gefällt sie dir?

Das meiste stammt noch aus seiner ersten Ehe, aber mich stört das nicht, Hauptsache, er fühlt sich wohl.«

Elise stand in der offnen Tür, dachte: Ich gebe ihr noch ein paar Sekunden, nur ein paar Sekunden noch... Unsinn, sie genießt sie ja nicht, sie weiß doch nicht, daß es die letzten paar Sekunden sind.

»Hede – da liegt ein Brief, draußen, in der Schale.«

»Sicher für Kaspar.« Sie goß den Kaffee in die Tasse, Milch für sich, Zucker für beide.

»Nein. Für dich.«

»Für mich?« Sie trank ein paar Schlucke, sah auf. »Du hast ja noch deinen Mantel an. Komm, setz dich endlich!« Stand auf, nahm Elise den Mantel ab und ging damit in die Diele.

Elise sah sich um. Wo war hier der Schrank oder was immer, in dem sie einen Schnaps finden konnte? Nichts, hier war nichts in diesem Zimmer. Da! Eine Tür... Sie stürzte in Kaspars Schreibzimmer, sah den Glasschrank, riß ihn auf. Flaschen. Aber nur Umrisse, ihre Brille war in der Handtasche nebenan. Sie wählte blind eine bauchige Form, trank hastig einen Schluck – irgendein Obstschnaps –, fand ein Glas und lief aus dem Zimmer.

Zurück in die Diele. Hede stand am Fenster und las. Sie las schon zum zweitenmal:

Liebe Hede,
ich muß fort. Weit fort, und ich komme nicht zurück. Es gibt keine Entschuldigung, höchstens eine Erklärung: Ich kann's nicht. Ich hab's versucht, aber ich kann's nicht. Ich bin kein Vater, ich bin kein Ehemann. Alles, was ich jetzt noch sagen könnte, würde Dich nur noch mehr verletzen. Ich muß fort, *bitte glaube mir das.*

Kaspar

»Hede...«

Sie sah auf. Vor ihr stand die Mutter und hielt ihr ein Glas mit einer Flüssigkeit entgegen. Der Brief flatterte zu Boden. Sie griff mit beiden Händen nach dem Glas oder glaubte zu greifen oder sich an Elise festzuhalten, hörte noch das Klirren der Scherben auf dem Boden und fiel.

Als sie wieder zu sich kam, lag sie auf ihrem Bett, sah ihren verbundenen Arm. »Was ist denn –« Dann sah sie die Mutter, die am Fenster stand und auf die Straße hinunterspähte. Jetzt drehte sie sich um.
»Geht's dir besser?« Sie beugte sich über Hede und entfernte den nassen Umschlag von ihrer Stirn.
»Was ist denn –« wiederholte Hede und blickte auf ihren Arm.
»Ach, das ist nichts, du bist hingefallen, hast dich ein bißchen an den Glasscherben geschnitten.«
»Wieso –« Ein drittes Mal: »Was ist denn –« Dann kam die Erinnerung, und sie schrie.
»Verdammt!« fluchte Elise, wieder am Fenster. »Bei deinem verdammten Doktor meldet sich nur eine verdammte Platte, weil der Kerl jetzt operiert oder so was. Aber sein Stellvertreter, wer immer das ist, der ist auf dem Weg, der gibt dir eine Spritze, dann schläfst du...«
Aber Hede hörte sie nicht, wand sich auf dem Bett und schrie. Frau Hennig stand in der Tür und rang die Hände. Der Brief lag offen auf dem Tisch. Elise hatte ihn gelesen, Frau Hennig auch.
»Ein Taxi! Das muß er sein. Na endlich.« Frau Hennig lief in die Diele und öffnete die Tür. Ein jüngerer Mann kam schnell die Treppen herauf und nickte beiden Frauen kurz zu.
»Gehen Sie raus, alle beide. Sie haben's mir ja erzählt.«
Hede sah ihn nicht, schrie und wand sich.
»Raus, bitte«, sagte der Arzt und öffnete seine schwarze Tasche. Frau Hennig war schon in der Küche. Elise griff nach der Cognacflasche und drückte dem Doktor noch schnell den Brief in die Hand.
»Da. Lesen Sie. Und dann machen Sie was, Herrgott noch mal.«

Sie wartete in der Küche, die Flasche und Frau Hennig als Beistand. Die genehmigte sich ausnahmsweise auch einen, während sie Elise ausführlich ihre letzte Begegnung mit dem Herrn Professor und ihre vergebliche Suche nach der Apotheke beschrieb. Nein, sie habe keine »Anzeichen« bemerkt, der Herr Professor sei genau wie sonst gewesen, wie er es eben auch zu Zeiten der verblichenen Gnädigen gewesen sei, eben ein *Herr*. Wie *die* war, die verblichene Gnädige, wollte Elise wissen. Ach – eigentlich sehr nett, sagte Frau Hennig vorsichtig, eben auch ganz Dame. Genau wie die jetzige Frau Professor.

Die Schlafzimmertür öffnete sich, und Elise, das Glas in der Hand, lief in die Diele, um zu versuchen, den Arzt ins Wohnzimmer zu drängen. Vergeblich, er hatte keine Zeit.

»Sie schläft jetzt. Aber sie wird in ein, zwei Stunden aufwachen, man kann sie ja nicht dauernd narkotisieren. Mein Rat ist, ihr klarzumachen, daß ihr Mann in Panik gehandelt hat, daß er wiederkommen wird.«

»Der kommt nicht wieder.«

Der Doktor zuckte die Achseln. »Ich kenne ihn nicht, aber meiner Erfahrung nach kommt er wieder. So was passiert ziemlich häufig. Auf jeden Fall sollte sie sich auf *Warten* einstellen, dabei vergehen die Tage und die Nächte, das Kind wächst und beschäftigt sie bis zur Geburt. Dann sind wir über den Berg. Ob ihr Mann dann dabei ist oder nicht, ist nicht mehr ausschlaggebend. Das Kind übernimmt den Laden. Besser als jeder Mann.« Er sah auf das Glas in Elises Hand. »Trinkt sie auch? Nein? Schade. Ich hätte sonst gesagt, lassen Sie sie ruhig hin und wieder einen kippen, besonders in den nächsten paar Wochen, bis der Mann wiederkommt.«

»Der kommt nicht wieder.«

»Meiner Erfahrung nach…«

»Wetten?«

Gegen Abend wachte Hede auf, hielt aber die Augen geschlossen, als sie ihre Mutter und Frau Hennig leise sprechen hörte. Sie zwang sich, ganz still zu liegen, obwohl sie nichts so sehr wollte, als sich auf dem Bett hin und her wälzen und stöhnen. Und den Brief noch einmal lesen, vielleicht hatte sie etwas übersehen. Kein Kaspar. Nie mehr. Er war nicht tot, kein Leichnam, er lebte irgendwo, er war da, aber er war nicht mehr da. Das Kind! Der Zwang war zu stark, und sie bedeckte ihren Leib mit den Händen.

»Hede.«

Sie öffnete die Augen und blickte starr und voller Haß auf die Mutter, die sich auf den Bettrand setzte, dann auf Frau Hennig, die sich angstvoll zur Tür zurückzog. Niemand sprach. In die lange, schwere Stille hinein sagte Elise: »Willst du – irgendwas? Irgendwas?«
Hede antwortete nicht, drehte den Kopf zum Fenster. Draußen dämmerte es. Sie wandte den Kopf langsam zurück zu Elise. Die nickte, stand auf und holte den Brief, gab ihn der Tochter und machte die Nachttischlampe an. Frau Hennig floh.
Liebe Hede, ich muß fort ... und ich komme nicht zurück...
Sie las ganz langsam, einen Satz zweimal:
Ich hab's versucht, aber ich kann's nicht...
Sie legte den Brief auf den Nachttisch und schloß die Augen.
»Ich werde dieses Kind abtreiben. Raus. Weg damit.«
Elise nickte. »Schade, daß du heute früh gesehen hast, wie's aussieht.«
Lange Pause.
»Ich hasse es.«
»Klar.«
Hede sah ihrer Mutter zum erstenmal ins Gesicht. »Was würdest *du* tun, an meiner Stelle?«
»Dasselbe.«
»Wie würdest du's machen? Es ist ja schon – da.«
Elise zuckte die Achseln. »Ich würde eine Lösung finden. Weg mit dem Balg.«
Sie beobachtete gespannt, wie Hedes Finger langsam über ihren Leib krochen – angewidert? Oder doch – vielleicht – schützend? Sie löschte das Licht, hoffte, Hede würde noch einmal einschlafen.
Nach einer langen Weile kam die Stimme aus der Dunkelheit: »Bring mir das Telefonbuch.«
Elise fragte nicht, suchte und fand es in Kaspars Schreibzimmer. Sie legte es auf die Bettdecke und machte noch einmal die Nachttischlampe an, aber Hede versuchte vergeblich, sich aufzusetzen und die Seiten aufzuschlagen, fiel in die Kissen zurück.
»Wen suchst du?«

»Harold Wegmann. Gärtnerei in Grünwald. Sag ihm, er soll kommen.«
Eine Stunde später kam er. Mit ihm kam Stefan und kurz darauf Wilfred.

8.

MOABIT, 15. SEPTEMBER 1914: *Ich hab so lang net geschrieben, weil sich's net lohnt. Draußen ist Krieg, und da muß ich mich schämen, auf ein Stück Papier zu kleckern, was hier passiert. Es passiert ja auch nix, die Tage laufen ineinander, ich kleb meine Tüten und geb dem Pfarrer seinen Schachunterricht. Dafür gibt er mir die Zeitung, und ich les vom Anfang bis zum End. Aber ich verlier mein Schachtalent mit dem Dummkopf, ganz im Ernst.*
Die Mutter ist schon zweimal gekommen mit dem Androsch, damit sie hinterher net weinen muß, so allein. Ich sag ihr jedesmal, mir geht's gut. Sie sieht's ja, ich hab mindestens fünf Pfund zugenommen, weil ich keine Bewegung hab. Blaß sei ich. Na und? Andere Leute sterben jetzt wie die Fliegen. So nebenbei hat sie erwähnt, daß die Brüder zurückgekommen sind und sich gemeldet haben, der Bernie zur Infanterie und der Leopold zur Marine. Unterseeboote...
Kaspar ließ die Blätter sinken. Der Leopold – Unterseeboote! Nie hatte der Vater ein Wort davon erzählt. Marine, ja, das hatte er, Kaspar, angeben müssen, als er in die Hitlerjugend aufgenommen wurde. »Mein Vater war Oberleutnant bei der Marine.«
Wo sind sie denn gewesen, die Brüder, die ganzen letzten Monate? Die Mutter war ruhig, aber der Androsch bellte wütend: »Die haben sich versteckt, bis der Prozeß vorbei war, dann haben sie einen Brief geschrieben, Poststempel Danzig, sie würden bald wiederkommen, es gehe ihnen gut.« Schweinebande. Dann haben sie die Mutter in Landshut besucht, in Uniform, beide. Kein Mensch hat sich was zu sagen getraut. Ich hab die Mutter angesehen. Die

schaute ganz ruhig drein. Was hätt sie denn auch tun sollen? Ihre Söhne anzeigen?

MOABIT, 3. OKTOBER 1914: *Heut hat mir der Pfarrer gesagt, ich krieg zwei Monate geschenkt von meiner Strafe. Der spielt jetzt schon ganz passabel, hab ihn neulich gewinnen lassen, weil ich eine Flasche Schnaps haben wollte, da ist er im Zimmer herumgehüpft in seinem schwarzen Hemd wie ein Bub vor lauter Freude. Ich hab mir 's Trinken angewöhnt, es hilft. Ich lese die Zeitung, täglich. Die gehen ja ganz schön ran, unsere Leute, gegen die Franzosen. Ob der Lisa ihr Mann dabei ist?*

MOABIT, 3. NOVEMBER 1914: *Gestern kam die Mutter. So eine weite Reise von Landshut her, aber sie läßt sich's nicht nehmen. Der Androsch war net dabei, der hat eine Lungenentzündung, liegt im Krankenhaus in Stuttgart. Mir ist Angst um den.* Der *ist mir ein Bruder, ein älterer. Die Ida kam mit der Mutter und trug den Korb mit den Eiern und der Butter und Marmelade. Ich muß immer lachen, wenn ich die sehe, und sie lacht, wenn sie* mich *sieht. Sie hat mir mit ihrem Entenmaul einen Kuß über den Tisch gegeben. Der Wachtmeister hat auch lachen müssen anstatt zu meckern. Die ist gut für die Mutter, die Ida, wenn sie im Haus herumquakt.*

MOABIT, 10. NOVEMBER 1914: *Ich hab's gewußt. Der Androsch ist tot. Hab' trotzdem geheult und geheult, als der Brief kam von der Mutter. Sie hat auch einen Kranz für mich hingelegt auf dem Androsch sein »Krab«. Jetzt hab ich niemand mehr, wenn ich rauskomm' im Januar, nur die Mutter und die Ida.*

Ich muß an das Band denken mit den vielen Orden und Schleifen und an das Geschrei und den Applaus – muß mich zwicken, daß ich *das war, kann's nicht zusammenklauben, wenn ich da sitze auf der Pritsche in meinem gestreiften Kittel. Net, daß ich mich danach sehne, nach der Schachtel.* Die *ist über alle Berge. Ich würde lieber hier in der Zelle bleiben, als da wieder reinkriechen. Vorbei ist vorbei. Und wenn ich einen Schluck Schnaps nehme, bevor ich abends zum Pfarrer gehe, dann muß ich mich zwingen, daß mir net übel wird, wenn ich die weißen und die schwarzen Felder sehe. Der Pfarrer merkt's. So blöd ist der nicht. Jetzt muß ich mich rich-*

tig schinden und mein Gehirn zusammenhalten, sonst gewinnt der Pamperlatschen im Ernst!

MOABIT, 12. DEZEMBER 1914: *Bald gibt's ein Kriegsweihnachten. Alle sagen, das erste und das letzte. Im Frühjahr kommt die große Offensive, und dann hauen wir dem Erbfeind eins über den Schädel. Ich denk an den Grandet und freu mich. Bin halt doch ein Kleiner, auch im Gemüt...*

Aber sonst? Was werd ich draußen tun? Wer wird mir Tüten zu kleben geben?

MOABIT, 1. JANUAR 1915: *Es wird immer schöner hier. Gestern haben wir gefeiert, alle haben Bier bekommen und Krapfen, und der Christbaum wurde noch einmal angezündet. Und gesungen! Einer am Klavier. Als er anfing: »Heil dir im Siegerkranz...« habe ich plötzlich den Papagei gesehen mit dem Sonnenschirm und die seligen Äugerl von dem Alten, dem Paul, im Jussupoff-Palast. Und ich hab' so laut gelacht und geheult, daß alle einen Mordsschreck kriegten und mich flach auf den Boden legten. Und der Oberwachtmeister hat mir Schnaps in die Gurgel gegossen, da bin ich gleich wieder auf die Beine gekommen.*

MOABIT, 12. JANUAR 1915: *Ich sag's natürlich niemanden, aber ich hab einen Mordsschiß vorm Rauskommen. Gestern war die Mutter da, trotz der Kälte. Zwölf Stunden fährt sie mit dem Zug von München. Am 31. wird sie vor dem Haupteingang stehen mit einem Auto und Chauffeur. Ich hab gesagt: »Bring die Ida, die ist wichtiger als der Chauffeur. Daß du mir ja net rührselig bist, sonst bleib ich hier.« Sie hat mich angeschaut und sofort alles gewußt. Hat nur noch von U-Booten geschwätzt und von Lebensmitteln und vom Schnee im Gemüsegarten.*

MOABIT, 25. JANUAR 1915: *Was soll ich noch schreiben? Hab Schiß, Schiß, Schiß, kann nimmer schlafen. Der Pfarrer ahnt nix, »freut sich mit mir«, spielt jetzt so gut Schach, daß er sich zum Turnier angemeldet hat. Fragt, ob ich net auch...*

Ich hab nur stumm den Kopf geschüttelt, mich zusammengerissen, daß ich ihn net anbrüllte, den armen Depp.

MOABIT, DEN 30. JANUAR 1915: *Es ist zum Verrücktwerden. Alle kommen sie,* alle, *gratulieren, Hand schütteln, hochheben, strei-*

cheln. Und der Doktor und der Direktor, alle freudig und so, als ob's Feixen sich festgerammelt hätt' die langen Reden hindurch. Ich kann kein Wort rausbringen. Ja, ja, sagen sie, durchaus verständlich, die Freiheit winkt.
Freiheit? Für mich heißt sie Einsamkeit.

Das waren die Moabiter Tagebuchseiten, auf grobem, grauem Papier mit Bleistift geschrieben, manches kaum lesbar. Jetzt kamen andere Blätter, weiß, sogar mit geprägter Adresse obenauf: LANDSHUT, NDB., GUSTAV-FREITAG-STRASSE 18. Richtig! Dorthin hatte man ihn, Kaspar, als Jungen geschickt, den Rucksack auf dem Rücken, ein Haus mit großem Garten. »Herr Franz Schulte? Nein, schon lange fort...«
Kaspar klappte die Mappe zu. Drei Uhr morgens. Noch drei Stunden, bis Alexis ihn ablösen kam. Er musterte das Schlüsselbrett: kein einziger Schlüssel, alle Schafe im Stall. Noch ein letzter Blick auf Draza Rukovinas schwarzes Kreuz – wie das dösige Gute-Nacht-schlaf-gut im Ehebett –, löschte die Nachtlampe auf dem Hocker und schloß die Augen. Nicht daß er schlafen wollte, nur ordnen. Onkel Stilz in Moabit rechts, Marjana in den Sonnenblumen links. Onkel Stilz stand vor dem Haupteingang des Gefängnisses, »die Mutter«, eine kleine, schwarz eingewickelte Person, und Ida, die Ente, stiegen gerade in einen alten Daimler-Benz. Onkel Stilz, winzig, hinterher, ein Chauffeur mit Kappe schloß die Wagentür und rannte eckig und blitzschnell um das Auto herum zu seinem Platz, wie in einer alten Wochenschau, in der alle zu schnell laufen und wild gestikulieren. Dann rollte das Auto davon, eine lange, lange Allee hinunter. Rollte davon. Onkel Stilz rollte davon... Marjana blieb. Obgleich er sie nicht sehen konnte in der Dunkelheit – nur fühlen, auf der Matratze zwischen den hohen, steifen Blumenstengeln. Marjana brauchte man nicht zu sehen, sie war selber eine wunderbar weiche Matratze, in die man sich hineinwühlen konnte.
Er machte sich nichts vor: *Beide* Matratzen hatten dort schon oft gelegen, die eine, härtere, lag wahrscheinlich den ganzen Sommer über dort, bis die Sonnenblumen endgültig verrotteten und zu-

sammenbrachen. Die andere, braune, duftende – gelegentlich. Oft? Manchmal? War's nicht ganz gleichgültig? Er hörte, wie er in der Dunkelheit einen langen, tiefen Seufzer ausstieß.

Am nächsten Tag bezwang er sich: Er würde *nicht* durch die Stadt und den Feldweg entlang am See vorbei wandern bis zu ihrem Haus, dort am Zaun stehenbleiben und in den Hof hinuntersehen. Vielleicht saß sie auf den kühlen Stufen, rupfte, entkernte... Nein. Sie hatte ausdrücklich gesagt: Morgen, nach sieben. Schließlich war er ja gekommen, um Luburic zu sehen. Was wollte er nur von dem? Nicht mehr so wichtig. Nichts war wichtig außer Marjana.

Das wußte er jetzt, hatte sich in seinem Ruderboot im Schatten der Uferbäume damit abgefunden, sich aber nichts vorgemacht: Sie ist eine alte Nutte, und ich bin ausgehungert – und zufällig paßt es haargenau, und das ist seltsam, denn es ist mir zuwider, all das Fett. Ja, zuwider – aber gleichzeitig reizt es mich, weil es keine Rücksicht auf mich nimmt, das Fett. Es ist ihm piepegal, ob es mir gefällt. Martha, Hede und all die anderen, Zufälligen, die waren das Gewünschte, »mein Typ«: schmal, sauber, sanft, da kannte ich mich aus. Bei Marjana bin ich – wo? Bin auf einer unbekannten Insel gelandet, kenne die Sprache nicht, bin ausgeliefert. Aber ich fühle mich so wohl wie noch nie zuvor in meinem Leben.

Er sah auf die Uhr: noch zwei Stunden und zwanzig Minuten.

Ein neuer Berg Pflaumen. Sie entkernte, nickte ihm hinter dem Steintisch lächelnd zu, als er die Stufen hinunterkletterte. Er wollte sie umarmen, aber sie deutete mit dem Messer auf den Brunnenrand. Er setzte sich, zündete sich eine Zigarette an.

»Was machst du nur mit den vielen Pflaumen?«

»Sliwowitz.«

»*Du* machst Sliwowitz? Hier im Haus?«

»Mein Sliwowitz ist berühmt, du hast ihn ja gestern gekostet.« Sie hob den Kopf und kniff die Augen zusammen. »Da kommt Ante.«

Er stand auf und suchte den Feldweg mit den Augen ab. »Wo? Da kommt nur eine Bauersfrau.«
»Das ist er.« Kaspar sah sie so verdutzt an, daß sie laut lachte. »Wie stellst du dir denn vor, daß er hier ein- und ausgehen kann? Der Chef der Ustascha! Mit einer Prämie von zweieinviertel Millionen Dinar auf seinen Kopf. Die Leute hier, die Nachbarn, die wissen nur, daß meine Tante aus Ljubljana mich manchmal besucht.«
Die Bauersfrau kam langsam näher, schleppte eine große, anscheinend schwere Plastikeinkaufstasche in der linken Hand. Die unsichtbare rechte hielt den schwarzen Schal zusammen.
»Soll ich ihm tragen helfen?«
»Nein.«
In der kurzen Zeit bis zu Luburics Ankunft überfiel Kaspar die Erkenntnis, daß nun der Gang in die Sonnenblumen unterbunden war. Für *ihn*, nicht für Marjana. Sie hatte die hellen, schrägen Augen nicht von ihm gelassen, während er den Feldweg entlangblickte. Jetzt sagte sie lächelnd: »Ante und ich sind Freunde. Gute *Freunde.*«
Er wandte den Kopf zu ihr, forschte in ihrem Lächeln, fand nichts, was ihn überzeugte, und dachte: Ich bin auf einer fremden Insel, ich kenne mich nicht aus. Der unsichtbare Hund begann, wütend zu bellen.
Die Bauersfrau hatte Mühe, in ihrem langen Rock die steilen, wackeligen Stufen zum Hof hinunterzuklettern. Unten angekommen, setzte sie, schwer atmend, die Plastiktasche einen Augenblick lang auf dem Boden ab, dann hob sie sie wieder hoch und kam langsam näher – blieb auf halbem Weg reglos stehen.
»Professor?«
»Professor?« Marjana hörte mit dem Entkernen auf und sah Kaspar mit offnem Mund an. Er hatte ihr nur erzählt, daß er slawische Sprachen unterrichtete. »Hör auf, Nero«, rief sie über die Schulter. Der Hund wurde still.
Luburic kam näher. Sein Gesicht unter dem schwarzen Tuch war hochrot von der Hitze und finster vor Verlegenheit. »Ich gehe hinein«, sagte er kurz zu Marjana, und zu Kaspar: »Kommen Sie.«

Kaspar warf einen Blick auf Marjana, die ihn neugierig lächelnd betrachtete und ihm zunickte, dann betrat er zum erstenmal ihr Haus. Aus dem früheren Stall hatte man ein paar Zimmer zusammengewürfelt, weiß gestrichen, aber der gute Pferdegeruch hing noch in den Räumen. Dieser hier, der auf den Hof hinausführte, diente wahrscheinlich als Wohnraum: ein großer Wandschrank, drei wackelige Sessel, ein niedriger Tisch und eine Lampe. In einer Ecke, auf dem Boden, sah Kaspar Martinac' Schreibmaschine.
Luburic lehnte die Plastiktüte sorgfältig an den Schrank, warf die Brille auf den Tisch, riß das Kopftuch herunter und dann die Perücke: grau-weiß meliert, Mittelscheitel, Knoten am Hinterkopf. Kaspar hob sie hoch und betrachtete sie eingehend, so daß Luburic unbeobachtet aus dem langen Rock steigen konnte.
»Ich hätte Sie nicht erkannt, wenn ich im Bus neben Ihnen gesessen hätte.«
Luburic holte ein Tuch aus dem Schrank und trocknete sich Gesicht, Hals und Arme, stand in seinen langen Hosen da, mit nacktem, mächtigem Oberkörper auf etwas zu kurzen Beinen, feuerte die ausgetretenen Altweiberschuhe unters Sofa.
»Wir haben einen guten Perückenmacher. Früher am Staatstheater in Belgrad. Hier sind noch mehr.« Er hob den Überwurf des Sesselbezugs und holte eine Schachtel heraus. »Diese da steht mir besonders gut«, sagte er, ohne zu lächeln, und hielt eine kurzhaarige, rotlockige hoch. »Diese hier –«, er zeigte auf eine andere, mit glatten, schwarzen Haaren, »so ähnlich sah ich mal früher aus, jetzt trage ich einen Bart dazu. Aber die graue ist am sichersten, wenn's brenzlig wird.«
»Ist es das jetzt?«
Luburic nickte, setzte sich in einen Sessel, deutete auf einen anderen. »Dauerzustand. Vorsicht! Der Sessel bricht manchmal zusammen.« Er schloß die Augen, noch immer dunkelrot im Gesicht vor Anstrengung, und atmete ein paarmal tief ein und aus. »Machen Sie Ferien? Oder hat Vlada Sie geschickt? Ist etwas nicht in Ordnung?«
»Nein, nein, alles in Ordnung. Sie hat mir nur gesagt, wo ich Sie finden könnte – vielleicht.«

Luburic öffnete die Augen. »Ja?« Nur wachsam, ohne Neugierde. »Was kann ich für Sie tun, Professor?«
»Herr Luburic – Sie kannten Draza Rukovina?«
Erstaunen, Befremden und dann, sekundenlang, ein gefährliches Glimmen in den schwarzen Augen. Gleich darauf fiel die Schranke wieder herunter. »Sie meinen den Nachtportier im Hotel Godice? Ja, ich kannte ihn. Seit meiner Kindheit. Jeder kannte ihn hier.« Höflich und unbeteiligt.
Kaspar bereitete lächelnd seine Überraschung vor: »*Ich* bin jetzt Nachtportier im Godice.«
Die Wirkung war ganz anders, als er erwartet hatte. Luburic sprang auf, starrte ihn an, ging zur offnen Tür, blickte kurz zu Marjana hinaus, die über ihren Pflaumen sang, schloß die Tür und verriegelte sie, lehnte sich dagegen, als müsse er jemand den Eintritt verwehren. Kaspar, verblüfft und verstört, wartete auf eine Erklärung, als aber keine kam und der Mann ihn nur schweigend anstarrte, holte er sein Päckchen Zigaretten aus der Tasche und bot ihm eine an.
Luburic sah sie nicht, er senkte den Kopf wie ein Stier vor dem Angriff.
»Warum sind Sie Nachtportier im Godice, Professor?« Leise und feindlich. »Wer hat Sie geschickt?«
»Niemand hat mich geschickt. Ich verstehe Sie nicht –« Er sah, wie Luburics linke Hand sich unauffällig in die Hosentasche schob. »Herr Luburic – ich *verstehe* Sie nicht...«
»Warum sind Sie Nachtportier im Godice? Heraus damit – schnell!« Kurz und leise und gefährlich, während die Hand den Revolver aus der Tasche zog.
Hinter ihm klopfte es an die Tür. »Mach auf, Ante! Es wird dunkel, ich muß ins Haus.«
Ohne Kaspar aus den Augen zu lassen, öffnete Luburic die Tür, und Marjana erschien, den Kessel voll Pflaumen in beiden Händen. Sie blieb erstaunt zwischen den beiden Männern stehen, sah von einem zum anderen.
»Was ist denn hier los? Ante?«
»Weißt du's? Hat er's dir erzählt?«

»Idiot! Natürlich hat er's mir erzählt. Steck die Knarre weg, und mach die Küchentür auf.«
Kaspar sprang auf und nahm ihr den Kessel ab, durfte hinter ihr in den kleinen Raum eintreten, der ihre Küche war, überraschend ordentlich und sauber. Ein alter Herd mit Gasflammen, ein Ausguß, ein Geschirrschrank und ein großer Holztisch. Sie setzte die Pflaumen schnell ab und kehrte ins Wohnzimmer zurück, fiel in den dritten Sessel und streckte eine Hand nach Kaspars Zigaretten aus. »Reg dich ab, Ante, alles in Ordnung. Ich erzähl's dir, wenn du mal Zeit hast. Reiner Zufall, das Ganze.« Als Kaspar sich zu ihr beugte, um ihr Feuer zu geben, klopfte sie ihm halb zärtlich, halb spöttisch auf die Wange. »Keine Angst, Kaspar, er tut nichts, wenn ich dabei bin.« Sie inhalierte, lachte und schüttelte den Kopf. »Zufall! So was gibt's, Ante, wir haben's bloß vergessen, wir alle. Aber ist er wirklich ein Professor?«
»Er ist Professor für slawische Sprachen an der Universität in München.«
»Das *war* ich mal«, unterbrach ihn Kaspar. »Jetzt bin ich Nachtportier. Und jetzt möchte ich endlich wissen, was daran so seltsam ist.«
»Sag's ihm, Ante.«
»Hat er dich nach Draza gefragt?«
»Ich hab' ihm versprochen, *du* würdest es ihm sagen, du kennst ihn ja scheinbar.« Sie betrachtete Kaspar amüsiert und forschend und klopfte sich die Zigarettenasche in die Hand. »Wenn ich gewußt hätte, daß er ein richtiger Professor ist, hätte ich ihn nicht mit in die Sonnenblumen genommen.«
Kaspar fühlte entsetzt, wie ihm das Gesicht brannte, aber Luburic zuckte gleichmütig mit den Achseln, setzte sich wieder hin und grübelte. »Ich muß heute nacht noch weg, so lange bleibt er hier, von mir aus in den Sonnenblumen, aber er bleibt hier. *Du* würdest es ausbaden müssen. *Deine* Entscheidung.« Sie sprachen über ihn hinweg, als wäre er nicht im Zimmer.
Marjana hörte auf zu lachen, blickte vor sich hin und schwieg einen Augenblick. »Ich glaube, er weiß nichts. Wenn ich mich irre – geschieht's mir recht, aber ich traue meiner Nase. Hast du was

gegessen? Die Gans muß noch hängen, viel ist nicht da, Eier und Käse...«

»In der Tüte da drüben sind Würste.«

Luburic stand auf und öffnete vorsichtig die Plastiktasche; die Würste lagen obenauf. Marjana nahm sie ihm ab, betrachtete den Rest des Tascheninhalts, nickte anerkennend und verließ das Zimmer. Er hob die Tasche mühselig und vorsichtig hoch – entweder Handgranaten oder Munition, dachte Kaspar –, dann kehrte er zu seinem Sessel zurück und ließ den Kopf zwischen die mächtigen Schultern sinken, wie damals in München, wenn er in die deutsche Grammatik eintauchte. Ein Augenblick des Überlegens, dann sachlich: »Hat Alexis Sie eingestellt? Hat er Draza erwähnt? Was hat er gesagt?«

»Er habe ihn selbst gefunden – am 10. Mai 1978, früh am Morgen. Herzschlag, ganz friedlich.«

»So. Sagt er das. Friedlich...« Kaspar starrte ihn an. Eine lange Aschensäule fiel von seiner Zigarette auf den Holzboden. »Achtung! Feuergefahr im Sommer«, sagte Luburic, beugte sich nieder und schaufelte das Häuflein geschickt in die Lederhand. »Hat er die Flasche Rotwein erwähnt, die leer auf dem Hocker stand? Möglich, daß sie bereits verschwunden war, als Alexis erschien. Ordentlich abgeräumt, Flasche und Glas. Von einem Kellner namens Petric.«

»Petric? So heißt kein Kellner im Godice.«

»Der kündigte gleich darauf. Sie kennen doch sicher Bruno, den Küchenjungen mit der weißen Mütze. Sein Vater wurde von der UDBA erschossen. Bruno hat die Flasche noch gesehen, aber er traute sich nicht, etwas zu sagen, er war ja erst fünfzehn.«

»Was war in der Flasche, Herr Luburic?« Überflüssige Frage, von Luburic ignoriert.

»Draza war unser Mann im Godice. Die UDBA erledigte ihn. Kinderspiel für die.«

Die Zigarette zitterte in Kaspars Hand. Er lächelte vor sich hin.

»Sie finden das amüsant, Professor?«

Kaspar schüttelte den Kopf. »Herr Luburic – Sie hatten recht, jemand *hat* mich zu Ihnen geschickt. Mein Onkel, erinnern Sie sich? Der Zwerg. Er ist tot. Aber er hat Ihnen doch damals – sozusagen – Fluchthilfe geleistet, nicht wahr? Deshalb dachte ich, Sie würden mir vielleicht helfen. Ich habe ihm gerade von der Flasche Rotwein erzählt –« Er verstummte, denn Luburic betrachtete ihn wieder mit argwöhnischen Augen, diesmal, weil er ihn wahrscheinlich – und mit Recht – für schwachsinnig hielt; auch das konnte gefährlich werden.

»Warum hat Alexis gerade *Sie* ausgesucht, Professor?«

»Es war mein Vorschlag. Ich brauche Arbeit. Als Nachtportier kann ich meine Sprachkenntnisse verwenden. Ist Alexis ein UDBA-Mann?«

»Ich weiß es nicht. Niemand weiß es. Jedenfalls überlebt er seit vielen Jahren. Das Godice war schon immer ein politischer Backofen, schon Anfang der dreißiger Jahre, als es noch einen König gab. Der hatte seine Polizisten im Godice, sein Sommerpalast liegt drüben am See; heute ist er das Krankenhaus. Anfang des Kriegs saßen die Nazis im Godice, und dann *unsere* Nazis – ja, wir hatten auch Nazis, die mit Hitler zusammenarbeiteten unter einem Kerl mit Namen Ante Pavelić. Dann kam Tito und warf alle raus. Bis auf Draza. Der war während des Pavelić-Regimes Titos Kontaktmann im Hotel gewesen, hatte ihm viele Tips geben können, er saß ja an der Quelle. Nachts wurden Zettel durch die Luftklappe oben in die Portiersloge geworfen, kein Mensch ahnte etwas. Draza bemutterte alle, scheinbar alle. Nazis und Tito-Kommunisten, einerlei. Die Loge ist ideal für unsere Arbeit. Nachts die Zettel – und tagsüber sah Draza die Gäste kommen und gehen, wußte, wer wann noch auf dem Zimmer war, wer ein Taxi bestellte und wohin. Später, als Tito uns verriet und die Volksrepublik ›Jugoslawien‹ gründete, da wechselte Draza heimlich zu uns herüber. *Er* blieb Kroate!« Die Stimme war kaum hörbar, wie immer, wenn ihn etwas sehr erregte. »Er wollte mit uns in die Emigration gehen, aber wir ließen ihn nicht. Seine Stellung im Godice war Goldes wert. Er hat auch jahrelang musterhaft gearbeitet, Dutzende von unseren – Aufgaben in die Wege geleitet, ohne daß ein Mensch ihn verdächtigte. Aber im Frühjahr 1978 riskierte er zuviel. Da hing der frühere Direktor der Zagreb-Elektro in seinem Zimmer im Godice an seinem Schlips von der Decke. Er war lange Jahre Chef der Zagreber UDBA gewesen. Und verhaßt. Jetzt war er pensioniert und wollte seine Ruhe haben, angefangen mit ein paar Wochen Ferien im schönen Bled. Draza konnte nicht widerstehen, obgleich ich dagegen war. Ich halte nichts von Rache, was nützt die? Aber da waren einige, die hatten ›Erinnerungen‹ an diesen Kerl, und Draza hat wohl sehr viele Zettel in seiner Portiersloge aufsammeln müssen. Zugegeben, einige von den ›Erinnerungen‹ waren unvergeßlich, und die Zettelschreiber warteten schon seit Jahren... Der Draza hat's dann büßen müssen, es war einfach zu leichtsinnig: Nur er hatte einen zweiten Zimmerschlüssel. Er ›schlief‹, als unsere Leute nachts in den Fahrstuhl stiegen, und wachte auch nicht auf, als sie bald darauf wieder ausstiegen. Aber, wie gesagt, er hat's büßen müssen; zwei Wochen später schlief er so fest, daß er nicht mehr aufwachte.«

Nach einer Weile sagte Kaspar: »Jetzt weiß ich, warum Alexis angeblich keinen Ersatz für ihn findet. Er *will* keinen.«

»Möglich. Das würde heißen, daß er – Bescheid wußte. Jetzt hat er *Sie* angestellt, weil er meint, Sie gehören nicht zu den einen und nicht zu den anderen.«

»Dann hat er richtig spekuliert«, sagte Kaspar nachdrücklich.

»Und Ihre Sympathien, Professor?«

»Ist das wichtig?«

Luburic studierte ihn schweigend, bog nachdenklich die Finger seines schwarzen Gummihandschuhs nach vorne und zurück. »Schlafen Sie in dem Liegestuhl, Professor? Die ganze Nacht?«

»Meistens. Ich lese das Tagebuch meines Onkels, oder ich schlafe.«

»Und während Sie lesen – hören Sie manchmal die Nachtigall in der Buche vor dem Hotel?«

»Bis jetzt noch nicht.«

»Es gibt keine Nachtigall und auch keine Buche, nur einen Oleanderbusch.« Die schwarzen Finger schnellten mit leise schmatzendem Geräusch vor und zurück und zerrten an Kaspars Nerven. »Herr Luburic, ich bin kein Kind. Es tut mir leid, daß ich Sie aufgesucht habe.«

Luburics Gesicht verzog sich zu einem schiefen, ironischen Lächeln. »Aber es gibt ja wohl einen Trostpreis in den Sonnenblumen, nicht wahr?« Und dann schnell: »Ich weiß nicht, warum ich das eben gesagt habe. Vergessen Sie es bitte, ich habe weder das Recht noch die Absicht, mich in Ihre Privatangelegenheiten einzumischen.« Kaspar schwieg. Luburic brütete vor sich hin. Als er Kaspar wieder ansah, war sein Blick ruhig und konzentriert. »Es gibt aber etwas anderes in diesem Oleanderbusch. Haben Sie mal auf das Zirpen geachtet? Denken Sie mal nach, ein hohes Zirpen, etwa alle zehn Sekunden?«

»Möglich. Warum?«

»Unsere Leute. Die wissen natürlich, daß ein neuer Nachtportier im Godice eingestellt worden ist – mir hat man es in Ljubljana durchgegeben –« Er zog einen Zettel aus der Tasche. »Groß, dünn, unzugänglich, spricht fließend deutsch. Verdächtig.«

Kaspar mußte unwillkürlich lachen. »Und die zirpen, um zu sehen, ob der Portier antwortet?«

»Von jetzt an werden Sie Ruhe haben. Die werden staunen, wenn ich berichte, wer jetzt in der Portiersloge sitzt! Die wissen doch Bescheid über Sie, die wissen von unserem Versuch in München – erinnern Sie sich? Aber sie wissen auch, daß Sie Miklos gerettet haben, der ist immer noch gut untergebracht am Kaiserplatz bei der Dänin, wir sind also quitt. Aber jetzt! Nachtportier im Godice – entweder verdächtig oder vielversprechend?« Das letzte Wort fragend und forschend.

»Nichts dergleichen. Reiner Zufall.« Kaspar stand auf und sah auf die Uhr. »Herr Luburic, mein Dienst beginnt um zehn Uhr. Ich kann nicht warten, bis Sie dieses Haus verlassen haben.« Er krempelte ruhig seine Hemdsärmel herunter, knöpfte sie umständlich zu. Luburic ließ die Augen nicht von ihm, abwägend, unschlüssig.

»Wenn Sie wirklich glauben, daß ich Ihren Aufenthalt hier der UDBA melden werde – dann wissen Sie ja, was Sie zu tun haben.« Luburic stand auf und öffnete die Tür zur Küche: »Marjana – er geht ins Hotel zurück...«

»Laß ihn doch!« kam ihre Stimme. »Er versäumt ein paar gute Würste.«

Luburic schloß die Küchentür, ging langsam durchs Zimmer und holte den Schlüssel aus der Tasche. »Es gefällt mir nicht – *ich* werde in Sicherheit sein, und *sie* bleibt hier.«
»Soll ich Ihnen mein Ehrenwort geben oder schwören oder Ihnen treu in die Augen blicken?«
Der Mann trat dicht an ihn heran, die schwarzen Augen nackt und drohend: »Was wollten Sie von mir? Warum sind Sie hierher gekommen?«
»Es ist nicht mehr wichtig, aber wenn es Sie beruhigt, sag ich's Ihnen: Ich bin auf und davon, ein Deserteur, fahnenflüchtig. Ich kannte keine Seele im Ausland – außer Ihnen. Sie machten damals während der paar Minuten einen starken Eindruck auf meinen Onkel, und der war sonst nicht leicht zu beeindrucken. Ich wußte nicht, daß ich so schnell einen Unterschlupf entdecken würde. Ich arbeite – und ich habe Marjana gefunden. Ich brauche keine Fluchthilfe mehr.«
Luburic trat zurück und steckte den Schlüssel ins Schloß. Dann drehte er sich noch einmal um: »Professor – ich bitte Sie nicht um Entschuldigung, in unserer Gruppe darf es keine Irrtümer geben und auch keine Ausnahmen. Wir haben keinen Spielraum, nur gerade genug Luft, um zu atmen. Sie sagten vorhin, Sie seien kein Kind mehr, ich meine, Sie sind es noch – in gewisser Beziehung.«
Er drehte den Schlüssel um und trat in die Dunkelheit hinaus. »Die Sonnenblumen da drüben, die trocknen aus. Wenn's anfängt kalt zu werden, krachen sie zusammen. Manche sind so verholzt, daß man sie als Brennmaterial benutzt. Denken Sie daran – Brennholz!«
Er trat zur Seite, und Kaspar ging an ihm vorbei zu den Stufen, die zum Feldweg hinaufführten. Merkwürdig – wenn man das Haus verließ, bellte der unsichtbare Hund nicht.

9.

Landshut, 4. Juni 1920: *Hab lange nichts aufgeschrieben. Warum schreib ich überhaupt? Keiner wird's lesen, aber vielleicht macht's mir mal Spaß, später, wenn ich alt bin. Neulich war ich dreißig, auch net mehr so jung, aber ich seh'* noch *älter aus. Keine Luft! Schachtel, Gefängnis – ich komme nie an die Luft. Jetzt auch net. Mag net, daß die Leut hier mich angaffen, die kennen mich ja alle. Kann nix vertragen, keine Freundlichkeit, keine Gesellschaft, kein Schachspielen mit irgend jemandem.* Das *schon gar nicht… Ich hab's ja gewußt, Tütenkleben!* Das *war ein Leben!*
Landshut, 10. Juli 1920: *Die Mutter sagt, ich bin ganz preußisch geworden im Gefängnis, rede auch manchmal so, schreibe alles durcheinander. Macht nix, deutsch ist es allemal.*
Wenn die Ida net wär', die mich lachen macht, ich glaube, ich tät was ausfressen – und wieder zurück ins Gefängnis nach Moabit.
Die Mutter ist sehr still seit der Nachricht vom Bernie. Erst haben sie ihr gesagt, der wird *wieder, aber jetzt haben sie zugegeben: Der wird nimmer. Mutter besucht ihn jeden Monat einmal im Militärhospital in München, aber er erkennt sie nicht. Äußerlich sieht man nix, sagt sie, die Haare sind wieder gewachsen und verdecken das Loch im Kopf, aber es ist halt ein Gehirnschuß, und da ist nix zu machen. Der Leopold ist gut durchgekommen, durch den ganzen Krieg in Italien. Jetzt ist er in Triest und studiert Ingenieur, die Mutter schickt ihm Geld. Er schreibt, er hat eine Braut, eine Deutsche, aber er will net heiraten, bis er fertig ist und was verdient. Sein Geld ist futsch. Inflation! Geschieht ihm recht. Es war ja auch* mein *Geld, er hat's unterschlagen. Na ja.*
Aber die Mutter! Ein Genie, hat der Ehrenreich gesagt. Sie hat

all ihr Geld in die Schweiz gebracht, schon lange vor dem Krieg. Warum? »I weiß net«, hat sie gesagt, aber die Leut dort in Zürich, die gefalln mir, sind fromm und streng, da is das Geld gut aufgehoben. Dem Kaiser Wilhelm, dem trau i net, der macht so viel Getös.« Ist das zu glauben? Ein Genie.

LANDSHUT, 3. SEPTEMBER 1920: *Ich schreib das nur, weil eine Geschichte ein Ende haben muß: Die Lisa kam. Ich hab »bedauert«, die Mutter auch. Die Ida ist die Treppen rauf- und runtergeschnauft, während die »Dame in Schwarz« unten saß und wartete; hat sich geweigert »unverrichteter Dinge« wegzugehen. Schließlich hat sie der Ida anvertraut: Sie müßt absolut feststellen, daß sie nichts gewußt hat vom Messer. Der Ida sind fast ihre Entenaugerl herausgequollen. Was für ein Messer? Aber die Lisa hat nix erklärt. Sie sei nur gekommen, damit ich's wissen sollt: Nix hätte sie gewußt, ihr Gewissen sei rein. Sie hätt nur geglaubt, daß ich einen »Denkzettel« kriegen sollte, eine Tracht Prügel oder so. Die Ida war ganz verdaddert, ich hört' sie bis nach oben aufgeregt schnattern: Denkzettel, Prügel, Messer? Dann hat es eine lange Pause gegeben, und die Lisa hat noch gesagt, ihr Mann sei an der Somme gefallen – »O je, o je«, hat die Ida für alle Fälle gerufen –, und sie habe jetzt einen Peufrent. Was das sei, ein Peufrent, hat mich die Ida später gefragt. Dann ist sie endlich gegangen. Ich hab ihr aus dem Fenster nachgeschaut. Dick ist sie geworden.*

LANDSHUT, IM APRIL 1921: *Hab' lang net geschrieben. Glaube auch net, daß ich das Tagebuch weiterführen soll. Wozu, von meinem Leben ist nix mehr zu berichten. Was tu ich den ganzen Tag lang? Nix. Ist das zu glauben. Hin und wieder spiele ich Schach mit mir selbst wie damals vor zwanzig Jahren, aber jetzt ohne Gekrähe und Gehupfe. Muß mich auch nimmer selbst beweihräuchern, hab alles gehabt, reicht für ein ganzes Leben. Das einzige, was ich noch gern hätte, wäre ein Weibsbild zum Gernhaben. Ich kann mir ja welche kaufen, tu's auch oft, gehe dann abends aus dem Haus, und die Mutter und die Ida tun, als merken sie nix. Aber es reicht nur für den Abend. Hätt gern was zum* Gernhaben. *Vielleicht einen Hund?*

Landshut, 21. November 1921: *Ich muß wieder schreiben, weil die Mutter krank ist und weil ich was ahn'. Sie hat absolut das letzte Kraut aus dem Schnee im Garten buddeln müssen, und jetzt liegt sie da mit einer Lungenentzündung. Ich sitze an ihrem Bett, und die Ida auf der andern Seite.*
23. November: *Heute hat sie geflüstert: »I hab a schöns Leben gehabt, Stilz, denk dran. Und das hat der liebe Gott so eingerichtet, daß du's mir schön machst. Bist mein Herzensmanderl. I bin z'frieden, sei's du auch. Geh net an mein Grab, da bin i net. I sitz neben* dir, *du wirst's merken.«*
29. November: *Hab' net geheult beim Begräbnis, hab' daran gedacht, was sie gesagt hat: Sie sei net da, auf dem Friedhof. Sie warte zu Hause auf mich. Jetzt bin ich zu Hause – und warte auf* sie. *Noch ist sie nicht gekommen. Das Haus ist leer. Die Ida heult und heult. Wir essen zusammen, sie kocht ganz gut.*
Der Leopold war auf dem Friedhof, hab' ihn sofort erkannt unter den vielen Leuten, weit hinten ist er gestanden, neben ihm eine junge Frau, groß, ganz hübsch, aber was Verbissenes im Gesicht. Weiß net, warum er gekommen ist, mich *hat er natürlich nicht sehen wollen. Vielleicht wegen der Erbschaft?*
Landshut, 25. Dezember 1921: *Das erste Weihnachten ohne die Mutter. Die Ida hat diesmal die Lebkuchen gebacken und den Baum geschmückt. Die ist viel gescheiter, als ich gedacht hab', hat auch ein Gespür. Ich lebe gern mit ihr, sie stört mich net. Abends stell ich das Radio an und hole das Schachbrett raus, dann sitzt sie in der Nähe und strickt was und schaut zu. Wenn sie nicht spricht, sieht sie ganz menschlich aus; es ist eben nur, wenn sie* spricht, *daß sie das Maul so komisch vordrückt und so ein Geräusch macht wie eine schnatternde Ente.*
Das Haus gehört jetzt mir. Die Mutter hat's ausdrücklich nur mir hinterlassen. Der Leopold und der Bernie hätten sich ihren Anteil schon selber genommen. Und dann war da ein verschlossener Brief an mich. In dem stand nur die Nummer vom Schweizer Konto und daß es automatisch auf mich übertragen wird, wenn sie stirbt. Jetzt bin ich ganz wohlhabend. Aber sie sitzt noch nicht neben mir, die Mutter.

Kaspar rationierte die letzten Tagebuchblätter. Er las sie nur nachts, wenn es ganz still war im Hotel, wenn alle Schlüssel vom Brett waren, gegen drei Uhr morgens. Er las ganz langsam, legte manchmal die Seiten hin und löschte die Lampe, damit er besser sehen konnte, wie der Vater und die Mutter am Grab gestanden haben, »weit hinten«, die Mutter »hübsch, aber was Verbissenes im Gesicht«.
Hinterher schlief er in seinem Liegestuhl, bis Herr Alexis kam. Tagsüber ruderte er, lag irgendwo unter einem Baum im Schatten – er hatte sich ein Rad gekauft –, las, schlief ein paar Stunden und wartete, bis es sechs Uhr war. Dann radelte er zurück zum Hotel und ging zu Fuß am See vorbei und durch die kleine Stadt, dann den langen Feldweg entlang bis zu ihrem Haus, vom unsichtbaren Hund begrüßt. Wenn es regnete, fand er sie in ihrem kleinen Schlafzimmer auf dem engen Bett – wo schlief ihr Mann? –, die Arme hinter dem Kopf gekreuzt, nackt, die Augen geschlossen. Das Radio spielte Rockmusik, und er blieb in der Tür stehen und betrachtete sie, wie sie dalag und mitsang. Bis sie ihn bemerkte und die Arme nach ihm ausstreckte.

Ende Oktober, Spätherbst. Die Blätter färbten sich, tanzten um ihn herab, wenn er unter einem Baum lag; noch war es warm, und die Matratze blieb draußen, aber die Sonnenblumen verloren an Haltung, klammerten sich aneinander und gingen langsam in die Knie. »Sie stinken«, sagte Marjana. »Morgen reiße ich sie raus.«
»Ach, laß sie noch stehen«, sagte Kaspar. »Nur noch ein paar Tage. Ich hänge an ihnen.«
Die folgenden Tage regnete es unaufhörlich, aber dann kam wieder ein sonniger Tag, und sie saßen noch einmal draußen und aßen bei Kerzenlicht. Die Sonnenblumen lagen zusammengebrochen am Boden, weiß-grüne, gesplitterte Stämme und riesige, zerfledderte, braune Blätter. Die runden Blütengesichter waren nicht mehr schwarz, die Waben waren leer, späte Ameisen und Fliegen krabbelten mühselig darin herum.
»Werden sie jetzt als Brennholz benutzt, die Sonnenblumen?«
»Sie sind schon zu verfault. Morgen grabe ich sie um.«

Kaspar freute sich; kein Brennholz! In die gute Erde hinein, und nächstes Jahr würde er beobachten können, wie sie wieder wachsen, die neuen...
Erst acht Uhr, es wurde jetzt schon früh dunkel, er hatte viel Zeit. Marjana saß dicht neben ihm, im langen Rock und Wollschal. Sie rauchte eine seiner Zigaretten und blickte in die Dunkelheit. Tagsüber lachte sie und sang, abends schwieg sie, hier auf der Terrasse oder in seinen Armen. Ob jetzt ein guter Augenblick war? Wahrscheinlich nicht, wahrscheinlich sah sie Karel in der Dunkelheit deutlicher als bei Tageslicht. Aber wann war ein guter Augenblick.
»Ich möchte dir etwas sagen, aber es fällt mir schwer. Ich weiß einfach nicht, wie man so was sagt, vielleicht sollte es niemals ausgesprochen werden.« Sie wandte den Kopf und lächelte ihn an. Es gab ihm Mut. »Es wäre viel leichter, dir zu beichten, daß ich unglücklich bin. Wie beschreibt man, daß man glücklich ist, so, daß du es glaubst? Ich habe keine Beweise. Nur, wenn ich in den Spiegel sehe, finde ich, ich sehe ganz anders aus. Findest du das auch? Nein? Ich weiß es, ich bin mir völlig klar darüber, daß ich lächerlich bin, aber es bedrängt mich jetzt schon so lange, daß ich es dir einfach sagen muß. *Es* bedrängt mich – und *du* bedrängst mich, jeden Tag und jede Nacht. Alles kreist um die Stunden, die noch vergehen müssen, bis ich mich auf den Weg zu dir machen darf. Jetzt wirst du auch verstehen, warum es mir um die Sonnenblumen leid tut. Alles hat plötzlich eine Bedeutung bekommen. Was nur irgendwie mit dir zu tun hat, möchte ich – zusammenhalten, aufbewahren...«
Er unterbrach sich, weil sie aufgestanden war und ins Haus ging. Gleich darauf kam sie wieder zurück und setzte eine kleine Glasschale auf den Tisch. »Hier. Ich habe die Sonnenblumenkerne herausgebrochen. Sie halten den ganzen Winter durch. Nimm du die Hälfte und iß jeden Tag einen, ich tu dasselbe mit dem Rest.«
»Bedeutet das...«
Sie schüttelte den Kopf. »Es bedeutet, daß ich alles mit dir teilen will, bis auf deine Gefühle. Das heißt, ich *will* schon, aber ich kann nicht, und du weißt auch, warum. Wenn Karel tot wäre, dann –

bilde ich mir ein – dann könnte ich, dann würde ich es noch einmal riskieren. Aber dieses Experiment ist mir schon zu oft mißglückt. Und du bist mir dafür zu schade. Ich weiß seit langer Zeit, was du mir heute gesagt hast. Du bist ein wenig zurückgeblieben in diesen Dingen, und jetzt ist es plötzlich über dich hereingebrochen, und du meinst, du seist lächerlich.« Sie schüttelte langsam und ernst den Kopf, ihre Stimme war leise und zärtlich. »Ich traue mich nicht einmal, dir zu sagen: ›Ich hab' dich lieb‹, obwohl du mir so nah bist, daß ich die Grenze kaum noch merke. Aber das andere, das, was *du* fühlst, das ist einfach nicht mehr in mir drin – oder, besser: Es sträubt sich da was in mir, sträubt sich mit Händen und Füßen, *will* nicht mehr, und ich bin machtlos dagegen. Verstehst du das?«

Er sagte langsam: »Es ist viel mehr, als ich erwartet habe.«

Die Monate vergingen, die Saison war längst zu Ende, aber es gab immer noch Gäste, und um die Weihnachtszeit war das Hotel wieder dicht besetzt, es gab ein Skigebiet in der Nähe.

Es gab nichts in seinem Pflichtenkreis, was er ungern tat. Sein Tag war voll mit Dingen, die ihm Spaß machten, obwohl oder weil sie keine Ansprüche an seinen Intellekt stellten.

Sein Dienst als Nachtportier amüsierte ihn ebenso wie seine »Macht« über die Gäste, von denen er einige recht gut kennenlernte, die aber nie lange genug blieben, um ihn zu langweilen. Die Portiersschranke blieb immer unten, er lehnte sich wohl einmal über die Brüstung, trat aber nie heraus aus seiner Schachtel. Hin und wieder versuchte man – meist junge Leute, auch junge Mädchen –, ihn einzuladen »an seinem freien Tag«, aber sein »freier Tag« war niemals frei. Da marschierte er morgens um sechs direkt nach dem Dienst den Feldweg entlang. Marjana schlief und wachte nie auf, während er sich auszog und sich auf der Sonnenblumenmatratze neben ihrem Bett ausstreckte.

Er liebte den langen Marsch, besonders im tiefen Winter, wenn es noch dunkel war und der Schnee unter seinen Schuhen knirschte. Tagsüber schien es ihm immer aufs neue seltsam und beglückend, daß niemand etwas von ihm verlangte, daß er sich um niemand bemühen mußte, niemand beeindrucken, mit niemand Schritt halten. Das gab's! Einfach vor sich hinleben ohne Ehrgeiz, ohne Ziel. Ob das von Dauer sein konnte? Kann man seinen geistigen Stoffwechsel so radikal ändern?

Eines wußte er mit Sicherheit: Niemand fehlte ihm, solange er Marjana hatte. In den langen, einsamen Stunden des Tages sprach er mit Onkel Stilz, oft sogar laut, und er wunderte sich nicht, daß eines Tages, als es nieselte und er allein irgendwo auf einer Bank saß und versuchte, Idas Entenmaul nachzumachen, daß da plötzlich ein kleiner Junge in gelber Regenkapuze auftauchte und vorsichtig fragte: »Bist du krank, Onkel?«

München und das Institut, Hede und die Jungen kamen ihm nie in den Sinn, er spekulierte nicht ein einziges Mal, ob das Baby schon da war oder was es war. Nicht, daß er es sich verbot; seine Gedanken liefen einfach nie in diese Richtung; er war sich nicht einmal darüber klar, daß es so war.

Marjana erinnerte ihn eines Tages daran. Sie stützte sich auf den Spaten, mit dem sie die Furchen für das Frühlingsgemüse zog, und betrachtete Kaspar, der auf den Steinstufen hockte und mit geschlossenen Augen die ersten warmen Sonnenstrahlen genoß.

»Gestern kam ein Brief aus München.« Sie griff in ihre Gartenschürze. »Es steht etwas drin, was dich angeht.«

Kaspar stand auf und holte das Blatt Papier. Mit der Schreibmaschine geschrieben, ohne »D«, also von Luburic. Erst ein paar unverständliche Zeilen, dann ein neuer Absatz. »Sag K. S., ich glaube, ich habe gestern seine Frau im Englischen Garten gesehen. Ich kenne sie nicht, aber neben ihr gingen zwei junge Männer. Einer war sein jüngerer Sohn. Die Frau schob einen Kinderwagen.«

Das war alles. Er gab Marjana den Brief zurück und hockte sich wieder auf die Steinstufen.

»Meinst du, daß es deine Frau war?«

»Möglich. Luburic weiß, wie mein Sohn aussieht. Er hat ihn mal beobachtet, er und Martinac, als sie mich zwingen wollten, ihnen meine Wohnung zur Verfügung zu stellen.«

»Ich weiß, Ante hat's mir erzählt. Du kannst sehr hartnäckig sein, wenn man dich einfangen will.«

»Ja«, sagte er ruhig.
»Bist du froh, daß deine Frau und dein Sohn befreundet sind?«
»Es wundert mich.«
»Warum?«
»Er haßte sie.«
Marjana ließ den Spaten stecken, rieb sich die Hände an der Schürze ab und setzte sich neben ihn auf die Stufen. »Erzähl mir – oder fällt es dir schwer, darüber zu sprechen?«
»Es fällt mir schwer, aber nicht, weil es mich schmerzt.«
Sie stützte die Ellenbogen auf die Knie und das Gesicht in ihre Hände und dachte nach. »Du hast Glück, du kannst private Gefühle einfach ausradieren.«
»Du auch«, sagte er und streichelte ihren Kopf mit den langen schwarzen Haarsträhnen. »Du radierst zum Beispiel deine Kinder aus – und wahrscheinlich auch deinen Mann. Das kann man, wenn man will. Mit Karel kannst du's nicht. *Dich* könnte ich auch nicht ausradieren.«
Sie nickte und fragte nicht mehr. Griff nach dem Radio und begann zu singen, es gab anscheinend einen Sender, der Tag und Nacht Rockmusik spielte.
Kaspar nahm ihr das Radio aus der Hand und stellte es leiser. »Was bedeutet der erste Absatz in Luburics Brief, all das Zeug über das Frühlingswetter und den Stand der Isar? Ist das Ustascha-Code-Sprache?«
»Er bereitet etwas vor. Etwas Kompliziertes. Tito macht's nicht mehr lange.«
»Und was verspricht sich Ante davon, wenn er stirbt?«
»Dann ist unsere Chance gekommen. Vielleicht nicht sofort, aber wir müssen vorbereitet sein.«
»Was wollt ihr eigentlich? Was ist so unerträglich für euch unter Titos Regime?«
Sie setzte sich steil auf, faltete die Hände um die Knie.
»Weißt du, daß Napoleon gesagt hat: ›Gebt mir hunderttausend Kroaten – und ich erobere die ganze Welt‹? *Wir* sind das wichtigste – nein, das einzig wichtige Volk auf dem ganzen Balkan. Wir sind kein ›Balkanvolk‹, wir sind Slawen, aber wir haben nichts ge-

mein mit den anderen um uns herum, weder die Religion noch die Sprache noch den Charakter. Wir gehören zum Westen.«
Sie machte eine Pause, überlegte angestrengt. Warum wollen sie alle zum Westen gehören, dachte Kaspar, ist das unbedingt wünschenswert?
»Schwer zu definieren«, sagte sie langsam. »Wir sind ein Volk der Gegensätze. *Ich* bin Kroatin, und das erklärt mir etwas – über mich selbst. Weißt du, daß wir die ersten Christen in Osteuropa waren? Und daß sich ein türkischer Sultan so in uns verliebte – in uns, als Volk –, daß er einen Kroaten zum Großwesir ernannte?«
»Ich wußte es nicht«, sagte Kaspar. »Aber ich kann's verstehen.«
Sie runzelte die Stirn, ging nicht auf seinen Ton ein. »Wir müssen endlich *unser* Land haben, autonom, unsere Kinder sollen lateinisch schreiben lernen und nicht kyrillisch wie die Russen, sie sollen kroatische Bücher lesen und nicht serbische, wir gehören nicht zum Osten.« Sie schlug sich mit der geballten Faust auf die Knie und schloß einen Augenblick lang die Augen. »Wenn du unsere Geschichte liest – wir sind schlimmer dran als die Polen! Die sind vor allem zwischen den Russen und den Deutschen hin und her gezerrt worden, aber uns haben die Italiener, die Österreicher *und* die Balkanvölker immer wieder überfallen, als wären wir Freiwild. Und jetzt wirft man uns in einen Topf mit den Serben und Slowenen und nennt uns *Jugoslawen! So,* meint Tito, kann er unser Problem lösen. Dabei ist er selber Kroate, das heißt, er war es mal, hat's längst vergessen, hat jetzt andere Pläne, ›bedeutendere‹. Aber ich sage dir: Uns muß man als Volk *verbieten* – bevor wir klein beigeben.«
Kaspar zündete sich eine neue Zigarette an, dachte: Warum? Ist es so wichtig, ob man lateinisch oder kyrillisch schreibt? Lohnt es sich, dafür zu sterben? Oder, noch schlimmer, sein ganzes Leben nur aus *dieser* Warte zu sehen? Plötzlich tauchte ein Bild vor seinen Augen auf, eines dieser Augenblicke, die sich verhakt haben, immer wieder melden, greifbar: Wie alt war er gewesen? Zwanzig? Student, München, nachts, ein Geschichtsbuch, das sechzehnte Jahrhundert, einer der vielen sinnlosen kleinen Kriege, aber dieser war so wahnwitzig, daß er ihm zum Inbegriff des Fana-

tismus wurde. Der Grund – nicht der Anlaß – der *Grund* war das Datum des Jüngsten Gerichts: Fand es direkt nach dem Tod statt, oder mußte man bis zum festgesetzten Endtermin in seiner Grube warten? Beide Parteien »wußten« es mit Sicherheit, und Tausende ließen sich für ihr »Wissen« in Stücke reißen. Der junge Kaspar staunte damals und entsetzte sich. Diesen »heiligen Krieg« vergaß er nie. »Für wen die Glocke tönte...« Sinn oder Wahnsinn, sie tönte, und Menschen kamen angelaufen.

Obgleich er kein Wort gesagt hatte und nur vor sich hinschaute, sagte sie: »Du *kannst* es nicht verstehen, es ist eine Explosion im Gehirn und im – Gemüt, wenn du das Wort Herz nicht gern hörst. Du fragst vielleicht: Was habt ihr bloß davon? Nichts, aber es gibt keine Alternative. Es würgt dich immer gleich heftig, wenn's dich mal an der Gurgel hat.«

Sie sprach leise und ohne Emphase, als habe sie diese Worte schon oft gesagt. Das ist die Barriere zwischen uns, dachte er. *Das*, nicht Karel.

Sie sah ihn von der Seite an, lächelte, knuffte ihn mit dem Ellenbogen ans Knie, summte die Rockmusik des Radios mit und schnalzte mit den Fingern. Kaspar betrachtete sie eine Weile, bevor er sprach.

»Hatte es dich an der Gurgel, *bevor* Karel verschwand?«

Sie hörte auf zu summen. »Erst nachher. Ich habe einfach seine Mission übernommen. Aus Liebe. Aber das zählt auch. Die Leute – Ante zum Beispiel –, die es schon in der Jugend gewürgt hat, die *lieben* ja auch. Es ist alles – Leidenschaft. Aber du kannst sie niemandem einimpfen. Meine Kinder habe ich bewußt als Kroaten erzogen, habe versucht, ihnen ihre Berufung klarzumachen und ihre Pflicht, ihrem Vater zu folgen...«

»Ihn zu rächen?«

Sie zögerte. »Ja. Das auch, als sie älter waren.« Pause. »Ich habe genau das Gegenteil erreicht. Sie wollen nichts mit der Ustascha zu tun haben, sie wollen nichts über ihren Vater hören. Milan sagte einmal, als er sechzehn Jahre alt war: ›Ich verbiete dir, mir das Leben zu verderben.‹«

»Recht hat er«, sagte Kaspar. Er wußte, was er riskierte. Vielleicht

würde sie ihn jetzt hinauswerfen, aber es war zu wichtig, um zu schweigen.
Sie starrte ihn erbittert an. »Was weißt du schon! Aber – es ist möglich, daß ich nicht mehr objektiv sein kann. Ich wußte mal, daß Milan ein guter Junge ist, vielleicht ist er's noch. Er ist wild und oft böse zu mir. Trotzdem wird er eines Tages einer Jugoslawin« – sie sprach das Wort aus, als bedeute es Orang-Utan – »ein guter Ehemann werden, ein guter jugoslawischer Ehemann. Er will es nicht anders. Aber ich will es auch nicht anders – für mich. Er ist mir wichtig. Aber ich bin mir noch wichtiger.«
Kaspar nickte. Waffenstillstand. Sie hatte ihn wenigstens nicht hinausgeworfen.

Im Juli sagte Marjana eines Abends, sie mache sich Sorgen um Luburic. Es war ein heißer Tag gewesen. Sie lagen erschöpft auf der Matratze inmitten der zweiten Generation Sonnenblumen. In diesem Jahr schienen sie Kaspar weniger starkstämmig, und die schwarzen, gelbgefransten Blumengesichter kleiner und kindlicher; sie würde das nächste Mal andere säen, hatte Marjana gesagt.
»Ich habe seit sechs Wochen keine Nachricht von ihm.«
Ich habe Nachricht, dachte Kaspar. Laut sagte er: »Schreibt er sonst regelmäßig?«
»Mindestens einmal im Monat. Oder jemand anders schreibt für ihn, aber ich kenne die Schreibmaschine.«
»Ohne das ›D‹.«
»Martinac hat's dir erzählt? Das war ein Prahlhans!«
»Mochtest du ihn?«
»Es war lustig mit ihm. Ich lache gern.« Nach einer Weile fügte sie hinzu: »Manchmal macht die Ustascha richtige Schnitzer. Martinac als Bodyguard für Ante! Reiner Zufall, daß Ante noch lebt. Er hat jetzt zwei andere, auch jung, aber alte Kämpfer. Er braucht sie, er müßte ein halbes Dutzend haben – jetzt.«
»Sagt er dir, was er vorhat?«
»Nie. Es könnte denen ja einfallen, mich mal zu verhören, ganz vergessen die einen nie. Allerdings habe ich seit zwanzig Jahren

nichts mehr von ihnen gehört, und damals lebten wir noch in Zagreb.«
»Wissen die – von mir?«
»Wenn sie noch an mir Interesse haben – natürlich. Aber ich glaube, sie haben jetzt andere Dinge im Kopf: Tito und die Nachfolge; mein Liebesleben ist dagegen uninteressant – hoffe ich. Leider gibt es einen einzigen anrüchigen Zufall: Du bist der Nachtportier im Godice. Die Unsrigen wissen das natürlich, aber sie haben dich aufgegeben, auf Antes Anweisung.«
Nach einer langen Pause sagte Kaspar: »Nicht ganz.«
Marjana setzte sich mit einem Ruck auf und versuchte, in der Dunkelheit in sein Gesicht zu spähen. »Woher weißt du das?«
»Vor ein paar Tagen hörte ich es nachts auf einmal zirpen.«
»Hast du geantwortet?«
»Selbst wenn ich wollte, ich wüßte nicht, wie. Aber ich will nicht.«
Er fühlte ihren Atem auf seinem Gesicht. »Es ist besser, daß du die Antwort kennst: Die Lampe auf dem Hocker, mach sie einmal aus, dann gleich wieder an.« Sie ließ sich wieder zurückfallen, sagte plötzlich schnell und mit einer Aufregung in der Stimme, die er noch nie bei ihr gehört hatte: »Ob das etwas mit Antes Schweigen zu tun hat? Wenn es wieder zirpt, antworte. Versprich mir das.«
»Verlang das nicht von mir, Marjana, es ist nicht fair.«
»Fair! Es handelt sich um Leben und Tod, ist dir das klar?«
Wessen Leben, wessen Tod? Er dachte an das Gespräch, das er gestern mit Alexis gehabt hatte, als der ihn frühmorgens ablöste. »Äh, Schulte! Bleiben Sie einen Moment.« Kaspar hatte sich bereits unter die Schranke geduckt und stand nun auf der anderen Seite. Er lehnte sich über die Brüstung: »Ist etwas nicht in Ordnung, Herr Alexis?«
Der stützte sich von seiner Seite auf den Tresen, dicht neben Kaspar, und flüsterte ihm direkt ins Ohr: »Herr Professor, ich bitte Sie, seien Sie vernünftig! Lassen Sie sich niemals mit denen ein.«
Kaspar kam sich lächerlich vor, aber er flüsterte zurück, vielleicht

gab es wirklich Wanzen in der Portiersloge. »Wen meinen Sie, Herr Alexis?«
Alexis deutete auf die Fensterklappe. »Sie würden nicht mehr lange leben. Die anderen wissen genau, was hier vor sich geht.«
»Wer sind ›die anderen‹ für Sie, Herr Alexis?«
Der Mann lächelte müde und schüttelte den Kopf. Dann flüsterte er wieder, kaum hörbar: »Beide! Beide sind ›die anderen‹ für mich. Zum Teufel mit ihnen! Aber in diesem Moment meine ich die UDBA. Seien Sie klug, halten Sie sich strikt raus. So mache *ich* es, und deshalb bin ich noch hier. Ihre – Ihre Besuche bei Frau Bogdan sind natürlich bekannt, aber man glaubt scheinbar an die Echtheit Ihrer Gefühle für die Dame. Ich kenne sie, und ich schätze sie – aber ich wünschte, Sie hätten sie nie gesehen.«
Marjanas Stimme kam leise, sachlich, aber mit unmißverständlichem Nachdruck aus der Dunkelheit. »Versprich's mir, Kaspar, sonst – kannst du nicht mehr herkommen.«
»Liebst du Luburic?«
»Mein Gott, verstehst du noch immer nicht? Ich liebe Karel. Karel ist die Ustascha. Wenn die dich wieder ansprechen, dann heißt das, daß sie dich brauchen. *Karel* braucht dich! Wie kannst du hier neben mir liegen und dich weigern, ihm zu helfen?«

Nachts wartete er, wollte nicht einmal Onkel Stilz' Tagebuch aufschlagen. Die friedliche Abgeschlossenheit, die er dafür benötigte und die er so viele schöne Monate lang gehabt hatte, war vorbei. Er lag und horchte, fertigte seine Gäste so schnell wie möglich ab, hörte nur mit halbem Ohr auf ihre Wünsche und Klagen. Er fragte sich immer wieder, was er wohl tun sollte, wenn das Zirpen kam. Noch wußte er's nicht, hoffte auf eine plötzliche Eingebung, auf den richtigen Instinkt. Die kämpfen mit Inbrunst, dachte er, die einen wie die anderen, genau wie damals, als es um den Terminkalender fürs Jüngste Gericht ging. Wahnwitz.
Vorläufig blieb es still. Er ging am nächsten Tag wie immer früh am Morgen den Feldweg entlang und schlief neben Marjanas Bett. Ihre erste Frage beim Aufwachen war: »Nun? Hast du was gehört?«

Tagsüber half er ihr, den alten halbverrosteten Branntweinbrenner auseinanderzunehmen und zu reinigen, eine komplizierte und stinkende Arbeit. Sie saßen nebeneinander auf den Steinstufen, Marjana in ihrem alten Bikini, Kaspar ohne Hemd, mit gebräuntem, langem Oberkörper, und ihre Hände berührten sich hin und wieder, während einer hielt und der andere putzte. Sie summte wie sonst ihre Rockmelodien, aber er wußte, daß sie abends nicht in die Sonnenblumen gehen würden.

Eines Morgens regnete es in Strömen, als er um sechs Uhr früh seine Wanderung begann. Er hatte keinen Schirm bei sich, kehrte aber nicht um. Als er zum Feldweg kam, war er bis auf die Haut durchnäßt, durch die Jeansjacke hindurch.

Unter einer Buche stand ein Mann, trat vor und öffnete einen Regenschirm. Kaspar konnte ihn durch den triefenden Wasservorhang kaum sehen, aber er war sicher, daß er ihn nicht kannte, und blieb stehen.

»Schulte?« Kaspar trat einen Schritt zurück. Der Mann sprang mit einem Satz über eine Pfütze und ergriff Kaspars Arm. »Ich bin Bogdan, Marjanas Mann. Sie sagte, Sie hätten sicher keinen Schirm.« Kaspar sah verblüfft und etwas mißtrauisch in das freundlich grinsende Gesicht unter der Regenkapuze hoch über ihm. Ein Riese von einem Mann, bärenhaft, mit rötlichem, triefendem Schnurrbart.

»Kommen Sie, Mann. Frühstück! Wir warten schon alle auf Sie.«

»Alle?«

»Ich habe meine Tochter mitgebracht, meine Stieftochter. Sie macht einen Lehrgang hier im Krankenhaus am See.«

Kaspar setzte sich zögernd in Bewegung. Er glaubte nicht an die Geschichte vom Schirm. Der Mann war nicht feindselig, das spürte er. Er hätte ihm gern etwas gesagt, aber was? Schönen Dank für Ihre Fürsorge, und entschuldigen Sie bitte, daß ich mit Ihrer Frau schlafe?

Sie stapften eine Weile schweigend durch den Regenguß. Kurz vor seinem Haus blieb Bogdan stehen und fixierte Kaspar mit scharfen, zusammengekniffenen Augen. Kaspar starrte ausdruckslos zurück.

»Schulte! Hören Sie mir gut zu, Mann: Ich war gestern abend bei meinem Freund Alexis, während Sie Nachtportier spielten. Warum Sie das machen – und Sie machen es ja anscheinend gut –, ist Ihre Sache; wahrscheinlich sind Sie auf der Flucht, wer weiß, weswegen. Sie sitzen aber in der Falle, auch wenn Sie's noch nicht bemerkt haben, in der Falle da unten, in Marjanas Küche. Verstehen Sie mich nicht falsch, mir ist es piepegal, was sie treibt, ich hab' das längst hinter mir. Aber Alexis sagt, es sei schade um Sie, *deshalb* stehe ich hier im Regen und versuch's, ich hab's ihm versprochen. Er sagt, die Nachtmusik ist gerade wieder angelaufen... Sie wissen, was ich meine? Also: Hauen Sie ab, Mann! Schleunigst.«
Er drehte sich um und zog Kaspar mit mächtigen Schritten neben sich her. Der Hund blieb zum erstenmal still. Bogdans Hund. Wo lebte das Tier? Er hatte Marjana gefragt, aber sie hatte nur eine vage, kreisende Geste in die Luft gemacht.
Sie schlidderten die nassen, schiefen Stufen zum Hof hinunter und sahen sie in der offenen Tür stehen. »Hier ist er«, rief Bogdan. »Aber erst muß er ein Bad haben.«
Hinter Marjana erschien ein junges Mädchen und betrachtete Kaspar aus scheuen, dunklen Augen, während er seine triefende Jacke auszog.
»Das ist Ljuba. Sie wird Ihren Kaffee warmstellen. Kommen Sie, Mann, ich mache das Wasser heiß.«
Kaspar blieb stehen und sah Marjana fragend an. Sie nickte und lächelte ihm zu.
Als er nach dem Bad in Bogdans riesigem Bademantel in die Küche trat, wo seine Jeans über dem Herd trockneten, waren die anderen mit dem Frühstück fertig. Ljuba, die Tochter, machte ihm Rühreier, Bogdan hatte darauf bestanden. Sie war dunkelhaarig wie die Mutter, aber unansehnlich, ein eckiges Gesicht mit breiter Nase und zu langer Oberlippe.
Bogdan erzählte, er sei mit seinem Laster auf dem Weg nach Ankara, habe einen Umweg über Bled gemacht, nur auf ein paar Stunden, um seine Karre in der Godice-Garage instand setzen zu lassen. Er schmunzelte Kaspar freundlich unter dem rötlichen

Schnurrbart zu. »Schmeckt's?« Dann wollte er wissen, ob Kaspar Zeit zum Schwimmen habe, ob er sich schon etwas gewünscht habe im Glockenturm der Insel, ob ihm Marjanas Sliwowitz schmecke – lauter fürsorgliche Fragen, als sei Kaspar eine Art Schwager.

Aus dem Wohnzimmer kam Rockmusik. Marjana saß in ihrem Sessel, rauchte Kaspars Zigaretten und rief hin und wieder etwas durch die offene Küchentür. Ljuba räumte ab und erklärte, sie müsse gehen. Bogdan stand auf: Er ging mit, seine Karre sei jetzt sicher fertig. Marjana räkelte sich aus dem Sessel hoch und küßte beide zum Abschied auf die Wange. Kaspar begleitete sie zur Tür.

»Herr Bogdan, ich muß Ihnen herzlich danken für Ihre Mühe...«

Der Riese schüttelte den Kopf, klopfte ihm schmerzhaft auf die Schulter, öffnete die Tür – draußen goß es noch immer – und hielt den Schirm über Ljuba. Marjana winkte von ihrem Sessel aus – die Tür fiel zu.

»Nun?« Und als er nicht sofort antwortete, sprang sie auf und rief voll Ungeduld: »Was war heute nacht? Wieder nichts?«

»Doch«, sagte Kaspar, der den beiden durch das Fenster nachsah. Der Kopf des Mädchens lag an der Schulter des Mannes, und er hatte seinen Arm fest um sie gelegt, als müsse er sie trösten. Um sie herum spritzten die Regentropfen von den Pflastersteinen wie Knallfrösche. »Heute nacht hörte ich es wieder.«

Sie trat dicht an ihn heran: »Und?«

»Ich habe geantwortet.«

»Und dann?«

»Nichts mehr. Kein Zirpen mehr.«

»Gut«, sagte sie langsam und ging zu ihrem Sessel zurück, streckte sich darin aus und schloß die Augen. »Wahrscheinlich wirst du heute nacht einen Zettel durch die Luftklappe bekommen. Er ist für mich, aber du kannst ihn ruhig lesen.«

»Ich will ihn gar nicht lesen.«

»Idiot«, sagte sie lächelnd. »Du wehrst dich immer noch und merkst nicht, daß du schon lange mittendrin steckst.«

Sie stand auf, räkelte sich wie eine Katze, gähnte und ging ohne

Hast aus dem Zimmer. Kaspar sah ihr nach, dachte, ich bin wieder zugelassen.

Der Zettel, der ein paar Tage später unangemeldet durch die Fensterklappe flog, enthielt einen langen Absatz, mit der Schreibmaschine ohne »D« geschrieben, ohne Anschrift oder Unterschrift, die Worte völlig unverständlich.
Marjana runzelte die Stirn und holte hastig ein Buch aus dem Schrank. Der Geheimkodex, dachte Kaspar, es geht also wahrhaftig so zu wie in den Spionageromanen. Mühselig buchstabierte sie Wort für Wort, rechnete und verglich immer wieder, schrieb alles sauber ab und las es mehrmals durch, bevor sie nach Kaspars Feuerzeug griff und den Zettel sowie ihre Übersetzung verbrannte.
Dann stand sie auf und trat auf die Terrasse hinaus, setzte sich hinter den leeren Steintisch. Es hatte zwei Stunden gedauert, sie sah erschöpft aus, lehnte sich zurück und schloß die Augen.
»Es ist gleich neun Uhr«, sagte Kaspar. Er war hungrig, hätte gern etwas gegessen. »Kann ich dir – helfen?«
Sie schüttelte abwesend den Kopf, stand auf und holte eine Flasche Sliwowitz aus der Küche, nahm einen kräftigen Schluck.
»In einer Stunde habe ich Dienst. Kann ich mir was zu *essen* holen?«
Sie nickte, sah ihn starr an, sagte aber nichts. Er gab auf und ging in die Küche. Als er wiederkam und das Tablett mit Brot, Käse und Tomaten vor sie hinsetzte, nahm sie keine Notiz davon, griff noch einmal zur Flasche. Sie trinkt zuviel, dachte er.
Sie betrachtete ihn schweigend, während er aß, schien absichtlich zu warten, bis er aufstand und seine Jacke holte. Dann sprach sie endlich, schnell und abgehackt, zitierte vielleicht den Zettel: »Ante ist verschwunden. Mission beendet. Erfolgreich. Großfahndung. Niemand weiß, wo er ist. Oder ob sie ihn haben. Kein Wort in den Zeitungen. Muß unter Umständen sofort ersetzt werden. Möglich, daß Miklos weiß, wo er sein könnte, er kennt die Treffpunkte.« Sie sah ihn an, als habe sie ihm sein Stichwort gegeben, aber er stand da und wartete. »Jemand muß nach München gehen. *Du* mußt nach München gehen.«

»Warum? Eure Leute können sich doch mit Miklos in Verbindung setzen.«

»Er ist in Stadelheim in Untersuchungshaft. Sie haben ihn vor ein paar Wochen geschnappt. Keiner von unseren Leuten kann ihn dort besuchen. *Du* kannst es.«

Kaspar sah auf die Uhr. »Ich muß gehen«, sagte er und ließ sie stehen. Diesmal bellte der Hund, als er die Stufen hinaufstieg. Er bellte so aufgeregt, daß Kaspar sich besorgt umsah, aber der Feldweg war leer.

10.

Eine Woche später saß er im Zug nach München. Daß es dazu kommen würde, ahnte er schon auf dem Weg ins Hotel, als er Marjana verließ. Andere Zettel würden kommen – und sie kamen – *denen* würde er widerstehen können; ihr nicht. Besser mitmachen, als würde er's freiwillig tun, einerlei, ob sie es durchschaute, *daß* sie es durchschaute. Sie hatte den Einsatz erhöht, eine alte Spielregel. Niemand zwang ihn mitzuspielen.
Noch gab es Grenzen. Bei diesem Spiel machten viele mit, in den verschiedensten Rollen. Marjana hatte ihn mit ihrem Lasso an der »äußersten Peripherie« eingefangen und ein paar Schritte näher herangezerrt, aber noch war er weit davon entfernt, aktiv zu werden. Er würde Miklos besuchen und vielleicht etwas über Luburic erfahren. Das war aber auch alles.
Alexis' unglückliches Gesicht tauchte auf. »O Gott, Herr Professor, ich hab's gewußt. Was für ein Wahnsinn! Lassen Sie sich doch nicht erpressen!« Und zum Abschied: »Ich gebe Ihnen offiziell Urlaub, Schulte, er steht Ihnen zu. Vier Wochen. Bezahlt.« Er hatte die Scheine eingesteckt und gesagt: »Ich komme zurück, Herr Alexis, verlassen Sie sich drauf.« Worauf der Mann geseufzt hatte: »Ich weiß nicht mal, ob ich's mir wünschen soll. In München sind Sie wenigstens sicher – hoffentlich.«
Wo sollte er wohnen? Noch hatte er seine sechstausend Mark kaum angerührt, hatte von seinem Dinar-Gehalt bequem leben können, aber er mußte vorsichtig sein, mußte unter allen Umständen vermeiden, Bekannte zu treffen. Also ein kleines Hotel, irgendwo weit draußen.
Aber dann gab er dem Taxichauffeur doch eine Privatadresse: Kai-

serplatz 31. Vielleicht war Anja schon wach, es war allerdings erst sieben Uhr. Sie öffnete im alten wollenen Nachthemd die Tür und starrte ihn, bevor sie ihn eintreten ließ, an, als träume sie. Er folgte ihr in die Küche und behauptete, hungrig zu sein; so fand man noch am ehesten Gnade vor ihren Augen. Während sie Wasser aufsetzte und den Küchentisch deckte, forschte er vorsichtig, was sie über ihn wußte. Nichts. Sie hatte offenbar keine Ahnung, daß er Hede verlassen hatte und die ganze Zeit über »abwesend« war. Um so besser. Er fragte schnell nach Miklos, und sie drehte ihm den Rücken zu und schluchzte, während sie Kaffeebohnen mahlte. Sie sei mittags nach Hause gekommen, hatte ihre vier Stunden Fahrt hinter sich...

»Fahrt?«

»Haben Sie nicht Taxi gesehen vor die Haustür? Schöner, schwarzer Mercedes? Mein Taxi. Ich bin Taxichauffeur, ich kenne München, jeder Straße. Ich habe gekauft von Geld von Testament von gnädigem Herrn. Ich verdiene gut, sehr viel Trinkgeld, Scheibe Glas zwischen mich und Passagier, gutes Leben mit Miklos.« Die Tränen rannen über das Engelsgesicht und auf die Kaffeemühle. Miklos sei unvorsichtig gewesen, aus Liebe. Er wollte ihr ein jugoslawisches Dirndlkleid besorgen zu ihrem Geburtstag, er kannte ja noch Jugoslawen hier in München, Freunde von früher...

»Um Gottes willen«, sagte Kaspar. »Freunde aus der UDBA-Zeit?«

Nun ja, andere kannte Miklos ja nicht, aber dieser Freund war sein Schulkamerad gewesen, er hatte geglaubt, er könne ihm trauen, und der Kamerad war auch sehr freundlich gewesen und habe ihm ein Dirndl von seiner Frau geschenkt...

»Und dann hat der ihn anstatt bei der UDBA bei der deutschen Polizei angezeigt, um sich da lieb Kind zu machen. Stimmt's?«

»Er will mir nicht sagen, wer war dieses Schwein. Er weiß, ich warte in mein Taxi und fahre über Schwein.«

»Wann kommt er vor Gericht?«

Sie wußte es nicht, aber sie gab ihm Auskunft über die Besuchszeiten: zweimal im Monat. Die nächste sei kommenden Montag fällig. Kaspar nickte, das passe ihm gut.

»Was heißt, paßt gut? Ich nehme Ihnen nicht mit.«
»Anja – ich nehme *Sie* nicht mit.«
Sie sprang auf und schrie. Miklos *lebe* von ihren Besuchen, *sie* lebe davon, was zum Teufel habe Kaspar dort zu suchen? Was? Was?
Darauf war er nicht gefaßt, erfand schnell ein paar Gründe, aber sie war plötzlich mißtrauisch geworden, setzte sich wieder an den Tisch, ihm gegenüber, stützte das Gesicht auf die Hände und belauerte ihn, Auge in Auge. Was er überhaupt hier tue, so früh am Morgen, warum er nicht mit seiner Frau frühstücke, warum er nicht ins Institut gehe, Miklos sei schon vor drei Monaten abgeholt worden, warum interessiere er sich jetzt auf einmal für ihn?
Kaspar lehnte sich auf seinem Küchenstuhl zurück und überlegte. Sie wartete, sprungbereit wie ein Schneeleopard. Endlich sagte er ruhig und langsam: »Ich habe meine Frau vor einem Jahr verlassen. Ich habe in Jugoslawien gelebt. Ich bin nur hergekommen, um Miklos zu sehen.« Sie starrte ihn entgeistert an. »Erinnern Sie sich an Ante Luburic? Er ist verschwunden. Die glauben, Miklos wisse vielleicht, wo er sein könnte.«
»Die? Sind Sie jetzt – Ustascha, Professor?«
Miklos hatte sie also unterrichtet, sie wußte Bescheid, um so besser. »Nein, ich bin *nicht* Ustascha, aber ich würde Luburic gern finden. Er war mein Schüler.«
Ach so. Sie nickte langsam und willigte ein, gut, er dürfe nächsten Montag an ihrer Stelle Miklos besuchen. Aber dann grübelte sie wieder, und ihre Stimme wurde noch einmal hart: »Warum Frau verlassen? War nicht gute Frau für Sie?«
»Meine Schuld, Anja, nur meine.«
Sie warf ihm einen schnellen, wissenden Blick zu und senkte die langen Wimpern wie Vorhänge. »Wo wohnen Sie, Professor? Bei Söhne?«
»Ich weiß noch nicht...«
Sie stand auf und sagte resolut: »Nicht gut bei Söhne. Bleiben Sie hier. In gnädige Herrn Zimmer.« Und als er zögerte, fügte sie schnell hinzu: »Ich tu Sie nichts«, gab ihm nicht Zeit zu antwor-

ten, marschierte voraus ins Schlafzimmer des Kleinen, winkte ihn heran.

Die Vorhänge waren geschlossen. Sie machte das Nachtlicht an, und das große Himmelbett mit den vier Pfosten und den vielen Kissen tauchte aus dem Dunkel auf.

»Ich schlafe immer in mein Zimmer, und Miklos in sein Rumpelkammer. Das hier – gehört gnädiger Herr. Oder Sie, wenn Sie wollen.«

Er ging langsam auf das Bett zu, stand unschlüssig davor.

Sie sagte in demselben Ton, in dem sie mit ihrer Amsel sprach: »Setzen Sie. Schlafen Sie. Sie sehen müde aus.«

Die Zeit bis zum Montag schleppte sich endlos dahin. Kaspar holte sich Bücher aus der öffentlichen Bibliothek, wanderte lange Stunden durch Vorstadtstraßen. Wenn es regnete, saß er nachmittags im Kino. Abends aß er mit Anja in der Küche und lernte dabei ihr Taxi-Leben kennen. Im stillen bewunderte er den kühnen Gleichmut, den sie zur Schau trug während ihres täglichen Katz-und-Maus-Spiels mit den männlichen Fahrgästen; Frauen nahmen sich leider viel seltener ein Taxi. Sie trug eine Brille mit Fensterglas, wenn sie fuhr, hatte aber trotzdem viele »Unnehmlichkeiten«.

Er hörte ihr zu, lächelte und wunderte sich. So ein Prachtexemplar – warum besuchte er sie nicht in ihrem Zimmer? Warum eigentlich nicht? Früher hätte er das schon aus Prinzip getan. Und jetzt? Staunend stellte er fest, daß er nicht wollte. Nicht Marjanas wegen – sie hätte nur gelacht –, nein, *er wollte nicht*. Es tat gut, sich zu kasteien. Außerdem, er war gar nicht sicher, daß sie ihn einlassen würde.

Nach dem Essen ging er immer sofort ins Schlafzimmer. Die Pappdeckelmappe enthielt nur noch wenige Seiten, alles kurze Eintragungen. Er las nie mehr als eine einzige, las langsam, mit langen Pausen zwischen den Sätzen. Das war er ihm schuldig, dem Kleinen. Er durfte über das endlose, graue Landshuter Vakuum nicht einfach hinwegblättern, weil es keinen Applaus mehr gab und keine Orden, nur noch die Enten-Ida.

Er hatte Mühe, die Schrift zu entziffern, denn er las nur beim rötlichen Lampenlicht, aber es lohnte sich, denn dann saß der Kleine direkt neben ihm.

LANDSHUT, DEN 4. MAI 1923: *Seh grad, hab' über ein Jahr nix geschrieben. Es gab auch nix. Ich leb' vor mich hin, lese viel, bin jetzt recht gebildet. Hab' ein Auto gekauft. Mit Chauffeur, denn die Ida schafft's nicht mit dem Fahrunterricht. Bin ja wohlhabend und hab' keine Familie. Niemand. Gott sei Dank.*

LANDSHUT, DEN 10. JUNI 1923: *Sollt man es glauben? Sie lernt's! Ich hab der Ida das Schachspielen beigebracht. Jetzt sitzt sie den ganzen Tag allein vor dem Brett und brabbelt und schnauft, und abends spielen wir. Gar nicht so übel. Ich spiel' schlecht, weil ich nicht achtgebe und so lachen muß über der Ida ihr aufgeregtes Entenmaul.*

Einmal in der Woche geh ich ins Bordell, ich mag die Madln dort. Ich komm mit Auto und Chauffeur, der wartet. Dann steht die Ida am Fenster und sieht mir nach. Sie ist noch Jungfrau, hat sie mir gestanden. Sicher hat sie mal viel Herzweh gehabt, als sie jung war – wie ich. Und jetzt hat sie ihren Frieden, wie ich.

Am Montag um zwei Uhr wartete Kaspar im Untersuchungsgefängnis Stadelheim. Er hatte vorgearbeitet, war bis zum Staatsanwalt vorgedrungen, weil er mit Miklos kroatisch sprechen wollte, und das konnte man nur mit Sonderbewilligung. Er hatte sich mit seinem Paß als Professor Schulte ausgewiesen, der seinen ehemaligen Schüler besuchen wolle, und hatte die Ermächtigung ohne weiteres erhalten. Allerdings würde ein Zeuge dabeisein.

Stadelheim kam Kaspar von außen wie ein Krankenhaus und von innen wie ein modernes Hotel vor: alles weiß gestrichen, viele Glaswände und große Fenster; nur hin und wieder ein eisernes Gitter von der Decke bis zum Fußboden, aber auch das nicht bedrohlich, eher dekorativ. Auf dem langen Weg zur Besuchsabteilung hörte Kaspar Musik und vielstimmiges, lautes Gelächter. »Die unten in den Werkstätten«, erklärte der Beamte, der ihn begleitete. Eine Anzahl Männer gingen vorbei. Alles Besucher? Nein, Häftlinge. Keine Anstaltskleidung? Die gab's, sogar eine sehr beliebte: dunkelblaue Jeans, aber nur, wer sie wollte. Seit wann war denn das so – fortschrittlich? Der Mann zuckte die Achseln, das war schon lange so.

An der riesigen Kantine ging es vorbei zu den vielen separaten Räumen, in denen die Häftlinge ihre Besucher empfingen. Ein kleiner Tisch, ein paar Stühle, die trennende Glasscheibe nur bei Terroristen.

Kaspar wartete. Ein älterer Mann im Rollkragenpullover erschien und stellte sich vor: Er sei Jugoslawe, der Anstalt zugeteilt, verpflichtet, der Unterhaltung beizuwohnen, es tue ihm leid, aber... Nein, nein, versicherte Kaspar, er habe nichts zu verbergen.

Und dann kam Miklos durch die Tür gestürzt, »Anja?« in den Augen. Kaspar stand auf und lächelte, so herzlich er konnte. »Professor!« schrie Miklos und lief mit ausgestreckten Armen auf ihn zu – hielt plötzlich inne und wurde blaß: »Ist etwas geschehen mit Anja?«

»Sie schickt Ihnen dieses Paket und läßt Sie schön grüßen. Sie ist etwas erkältet – und ich wollte gern wissen, wie es Ihnen geht.«

Miklos, in Anstaltskleidung und beinahe elegant in seiner dunkelblauen, sportlichen Jeansjacke, setzte sich zögernd und betrachtete fragend den Mann, der das Paket untersuchte.

»Ein Landsmann, Miklos«, sagte Kaspar mit Nachdruck, »ein Jugoslawe.«

Miklos starrte stumm vor sich hin. Irgendwas war los; wenn Anja kam, war nie jemand dabei. Kaspar bot ihm eine Zigarette an und lächelte bedeutsam. »Ich war lange fort, Miklos, habe eben erst von Ihrem Mißgeschick erfahren. Wie geht es Ihnen, erzählen Sie.«

Statt dessen sagte Miklos verstört: »Anja?«

»Anja schickt Ihnen diese Krapfen, sie hat sie selber gebacken.«

Der Jugoslawe fragte automatisch: »Wer ist Anja?« Und schrieb ihren Namen und ihre Adresse in sein Notizbuch. »Ich möchte einen dieser Krapfen aufschneiden.«

»Aber gern«, sagte Kaspar. »Kosten Sie mal, sie sind gut.«

Der Mann sah von der Kostprobe ab, setzte sich ans Fenster und schaute gelangweilt hinaus.

Kaspar wandte sich wieder Miklos zu: »Anja möchte auch welche an Ante schicken –« Er bohrte seinen Blick in Miklos' verständnislose Augen. »Der ißt sie doch so gern – aber sie weiß seine Adresse nicht –« Er machte eine Pause, um dem Groschen Zeit zum Fallen zu geben. Miklos öffnete die Augen, so weit er konnte: »Krapfen?«

»Ja! Anja meint, Sie wüßten, wo er jetzt wohnt, er ist doch umgezogen – oder sind Sie nicht mehr befreundet?«

Ein Funken Erleuchtung tauchte in Miklos' braunen Dackelaugen auf und flackerte unsicher. Er dachte angestrengt nach, spähte in Kaspars Gesicht nach Auskunft. Es entstand eine längere Pause. Der Jugoslawe am Fenster sah zu den beiden hin; er war über Miklos informiert, ein alter UDBA-Mann, und der Professor war sein früherer Lehrer. Gehörte der etwa auch dazu? Wohl kaum.

Kaspar ergriff Miklos' Hand und drückte sie beschwörend: »Machen Sie sich keine Sorgen, bald werden Sie wieder draußen sein – dann gehen wir wieder alle in das kleine Restaurant, wo es so gutes Essen gab, *jugoslawische* Küche – wie hieß es gleich? Ante hat's uns damals gezeigt, erinnern Sie sich?«

Der Jugoslawe griff ein: »Wer ist Ante?«

Kaspar wandte den Kopf und erklärte freundlich: »Ein anderer Schüler von mir, Ante Jelic, einer meiner besten.«

Der Mann notierte den Namen. Es würde eine Weile dauern, bis sich herausstellte, daß Ante Jelic nicht existierte.

Miklos versuchte es zögernd: »Ich weiß seine – neue Adresse nicht, Professor, aber – vielleicht weiß man im Kovac am Harras...«

»Kovac«, wiederholte der Jugoslawe und schrieb, ohne daß sich Kaspar beunruhigte. Marjana hatte erklärt, daß beiden Parteien die jeweiligen Stammlokale bekannt seien, es lohne sich aber nur ganz selten, dort loszuschlagen, sie seien immer streng bewacht, und die deutsche Polizei besaß natürlich eine Liste all dieser Gaststätten. Kovac mußte ein Ustascha-Ausschank sein, den Luburic vielleicht besucht hatte. Ein Strohhalm, aber mehr war aus Miklos nicht herauszukriegen. Er wußte anscheinend auch nichts von Luburics »Mission« und von seinem Verschwinden, denn als Kaspar es noch einmal versuchte und bemerkte, er habe gehört, Ante sei krank – sagte Miklos nur: »Ach?« Ihm, Miklos, gehe es gut, es sei gar nicht schlecht hier, gutes Essen, Einzelzelle – nur eben fehle ihm seine Anja, sein Engel. Er begann zu schluchzen, und der Jugoslawe steckte sein Notizbuch weg.

Kaspar überlegte, ob er das Mädchen dazu abrichten könne, Miklos in zwei Wochen noch einmal auf deutsch auszuhorchen. Dann war die halbe Stunde um.

Kovac am Harras. Kaspar, in Jeans und altem Regenmantel, stieg am nächsten Tag aus der U-Bahn, die Treppe hoch und sah sich um. Eine Friedhofsmauer streckte sich die ganze Länge der Straße entlang. Auf der gegenüberliegenden Seite ein Haus neben dem anderen, alle ältlich und heruntergekommen, ein paar versteckte Läden, kein Lokal. Aufs Geratewohl bog er in eine enge Straße ein, Meindlstraße, und entdeckte Kovac auf dem Rückweg, denn das Lokal sah wie ein Laden aus, mit Schinken und Käse im Schaufenster. An der Tür sah er zufällig ein kleines Schild: INHABER A. KOVAC. Darunter kleiner: RESTAURANT GEÖFFNET VON 18–21 UHR. Heute abend würde er wiederkommen und sich inzwischen irgendein sicheres Plätzchen suchen, wo möglichst viele Leute gut und billig zu Mittag aßen. Anja durfte ihn nicht verköstigen, sie sparte »auf Rechtsanwalt für Miklos«.

Ein Viertel nach sechs Uhr öffnete er die Klingeltür. Der Laden war leer, aber ein Mädchen saß hinter dem Ladentisch und rechnete ab: »Der Herr wünschen?«

»Essen«, sagte Kaspar kurz und ging auf eine Tür mit der Aufschrift RESTAURANT zu, dem Eingang gegenüber. Er sah, wie das Mädchen auf einen Knopf drückte. Ein Raum ohne Fenster, ein Dutzend Tische, rot-weiß karierte Tischtücher unter Deckenlampen. Etwa die Hälfte der Tische war bereits besetzt. Die Tür knarrte, und alle Gesichter wandten sich ihm zu. Nur Männer, die meisten Arbeiter in Monteuranzügen, die Hose in die Stiefel gestopft. Er ging zu einem Tisch in der Mitte des Raumes und setzte sich. Die Gesichter wandten sich langsam wieder von ihm ab. Er versuchte herauszuhören, ob serbokroatisch gesprochen wurde.

Ja, an manchen Tischen. An anderen deutsch. Er machte sich an die Arbeit: Ortserkundung: Hinter der Theke saß ein schläfriger Mann. Scheinbar schläfrig. Dahinter eine geschlossene Tür. *Die* Tür! Hinter *der* war sicher einiges verborgen.
Der Wirt, ein kleiner, älterer Mann, erschien neben ihm und fragte ihn in akzentfreiem Deutsch, was er zu essen wünsche. Schweinswürstl? Bitte, der Herr.
Kaspar sah sich verstohlen um. Kein Mensch kümmerte sich um ihn. Ein Vorstadtstammtisch, jeder kannte jeden, ganz gleich welcher Nationalität. Ausgeschlossen, daß Luburic hier wieder aufkreuzen würde, wenn er überhaupt noch lebte. Großfahndung, hatte auf dem Zettel gestanden. Seine einzige Hoffnung bestand darin, so lange auszuharren, bis sich jemand an seinen Tisch setzen würde, wenn das Lokal voll war. Vielleicht ein Kroate, vielleicht ein Aktiver – aber selbst wenn, so ein Mann würde sich doch einem Fremden gegenüber niemals zu erkennen geben. Er, Kaspar, würde sich ganz vorsichtig herantasten müssen, Geduld, Geduld!
Was gab es sonst noch für Möglichkeiten? Vlada? Ausgeschlossen. Ihre Wohnungstür, die Post und das Telefon waren natürlich ständig unter Kontrolle. Und sonst? Wenn er sich – wie in Stadelheim – noch öfter als Professor Schulte auswies, als wohlmeinender und unparteiischer ehemaliger Lehrer, würde mal jemand im Institut anrufen...
Blieb nur der blinde Zufall, und der spielt in jedes Menschen Leben eine Rolle. Ohne Ausnahme. Zum Beispiel seine Hochzeitsreise nach Bled – und Draza Rukovinas Tod! Nur Menschen in Gefahr konnten es sich nicht leisten, auf einen Zufall zu vertrauen, das hatte ja Marjana zu Luburic gesagt. Andererseits *lebten* sie davon, sahen »jemand« plötzlich vorbeigehen, schnappten ein »unvorsichtiges« Wort auf... Hier in diesem Raum trat er vielleicht auf der Stelle, der blinde Zufall, wartete auf ihn, und deshalb würde er hier sitzen, Abend für Abend, mit offenem Ohr und wachsamen Augen.

11.

In Hedes kleiner Wohnung in der Viktor-Scheffel-Straße schloß Elise die Tür zum Kinderzimmer und ging schnellen Schrittes zur Küche. Das oberste Fach des Geschirrschrankes gehörte ihr und ihren Flaschen. So ein Tag mit dem Baby war lang.
Es hat mich eben doch erwischt, dachte sie jeden Abend, wenn sie die Flasche an den Mund setzte. Das war erlaubt: der erste Schluck pur, dann erst das Glas mit dem Eis. Sie setzte sich im Wohnzimmer ans Fenster, stellte Flasche und Glas aufs Fensterbrett und sah in die Dunkelheit hinaus.
Um diese Zeit, bevor Hede kam und die Luft mit Ordnung und Pflichttreue vergiftete, war sie sogar mit ihrer Rolle der sorgenden Großmutter ausgesöhnt. Nur noch zwei Jahre, dann konnte das Kind morgens im Kindergarten abgeliefert werden, bis Hede es nachmittags abholte. Es würde ihr fehlen, klar. Aber trotzdem. Warum, zum Teufel, *mußte* eine Großmutter aushelfen? Und dann noch zu hören bekommen, daß sie eine Fahne habe. Großmutter mit Fahne. Würde Hede *ihr* Leben aufgeben, um ihrer Mutter auszuhelfen? Niemals. Elise war erst siebenundvierzig. Sie hatte noch viel vor.
Schlüsselgeräusch in der Diele. Hede schaute kurz ins Zimmer.
»Mach doch nicht immer gleich Licht an«, rief Elise verdrossen. »Es war so gemütlich.«
Hede nahm keine Notiz, hängte ihren Mantel auf und öffnete vorsichtig die Tür zum Kinderzimmer. Stille. Sie schloß die Tür, seufzte und kehrte ins Wohnzimmer zurück, warf einen Blick auf Elise und das halbvolle Glas in ihrer Hand und machte kehrt. Sie war den ganzen Tag lang im Labor treppauf, treppab gelaufen;

besser, sich in ihrem kleinen Schlafzimmer eine halbe Stunde aufs Bett zu legen.

In diesem Augenblick läutete das Telefon.

»Geh ran«, rief Elise. »Das ist sicher wieder Frau Hennig, die hat schon zweimal angerufen, ganz aufgeregt, muß dich unbedingt sprechen.«

Hede nahm den Hörer ab. »Frau Hennig? Wie geht's denn?« Sie hörte ein paar Sekunden zu, flüsterte tonlos: »Was? Das ist doch nicht möglich...«

Elise wandte den Kopf um. Die Tochter war schneeweiß im Gesicht, umklammerte den Hörer mit beiden Händen, als müßte sie sich daran festhalten.

»Hede! Was ist denn los?«

Die junge Frau schluckte, atmete tief und sprach leise in den Apparat: »Sie haben sich geirrt, Frau Hennig, ganz einfach *geirrt.*« Aber dann horchte sie doch wieder, starrte mit weit aufgerissenen Augen die Wand an. Elise stand vor ihr, wagte aber nicht, noch einmal zu fragen.

Nach einer Weile sagte Hede mit fester Stimme: »Frau Hennig, wo kann ich Sie später erreichen – haben Sie ein Telefon?«

Elise lief zum Schreibtisch, griff nach Bleistift und Notizblock, und Hede wiederholte die Nummer.

»Sind Sie heute abend zu Hause, Frau Hennig? Ich rufe Sie wieder an.«

Sie legte auf. Wählte, ohne einen Augenblick zu zögern, eine Nummer, wartete, legte auf, wählte eine andere. Elise trank ihr Glas aus und setzte sich hin, ließ die Tochter nicht aus den Augen.

»Hallo? Stefan? Gott sei Dank! Bei Wilfred meldet sich niemand. Frau Hennig hat angerufen. Sie sagt, dein Vater sei da. Er ißt mittags im Restaurant bei Mahler und Koch – das neue Kaufhaus in Untersendling. Sie ist da Kassiererin – nein, sie sagt, ein Irrtum sei ausgeschlossen, sie habe ihn sofort an der Stimme erkannt, als er fragte: ›Wieviel macht das?‹ Aber sie konnte nicht aus ihrem Kasten heraus und ihm nach. Das war gestern, und heute war er wieder da – doch, ich glaube ihr, sie war ja schließlich viele Jahre bei ihm – er trug eine struppige, weiße Perücke, aber sie sagt, sie sei absolut sicher...«

Wilfred, der in der Nähe wohnte, kam als erster, dann Stefan mit Harold Wegmann. Hede hatte darauf bestanden, für alle Abendbrot vorzubereiten, allein, hatte Elise aus der Küche geworfen, es sei gut für sie, etwas zu tun zu haben. Elise hätte auch gern etwas zu tun gehabt. Sie stellte den Fernseher an, drückte wahllos auf alle Knöpfe, gab keinem Programm eine Chance, fluchte und stellte wieder ab, wanderte zum Fenster, zählte Autos, leerte wütend die halbe Flasche.

Beide Frauen stürzten gleichzeitig zur Tür, um Wilfred zu öffnen. Er umarmte sie und sagte sofort, er wolle nichts fragen, bis die andern beiden kämen. Er half Hede den Tisch decken, und nun durfte auch Elise – knurrend – teilnehmen. Als es wieder läutete, war alles bereit, auch die Flasche Wein, die immer im Kühlschrank lag, falls es was zu feiern gebe.

Aber gab es denn etwas zu feiern? Hede und die Brüder saßen dicht beisammen auf dem Sofa und sprachen aufeinander ein, Elise fühlte sich isoliert in ihrem Sessel, murmelte vor sich hin und sah herausfordernd von einem zum anderen. Nur Harold Wegmann saß ruhig auf seinem Stuhl und betrachtete seine Hände.

Seit Jahr und Tag kamen die drei jungen Männer jeden Sonntagvormittag. An schönen Tagen fuhren sie mit Hede und Elise in die Berge. Das Baby saß abwechselnd bei jedem auf dem Schoß, es hieß Stefanie, alle drei waren Pate gewesen. Bisher hatten sie kein Wochenende ausgelassen. Wilfred fühlte sich als Vater, Stefan als Bruder, Hede hatte endlich eine Familie und Elise Zuhörer oder Mitlacher und ab und zu sogar Mitzecher – vor allem Stefan konnte etwas vertragen. Harold Wegmann hoffte und wartete.

In den ersten Monaten nach Kaspars Flucht mußten sie Hede beinah mit Gewalt in den Kombi bringen, in dem es manchmal gut nach Erde roch und manchmal scheußlich nach Kunstdünger. Sie saß hinten, stumm, in Wilfreds Arm, während die anderen sich etwas hektisch unterhielten und Elise über Frost und Heizungskosten in den Treibhäusern aufklärten. Gleich zu Anfang suchten

und fanden sie eine neue kleine Wohnung für Hede, strichen sie gemeinsam an, der Kombi transportierte die Möbel – von Elise ausgesucht, Hede sprach kein Wort –, und dann räumten sie ein: ein Schlafzimmer für Hede, ein Kinderzimmer und ein Wohnzimmer mit Schlafcouch für Elise.
Hier, in der Viktor-Scheffel-Straße, kam Hede wieder so weit zu sich, daß sie hin und wieder an der Unterhaltung teilnahm. Die letzten Monate der Schwangerschaft machten ihr zu schaffen, und Elise war erstaunlich geduldig. Die Wehen setzten zu früh und mitten in der Nacht ein. Der Kombi brachte alle zum Krankenhaus, die drei jungen Männer trugen Hede hinein. Nein, erklärten sie in der Notaufnahmestation, während die stöhnende Hede schleunigst nach oben transportiert wurde, keiner von ihnen sei der Vater. Aber sie verbrachten den Rest der Nacht unten im Wartezimmer, liefen auf und ab und bestürmten den Arzt mit Fragen. Das Kind hatte drei Väter.
Nach der Taufe begann Hede wieder, im Labor zu arbeiten. Wilfred hatte Frau Dr. Lamprecht besucht, und kurz darauf erhielt Hede einen Brief: Man habe sie sehr vermißt, würde sie wieder...? Niemand fragte sie dort nach Kaspar, niemand wunderte sich, daß sie so dünn war. Dafür war Stefanie um so fetter und krähte und jauchzte den ganzen Tag. Hede fing wieder an zu leben, aber sie sah älter aus, als sie war. Immerhin, sie funktionierte, freute sich an dem Kind, ertrug Elise und war ihr dankbar. Sonntags stand sie am Fenster und wartete auf den Kombi.
Die fünf, die im November 1980 abends in Hedes Wohnzimmer saßen, hatten schnell nachgerechnet: Es war ein Jahr und drei Monate her, daß Kaspar verschwunden war.
Niemand außer Elise wollte etwas zu trinken. Der Raum war gerade groß genug, damit sich fünf Personen hinsetzen konnten; sie nahmen sich alle zusammen, keiner ging im Zimmer auf und ab.
»Wilfred«, sagte Hede, »ruf du jetzt Frau Hennig an, laß es dir noch einmal schildern.«
Sie gab ihm die Nummer, er wählte, die anderen rührten sich nicht, beobachteten ihn und horchten. Hede setzte sich wieder hin und faltete die Hände im Schoß.

»Frau Hennig? Hier spricht Wilfred – danke gut – bitte erzählen Sie mir noch einmal – ja, von Anfang an.«

Er hörte lange zu, ohne die Augen vom Apparat zu heben. Endlich sagte er: »Gut. Wir kommen morgen. Vielen Dank. Auf Wiedersehen«, und legte schnell auf.

»Woher weißt du, daß *wir* kommen?« rief Stefan aufgeregt. »Ich will den Kerl nicht sehen –« Er stockte und sah Hede an. »Du mußt entscheiden, ob wir hingehen sollen. Was wollen wir denn von ihm? Willst du ihn wiedersehen?«

Wilfred blätterte im Telefonbuch nach der Adresse von Mahler und Koch. »Noch ziemlich neu«, sagte Elise, »ein Riesenkasten.«

Stefan grübelte. »Der Mann ist verrückt. Warum ist er hier, und warum trägt er eine weiße Perücke?«

»Weil er nicht erkannt werden will, das ist doch klar«, sagte Hede leise.

»Na, dann lassen wir ihn doch in Ruhe! Wir brauchen ihn nicht – das gibt doch nur Stunk und Aufregung.«

»Du mußt ja nicht mitkommen. Ich möchte ihn sehen – natürlich nur, wenn Hede nichts dagegen hat«, sagte Wilfred.

»Ich habe kein Recht, etwas dagegen zu haben.«

»Aber – wär's dir lieber, wir vergessen die ganze Sache?«

Sie schwieg und grübelte. Nach einer Weile sprach Harold Wegmann zum erstenmal: »Das ist doch ganz unmöglich zu *vergessen*.«

»Richtig«, sagte Wilfred. »Wir wissen jetzt, er ist *da*.«

»Laß ihn doch!« schrie Stefan. »Natürlich ist er irgendwo, ob in Honolulu oder in Untersendling, uns kann's egal sein.«

»Mensch –« sagte Elise und beugte sich so weit vor, daß sie beinah aus dem Sessel fiel. »Er sagte mir damals, er geht weit fort. Jetzt ist er hier. Vielleicht möchte er zurück – willst du ihm das verbieten?«

»Ja!« brüllte Stefan und schlug mit der Faust auf den Tisch. Er sah Hede an und sagte fast flehentlich: »Du willst ihn doch nicht wiederhaben – Hede?«

»Ich weiß es nicht. Wirklich nicht.«

»Ich gehe morgen hin. Ich möchte einiges von ihm wissen«, sagte

Wilfred. Er griff nach Hedes eiskalter Hand und küßte sie, sah ihr sorgenvoll in die Augen. »Möchtest du mitkommen? Nein? Das dachte ich mir.«
»Aber *ich* möchte mitkommen!« rief Elise und blickte streitbar in drei ihr zugewandte Gesichter.
»Und das Kind?« fragte Wilfred.
»Ich nehm's mit.«
»Das wirst du *nicht* tun«, sagte Hede leise, aber so, daß Elise aufgab und nur noch wütend vor sich hinmurrte.
Nach einer Pause sagte Wilfred: »Sag es mir, Hede, hast du was dagegen, daß ich ihn sehe? Gut. Ich werde natürlich nichts erwähnen, was dich einbezieht.«
»Dann komme ich mit und passe auf«, sagte Stefan.
Elise stand auf. »Ich muß jetzt was essen«, sagte sie und hielt sich am Tisch fest.

Auf der Heimfahrt nach Grünwald brütete Stefan im Kombi vor sich hin. Harold Wegmann saß am Steuer und starrte unbewegten Gesichts auf die dunkle Straße. Er fuhr zu langsam für Stefans Gemütsverfassung.
»Mensch – sag doch was! Du bist doch sonst immer der erste, der sich für Hede den Kopf zerbricht. Warum hast du den ganzen Abend kaum den Mund aufgemacht? Hast du nicht gemerkt, wie sie dich angesehen hat? Was *wir* sagten, war ihr schnurzegal, von *dir* wollte sie was hören.«
»Ich bin anderer Meinung als du und Wilfred, aber ich habe nicht dasselbe Recht wie ihr, sie zu äußern.«
»Ach Quatsch, nun sag schon.«
»Ich bin froh, daß euer Vater wieder da ist. Vielleicht möchte er zu ihr zurückkehren.«
»Und darüber freust du dich? Ich denke, du liebst sie.«
Wegmann schwieg, fuhr etwas schneller. Stefan beugte sich vor und versuchte, ihm in der Dunkelheit ins Gesicht zu sehen.
»Mensch – sei kein Heiliger, so was kratzt mich im Hals. Komm mir ja nicht mit dem Leidenskelch!«
Harold Wegmann lächelte und erwiderte ruhig, ohne die Augen

von der Straße zu nehmen: »Ich bin kein Heiliger, verlaß dich drauf.«

Um zwölf Uhr mittags standen Wilfred und Stefan vor dem Stein-und-Glas-Kasten Mahler und Koch. Das Warenhaus war noch eine Neuigkeit in dieser Nachbarschaft. Menschenmassen fluteten durch die Eingangstüren hinein und heraus, stauten sich vor den riesigen Fenstern. Die beiden wurden vom Strom erfaßt und hineingedrängt Richtung Rolltreppe. Langsam schwebten sie aufwärts, wechselten auf drei Stockwerken zur nächsten Rolltreppe hinüber und langten endlich oben an: Restaurant. Der ganze vierte Stock bestand aus einem riesigen Saal. Direkt am Eingang die Kasse, eine geschlossene Kabine mit Glasfenster und Drehscheibe fürs Wechselgeld. Noch stand niemand davor, um zu zahlen. Wilfred klopfte ans Glas. Frau Hennig winkte ihm aufgeregt zu und öffnete eine kleine Klappe oberhalb der Drehscheibe. Noch sei er nicht da, sie habe genau aufgepaßt; wie es ihnen gehe: Stefan und der Frau Professor und der Kleinen? Gut, allen gut, sagte Wilfred, winkte im Weggehen und setzte sich an den Tisch, den Stefan inzwischen ausgesucht hatte, so plaziert, daß man die Hereinströmenden gut beobachten konnte.

Sie saßen schweigend und ließen den Eingang nicht aus den Augen. Hunderte drängten sich herein, aber niemand mit struppigen weißen Haaren, niemand, der Kaspar ähnlich sah. Jeder Neuankömmling stellte sich sofort in die Schlange vor dem Büfett, das sich die ganze Seitenwand entlang erstreckte, ergriff ein Tablett und schlurfte dann langsam, Schritt für Schritt vorwärts.

Während der ersten halben Stunde signalisierte Frau Hennig abwechselnd Befremden und Resignation, indem sie die Schultern hochzog und die Hände erhob, aber dann war sie zu beschäftigt mit dem allmählich zunehmenden Andrang der Zahlenden.

»Er kommt nicht«, sagte Wilfred um halb zwei Uhr.

»Das Ganze war Schwindel, Wichtigtuerei von der alten Ziege da«, knurrte Stefan. »Hab's mir gleich gedacht. Komm, gehen wir. Oder essen wir endlich was.«

Sie holten sich je ein Tablett und gingen schnell das Büfett entlang,

denn um diese Zeit war das Restaurant bereits so gut wie leer. Frau Hennig hatte Muße, allerlei Signale der Enttäuschung zu senden, und als sie eine halbe Stunde später vor ihrer Kabine standen, öffnete sie die Klappe wieder und zeterte verzweifelt, nein, nein, sie schwöre, sie habe sich nicht geirrt...
»Hat er Sie vielleicht erkannt?« fragte Wilfred.
Das glaube sie nicht, er habe nur auf den Kassenzettel und seinen Geldschein geachtet.
»Ich komme morgen noch einmal.«
»Ich nicht«, sagte Stefan verbissen.

Am nächsten Tag geriet Wilfred mit dem Motorrad in eine Verkehrsabsperrung und traf erst sehr verspätet auf Mahler und Kochs Parkplatz ein. Er lief zum Haupteingang, bahnte sich einen Weg durch die Menge, stand endlich, nach Atem ringend, auf der Rolltreppe und sah auf die Uhr: Zehn nach eins. Vielleicht saß der Vater schon da! Wie sollte er ihn an den hundert und mehr Tischen finden? Er wechselte zur nächsten Rolltreppe und dann zur vierten und letzten. Jedenfalls würde ihm Frau Hennig signalisieren, ob er da war, und vielleicht die Richtung weisen...
In diesem Augenblick sah er Kaspar auf der gegenüberliegenden Rolltreppe hinunterfahren. Er erstarrte sekundenlang – der Vater sah ihn nicht, blickte ruhig in die Luft. Wilfred drängte sich wütend eine Stufe höher, aber dann versperrte ihm eine dicke Frau, ein Kind auf dem Arm, ein anderes neben sich, den Weg. Die paar Sekunden bis zum Ende der Rolltreppe schleppten sich endlos dahin. Oben angekommen, lief er wie ein Wiesel zur Abfahrtseite und drängte sich so heftig an den abwärts schwebenden satten und friedlich verdauenden Restaurantbesuchern vorbei, daß man ihn heftig anrempelte: »Warten Sie doch ab, junger Mann! Unverschämt!«
»Entschuldigung!« murmelnd, raste er um den Rolltreppenschacht im dritten Stock herum. Auch dieser Treppenabschnitt war verstopft, unmöglich, noch einmal zwei, drei Stufen schneller nach unten zu gelangen. Tief unter sich sah er die weiße Perücke kurz aufblitzen – dann verschwand sie in der Menge.

Als er endlich im Erdgeschoß angekommen war und sich den Weg zur Straße bahnte, war der Vater verschwunden. Er lief die Straße auf und ab, durchsuchte den Parkplatz, kapitulierte. Immerhin – es gab keinen Zweifel mehr.

Er setzte sich auf sein Motorrad, fuhr aber nicht weg, sondern legte eine Verschnaufpause ein und dachte nach. Dann ging er zur nächsten Telefonzelle und rief Elise an. Die war gerade dabei, sich ihr Mittagessen zu kochen, und daher ungehalten, ihr Spinatsoufflé kam gerade hoch.

»Moment«, sagte sie und stellte den Ofen ab. »Also doch. Er ist wahrhaftig wieder da.«

»Vielleicht war er nie weg – ich meine aus München.«

Sie dachte einen Moment lang nach und sagte langsam: »Eines ist sicher: Er will nichts von uns wissen.«

»Ja.«

»Was hat es dann für einen Zweck, ihm aufzulauern?«

»Ich will was von *ihm* wissen. Morgen gehe ich früher hin.«

»Na gut«, sagte Elise. »Du kannst ja mal rausfinden, wie der Hase läuft. Aber inzwischen sage ich Hede, du hättest ihn auch heute nicht gesehen, die Hennig hat sich eben geirrt.«

Kurz darauf läutete das Telefon noch einmal – Elise war beim Ofenreinigen –, und Frau Hennig schrie aufgeregt, *er* sei doch wieder dagewesen, und wo die Jungen wären.

»Ja doch«, brummte Elise. »Morgen, Frau Hennig, morgen ganz bestimmt.«

Am nächsten Tag sagte Stefan zu seinem Kompagnon, er mache noch einmal länger Mittagspause, der Vater sei *da*, er müsse eben...

»So lange du willst.«

Harold sah durchs Fenster zu, wie Stefan auf seinem Motorrad davonraste. Dann hängte er ein Schild an die Tür der Gärtnerei: BIS 16 UHR GESCHLOSSEN. Er wählte einen anderen Weg, fuhr sehr schnell in seinem Kombi zu Mahler und Koch und saß bereits an der kleinen Bar für frischgepreßte Fruchtsäfte, gleich neben der Rolltreppe, mit denen sich erschöpfte Käufer wieder aufbauten.

Punkt zwölf Uhr sah er die Brüder aufwärts schweben. Und nicht lange danach Kaspar.
Oben im Restaurant standen die beiden an einer Wand, setzten sich nicht, behielten die Tür im Auge.
»Da ist er«, sagte Wilfred.
Stefan stand regungslos da und starrte den Mann mit der seltsamen weißen Perücke an, der im Gegensatz zu den eiligen anderen langsam zum Büfett schlenderte.
»Komm schnell«, flüsterte Wilfred und zog den Bruder mit sich.
Mit einem Auge sah er, wie Frau Hennig in ihrem Glaskasten vor Aufregung fast erstickte. Ja doch! Sie wußten es! Blieben ihm dicht auf den Fersen. Überholen wollten sie ihn aber keinesfalls, und so wurden sie von der Menge direkt hinter ihn in die enge Schlange zwischen Büfett und Geländer gezwängt.
Kaspar ergriff ein Tablett, Wilfred das nächste, dann Stefan das seine. Es ging nur zentimeterweise voran. Wilfred stand so dicht hinter Kaspar, daß er den Kampfergeruch der Perücke in die Nase bekam. Er konnte sich nicht erinnern, jemals so nahe bei seinem Vater gestanden zu haben, es war ihm äußerst peinlich. Er wandte den Kopf, flüsterte: »Mensch – dräng doch nicht so!«
»Ich dränge nicht«, zischte ihm Stefan ins Ohr.
Kaspar ergriff Teller, Glas und Besteck, die jungen Männer hinter ihm taten das gleiche. Wieder ein paar Schritte vorwärts. Stefan wurde gegen Wilfred gedrängt. Der fing den Stoß auf. Nur nicht den Vater berühren! Kaspar betrachtete die Vitrinen mit abschätzenden Augen und häufte Bockwurst und Kartoffelsalat auf seinen Teller. Desgleichen Wilfred und Stefan, kaum daß sie hinsahen. Jetzt ging es noch langsamer voran, und nun standen sie still.
Stefan explodierte. »Sprich ihn an, Mensch, ich halt's nicht mehr aus.«
»Warte doch – was soll ich denn zu ihm sagen?«
»Sag guten Tag, irgendwas, aber sag was, sonst sag ich's.«
Die Schlange bewegte sich wieder. Kaspar erreichte die Nachspeisenauslage, holte einen Karamelpudding heraus und hielt dann sein Glas unter die sprudelnde Apfelsaftfontäne.
»Vater...«

Er drehte den Kopf und sah Wilfred und hinter ihm Stefan. Wilfred verfluchte den drängenden Bruder, er hätte keinen ungeschickteren Augenblick wählen können, denn Kaspar mußte den Kopf wieder zurückwenden, weil ihm der Apfelsaft über die Hand lief. Er setzte das Tablett ab und griff nach dem Haufen Papierservietten. Dann schaute er sich noch einmal nach Wilfred um, der ihn ängstlich anstarrte; und über des Bruders Schulter Stefan, mit offenem Mund.

Dahinter murrte ein Mann: »Nun machen Sie schon –«, aber Kaspar rührte sich nicht, wischte immer noch seine Hand an der Papierserviette ab. Weiter zurück, in der langen Reihe, ertönten andere Rufe: »Warum geht's denn nicht weiter? Na los doch, da vorn…«

»Komm«, sagte Wilfred. »Gehen wir doch hier raus.« Er rempelte mit seinem Tablett sachte das des Vaters an. Kaspar wachte auf, der Weg vor ihm war frei, und er trat aus dem engen Spalier heraus. Wilfred drängte ihn noch etwas weiter, und dann standen sie sich gegenüber, jeder mit seinem Tablett. Hände schütteln mußte ausfallen. Sie sahen sich wortlos an. Wilfred faßte sich als erster.

»Wollen wir uns nicht setzen? Da hinten sind noch Tische frei.«

Die beiden anderen folgten ihm und setzten sich, Kaspar wie selbstverständlich in der Mitte. In Wilfreds Blickfeld, weit hinten, drückte sich Frau Hennig die Nase an ihrer Glasscheibe platt. Gleich würde sie einen Trostpreis ernten, denn Kaspars erster Satz war: »Woher wißt ihr…« und Wilfred deutete zur Kasse. Kaspar kniff die Augen zusammen: »Frau Hennig?« Er nickte ihr zu – sie winkte hingerissen –, wandte sich wieder den Söhnen zu und lächelte vor sich hin. Zufall! Marjana hatte es ja gesagt: »So was gibt's, Ante, wir haben's bloß vergessen…«

»Nun?« Er sah von einem Gesicht zum anderen. »Was wollt ihr von mir?«

Stefan stieß hervor: »Warum hast du diese komische Perücke auf?«

»Findest du sie komisch?« Er betastete sie liebevoll. »Sie erinnert mich an Onkel Stilz.«

»Warum überhaupt eine Perücke? Wenn du dich verstecken

willst, warum bist du dann hier?« Wilfred stieß den Bruder unter dem Tisch an. Warum gleich zu Anfang böses Blut machen?
»Nicht aus freien Stücken, das könnt ihr mir glauben.«
Wilfred fragte zögernd: »Und – wir dürfen nicht wissen, warum?«
»Nein.« So endgültig, daß auch Stefan momentan die Luft ausging.
Kaspar begann, seine Bockwurst zu enthäuten. »Ich wiederhole: Was wollt ihr von mir?« Sein Ton war nicht feindlich, nur sachlich interessiert.
»Vater«, sagte Wilfred entschlossen, »wir haben nicht das Recht, dich nach deinem Tun und Lassen auszuhorchen –« Kaspar sah ihn an und lächelte ein wenig, wandte sich wieder der Bockwurst zu.
»Aber Hede! Du kannst doch nicht so einfach –« Es war doch sehr viel schwieriger, als er sich vorgestellt hatte, der Vater war so anders, lange nicht mehr so – so indolent und auch nicht so konziliant wie früher. Die Idee, ihn zu »stellen« und Rede und Antwort zu verlangen!
Kaspar beobachtete ihn verstohlen und dachte, er hat Marthas gute forschende Augen und mein ewiges Abwägen, der Arme.
»Ihr habt euch mit Hede angefreundet? Das freut mich. Wie geht es ihr? Und das Kind – was ist es? Ein Mädchen? Aha. Gut. Das freut mich.«
Stefan zersprang: »Was heißt, das freut dich, es interessiert dich einen Scheißdreck, gib's doch zu!«
»Stimmt«, sagte Kaspar, ohne auf Stefans Ton einzugehen. »Aber es freut mich trotzdem.« Nach einer Weile fügte er hinzu: »Ich wußte, daß sie es durchstehen wird, ich hoffte, das Kind würde ihr dabei helfen. Aber daß *ihr* euch mit ihr angefreundet habt, das hätte ich nicht erwartet. Und es freut mich. Auch *das* freut mich.«
»Wir sind – eine Familie«, sagte Stefan etwas zu laut.
»Gut«, meinte Kaspar. »Das ist eine schöne Nachricht. Seid ihr deshalb gekommen?«
»Ich – hätte gern gewußt, warum du damals auf und davon bist«, rang sich Wilfred ab.

»Weißt du nicht, was in meinem Brief stand?«
»Aber da mußte doch noch ein anderer Grund sein!«
Marthas Sohn, dachte Kaspar noch einmal, ich mag ihn gern, aber was nützt ihm das. Er schüttelte langsam und ernst den Kopf: »Das war's.«
Wilfred spürte einen Funken Verbundenheit und wagte: »Möchtest du dir nicht deine Tochter ansehen? Sie heißt Stefanie. Sie sieht dir sehr ähnlich.«
»Wäre das gut für Hede? Ist sie ganz darüber hinweg?«
Stefan packte sein Messer und schnitt voller Wut seine Bockwurst der Länge nach durch. »Noch nicht. Aber sie wird es bald sein. Gib ihr Zeit.«
»Eben«, sagte Kaspar.
»Du willst also auf keinen Fall – zurückkehren?«
Kaspar sah so erstaunt aus, daß Wilfred fühlte, wie ihm das Gesicht heiß wurde. Stefan legte das Messer wieder hin und starrte die entblößte Bockwurst an.
Nach einer längeren Pause sagte Kaspar: »Erzählt doch. Wie ging es mit deinem Examen, Wilfred? Und du? Bist du noch in deiner Gärtnerei tätig?«
Ja, das sei er, berichtete Wilfred, da der Bruder obstinat schwieg, und es mache ihm großen Spaß.
»Gut. Gut«, meinte Kaspar und aß seinen Karamelpudding auf. Er sah sekundenlang auf die unberührten Teller der Jungen und das blasse, verzerrte Gesicht seines jüngsten Sohnes. »Ich weiß immer noch nicht ganz, warum ihr mich aufstöbern wolltet, aber da ihr euch die Mühe gemacht habt, will ich euch doch einiges erklären. Freiwillig. Ich bin euch keine Rechenschaft schuldig.«
»Irrtum«, sagte Stefan leise und böse. »Du bist uns viel mehr als Rechenschaft schuldig. *Wir* haben deine Scherben aufsammeln müssen.«
»Müssen?« fragte Kaspar scharf.
»Jawohl. Müssen.«
»Nein«, fiel ihm Wilfred ins Wort. »Natürlich nicht. Kein Mensch hat uns gezwungen. Wir wollten es.«
Stefan ließ sich nicht aus dem Konzept bringen: »Du hast Hede

einfach weggeschüttet, wir haben sie wieder auf die Beine gestellt.«

Kaspar sah ihn nachdenklich an. »Dann bin ich euch wahrhaftig zu Dank verpflichtet, zu Dank, nicht zu Information. Ich hätte das niemals von euch verlangt, ich hoffte, Hedes Mutter und vor allem das Kind würden ihr helfen. Und, natürlich, die Zeit. Die hilft immer, solange man jung genug ist. In meinem Alter ist das schon schwieriger. Eure Mutter ist jetzt zwei Jahre und fünf Monate tot, und ich habe mich immer noch nicht damit ausgesöhnt.« Beide starrten ihn an, Wilfred erstaunt, Stefan ungläubig. »Dabei weiß ich nicht einmal, ob ich sie geliebt habe, darüber ist man sich ja nicht immer klar, ich glaube *nicht,* aber sie bedeutete mir doch sehr viel mehr, als ich wußte. Hede erinnerte mich oft an sie, vielleicht habe ich sie deswegen geheiratet. Seht ihr keine Ähnlichkeit?« Beide blieben stumm, Stefan sah zum erstenmal ratlos aus. »Ich habe eure Mutter nicht glücklich gemacht, und ich wußte sehr bald, daß es ganz genauso mit Hede sein würde, nur schlimmer, weil ich um so vieles älter geworden war. Ich gehöre nun mal nicht zu den Menschen, die von der Jugend als solcher entzückt sind. Umgang mit jungen Menschen macht mich nicht jünger, sondern älter. Ich fürchte, ich bin kein liebenswerter Mensch, habe mich oft gewundert, warum eure Mutter nicht längst auf und davon war. Ich bin noch am besten allein, ich meine, da funktioniere ich am besten, tue niemandem etwas an.«

Er schwieg. Stefan sagte leise: »Wo bist du denn?«

»Ziemlich weit weg. Ich lebe allein. Ich arbeite. Etwas ganz Anspruchsloses, was mir Spaß macht.«

»Und was tust du hier? Ferien?«

Kaspar überlegte. »Ja, nennen wir es so. Ich bleibe nicht lange. Übrigens – weiß Hede, daß ich hier bin?« Sie nickten, Wilfred machte eine Kopfbewegung zur Kasse hin. »Ach so. Natürlich. Das tut mir leid. Das tut mir sehr leid.« Er dachte wieder nach und sah beide eine Weile ruhig an. »Jetzt möchte ich gehen, aber ich muß euch bitten, mir nicht zu folgen.« Sie nickten. Stefan schossen plötzlich die Tränen in die Augen, und er stotterte leise: »Warum muß das alles – so sein?«

Kaspar antwortete nicht, legte ihm die Hand auf den Arm und drückte ihn. Dann stand er auf und sagte: »Lebt wohl« und ging zur Kasse. Sie sahen ihm nach, wie er einen Augenblick lang freundlich mit Frau Hennig sprach und einen Geldschein hinlegte.
Als sie später folgten – ein Glück, daß die vielen Hinausströmenden Frau Hennig am Fragen hinderten –, stellte sich heraus, daß der Vater für alle gezahlt hatte. Aus alter Gewohnheit.

Kaspar sah sich mehrere Male um, während er die Rolltreppe hinunterfuhr, und auch noch einmal am Ausgang zur Straße. Dann ging er ruhigen Schrittes zur U-Bahn. Niemand folgt mir, dachte er befriedigt. Aber da irrte er sich.

Hede kam zeitig nach Hause.
»Haben sie angerufen?«
»Nein«, log Elise, die gerade Stefanie fütterte. Die Brüder hatten schon vor Stunden telefoniert und sich mit ihr beraten. Das Resultat war einstimmig: Kaspar war »nicht erschienen«. Auch Frau Hennig war eingeweiht worden, falls Hede ihr auf den Zahn fühlen würde.
Elise sah die Tochter verstohlen an, die sich den Mantel auszog, neben das Kinderstühlchen setzte und zusah.
»Ta«, rief das Baby erfreut. Hede lächelte, fing eines der kleinen Händchen und küßte es.
»Was bedeutet das, was meinst du?«
»Sie haben ihn nicht gesehen.« Hede nickte. Sie sah blaß aus und hatte in den letzten Tagen kaum etwas gegessen. Elise ging resolut in die Arena: »Möchtest du ihn wiederhaben? Sag mir ja nicht: ›Ich weiß nicht.‹ Was regt dich so auf? Die Unsicherheit – oder die Möglichkeit?«
Hede war drauf und dran, »Ich weiß nicht« zu antworten, biß an ihren Fingernägeln herum.
»Das mußt du dir wieder abgewöhnen«, sagte Elise, »oder das Kind macht's dir nach.«
Hede besah die rauhen, abgenagten Nägel und murmelte: »Dann

wärst du frei, Mutter, dann brauchtest du nicht mehr Großmutter zu spielen.«
»Ta«, rief das Kind und schlug nach dem vollen Löffel.
»Schön wär's«, sagte Elise und wischte den Brei vom Ärmel. »Aber dann auch wieder nicht; ihr geht mir auf die Nerven, und das würde mir fehlen. Aber darum geht's nicht. Ich möchte mal wissen, ob du dir ernstlich vorgestellt hast, wie das wäre, wenn der plötzlich wieder auftauchte. Wie du um ihn herumschwänzeln würdest, wie du dir tagtäglich den Kopf zerbrechen würdest: Fühlt er sich auch wohl? Schmeckt ihm das Essen? Macht das Baby zuviel Geschrei? Bin ich nett genug? Bin ich *zu* nett? Soll ich tun, als wäre er nie weggewesen? Mach ich's richtig? Will er – soll ich – will *ich* – soll *er*?« Sie warf einen Blick auf das Gesicht der Tochter, auf die Augen, die sehnsüchtig aus dem Fenster starrten, und fragte nicht mehr.

12.

Auch an diesem Tag, pünktlich um sechs Uhr abends, saß Kaspar im Kovac. Von sechs bis neun saß er sein Pensum ab, aber bisher war er noch keinen Schritt vorangekommen, obgleich er nichts unversucht gelassen hatte, manchmal sogar mit Risiko; leider hatte es niemand bemerkt.

Der Wirt war sein Freund geworden, aber auch das brachte nichts ein. Manchmal saß ein Kroate an seinem Tisch, und er versuchte es vertraulich auf kroatisch, aber das Resultat war immer dasselbe: keine Reaktion auf den Namen Luburic, und auch die Nichtreaktion war unergiebig, weil sie echt war.

Trotzdem gab er nicht auf. Marjana hatte gesagt, sie erwarte ihn nicht vor Dezember, er müsse zwei, drei Monate darangeben. Geduld... Das schlimmste war, daß er ihr nicht schreiben durfte. Post aus Deutschland – das wäre gefährlich gewesen.

Er war zum Stammgast geworden, wurde oft an andere Tische eingeladen – angeblich arbeitete er in einem Büro, lebte als Junggeselle –, aber heute lehnte er jede Einladung ab und saß allein, bestellte nur einen Kaffee.

Die Begegnung mit den Buben am Mittag setzte ihm zu, sie saßen ihm gegenüber, starrten ihn an, und er versuchte, sich jedes Wort ins Gedächtnis zurückzurufen. Buben? Zwei junge Männer, erwachsen und kindlich, zielbewußt und anfällig – Marthas Kinder. Sie hätte an ihnen ihre Freude gehabt. Und er? Er freute sich auch, stand aber abseits, wie immer. Heute abend würde er sich etwas gönnen: in Onkel Stilz' Himmelbett die letzten Eintragungen lesen.

Er zahlte und ging. Am Kaiserplatz sah er noch in die Küche und

winkte Anja zu, die vor dem Fernsehapparat saß, holte die Mappe aus dem Koffer und legte sie neben die Nachttischlampe.
Es läutete an der Wohnungstür. Anja klopfte an und fragte ungehalten, ob er Besuch erwarte. Es war gleich zehn Uhr, wer konnte das sein? Er begleitete sie in die Diele.
Sie rief: »Wer ist da?«
»Harold Wegmann. Bitte fragen Sie Professor Schulte, ob ich ihn ein paar Minuten sprechen kann. Nur ein paar Minuten – es ist wichtig.«
Anja sah Kaspar fragend an. »Ist okay?«
Er runzelte die Stirn, überlegte, nickte und ging ins Schlafzimmer zurück. Woher wußte der Kerl, daß er hier wohnte? Verdammt. Aber er konnte ihn schlecht abweisen.
Gleich darauf trat der junge Mann ein und sah sich in dem schwachen rötlichen Licht suchend um.
»Nehmen Sie Platz«, sagte Kaspar und deutete auf den einzigen Stuhl neben dem Bett.
Der junge Mann setzte sich zögernd und sah zu dem Mann auf, der am Bettpfosten lehnte, die Hände in den Hosentaschen. Es war zu dunkel, um seinen Gesichtsausdruck zu erkennen.
»Entschuldigen Sie, Herr Professor –« Kaspar rührte sich nicht.
»Ich sag's Ihnen lieber gleich: Ihre Söhne wissen nicht, daß ich hier bin. Ich bin Ihnen seit heute mittag gefolgt – auch das wissen sie nicht. Ich mußte es aber tun.«
»Warum?«
»Es handelt sich um Hede. Und – um mich. Um Hede und mich. Sie weiß natürlich auch nicht, daß ich hier bin, man sagte ihr, Frau Hennig habe sich geirrt.«
Kaspar nickte. »Es ist besser so.«
»Ja – aber es könnte noch viel besser sein, es könnte richtig gut sein, wenn...« Er schwieg und gab Kaspar absichtlich Zeit zu fragen: »Wenn was?«
»Wenn Sie sich entschließen könnten, zu ihr zurückzukehren.«
»Haben Ihnen meine Söhne nicht erzählt...«
»Doch, sie haben es mir erzählt, und es war genau, was ich erwartet hatte, was ich erhofft hatte.«

Er wartete wieder, und Kaspar sagte nach einer kleinen Weile: »Haben Sie die Güte, sich klarer auszudrücken. Wie Sie wissen, sind Sie mir nicht unbedingt sympathisch, außerden ist es spät.«
»Darf ich aufstehen?« Er konnte nicht länger in das dunkle Gesicht hinaufstarren. »Ich werde es so kurz wie möglich machen, und ich bitte um Entschuldigung, wenn es dann etwas plump klingt: Damals, als Ihre Frau in meinem Schoß starb, dachte ich, ich könnte mich nie wieder von ihr trennen. Das klingt verrückt, nicht wahr, denn sie war ja tot, und ich mußte versuchen, mich damit abzufinden. Dann traf ich Hede. Sie ist für mich – Martha, als sei Martha wieder am Leben. Ich liebe Hede. Sie werden das sicher verstehen, ich bin fest überzeugt, daß Sie wissen, wie ähnlich sich die beiden sind. Wilfred und Stefan sehen es nicht, aber Sie sehen es, nicht wahr?« Er beugte sich vor und spähte Kaspar ins Gesicht. »Das Problem ist, daß Hede sich nicht davon erholen kann, von Ihnen verlassen worden zu sein. Sie begreift es nicht, sie schlägt sich Tag für Tag damit herum. Sie ist ganz aus der Bahn geworfen, vertraut ihren Gefühlen, ihrem Instinkt nicht mehr. Sie arbeitet im Labor, sie freut sich an dem Kind – aber sie selbst will nichts, hofft nichts, gibt sich keine Chance.« Er schwieg und trat einen Schritt zurück, um den Mann nicht mehr zu bedrängen. Der wandte sich um und setzte sich auf das Bett, ließ die Hände zwischen die Knie hängen.
»Spricht sie mit Ihnen darüber?«
»Das ist nicht nötig, ich weiß es auch so.«
»Und was glauben Sie, daß ich für sie tun kann? Ich nehme an, daß Sie deswegen hier sind.«
»Sie müssen zu ihr zurückkehren.«
Kaspar hob den Kopf und sah in die hilflos preisgegebenen, hungrigen Augen, die voller Tränen standen. Sie liefen über, Harold wischte sie heftig mit dem Handrücken ab und flüsterte: »Entschuldigung, ich kann mir nicht helfen, es hängt alles davon ab – für mich.«
»Und wie soll das vor sich gehen, ich meine: meine Rückkehr? Sie haben doch sicher einen Plan.«
Harold nickte heftig, rang um eine ruhige Stimme. »Es ist kein Plan, es ist … ich denke mir, Sie sollten so vorgehen, als wollten

Sie wahrhaftig zurückkehren. Ich stelle mir vor – Sie würden anrufen, nicht wahr, Sie würden ganz einfach fragen, ob Sie sie besuchen könnten. Oder aber, wenn Ihnen das zu – zu spornstreichs ist, würden Sie lieber einen Brief schreiben?«
Kaspar schüttelte energisch den Kopf. Das Hin und Her würde viel zuviel Zeit in Anspruch nehmen. Herrgott im Himmel, wie lange mußte er noch Samariterdienste für andere Leute leisten, erst für Luburic und jetzt noch für Hede – wenn auch vielleicht bei Hede ein gewisser Anspruch auf seine Hilfsbereitschaft vorhanden war – wann durfte er endlich wieder *sein* Leben leben, zu Marjana zurückkehren...
Der junge Mann beobachtete besorgt Kaspars finstere Miene. Er biß die Zähne so fest zusammen, daß sich die Kinnladen eckig unter den schmalen Wangen abzeichneten. »Ich weiß, es ist viel von Ihnen verlangt«, stieß er hervor. »Ich weiß auch, daß Sie mich nicht mögen, aber ich glaube doch, daß Sie es tun – um Marthas willen.«
Was für ein seltsamer Junge! Um Marthas willen... So seltsam war der gar nicht, nur weise. Und liebte.
»Also?«
»Es kommt nur darauf an, daß Hede glaubt, Sie kämen von sich aus. Sie darf nie erfahren, daß Sie Ihre Söhne schon gesehen haben.«
»Ich verstehe. Und dann?«
»Dann kommen Sie in die Wohnung und sehen das Kind und Hede. Und dann – das liegt bei Ihnen, was dann geschieht.«
»Sie wollen, daß ich dort einziehe und so tue, als würde ich bleiben?«
»Ja.«
»Und wie lange soll das Spiel dauern?«
»Bis Hede weiß, daß es nicht geht. Vielleicht weiß sie es schon sehr bald. Sie hat viel gelernt, sie hofft nicht mehr blind. Sie hat sich eben nur festgefahren in Ihrem unerklärlichen Verschwinden. Wenn Sie es ihr erklärbar machen, dann wird sie sich damit abfinden können.« Er zögerte, fügte dann hinzu: »Wenn ich das sagen darf, Herr Professor, Ihr Brief war zu kurz, Sie haben es sich leicht gemacht.«

»Hätte ich ihr sagen sollen, daß sie mir auf die Nerven geht und daß mir der Gedanke an das Kind unerträglich ist?«
»Ja!« rief der junge Mann laut und mit hocherhobenem Kopf. »Ja! Ja! Ja! Es hätte sie blutig geschlagen, aber es hätte wenigstens kein Loch gegeben. Es ist dieses elende Loch, das Sie füllen müssen. Sehen Sie –« Er hob beide Hände wie beschwörend, und sein Ton wurde fast väterlich: »Sie haben sechs Jahre lang ein Verhältnis mit Hede gehabt, während Sie mit Martha lebten. Sie hatten also das Glück, Zweimal-Martha zu besitzen – oder Zweimal-Hede, wenn Sie wollen –, und Sie waren mit Ihrem Leben zufrieden. Dann starb Martha, und mit ihr die Hälfte Ihrer täglichen Ration. *Einmal*-Martha hatte nicht genügt, deshalb hatten Sie sich ja Hede zugelegt. Wie könnte *Einmal*-Hede genügen?«
Kaspar stutzte, sah sich plötzlich angegriffen, aber frontal und ohne Polemik. Der Junge verdiente eine faire Antwort.
»Sie halten mich für verantwortungslos und unersättlich. Ich gebe zu, ich funktioniere schlecht, wenn mir Verantwortung aufgezwungen wird. Ich wollte nie heiraten, habe die fatalen Worte gegen mein besseres Wissen gesprochen. Ich wollte nie Kinder haben, aber weder Martha noch Hede haben mich gefragt, sie hielten es für selbstverständlich, daß ein normaler Mann ein Vater ist. Ich bin auch nicht unersättlich. Ich liebe seit einem Jahr eine Frau, die mir weniger als die Hälfte gibt, und ich bin es zufrieden.«
Der junge Mann starrte ihn aus glühenden Augen an.
»Dann habe ich Hoffnung«, flüsterte er heiser. »Wenn *Sie* jemand lieben – dann werden Sie's tun, nicht wahr?«

Später, als Kaspar im Himmelbett lag, Onkel Stilz' Mappe vor sich auf der Bettdecke, dachte er noch einmal über den Verlauf seiner Verhandlung mit Harold Wegmann nach. Einen Monat hatte er ihm zugesagt, aber er wollte nicht bei Hede wohnen, er würde hier in diesem Himmelbett schlafen. Das hatte nochmals einen leidenschaftlichen, höchst seltsamen Kampf gegeben.
»Dann ist es sinnlos«, hatte der junge Mann verzweifelt gerufen. »Dann brauchen Sie gar nicht erst zu kommen. Verstehen Sie denn nicht, Sie müssen bei ihr bleiben, ganz und gar.«

»Was heißt ganz und gar?« hatte er geschrien. »Wollen Sie mir einreden, ich müsse mit Hede schlafen, um ihr zu beweisen, daß es nicht geht? Und Sie sagen, Sie lieben sie?«
»Ja!« hatte der Mensch geflüstert und sich mit geballten Fäusten an die Stirn geschlagen. »Nur so. Es geht nur so.«
Danach war nichts mehr zu sagen gewesen. Morgen nachmittag würde er Hede anrufen. »Tintenlackl«, sagte Onkel Stilz neben ihm, »bist du verrückt?«

Landshut, den 28. November 1925: *Ich lese gerade, daß ich neulich geschrieben hab': »Es passiert mir nix mehr in meinem Leben...« Undwas mir passiert ist! Nur eben, es geht halt um kleine Leut, ganz kleine Leut, wie's jetzt paßt in mein Tagaus-tagein. Aber es hat mich grad so geschüttelt wie bei den Großkopferten – sogar noch mehr, weil ich damals Saus und Braus hatte und jetzt nur noch einen Fingerhut.*
Also: Die Ida humpelte auf einmal so mühselig letzten Winter, aber um nichts in der Welt ist sie zum Doktor gegangen, sie sei zu genant. Bis sie umgefallen ist, im Februar. Da hab' ich den Doktor einfach holen lassen, das ist ein ganz alter, aber ein gescheiter; der hat gelacht mit der Ida und ihr den Puls gefühlt, ohne daß sie's gemerkt hat. Hinterher hat er zu mir gesagt: Krebs hat sie, operieren kann man nimmer, noch zwei, drei Monate zu leben. Ich hab' meine Zeit an der Ida ihrem Bett verbracht. Und einmal, so gegen Abend, wie's schon warm war draußen, hab' ich das Fenster aufgemacht und sie aufgesetzt im Bett. Die Sonne ging gerade unter und hat ihr das Gesicht ganz rosa-gelb angemalt. Sie hat stumm geschaut, dann hat sie plötzlich geseufzt: »I wollt, i hätt geheiratet.« – »Warum denn das?« hab' ich ganz entsetzt gefragt. »Damit i mein Namen los wär.« Da ist mir überhaupt erst aufgefallen, daß ich net wußte, wie sie eigentlich heißt. »Das ist doch ganz gleichgültig«, hab' ich schnell gesagt. Nein, nein, hat sie ganz eigensinnig gemeint, gerade jetzt wär's ihr peinlich, man würde doch ihren Totenschein ausstellen müssen – und da stünde dann ihr Name. Und gar auf ihrem Grab! Alle würden stehenbleiben und feixen. »Ja, mein Gott«, hab' ich gerufen. »Wie heißt

du denn? Sag's mir, damit ich vorbereitet bin.« Da hat sie tief Luft geholt und gesagt: »Ida Dönnekagge«, und was sie ausgestanden hätt in der Schule mit dem Namen und dem Maul...

Ich hab' schnell überlegt. Dann hab' ich gesagt: »Ida, dem Maul bin ich dankbar, es hat mich oft zum Lachen gebracht, wenn's mir nicht danach war. Und das mit dem Namen, das können wir rasch ändern: Wir heiraten. Morgen bestell ich's Aufgebot. Der Pfarrer kommt dann hierher, in die Stube.«

Sechs Monate hat sie noch gehabt. Gestern hab' ich den Grabstein aufstellen lassen, einen aus Marmor, und eine goldene Inschrift:
IDA SCHULTE.

MÜNCHEN, KAISERPLATZ: *Ich schreib' kein Datum mehr, mag nicht sehen, wie die Jahre davonlaufen. Hab' damals das Haus in Landshut verkauft, nach Idas Tod, und bin nach München gezogen. Es gefällt mir hier, kein Mensch kennt mich. Ich verwöhne mich, hab' mir ein riesiges Himmibett angeschafft, aus Gaudi. Im Winter bring' ich manchmal ein Madl mit, damit sie's aufwärmt. Ich zieh' inzwischen mein Pyjama an und steh' daneben, und wenn sie sagt: »Jetzt ist's warm«, dann muß sie raus – und ich geh' rein. In meinem Himmibett liegt nur einer.*

MÜNCHEN, KAISERPLATZ, DEN 10. SEPTEMBER 1962: *Jetzt muß ich doch noch ein Datum schreiben, weil's wichtig ist. Sollte man's für möglich halten! Da kommt plötzlich einer durch die Tür und sagt: »Guten Tag, Onkel Stilz...« Ich hab's Maul aufgesperrt und kein Wort rausgekriegt. Dem Leopold sein Sohn! Gibt's so was! Tot ist er, der Leopold, und die Frau auch, drei Kreuze hinterher. Der hier, Kaspar heißt er, ist Professor am Institut für slawische Sprachen – da legst dich nieder! Lang ist er und dünn, ich glaub', ich mag ihn. Hat die Ruhe weg, etwas zugeknöpft, aber kein Tugendbold, glaub' ich. Er hat's sicher leicht bei den Madln, aber verheiratet ist er, der Depp.*

Ich kann's noch net fassen. Der Mutter ihr Enkelsohn! Es gibt jemanden in meinem Leben!

MÜNCHEN, KAISERPLATZ: *Ja, er ist* da, *aber nicht wirklich. Ich mag seine Frau net, Martha heißt sie, ein braves Weib, aber Gespür hat sie wenig, und mich schaut sie mißtrauisch an. Recht hat sie.*

Wenn's nach mir ginge: Der müßte frei sein. Es juckt ihn auch, nur weiß er's nicht, steckt in seiner Schachtel: Institut, Frau, Kinder. Aber der schwimmt nicht oben, dafür leg' ich meine Hand ins Feuer.

Diese Eintragung, die vorletzte, war wieder ohne Datum, der Kleine hatte das irgendwann mal während der letzten zehn Jahre eingetragen, hatte alles bereits klar erkannt.
Die letzte stand auf einem ganz anderen Blatt Papier, in zittrigen Schriftzügen, und Kaspar wußte sofort, daß der Alte diese Zeilen für ihn dazugeschrieben hatte:

München, Kaiserplatz: *Manchmal hab' ich eine verrückte Idee: Möchte wen adoptieren, aber kein Kind, sondern einen Ausgewachsenen, einen, der was wüßte von meinem Leben. Und von der Schachtel müßte er auch was verstehen – und von der Tücke! Daß man meint, sie beschützt einen – und dann liegt man auf einmal nackert.*
Ja. Ich hätt gern einen Nachkommen, einen, der nach mir kommt und hier im Himmibett liegt und an mich denkt, damit nicht alles futsch ist, was ich zusammengekratzt hab' in meinem Leben, Amen.

Kaspar schichtete die losen Blätter sorgfältig in der Mappe zusammen und legte sie beiseite. Er löschte das Licht, streckte sich der Länge nach aus, die Hände unter dem Kopf verschränkt, und starrte in die Dunkelheit. Was für eine Enttäuschung es für den Alten gewesen sein mußte, als er, Kaspar, ihm Hede als seine Frau vorstellte, hier in diesem Zimmer! Die Stilzgeschichte, die Schachtellektion – alles umsonst. Kein Nachkomme.
Aber nun lag er doch im »Himmibett« und dachte an ihn.

13.

Hede kam wie gewöhnlich um fünf Uhr nach Hause. Sie fand Elise und das Kind noch im Badezimmer, Stefanie habe nachmittags lange geschlafen, alles habe sich etwas verzögert.
Kurz darauf klingelte das Telefon. Elise setzte das kleine Bündel im Badetuch auf Hedes Schoß und ging schnell hinaus. Gleich darauf kam sie wieder. »Es ist Kaspar. Er möchte dich sprechen.«
»Mutter –« flüsterte Hede. »Wieso – ich verstehe dich nicht...«
»Ganz einfach: Die Hennig hat sich nicht geirrt, er ist hier und möchte herkommen. Nun geh schon, sprich mit ihm. Du kannst ja sagen, du willst ihn nicht sehen.«
Hede ging unsicheren Schrittes zum Telefon, brachte nur ein leises »Ja?« hervor.
»Hede? Frau Hennig hat dir gesagt, daß ich in München bin, nicht wahr? Wäre es dir recht, wenn ich vorbeikomme – oder bist du zu müde von der Arbeit?«
»Nein, nein.«
»Dann komme ich in einer halben Stunde. Ist das Kind dann noch wach?«
»Doch – ja.«
»Schön. Bis nachher.«
Hede sank auf den Stuhl neben dem Schreibtisch. Elise kam herein und setzte das nackte Baby auf den Schoß der Mutter. Es war immer bester Laune nach dem Bad, krähte und zog sie an den Haaren.
»Halt sie mal fest«, sagte Elise und fädelte die Beinchen in einen roten Pyjama. »Sieh nicht drein wie drei Tage Regen. Jetzt ist er da. Das wolltest du doch, nicht wahr?«

»Aber doch nicht – so!«
»Na, wie denn? Mit Anmeldeformular? Er fällt doch nicht aus heiterem Himmel, du hast seit Tagen drauf gewartet, und jetzt ist es soweit.«
Eine halbe Stunde später läutete es. Elise öffnete die Tür – und stutzte, als sie den Koffer in Kaspars Hand sah. Sie blickten sich einen Augenblick lang schweigend an, dann sagte sie laut: »Na, denn mal guten Tag«, nahm den Koffer, schob ihn schnell in eine Ecke und rief laut: »Hede?« Kaspar trat ins Wohnzimmer, und sie schloß die Tür hinter ihm.
Hede war aufgestanden, als es draußen läutete. Dann fiel ihr ein: Eine Frau steht nicht auf, wenn ein Mann hereinkommt, und sie setzte sich wieder hin. Aber als Kaspar ins Zimmer trat, stand sie wieder.
Er ging auf sie zu und küßte sie leicht auf die Wangen. Mein Gott, dachte er, sie sieht ganz anders aus.
»Setz dich doch«, sagte sie mit heiserer Stimme und räusperte sich heftig.
Dann erst sah er das Baby in seinem hohen Stühlchen. »Ta«, sagte es und streckte ein Händchen aus. Kaspar winkte und lächelte, aber er wollte es nicht anfassen. Noch nicht.
»Sie ist nicht scheu bei Fremden«, meinte er. Gleich darauf fiel ihm ein, daß diese Bemerkung nicht gerade taktvoll war. Was konnte er nur ohne Risiko sagen?
»Nein, sie ist nicht scheu«, sagte Hede und dachte: Wenn doch Elise wiederkäme! »Möchtest du einen Drink?«
»Gern.«
Hede war schon an der Tür, rief: »Mutter, Kaspar möchte einen Whisky und Soda.«
»Tut's ein Klarer?« Elise brachte Flasche und Glas, sah weder Kaspar noch Hede an und verschwand so schnell, daß Hede keine Zeit hatte, passende Worte zu finden für den Schrei: Bleib doch hier, um Gottes willen!
Kaspar fragte, ob sie wieder im Labor arbeite. Ja, sagte sie hastig, sie brauche das Geld – und stockte. War es nicht taktlos, das zu erwähnen? Aber Kaspar nickte nur und wollte wissen, ob sie damit

auskomme. O ja, gut sogar, weil nämlich – Elise habe ihre Wohnung günstig vermietet und sie, Hede, habe erst halbtags gearbeitet, jetzt aber wieder ganztags. Sie sprach eifrig – *zu* eifrig? –, war sich nicht einmal sicher, ob er wirklich zuhörte oder das Kind, das er ansah, wirklich sah.

Aber war es nicht immer so gewesen? Dieser Gedanke fiel plötzlich heftig über sie her und verstörte sie, wollte aber nicht weichen: Hatte sie nicht immer für ihn mitreagiert, war für ihn miterfreut, -betrübt, -erstaunt, -entsetzt, -begeistert gewesen? Warum war er nur zurückgekommen? Warum konnte er nicht die Arme öffnen und sagen: Ich hatte Sehnsucht nach dir? Ganz einfach: Weil er sie nicht hatte, die Sehnsucht – oder war sie voreilig? Auf ihren Instinkt konnte sie sich nicht verlassen, das wußte sie nun. Es ist doch alles überstürzt, dachte sie voll Verzweiflung, ich möchte nur hier sitzen und ihn ansehen... Ich muß mich erst daran gewöhnen, daß er wahrhaftig da ist – und dann will ich nur hören, was *er* mir zu sagen hat.

»Ich fürchte, ich habe dich überfallen«, sagte Kaspar langsam. »Ich habe dir keine Zeit gegeben zu überlegen, ob du mich wirklich sehen willst –« Er unterbrach sich. Beinah hätte er sie Martha genannt.

Hede sagte leise: »Warum bist du gekommen?«

Die erste der Pflichtfragen. Ab jetzt hieß es lügen. Aber gut lügen, denn ihre großen grauen Augen flackerten nicht beschwörend, wie früher, sie blickten ihn fordernd an.

»Ich wollte dich wiedersehen. Außerdem – ich habe hier in München zu tun.« Warum hatte er das nur erwähnt? »Aber das war's nicht, ich – wollte dich wiedersehen.«

Sie sagte leise und hartnäckig: »Wolltest du *mich* sehen oder das Kind?«

»Dich. Ich wollte dich *wieder*sehen, das Kind ist mir noch fremd – vorläufig.« Sie mußten sich vorsichtig abtasten wie zwei Blinde. »Du weißt, es fällt mir schwer, von meinen Gefühlen zu sprechen, es liegen so viele übereinander. Als ich dich verließ, schienen sie mir eindeutig: Ich mußte fortgehen, für immer. Jetzt sitze ich hier und sehe dich an. Ich fürchte, ich werde es dir nicht verständlich machen können, kann selbst nicht daraus klug werden.« Lahm, dachte er; es würde ihr nicht genügen. Aber vielleicht war das gut, es *sollte* ihr nicht genügen, sie sollte von Anfang an herausfinden, daß es nicht funktionierte zwischen ihnen. Und am Ende mußte sie es sein, die sich von ihm verabschiedete, nicht aus dem Trachten nach Jetzt-komm-ich-dran, sondern weil sie sich darüber klar war, daß er ein Fremder war. Noch besser: ein Eindringling... Und damit würde ihre Abwehr beginnen.

Sie sah ihn noch immer schweigend und forschend an.

»Ich würde mich nicht wundern, wenn du mich jetzt auffordern würdest, wieder zu gehen. Es ist nur ein Versuch von mir.«

»Ein Versuch – oder ein Wunsch?« Dumme Frage! Ich kaue es ihm ja vor, dachte sie.

»Ein Wunsch, natürlich.« Etwas leiser fügte er hinzu: »Es ist schwer – für dich und für mich.«

Unfair, dachte er. Jetzt appelliere ich auch noch an ihr Mitgefühl, weil ich weiß, dann bin ich unter Dach und Fach.

Sie sagte nichts, hatte plötzlich Mühe, nicht in Tränen auszubrechen. Endlich stieß sie hervor: »Ich werde mir Mühe geben, es uns so leicht wie möglich zu machen.«

Gott sei Dank, dachte er. Nach dem Abendbrot würde er dann unauffällig seinen Koffer ins Wohnzimmer bringen.

14.

In den ersten paar Tagen kam er erstaunlich gut zurecht. Das Dilemma fing erst an, als alle Rollen verteilt waren und es zum Ensemblespiel kam. Elise fungierte als Inspizient, sie ließ den Vorhang rauf und runter und gab Anweisungen.

Gleich am ersten Abend stellte sie die Weichen. Hede hatte ihre Im-Falle-daß-Flasche Wein aus dem Kühlschrank geholt und hob ihr Glas. »Ihr müßtet doch eigentlich du zueinander sagen, nicht wahr?«

Kaspar hob automatisch das seine: »Natürlich.«

Aber Elise ließ ihres stehen: »Erst müssen wir uns besser kennenlernen.«

Kaspar war ganz ihrer Meinung und trank; Hede auch, sah aber unglücklich drein. Wann würde sie lernen, den Dingen ihren Lauf zu lassen, nicht mit dem Schwanz zu wedeln, damit sich auch ja alle wohl fühlten...

»Ich nehme an, daß Sie im Wohnzimmer auf dem Sofa schlafen werden.« Elise blickte in die Runde, und da niemand widersprach, fuhr sie resolut fort: »Ich packe nachher meine Siebensachen und übernachte bei Erika.« Zu Kaspar gewendet: »Eine alte Freundin von mir, wohnt um die Ecke.« Hede dachte: Merkwürdig, sie ist ganz nüchtern. Gleich darauf dachte sie: O Gott, sie ist *zu* nüchtern, man kann doch diese Dinge nicht so mir nichts, dir nichts entscheiden...

»Die Wohnung ist zu klein«, fuhr Elise in demselben forschen Ton fort. »Entweder Sie oder ich. Wenn Sie das Kind kennenlernen wollen, müssen Sie jetzt meine Rolle übernehmen.«

»Und die ist?«

»Babysitter. Oder arbeiten Sie hier in München irgendwas? Erzählen Sie doch mal, wir wissen ja nichts.«
O Gott, dachte Hede.
»Ich habe hier etwas zu tun.«
»Täglich?«
»Ja. Außer Sonntag.«
»Von wann bis wann?«
»Abends von sechs bis neun.«
»Na, das paßt ja großartig, Hede ist dann wieder zu Hause. Ich komme morgen früh und weihe Sie ein. Verstehen Sie was von Babies?«
»Nichts.«
»Sie haben Glück, man hat's nicht schwer mit Stefanie, sie klönt nicht den ganzen Tag. Aber sie ist noch nicht trocken.«
O Gott, dachte Hede und wollte eingreifen, aber Elise ließ es nicht dazu kommen: »Heutzutage müssen ja die meisten Väter ran, ganz egal, wie alt sie sind, und manche sind besser als die Mütter. Na, dann mal Prost: Es wird schon schiefgehen.«
Auch Hede hob ihr Glas. Prost! Die Mutter hatte in wenigen Minuten eine beachtliche Reihe von Knoten gelöst. Die heikle Frage des Schlafzimmers war geklärt. Sie fühlte sich doppelt erleichtert, für sich *und* für Kaspar. Aber daß er eingewilligt hatte, Stefanie tagsüber zu versorgen! Kaspar? Sie kannte sich nicht mehr aus. Aber sie gab zu, es war praktisch, wenigstens vorläufig, bis – bis was? Würde er ins Institut zurückkehren? Was anderes gab's doch nicht. Er hatte hier »zu tun« – was konnte das sein? Wo war er die vielen Monate über gewesen? Was hatte er in dieser Zeit gemacht? Drei Fragen, die geklärt werden mußten – aber nicht heute abend. Sie fühlte sich neuen Enthüllungen nicht gewachsen.
Auch Kaspar hoffte, daß niemand weiterfragen würde.
Elise hatte ebenfalls genug. Gleich nach dem Abendbrot packte sie geschäftig und lärmend. Lärmend eigentlich nur, damit etwas Geräusch entstand, denn Hede und Kaspar saßen zwar im Zimmer und lächelten, während sie ihr zuschauten, aber sie kamen ihr vor wie zwei Seidenraupen, eingesponnen.
Irgendwas stimmt da nicht, dachte sie, als sie endlich ins Taxi stieg,

warum ist der zurückgekommen? Er hatte sich doch den Jungens gegenüber ausdrücklich geweigert! Und dann, plötzlich, aus heiterem Himmel der Anruf. Erklärt hatte er nichts, nur gefragt, was sie davon halte, wenn er zu Hede zurückkäme. »Warum nicht? Was kann schon passieren?« hatte sie gesagt – noch ganz benommen und nur um etwas zu antworten. Ziemlich blödsinnig, wenn sie darüber nachdachte. Da könnte sehr viel passieren: »Gut, dann komme ich heute«, hatte er gesagt, und sie hatte schnell noch gerufen: »Moment mal – sprechen Sie doch erst mit Hede!« – »Na schön«, hatte er gemurmelt. Alles sehr mysteriös. Trotzdem – es war keine schlechte Stimmung da oben in der Wohnung, kein Groll, nur lähmende Befangenheit. Das würde sich mit der Zeit geben – vielleicht.

Hede lag in ihrem engen Bett, die Hände fest auf die Brust gedrückt, damit sie nicht zersprang. Nebenan, nur ein paar Schritte über die Diele entfernt, lag Kaspar. Er hatte ihr die Haare gestreichelt, bevor er ihr gute Nacht sagte, und sie angesehen, als wollte er etwas sagen. Sie glaubte, sie habe auch so verstanden, was er meinte. Die Mutter hatte ihr eine Schlaftablette und ein Glas Schnaps auf den Nachttisch gestellt, und sie hatte beides geschluckt. Jetzt war ihr schwindlig.
Das Sofa im Wohnzimmer war zu kurz für Kaspars lange Beine, er sehnte sich nach dem »Himmibett«. Alles in allem war es bisher nicht zu schlimm gewesen. Keine Tränen, kein Tiefschürfen, vor allem kein noch so taktvolles Verlangen nach Zärtlichkeit. Hede war nicht primitiv – Gott sei Dank. Obwohl – das Primitive, das ihn abstieß, genau danach verlangte es ihn... Er hörte Marjana singen, sah sie auf den Stufen sitzen, warme braune Schenkel gegen den rauhen Stein... Er drückte das Gesicht in die Kissen, drosselte sich die Luft ab, solange er es aushalten konnte.

Um sieben Uhr früh war Elise da. Er hörte sie in der Küche hantieren und mit dem Baby plappern. Der Küchentisch war für drei gedeckt, daneben Stefanies Kinderstühlchen. Es roch gut nach Kaffee und Brötchen.

Hede taumelte in letzter Minute dösig zur Tür herein, als sei sie betrunken. Kaspar sah sie betroffen an, hielt es aber für besser, nicht zu fragen.
Elise brummte reumütig: »Du verträgst aber auch nichts!« und füllte ihr die Tasse bis zum Rand mit schwarzem Kaffee.
»Ich muß weg – hab' verschlafen.« Sie versuchte ein Lächeln in Kaspars Richtung und lief aus der Küche.
»Ta«, rief Stefanie ihr nach.
»So«, sagte Elise energisch. »Fangen wir gleich mal an. Hier, sehen Sie? Das bekommt sie zum Frühstück: zwei Eßlöffel davon und dann etwas verdünnte Milch. Und lassen Sie sie immer an einem Keks herumbeißen, sie zahnt.«
Kaspar stellte sich nicht ungeschickt an. Er verlor keine Zeit mit Hätscheln, wickelte, fädelte, knüpfte schnell und ohne Fummelei. Elise sah ihm verblüfft zu und rauchte eine Zigarette nach der anderen. Das Baby, anfänglich erstaunt, jauchzte ihn zahnlos an.
»Und Sie haben das wirklich noch nie getan?«
»Martha – meine erste Frau – hat so was immer allein machen wollen.«
»Großer Fehler. Passen Sie auf, in ein paar Tagen werden Sie ganz stolz auf sich sein. Ah – was ich sagen wollte –« Sie zögerte. »Heute regnet's, aber wenn's mal schön ist, dann müssen Sie sie in den Kinderwagen setzen, und raus an die frische Luft. Werden Sie das fertigbringen?«
»Es gibt Schlimmeres.«
Zum Beispiel auf einer Bank unterm Friedensengel sitzen, sich nicht rühren können und um seinen Verstand fürchten.

Das »erste« Wiedersehen mit den Söhnen fand ein paar Tage später, an einem Sonntag, statt. Hede hatte Angst davor gehabt: Würde Stefan plötzlich losbrüllen? Wie würde Kaspar auf Harold reagieren? Um Wilfred hatte sie keine Bange. Und dann waren alle so beherrscht, daß sie staunte. Von Harold eingeweiht, spielten sie ihre Rolle in echter Verlegenheit. Was für eine Familie!
Harold Wegmann fehlte, zum erstenmal. Wegen einer dringenden geschäftlichen Angelegenheit.

Sie fuhren unter einem grauen Himmel in Richtung Salzburg. Berge und Wiesen glitten weiß vorbei, ein starker Wind blies den frühen Schnee von den Bäumen und knallte ab und zu gegen die Scheiben des Kombi, zerrte an den Nerven.
Es ist nicht der Wind, dachte Hede, es ist Kaspar, obgleich der ganz ruhig dasaß, Stefanie auf den Knien. Wenn ich den Mut hätte, ihm die drei Fragen zu stellen – möglich, daß ich mich dann entspannen könnte, und er auch, und das würden die Jungen fühlen und nicht mehr wie die Ölgötzen dasitzen, sondern wieder lachen wie früher und sich beschimpfen und mich necken und Stefanie abküssen.
Ob es daran lag, daß Harold fehlte? Es war immer so selbstverständlich gewesen, daß er am Steuer saß. Ihm war jedes Wort von ihr Goldes wert, sie mußte nie nachdenken, bevor sie sprach. Ja, so war das mit Harold. Würde das gehen, mit ihm und Kaspar? Niemals.
Elise war auch nicht gesprächig, rauchte unablässig und sah zum Fenster hinaus. Einzig und allein Stefanie genoß den Ausflug, krähte und lachte und warb um Kaspar. Es freut ihn sicher, dachte Hede, verbot sich aber, es auszusprechen. Es war recht still während der langen Fahrt. Sie war nicht die einzige, die jedes Wort sorgfältig abwog.

Sie wartete noch zwei Tage, dann entschloß sie sich.
Es war halb zehn Uhr abends, Kaspar war gerade zur Tür hereingekommen. Gewöhnlich setzte er sich noch eine halbe Stunde zu ihr vor den Fernsehapparat, obgleich sie sicher war, daß er weder sah noch hörte. Manchmal hielt er dabei ihre Hand und streichelte sie, freundlich und unachtsam wie einen Hundekopf. Nichts hatte sich verändert seit seinem ersten Erscheinen, sie waren sich nicht einen Schritt nähergekommen. Was dachte er sich, was ging in ihm vor? Nichts? War das möglich? Irgend etwas mußte sich doch abspielen, ein Mann kann doch nicht nach Jahr und Tag wieder auftauchen: Da bin ich! Ohne jede Erklärung und ohne jeden Versuch, die Kluft zu überbrücken. Sie verlangte weiß Gott kein Bußopfer, aber wann würde er sich endlich aufraffen, etwas zu tun

oder zu sagen, das ihre Ehe flicken könnte? Oder meinte er, es könne ewig so weitergehen?
Kaspar spürte, wie sie sich täglich mehr auf die Hinterbeine stellte, tat aber, als merke er nichts. Abwarten.
Als er sah, daß der Fernsehapparat nicht angestellt war, setzte er sich ihr gegenüber in den Sessel. Es war soweit.
»Wo warst du im letzten Jahr?«
»In Bled.«
»In Bled?« wiederholte sie, gleich zu Anfang aus der Bahn geworfen.
»Es hatte mir damals gut gefallen.«
»Die ganze Zeit über – in Bled?« Er nickte. »Aber was hast du dort getan?«
»Ich war Nachtportier im Hotel Godice.« Sie starrte ihn an. Er fuhr ruhig fort: »Erinnerst du dich an den Alten, der immer die Schlüssel durcheinanderbrachte? Ich habe ihn ersetzt. Bei mir paßten sie immer, die Schlüssel.«
»Aber – warum Nachtportier?«
»Ich mußte etwas arbeiten. Geld verdienen.«
»Und das hast du so lange ausgehalten?«
»Es hat mir Spaß gemacht.«
Er sprach sicher die Wahrheit – Nachtportier im Hotel Godice, so was konnte man nicht erfinden. Aber da war doch – da mußte doch noch etwas anderes im Spiel sein.
»Hast du dort eine Frau gehabt?«
»Nein.« Dieser Wegmann war sicher gescheit genug, den Mund zu halten.
Hilflos sagte sie: »Ich weiß immer noch nicht, warum du zurückgekommen bist –« Aber als er schwieg, schrie sie plötzlich heftig: »Wohin gehst du immer um sechs Uhr? Was hast du ›zu tun‹?«
Das hatte er noch nie bei ihr erlebt, hatte nicht geahnt, wie schwer es für ihn war, sie so zu sehen.
»Ich sitze in einem kleinen jugoslawischen Restaurant und warte. Einer meiner früheren Schüler ist verschwunden, seine Angehörigen sorgen sich – ich habe versprochen, ihn aufzutreiben. Das Restaurant ist sein Stammlokal.«

»Warum sorgen sie sich? Hat er was ausgefressen?«
»Möglich.«
»Was geht dich das an? Bist du sein Hüter? Hast du so viel Zeit – und so viel Geld, wochenlang herumzusitzen?«
»Es lohnt sich, glaub mir.«
»Soll ich auch glauben, daß du zu *mir* zurückkommen wolltest?« Wieder geschrien.
»Hede – kann man so etwas übers Knie brechen?« Nicht zu ruhig, eher beschwörend, sie sollte fühlen, daß er mitbetroffen war. »Ja, ich will zu dir zurückkommen, aber das genügt nicht. Auch *dein* guter Wille genügt nicht. Ich bin jetzt bald eine Woche hier, habe mich mit niemandem außer Stefanie anfreunden können, sie ist unparteiisch, weil sie nichts weiß, nicht einmal, daß ich ihr Vater bin. Sie mag mich, weiter nichts, und das macht es mir leicht, verstehst du? Zwischen euch und mir steht mein Sündenregister als Wachtposten. Vielleicht kann ich den nicht entwaffnen, vielleicht ist er noch argwöhnischer geworden – eben *weil* ich zurückgekommen bin.« Kein Trick, es ging ihm an die Nieren.
Sie fühlte das auch, biß ratlos an ihren Fingernägeln.
»Ich verstehe«, sagte sie schließlich. »Aber es hilft mir nicht weiter. Ich – es ist schlimm, daß ich das sagen muß, aber du bist mir auf einmal ganz fremd. Du *willst* gar nicht, daß ich dich wieder kennenlerne – du gibst mir keine Chance, erzählst mir nichts, nur das Nötigste, als müßtest du etwas preisgeben.«
Getroffen, dachte er und haßte sich und Harold Wegmann. Rettete sich schnell in den Gedanken an ihre Zukunft: Sie würde ihn, Kaspar, in sich ausmerzen und zu Wegmann gehen. Er konnte den Kerl nicht leiden, aber für Hede war er richtig, kein Dummkopf, im Gegenteil, ein seltsamer Vogel, nicht uninteressant.
Er hatte so lange nicht gesprochen, daß sie erbittert rief: »Du gibst es also zu! Du willst nicht mit mir sprechen.«
»Tun wir das nicht jetzt?«
»Nein! Du gibst mir lauter Gründe, warum wir *nicht* sprechen können, jetzt nicht, morgen nicht, vielleicht nie. Ich bin voller Fragen, warum hast du mich geheiratet, warum hast du mich verlassen, warum bist du zurückgekommen ...«

Er unterbrach sie schroff: »Du kennst die Antwort, aber du willst dich weiter belügen, willst den Mann, der ich bin, nicht wahrhaben, willst dir nicht eingestehen, daß du *immer* zu kurz gekommen bist mit mir, die ganzen langen Jahre durch. Immer! Ich bin derselbe Mensch geblieben – und du auch, blind! Blindwütig in deiner Verbohrtheit – und taub. Du beklagst dich über mein Schweigen – brüllt es dich nicht an?«
Jetzt würde sie ihm die Tür weisen.
Sie stand auch auf – aber sie sah ihn nicht an, hielt sich an der Stuhllehne fest und schüttelte nur heftig den Kopf wie im Krampf.
Dann lief sie aus dem Zimmer.
Noch nicht, dachte er und schloß die Augen. Beinah, aber noch nicht ganz.

Am nächsten Morgen hörte er Elise schon um sieben Uhr in der Küche. Wahrscheinlich hatte Hede ihr Bericht erstattet. Er wartete, bis er die Wohnungstür ins Schloß fallen hörte.
Als er etwas später in die Küche trat, nickte ihm Elise freundlich zu.
»Ta, ta!« schrie Stefanie eifersüchtig. Er hob sie auf seinen Schoß und küßte ihren kleinen Schädel.
Elise beobachtete ihn aufmerksam, während er das Kind fütterte.
»Sie fehlt mir, das kleine Balg.«
»Mir auch«, murmelte er.
»Wie bitte?«
»Ich meine, sie würde mir auch fehlen.«
Aber Elise hatte verstanden.
»Wie lange wollen Sie's denn noch treiben«, fragte sie lässig und zündete sich eine Zigarette an.
»Solange es nötig ist.«
»Haben *Sie* sich das ausgedacht?« Er schüttelte den Kopf und setzte das Kind in sein Stühlchen. »Wer denn?« Und dann fiel es ihr plötzlich selbst ein: »Harold? Na klar! Ich bin schon ein Rindvieh! Harold! Klar!« Sie packte Kaspars Hand, drückte sie heftig. »Mensch! Na, wissen Sie – alle Achtung!«
Er stand auf, um den Kaffee aufzuwärmen, aber sie kam ihm zu-

vor, warf ihm die Arme um den Hals und küßte ihn. »Mensch!« sagte sie noch ein paarmal und küßte ihn wieder. »Jetzt versteh' ich endlich den ganzen Laden.« Sie schlug sich mit der Hand vor die Stirn. »Aber die Jungen wissen's nicht, was? Das wäre auch nicht gut, dann wäre Hede die einzige Dumme, nee, nee – das darf keiner ahnen. Kommen Sie, wir müssen das feiern. Zum Abschied dürfen Sie dann auch du zu mir sagen. Da oben steht noch eine Flasche von mir.«

Kaspar trank ein Glas mit. Jetzt, da Elise davon wußte, kam ihm die ganze Sache grotesk vor und seine Rolle absurd.

»Und jetzt warten Sie darauf, daß sie Sie rausschmeißt, was? Na, sie ist ja schon auf dem Wege, nach dem, was sie mir gestern abend am Telefon vorheulte. Nun man los, Mann! Ende mit Schrecken, Beine unterm Arm – obgleich's mir richtig leid tut, Sie zu verlieren, das muß ich zugeben.«

Stefanie quakte und beruhigte sich erst, als sie wieder auf seinem Schoß saß. Elise sah nachdenklich zu.

»Mich hat sie vergessen, das kleine Luder – aber wissen Sie was?« Sie unterbrach sich, wurde ernst: »Das Kind ist Ihr bester Komplize, verstehen Sie mich?« Er sah sie mißtrauisch an und schüttelte den Kopf. »Na, lassen Sie nur, Sie werden's selber merken. Sie müssen gar nichts dazutun, es ergibt sich von allein.«

Die Tage, die folgen würden, mußten schlimm sein, es ging nicht anders. Elise versprach, so oft wie möglich dazusein unter dem Vorwand, Stefanie fehle ihr.

Sie erschien abends und leistete Hede Gesellschaft beim Abendbrot, trank sich eine wehende Fahne an und sprach über Kaspar. Was für eine Überraschung! Der geborene Vater...

Hede starrte blaß und verbissen auf ihren Teller. Es kochte in ihr, und sie verachtete sich – zum erstenmal in ihrem Leben. Vor Kaspars Flucht hatte sie sich oft aus ihrer Haut heraus- und in eine andere hineingewünscht, in eine weniger verwundbare, mit mehr Ellbogen, mehr guter, dickköpfiger Eigenliebe. Sie liebte sich nicht, darin lag das Übel. Aber Verachtung? Das war neu, damit konnte sie nicht leben, und der Gedanke, daß sie ausbrechen mußte aus ihren festen Begriffen von Anstand und Toleranz, brachte sie in unbeschreiblichen Aufruhr. Feste Begriffe? Festgefahren! Sie wollte um sich schlagen, jemanden mit Füßen treten. Nicht jemanden, Kaspar.

Aber was nützte die späte Erkenntnis. Schluß mit dem Rücksichtnehmen oder Verständnisaufbringen. Handeln. Ihn stellen und kein beredtes Schweigen oder mehlige Ausflüchte dulden.

Das Schmerzlichste von allem – schmerzlicher als der endgültige Verlust von Kaspar – war der Verlust von Hede, wie sie sie ihr Leben lang gekannt hatte. *Die* Hede bröckelte ab, täglich. Die gab's gar nicht mehr.

Während der nächsten beiden Tage vermied sie, Kaspar zu begegnen, ging ohne Frühstück aus dem Haus und schloß sich abends in ihrem Zimmer ein, wenn er vom Kovac zurückkehrte.

Am dritten Tag, abends um halb sechs, stürmte sie die Treppe hinauf, hoffte, ihn noch anzutreffen und ihm etwas ins Gesicht zu schreien. Sie hatte sich tagsüber einiges zur Auswahl zurechtgelegt; wenn sie ihm dann gegenüberstand, würde das Richtige schon herauskommen.

Statt dessen traf sie auf Elise, die das Baby gerade ins Badezimmer trug.

»Geh weg! Laß mich heute in Ruhe.«

»Brüll nicht so. Ich denke gar nicht dran, kann dir doch das Kind nicht überlassen – in deinem Zustand. Gleich wird sie anfangen zu weinen. Dabei war sie so fröhlich – bis Kaspar fortging.«

Hede drehte ihr den Rücken zu und stürzte ins Schlafzimmer, riegelte zu. Sie lag eine Weile auf ihrem Bett, bis sie sich ruhiger fühlte. Dann rief sie die Gärtnerei an.

»Harold? Wo warst du denn letzten Sonntag – wir haben dich sehr vermißt –, sag mal, du hast nicht zufällig gerade eine halbe Stunde Zeit, ich hätte gern mit dir gesprochen –«

Sie wußte eigentlich nicht, worüber, wollte nur seine Gegenwart, seine Stimme hören.

Der junge Mann am anderen Ende räusperte sich, bevor er antwortete: Leider, leider könne er nicht kommen. Stefan sei unter-

wegs mit dem Kombi, und sein eigenes Motorrad sei in der Garage beim Ölwechsel.
»Kannst du nicht Stefans Motorrad borgen?«
Liebend gern, aber der habe den Schlüssel immer bei sich.
Hede hängte ein.
Harold legte langsam den Hörer auf und wischte sich mit der Hand über die Stirn. Konnte er es sich leisten, das bißchen Zuneigung, das sie für ihn hatte, so vor den Kopf zu stoßen?
Stefan, der neben ihm am Schreibtisch saß und Rechnungen schrieb, starrte ihn an: »Was ist denn mit dir los? Warum lügst du? Sie wollte dich doch sprechen, warum bist du nicht hingefahren?«
»Noch nicht«, sagte der junge Mann leise und niedergeschlagen.
»Wegen meinem Vater?«
»Ja. Und auch – wegen deiner Mutter.«
Stefan verließ das Büro ohne ein Wort. An die Marotte des Freundes, daß Hede und seine Mutter synonym seien, war er gewöhnt, aber daß die Rückkehr des Vaters alles zerstört hatte…

Elise bereitete das Abendbrot vor. Sie aß meistens mit Hede und ging dann um halb zehn, vor Kaspars Rückkehr, nach Hause. Aber die Tochter blieb im Schlafzimmer, antwortete nicht auf Elises Klopfen und gute Worte.
Eigentlich hatte sie auch keinen Hunger. Sie räumte wieder ab, horchte noch einmal an Hedes Tür – kein Schluchzen. Dann ging sie.
Als Kaspar in die Diele trat, war alles dunkel in der Wohnung. Vielleicht war Hede ausgegangen. Er hoffte es. Im Kovac hatten sich zwei Kroaten an seinen Tisch gesetzt und sogar über Titos Tod spekuliert. Er hatte pflichtgetreu versucht, die Rede auf Untergrundtätigkeiten zu lenken, aber es war nichts dabei herausgekommen. Dann waren die beiden gegangen. Er war sitzen geblieben, hatte die Rückkehr in die Wohnung bis zur letzten Minute aufgeschoben.
Er machte die Lampe im Wohnzimmer an, so daß ein Lichtschein in die Diele fiel, und ging zum Kinderzimmer, öffnete geräuschlos

die Tür und trat ein. Bisher hatte er noch nie das Bedürfnis gehabt, das schlafende Kind zu betrachten, aber heute abend war er allein in der Wohnung, fühlte sich zwar erleichtert, aber elend. Und mutlos. Zum erstenmal seit seiner Flucht.
Schritte. Er blickte auf – Hede stand ihm gegenüber auf der anderen Seite des Gitterbettchens. Ihr Gesicht war im Schatten, aber er hörte ihren aufgeregten Atem. Sie standen einen Augenblick lang stumm und regungslos, wie es das schlafende Kind gebot. Dann erreichte ihn ein wütend gezischtes: »Was tust du hier?«
»Ich wollte sicher sein, daß sie schläft.«
»Warum?«
»Ich dachte, es sei niemand da.«
»Du glaubst, ich lasse das Kind allein in der Wohnung?«
»Nein, natürlich nicht.« Daran hatte er nicht gedacht, war die Situation nicht gewöhnt, aber es hatte keinen Sinn, ihr das zu erklären. Ihr Atem kam in immer heftigeren Stößen, und jetzt konnte er auch sehen, wie ihre Augen in der Dunkelheit glühten.
»Du hast kein Recht, hier einfach hereinzukommen – ich will dich hier nicht sehen –, du glaubst wohl, du brauchst nur die Hand auszustrecken, und wir fallen dir alle um den Hals, meine Mutter und ich und das Kind...«
»Komm«, sagte er leise. »Sie wacht sonst auf.« Und ging aus dem Zimmer.
Aber sie ließ ihm nicht die Zeit, sich im Wohnzimmer hinzusetzen, stand dicht vor ihm mit erhobenen Fäusten und zitternden Lippen.
»Du wagst es, mir zu sagen: ›Sie wacht sonst auf‹, mir, ihrer Mutter?«
»Sie war drauf und dran.«
»Und? Was wäre schon dabei? Sie wacht auf – und sieht ihre Mutter.« Es schüttelte sie so, sie konnte kaum die Worte herausbringen.
»Es hätte mir leid getan, wenn sie aufgewacht wäre.«
»So? Es hätte dir leid getan. Bedeutet sie dir etwas?« Weit aufgerissene Augen, die Stimme wieder beinah ruhig. Aber die Augen lauerten.

Ich darf nicht zurück, dachte er. Ich muß es durchhalten.
»Ja. Sie bedeutet mir – viel.«
»Liebst du sie?«
Er zögerte. Elises Worte fielen ihm plötzlich ein: »Das Kind ist Ihr bester Komplize...«
»Ja.«
»Mehr als Wilfred und Stefan?«
»Kein Vergleich. Ich könnte mir ein Leben ohne das Kind nicht mehr vorstellen.«
»Sieh mal an! Nun hör mir gut zu: Es tut mir leid, nein, es tut mir *nicht* leid! Du packst jetzt deinen Koffer und gehst. Jetzt sofort. Und wenn sie aufwacht, dann bist du nicht mehr da. Sie wird dich nie mehr sehen. *Du* wirst sie nie mehr sehen, verstehst du mich? Ich habe keine Fragen mehr, ich habe meine eigene Antwort...« Sie schwankte, stolperte rückwärts bis zur Wand und schloß die Augen.
Er ging einen Schritt auf sie zu, streckte beide Hände aus: »Aber Martha, hör mich doch...« Ließ die Hände sinken und blieb stehen.
Hede öffnete die Augen und starrte ihn an. Ihre Fäuste sanken langsam herab, und das Schwanken und Zittern hörte auf. Sie lehnte immer noch an der Wand, drückte sich fest dagegen, als brauche sie etwas, das sie von Kopf bis Fuß stützte.
Langsam entspannte sich ihr Gesicht, und die Lippen öffneten sich, nicht mehr verzerrt, sondern sanft und fast lächelnd. Sie nickte ein paarmal, senkte den Kopf und ging aus dem Zimmer.

15.

Er kehrte noch in derselben Nacht zu Anja zurück, trug seinen Koffer durch die dunklen Straßen, langsam, ohne Hast. Er hatte keinen Mantel, aber es war ihm nicht kalt. Es schneite ein wenig. Der Koffer stammte noch aus Marthas Zeiten, gute Qualität, dem schadete es nichts, und Kaspar taten die Schneeflocken gut. Sie ließen sich behutsam auf Haar und Schultern nieder und auch auf seine Nase, als wollten sie ihn aufheitern. Er kam ihnen entgegen, blieb von Zeit zu Zeit stehen und hob den Kopf, damit sie's bequemer hatten. Sie setzten sich, eine nach der anderen, leise und zärtlich auf sein Gesicht, und so rücksichtsvoll, daß es kaum naß wurde.

Früher hatte er nie des Nachts den Kopf gehoben, um sich die Schneeflocken ins Gesicht fallen zu lassen. Er hatte immer einen Hut aufgehabt und war nie nachts allein durch die Straßen gewandert, seine ganze Habe im Koffer und einen ruhigen und einsamen Endpunkt im Gemüt.

Als er damals aus München flüchtete, hatte er alles offengelassen, seine persönlichen Bindungen *sollten* weit auseinanderklaffen, damit es kein Zurück gab. Jetzt, in den wenigen Tagen vor seinem zweiten Abgang, hatte alles ein anderes Gesicht bekommen: Der Abgrund klaffte nach wie vor, aber der Unterschied war, daß jeder den Platz hatte, der ihm zukam – *er aber war frei.*

Ein Anruf und ein Brief mußten noch erledigt werden, dann würde er sich endlich wieder seinen Angelegenheiten widmen können. Luburic... Bisher nur ein Schlag ins Wasser. Gut, dachte er, blieb vor dem Haus am Kaiserplatz stehen und hielt den Schneeflocken ein letztes Mal das Gesicht hin, warum muß eine Mission unbedingt erfolgreich sein? Marjana war an Niederlagen gewöhnt, bei Luburics Handstreichen gab es sicher mehr Fehlschläge als Triumphe. Er würde nicht in Ungnade fallen, sie würde ihn nicht bestrafen. »Ich traue mich nicht einmal, dir zu sagen: ›Ich hab' dich lieb‹, obwohl du mir so nah bist, daß ich die Grenze kaum noch merke...« Das hatte sie nicht nur so hingesprochen; er wußte, sie bestrafte sich auch selbst, wenn sie ihn erpreßte.

Anja, im wollenen Nachthemd, öffnete – und fiel ihm um den Hals.
»Professor! Ich bin glücklich.« Sie ließ ihn schnell los und fügte verlegen hinzu: »Ich dachte, Sie sind schon weggefahren. Ich muß Sie Schönes erzählen.«
Sie nahm seinen Koffer und begleitete ihn in Onkel Stilz' Schlafzimmer. Als sie das Nachtlicht anmachte und das »Himmibett« auftauchte, blieb er stehen und schloß die Augen. Bald würde es für immer verschwinden.
»Kommen Sie wieder hier?«
»Nur für kurze Zeit, Anja, höchstens ein paar Tage.«
»Vielleicht besser, Sie bleiben nicht lange. Nämlich, ich habe mit Rechtsverwalt gesprochen...« Sie lief aus dem Zimmer und kam gleich darauf wieder zurück. »Hier. Deutsche Paß.« Sie reckte sich hoch, beinah so hoch wie Kaspar. »Ich bin ständige deutsche Staatsfrau. Ich darf Miklos heiraten im Gefängnis. Rechtsverwalt sagt, nächsten Monat Gericht, dann Urteil, dann Gefängnis, aber nicht so lang, vielleicht nur ein Jahr. Was sagen Sie?«
»Ich sage: Viel Glück, Anja!« Er umarmte sie, hielt sie an den Schultern von sich weg und studierte lächelnd ihr glühendes Engelgesicht. »Und Miklos hat das Große Los gewonnen. Bestellen Sie ihm das von mir.«
»Lieber nicht, ist sehr eifersüchtlich, mein Miklos. Darf nicht wissen, Sie waren hier. Sonst denkt er.« Sie trat einen Schritt zurück und flocht einen aufgegangenen maisgelben Zopf. Dann drehte sie sich um und lief aus dem Zimmer.
Gleich Mitternacht. Trotzdem, er mußte Elise noch anrufen, damit sie morgen früh an seiner Statt das Kind versorgte.

»Elise?«
»Weiß schon, weiß schon. Hede hat's mir erzählt. Ich packe gerade.«
»Gehen Sie noch heute nacht hin?«
»Ja. Sowieso besser. Du darfst jetzt du zu mir sagen, du bist ja schon auf dem Weg, nicht wahr? Gratuliere! Ich will gar nicht wissen, wie du's gemacht hast, Hauptsache, du hast's geschafft. Also: Gute Fahrt! Übrigens, wenn dir mal das Wasser abgedreht wird, dann kannst du jederzeit zurückkommen.«
»Zurückkommen?« wiederholte Kaspar entsetzt.
»Nicht zu Hede, du Idiot, zu *mir*.« Und hängte ein.
Er fühlte sich zu wach, um ins Bett zu gehen, und holte sein Briefpapier aus dem Koffer.

Lieber Wilfred, lieber Stefan,
diesmal schleiche ich mich nicht weg, ich gehe sozusagen offiziell, Hede ist einverstanden – und Ihr sicher auch. Das soll nicht heißen, daß ich den Eindruck habe, meine Gegenwart war Euch eine Last. Im Gegenteil, ich glaube sogar, daß wir uns näher sind als je zuvor. Ihr wißt jetzt über mich Bescheid, und ich habe aufgehört, Euer Vater zu sein. Ihr fühlt Euch, meine ich, nicht mehr um etwas betrogen, was ich Euch immer schuldig geblieben bin. Die Bitterkeit ist aus der Welt geschafft, und darüber bin ich froh. Ich mache mir keine Sorgen um Euch, macht Euch auch keine um mich. Ich werde von jetzt an so leben, wie ich es will, und das können nur wenige Menschen von sich sagen.
Ich bin Euch dankbar für alles, was Ihr für Hede und Stefanie tut. Ich bin dankbar und schäme mich, weil Ihr es mir damit leicht macht. Ich glaube, ich kenne den Weg, den Hede gehen wird, und er ist sicher der richtige. Lebt wohl.
PS: Ich verbringe jede Nacht in einem kleinen Gehäuse und sehe ein schwarzes Kreuz an, mit dem Datum 10. Mai 1978. Ich weiß, es ist reiner Zufall, daß mein Vorgänger an diesem Tag starb, aber es baut mir eine Brücke zu Eurer Mutter, und das tut mir wohl.

Abends ging er wieder täglich ins Kovac. Wo war der Zufall, der

ihm in Frau Hennigs Kabine aufgelauert hatte? Schlug der nur zu, wenn man ihm nicht nachlief? Diese Woche würde er noch drangeben.
Und dann setzte sich der Wirt eines Abends an seinen Tisch.
»Ich höre, Sie suchen jemand. Wen eigentlich?«
Kaspar mochte den Mann, er war intelligent und diskret, hatte sich öfter zu ihm gesetzt. »Wieso – von wem haben Sie das?«
Der Wirt machte eine vage Kopfbewegung zu den anderen Tischen hin. Der erste riskante Moment. Sollte er es noch im letzten Augenblick darauf ankommen lassen? Der Mann sah nicht nach einem UDBA-Informanten aus, aber wie sah ein UDBA-Informant aus?
Der Wirt verzog den Mund langsam zu einem Grinsen, alles an ihm war gemächlich, im Zeitlupentempo. »Von mir haben Sie nichts zu befürchten.«
»Ich suche einen Mann namens Luburic. Kennen Sie ihn?«
»Der ist schon lange nicht mehr hier gewesen.«
Der Mann kannte Luburic! »Wissen Sie zufällig, wo er sein könnte? Er ist ein ehemaliger Schüler von mir.«
Der Wirt schüttelte den Kopf und spielte mit den Brotkrumen auf dem Tisch. Kaspar spürte, der hatte noch etwas für ihn.
Der Mann überlegte eine gute Weile, dann stand er auf und sagte: »Bleiben Sie mal heute etwas länger hier.« Er schlurfte zurück hinter seine Theke – Kaspar folgte ihm mit den Augen – und verschwand durch die geheimnisvolle Tür.
Panik brach in ihm aus. Wen benachrichtigte der jetzt? Oder saß schon jemand hinter der Tür? Und er sollte hier sitzen bleiben, bis alle anderen gegangen waren? Er sprang auf – und setzte sich wieder hin.
Die Falle war zu naiv, man kündigte doch einen Hinterhalt nicht an. Er sah sich um, niemand kümmerte sich um ihn. Also gut, er würde es darauf ankommen lassen, auf so etwas hatte er schließlich zwei Monate lang gewartet. Wäre es möglich, daß man ihn sofort umbrachte, nur weil er sich nach Luburic erkundigt hatte? Kaum. Vielleicht würde man ihn verhören, *das* Risiko mußte er eingehen – oder war das leichtsinnig?

Während der nächsten halben Stunde, bis es neun Uhr war, schwankte er hin und her zwischen dem dringenden Wunsch, aufzustehen und wegzugehen, und dem Gelüst herauszufinden, wer da erscheinen würde. Einer? Mehrere? Vielleicht Luburic selbst?
Die Tische leerten sich. Der Wirt saß längst wieder hinter der Theke und nahm keine Notiz von Kaspar. Um neun Uhr trödelte er wie immer zur Eingangstür, schüttelte den letzten Gästen die Hand, schloß hinter ihnen ab und lehnte sich an die Wand, als müßte er gleich wieder aufschließen.
Kaspars Augen wanderten vom Eingang zur Tür hinter der Theke. Stille. Der Wirt hatte die Augen geschlossen, es sah aus, als schliefe er. Fünf Minuten tickten dahin, dann zehn. Schlief der Mann tatsächlich? Im Stehen? Oder wollte er, daß Kaspar glaubte, alles sei friedlich? Ob er rufen sollte: »He! Ich warte. Erinnern Sie sich?« Aber er wagte es nicht. Der schlafende Mann war ihm unheimlich. Jetzt schnarchte er.
Fast eine halbe Stunde war vergangen. Die Stille wurde langsam unerträglich und hämmerte ihm im Kopf. Er wußte, er saß in der Falle.
Es klopfte. Klopfte die UDBA? Nicht an der Thekentür, sondern am Eingang, neben dem Wirt. Der blinzelte, schüttelte sich wach und zog die Schlüssel wieder aus der Tasche.
Über die Türschwelle, zögernd und vorsichtig, trat Vlada Martinac.
Sie blickte sich suchend um. Das Lokal war leer bis auf einen einsamen Tisch. Kaspar war vor Aufregung und dann vor Überraschung sitzen geblieben. Im ersten Augenblick erkannte sie ihn nicht und spähte mißtrauisch, obgleich er im Kovac nie die Perücke trug – dann lief sie auf ihn zu: »Professor!«
Er stand auf und küßte ihr die Hand. Der Wirt schloß wieder ab, nickte Kaspar zu, grinste, zwinkerte mit den Augen, aber da er nicht eingeladen wurde, am Tisch Platz zu nehmen, zog er sich wieder hinter die Theke zurück.
»Er hat mich angerufen«, sagte Vlada auf kroatisch. »Er sagte, jemand sei hier, der etwas wissen wollte – von mir. Wir sind früher oft hergekommen.«

Wir? fragte sich Kaspar, waren das Ivan und sie und Luburic – oder nur sie und Luburic? Letzten Endes gleichgültig.
Sie betrachtete ihn heimlich. Kaspar, im alten Rollkragenpullover, das Gesicht vom täglichen Wandern und Radeln noch immer rötlich-braun und blankgeputzt, hatte nichts mit dem adretten, vorsichtigen Herrn gemein, der in ihrer Stube wie auf Brennesseln gesessen hatte.
Kaspar wiederum fand, daß Vlada nicht zum Wiedererkennen war: anstatt in Schwarz in etwas Buntem und mit kurzgeschnittenem Haar. Sie sah wie ein junges Mädchen aus. Die verhangenen schwarzen Augen von einst musterten ihn ungeniert, die tragische Blässe war verschwunden. Sie sah kerngesund aus und lange nicht mehr so reizvoll wie das letzte Mal.
»Was ist, Professor? Wir können hier sprechen. Keine Wanzen. Bei mir zu Hause gibt es noch viele, aber vielleicht hört niemand mehr zu.«
Kaspar zögerte. Er hatte gehofft, Auskunft zu bekommen, war nicht darauf vorbereitet, Erklärungen abgeben zu müssen. Der Komplex Vlada–Marjana war ein heißes Eisen.
»Luburic ist verschwunden.«
»Woher wissen Sie das?« Zögernd und mißtrauisch.
»Frau Bogdan sagte es mir. Ich soll versuchen, ihn zu finden.«
Sie starrte ihn sofort mit haßerfüllten Augen an. »Ich wußte es«, flüsterte sie.
»Sie irren sich. Marjana und Luburic sind nur noch Freunde, nichts als Freunde.«
»›Marjana?‹ Sie auch? Ich hätt's mir denken können.«
Der Wirt trat dazwischen und setzte eine Tasse Tee vor Vlada auf den Tisch. Er warf einen Blick auf die beiden und zog sich schnell hinter die Theke zurück.
»Wissen Sie, wo er sein könnte?« fragte Kaspar, und als sie nicht antwortete, fügte er kalt hinzu: »Ist er überhaupt noch am Leben?«
Er bereute es, denn die Tränen schossen ihr aus den Augen. Auch beim letzten Mal waren sie wie ein Wasserfall blitzschnell herabgestürzt, langsam weinen war nicht ihre Sache. Sie tastete blind

nach ihrer Tasche und schneuzte sich heftig, dann trank sie den Tee aus.
»Ich weiß es nicht«, sagte sie schließlich. Zusammen mit dem Taschentuch hatte sie ein Stück Papier aus der Tasche geholt und reichte es ihm. »Das ist alles, was ich habe. Ein alter Freund von Ivan hat es gebracht. Der hatte es von einem anderen – Freund. Ich weiß nicht, woher es kommt. Kein Umschlag.«
Der kroatische Text war mit Martinac' Schreibmaschine ohne »D« geschrieben. »Ivans alter Freund sendet einen Gruß an seinen Patensohn Ivan.«
»Patensohn Ivan? Ach ja, Luburic ist der Pate Ihres ältesten Sohnes, nicht wahr? Seit wann haben Sie diesen Zettel?«
»Seit drei Monaten.«
»Und seither nichts mehr? Kann ich mit dem Mann sprechen, mit Ivans Freund?«
»Der ist zurück nach Zagreb. Den Namen von dem anderen, den wollte er mir nicht sagen. Zu gefährlich.«
»Was war Antes Mission, hat er's Ihnen erzählt?«
»Er erzählt niemals etwas.« Sie hob den Kopf, und die feuchten Augen glänzten wieder. »Aber ich weiß, daß eine Bombe im München-Belgrad-Expreß explodierte, vor drei Monaten. Der Tito-Konsul wurde schwer verletzt.« Etwas leiser fügte sie hinzu. »Und ein Kontrolleur. Tot.«
»Ein deutscher Kontrolleur?«
Sie nickte. Er sagte nichts, sah sie nur an. Ihre Augen wanderten im Raum umher, als suche sie etwas, kehrten dann widerstrebend zu ihm zurück. Sie zuckte mit den Schultern. »Bei einer Revolution kommen auch Unbeteiligte um.«
»Ich hoffe, das ist ein Trost für seine Witwe.«
Sie trank noch einmal aus ihrer leeren Tasse. Da sitzt diese Frau, dachte Kaspar, sie ist selber Witwe, sie weiß, wie das ist, und sie spricht von einer anderen Witwe wie von einer Abstraktion. Dabei ist diese hier kein harter Mensch, sie macht sich's nur leicht.
Er sagte: »Kann ich den Zettel behalten?«
»Für die Bogdan?« rief sie so laut, daß der Wirt herübersah.
»Nein. Für die Leute, zu denen Marjana gehört. Antes Leute. *Ihre*

Leute, Vlada.« Er steckte das kleine Stück Papier ein, ohne daß sie protestierte. Dann lehnte er sich über den Tisch. »Sie und Marjana sollten sich anfreunden, Sie sind sich in vielen Dingen sehr ähnlich, wie mir scheint.«
»Ich bin keine Hure.«
»Marjana auch nicht. Sie hat kein Interesse an Gewinn. Und sie liebt jemanden, genau wie Sie.«
»Wen? Sie?«
»Leider nicht. Ihren ersten Mann.«
Sie starrte ihn lange aus eifersüchtigen schwarzen Augen an. Schließlich kam dann doch etwas wie Bedauern in ihren Blick, und sie nickte und sah auf das Tischtuch.
Kaspar stand auf. »Ich glaube, der Wirt möchte uns gern loswerden.«
Sie rief dem Mann hinter der Theke zum Abschied »Guttentack« zu und folgte Kaspar zum Ausgang.
»Professor, meine Post wird jetzt nicht mehr geöffnet. Wenn Sie etwas erfahren – schreiben Sie mir?«

16.

Gleich nach seiner Ankunft in Bled fuhr Kaspar ins Hotel Godice. Ein fremdes Gesicht in der Portiersloge. Es erkannte *ihn* aber und grinste Willkommen, während er ein paar Sekunden brauchte, bevor er wußte, daß es Bruno, der Küchenjunge, war, ohne weiße Mütze und mit Schnurrbart.

»Ach, Herr Schulte! Da wird sich der Chef aber freuen. Sind Sie jetzt wieder da, ich meine, bei uns?«

»Wenn ihr inzwischen keinen anderen Nachtportier engagiert habt.«

»Niemals.« Bruno sah ihn bedeutsam an. »Herr Alexis hat die ganze Zeit über Nachtdienst gemacht...« Er stockte, und sein Lächeln erfror.

»Was ist denn, Bruno? War etwas los?« Er schob seinen Koffer unter der Klappe durch in die Loge; es war zwölf Uhr mittags, die Hotelhalle war leer.

»Nein, nein«, sagte der Junge hastig, aber die Augen blickten hilfesuchend in der Halle herum, als brauche er Beistand.

»Der Chef kommt so gegen – gegen vier Uhr. Wollen Sie hier auf ihn warten – oder auf Ihrem Zimmer...«

Kaspar lehnte sich über den Tresen.

»Was haben Sie denn, Bruno, ist Ihnen nicht gut?«

»Doch, doch, ich bin ganz in Ordnung, Herr Schulte, wirklich. Ich lasse Herrn Alexis bestellen, daß Sie hier sind, dann kommt er sicher früher...«

»Nicht nötig, er soll sich ausschlafen. Ich gehe inzwischen am See spazieren.«

»Am See spazieren«, wiederholte Bruno. »Sehr gut, ich werd's

ausrichten. Äh – Herr Schulte, Sie haben doch sicher nichts gegessen, wollen Sie nicht – der Speisesaal ist noch leer.«
»Später vielleicht, ich habe noch keinen Hunger.«
»Sie kommen wieder? Sie gehen nur zum See?«
»Natürlich komme ich wieder, und dann gehe ich nicht mehr weg, Bruno.«

Vor dem Hotel zögerte er einen Augenblick. Sofort zum Feldweg – oder erst ein paar Minuten am Seeufer stehen, sich noch etwas Zeit lassen, das Vorgefühl auskosten...
Er wanderte hinunter zum See. Keine Menschenseele. Es war ein grauer Tag, See, Himmel und Berge in derselben Nebelfarbe, das Wasser spiegelglatt, kaum daß es sich am seichten Ufer auf und ab bewegte. Nur gegen das einsame Ruderboot am Steg klatschten ein paar aufsässige Wellen.
Er blieb stehen und atmete die feuchte Luft tief ein. Ich liebe den See um diese Jahreszeit, dachte er. Niemand liebt ihn jetzt, niemand geht den Pfad am Wasser entlang oder sitzt am Steg und fischt. Der Dunst und das Halblicht und die Wasserstille, das ist etwas für mich. Im Sommer, wenn alles blau ist und voller Geschrei, schau ich lieber aus dem Fenster zu.
Die Feuchtigkeit kroch langsam durch seine Schuhsohlen. »Ich gehe ja schon«, sagte er laut.
Unter den hohen, kahlen Bäumen wanderte er auf die kleine Stadt zu. Häuserreihen, wieder grau in grau, aber nicht mehr verträumt, sondern streng säuberlich und in Reih und Glied, die Straße voller Menschen, Hausfrauen mit Tragetaschen, Beamte, radelnde Kinder – er kannte jeden Laden, freute sich an jeder Ecke. Ein paar Leute drehten sich nach ihm um. Sicher hatte er gelächelt oder laut vor sich hingesprochen. Da hinten, jenseits der Häuser, stand die große Buche, unter der Bogdan mit dem Regenschirm gewartet hatte. Und jetzt war es soweit, jetzt durfte er wieder den Feldweg entlangwandern, endlich, nach zwei langen Monaten.
Hier war die Luft trockener und klarer als am See. Ganz am Ende konnte er schon den Zaun um Marjanas Haus erkennen. Nichts regte sich um ihn herum, nur vor diesem Zaun bewegte sich ein

dunkler Punkt auf dem matschigen Pfad und stand dann still. Nach ein paar Schritten wußte er, was es war: ein Hund. Bogdans unsichtbarer Hund.
Kaspar ging langsamer, Hunde mochten es nicht, wenn Fremde schnell marschierten. Aber war er diesem Tier noch ein Fremder? Es mußte doch seinen Schritt kennen, vielleicht auch seine Stimme. »Hallo – Hund!« rief er laut. Jetzt konnte er ihn bereits gut sehen, er saß in der Mitte des Weges und rührte sich nicht, bellte auch nicht wie früher, wenn Kaspar sich dem Haus genähert hatte. Ein schwarzes Tier mit kurzen, hochgestellten Ohren auf einem ungewöhnlich großen, zottigen Kopf.
Noch langsamer, Schritt für Schritt. Hier begann der Zaun. Er blickte in den Hof hinunter. Leer, die Steine sogar sauber gefegt und der Garten zurückgeschnitten und umgegraben. Vielleicht ihm zu Ehren. Marjana war sicher in der Küche oder aber, wenn er Pech hatte, in der Stadt beim Einkaufen. Er blieb stehen. Sie war doch nicht etwa verreist? Nein, das Haus sah bewohnt aus: die Fensterläden offen und die Haustür zum Hof nur angelehnt. Er blickte zu dem Hund zurück, der immer noch unbeweglich dasaß und ihn ansah.
»Hund...« sagte er noch einmal und streckte zögernd die Hand aus. Das Tier kam nicht näher, aber er sah beruhigt, daß es ein paarmal mit dem Schwanz wedelte.
Er ging die wenigen Schritte zur Pforte. Ein Rad lehnte etwas weiter hinten am Zaun. Milans Rad. Er betrachtete es eine Weile, enttäuscht und wütend. Umkehren? Heute abend wiederkommen? Er stand unschlüssig, stellte sich den langen, trübseligen Rückweg vor... Er mußte sie einfach sehen.
Als er die Pforte öffnete, fing der Hund auf einmal zu winseln an. Vielleicht wollte er ihn begleiten. »Komm, Hund!« Aber das Tier blieb sitzen, sah ihm nach, wie er die Stufen hinunterstieg und winselte lauter.
Unten wurde die Tür aufgemacht, und eine Männerstimme rief: »Halt's Maul, Nero! Ruhe!«
Bogdan! *Und* Milan. Wieder ein Familientreffen. Schnell zurück – aber bevor er oben an der Straße war, erreichte ihn Bogdans

Stimme: »Schulte! Mann! Kommen Sie doch rein, um Gottes willen – wir warten schon alle auf Sie.«
»Wir warten schon alle auf Sie«, genau das hatte er auch das letzte Mal gesagt. Warum warteten sie »alle«, er wollte nur Marjana, zum Teufel. Aber er blieb stehen, denn der Riese lief über den Hof und sprang die Stufen herauf. Er packte Kaspar an den Schultern, spähte ihm schwer atmend ins Gesicht und umarmte ihn so gewaltsam, daß sie auf der wackligen Stufe hin und her schwankten. Dann ließ er ihn genauso plötzlich wieder los und brummte: »Kommen Sie, kommen Sie.« Und zum Hund mit großer Heftigkeit: »Halt's Maul!«
Kaspar blieb nichts anderes übrig, als hinter dem Mann die Stufen hinunterzuklettern. Unten angelangt, sah er Milan und Ljuba, die Tochter, in der offenen Tür – aber nur einen Augenblick, dann waren sie verschwunden. Bogdan, Milan und Ljuba... sonst niemand?
Der Mann vor ihm ging schnell über den Hof, rief noch einmal über die Schulter: »Kommen Sie, kommen Sie...« und trat ins Haus. Er ließ die Tür weit offen. Kaspar stand noch an der Treppe. Er hatte nur einen einzigen Gedanken: Ich will dort nicht hinein. Er zwang sich, einen Fuß vor den anderen zu setzen – und plötzlich stand er vor dem Steintisch und hielt sich an ihm fest.
Bogdan kam zurück, faßte ihn um die Schulter und zog ihn ins Haus.
Im Halbdunkel der Wohnstube drückte er ihn in einen Sessel und knurrte seinen Stiefsohn an, der an der Wand lehnte: »Glotz nicht, hol die Flasche.«
Kaspar hatte noch kein Wort gesprochen. Er starrte zu dem riesigen Mann hinauf, der im Zimmer auf und ab ging und es vermied, ihn anzusehen. Als Milan wieder erschien – hinter ihm Ljuba mit einem Tablett und Gläsern –, riß er ihm die Sliwowitzflasche aus der Hand: »Raus, alle beide.«
Er warf den Kopf zurück und trank, dann beugte er sich hinunter, hielt die Flasche an Kaspars Mund und befahl: »Los, Mann, trinken Sie! Sie *müssen*! Los.«
Kaspar trank.

»Noch einen, Schulte, glauben Sie mir, noch einen. Es geht sonst nicht.«
Er packte einen Sessel und zog ihn mit einem Ruck an den von Kaspar heran. Unter dem Faltenüberwurf der Stuhlbeine kam eine Schachtel zum Vorschein. Der Deckel war unter dem Anstoß losgerissen worden, und ein halbes Dutzend Perücken purzelten auf dem Boden durcheinander.
Bogdan starrte sie an: »Was ist denn das?«
»Luburic«, flüsterte Kaspar, kaum daß sich seine Lippen bewegten.
»Verdammte Scheiße«, sagte der Riese und gab dem schwarz-rot-grauen Gewirr einen Fußtritt. »Verdammt, verdammt, verdammt.«
Er setzte sich so dicht an Kaspar heran, daß ihre Knie sich berührten, nahm ihm die Flasche ab, trank, verschluckte sich, wischte sich den Schnurrbart heftig ab, packte Kaspars Hand und drückte die Flasche wieder hinein.
»Medizin. Trinken Sie, Mann, es hilft.«
Kaspar stellte die Flasche hart auf den Boden und setzte die geballte Faust auf Bogdans Knie. »Los«, flüsterte er.
»Sie ist fort. Nachts kam ein Auto, drei Wochen ist das her, die Nachbarn hinten am Weg haben's gehört. Es war schon sehr spät, und der Hund bellte wie verrückt. Später ist das Auto wieder weggefahren, aber der Hund bellte die ganze Nacht, und am Morgen kam er bei den Nachbarn angehinkt mit einer Kugel im Hinterteil. Deshalb sitzt er da oben...« Er stockte, rieb sich die Stirn heftig mit dem Handrücken. »Die Nachbarn, ganz vernünftige junge Leute, sind dann sofort hierher gelaufen. Das ganze Haus war durchwühlt, alles herausgerissen – sie war nicht da. Das Schlafzimmer sah am schlimmsten aus, sie hat sich anscheinend gewehrt. Mich hat man über meine Firma erreicht, ich war in Mailand. Die Polizei war einmal hier, *einmal,* das war alles.« Er sah Kaspar zum erstenmal ins Gesicht und beantwortete die Frage in seinen Augen: »Nichts. Seither nichts. Niemand weiß, wo sie ist, wer die in dem Auto waren, aber Sie können sich's wahrscheinlich denken. Alexis meint, es hat was mit dem verdammten Kerl zu

tun...« Er versetzte dem wirren Perückenhaufen noch einen Fußtritt. »Der hat angeblich eine Bombe in einem Zug explodieren lassen. Die wußten ja, daß Marjana früher mal mit ihm – vielleicht haben sie geglaubt, er sei hier.« Er lachte zornig und schüttelte den Kopf. »Vielleicht haben sie hier in meinem Sessel gesessen, aber das Zeug da, das haben sie nicht gefunden.«
Kaspar fragte nichts mehr. Bogdan blieb ihm gegenüber sitzen und trank ab und zu aus der Flasche. Einmal öffnete sich lautlos die Tür, und Ljuba schaute ängstlich ins Zimmer. Der Vater schüttelte nur langsam den Kopf, und sie verschwand wieder.
Es dämmerte draußen. In der Stube war es so dunkel, daß Kaspar den Mann nur noch undeutlich sehen konnte. Vielleicht schlief er.
Später, als es bereits Nacht war, setzte sich Bogdan mit einem Ruck auf und fragte nüchtern und ruhig: »Hat Marjana Sie deswegen nach München geschickt? Wegen Luburic?«
»Ich sollte ihn finden.«
»Und? Haben Sie ihn gefunden? Schulte – arbeiten Sie jetzt für die Ustascha? Es ist schließlich Ihre Sache, Ihr Leben.« Kaspar starrte vor sich hin. »Ich frage nur – nämlich, wenn das so ist, dann werden Sie Nachricht bekommen. Wenn Sie Dienst haben, wird's wieder Nachtmusik geben, verstehen Sie mich?« Kaspar rührte sich, versuchte aufzustehen, fiel wieder in den Sessel zurück. »Jetzt bleiben Sie erst mal bei uns. Wir essen jetzt Abendbrot.«
In der Küche war der Tisch für vier gedeckt. Milan und seine Schwester saßen stumm davor, der junge Mann hatte den Kopf in die Hände gestützt. Als Bogdan mit Kaspar eintrat, sprangen sie auf, und Ljuba lief zum Herd. Hammelkeule mit Kartoffelbrei. Sie aßen schweigend. Auch Kaspar aß. Später sagte Bogdan: »Ich bringe Sie jetzt ins Hotel.«
Neun Uhr, in einer Stunde begann sein Dienst. Der Junge begleitete sie die Stufen hinauf. Nero saß noch immer an seinem Platz, wedelte und winselte.
»Ja doch, du darfst mitkommen, aber nur bis zur Buche, verstanden? Milan, dein Rad ist noch draußen. Und trag den Hund nachher ins Haus hinein, es ist kalt heute.«

»Gute Nacht, Herr Schulte«, sagte der junge Mann. »Ich – ich wollte Ihnen nur sagen...«
»Sag's nicht«, brummte Bogdan. »Was gibt's da zu sagen.«
Er holte seine Taschenlampe hervor, nahm Kaspars Arm und zog ihn mit sich, den Feldweg entlang. Nero hinkte im Lampenschein vor ihnen her.

Herr Alexis wartete in der Portiersloge. Sein Gesicht zeigte kein Erstaunen, als Bogdan mit Kaspar die Hotelhalle betrat.
»Guten Abend, Schulte. Ihr Koffer ist schon auf Ihrem Zimmer. Bruno hat ihn ausgepackt und alles eingeräumt.«
Bruno... ach so, dachte Kaspar, jetzt verstehe ich, der Junge wollte, daß Alexis mich vorbereitet...
Eine Gruppe Amerikaner kam die Treppe vom Restaurant herauf. Alexis öffnete die Klappe und trat aus der Portiersloge.
»Schulte, Sie können gleich anfangen. Guten Abend, die Herrschaften, *how are you,* darf ich Ihnen unseren Nachtportier vorstellen – *our nightporter, yes – very good English. Please ask him everything, yes* – mit Rat und Tat – *he is very good. Have a good time.* Mirko, trinkst du noch ein Glas mit mir? Bis auf morgen früh dann, Schulte.«
Er ging voraus zur Bar. Bogdan legte seine schwere Hand auf Kaspars Schulter und brummte: »Wir erwarten Sie morgen. Vergessen Sie nicht.«
Die Amerikaner hatten inzwischen Ansichtskarten ausgesucht und wollten passende Marken. Kaspar öffnete die Klappe und trat in sein Gehäuse. Ein kurzer Blick: Das schwarze Kreuz war noch da.
»I say, porter, where are those stamps?«
Er wandte sich um. *»Here they are, Sir, one of those and one of those.«*

Später, als die Halle leer war, machte er die Nachtlampe auf dem Hocker an und fiel in den Liegestuhl. Sein Gehäuse und das schwarze Kreuz an der Wand – das war so geblieben, wie er es in Erinnerung gehabt hatte, alles andere war aufgeflogen. Marjana

war verschwunden. Wie Karel. Das ist das Schlimmste, hatte sie gesagt.
Die Starre, die in Bogdans Stube über ihn gekommen war, fiel wieder über ihn her, und er dachte an die Zeit der sanften Narkose nach Marthas Tod. Wie schön das gewesen war. Jetzt war nichts Sanftes, Schützendes um ihn, er war nur starr, um nicht zu schreien.
Er lag eine lange Zeit, ohne sich zu rühren, ohne zu merken, daß Alexis sich in der Dunkelheit an die Portiersloge geschlichen hatte und ihn betrachtete, wie er da lag, im Schein der kleinen Lampe, die Augen auf einen bestimmten Punkt an der Wand gerichtet, den Alexis kannte.

Gegen vier Uhr hörte er es dann. Ganz deutlich. Es zirpte draußen in regelmäßigen Abständen. Er horchte eine Weile, dann machte er seine Lampe aus und wieder an. Das Zirpen verstummte. Er stand auf und öffnete die Fensterklappe oben an der Außenwand. Etwas später fiel ein zusammengerolltes Stück Papier neben ihm auf den Boden. Darauf, mit einer Schreibmaschine ohne »D« auf kroatisch: »Abwarten. Wir suchen. Nicht den Mut verlieren. Sie hören von uns.«

Die Tage bis zu Bogdans Abreise verbrachte er in dem Haus am Feldweg. Milan und Ljuba fanden sich zum Abendbrot ein, sie sprachen nie von der Mutter, die Gemeinschaft mit Kaspar war ihr Beitrag, anstelle eines Kranzes.
Bogdan hatte den Zettel gelesen. Die Schreibmaschine ohne »D«, das hieß noch lange nicht, daß der von Luburic kam, so etwas konnte man mit jeder Schreibmaschine schreiben, es zeigte nur an, von welcher Seite der Zettel kam. Am Vorabend seiner Abfahrt – sechs Wochen nach Holland – sagte er zu Kaspar: »Bleiben Sie hier im Haus, Mann. Milan hat seine eigene Unterkunft, Ljuba muß auf der Station schlafen. Sie täten mir einen Gefallen, ich kann dann Nero hierlassen. Das Haus darf nicht leerstehen – es sei denn, Sie haben Bedenken, falls die noch mal vorbeikommen.«

»Sie sollen nur kommen.«
Er zog aus Draza Rukovinas altem Zimmer aus und schlief nun in Marjanas Bett. Wenn er am frühen Nachmittag aufwachte, räumte er auf, kochte und fegte den Hof. Dann ging er zum See und ruderte zur Insel, erklomm die vielen Stufen, die zur Kirche führten, und zog im Turm an der Wunschglocke. Im Abendnebel zitterte der dünne Ton wie ein Geist über den See.
Manchmal, wenn es ein schöner Tag gewesen war, setzte er sich auf eine Bank vor der Kirche. Er war fast immer allein auf der Insel. Um diese Jahreszeit gab es wenig Touristen, nur hin und wieder ging jemand, der ein dringendes Anliegen an die Wunschglocke hatte, schnell an ihm vorbei.
»Sieh mal, Onkel Stilz«, sagte Kaspar. Auf dieser Bank unterhielt er sich immer besonders gut mit dem Kleinen. »Sieh dir an, wie der sich an mir vorbeischleicht, als führte er etwas Böses im Schilde. Dabei lächle ich ihn besonders freundlich an, denn ich bin ja auch hier, um zu betteln. Aber der will nichts mit mir zu tun haben, für den bin ich ein Rivale, lenke die Glocke ab.«
»Entsinnst du dich noch an meinen Doktor, den dicken, mit dem ich immer Gin-Rummy g'spielt hab? Der hat mir mal erzählt, wie er einen alten Bauern morgens im Bett aufg'setzt und ihm ein Fieberthermometer untern Arm gesteckt hat, und abends, als er ihn wieder besuchte, da saß der noch immer steif aufrecht, mit dem Thermometer unterm Arm. ›Ja, mei‹, hat der Doktor g'rufen, ›sind's denn den ganzen Tag so g'sessen?‹ Und da hat der Alte g'sagt: ›Wenn's nur hilft, Herr Doktor!‹«
»Ich weiß, Onkel Stilz, du hast's mir schon oft erzählt.«
»Kruzitürken! Wo soll i denn neue G'schichten hernehmen?«
»Macht nichts, Onkel Stilz, ich hab' deine alten gern, sie passen auf mich. Ich läut' ja auch täglich die verdammte Glocke und denke: Wenn's nur hilft...«
Lange konnte er nie auf der Insel bleiben, »die Familie« wartete auf ihn. Es fiel ihm eines Tages ein, wie merkwürdig das war: Hede hatte eine neue »Familie«, und ihn hatte man auch adoptiert. Da allerdings endete die Parallele. Hedes neue Familie war von Dauer, die Seinen würden früher oder später von ihm abfallen, ihre eige-

nen Wege gehen – und das war gut. Vielleicht konnte er im Haus wohnen bleiben, allein, er würde Miete zahlen. Nur er und Nero, der neben seinem Bett schlief.

Er brauchte das Haus, den Garten, den Hof, er brauchte ihre Küche, ihr Schlafzimmer, ihr Radio, noch auf die gleiche Station eingestellt: Rockmusik. Bald würde er die Sonnenblumen säen, das Samenpaket trug er jetzt schon in der Jackentasche.

Letztes Jahr im Monat August hatten sie eines Nachts nebeneinander in den Sonnenblumen gelegen und die Sternschnuppen gezählt. »Wünsch dir was«, hatte sie gesagt, als die dreizehnte fiel. »Daß es so bleibt – und daß du mich liebst«, hatte er geantwortet. »Und du? Was wünschst du dir?« – »Daß es so bleibt, und daß du mich *nicht* liebst.« Einer der seltenen Beweise ihrer Gefühle für ihn. Sie wußte, daß es so kommen konnte, wie es jetzt gekommen war, und sie wußte, wie es für ihn sein würde, sie wußte es.

Zurück ruderte er immer langsam. Wenn einem der Boden unter den Füßen fehlt, ist es schwer, mit Menschen zusammenzusein, die davon wissen. Er verbrachte allabendlich eine beklemmende Stunde mit Milan und Ljuba über dem Abendessen, die Luft war voll von guten Absichten und guten Taten, nur an guten Worten fehlte es glücklicherweise, sie aßen in tiefem Schweigen.

Im Hotel ging es leichter. Wenn er mit den Gästen verhandelte, die ihm *ihre* Sorgen aufluden, stieg sein Blutdruck, als sei er eine halbe Stunde lang seilgesprungen.

Spät nachts, wenn sich nichts mehr rührte, kam der Augenblick, auf den er wartete: das Gefühl, daß sich der Schlaf der Menschen in den vielen Zimmern in Form einer dichten Wolke zusammenballte und auf die Portiersloge herabsank, alles vermummte und versiegelte, so daß er schlafen konnte.

Ein-, zweimal in der Woche wachte er auf, denn es zirpte draußen, und ein Zettel fiel durch die Klappe: Abwarten, hoffen, man suche, noch war nicht alles verloren, bald neue Nachricht.

Genau das hatte man damals mit Marjana gemacht nach Karels Verschwinden.

17.

Eines Tages, Mitte März, als Kaspar dabei war, den Garten umzugraben, um die Sonnenblumen zu säen, hinkte Nero plötzlich zur Treppe, sah hinauf zur Straße, winselte und wedelte heftig mit dem Schwanz.
Kaspar spähte den Feldweg entlang. Ganz hinten tauchte eine Gestalt auf, eine Frau, eine alte Bauersfrau... »Mein Gott«, flüsterte er vor sich hin. »Mein Gott...« Er umklammerte den Spatengriff mit beiden Händen, hielt sich, stützte sich, fühlte, wie ihm der Schweiß ausbrach. Er richtete sich auf und wischte sich das Gesicht am Jackenärmel ab. Er ist wieder da, dachte er, er ist tatsächlich wieder da, hat die ganze Zeit über irgendwo gelebt, und nun ist er einfach wieder da – und *sie* ist verschwunden.
Nero versuchte, die Stufen hinaufzuklettern, aber er rutschte wieder runter, blieb heulend auf der untersten sitzen. Die Bauersfrau mühte sich in ihrem langen Rock die wackligen Steine herunter. Diesmal schleppte sie nichts, beide Hände steckten in schwarzen Lederhandschuhen.
Kaspar lehnte auf seinem Spaten und sah zu, wie sie dem Hund den Kopf streichelte und sich dann suchend umschaute. Langsam überquerte sie den Hof und blieb vor Kaspar stehen. Das Kopftuch reichte tief in die Stirn, bis an die Brille.
»Professor...«
»Ich hätte Sie *wieder* nicht erkannt«, sagte Kaspar, ohne die Hand zur Begrüßung auszustrecken. Er war drauf und dran hinzuzufügen: Ich *will* Sie auch nicht erkennen... Er hatte fest damit gerechnet, daß Luburic tot war, und hatte sich nicht lange damit auseinandergesetzt, ob er das bedauerte oder nicht, so folgerichtig

schien dieses Ausscheiden. Aber jetzt, als der Mann vor ihm stand, noch dazu in dieser grotesken Aufmachung, wurde ihm auf einmal klar, wie wichtig es für seine prekäre tägliche Strohhalmexistenz war, daß es Luburic nicht mehr gab. Der war der Urheber, der Drahtzieher, der Killer; der hatte die Bombe gelegt, eine von vielen, seinetwegen war Martinac erschossen worden und Gott weiß wie viele andere – er, Kaspar, kannte ja nur einen Bruchteil seiner »Taten«. Und diesen Mann hatte er zwei Monate lang in München gesucht, anstatt hier im Hause bei Marjana zu wachen, in der Nacht, als das Auto kam. Wer weiß, vielleicht hätte er etwas tun können, jedenfalls wäre sie nicht allein gewesen, hätte sich nicht allein wehren müssen, man hätte ihn *mit* ihr weggebracht... Oder aber auf der Stelle getötet... alles besser, als hier zu stehen und die alte Bauersfrau wiederzusehen...

»Was wollen Sie von mir, Herr Luburic?«

»Ich bin eben erst angekommen, habe noch niemanden gesprochen. Meine Uniform hier« – er zeigte auf seinen Rock – »ist nicht komplett, das Wichtigste fehlt.« Er machte einen Versuch zu lächeln und schob das wollene, schwarze Kopftuch zurück. Der mächtige, halbkahle Schädel blitzte auf und wurde schnell wieder zugedeckt. »Sind die Dinger noch da, die Perücken, oder – haben die sie gefunden?«

»Sie sind noch da.«

Luburic studierte ihn aufmerksam. Der Professor war sehr blaß, die Augen erschöpft und flackernd, die Hände so um den Spatengriff verkrampft, daß die Fingerknöchel weiß hervorstanden. So hatte er ihn noch nie gesehen.

»Professor – ich weiß. Man hat es uns nach Boston durchgegeben.«

»Nach Boston? Waren Sie in Amerika die ganze Zeit über?«

»Wir haben dort eine große Gemeinde, eine Kroatenkolonie. Selten aktiv, aber sie geben uns Geld und Unterkunft.«

Der Anflug eines bösen Lächelns zeichnete sich in Kaspars Gesicht ab. »Da hätte ich lange suchen können.«

»Ja. Ich weiß. Es tut mir leid, aber es mußte geheim bleiben. Sie verstehen.« Kaspar antwortete nicht. »Professor – ich weiß noch nichts Näheres, habe noch keinen direkten Kontakt mit meinen Leuten aufgenommen. Aber von hier aus fahre ich nach Ljubljana. Ich verspreche Ihnen, daß ich sofort alles herausfinden werde, was getan wird.«

»Wird etwas getan?«

»Ja.«

»Warum eigentlich? Es ging doch um *Sie*, und Sie sind wieder da.«

»Wir geben keinen Kameraden auf, solange noch Hoffnung besteht. Und die besteht, Professor.«

»Woher wissen Sie das? Ich denke, Sie haben noch keinen direkten Kontakt aufgenommen.«

»Wenn sie tot wäre, hätte man es uns nach Boston gemeldet. Wir haben unsere Leute auch bei der UDBA.«

Solche Sachen hatte man sicher auch Marjana erzählt nach Karels Verschwinden, Monat für Monat.

»Wollen wir nicht ins Haus gehen, Professor?«

Kaspar stand noch immer da, auf seinen Spaten gestützt, und starrte ihn an. Die Bombe in dem Zug war explodiert, der deutsche Kontrolleur war tot. Pech. »Bei einer Revolution kommen auch Unbeteiligte um.« Und die Beteiligten? Die kamen auch um, früher oder später. Schwacher Trost.

Luburic trat einen Schritt näher und legte den linken schwarzen Handschuh auf Kaspars Arm.

»Professor, ich bin nicht nur wegen der Perücken gekommen, ich wollte Sie sehen. Man hat mir nach Boston berichtet, daß Sie jetzt hier wohnen. Ich habe Sie gesehen, und ich glaube, die Zeit ist gekommen. Kann ich meinen Leuten sagen, sie können auf Sie rechnen?«

»Ja«, sagte Kaspar, ohne zu zögern.

»Ich wußte es. Es war nur eine Frage der Zeit. Jetzt begreifen Sie, welche Bedeutung unsere Revolution hat, nicht wahr? Sie fühlen es.«

»Nicht im geringsten.«

Luburic nahm die Brille ab. »Was soll das heißen?« fragte er leise. Kaspar blickte über seinen Kopf hinweg in den Himmel.

»Haben Sie Karel gekannt?«
»Ja.«
»Lohnte es sich um ihn?«
»Wie meinen Sie das?«
»Sie hat mir gestanden, daß sie erst *nach* seinem Tod zu Ihren Leuten gekommen ist. Also – um seinetwillen. Lohnte es sich, daß sie ihr Leben riskierte?«
»Ja.«
»Für mich lohnt es sich auch.«
»Ich verstehe.«
»So. Sie verstehen«, sagte Kaspar zwischen den Zähnen. »Es ist Ihnen doch völlig gleichgültig, aus welchem Grund Sie jetzt auf mich rechnen können. Ich bin der Nachtportier im Godice, und ich habe keine Wahl. Der einzige Ausweg wäre, nach München zurückzukehren – und das kann ich nicht. Wenn ich mich noch lange weigere, bei Ihnen mitzumachen, werden mich Ihre Leute erledigen. Ich glaube, ich weiß jetzt, daß Marjana mich bisher beschützt hat...« Seine Stimme war kaum hörbar. »Wahrscheinlich hat sie zu Ihren Leuten gesagt: ›Ich krieg' ihn schon rum, gebt mir noch Zeit.‹« Er kam einen Schritt näher und fixierte Luburic mit brennenden Augen. »Ich glaube fast, Sie wissen da Bescheid, nicht wahr? Hat sie das gesagt?«
»Ja«, sagte Luburic ruhig. »Sie hat es mir versprochen, als ich damals herkam und Sie hier traf. Ich hätte Sie beinah kaltgemacht, erinnern Sie sich? Ich traute Ihnen nicht. Aber Marjana sagte, nachdem Sie gegangen waren: ›Laß sein, er wird für uns arbeiten, ich verspreche es dir.‹« Er schwieg, fuhr nach einem Augenblick mit trockener, sachlicher Stimme fort: »Es tut mir leid, daß ausgerechnet *Sie* jetzt Nachtportier im Godice sind. Wir warteten seit Drazas Tod auf Ersatz. Alexis weiß natürlich, daß der Posten traditionell eine Schlüsselstellung in unserer Bewegung einnimmt, und deshalb stellt er keinen Jugoslawen ein, macht es lieber selber. *Sie* waren ein Glücksfall für ihn, er durfte hoffen, Sie hätten keine – Bindungen.«
»Warum ist der Nachtportier so wichtig? Was tut er, außer Zettel aufzusammeln?«

»Bruno wird Sie bald mit gewissen Leuten in Kontakt bringen, das ist der erste Schritt. Und dann...«
»Danke. Ich kann's mir ungefähr vorstellen. Und wenn ich dann endlich aktiv bin, dann kommt die UDBA und präsentiert mir die Rechnung wie bei Draza, nur daß heutzutage alles sehr viel schneller geht, nicht wahr?«
»Wir werden Sie selbstverständlich abschirmen.«
»Bruno? Wird Bruno eine Art Bodyguard für mich sein – wie Martinac für Sie? Bruno ist doch erst achtzehn, Herr Luburic.«
»Das Alter spielt keine Rolle. Sein Vater...«
»Ich weiß. Sein Vater wurde von der UDBA erschossen.«
Luburic schwieg.
Kaspar nickte langsam. Er hatte das Gefühl, sein Kopf sei auf einmal weit offen, alles verständlich und sogar logisch. Es gab nichts mehr, was er nicht wußte. Beinah nichts.
»Eine Frage noch, Herr Luburic. Warum darf sich Alexis heraushalten? Warum ist *er* nicht längst verschwunden?«
»Weil das Hotel dann geschlossen wird.«
»Wer bestimmt das?«
»Tito. Er ist der Pate von Alexis.«
Kaspar nickte wieder. Es wurde immer übersichtlicher in seinem Kopf, alles war eigentlich sonnenklar.
Luburic sah auf die Uhr. »Ich hole mir jetzt die Perücke. Sie ist sehr warm und unbequem, aber sicherer, später im Bus.«
Kaspar folgte ihm in die Stube. Der Kroate prüfte die Sessel und holte unter dem richtigen die Schachtel hervor. Kaspar hatte die Perücken sorgfältig entwirrt und gekämmt. Luburic sah sie durch und hielt eine struppige, weiße hoch.
»Die ist neu. Wo kommt die her?«
»Ich trug sie in München, damit mich niemand erkannte.«
»Aber warum eine weiße, und mit diesem Haarschnitt?«
Kaspar trat neben ihn und betrachtete die Perücke in Luburics Hand. »Erinnern Sie sich an meinen Onkel Stilz, an den Zwerg? Damals, in der Nacht, als Sie mit Miklos kamen?«
»Ich erinnere mich an ein blondes Mädchen – sie gab uns zu essen...«

»Er lag im Bett, in dem großen Himmelbett, wissen Sie es nicht mehr?«
»Ein Himmelbett? Doch, ja, ich glaube, ich erinnere mich...«
Kaspar trat dicht an ihn heran und starrte ihm ins Gesicht, als wolle er ihn hypnotisieren. »Denken Sie mal nach: Wissen Sie nicht mehr, wer da drin lag? Ein alter Mann, winzig, und sein Haar – wie dieses da...«
»Ein alter Mann?« Luburic schüttelte den Kopf. »Und das war ein Zwerg?« Er zuckte mit den Achseln. »Er hat auf mich keinen Eindruck gemacht.«
Kaspar gab ihn frei und trat zurück.
Luburic besah die weiße Perücke noch einmal. »Ich möchte diese auch mitnehmen, für einen von meinen Leuten – wenn Sie nichts dagegen haben.«
»Ich habe was dagegen«, sagte Kaspar, nahm sie ihm aus der Hand und bettete sie zurück in die Schachtel.
Der Kroate holte seine alte, graue mit dem Knoten am Hinterkopf heraus, stülpte sie mit einem einzigen Griff über den Kopf, setzte die Brille wieder auf und band das Kopftuch unter dem Kinn.
»Ich werde jetzt gehen, es wird sonst gefährlich für Sie.«
Er erinnert sich nicht an Onkel Stilz, dachte Kaspar, er sieht und hört nichts, fühlt nichts, er plant die nächste Aktion. Jemand hat ihm damals zu essen gegeben, *daran* erinnerte er sich.
Luburic machte die Tür auf und trat in den Hof hinaus. Kaspar folgte ihm und hob seinen Spaten wieder auf. Nero lag quer auf dem Weg und wedelte mit dem Schwanz, aber er stand nicht auf, seine Hinterbeine wurden langsam steifer.
»Was ist mit dem Hund? Ist er krank?«
»Er hat eine Kugel im Hinterteil. Er wollte Marjana verteidigen.«
»So«, sagte Luburic und wandte sich zum Gehen, drehte sich dann aber doch noch einmal um. »Professor, Sie bekommen Nachricht von mir.«
»Die brauche ich nicht mehr«, sagte Kaspar und begann zu graben.
Luburic trat zu ihm. »Ich denke, Sie wollen Gewißheit haben.«
»Die habe ich«, sagte Kaspar, ohne seine Tätigkeit zu unterbre-

chen. »Sie ist tot. Ich wüßte gern, wie es dazu kam, aber das werden Sie mir nicht erzählen. Sie werden mir auch weiterhin kleine Zettel einwerfen lassen, damit ich nur ganz langsam absterbe und inzwischen für die Ustascha arbeite. Ich bin dazu bereit.«

Der Kroate zögerte und überlegte.

»Professor –« Er wartete, bis Kaspar den Spaten auf den Boden stützte und ihn ansah. »Sie haben recht. Sie ist tot.« Kaspars Augen starrten ihn unbeweglich an. »Sie wurde noch in derselben Nacht erschossen. Einer von unseren Leuten war dabei, als sie begraben wurde. Früh am Morgen.« Kaspar schwieg noch immer, starrte ihn noch immer an. »Ich sage Ihnen das, weil ich Ihnen vertraue. Sie werden auch *so* weiter mit uns kämpfen. Es lohnt sich um Marjana.«

»Richtig«, sagte Kaspar.

Luburic drehte sich um.

Kaspar hob den Spaten hoch. Eine wütende Lust überfiel ihn. Der Spaten sauste durch die Luft und auf den Hinterkopf der alten Bauersfrau.

Sie fiel ohne einen Laut vornüber.

18.

Später, nach Mitternacht, als die Stille im Hotel auf sein Gehäuse herabsank, der Liegestuhl zurechtgerückt und die Lampe angemacht war, streckte er sich erschöpft aus, schloß die Augen und informierte Onkel Stilz.

Der Zwerg setzte sich steil im »Himmibett« auf und starrte ihn eine Weile sprachlos an. Kaspar schwelgte, ließ diesen Augenblick lange anhalten.

»Hut ab, Tintenlackl.« Und sofort sachlich: »Wie bist ihn denn losgeworden? Hast ein Loch gegraben?«

Er schüttelte lächelnd den Kopf.

»Ja, was denn? Hast vielleicht einen Karren g'habt im Garten? Hast ihn weggebracht, nachts? Ist da ein Wald in der Näh?«

»Nein, nur Felder. Aber mit dem Karren, Onkel Stilz, da bist du auf der richtigen Spur.«

»Jetzt erzähl schon, laß mich net so hängen!«

»Also: Da lag er, dein römischer Kaiser. Er war zwischen meine frisch umgegrabenen Erdschollen gefallen; stell dir vor, er hätte auf den Pflastersteinen gelegen! Das wäre eine schöne Bescherung gewesen. Der Hund kam gleich angehinkt und schnupperte am Kopftuch. Dann sah er fragend zu mir auf und wedelte mit dem Schwanz. Ich kniete mich hin und besah mir die Sache: Das dicke, wollene Kopftuch hatte einen Teil des Blutes aufgesogen, der Rest sickerte langsam in die Erde.«

»War er wirklich...?«

»Mausetot, Onkel Stilz. Merkwürdig, meine Wut war verflogen und auch die Lust, ich fühlte gar nichts mehr. ›Bei einer Revolution kommen auch Beteiligte um.‹ Ich überlegte nur, wo ich ihn begraben sollte. Der Garten war zu klein, außerdem wollte ich ihn nicht unter meinen Sonnenblumen haben. Also wohin mit ihm? Abends würden die Kinder kommen, bis dahin mußte er fortgeschafft sein, auf meinem Karren. Ich sah mich um. Der Karren stand neben dem Brunnen...

Der Brunnen, Onkel Stilz! Der war viel älter als das Haus, Marjana hatte es mir erzählt. Uralt und acht Meter tief. Im Sommer war er leer und stank, aber im Winter hörte man tief unten das Wasser rauschen. Es stammte von einer unterirdischen Quelle, kam nie an die Oberfläche, floß weiter und weiter – bis in den See. Zum Trinken war's nicht zu gebrauchen, aber im Frühling hatte sie manchmal Wasser heraufgeholt, um den Garten zu begießen. Ein unheimliches Ding, so tief und so schwarz, man konnte nicht auf den Grund sehen. Früher hatte sie ihn immer zugedeckt, der Kinder wegen.

Ich setzte mich auf den Brunnenrand – Nero immer an meiner Seite – und warf einen Stein hinunter. Wir hörten ihn tief unten ins Wasser plumpsen.«

»Tintenlackl! Hast du ein Glück!«

Kaspar lachte, die Augen fest geschlossen.

»Eine halbe Stunde später war's geschafft und der Hof sauber geputzt und die Erde im Garten so lange umgegraben, bis Nero nicht mehr daran herumschnupperte.«

»Ja, sag einmal, Kasperl – werden die dich jetzt nicht um die Ecke bringen?«

»Wer ›die‹, Onkel Stilz?«

»Na, die einen oder die anderen.«

»Aber sicher, da kannst du dich drauf verlassen. Ich warte drauf. Und weißt du was – ich freu' mich drauf.«

Es zirpte draußen. Kaspar öffnete unwillig die Augen.

»Hörst du das, Onkel Stilz? Das ist die Nachtmusik vom Hotel Godice.«

»Ich bin net musikalisch, Tintenlackl, mir gefallts net.«

»Mir auch nicht. Wart einen Augenblick, Onkel Stilz, ich bin gleich wieder da.«

Er machte die Lampe aus und wieder an. Kurz darauf fiel ein Zettel neben ihm auf den Boden. Er hob ihn auf und betrachtete ihn nachdenklich. Wann würden die sich zum »ersten Schritt« entschließen? Und dann zum nächsten... Lange würde er nicht mehr nur im Liegestuhl liegen und der Nachtmusik zuhören, das war ihm klar.

Er entfaltete den Zettel: WIR SIND AUF DER SPUR. GEDULD. ES KANN NOCH EIN PAAR TAGE DAUERN. WIR HABEN HOFFNUNG.

Kaspar steckte das Stück Papier in die Tasche und schloß die Augen.

»Onkel Stilz, was sagst du – die haben Hoffnung!«

Er hörte noch, wie der Kleine lachte, dann schlief er ruhig ein.